以 梦 想 之 瞳 观 世 界

赤魂血影　傲骨剑心

原创故事：黄伟杰
小说改编：潘　晨

江苏凤凰文艺出版社
JIANGSU PHOENIX LITERATURE AND ART PUBLISHING, LTD

■《蜀山战纪之剑侠传奇》官方同名衍生小说

图书在版编目（CIP）数据

蜀山战纪之剑侠传奇 / 潘晨等著. — 南京：江苏凤凰文艺出版社，2016

ISBN 978 - 7 - 5399 - 6633 - 5

Ⅰ. ①蜀… Ⅱ. ①潘… Ⅲ. ①长篇小说—中国—当代 Ⅳ. ①I247.5

中国版本图书馆CIP数据核字（2015）第309594号

书　　名	蜀山战纪之剑侠传奇		
原创故事	黄伟杰	小说改编	潘　晨
出 品 人	黄小初　熊　静	总 策 划	刘小枫　王雁雁
总 监 制	刘　雄　张　焱	责任编辑	陈义景　王宏波
特约策划	刘　青	特约编辑	田　原
水墨画作者	张榕珊	封面设计	小名鼎鼎
内文设计	齐晓婷	插画作者	丹青show

出版发行	凤凰出版传媒股份有限公司 江苏凤凰文艺出版社
出版社地址	南京市中央路165号，邮编：210009
出版社网址	http://www.jswenyi.com
经　　销	凤凰出版传媒股份有限公司
印　　刷	长沙鸿发印务实业有限公司
开　　本	710×1000毫米 1/16
印　　张	50
字　　数	850千字
版　　次	2016年1月第1版 2016年1月第1次印刷
标准书号	ISBN 978 - 7 - 5399 - 6633 - 5
定　　价	59.80元(全两册)

（江苏凤凰文艺版图书凡印刷、装订错误可随时向承印厂调换）

目录 下卷

目录 下卷

陶然居青云选婿，藏经阁八魔寻仇

青云本就不齿母亲的安排，现在听到丹辰子和丁隐都斩钉截铁地拒绝，更是羞愤万分，当庭质问道：“夫人，你究竟想要干什么！”

范夫人眼见这阵仗确实不好收拾，赶忙赔个笑脸：“乖女儿，你听我解释。”

不待范夫人粉饰太平，紫英便一个箭步迎上，口中骂道：“周青云，都是因为你！”随后不由分说，狠狠一巴掌甩在青云脸上。

陶然居客房之内，紫英又一次愤怒地将茶杯狠狠摔在桌上。

“这范夫人到底搞什么鬼，卖关子不说，还大张旗鼓给青云选起相公了？”紫英一面说，一面大摇其头。

丹辰子维持着冷静，口中道：“恐怕也是爱女心切，想用这种方法来补偿青云吧。”

“补偿，补偿！”紫英一脸不悦道，“那得折腾到什么时候啊，我们下山这么多天了，一把神剑也没找着！青云这丫头也是的，让她去求她娘，怎么也没见动静。”

此时丹辰子耳根有些泛红，大抵是感应到范仲不厌其烦的呼唤所致，丹辰子当然不明所以，只顾劝说紫英道：“你也别勉强青云了，这些天，一下子发生了太多事，估计她也不好过。”

紫英才不理会这些，依旧跋扈地道：“那你去找范夫人说啊，如今天下遭逢大难，武林中人都应该出一份力。陶然居拥有财力和物力，理应对蜀山鼎力相助。只要拉拢了他们，神剑线索便唾手可得，你身为大弟子，做事不能总瞻前顾后的，拿出点魄力啊。”

丹辰子被紫英教训，全然无法还口，半天才憋出一句：“我明白了，这就去找范夫人谈谈。”

紫英又白了他一眼，嫌他后知后觉：“我要是个男人，早去了嘛。”

丹辰子有些失落，起身走出房门。关门的一刹那，他看着紫英盛气凌人的样子，心中升起一股说不出的沮丧颓唐。

他正失神地走出房门，范仲却不知何时早已在门口守候，蹑手蹑脚地跟了上来……

隔壁的客房内，丁隐和小张也绕不开青云的话题。

小张一脸惊讶地问丁隐道："青云真的要嫁人啊？"

丁隐笑了笑，解释说："恐怕是范夫人单方面的意思，所以青云才会生气。"

小张又问："那你没有什么表示？"

丁隐不愿多谈，搪塞道："她们母女的事嘛，外人怎么好插手？"

小张见丁隐态度如此，鄙夷地看着他："也是，青云找个公子哥嫁了也好，她那么可爱，总会有人宠着爱着，也不用再在你这个丁大哥跟前跌跤。"

丁隐本来心绪就不佳，听小张这么说，有些不高兴："你今天说话怎么也阴阳怪气的？"

小张立刻站起身来，神情激动地道："我这是着急啊！这感情上，最忌讳有人装傻了。青云对你那份心，估计瞎子也能看出来。倒是大哥你，一直模棱两可，态度暧昧，一会儿对人家关爱有加，一会儿又要撇清关系。你以为这样很帅吗？"

丁隐无奈地辩解起来："我关心青云也错了吗？她就像妹妹……"

小张却一脸严肃，继续训斥道："如果你在乎她，就应该多为她着想，她现在肯定希望你英雄救美。这女人啊，就是需要男人主动，如果我不主动，神仙姐姐早就不理我了。"

"嘿，我看她现在也不怎么理你。"丁隐倒是说了一句实话，也想由此岔开话题。

谁知小张不为所动，依然振振有词道："你少转移话题，我问你啊，难道青云嫁给别人，你也无所谓吗？你是不是还在想着那个玉无心？"

丁隐有些不耐烦起来："好了，好了，别说了！本想跟你聊聊天，越聊越心烦。"

小张寸步不让，铿锵地道："自古忠言逆耳，在这个问题上，我可是站在青云这边的。"

丁隐自觉多说无益，便摇了摇头，起身向门外走去。

小张不依不饶地喊道："你怎么走了？你要继续逃避吗？"

丁隐没好气地回头："是又怎样！"

丁隐原以为小张会继续开骂，谁知小张十分真诚地道："丁大哥，我是建议

你去找青云好好谈一谈，然后……”

小张还没说完，丁隐已经夺门而出。人非草木，丁隐一边思量着小张的话，一边回想起往日里青云的种种，此时何尝不是心情焦躁，如坐针毡。正踌躇间，范伯不知从何处闪到丁隐身后，在他后颈轻轻一拍……

丁隐再次睁开眼睛的时候，映入眼帘的先是范伯、范仲两个大龄活宝欢欣雀跃的样子，正猜测二人又要搞出什么折腾人的新花样，忽然瞥见右手边绑着一个新郎模样的人，穿了一身大红吉服，胸前还系了一朵硕大的红花。丁隐定睛一看，那人竟是丹辰子。

丁隐正觉诡怪，低头再看自己，原来他和丹辰子是一左一右被绑在两张椅子上，自己身上的服饰打扮与丹辰子一模一样。

这时丹辰子也转醒过来，同样是一副诧异抓狂的表情。丁隐望着范伯、范仲志得意满、兴高采烈的模样，百般无奈地道：“敢问二位前辈，这又是做什么？”

范仲急不可耐，上前凑到丁隐身边：“丁少侠，我家小青云喜欢的人是你对不对？”

另一边，范伯就含蓄得多，他先是为丹辰子整了整帽檐，又在他衣襟上擦拭浮尘，目光之中颇有嘉许之意：“丹辰子啊，我看你一表人才，又是青云的大师兄，千万不要让我失望。”

两人正想挣扎，范夫人已款款步入厅堂，脸上带着神秘的微笑：“二位不用挣扎，这绳子是解不开的，我并无恶意，只是有要事想与二位商量。”

丹辰子不满道：“范夫人，用这种方法商量，也太奇怪了吧。”

丁隐大抵心中有数，便道：“意思就是只准同意，不可拒绝了？”

范夫人施施然一笑，道：“其实我也不是个喜欢拐弯抹角的人，你们也知道，我一心想做些为青云好又能让她高兴的事。”

丹辰子不解地道：“夫人，恕在下冒昧，敢问您说的事跟晚辈有什么关系？”

范夫人果然言简意赅：“因为我发现你们两个都是青云喜欢的人。”

丹辰子和丁隐为之一颤，异口同声道：“什么？”

范夫人仍是满面春风，娓娓道来：“从青云的举动看得出来，她对你们两个人都很在意，她年纪还小，也许还并不懂什么是真正的爱。不过我想，成亲之后，经过感情的培养，总会有一个是对的。”

丁隐受惊不轻：“夫人，您这是在说笑吧？”

那范夫人果然是女中豪杰，淡然道：“男人可以三妻四妾，为什么女人不能多几个人照顾她宠爱她？何况以我陶然居的实力，就算收了你们两个人，也不是什么问题。”

这番旷古烁今的言论令丁隐无言以对，良久才应了一句：“我们并不是贪图富贵的人，这太荒唐了。”一旁的丹辰子显然也为范夫人折服，张大了嘴，半天合不上。

范夫人倒是淡定得很，缓缓道：“你们先别急着拒绝，我的条件还没说完呢。”说罢，她向范伯、范仲做了个手势。

只见范伯、范仲走到厅堂大门前，将所有木门通通打开，花园中间的那座假山完完全全展现出来。

随后范夫人闭上双眼，默诵暗语，再是两手一挥，那假山之上竟赫然出现了一座装饰华丽的空中楼阁。

丹辰子、丁隐同时大惊道：“这是……”

“没错，这就是陶然居藏经阁。”范夫人又笑了笑，继续道，“可我范家有一条规矩，凡是想进藏经阁的人，必须成为我范家的人，你们谁娶了青云，才能有这难能可贵的机会。”

丹辰子、丁隐两人盯着藏经阁的方向，一时间呆若木鸡。

就在范夫人得意地看着两人的时候，紫英突然冲进厅堂，满脸怒容道：“范小雪！你不要仗着家大业大，就想强人所难。大师兄早和我定下终身，你不要打他的主意！”

范夫人也不介意紫英直呼其名，反而笑着问她道：“那你们两人成亲了吗？可有婚约？”

此话一出，紫英嚣张的气焰登时灭了七分，红了脸支吾道：“虽……虽然暂时还没，可我们两情相悦……”

范夫人显然早有预料，当即拍手道：“那好啊。既然如此，丹辰子选择谁，是他的自由。若是入了藏经阁，天下武功秘籍尽收眼底，只要资质不凡，想要成为武林至尊也不是什么难事。再说了，你们这次下山，不是为了寻找神剑线索吗，我可以保证，藏经阁可以回答你们任何问题。”

此话一出，紫英和范夫人都向丹辰子望去，丹辰子先是一怔，有些结巴起来：“夫人……我……”

紫英看到丹辰子犹豫，愈发动怒，大骂道："丹辰子！我在你心中到底算什么？"丹辰子还未答话，紫英又指着范夫人怒骂起来："范小雪，你是什么东西！就算你陶然居再有本事，也不能抢我诸葛紫英的人。"

这句话实在难以入耳，范夫人当下收起了笑容，厉声向紫英道："先前是看在你照顾青云的分上，我对你客客气气。如今这两个男人，我还偏偏要留在陶然居里，我们青云看得上，就都留下；若是看不上，就算都杀了，也轮不到你指手画脚。"

范夫人这番话同样气焰嚣张，紫英气急之下，更加口不择言，又一股脑地骂出许多难听的话。

丹辰子忍无可忍，终是暴喝一声："紫英，别再吵了！放心吧，我心里只有你，是不会娶青云的。"

话音刚落，范夫人却不服气，向丹辰子道："我的青云哪里不好？温柔可人，比这个势利女子强多了。"

紫英听出刺来，咄咄逼人道："你说谁势利？"

范夫人冷笑一声："哼，求我让你们进藏经阁的时候，还不是一副阿谀奉承的嘴脸。"

"我诸葛紫英长这么大，从没受到过这种侮辱！"紫英教范夫人气得怒火攻心，当即拔出宝剑，不惜血洗此地而后快。

"怕是你爹娘没有管教好你，才让你如此骄纵，无法无天！"范夫人也毫不相让，范伯、范仲立刻挡在范夫人面前，准备和紫英交手。

这时沉默许久的丁隐终于开腔道："各位，冷静一点！夫人，事关青云一生幸福，若您一味用强，那是对青云不负责任！我绝对不会因此就范，更不会娶青云！"

丹辰子也是大喊一声："我也不会！"

范夫人看到丁隐和丹辰子态度坚决，一时不知该如何是好，便骂道："混账！我女儿有什么不好，你们难道丢了性命，也不肯娶她吗？"

丹辰子、丁隐此时心有灵犀，异口同声道："不娶！"

这时，青云冷冷的声音从一旁传来。

"够了！"只见青云面色苍白地出现在厅堂，小张慌里慌张跟在她身后。

范夫人立时关切道："哎呀！青云，你怎么跑来了？"

青云本就不齿母亲的安排，现在听到丹辰子和丁隐都斩钉截铁地拒绝，更是羞愤万分，当庭质问道："夫人，你究竟想要干什么！"

范夫人眼见这阵仗确实不好收拾，赶忙赔个笑脸："乖女儿，你听我解释。"

不待范夫人粉饰太平，紫英便一个箭步迎上，口中骂道："周青云，都是因为你！"随后不由分说，狠狠一巴掌甩在青云脸上。

青云捂着脸，后退了几步，小张赶紧扶住，怯生生仰望着怒气腾腾的紫英，说道："神仙姐姐，这些都不是青云的意思。"

紫英看也懒得看小张，呵斥道："你滚开！这里轮不到你说话！"

小张便像蔫了的茄子一般退回去，不敢多言。

挨打的青云则是红着眼，口中喊了句："师姐……"再也说不下去。

范夫人眼见青云挨打，也是怒气冲天，一记飞身落到紫英面前，以谁都看不清的快绝手法，狠狠地招呼了紫英一个巴掌，口中骂道："真是个泼妇，竟然在我范府撒野！"

紫英被打蒙了，脸上赫然是一个鲜红的五指印，她不管不顾地号哭起来："好啊，周青云！你长本事了，现在有个有钱有势的亲娘撑腰，你想抢就抢，真厉害！我身为掌门之女，没想到也有被你踩在脚底下的一天！"

紫英还要上前，小张赶紧拉住紫英："神仙姐姐，别冲动，别冲动！"

范夫人不理会紫英，一脸心疼地上前拉住青云，不住道："乖女儿，没事吧？疼不疼？让娘看看。"

青云却突然将范夫人的手甩开，对她怒目而视，口中冷冷道："自从我和同门一起来到这陶然居，就没有一天安宁。你总是喜欢这么自做主张吗？"

范夫人辩解道："青云，我是为你好……"

"为我好？你真是我的好娘亲。当年就因为你任性贪玩，害死了我爹，害我成了孤儿。现在突然跳出来说为我好，为我好就要强迫我嫁人，让我的师兄师姐恨我？为我好就要让我像一个被嫌弃的废物，被丢来丢去？你难道没有听到别人说死也不会娶我吗？为什么要让我这么难堪！"

青云情绪激动地说了一通，说到最后，竟大声哭了起来。

范夫人不知所措，上前想抱住青云，又被青云狠狠推开："你这样的娘，我宁愿不要！我恨你！"

青云情急中的一推颇为用力，竟将范夫人推倒在地。青云发觉自己失手，心中忐忑，却顾不得扶起范夫人，只得咬牙转身，向门外奔去，这时耳边传来丁隐

的声音："青云……我……"

青云刚被丁隐拒绝，十分伤心，怨恨之辞随即脱口而出："你真是天底下最笨最傻的大木头！我讨厌你！"青云说到此处，已是泣不成声。

另一边，范夫人也是痛苦万分，本来盛气凌人的她，听了青云的诛心之言，登时面如死灰，坐倒在地，半天站不起身。

范伯、范仲忙上前扶她，范夫人神情如槁木："她说她恨我……"

范伯劝慰道："大姐，小青云是一时生气，才说了这么重的话，你别放在心上。"

范仲也不住敲打自己脑门："是啊，是啊，都怨我操之过急。"

范夫人摇头唏嘘，半晌才回过神来："不行，我好不容易找回女儿，不管怎么样，我都不能再失去她了。"说着迈开步子奔出厅堂，直追青云而去，范伯、范仲唯有追了出来。

这时紫英冷冷地看了丹辰子一眼，顺势甩开小张，孑然离开。丁隐和丹辰子仍被绑在椅子上，各自是一脸的颓唐落寞。剩下小张一人目瞪口呆地望着众人离去的方向，说出了吴夏草曾经的那句感慨……

范夫人一路追来小筑，却发现房门已被青云紧锁。范夫人一边拍打着小筑房门，一边喊道："青云，青云，娘没有你想的那么坏，也许是娘做错了，可都是因为我太爱你了。"

"你走开！我什么也不想听！"

门内传来青云的声音，犹带着哭腔。范夫人听来，更添了一份伤心。此时范伯、范仲追至小筑门外，看到范夫人也哭成了泪人，两人心有不忍，上前把范夫人拉开。

范夫人垂泪道："我真是一个无药可救的人，辜负丈夫，忤逆爹娘，现在连我自己的女儿都说恨我。"

范伯唯有劝慰："你快别这么说，血浓于水，小青云会明白的。"

范仲也说道："是啊，大姐，你不必过分伤心，等她气消了，一切都会好的。"

范夫人又道："我这就去给青云的三个同门赔罪。不过，我担心青云……"

范伯当即道："我们在这里守着，绝对不让她离家出走。"

范夫人点点头，随后走向门边，轻声道："青云，娘现在就去给你的同门赔不是。娘知道你心里委屈，可娘都是为了你好，等事情解决了，总有一天你会明白娘的苦心的。”说完她等了一会儿，见青云仍是一声不吭，这才无奈地转身离去。

女儿的一句“我恨你”，对范夫人而言犹如锥心的匕首。因为这一句话，母女重逢的喜悦刹那间变成怨怼，令她无论如何也无法接受。

它又像一句毒咒，在范夫人耳边反反复复、萦萦绕绕，她行至小径时，泪水仍不住涌出，伴着心虚、心悸，还有无限的懊悔。

忽地，范夫人停下脚步，神色一变，向假山方向凝神望去。只见假山上方升腾起一大片云雾，扑朔迷离，妖异莫名。

范夫人暗想不妙，知是有人硬闯藏经阁无疑，当下展开身法，飞速向庭院中的假山奔去。

假山下，果见有个蒙面人身形一晃，跃至藏经阁门口。他正伸手想从书架上抽出一本古籍，可刚碰到书架，触手之处便消失不见，蒙面人吓得把手缩回，那书架上的书却又显现了出来。

蒙面人警惕地不再触碰书架，而是径直前行。在藏经阁的尽头，摆着一张高脚木桌，桌上放着一个托盘，托盘中，一颗拳头大小的丹丸正发出熠熠光彩。

只见那丹丸通体漆黑，表面上密密麻麻刻着梵文。而它发出的光亮却是五彩的，看起来神秘莫测。蒙面人飞速上前，眼看就要拿到丹丸，突然整个藏经阁瞬间化为烟云，紧接着假山上的云雾也完全消失。

惊愕间，蒙面人发现身前赫然站着一个女子，那女子一袭华服，气度雍容，不是范夫人又是谁？

范夫人眉头紧锁，打量着这个入侵者，缓缓道：“大荒八魔！你们终于还是来了。”

蒙面人大笑一声，开门见山道：“识相的就快把五行九天丹交出来。”

范夫人也不多言，当即出招如电，一掌向蒙面人劈来。蒙面人潜入陶然居窃取五行九天丹未果，无意与范夫人缠斗，一个闪身避开劈掌，便要夺路而逃。

蒙面人方才跃下假山，却发现丁隐挡住了他的去路，丁隐身边，丹辰子与紫英正一左一右，持剑在手。

范夫人喊道：“丁少侠，快帮我抓住他！”

丁隐反应过来，和丹辰子、紫英合作，三人共同围攻蒙面人，范夫人随即攻来。不出百招，蒙面人被几人制服。丹辰子上前，将他蒙面的黑绸扯掉，见是个阔鼻、络腮胡的大汉。

范夫人上前一看，果是当年杀害周傲然的云中雷。

仇人见面分外眼红，范夫人眼中杀机一闪，怒道：“说，其他几个人在哪里？”

云中雷轻蔑一笑，把头扭向一边，不肯言语。

小张见状来了精神：“喜欢当哑巴是吧，看我把你真的毒哑！”他手中估计有几百种药草有此功用，范夫人却一把拦住小张，口中道：“多谢各位少侠出手相助，不过这是范府内务，还望不要插手。”说着又喊来几个仆人，要将云中雷绑起来关押。

偏偏云中雷全无惧色，似笑非笑地望了范夫人一眼，猖狂道：“你不要高兴得太早，这陶然居马上就要倒大霉，好戏刚刚开始呢！”

范夫人皱了皱眉，一股不安在心中油然而生。

范夫人的不安一半来自于与大荒八魔不可避免的决战，另一半关乎青云。

青云一打开门，范伯、范仲就张开双臂，拦着不让走。

“你们让开！我不想再住在这里了。”青云大声叫喊着，双手不住挥动。

范伯、范仲倒是恪尽职守，不让青云走出半步。范伯面上赔着笑，却死死挡住小筑大门，口中道：“小青云，你可不能学你娘，一不高兴就离家出走。”

范仲也帮腔道：“对啊，你之前还教训她，说她不负责任，害了你爹和你。”

青云被说到痛处，气得一跺脚，转身回到房间，狠狠地摔上门，“扑通”一声扑到床上，闷在被子里发泄似的大叫一声。

这时候，她突然听到窗外传来敲击声，疑惑之下，开窗一看，云中雪的鹦鹉飞了进来。

青云诧异地道：“怪羽，你怎么来了？”

耳边却传来云中雪的声音：“青云姑娘，别来无恙。”青云向窗外一看，只见云中雪正费力地爬向窗口，青云伸手拉了他一把，让他坐在窗台上。

云中雪有些不好意思，微笑道：“怪羽非要来找你，一直闹我。”

说话间，那鹦鹉怪羽便飞到了青云肩上，不住道：“青云！青云！”逗得青云暂时忘了心中的忧戚，笑逐颜开。

云中雪又道：“喏，你看，就是这样，它都叫了一整天了。”

青云狐疑地看着云中雪，佯怒道：“你若不教它，它哪里会这么叫。”

云中雪嘿嘿一笑：“糟糕，被你看穿了。”

两人四目相对，云中雪的眼睛含情脉脉，看得青云一阵难为情。

这时候，范仲的叫声又传了进来：“小青云，你气消了吗？肚子饿不饿？”

青云没好气地回头大喊：“走开，不要管我！”

云中雪见状笑了起来。

“你笑什么？”青云不解道。

却听云中雪说道：“不知有多少人想挤进这陶然居，你这个大小姐倒是想逃出去。不同的人果然命运也相差甚远。不过，我一直不太相信命数，觉得一切都是应该掌握在自己手里的。”

青云看着云中雪，若有所思地叹了口气：“要是像你说的那般轻松，可就好了。”

云中雪意味深长地一笑，继而自嘲起来：“我要是再在这里坐下去，一会儿被别人看到，要当我是采花贼了。”

这自嘲颇有一些趣味，将青云逗得莞尔一笑。

云中雪又道：“你还是笑起来最好看，特别可爱。”说着又看了一眼青云，飞身跃出窗外，落在了小筑的后花园中。

青云在窗边提醒他道：“喂，云公子，你的鹦鹉！”

云中雪又是粲然一笑：“我怕你闷，差怪羽陪着你做个伴。”说着又打了个响指，“怎么教它你已经知道啦！”随后对着青云挥了挥手，消失在花丛深处。

这时候，范仲、范伯又开始敲门：“小青云，气消了吗？出来好不好？”

青云被他们扰得不耐烦起来，大喊道：“不好！不好！你们走开最好！”

那鹦鹉怪羽听到青云的叫声，扑扇着翅膀，学舌道：“走开！走开！你们走开！”

青云看着鹦鹉，忽然眼睛一亮。

这边陶然居厅堂之中，范夫人对丁隐等人深鞠一躬，诚挚地道：“各位蜀山少侠，之前多有得罪，还盼见谅。蜀山弟子果然气度不凡，即使有摩擦，关键之时，还是会挺身而出。”

丹辰子还礼道：“夫人不必多礼，危急之时，我等定不会袖手旁观。只是那妖人到底是谁？看样子，好似与陶然居有什么深仇大恨。”

范夫人叹了口气，口中道：“那妖人便是大荒八魔之一，杀死我丈夫的凶手！”

众人皆是脸色一变，范夫人又道：“这事说来话长，当初傲然从西疆逃走时，偷走了他们的一样东西，叫作五行九天丹。他们此次出现，恐怕也是为此而来。”

丁隐皱眉道：“五行九天丹？这是什么法宝？”

范夫人缓缓道：“八魔在二十多年前四处为祸人间，为了获得更大的力量，他们联手闯入地下魔窟，捉到一条修炼百年的黑色巨蟒。后来几人利用上百条命的元神，将黑蟒炼化成五行九天丹，一旦丹丸入体，便如同接通了魔域的黑暗力量，后果不堪设想。”

丹辰子寻思道：“当年尊夫就是忌惮这丹丸的能力，所以将其偷走？”

范夫人点了点头，沉吟道：“傲然虽然身处魔地，可是心地善良，因此与八魔结仇。大荒八魔一路追到中原，傲然力战八魔，杀死了他们兄弟中的五人，可最终还是不敌，青云也是在那个时候失散的。”

众人一阵唏嘘，小张又问道：“周世伯惨遭不幸，可那丹丸又落入了何人之手？”

范夫人继续道：“傲然将五行九天丹封印在山中隐秘之处，八魔并没有找到，后来我将其取回，藏于范府之中。本来西疆被蜀山封印，这么多年来相安无事，后来烈影神宗重现中原，又听说蜀山南明离火剑被盗，西疆封印受损，我就知道会有今天……”

众人互相对视一眼，丁隐觉得此事因自己而起，心中难受愧疚，便低下了头，口中道：“夫人，南明离火剑一事全因我而起，万没想到会给范府带来这么多麻烦，我心中真是过意不去。”

范夫人又是一声轻叹，缓缓道：“丁少侠不必自责，一切都是命数使然，只是刚找到青云就要面临如此大劫，我担心青云受到伤害。”

丹辰子立刻说道：“放心吧，夫人，此事因蜀山而起，我们几人自然也不会坐视不理。”

丁隐听丹辰子说得豪迈，心中也是一热，抬起头来迎上丹辰子的眼神，二人彼此点头致意，默契地相视一笑。丁隐随即向范夫人作了一揖，昂然道：“范夫人，我们会与陶然居共进退，绝不让妖人得逞！”

范夫人忙回敬道：“多谢各位。”

这时丹辰子忽然大喊一声：“小心！”只见他飞身上前，徒手接下一把直直飞向范夫人的刀。

那飞刀上附着一封书信，范夫人急急展开，向众人念道：“若不想伤及更多人，就带着五行九天丹和云中雷来陶然居后山旧庙交换……”

众人正觉诧异，却见那位须发皆白的老管家慌慌张张跑入厅堂，急匆匆喊道：“夫人，大事不好了！提亲的公子哥们儿全被人抓走了！”

范夫人在丁隐等人的陪同下步入陶然居后山的树林。云中雷被家丁们绑住，推推搡搡地走在后面，一脸冷笑。

范夫人一面领路，一面提醒众人道：“大家须得警惕，八魔虽然只剩下三个，但依旧不可掉以轻心。”众人聚集在一起，一边注意着四周，一边向树林深处前进。

紫英正走着，腿上不小心绊到一条细丝，突然一具尸体从天而降，被绳子倒挂在紫英面前，死去的人便是其中一名公子。

紫英猛地被吓了一跳，轻叫一声，扑入丹辰子怀中。丁隐看到死去的公子表情扭曲，显然死前受过折磨，痛惜地上前，将其双眼合上。

云中雷却是大笑起来：“招惹八魔的下场就是死，就如周傲然一样。”

范夫人被触到痛处，当即怒火中烧，拔出身上的匕首向云中雷刺去。

丁隐慌忙回身，阻止了范夫人，匕首在云中雷的喉咙处停下。丁隐小心进言道：“夫人，人质还在对方手上，千万不要冲动。”

丹辰子也说道：“对啊，夫人，等制服妖人，再杀也不迟。”

范夫人努力控制自己的情绪，放下匕首，愤怒地瞪视云中雷，口中冷冷道：“旧仇新恨，早晚要从你们身上一起讨回来。”说完放下匕首，扭头快步向树林深处前行。

众人一路来到破败不堪的旧庙前，只见内堂光线昏暗，一高一矮两个戴恶鬼面具的人站在正中央。矮鬼率先问候道：“范小雪，好久不见啊。”

范夫人强忍怒意，冷声道：“废话少说，被你们抓的人呢？”

矮鬼却笑起来：“二十多年过去了，你连眼力都变差了，好好看看周围。”

众人听对方这么一说，才向四周望去。只见那数十位公子一个个被分开绑在四周的石像前，动弹不得，每个人的嘴都被塞住，不得发声，只有大睁着双眼，瑟瑟发抖。

丹辰子和丁隐、小张以及紫英互相使了眼色，众人都握了握手上的武器，随时准备营救。

那高鬼料中他们心思，阴阳怪气地道：“我劝你们不要轻举妄动，否则，后

悔可来不及。”说着亮出手中武器，那是一把弯刀，但与普通弯刀不同的是并无刀刃，取而代之的是一排如同刺猬一般的刀片。

矮鬼又道：“若是不听话，我兄弟手上的武器便会立刻派上用场。到时候，刀片同时向四周射出，快到看不见。就算你们侥幸躲过，这些被绑住的人可就难说了。”

丹辰子此时龙潭古剑在手，岂肯轻易就范，口中喊了句：“少说大话！”便要向那高鬼飞扑过去。

高鬼并不惧他，只是冷冷一笑，将弯刀竖着向其中一名人质轻轻一挥，刀片当即出鞘，呈扇形直直扎向那名公子。那可怜的小生从上至下身中数刀，喊也没喊出声，便被取了性命。

丹辰子见此情形，只觉得此人无异死于己手，心中便如刀绞般，只得收了剑势，不敢前进半步。

这名惨死的公子正是此前被范夫人当庭数落的姑苏陈宇，范夫人虽不齿他言行，却十分痛惜他性命，何况若非她将此子邀来府上，他也不至遭此横祸。

想到此处，范夫人痛苦地喊道：“住手！有什么冲着我范府来便罢，为什么要滥杀无辜？你们还讲不讲江湖道义！”

矮鬼哈哈一笑：“江湖道义？你夫君偷窃我们宝物，杀我五个兄弟，又可曾讲过江湖道义？识相的话就把五行九天丹交出来！不然刀子可是不长眼睛的！”

矮鬼说着，高鬼便将机关一拉，另一批寒光闪闪的刀片又重新出现在凹槽之内。

范夫人再不迟疑，喊道：“慢着！我答应你。”

范夫人这么快就答应，令众人大吃一惊。丹辰子惊愕道：“夫人，不能交给他们，如此歹毒之人，若如愿以偿，必定是更大的隐患。”

紫英也不顾此前一掌之辱，向范夫人大喊道：“夫人，这么轻易就妥协，我看也太不像话。”

范夫人望了二人一眼，口中道：“敌人手中武器，连我也没有抵挡的胜算，总不能让更多的人送死。”

矮鬼笑道：“还算是个识相的人，若是如此，就不要再浪费时间了。”

范夫人思索了一下，从怀中拿出那通体乌黑的丹丸。两个鬼面人看到丹丸，有些激动地上前一步。

范夫人突然又将丹丸收回，向矮鬼凝声道：“我会先放了这云中雷，你们两人必须先离开这里。至于这五行九天丹……”范夫人指指高鬼，继续道，“我会用我的方法交到他的手里。”

高鬼怕范夫人使诈，扭头道：“我们怎么知道你不会捣鬼？”

范夫人看也懒得看他，只道：“这些人的性命对我来说重要得多，我只是要确保万无一失。”

矮鬼思忖了一番，点头道：“好吧，我就信你这一回？先放人。”

范夫人又回头看丁隐一眼。丁隐问她道：“夫人，确定要这样吗？”

范夫人微微点头：“我确定。”

丁隐看着范夫人坚定的眼神，明白多说无益，随后松开束缚住云中雷的绳索。云中雷对几人嗤之以鼻，随后大摇大摆走出破庙。

矮鬼见状，对高鬼点了点头，也跟着云中雷离开破庙。

范夫人见二人走出百步开外，突然将五行九天丹用力向上一抛，那丹丸通过屋顶的破洞飞了出去。高鬼见状，当即飞身去接。

丹辰子也不甘示弱，随着他飞身而出。高鬼穿过屋顶，将五行九天丹牢牢握在手中，丹辰子随后而至，想要抢夺。

二人过起招来，刹那间寒光闪闪，那高鬼使出弯刀暗器，丹辰子侧身一闪，便躲了过去，随后祭出龙潭古剑，一记飞斩向高鬼首级袭去。

高鬼的轻功实非等闲，竟以一个诡异莫名的姿势避开丹辰子的剑势，再与丹辰子一个错位，借势从屋顶飞身而下，落在屋外的同僚身边。

矮鬼大喊一声：“走！”三人也不恋战，施展鬼魅般的轻功，顷刻消失在密林之间。丹辰子追了一段，很快丢了踪影，只有悻悻而归。

破庙门口，一众惊魂未定的公子哥正被一一解开束缚，范夫人留下小张照顾伤员，又嘱咐几位家丁或是留下来给小张打下手，或是护送未受伤的公子返程。

一场突如其来的恶战之后，范夫人将一切安排得有条不紊，可谓大家风范。

这时丁隐向范夫人问道：“夫人，那五行九天丹被人夺去，此刻又该怎么办？”

范夫人却不着急，从容道：“先回陶然居，我定会向各位解释清楚。”

丁隐、丹辰子等人虽不明所以，但仍跟随在众人身旁，快步离开这危险之地。

众人甫到陶然居，范夫人便急匆匆向青云房间走去。

丹辰子、丁隐跟在她身后，丹辰子再也按捺不住，追上前挡在范夫人面前：

“夫人，我们得去把五行九天丹抢回来！若那丹丸的威力真像您说的那么大，到时候丧命的可就不止是这几个贵公子了。”

不料范夫人却说道：“这我当然知道，不过，他们暂时还使用不了。”

丁隐不解道：“夫人，这当中是否另有玄机？”

范夫人点了点头，沉吟道：“当初傲然忌惮那八魔来抢，为绝后患，便用自己的血下过一个封印，如今要想解开封印，同样需要他的血。”

丹辰子眼神一转，问道：“而现在周世伯已然故去，那这封印岂不是永远也解不开了？”

这次范夫人又摇了摇头，说道：“父女血脉相承，傲然的血如今还流在青云的身体里。”

丁隐听了范夫人的话，猛地一个激灵，大喊道：“糟了，妖人会不会对青云下手？”

范夫人却不担心，谓他道：“放心吧，范伯、范仲一直在青云门口守着。当时答应交换，只是缓兵之计，只要保证青云的安全，我们就有机会再把东西抢回来。”

众人正说着，已经来到青云门前，只见范伯、范仲正趴在门口无奈地拍门。一个说道：“小青云，你这气得也太久了，能不能跟舅舅们说点别的？”

另一个更是带了哭腔：“大姐，你可回来了，这小青云是不是气傻了，现在只会说一句话了。”

众人诧异间，果然听见门内传来青云的声音：“走开！走开！走开！”

范夫人推了推门，发现房门依旧从内锁住。范夫人贴着门缝，轻声道：“青云，开开门，是娘啊。”

“走开！走开！走开！”青云的声音仍是机械地传来。

丁隐和丹辰子对视一眼，脸色皆是一变，二人再不迟疑，一脚踹开房门，冲入了闺房之内。眼前所见却令人大惊失色——青云早就没了踪影，鹦鹉的一只脚被绑在桌腿上，愤怒地冲着众人大喊：“走开！走开！”

范夫人看着屋内情景，只觉天旋地转，刚才处变不惊的她竟险些晕倒过去。

一个昏暗的墓穴中，一口棺材盖被缓缓推开。

只见青云正躺在其中，手脚被缚，嘴也被堵上。站在棺材旁边的正是云中雷和戴着恶鬼面具的云中雪和云中阳。

两人将面具摘下，云中雪对着青云一笑：“等了这么多年，也算是得来全不费工夫。”

随后他走上前去，有些得意地将青云堵嘴的布拿开，眨了眨眼睛。

青云张口便骂：“呸！你这个浑蛋，竟然不安好心接近我，你到底想要干什么！”

云中雪轻佻地摸了摸青云的脸蛋：“抱歉啊，我是真的觉得你挺可爱，可惜谁让你是周傲然的女儿呢？自古父债子偿，你爹偷了我的东西，现在只能从你身上讨回来了。”

青云瞪圆双眼，咬牙道：“是你杀了我爹！”

云中雪从容地道：“是你爹背叛西疆，要怪只能怪他自己。”

青云“呸”了一声，又骂道：“我爹就算出身西疆，也不会与你们同流合污，我一定要让你血债血偿！”

云中雪眼神一寒，望了望身边的二鬼，厉声道：“把她带上去！这血债还说不准是谁来血偿呢。”

云中阳和云中雷上前抓住青云，像拎小鸡似的将她拖出棺材。青云拼命挣扎，无奈二鬼的膂力惊人，令她挣脱不得。

这一边，陶然居厅堂之内，范夫人泪流满面，懊悔不已：“我从来都是个不称职的母亲，总是弄丢自己的女儿，我凭什么为人母，我……”

丹辰子等人俱是一脸焦急，丁隐走近范夫人身边，轻声道：“夫人，眼下自责已是无用，最紧迫的是赶快把青云找回来。”

这时范伯兴奋地冲进大堂，大喊道：“刚刚有人送来一封信，说是跟青云有关。”

范夫人将信打开，只见里面是一张地图，旁边还写着一行字——“速去云中雪老巢救青云”，范夫人自语道：“难道青云被困在这里？”

丁隐也很焦急，接过地图仔细看，又问范伯道：“这信……是什么人送来的？”

范伯据实道：“那人蒙着面，什么话也没有多说。”

丹辰子皱眉道：“会不会是陷阱？”

范夫人一把抢下地图，夺门而出，口中道：“眼下这是唯一线索，是陷阱我也要去！范仲、范伯，好好守卫陶然居！”

丁隐先时也怀疑那信的来路，此时听范夫人所言，只觉得唯有将死马当成活

马来医，毕竟这是救出青云的唯一机会，当下对小张道：“小张，你也留在这里帮两位前辈照顾受伤的公子，我们三人去救青云。”

丹辰子、紫英对视一眼，急急跟了出去。

青云被绑在一片墓地中央，在她脚下，一条条浅浅的沟道组成一个巨大的阵法。五行九天丹就摆放在阵法中央。云中雪手持匕首，走到青云旁边。云中雷和云中阳在一旁护阵。

云中雪口中道：“周傲然以为他设下封印就能阻止我，没想到却害了你。可惜，若抛去种种恩怨，说不定我俩还真是天造地设的一对。”

听得青云大为恼怒，忍不住骂道：“谁跟你天造地设！你这种冷血的人懂什么是爱！”

云中雪却是嘿嘿一笑：“你听了我的话，从陶然居逃出来，难道不是为了和我私奔？”

“呸！我是一时糊涂才中了你的诡计。”青云态度强硬，云中雪有些不悦。

“那可真是可惜，本来还想留你半条命，现在看来不需要了。”云中雪眼中杀意一闪，说着便举起匕首，直向青云的脖颈刺去。

青云以为自己必遭毒害，闭上眼，却听到面前一声猛击，自己还安然无恙。她睁开眼睛，只见一个黑衣人已经从背后点了云中雪的穴位，令他动弹不得。

云中雷与云中阳见事发突然，各自虎吼一声，向那黑衣人扑了上去。黑衣人身手敏捷，动作迅猛，云中雷和云中阳的攻击都被他一一躲过，黑衣人闪到青云身边，飞速用匕首割开她身上的绳索。

云中雷向青云原来所在的位置发动攻击，但黑衣人已经拉着青云及时逃脱。本来捆绑青云的石柱被毁，烟尘过后，两人早已没了踪影。

黑衣人拉着青云蹿入树林，逃至安全地带，这才停了下来。

青云感激道：“多谢救命之恩。不知大侠是何身份？你我是否相识？”黑衣人顿了顿，随后转向青云，卸下蒙面。青云看到黑衣人长相，不由错愕震惊……

却说范夫人一行自陶然居疾奔出来，眼下正在林中四处寻找青云的踪影。这密林毗邻坟地，虽在白昼，也显得阴气森森，光线晦暗。

众人正寻觅间，云中雪兄弟三人迎面冲了出来，他们原是在追击青云与那神秘的黑衣人，想不到竟与范夫人一行不期而遇。

双方冤家路窄，甫一照面，立时亮出兵刃，在密林间对峙起来。

“青云呢？”范夫人眼见云中雪三人倾巢而出，首先心系青云安危。

不料云中雪反而怪笑一声："装什么装？难道不是你们的人带她逃走的吗？"

此话一出，众人霎时愣住，相互对望一阵，皆是一头雾水，实在想不出是什么人出手救了青云。倒是丁隐神思敏捷，当即向范夫人说道："既然青云已脱离险境，那我们也再没有顾忌了。"

丹辰子与紫英齐齐出剑，紫英道："说得对，之前的几条人命就和他们一并清算吧。"

云中雪看着众人架势，不由冷笑一声："你们以为我没了青云，就解不开五行九天丹的封印了吗？我早在她身上取过血了。"

云中阳叫道："大哥，那一点血根本不够。"

云中雪已然狞笑起来，眼中狂态毕露，说道："顾不得那么多了。"同时拧开药壶，将之前从青云身上采集的血滴在丹丸之上。

只见丹丸发出一片多彩光华，漆黑表面上的梵文发出光亮，但由于血液不够，那些光亮如同裂痕一般，并没有完全覆盖整个丹丸。

云中雪再一咬牙，将丹丸吞入腹中，突然他浑身一颤，随后在后颈处浮现出一条黑蟒的印记……

范夫人惊叫道："糟糕，快阻止他！"

丁隐等人立刻发起攻击，云中雪却是怪叫一声，竟以内力化作千百柄飞刀，如同漫天飞雪一般，直向众人袭去。

由于五行九天丹的影响，云中雪的内力变得充沛无匹，那些飞刀以铺天盖地之势向众人狠狠逼来。

丁隐和丹辰子各自挥剑抵挡，用飞旋的剑身在众人面前筑起一道屏障，但云中雪的飞刀不仅诡谲凶狠，而且来势极快，不时还凌空转折，改变轨迹，或是一分为二，丁隐和丹辰子险象环生。

云中雪得了五行九天丹加持，加上云中雷与云中阳在一旁援手，面上竟带着游刃有余的笑意，向众人道："就算暂时不能完全解开封印，这宝物依然威力非凡，你们等着送死吧。"

丁隐见了云中雪这副乖戾张狂的模样，不由怒从心起，当即断刃剑一抖，挡开数柄飞刀，再是一个背身，逆向腾起，将足尖点在一株大树的树杈上借力，整个人避开刀丛，凌空向云中雪扑了过去。

谁知云中雪早有准备，袖口一抖，七柄飞刀迎着丁隐狠狠射了过来。

丁隐此时身在半空，哪里还能躲避。众人惊叫间，只见他就势向侧边一转，堪堪避开为首两柄飞刀，中间三柄又直逼面门而来。

丁隐虎吼一声，将断刃剑一横，只听“当当当”连着三声，那三柄飞刀尽数打在剑身之上，丁隐只觉虎口剧震，可见飞刀所蕴的内力之强。

丁隐一连串的闪转腾挪，只在电光石火间完成，应变之快，可谓得了蜀山武学的三昧。然而不待他立足，那最后两柄飞刀又飞将上来，此时丁隐仍未着地，半空中无法施展身法，那两柄飞刀一上一下，一柄打他咽喉，一柄照着心脏射来。

眼前情势凶险，可谓生死攸关，即便平日与他不甚和睦的紫英也为之惊叫：“丁隐，小心啊！”

只见丁隐以一个不可思议的角度扭转身体，勉强避开要害，打咽喉的那柄飞刀竟由他面颊擦过，血光一闪而逝，好在刀口不深。至于打他心脏那柄，却是无论如何也无法避过了。

丹辰子、紫英、范夫人均在十步开外，想施援手断然来不及，三人此时已面无血色。

正在生死一线的紧要关头，忽然一只银铃自树丛后飞出，将那柄飞刀生生挡开，硬是将丁隐从鬼门关拉了回来。

丁隐听到铃铛声，不由露出笑容，还未落地，就看见青云自树丛后现出身来。

范夫人见是青云，更是激动不已，大喊道：“青云，你没事吧？”

青云挥手道：“我没事，只是这云中雪看来不好对付。”

范夫人微微一笑，口中道：“你来了就好，快和丁隐一同使用傲雪双剑！”

“傲雪双剑？”青云和丁隐均是不解，同声问道。

范夫人却对青云道：“当初我和你爹为了对付云中雪的神功，专门研究出这一套剑法，现在终于能派上用场了。”

青云和丁隐背靠着背，听到范夫人这么说，对视一下，随后点了点头。

云中雪却毫不在意，仍是一脸狂妄道：“既然你自己送上门来，那就让我喝了你的血，彻底解开封印。”说罢，他又运用内力，再次向丁隐和青云袭来，不给他们可乘之机。

丁隐与青云随即施展开傲雪双剑，与云中雪见招拆招。这套傲雪双剑，两人在蜀山栖霞峰上不知演练过多少次，早已十分默契，两个人一来一往，挥剑自如，在云中雪排山倒海的攻势下，竟能不落下风。

另一边，紫英、丹辰子正分别与云中雷和云中阳缠斗，范夫人见两人也是有胜无败的局面，便放心指点起青云、丁隐这边的战局：“惊雪无常……碎冰成雪……雪中漫步……临风傲雪……”

这傲雪双剑乃是周傲然年轻时与范夫人所创，一招一式均是由她命名，此刻她看见青云、丁隐在云中雪的乱刀阵中比肩而立、亲密无间，竟仿佛自己昔年与周傲然的旧景。

范夫人口中念道：“青云、丁隐，傲雪双剑的真谛在于，男女之间，共为一体，彼此要互为对方铠甲，有十足的默契和信任。这最后一招‘雪落无痕’，并无具体招式，要靠你们自己才可参透。”

丁隐和青云退后几步，四目相对。丁隐问：“青云，你相信我吗？”

青云不假思索道：“我当然信。”

青云说出这句话时，只觉心脏怦怦乱跳，原本应该迟疑一下，或是矜持一些，偏偏舌头不听使唤，答得这般情急。

丁隐又说了句：“随我来！”青云便随了他转过身去，两个人后背相依，足跟相抵，同时快速旋转起来，且越转越快，如同形成一个小小气旋，慢慢向云中雪靠近。

这气旋，任何剑气都无法靠近。云中雪见势不妙，也加强内力，使得漫天飞刀变得更快更密集，阵法变化也更敏捷。

但丁隐和青云步伐稳健，心无旁骛，当两人靠近云中雪时，云中雪完全看不懂是谁在攻击，谁在防御。

突然，漫天的飞刀停住几秒，随后如同一阵烟尘消失在空气中。

只见青云背对着丁隐，而丁隐的剑锋从青云手臂下伸出，直刺入云中雪身体里。青云靠在丁隐怀里，抬头看了看丁隐，丁隐对她微笑道：“我们成功了。”

青云不知该说什么，有些害羞地喊了声：“丁大哥……”

就在两人以为云中雪已经被击败，放松了警惕之时，云中雪后颈的黑蟒印记一闪，凝聚起最后一股力量，在手中形成一道真气匕首，直戳向青云。

范夫人看到云中雪的举动，大惊失色，口中惊叫道：“青云！”

只见范夫人飞身而起，挡在青云面前。那匕首径直扎进范夫人的前胸，范夫人口吐鲜血，忍着疼痛一掌击在云中雪顶门，将他彻底杀死。云中雪倒在地上，元神散尽，变成一颗黑色的丹丸遗落在地上，被丁隐收起来。

青云转身之时，范夫人已经倒了下来。

“娘！”青云抱住范夫人，眼泪忍不住流下来。

范夫人却露出了微笑，气若游丝道：“你终于肯叫我了，就算死……也值得了……”

青云的泪水已夺眶而出，边轻摇着范夫人的肩膀，边喊道：“您不要乱说，您不会死的。丁大哥，快救救我娘！”

此时一旁的紫英和丹辰子也已经将云中雷和云中阳杀死，听到青云的哭喊，忙向她跑去。

陶然居中，小张和范伯、范仲正焦急地在厅堂等待。忽然之间，只见假山上的藏经阁开始震动，整个山体连同其上的藏经阁摇摇欲坠，濒临崩塌。

“这是怎么回事？难道大荒八魔打过来了？”小张一脸疑惑。

范伯却是面色惊惶，颤抖道：“糟了！大姐出事了！”

范仲大喊一声：“快走！”便随着范伯疾奔出了厅堂。

小张不明所以，唯有跟着二人奔去，才跑到庭院，小张便听到了青云的哭声。

只见青云泪流满面地扶着满身是血的范夫人，口中不住道：“娘，您醒醒！您怎么这么傻！”青云身边，丁隐、丹辰子、紫英三人皆是面色凝重。

这时，紫英突然指着远处高耸的藏经阁，大喊道：“你们看，藏经阁要塌了！”

众人正惊诧不已，范伯、范仲便和小张急急迎了上来。范伯、范仲走到近前，看到躺在地上的范夫人，赶紧扑了上去，齐声道：“大姐！大姐！你怎么了？”

丹辰子说道：“两位前辈，夫人她刚刚被大荒八魔所伤，伤势太重，恐怕……”正在说话间，范夫人再次呕出一口鲜血，远处的藏经阁随即塌掉一方。

紫英又问道：“这是怎么回事？藏经阁为什么会这样？”

范伯摇头叹道：“藏经阁本就是大姐造出来的幻象，真正的藏经阁在大姐的脑海之中。”

范仲也跟着摇了摇头，口中道：“大姐的生命在流逝，藏经阁也会随之灰飞烟灭。”

这番话语听得青云心焦如焚，她发疯似的扑上前，抓住小张肩膀，大喊道：“小张，你快想想办法。”

小张早在低头查看范夫人伤势，此时面带难色道："夫人心脉受损，需要极强大的力量，才能替她再造心脉，救她一命。"

丁隐突然想起了什么，忙掏出五行九天丹道："这丹丸蕴含强大力量，可以一试。"

青云眼中也闪过希望，欣喜道："对，我有父亲的血脉，可以完全开启封印。"

小张却说道："不行，太危险了！这丹丸力量虽强大，但毕竟是阴毒之物，范夫人如今重伤，如果强行打入体内，只会两败俱伤，玉石俱焚。必须要以一股更强的纯阳之力护住她心脉，再将五行九天丹送入，方可无恙，只是……"

众人已经听出了小张话中之意，纷纷看向丁隐。丁隐当仁不让，上前道："别说了，由我来吧。"

小张担心道："丁大哥，这太危险了，万一赤魂石不听使唤，你又魔性大发怎么办？"

丁隐一咬牙，转手将手中断刃剑交予丹辰子，肃然道："大师兄，现下救人要紧，我且一试，若我控制不住魔性，那你们就杀了我。"

丹辰子沉重地点点头，口中道："师弟小心。"

青云犹有些迟疑："丁大哥……"

丁隐大手一挥，只说道："没有时间犹豫了，范夫人性命攸关，我们快开始吧。"

青云下定决心，挥剑割开手掌，鲜血汩汩流出，激活了五行九天丹，丹内真气骤然喷薄而出，汇聚在空中，形成一团青色的火焰。

丁隐见状，也开始运功，只见他双手红光泛起，接着蔓延到全身，整个身体慢慢氤氲着一层血红之气。丁隐胸口的赤魂石红光闪耀，一股红气汇入五行九天丹，将青色火焰包围，一青一红两道光芒，形成一道真气流，缓缓导入范夫人胸口。

紫英目不转睛地盯着远处的假山，突然欣喜地喊道："太好了！藏经阁开始恢复了！"

众人顺着她的目光看去，只见假山上藏经阁开始一点一点恢复原形，如海市蜃楼一般慢慢显现。丁隐再一用力，将最后一点青光注入范夫人胸口，随即范夫人面上渐渐恢复血色，缓缓地睁开眼睛。

范夫人方一睁眼，便喊了声："青云！"

青云也雀跃起来，大喊道："太好了，娘醒了！娘醒了！"

小张也是长舒了一口气，随即道："青云，夫人伤势过重，还是赶紧将她送回房中，让我替她处理伤口。"

青云喜极，范伯、范仲也上前，七手八脚地扶起范夫人。

丁隐面色有些泛白，丹辰子见状，默默走到他身旁将断刃剑递还给他。丁隐接过剑时，隐隐感觉一股内力结成的暖流汇入自己手臂，显是丹辰子传来的汩汩真气。他惊讶地抬头看丹辰子，感激道："大师兄……多谢你。"

丹辰子淡然一笑："只要结果是好的，过程无妨。"

不远处，紫英看到这一幕，撇了撇嘴。

第十五回

认亲易怪病难医，两情悦旧仇难报

丁隐抱拳道：“师兄放心，青云待我这般，我若负她，天理难容。”再与青云相视一笑，两人同时跨上各自马背，动作之协调，颇见傲雪双剑之默契。

这一时的场面十分温馨，谁也没有看到远处孑然孤立的玉无心。

一

范夫人斜倚在大厅的卧榻上，小张正低头替她搭脉诊治。青云紧紧握着范夫人的手，范伯、范仲也都在一旁焦急地等着，紫英、丹辰子和丁隐则坐在一旁。

青云大声问道："张馅饼，我娘到底有没有大碍？"

小张仍是全神贯注，似未听见青云话语。

范伯恨不得在小张屁股上踢上一脚，又唯恐扰乱他诊治，只得收回脚来，无奈喊道："小子，你倒是说话呀！"

范仲却很沉得住气，一连围着卧榻绕了七十多圈，虽是焦急万状，却始终忍住不发一言，就连脚步声都压得格外轻微。

小张又待范仲绕了几圈，才抬起头来，口中道："各位都放心吧，夫人体内现在有五行九天丹助力，元气充沛更甚于前，只是之前受了些外伤，稍稍歇息几日就能恢复了。"

青云这才松了一口气，又顿觉尴尬起来，连忙将手从范夫人手中抽出，说道："我……那个……我去帮您倒点水来。"

范夫人一把拉住青云的手，母女俩一时间竟然相对无言。

又过了半晌，范夫人才缓缓说道："青云，方才在鬼门关走了一遭，我心里最惦记的就是你，我找了你这么久，终于找到你了，我想到以后不能陪着你了，心里就满是遗憾。可转念一想，只要你健健康康，开开心心，我就算死一百次，死一千次，也愿意。"

青云听到这里，已是满眼泪水，一把抱住范夫人，喊道："娘！不要再说了，张馅饼不是说了吗？您会活得好好的，您会陪青云很久很久，娘！"

范夫人满眼惊喜，望着青云道："青云，能听见你亲口叫娘，我实在是太高兴了……”.

青云使劲点着头，面上分明是暖暖的笑意，却又任由眼泪涌出：“其实我心里早就接受娘了，只是一时……不好意思开口……”

范夫人喜极而泣，紧紧将青云搂在怀里。

范伯见此情景，高兴地跳上那张珐琅圆凳，拍手道：“太好了！太好了！老子终于有人叫舅舅了。”

范仲睨了范伯一眼，当即跃上青玉案台，老泪纵横道：“好感人！好感人！终于有人叫老子舅舅了。”

青云让他们逗得破涕为笑，款款拜道：“青云拜见两位舅舅。”

见此天伦之乐，一旁的小张也忍不住赞叹起来：“真是皆大欢喜，总算没白费工夫。”

丁隐则起身走到青云身边，拍了拍她的肩膀说道：“青云，恭喜你，终于不再是孤单一人。”

青云满眼含笑，不好意思地低下头。

这时范夫人又道：“青云，你最该谢的人就是丁少侠了，若不是方才他耗费修为帮娘续命，咱们母女恐怕早就阴阳相隔了。”

青云这才道：“丁大哥，真的很谢谢你！你方才动用赤魂石之力，现在身体可还好？”

丁隐一笑，摇了摇头。一直坐在后面的丹辰子也站了起来，施礼道：“在下恭喜范夫人一家团圆。”

范夫人起身下床，对丹辰子施了一礼，缓缓说道：“此番多亏诸位蜀山少侠相助，我陶然居才能渡过一劫。方才与大荒八魔一战，诸位也都辛苦了，就请在府中休息片刻，我会令范伯、范仲招待诸位。”

范夫人又望了望青云，对她道：“青云，娘想带你去一个地方。”

范夫人说的那处地方，是陶然居外五里地的一处僻静山谷。

在一棵参天古树的巨大树荫下，青云见到一座孤坟静静地立在那里，墓碑上刻着“先夫周傲然之墓”。

青云小声道：“这是我爹的……”

范夫人已先一步走到墓碑前，用手轻抚墓碑上“周傲然”的名字，两行清泪无声滑落，轻轻滴在墓碑上。范夫人哀伤道：“傲然，我找到我们的女儿青云了。她很好，又漂亮又聪明。”说着示意青云上前。

青云走到墓碑前，郑重地跪了下来，哽咽道：“爹，女儿来看您了。”

青云说完，对着周傲然的墓碑磕了三个响头。

范夫人流着泪，在旁边欣慰地看着，口中如泣如诉：“傲然，二十年来，你从不肯来梦中见我，可是因为一直在怪我？现在我终于将青云找了回来，你可以原谅我了吗？”

青云心一酸，上前握住范夫人的手，低语道：“娘啊，之前是女儿不懂事，现在女儿明白了，爹是惩奸除魔的大英雄，而娘这么多年来，也从未放弃过找寻我。所以青云不怪您，相信爹爹也不会怪您。所以，您不要再责怪自己了。”

范夫人听了青云的话，紧紧闭上双眼。过了好一会儿，她才解脱般睁开眼睛，定定地看着天空，自语道：“傲然，谢谢你。”

青云握住范夫人的手，陪她久久肃立。母女俩并肩站了很久，不发一言，默然而立，像是对光阴的追怀，对缘分的感激。

半晌，青云忽然开口道：“娘，女儿有一件事，还请娘让我自己做主。”

范夫人这才从追忆中回过神，问青云道：“什么事？”

青云有些踌躇扭捏，但终是开了口：“我的终身大事……还请您不要干涉。如果我有喜欢的人，定要他也喜欢我，两人在一起才会幸福，而绝不是用家势去强迫他，用利益去吸引他。”

范夫人面露悲戚之色，眼眶中又泛起泪花，轻叹道：“女儿啊，我又何尝不希望看到你找到两情相悦之人，只是……我不知道你还能等多久。”

青云不禁诧异道：“娘，这是什么意思？”

范夫人说道：“你身上流着你爹的血脉，也继承了你爹家族所受的诅咒。若是不能与自己心爱的人成亲圆房的话，就会耗尽气血而亡，而且万般痛苦，非常人所能忍受。”

青云面色大变，一脸质疑，口中道：“不可能，这世间怎么会有这样奇怪的病……”

范夫人又道：“这是你爹祖上仇家所下的恶毒诅咒，本来我也不信，但你爹来到中原时，身上的诅咒已然发作，娘是见过你爹发作时的痛苦之状的。当年你爹其貌不扬，自认世间不会有人对他倾心，便决定孤身一人夺取五行九天丹。之后他来到中原，想找个地方静静地死去，没想到后来遇到了我，是我解了他身上的咒，只可惜……”

青云愣住了，表情变得黯然起来：“娘……这咒，它什么时候会发作？”

范夫人说道："治愈者长命百岁，不治者之中，最年少之人二十一岁就会发病。娘知道你喜欢丁隐，不如娘帮你去劝劝他？"

青云斩钉截铁道："不用了！"

范夫人却记得青云岁数："可是你今年已经二十……"

青云摆了摆手，勉强挤出一个微笑："娘，可不可以答应我，这件事不要告诉任何人，更不要告诉丁大哥？以丁大哥的个性，他一定不会弃我于不顾，但这世上强扭的瓜不甜，若女儿强行与他在一起，那我们两人必然都不会快乐。娘觉得心里的痛苦和身上的痛苦，哪一种更痛？"

不料范夫人微微一笑，向青云说道："娘不是逼你去求人同情。但心里既然有情，就应该找机会勇敢地说出来。"

青云摇了摇头："娘，可是……可是丁大哥心里不一定容得下我……"

范夫人摆了摆手："那可说不准了，娘和你爹当年共创出这傲雪双剑，剑法讲究配合无间，只有心心相印的两人才使得好，你和丁隐习练时日尚短，使用起来竟如此默契，我看得出，他和你之间是有情意的。"

青云陡然间惊喜起来，大声问道："真的吗？"

范夫人又是意味深长地一笑，缓缓道："自古男追女隔层山，女追男却只隔一层纱。若我当年放不下范府千金的身段，放弃了你爹，那今日也就没有你存在。所以，青云，如果你真的喜欢他，就应该告诉他，这样，哪怕被拒绝也没有遗憾。"

青云被触动心事，脸色也跟着红了起来，口中却道："娘，此事让我再考虑考虑。"

这般少女情怀，哪能逃过范夫人法眼，她一把将青云搂在怀里，笑意盈盈道："丁隐是个好孩子，这件事，娘支持你。"

青云就势依偎在母亲怀中，觉得好温暖。

入夜，丁隐独自在房间内打坐运功，体内的红光如蛇行般四处流窜，他唯有运起功法努力压制，不多时，额头已渗出豆大的汗珠。

此时，幻象也开始在他脑中不断涌现丛生，他再次看到玉无心苍白的面容，手中挥舞着长剑，一剑刺向他的心口。丁隐终于支撑不住，猛地吐出一口鲜血。

这时青云正端了一碗汤药进来，见状连忙冲上去扶住丁隐。青云见到丁隐脸色苍白，唇角带血，心中十分焦急："是不是赤魂石又异动了？"

丁隐定息道："白天引五行九天丹动了体内赤魂石之力，不过已经没事

了。”

青云从桌上端过汤药，轻声道：“这是两个舅舅专门熬制的汤药，能够补气养神。”

丁隐点点头，接过药来，一饮而尽。

青云又拿出手绢给丁隐擦去嘴角的血迹，丁隐想要接过手绢，却握住了青云的手。两人目光相触，青云脸一红，忙抽出手来。

丁隐面色一红，说了句：“青云，有劳你了。”

青云也含着羞，不敢与丁隐对望，口中却道：“哪有，丁大哥，都是我太任性了，若不是我总顶撞娘，弄巧成拙引狼入室，就不会害得你现在这么辛苦了。”

丁隐又道：“是范夫人疼你心切，太想看见你成亲罢了，都是误会，不必放在心上。”

青云听到“成亲”二字，想起白日范夫人所说的怪病，不由一阵心悸，便问丁隐道：“丁大哥，如果我告诉你，我娘逼我成亲是为了给我治病呢？”

丁隐一愣，紧张道：“你说什么？”

青云应道：“我娘说，因为我爹的西疆血统，我身上也带了种怪病，如果二十一岁之前不成亲的话，就会病发而亡，而且死状恐怖。”青云一边说着，一边扮了个大大的鬼脸装死。

丁隐霎时瞠目结舌，口中不住道：“不会吧？不会是真的吧？”而眼神中却真的满是惶恐焦急。

青云仰着头，认真地看着丁隐，问他道：“所以啊，丁大哥，你愿意娶我，救我性命吗？”

丁隐怎料到青云竟开门见山作此一问，着实吓了一跳，“呃”了半天，说不出一个字来。

青云眼中闪过一丝失落，旋即掩饰过去，往丁隐胸口捶了一拳，大笑道：“哈哈哈，骗你的！人世间哪里有这种奇怪的病啊，再说我在百草师叔眼皮子底下那么多年，有病他还看不出来啊？”

丁隐听完，长出了一口气，口中道：“你也真是调皮！这种事情你都拿来开玩笑？”

青云却眨了眨眼睛：“如果是真的，你会答应吗？”

丁隐微笑着说：“这世上哪来那么多如果，别总是拿自己的性命来作假设。

你看你多幸运，有这么多人疼，如今还找到了亲娘，就算有什么波折，也会逢凶化吉，一世平安的。”

青云心中感慨万分，仍是点了点头，努力挤出微笑，算是回应丁隐。

这时丁隐又突然想起什么，对青云道：“是了，青云，有一事我正想问你，今天你是如何从云中雷手中逃脱的？”

青云脸色一变，回想起当时黑纱蒙面的那张脸，脸上露出为难之色，支吾道：“是……是……是有个人救了我嘛。”

丁隐警觉起来，追问道：“是谁？”

青云仍是结结巴巴，语焉不详：“我也……不知道，他蒙着脸，林子里又晦暗，我哪里看得清？”

丁隐抓着青云的肩膀，激动道：“就算他蒙着脸，你们也必然有过肢体接触，这人是男是女？身高体形如何？使的又是什么门派武功？”

丁隐一脸严肃地看着青云，青云被逼无奈，索性就势耍性子，一把挣脱开来，恼怒道：“我说不知道就是不知道嘛！难道我知道还故意不告诉你吗？”

丁隐看着青云反常的举动，表情更加疑惑。

青云也意识到失态，立刻掩饰起来：“哎呀！丁大哥，我当时被云中雪下了迷药，晕乎乎的，是真的没看清。况且，这个人是谁有那么重要吗？”

丁隐情知另有隐情，当下也不便探问，便道：“那也没有，只不过此人救了你，想当面向他道谢罢了。”

青云如获大赦，又东拉西扯说今夜月色明亮，窗外蟋蟀鸣声煞是好听之类，丁隐好生无奈，只得劝她快些回去照顾受伤的范夫人。

青云粲然一笑，说道：“那是，那是，我娘最喜欢我陪着她了，丁大哥辛苦一日，也该早些休息才好。”说着她便轻快地跳出门去，只差没哼出两句小曲助兴。

谁知青云离开丁隐客房，这才走出几步，面上神情霎时间就变得黯然落寞。她靠在雕栏边，幽幽一叹，自语道：“若我有一天默默死去，你会不会为我难过？若是我告诉了你实情，你会不会答应娶我？那样的话，你对我是同情，还是爱呢？”说到此处，青云眼睛一红，又簌簌落下泪来。

次日清晨，众人给范夫人请安时，见她气色已大为恢复，均是十分高兴。范夫人又说了几句感激的话，便携了青云的手，领着丹辰子、丁隐、紫英与小张，步入厅房的内室中来。

只见范夫人打开数道机关，内室的一堵青色砖墙居然从中分开，走道的朝向也随之转移，随着“咯咯”之声，地下又抬升出一条路径来。众人沿路而行，来到一间布满青蓝色阵法的密室之内。

范夫人微笑道：“诸位少侠，我知道你们此次前来的目的是为了进我陶然居藏经阁一阅。诸位此番相助我对抗大荒八魔，又助我和青云相认，我实在是无以为报。这里便是助你们通往藏经阁的法阵。”

丁隐却不解道：“夫人，先前听范伯、范仲两位前辈说过，这藏经阁是存在于夫人脑海之中，先前假山上所见只是您的思想所倒映出的幻象。不知其中有何玄机？”

青云也跟着问道：“对啊，娘，我们怎么才能进藏经阁呢？”

范夫人说道：“的确如此，我们范氏一族乃先祖黄帝的直系后裔，自上古以来，范氏一族的女子就传承了记忆力超群的天赋。外人传说陶然居藏经阁有万卷图书，其实这万卷书早就印刻在每一个范氏传人的脑海里。”

听得青云连连点头：“怪不得嘛，从小师父就夸我聪明，记东西快，原来还是祖传本领！”

范夫人被她逗得一笑：“傻丫头，待娘以后慢慢传你口诀心法，你会记得更快。”

丹辰子又问道：“那敢问夫人，我们怎样才能进入藏经阁呢？”

范夫人示意众人少安毋躁，口中道：“各位且先请盘腿坐下，以手相连。”

丹辰子本来站在紫英旁边，要牵她的手，紫英还在生气，二人尴尬犹豫间，小张趁机往两人中间一钻，一手一个牵住了紫英和丹辰子，好不得意。

丁隐刚好站在青云旁边，并没有多想，坦然地与青云手掌相对，青云却红了脸，心里小鹿乱撞。

范夫人知道青云心意，对她一笑，继续向众人道：“请诸位闭上双眼，去除一切杂念，心手相连，以心观心，随着我冥想。”

大家都跟随范夫人的指令，闭上了双眼。范夫人见各位准备妥当，便兀自运功，周身闪起微弱的青蓝色光芒。她抬起双手，两只手分别放在她两侧的紫英和青云手掌上。此时只见法阵华光大盛，密室四周的墙壁开始飞速旋转，变成了一座圆柱形的通天之塔……

刹那间，众人已站立于藏经阁中，那藏经阁像一座不断延伸长高的通天塔，圆柱形的墙体周围旋转排列着无数书籍，每一本看起来都是历经沧桑但保存完好。

众人再往前走，见范夫人已经在前面微笑等候，口中娓娓道来：“天下都知道陶然居有藏经阁，里面有家祖收藏的天下各大门派的武功秘籍和江湖秘史。为了一探究竟，各路习武之人不惜使用各种手段，趋之若鹜，但最终能进来的人还是少之又少，原因就是，这个藏经阁其实印在我脑海之中。只有我内心默许的人，才有能力进入藏经阁，阅读里面的内容。”

紫英抢先问道：“那夫人可知道紫青双剑以及神木剑的下落？”

范夫人微微一笑，双手一挥，只见书架上一本古书凌空飘出，书页开启，文字飘出，在众人眼前形成一幅画面：紫青双剑为一古人得到，又以开山之力封印于武当山之中，紫郢剑剑灵与幽暝剑剑灵打得昏天暗地，两柄宝剑双双插入莽苍山腹地……

范夫人缓缓念道：“从书中记载来看，双剑本是前古遗珍，共雌雄二口，雄名紫郢，雌名青索，可分可合，威力之大，远胜干莫。秦时修士艾真子曾得之，到手不久，便自成真，无暇重炼。因双剑罡煞之气未消，本身又具有灵性，所以特将双剑埋藏于武当山翠屏峰山腹内。此藏珍之处，禁制重重，非有极大仙福仙缘，不能妄取。而后百年中，中原武林与西疆魔地数次大战，凶剑幽暝从魔地出世，为了克制凶剑煞气，先人将紫郢剑取出，用其罡煞之气封印幽暝剑于莽苍山之巅。”

丹辰子起先大为震惊，再而心悦诚服，他十分恭敬地对范夫人作了一揖，又问道：“原来如此，那夫人可知神木剑的下落？”

范夫人思考片刻，手袖一挥，东首的书架上又飘出一本书，书本打开，显现出一对年轻男女的影像，其中男的看得出是一个铁匠，女子则貌美温柔，陪伴在男子一侧。

范夫人又说道：“相传上古东方神木扶桑，生青铜树枝，周身闪耀银光。这神木剑原本是神木的一枝，后被武器名将许钺得到，重新打造，得名神木剑，后来许钺神秘失踪，留下妻子余明娘和神木剑独守于青崇山之中。”

青云兴奋地大叫道：“太好了，娘真厉害！三把神剑的线索现在已经全部集齐了！”

范夫人见女儿高兴，自也十分欣喜，又道：“为了答谢各位的救命之恩，我还准备了薄礼送给大家。”说着再次挥了挥衣袖，书架上飞出两本书籍，落到丹辰子和小张手中。

丹辰子又惊又喜：“这是……”

范夫人向丹辰子点头一笑：“这是你们蜀山剑派点苍峰失传已久的《点苍剑法》全本，我这里恰好藏有一本。”

另一边小张也大叫起来：“啊！这是《百草实录》！”

范夫人赞许道：“张少侠果然识货。这是上古神农氏尝遍百草所记录的心得，可助少侠日常钻研药理之用。”说着又一挥手，两本古籍化作文字，竟是印入了丹辰子和小张脑海之中。

丹辰子与小张喜得异宝，对范夫人不住称谢。

范夫人又看了看紫英，谓她道：“紫英姑娘，我不太了解你需要何物，你可自行在这藏经阁中挑选一本古籍带走。”

紫英却神情高傲地看来看去，什么都没有挑，只说道：“有劳夫人了，我想我并不缺什么。”

倒是青云好奇地看着书架上陈列的书籍，举棋不定，拿了这本，又拿那本，怀里抱的都是书，还傻里傻气问道：“娘啊，只能挑一本吗？”

范夫人又被她逗笑：“你这傻丫头，这藏经阁以后是要传给你的，这里的古籍史册，娘全都送给你。”

青云高兴地大呼“好”，乐颠颠跑回范夫人身边拉起她的手，好一阵蹦蹦跳跳。

范夫人又看了看丁隐，一指角落里的一处书架，一本古籍翩然飞至丁隐面前。

范夫人说道：“丁隐，这是我特别为你准备的。此书乃太清真人当年游历陶然居时所记录下来的赤魂石修心之法，后来特意赠予我范家收藏。当中记载了他对赤魂石的修行心得，希望可以帮助你炼化赤魂石。”

丁隐如获至宝，脸上十分喜悦，拜谢道：“如此珍宝，真是令夫人费心了。”

范夫人点头一笑：“不必言谢，既然已求得所需，我便带各位回去吧。”

密室中，众人顿时睁开双眼，前番幻象虽已散去，但各人习得的秘籍分明印在了脑海间，脸上皆是抑制不住的兴奋之情，齐声道：“多谢夫人赐教！”

范夫人又道：“既然你们任务在身，我也不便耽搁诸位，我与武当掌门佟元齐也算故交，你们且多留一晚，我修书一封，再给你们准备些盘缠，明日送你们启程。”

丹辰子点头道：“当年蜀山曾与武当有过过节，后来虽已化解，但恐怕仍心存芥蒂。若夫人肯修书引见，自然极好。”

青云也高兴地点了点头：“太好了，娘，我也正想多陪您一晚。”说完便一头扑入范夫人怀里，与她亲昵起来。

明月高悬，夜风如水。

陶然居客房庭院之中，丹辰子正舞起范夫人授他的点苍剑法。他手持龙潭古剑，将脑中一招一式施展开来，加之自身内力充沛，将一把古剑在空旷的庭院中舞得如同银蛇，煞是精妙好看。剑招舞毕，丹辰子顾不得擦去额角的汗珠，仍沉浸在气象恢弘的剑势之中。

庭院一角，紫英却是冷哼一声。

丹辰子全然忘记她尚在与自己生气，忍不住与她分享心得：“紫英，这套《点苍剑法》早已失传，我以前只学过一些残招，没想到如今得窥全貌，果真精妙绝伦！这陶然居，果真名不虚传啊！”

“呵！”紫英冷笑一声，讥讽道，“先是得到范夫人青睐，再是喜得失传剑招，我看你真是春风得意得紧。”

丹辰子这才有所察觉，赶紧放下剑，上前拉住紫英的手，赔笑道：“哎呀，我的好紫英，你还生气呢？”

紫英仍是阴阳怪气：“我只不过是区区一个掌门之女，在蜀山还勉强有点地位，到了这‘江南第一家’的范府可就是自愧不如了，我看你还是留下来享受荣华富贵吧。”紫英说完，扭身想走。丹辰子冲上前去，一把拉过紫英抱在怀里。紫英挣扎起来，大叫着让他放开。

丹辰子大声喊道：“我不放！我丹辰子一辈子只喜欢你一个女人。青云的家境再好，势力再大，可她不是你。我要娶的是你，不是她的家世啊。紫英，你听明白了吗？”

紫英被丹辰子紧紧拥着，听到丹辰子如此表白，心中的不快也渐渐散去，终是娇嗔道：“那你要答应我，以后也不准打青云的主意，别的姑娘也不行。”

丹辰子故意装出一本正经的样子，恭敬道：“在下遵命！”

紫英给他逗得一笑，噘起嘴道：“不过嘛，想来这范夫人也真是大方，一高兴起来，又是送剑谱，又是写信的，倒也为咱们一路上省了不少事。”

丹辰子点头道：“所以，紫英，明日辞行之时，你是不是应该向她们母女二

人道个歉……”

紫英方才原谅丹辰子，哪里再肯让步，当即喊道：“我不！明明是他们家仗势欺人在先！”

丹辰子忙劝慰道：“不知者不怪，我知道你受了委屈，但毕竟出手打人的是你，于情于理咱们都该道个歉，免得以后心存芥蒂。再说了，你不是说范家在武林地位非凡，咱们为大局着想，也不该伤了两派和气。”

紫英沉思不语，心里已经想通了，却还是觉得下不了台，便嘶着嘴站在原地不说话。

丹辰子见她模样，连忙搂住她，软语道：“紫英，若是你为难，那师兄替你道歉。”

紫英这才道：“不用你去！我身为蜀山掌门之女，哪有那么小气！师兄，为了你，我愿意向她道歉。”

丹辰子喜上眉梢，将怀中的紫英又搂得更紧了。

庭院的另一边是丁隐居住的客房，这时他正握着那张写有“速去云中雪老巢救青云”的字条，与小张对坐在一张红木案台两侧。

丁隐反复端详着字条上的笔迹，时而凝眉，时而叹息，时而自言自语地推敲。

对面的小张终于忍无可忍，向丁隐发难道：“大哥啊大哥，不是我说你，你怎么还想着那个妖女？你还嫌被她害得不够惨吗？”

“我……我只是怀疑。”

丁隐才说了半句，便遭小张抢白：“你以为你是神算刘瞎子，还有这测字的能耐？还说什么青云的态度古怪，怀疑是那妖女又出现了，我看你根本就是块木头！不是我说你，青云被掳走，她有没有被云中雪怎么样？有没有受伤？心情有没有恢复？这些你问过她吗？”

丁隐被小张问得一阵惭愧，半晌答不上来。

小张又道：“你都没关心一下人家姑娘，上来就揪着黑衣人这些无关紧要的问题一通逼问，她当然不开心了！”

“这个……我……我没想这么多，是我粗心了。”丁隐苍白地解释着。

小张听也懒得听，继续道：“你哪里是粗心？我看你是根本没有心。从你上蜀山起，青云就一直帮助你，照顾你，为了教你练剑还被晓如师伯罚，每次你犯错，她都替你说话，你受罚，她恨不得跟你一起受罚。上次因为你被囚禁一事，跪在凌云峰广场上求了掌门好几天，不吃不喝，几天下来，腿都肿成萝卜了，来我这里拿消肿药的时候，还交代我千万别让你知道，免得你担心。你说这么好的姑娘，范夫人让你娶她，你为什么不答应啊？你凭什么啊？”

丁隐被问得哑口无言。

小张指着他脑门，不住摇头，又叹息道：“我知道，你还忘不了那个妖女，可你难道不记得了吗？她三番五次地骗你，手上沾满了我们同门师兄弟的血，那样的女人也算是女人？她根本就是个魔鬼。青云姑娘善良单纯，最重要的是，她心里全都是你！这样一个好姑娘难道还比不上那个魔宗妖女？”

“小张，你听我说……”

丁隐还想辩解，小张气得将案台拍得“啪啪”作响，大骂起来：“你别说，你还有脸说！你给我听着！你自己好好想想，这么久了，你对不对得起青云姑娘的一片心意？为了一个不堪一提的人，伤害身边真正对你好的人，你觉得值得吗？你觉得自己这样做很帅吗？”

小张说完这番话，当即摔门而出，要以自己决绝的行动感召丁隐放弃对玉无心的畸恋。谁知他才走出几步，便看见庭院那一端紫英偎在丹辰子怀中情意绵绵的画面。

小张险些吐出一口血来，只觉那畸恋之苦，他丁隐也非独家……

情字一关，众生皆苦。若学得会分辨割舍，苦中犹带着一条善路。

话说小张摔门而出后，丁隐手握着那张字条，先是来来回回在屋中踱步，再是躺在床上辗转反侧；先将与玉无心相逢相知、相爱相杀的林林总总反复回忆了百千次，后又回思起与青云从初识到现今的每个细节，只觉得脑中情境不断变换，犹如四季冷暖穿堂而过。

他时而看见玉无心立在尸骸遍布的雪池间冷冷地笑，时而看见青云傻憨傻憨地为他领路下山；时而看见玉无心挥剑毁去张琪右眼时怨戾的神色，时而又看见伤痕累累的青云背负自己御剑飞行；时而看见玉无心在冰湖边取出银针，狠狠刺向自己的后颈，时而又看见青云在天龙寨岸边泪流满面为自己度气……

终于，关于玉无心的画面越来越少，取而代之是青云温暖无邪的笑颜，丁隐嘴角不禁泛起淡淡笑意。

他一抬手，将手中字条捏作粉末，有些自嘲地叹了声：“小张说得对，我丁隐真是这世界上最不分好坏的木头。”

正在这个时分，传来一阵敲门声。丁隐起身披了件外套就去开门，门一开，

见是青云站在门口。

青云涨红了脸，几乎不敢正眼看丁隐，双手紧张地抓着衣角，一副扭扭捏捏的样子，低声道："丁大哥，我有些话想跟你说，其实一直以来……我……"

原来青云在范夫人的点化之下，又经历了一番激烈的思想斗争，终于鼓足勇气，决定不再逃避，跑来向丁隐告白心迹。

只是蓦然见到了意中人，仍不免忐忑紧张，心如鹿撞，话到嘴边又不知该如何说下去。

丁隐看着青云娇羞窘迫的样子，突然心里一紧，好生心疼面前这个为自己付出一切的女子。他上前一步，一把将青云紧紧地揽在怀里。

青云被突然而来的巨大惊喜包围，一时间没有回过神来，唯有激动地喊了声："丁大哥……"

丁隐明白青云的心思，在青云耳边轻声道："傻丫头，什么也不用说了，其实一直以来，我都明白！"

青云此刻几乎不敢相信自己的耳朵，顿了顿，竟是喜极而泣，倚靠在丁隐怀内，任由热泪沾湿两人的衣襟，她只想尽情享受这个期待已久的拥抱……

丁隐拥着青云，两个人跃上房顶，此时满天星斗，月华如织，徐徐夜风伴着窸窸窣窣的虫鸣。丁隐伸手拉过青云的手，紧紧握住。

青云一时间面色绯红，道："丁大哥，你确定你刚才说的都是真的吗？我……我还是觉得有些像做梦。"

丁隐刮了刮青云的鼻子，笑着说："傻丫头，你现在反悔还来得及。"

青云紧张起来，赶忙道："我才不要！我……我是高兴，我没想到你会接受我，我以为你永远都只把我当成小妹妹。"

丁隐轻笑了一下，凝视着青云，温柔地道："还记得初上蜀山时你对我说的话吗？"

青云疑惑道："我每次都对你说了那么多话，哪里知道你说的是哪句？"

丁隐抚摸着青云的秀发，缓缓道："你说人活着就应该向前看，不应该总是沉溺于过去，要珍惜身边所拥有的一切，把握当下。掌门也教导过我，放下执念，究竟自在。可是那么久以来，我总是奢望一些虚幻的东西，执着于自己的心魔，差点辜负了你对我所做的一切。"

青云嘻嘻一笑："丁大哥，我对你好，从没想过要你回报什么。"

丁隐说："这不是回报，是回应。以前是我太愚钝，其实最好的人早就在我身边了。青云，从今以后，就让我来照顾你、保护你，可好？”

青云听了这话，双眼噙满泪水，幸福地和丁隐相拥在一起。

翌日清晨，一轮旭日披着绛霞冉冉升起。

陶然居前院中，范夫人早已差人备好马匹，蜀山众人即将启程奔赴武当。此时范夫人正偕范伯、范仲送众人出来，她将一封书信交给丹辰子，叮嘱道：“到了武当，将这封书信交予佟掌门，相信他会看在我的薄面上，事事多行方便的。”

丹辰子恭敬地施了一礼，口中道：“这些时日，多谢夫人款待，日后回到蜀山，必向掌门禀告，再专程道谢。”

紫英也上前对范夫人作了一揖，诚挚地道：“夫人，之前是紫英不懂事，得罪之处，还盼夫人见谅。”

范夫人释然一笑，随即道：“一场误会，紫英姑娘无须挂心！”

丹辰子见紫英放下身段向范夫人致歉，心中大是欣慰，只觉那漫天绚烂的绛霞仍不及此刻紫英美丽，自他嘴角泛起了久违的温暖笑意。

此时，青云和丁隐方才携手而出，丁隐正拿着她的包袱，替她整理衣领，两人举手投足间亲昵万分。

范伯、范仲看出了端倪，凑到范夫人身边，范伯耳语道：“大姐，看来这外甥女婿算是妥了！”范仲附议道：“嗯，看来算是妥了，这外甥女婿。”范夫人见状，也是欣慰一笑。

青云见母亲看她，登时又羞红了脸，径直扑到母亲怀里，娇嗔道：“娘！女儿这便要走了，娘要保重身体，不必挂心女儿。”

范夫人笑着低声嘱咐：“你呀，既然心愿已遂，以后断不能任性，你们二人要互敬互爱，好好相处才是。”

青云惊喜抬头，又望了望远处的丁隐，露出小女儿的娇羞之色，又对范夫人点了点头：“知道啦，娘！”

这时候，小张打着哈欠，一脸不满地从后捶了丁隐一拳，口中耍着市井腔调：“丁大哥，你们俩在屋顶上聊天看星星，卿卿我我了一宿，也不怕吵了兄弟我睡觉！”

众人笑作一团，明白了个中缘由，只有紫英略感意外，在一旁尴尬赔笑。

丹辰子上前拍了拍丁隐的肩膀道：“我这师妹虽然骄纵任性，但最是心地善良，你迷途知返，今后要好好对待她。”

丁隐抱拳道：“师兄放心，青云待我这般，我若负她，天理难容。”再与青云相视一笑，两人同时跨上各自马背，动作之协调，颇见傲雪双剑之默契。

丹辰子、紫英和小张紧随着各自上马，又一一与范夫人辞行，范夫人说了些小心珍重的话语，又对丁隐和青云叮嘱了几句，这才与众人挥手告别。

这一时的场面十分温馨，谁也没有看到远处孑然孤立的玉无心。

阴风谷外空地，阴风猎猎，滴水成冰，如同罗刹道场一般。

屠媚一身武装走在前面，绿袍默默地跟在后面，两人一前一后，都不说话，后面跟着一队魔宗门徒，皆是黑衣蒙面，全副武装。

两人走了一段，屠媚突然回头，望着绿袍，惜别道：“雪池已经蓄满，我不在的时候，你自己保重身体。”

绿袍“嗯”了一声。屠媚道：“就没有什么话要嘱咐我吗？被你教训惯了，不说点什么，反倒觉得不自在。”

绿袍上前，将屠媚的披风一拢，口中道：“丁隐已经不同昔日，诸葛驭我肯放他下山，必是有些把握。此去危险重重，你不要再鲁莽行事，一切多多筹谋。”

屠媚又问道：“你在担心我？”

绿袍也不回答，一抬手，将一股黑气注入屠媚掌心，对她道：“这是追踪玉儿的灵蛊，只要用我教你的口诀催动，便可找到她的下落。”

屠媚轻笑一声，仍要发问：“我很好奇，在你心里，究竟是我重要，还是女儿重要？”

绿袍面色依然冷冽，漠然道：“我知道你心里容不下玉儿，但她毕竟是我的血脉，必要时你可利用她，但切不可伤害她，知道吗？”

屠媚眼波一转：“好，我答应你，但你也要答应我一件事。”

绿袍示意她说，屠媚见绿袍爽快，眼中透出一丝欣喜，便大着胆子握住绿袍的手，道：“如果此次事成，帮你了却心愿，你就要……娶我做宗主夫人！”

绿袍目光一凛，盯着屠媚的双眼。屠媚并不回避，只是用热烈的眼神迎上了绿袍。半晌，绿袍没有说话，屠媚眼中透出一丝失望，黯然抽回手，转身往谷外走去。

“罢了，今后的事今后再说吧。”

屠媚的话音里透着萧索，刚走出两步，身后却响起绿袍的声音，只有一个字：“好。”

屠媚欣喜地转身，却见绿袍已经转身回谷中，只留给她一个背影。屠媚苦笑一声，对手下挥了挥手，便带着人马一阵疾奔出谷。

情字一关，众生皆苦。

绿袍送走屠媚，独自一人回到阴风谷的狭长通道内，却远远见到九毒一脸凝重，早已在外守候。见绿袍来了，九毒压低声音道："宗主，他来了。"

绿袍脸色一变，与九毒匆匆进入大殿，见大殿中一人背对着绿袍，手中玩弄着一条通体红色、状如水蛭的怪虫。

邹勤已经迎了上来，仍然是一副趾高气扬的样子："宗主真是好兴致，外出这么久，也不知道去开什么小差了，让我们天尊好等。"

连登也是一副小人得志的嘴脸，对绿袍道："宗主今日气色不错，想来是雪池之功啊。"

绿袍并不理会这两个脓包，径自上前一步，向屠霸作揖道："不知天尊驾临，有失远迎。九毒，还不快请天尊上座。"

"不用了，那里不就是座吗？"屠霸飞身跨上阴风谷大殿中央的高台，在绿袍平日的主位上坐下，方才再见他面容。二十四年过去，屠霸容颜不老，反而平添几分霸气，脸上虽带着微笑，却暗藏杀机，向绿袍道："绿袍，我坐了你的位子，你不会恼我吧？"

绿袍眉头微皱，却不卑不亢道："天尊说笑了，你我知己至交，共谋大业，又何来恼怒？"

屠霸玩味道："你们中原人可真是会说话。好一个共谋大业，看来我还是小看了你，我本以为这么多年你只是我的一条狗。"

这般挑衅的话语令九毒心生不忿，当下握了握拳头。

绿袍淡淡一笑，拦住了他，又若无其事地对屠霸道："天尊怎么看，是天尊的自由，但恐怕天尊是看走眼了，你养的不是条温顺的狗，而是匹吃人的狼。"

屠霸仰天大笑，却突然转怒，大吼道："绿袍，我倒要问问你，南明离火剑既然已离开蜀山，为何不从速回报？"

绿袍淡定地道："天尊这不是已经知道了吗？既有通天的本事，又何须我回报。"

屠霸缓缓伸出手掌，向着绿袍摊开。连登在一旁帮腔道："宗主，识相的就快点把南明离火剑交出来，不要等天尊动手。"

绿袍淡然一笑："实不相瞒，南明离火剑并不在阴风谷内。"

屠霸显是未曾料到，当下好生诧异。

绿袍却又说道：“天尊，我一早就说过了，我们是共谋大业。这南明离火剑只是天尊计划的第一步，而最终目的意在夺取赤魂石。屠媚和小女玉无心已经一同出发，携南明离火剑去夺取赤魂石。”

屠霸这才道：“女儿？你还有个女儿呢！屠媚什么时候变得这么大度，这样也能容忍？”

绿袍说道：“我们二人携手多年，自然是相互信任的。天尊，此番计划周详，定是万无一失，还请天尊在谷内静候佳音。”

屠霸又道：“你的意思是我碍手碍脚？”

绿袍答道：“只是我足够相信屠媚和玉儿罢了。”

屠霸听绿袍这般说，便点了点头，口中道：“好，我且信你。”话音未落，他却一翻手掌，手中一直把玩的那条红色怪虫突然腾起，猛地射入绿袍体内。

绿袍躲避不及，只觉那怪虫在他体内四处游走，令他周身血脉翻腾，浑身一阵剧痛难耐，脸色顷刻变得惨白，竟支撑不住单膝跪倒在地。

九毒向屠霸跪拜道：“天尊，宗主只是竭力帮助天尊成就大业，敢问何错之有？”

屠霸手一挥，一道真气化刀向九毒劈去，九毒站立不稳，被震得连连后退，口吐鲜血。屠霸再是手掌一收，那怪虫便由绿袍体内飞出，重新落回屠霸手中，只见它颜色变得更加暗红，扭动着躯体，看似兴奋不已。屠霸狞笑道：“这只是个小小的教训，我只是想告诉你，以后不要擅作主张。”

绿袍身体疼痛有所缓解，咬牙起身，也不回答。屠霸轻瞥了绿袍一眼，起身离去。

绿袍阴沉着脸回到房间，刚刚进门，再也支撑不住，两腿一软，一只手扶住桌子。九毒见状，连忙上前扶住绿袍，只见他额头上渗出豆大的汗珠，脸色惨白。

九毒关切道：“宗主快坐下，属下替你稳住真气。”说着便扶绿袍在榻上打坐，运气令他体内翻涌的气血平稳下来，片刻之后，绿袍的脸色终于恢复正常。

九毒不解地问道：“宗主，你为何要骗天尊，副宗主她分明和小姐不合……”

绿袍睁开眼睛，看着九毒，缓缓道：“九毒，你跟在我身边也有二十多年了吧？”

九毒一愣，抬头看向绿袍，说道：“回宗主，二十二年八个月零两天。”

绿袍为之一笑：“呃？你竟然记得这么清楚。”

九毒则应道：“宗主对九毒救命之恩，九毒永世难忘。”

绿袍又问九毒：“你还记得当年是怎样的情景吗？”

九毒郑重地点了点头，口中道：“属下不曾忘记。当年我不过是西疆一个修行低微的少年，屠霸被封印西疆之后，处心积虑想要冲破封印重返中原，于是到处捉人充当他的工具。被他所抓者，修为高的被逼替他卖命，修为低的便永世为奴，不得翻身。我四处躲避，可还是被屠霸的手下盯上，眼见要遭厄运，是宗主将我救了下来。”

绿袍跟着忆起旧事，谓九毒道：“那时素因已离我而去，我万念俱灰，流落西疆，原也不指望独活。我见你被魔兵辱虐，心想着不如将一身武艺传给你，免得你日后像我和她一样受尽欺凌。”

绿袍说到这里，感激地望了九毒一眼：“若说是我救了你，倒不如说是你救了我。后来你背着我在雪地里跋涉了九天九夜，竟然不顾自己的安危，折返屠霸府邸……”

九毒当即作了一揖，肃然道：“宗主对属下恩重如山，纵是粉身碎骨也难回报。那时费些力气，实在是没有什么。”

绿袍又道：“你那时也是天真，竟然赌上自己的性命，去求屠霸救我，却不知道，屠霸与我本就是死敌。不过说来我也命不该绝，竟然让我遇到了屠媚这个冤家……”绿袍说完旧事，苦笑出声，兀自连连摇头。

他望着九毒，沉默半晌，开口道：“九毒，这么多年来，你随我出生入死，我最信任的人就是你了，可咱们主仆二人如今恐怕遇到大麻烦了。”

九毒一向冷漠没有表情的脸上泛出一丝激动，他单膝跪地，逐字说道：“九毒这条命是宗主捡回来的，不管宗主决定要做什么，去哪里，九毒都誓死追随。”

绿袍沉吟道：“如今赤魂石还未到手，屠霸却先回来了。你方才也看到了，只要屠霸还在一天，我身上的血蛊就无法解除，即使拿到赤魂石，也会受制于人，与其如此，不如绝地反击，奋力一搏。”

“宗主的意思是……”九毒揣测道。

绿袍单拳一握，阴鸷地道：“毁去屠霸手中的蛊王，彻底摆脱他的控制，让他看看，谁才是阴风谷真正的主人。”

“属下明白，全听宗主吩咐，万死不辞。”九毒深深低下头，恭敬地跪在地上。

绿袍看着九毒，又道：“好，这个先锋就由你来帮我做。”

与此同时，屠霸正在阴风谷的偏殿中闭目歇息。邹勤和连登立在下首，两人脸上都愤愤不平。先是连登进言道：“天尊，要我说，那上官警我态度也太过嚣张，根本就没把天尊您放在眼里。”

屠霸伸手打开面前一个特制的匣子，那条血红色的怪虫龟缩其中，屠霸伸手进去，那怪虫一口咬住了他的手指，贪婪地吮吸起来。屠霸看到指尖的鲜血，满眼都是兴奋嗜血的神采，兀自说道：“中原人本来就是养不熟的狼崽子。”

邹勤又凑了上来：“那依天尊看，他白天说的话有几分可信？”

屠霸“嗯”了一声，目光一扫：“这南明离火剑的确不在阴风谷中。我感受不到剑气，这一点，他倒没骗我。”

连登不忿道：“那咱们为何还要待在这里？难道天尊真的相信绿袍所说的话？”

屠霸狞笑道：“我当然不信，绿袍说得没错，他就是一匹会咬人的狼，如果不先收拾了他，日后难免在我们背后反咬一口。”

屠霸一边拨弄着手中蛊虫，一边闭目道：“眼下先不用着急，南明离火剑既然已经离开封印之眼，回到我们手里只是迟早的事。既然已经来了阴风谷，我们就顺便把这个不听话的大麻烦收拾了，否则日后后患无穷！”

邹勤忽地想起屠媚，自认思虑周详，又进言道：“天尊，您返回中原一事，仙主她还不知道，要不要属下去通知她……”

屠霸双眼一睁，狠狠瞪了邹勤一眼：“她屠媚也不知道被上官警我下了什么迷魂汤，居然也敢瞒着我，真是不知好歹！”

连登见邹勤讨了个没趣，赶忙说了句讨巧的玲珑话：“天尊息怒，相信仙主她也有苦衷。”

屠霸果然受用，虽仍是愤怒，对连登的语气倒是软了几分：“我不管她有什么理由，敢背叛我，就得承担后果。此事就不必让屠媚知道了，免得她回来坏了我的好事！你们听着，从现在开始，截断阴风谷对外的全部联络，咱们来个瓮中捉鳖。”

邹勤、连登齐声称是，随即一阵狞笑。

魔幡摄魂因借剑，狡计相杀争虫王

五鬼虽气息薄弱，但依旧笑望着玉无心，口中道：“玉儿，我担心你的事情还有好多呢，你虽然总是对我冷冰冰的，还老喜欢骂我，把我的关心当成狗屁，但是，我就是总想着你，怕你受伤。”

五鬼说完，又自口中淌出一摊黑血来。

丁隐等人纵马疾行，不日就要赶到武当山地界。

此时小张一骑奔在最前，有些统率群雄的豪迈风范。他实是不愿夹在两对恋人之间，尤其那丹辰子与紫英，一路并肩而行、谈笑风生，看得他十分烦躁郁闷，索性一马当先，要将这逆风而行的寂寥悲壮好好展示出来。

忽然丁隐在他身后大喊一声：“当心！”

小张这才惊觉马前不知何时已经站着一个人，大惊之下硬生生拉起马缰。他的坐骑极是神骏，竟嘶叫着人立起来，两只硕大的铁蹄险些蹬在身前的人脸上。

而立在马前那人依旧是呆若木鸡，一动未动。看他服色，是个武当弟子，可他神情又始终木讷呆滞，全不将身前的惊马放在眼里。

丹辰子上前施礼通报，说道：“我们是蜀山剑派门下弟子，特来向武当佟掌门求借青索剑。对了，这里还有江南陶然居主人范夫人书信一封，还请这位师兄通传掌门。”

那人却摇了摇头，只说道：“掌门不能见你们。”

青云与小张都是一惊，又连番追问，那人只是摇头，将“掌门不能见你们”重复了七八遍。丁隐与丹辰子面面相觑，不知道如何是好。小张实在受不了了，主动凑了上去，问他道：“这位小兄弟，请问佟元齐掌门是不是正在修炼什么，不能被打断也不能见人，才派你下来迎接我们的啊？”

那人点了点头，开口道：“掌门吩咐，请几位随我在山上别院休息一晚，明日再见掌门。”

丁隐几人对视一眼，唯有无奈点头。

那人便将他们带入一处破败蒙尘的庭院之中，仍是死气沉沉地道：“此处是武当别院，后面是厢房，诸位在此休息一晚，明天就能见掌门了。”

丹辰子又尝试向他递上拜帖，那武当弟子却似未曾听到丹辰子的话，自顾自将青云和紫英安置到女眷客房，随后不言不语，径自离开。

众人均觉诧异，又猜不透其中古怪，丹辰子回想起多年前上官警我刺杀武当掌门左景的旧怨，唯有劝众人明日得分外谨慎才好。

众人又推敲起那武当弟子在惊马前的反应，丹辰子认为：修道之人心态入定，处变不惊实属正常。小张却仍觉怪异，说他分明像是身中蛊毒。

丁隐思量许久，仍是不得要领，只有劝大家先行休息，待明日见到佟元齐掌门，再另行打算。

客房的灯光逐一熄灭，整个别院陷入了一片漆黑。院子一角现出一个黑影，正是暗地里监视蜀山众人的玉无心。

她正潜行至丁隐窗外，忽地见到西首墙头下钻进一个黑影，正蹑手蹑脚向她这边走近。玉无心旋即一个闪身，隐没在一株槐树后面。

那黑影显然没有发现玉无心，他来到丁隐窗下，掏出一支吹管。她正待出手擒他，那黑影居然惊觉，飞快地闪身而去。

玉无心旋即追去，那黑影却已跃上墙头。玉无心打出一枚暗器，却被黑影避过，正懊丧间，忽见一道白影骤然现形，出手如电将墙头的黑影擒获，不是五鬼天王又是谁。

五鬼拎起那黑衣人，像拎只小鸡似的，翩然从墙头落下，落在玉无心身边，低声笑道：“宗主不放心小姐，要我跟来给你打打杂，想不到果然派上用场。”

玉无心倒不意外，淡然道：“这打杂的功夫倒也俊得很。”接着又指了指五鬼手中那人道，“此人也不知是敌是友，且看看他是何面目。”

五鬼当即揭开那人蒙面，见他虽是个生面孔，却已是死人。那人两眼翻白，口吐黑血，显是失手被擒时服下了剧毒药物。

玉无心暗叫古怪，想不透这死人的来路。

却在这时，房内丁隐喊了声：“谁？”显是有所惊觉。

玉无心与五鬼立刻对视一眼，随即拖着黑衣人的尸体一并躲入树丛。慌乱中，玉无心腰间的玉哨被树枝刮落，掉在地上。

刚刚躲定，丁隐便随后而至。他四处张望，见到处都没了动静，失去了追踪的方向，却在无意中踩到地上的玉哨。他将玉哨捡起，随即认出是玉无心的东西，霎时愣住了。

玉无心和五鬼藏在槐树林中，玉无心看着丁隐的背影，几番想出声却又忍了下来。玉无心心中道：丁隐，只要你喊我一声，只要你告诉我你想见我，我立刻出来，把一切都解释清楚……

可是丁隐默默看着玉哨，神情复杂，却终究没有出声。

这时，远远传来青云的叫声，丁隐立刻将玉哨藏在腰间。不一会儿，青云、丹辰子、小张和紫英都寻来，纷纷问丁隐是何动静。

丁隐环顾一周，只推说是自己听错，抱歉惊扰各位安歇。众人听他这般说，便一一散去。丁隐又在槐树林边流连了一阵，终是一声叹息，返回屋中就寝。

五鬼见玉无心一副怅然若失的神色，便道："何必呢？既然那么想见他，怎么又不肯现身？"

玉无心却道："我是挂念他，可是又害怕与他面对面，怕他心里依旧在恨我，我不知道该怎么向他解释清楚。"

五鬼笑了笑："有些事根本就解释不清楚，你和他根本就是两路人。"

玉无心却有些动怒："你凭什么下结论啊？说够了吗？眼下这人死了，线索也断了，你还有心思在这里嚼舌！"

五鬼踢了尸体一脚，竟对玉无心一笑，说道："其实死人也会说话的。"他随即从尸身上搜出吹迷烟的竹筒，在风中一扬，缓缓道，"这是西疆曼陀罗，是极其烈性的迷药。"

接着五鬼又摘下黑衣人的帽子，玉无心赫然发现他竟然是个光头，头顶有一个奇怪的文身。

"这是什么？"玉无心诧异道。

五鬼道："我记得西疆腹地山中有一群修行妖术的妖人，惯用迷烟，可是这西疆妖人怎么跑到武当山上来了？"

玉无心沉吟道："南明离火剑被我拿走，蜀山对西疆的封印力量削弱，西疆不少妖人都来了中原。"

五鬼又道："不过这群人既然朝丁隐的房间吹迷烟，十有八九也是冲着赤魂石来的。"

玉无心神色一冷，不免又为丁隐担心起来。

五鬼看在眼里，便只有摇头轻叹。

武当大殿依山而建，庄严富丽，四周顺着山势，盘绕着九曲红墙。丁隐等人正顺着红墙，跟随着武当弟子走向大殿。

众人踏入武当大殿，立刻觉察到气氛诡异。众多武当弟子站在一旁，但一个个看起来双眼无神，面色铁青。

大殿内鸦雀无声，本来还欢天喜地的几人也被这死气沉沉的气氛压制得沉默下来，殿内只有几人的脚步声回荡。只见佟元齐坐在掌门席位上，也是脸色冷冰，居高临下地看着众人。

丹辰子鼓足勇气施了一礼，恭敬道："晚辈蜀山剑派门下弟子丹辰子，拜见武当佟掌门。"

佟元齐说道："诸位远自蜀山而来，不知有何贵干？"

青云上前一笑："佟掌门，您还认得我吗？"

青云兴奋地上前，佟元齐一脸迷惑："你是……"

青云面带笑容："我是栖霞峰弟子周青云呀！几年前您到访蜀山时，我师父带我和师姐跟您见过，您还教过我们太极剑呢。"

佟元齐微微一愣："哦，原来是青云啊，刚刚一时没有想起来。你这么一说，倒提醒我了。那……你师姐可好？"

紫英疑惑地上前，有些尴尬地道："佟掌门，我就是青云的师姐紫英啊。"

佟元齐的目光这才扫过紫英，似乎恍然大悟的样子："是是是，紫英我认得，青云长成大姑娘了，一时间都认不出来了，莫要见怪，莫要见怪……"

紫英并没有放在心上，随即正式向佟元齐行礼，口中说道："晚辈怎敢。佟掌门，家师晓如真人曾经与您有过同门之谊，按辈分，您也是我们的师叔。这次我们一行五人前来武当派，是希望掌门能够助我等一臂之力。"

丹辰子随即拜道："佟掌门，晚辈等此番前来，是受了师父嘱托，向佟掌门借取青索剑。"

佟元齐却有些惊讶起来："借青索剑？你们蜀山剑派名剑众多，为何要来借取我武当之剑？"

丹辰子说道："佟掌门，先前蜀山力战西疆烈影神宗，却不慎中了妖人的诡计，封印西疆的神剑南明离火也被盗取。如今西疆封印不稳，若是再不寻找神剑加固，来日西疆妖魔进犯中原，后果更不堪设想。"

佟元齐"呃"了几声，才道："这……并非我不愿借剑，只是如今魔宗妖人为祸人间，我武当派也受到波及，青索剑此时要用来协助众多弟子练阵防魔，恐怕爱莫能助……"

丹辰子也是一愣，又施礼道：“恕晚辈斗胆问一句，佟掌门是否因为当年蜀山叛徒上官警我刺杀左景掌门一事耿耿于怀，方不愿借出青索剑？”

佟元齐眉间一紧，脸色沉了下来，沉默不语。

丹辰子继续道：“晚辈深知当年是蜀山出了叛徒，如今前来叨扰，实属不该。可佟掌门是否知道，我们所要对抗的烈影神宗宗主乃是何人？”

佟元齐道：“我知不知道与借不借剑有何干系？当年蜀山教徒不严，如今此人又来为祸苍生，难道还要拖我武当派下水吗？”

丹辰子道：“看佟掌门的样子，是已经知晓了。晚辈等此番借剑，一来为保天下苍生，二来若能手刃上官警我这个魔头，也算是为左掌门报仇。还望佟掌门看在天下苍生的分上，不计前嫌，不吝赐剑。”

一旁的青云也焦急道：“是啊，佟掌门，魔宗嚣张，我蜀山首当其冲，如今要不是深陷危机，也不会求佟掌门割爱了。”

佟元齐这才一脸无奈地道：“好了好了，你们说得头头是道，我佟元齐又岂是只记仇恨，不顾天下安危之人。只是这青索剑不是不借，需等几日，这几天你们就安心住在山上，等我们的降魔阵练完了，自然就会借出宝剑。”

众人听了这话，彼此交换了一下眼神。仍由丹辰子向佟元齐施了一礼，恭敬地道：“既然如此，就多谢掌门了。”

“不必多礼，我还要督练降魔阵，恕不奉陪，你们自行回别院休息吧。”佟元齐说完，竟然头也不回地离开了，而周遭的武当弟子也随着掌门迅速离开，整个大殿忽然一下空了，只剩下面面相觑的几人。

小张率先按捺不住，低声道：“我觉得太不对劲了，方才这堂上的武当弟子个个眼中无光，跟木人一样，到底练的什么功，把人练成这样？”

丹辰子有些犹疑，却反驳道：“人家这是气定神闲。”

小张摇了摇头，又问青云：“青云，你说你们和佟掌门是旧识，可他刚刚的样子，我看不是记不起来，根本就是不认识你们，靠交情这招，没戏。”

青云也说道：“大师兄，其实我也觉得有点奇怪，佟掌门也跟我印象中的不太一样。”

紫英附议道：“我也觉得。按说当年师祖惩罚绿袍之后，两派恩怨早已化解。我印象中的佟掌门也是和蔼之人，不似今日这般冷漠。”

丹辰子仍维持判断：“你们别疑神疑鬼的了，人家堂堂武当掌门，说了借就一定会借，骗我们有何意义？”

青云又问丁隐意见，此前丁隐在一旁并没有加入争论，他面上若有所思，听到青云叫他，才回过神来：“啊？什么？”

青云说道：“丁大哥，你怎么了？方才在殿上你一句话也没说，现在又神情恍惚，在想什么呢？”

丁隐支吾着说：“我……我没事啊。”

就连紫英也看不下去，瞥了丁隐一眼，嘴里发出一声不屑的冷哼，兀自道：“走吧，走吧，我看他八成也练了武当的木头神功。”

阴风谷偏殿内，屠霸正在房间内打坐，邹勤和连登双双入内，行过参拜之礼，屠霸便问：“外面情况如何？”

邹勤道：“很安静，绿袍也不知道在琢磨什么，一点动静都没有。”

连登道：“方才晚饭过后，他就径直去了阴风谷后山断崖的一处石室，听说那个石室十分隐秘，平日绿袍常去，却从来没有人知道他在里面干什么。”

屠霸冷冷一笑：“有秘密？我可最喜欢听别人的秘密了，你们继续盯着谷里的一举一动，我去看看。”

邹勤和连登跟随屠霸出门，邹勤有些担心地看着堂中放置噬血虫王的匣子，提醒道：“天尊，蛊王金贵，留在这里是否妥当？”

屠霸一笑，挥手关门，只见门口金光闪烁，结出一个巨大的咒印。屠霸狞笑道：“他绿袍要是敢来偷，我就让他有去无回。”

此刻，绿袍正在密室内对着晶石痴痴地笑，他看着岩壁上素因的旧时影像，眼中充满柔情，缓缓道：“素因，其实这么多年来，我真的好辛苦。前路艰险，稍有不慎就是万丈深渊，本来我一个人是不敢面对的，可是为了你，我就敢。哪怕只有万分之一的机会，你的勇气和我的勇气加起来，对付这个世界总够了吧？你再等一等，很快，很快我们就能再见了。”

他伸出手，试图抚摸素因的面容，所触却仍是一片冰冷的岩壁。忽然，密室的石门发出一声响动，绿袍霎时惊起，竟在石门开启的一条缝隙中与屠霸撞了个照面。

“天尊，怎么是你？”绿袍的声音有些局促。

“怎么这阴风谷有这样的地方，而我却不知道？”屠霸伸手抵住密室的门，绿袍下意识地拦住门，与他角力，两人僵持了片刻，绿袍放下了手，将屠霸让进了密室。

屠霸不由分说闯入断崖密室，却见里面只是空空荡荡的石壁，头顶岩壁一线之天里，投进一丝凄清的月光，除此之外，屠霸并没有发现任何异样。

“为什么不让我进来？”屠霸审讯般问道。

“我只是觉得此处清静，辟出来自己打坐冥想。本来并没什么不妥，只是人都有些私心，总想有个自己的天地罢了。天尊若是想参观，就请便吧。”绿袍说着，往后一退，恰好将那块晶石遮在身后。

“嚯，自己的天地？你不会是要在这里练什么武功来对付我吧？”屠霸挑衅道。

绿袍为之一笑：“天尊多虑了，难道对自己的实力不自信吗？”

屠霸冷哼一声，转身正欲走，却又突然回头盯着绿袍，淡淡地说道：“我还真想好好参观一下。”屠霸说完，就朝绿袍走过去。

绿袍眉头一皱，拂袖挡住晶石，拳头已经握在身后。

却见屠霸突然胸口一震，面色突变。

绿袍不动声色地道：“天尊，如何？”

屠霸也没有理会，转身即走。直到屠霸离开，绿袍才大大松了一口气，衣袖拂开，露出藏在身后的晶石。

屠霸匆匆赶回偏殿，推门进屋，打开堂中的匣子，见到匣子中的噬血虫王仍然好端端躺在里面，他松了一口气。

邹勤和连登匆匆跑进来，同声问道：“天尊，发生什么事了？”

屠霸狠狠道：“好你个绿袍，居然用调虎离山之计骗我离开，企图盗取噬血虫王。”

邹勤又问：“那蛊王没事吧？”

屠霸狞笑道：“放心吧，还好我早有防范，这门口设下的咒印与我有所感应，一旦有人闯入，我便会知晓。”

邹勤心系屠霸安危，大骂道：“那绿袍也真是目中无人得很，亏得天尊有耐性。我这就去把那贼抓出来。”

屠霸却道：“不必了。反正有噬血虫王控制，还怕他造反不成？”

连登又问：“天尊，属下斗胆问一句，这小小一条虫子当真如此厉害？”

屠霸冷哼一声：“那是自然，这噬血虫王是我以自己的血喂养炼制，经过上万条蛊虫互相撕咬残杀，才得此一条蛊王。凡是被下蛊之人，蛊毒发作时当有蚀骨钻心之痛，饮人鲜血只能暂时缓解，要解蛊毒，除非将这活着的噬血虫王化成灰烬服下。”

邹勤和连登都十分惊叹，竞相说了许多“天尊威武”“法力无边”“绿袍活该死得快”之类的肺腑之言，听得屠霸心中十分得意受用。

而此时偏殿外，一个黑影迅速闪过，屠霸眼角余光一瞥，露出一丝诡异的笑容。

待绿袍急匆匆地穿过走廊，一把推开自己的房门，已经见九毒站在房内。

绿袍关切道：“如何？”

九毒一回身，一口鲜血吐出。绿袍大惊，上前扶住九毒，掌心拍在他背上，内力已经送入他体内。

九毒喘着气，将事情原委道来：“我依照宗主的吩咐，一直埋伏在偏殿附近，屠霸得知宗主进入密室以后，果然按捺不住性子，前去查探。我待他三人走远，立刻推门进入，谁知竟有一道金光射来，那偏殿门外竟被屠霸布下一张巨大的咒印，令我受了内伤。”

绿袍想到先前屠霸在密室中脸色突变的样子，微微皱了皱眉头：“先前屠霸已经闯入密室，却突然脸色大变离去，想必是能感应到有人闯入咒印。如此一来，他更会加强防范，想要拿到噬血虫王真是难上加难。”

九毒站起身来，向绿袍请罪：“是属下无能，未能帮宗主拿到噬血虫王，请宗主责罚。”

绿袍摆了摆手，沉吟道：“算了，屠霸老谋深算，看来是我小看了他。”

九毒又问：“那宗主接下来打算怎么办？”

绿袍说道：“那就必须想个办法将屠霸引开再困住他才行。”

九毒不由担心起来：“可如今屠霸有了防范，龟缩不出，偏殿周围又都是禁制咒印，跨入一步便会触发，恐怕……”

绿袍却胸有丘壑，缓缓道：“南明离火剑已经不在谷内，屠霸又不肯离开，必然是想对付我了。所以你想一想，他现在最不想谁回来？”

九毒眼睛一亮：“是副宗主！”

绿袍点了点头，脸上掠过一丝笑容，心中已有所筹划。

九毒手擎一只血眼信鸽在信道中前行，信道暗处，闪出两个身影。

九毒用眼角余光扫视后面，作势回身探查，两个身影很快躲进暗处，九毒看似并没有发现什么异常，回身往通道外走去。

暗处的两个身影闪出，原来是邹勤和连登，两人对视一眼，继续跟上九毒。

九毒来到通道外的断崖上，将鸽子放出，随后回到谷内。邹勤和连登两人闪身而出，也不着急抓鸽子，只是阴笑着守候，只见那鸽子在天空扑棱了几下，直接坠落到地上。

连登拾了鸽子，拆开信件，邹勤也凑了上来。两人读完信件，皆是后脊发凉，连登良久才回过神来，叹道："多亏天尊神机妙算，早在信鸽身上下了毒，绿袍果真图谋不轨。"

邹勤也连连点头："如此想来，天尊果真才智过人，无往不利。"

二人对视一眼，迅速往阴风谷内走去。

这时九毒从一块岩石后面闪身而出，冷笑地看着二人背影。

屠霸摆弄着噬血虫王，缓缓接过信件，还未展开，先是轻蔑地笑了笑："看来，他还是心急，这么快就坐不住了。我猜他是要让屠媚回来解围吧？"

邹勤忙跪拜下来："不是……绿袍让仙主不要回来。"

"什么？他这是什么意思？"屠霸见邹勤眼神不对，又瞪了连登一眼，大喝道，"到底怎么回事？"

连登和邹勤互相望了望，连登捅了捅邹勤，邹勤颤巍巍地说："信……信中说，已联合蜀山，不日围攻阴风谷。"

屠霸勃然大怒，拍案而起："混账！他人呢？"

连登吓得立足不稳，颤声道："属下方才见他往雪池去了。"

屠霸双拳一握，"啪"的一声将装有噬血虫王的匣子合上，起身走出去："走，我们这就去收拾了他！"随即带着邹勤和连登二人，气势汹汹来到雪池外。在外把守的两个护卫还没来得及反应，就被屠霸双手一挥打倒在地，吐血而亡。

屠霸几乎是破门而入，口中大喊道："绿袍，你给我滚出来！"可是雪池之内空无一人，他立刻觉得不对劲，眉头一皱，返身就往外走。就在这时，雪池外猛然坠下一道冰门，将屠霸去路阻断。

邹勤大惊失色，恐惧地望着屠霸："天尊，这……"

屠霸眉头一皱，大喊道："我们中计了！"

雪池内晶莹剔透的墙壁上，霎时间飞出无数锋利的冰柱，连登首先被击中，冰柱从他手脚中刺过，将他生生钉在一旁的墙壁上动弹不得。

另一边，邹勤也被冰晶困住，冻在一块冰墙之内。屠霸奋力击打向他飞来的冰柱，还想要逃脱，四周却降下无数条冰柱，形成一个巨大的牢笼，雪池中的血莲藤蔓也不断长大，将他四肢缠住，整个人悬空吊起。

屠霸大吼一声，想要挣脱，藤蔓却越收越紧，令他痛苦不堪。整个阴风谷里都回荡着屠霸的吼叫声，雄厚的内力令整个阴风谷不住颤抖。

绿袍和九毒来到屠霸先前暂住的偏殿之前，只见一个巨大的咒印封印在门前。绿袍上前两步，提气运功，手中举刀，想要劈开那咒印，却发现咒印中心风云涌动，释放出巨大的能量，生生将绿袍弹开，九毒赶紧上前扶住绿袍。

绿袍皱了皱眉，口中道："可恶，居然设下风炎破天咒，难怪你之前闯不进去。"

九毒警醒道："宗主，要破这咒印，十分凶险，你……"

绿袍站稳脚步，定了定神，眼中露出一丝杀气："没什么可以犹豫的了，我受制于人二十多年，如今不尽力一搏，恐怕来日再无翻身的机会。"说罢凝神闭气，聚周身真气于他修炼成刀的右臂上。

九毒见状，也连忙上前助绿袍一臂之力。只见绿袍将内力凝聚成一团，猛然一击，那咒印轰然裂开一个破口，闪动了几下，便消失不见。

"成功了！"九毒大为欣喜，上前一脚踹开了房门，两人进入了房间，见正中台上正放着那个装有噬血虫王的匣子。九毒上前打开盒子，那条暗红色的蛊虫正在里面扭动着躯体，他激动地递给绿袍："宗主，这便是蛊王！"

绿袍略微有些激动，他看着盒子，脸上露出阴冷的笑容，向九毒道："九毒，只要将这虫子化为灰烬吞服，便可解噬血术之毒？"

九毒也是一脸欣喜，连连点头："没错，属下的确听到屠霸如此说。"

绿袍露出一丝笑容，口中道："屠霸，当年你就说中原人心诡谲，没想到过了二十多年，你还是没学聪明。"说着掌心一用力，那蛊虫痛苦地扭动了一下，轰然化为一团灰烬。

此时屠霸正披头散发地被困于雪池之中，他身上各个要穴都插满冰晶，浑身血迹斑斑，动弹不得。邹勤和连登更是昏死在一旁，毫无知觉。

雪池洞门开启，绿袍和九毒缓缓步入雪池内。绿袍脸上满是杀气，按捺不住兴奋之情。屠霸缓缓地抬起头来，毫不惧怕地看着绿袍，说了句："你赢了。"

绿袍淡淡地回了句："我说过，我是匹会吃人的狼。"

屠霸微微摇了摇头，既是懊丧，又见愤懑："我的确没有想到，中原人可以忍辱负重这么久，我还以为中原人都是没有骨头的懦夫。"

绿袍冷冷道："你不明白，而且你永远也没有机会明白了。选择来中原，和中原人打交道，是你屠霸最大的错误。"

屠霸却忽然仰天大笑，笑声令人毛骨悚然，他死盯着绿袍，双眼射出浓浓的杀气，狰狞地道："你真的以为落到了我手里，你还有机会翻身吗？"

绿袍勃然大怒，他左手运刀，冲上前去，刀锋直劈向屠霸面门。屠霸却丝毫不慌张，冷笑地看着绿袍。

就在刀锋快要劈到屠霸脑袋的一瞬，绿袍忽然觉得胸口一凉，剧痛令他浑身猛然一颤。他诧异地回头，却见九毒站在他身后，手中持刀，已经穿透他的胸口。

绿袍咆哮一声，刀锋一转，横扫向九毒，九毒重重向后跌去，撞在墙上。绿袍胸口的刀也随之被拔出，他退后两步，不可思议地望着胸口的血洞，像是在问九毒，又像自语道："为什么？"

九毒艰难地坐起身来，仍面无表情地道："对不起，宗主，九毒由始至终只有一个主人，就是天尊。"

这时绿袍的面色陡然剧变，话音颤抖道："那噬血虫王……"话未说完，绿袍只觉得浑身传来蚀骨钻心之痛。

屠霸又是一声怪笑："你以为服下噬血虫王可解蛊毒？你错了，我千辛万苦培育出这一条噬血虫王，就是为了让你承受这万蛊噬心之痛。"

屠霸狂笑着，全身爆发力量，插在他周身的冰晶腾空飞出，在空中炸成碎片，再飞身向前，一手扼住了绿袍的咽喉，狠狠道："你们中原人，最难能可贵的便是信任，但往往害死人的也是信任。"

屠霸说罢，目露凶光，反手猛一用力，朝着绿袍胸口拍落……

入夜。

别院院墙后面不远处，五鬼天王和玉无心两人都换了一身武当装束，五鬼一脸别扭，不满道："今天还要偷看丁隐？"

玉无心说道："番人行踪隐秘，我们潜入武当一整天，一点线索都没有，也只好在这里守株待兔了。如今，就要看先生发挥了。"

五鬼无奈一笑，双手一挥，只见丁隐房间的墙窗消失，变成了透明的墙体，里面的事物看得一清二楚。

他即刻又得意起来，向玉无心道："呐，我早说了，我五鬼天王独步西疆，天下女子可都对我倾心。”

玉无心眉头一皱：“你老实说，你有没有用这法术偷看过我？”

五鬼支支吾吾，见到丁隐走进房间，连忙岔开话题：“你看，你看，来了。”

玉无心忙回望房中，见丁隐进屋，关上了房门独自坐在房中，痴痴地盯着玉无心的玉哨。他想了想，又从身上拿出另一个玉哨，正是玉无心之前送给他的。两个哨子凑成一对，丁隐的神情愈发复杂，有伤感，也有不舍。丁隐随后走到窗边，想将哨子吹响，但哨子放到嘴边，却又犹豫起来。

玉无心在墙外真切地看着丁隐面对自己，却又不能触碰，心中也是痛苦万分，眼中有泪光闪现。

五鬼陪在她身旁，却又不敢出言安慰，只能无奈地苦笑：“妾有情，郎无意啊。”

丁隐一咬牙，起身来到窗边，要将一对玉哨掷出丢弃，在最后关头却还是犹豫了。这时，突然传来敲门声，丁隐忙将一对玉哨丢在桌上，起身开门。门外来访者竟是紫英，只不过紫英的神情很是古怪，多了些魅惑，和平常很不一样。此刻已是深宵半夜，她竟独自一人步入丁隐房内，饶有兴趣坐了下来，眼神如水般盯着丁隐。

玉无心看到紫英进来，微微皱眉。五鬼却预感到将有好戏上演。

丁隐从未见紫英这般笑吟吟地看着自己，一时间有些不知所措，口中道：“师姐平日一向不屑丁隐，怎么今夜忽然找我？”

紫英眼波一转，命丁隐坐在自己身边。丁隐大为犹豫，紫英却上前一把将他拉了过来，口中道：“这个嘛……可能是因为我发现了一个大秘密。”

丁隐不解道：“什么大秘密？”

紫英凑上前说道：“告诉你之前，你能答应帮我的忙吗？”

丁隐不明所以，仍说道：“只要是我能做到的，自当尽力。”

紫英咯咯笑了起来：“只有你能做到哦。”

“我？为什么？”丁隐茫然问道。

“因为我特别……特别欣赏你呀。”紫英靠得更近，竟想把手放在丁隐胸膛上。

丁隐本能地向后躲了一下，不解地望着紫英。

屋外，五鬼看得兴致勃勃，玉无心却气得脸色铁青，骂了句：“狐狸精！”

五鬼竟不满道："喂，你怎么骂人呢？"

玉无心鄙夷道："这女人明明和那丹辰子是一对，现在却半夜三更跑来丁隐房间，像什么样子？"

五鬼嫌她迂腐刻薄，摆手道："有吗？有吗？我觉得很正常啊，人家又没有做什么，我们半夜三更还在别人屋外偷看呢。"

玉无心狠狠瞪了他一眼，五鬼不以为然，又道："玉儿，这女人行为看起来很奇怪，你难道不好奇她到底想对丁隐做什么吗？"

玉无心虽然气愤，但也只能咬紧牙关接着看下去。

房内丁隐一面尽力和紫英保持着距离，一面正色道："师姐，你到底是什么意思？"

紫英却是笑靥如花，媚眼如丝，娇声道："蜀山虽为武林大派，可我看得明白，我爹是个中庸之人，这些年没有什么大作为，门下也没出什么出色的弟子，蜀山就算一时风光，也支撑不了多久。可你不一样，自从你来到蜀山，我就觉得你这个人是个大英雄。"

丁隐的语气变得严厉起来："师姐，我不懂你在说什么！"

紫英又是一声幽叹："唉，我实话实说吧，我们来武当两天了，别说那佟元齐会借青索剑给我们，我估计他连看都不会给我们看一眼。你想想，如今世道这么乱，有把神剑在身边，必然觉得安全得多，要是我，我才不借呢。"

丁隐道："堂堂掌门，应该不至于出尔反尔。"

紫英嘻嘻一笑："他不需要出尔反尔啊，他只要拖着我们，就能让我们知难而退。不过不用担心，我碰巧还知道另一个秘密。"

丁隐追问道："什么？"

紫英抛了个媚眼，轻声道："我知道青索剑藏在哪里。"

丁隐大吃一惊，他盯着紫英，似乎是第一次认真去解读她话里的意思："你是想让我去……偷？"

紫英玉手一挥："别说得这么难听，弱肉强食，谁有本领得到，就是谁的。"

丁隐正色道："师姐，我们蜀山借剑本是光明正大，偷抢拐骗这些事不应该吧……"

紫英却突然起身，伏在丁隐身上，轻轻堵住他的嘴，呵气如兰："别这么快拒绝我，你考虑一下嘛。你有赤魂石护体，武当派的那些个机关，根本伤不了你。等你拿了青索剑，我会告诉我爹你为蜀山立了大功，根本没人会在乎这剑是怎么来的。”

丁隐步步后退，紫英却步步逼近。

玉无心此时已经气得面色通红，她站起来就要走。五鬼天王忙拉住她，提醒道：“你干什么？现在我们可不能突然冲进去啊。”

玉无心心急如焚：“你看不到吗？她在怂恿丁隐冒险！”

五鬼话锋一转：“咦？他都打算忘记你了，你为什么还要这么在乎他？”

“我乐意！不用你管！”玉无心执意要走，五鬼却死也不放手，玉无心想挣脱，力量却不敌五鬼。情急之下，玉无心竟然对着五鬼的手腕狠狠咬了一口。

五鬼负痛，又不敢叫喊出声，只有生受下来，直疼得五官扭曲，才松开手来。玉无心立刻飞身离开，竟然不是破门而入，而是向庭院冲去。

此时丹辰子正独自在房内抄录之前范夫人送他的剑谱，忽地听到有人在房顶行走，他立刻熄灭房间内的烛光，警惕地注意着四周。

这时，窗外黑影一闪而过，丹辰子一个飞身，提剑追了出去。

丹辰子一路追逐黑影，来到丁隐门前却丢了踪迹，他正想离开，却听到紫英的声音从屋内传来。丹辰子疑惑地靠近门口，仔细聆听。门内，紫英上前贴身纠缠着丁隐，丁隐无奈之下匆忙躲避，苦求保持距离。

“为什么不肯冒险呢？只要你愿意，我什么都能帮你去做。”

“师姐，你到底怎么了？为什么会突然变成这样？”

两人一番对话，听得丹辰子后脊发凉。

这时，紫英的笑容更加妩媚，缓缓凑近丁隐，似要靠进他怀里：“好师弟，我只是想让你变得更加勇敢一点，这样我才会更加喜欢你啊。”

丹辰子哪里还敢相信自己的耳朵，当下怒从心起，一脚踹开房门，正见到丁隐慌忙摆脱紫英的拉扯，口中道：“大师兄，这只是误会……”

“不用再解释了！”丹辰子捡起紫英的外衣，为她披在肩上，低声而严厉地说道，“紫英，已经夜深了，有什么事情我们回去说！”

想不到紫英竟冷冷瞥了丹辰子一眼，说了句：“我不走。”

丹辰子不顾紫英挣扎，上前点了她的穴位，一把将她横抱起来，向门外走去。行至门口，丹辰子回头看向一脸狼狈的丁隐。丁隐还在解释：“大师兄，师姐她本是来找我商议青索剑事宜的，不知道为什么忽然……”

“这些事情我明天自会找你问清楚。一切水落石出之前，你最好离她远一

些。”丹辰子冷冷撂下一句话，便抱着紫英飞身离去，留下一脸无奈的丁隐不知如何是好。

墙外，玉无心看到紫英离开，露出满意的笑容。这个细微的表情也逃不过五鬼的眼睛。五鬼叹了口气，失落地靠墙坐下，脑袋垂下来。

却说丹辰子将紫英带回房间，才将她放下，解开穴位。

紫英一把推开他，满脸怒容：“你干什么？”

丹辰子更火大，怒喝道：“该我问你才对！深更半夜，你为什么要独自去找丁隐？”

紫英冷哼一声：“我有事找他商量。倒是你，为什么要过来搅我的好事？”

丹辰子懊恼道：“如果真的有什么误会，我愿意听你解释。可是你不要忘了，我也是一个男人，我不想见到你一个人去和丁隐相处，还对他……那个样子！”

紫英媚笑一声：“什么样子？”

丹辰子难以置信地抓住紫英，摇晃着她的肩膀：“紫英，你到底怎么了？你不是这样的人！”

“我是一个怎么样的人，我自己心里清楚！”紫英径直越过丹辰子，就要离开。刚把门打开一半，丹辰子从她身后又将门狠狠闭上。丹辰子的怒火和醋意已经无法抑制：“你不许走！”

紫英背对着丹辰子沉默片刻，面无表情的她突然露出狡黠的笑容。她转身直视着丹辰子，与刚才愤怒和冷漠的样子不同，她突然像是对丹辰子产生了兴趣：“大师兄，你果然比丁隐有魄力多了。我没想到他这么假正经，让我费了不少口舌。”

丹辰子又是诧异又是恼火，厉声道：“紫英，你知道自己在说什么吗？”

紫英眼波一转，笑容更加妩媚：“我说你们这些人可真是笨，青索剑这等宝物，向来都是等着有能耐的人去得到它，难道你真要等着佟元齐借给你啊？它明明就放在武当，有本事的话，为什么不拿呢？”

丹辰子一愣，随即反应过来：“你刚刚也想让丁隐偷剑吗？”

紫英嫣然道：“他体内有赤魂石，本来是最好的人选，不过他这个人太蠢了，不懂得利用自己的力量，竟然拒绝我的好意。”

丹辰子吃惊地看着紫英，仿佛不认识她一样。

紫英轻笑了一下，随后温柔地伏在丹辰子肩头，软语道：“不过大师兄，你就不一样了，你最听我的话了，不是吗？”

丹辰子仍觉怪异，便道：“紫英，你是不是不太清醒？你先好好休息一下，我们明天再商量。”

“我清醒得很。”紫英浅笑一声，又一个转身坐在丹辰子的腿上，柔声道，“我一直知道大师兄是世界上最厉害的人，也只有你才能得到青索剑，才能得到我的心，到时候我俩得到紫青双剑，一同做一对神仙眷侣，好不好？”

丹辰子还想犹豫，紫英早已吻了上去。丹辰子一时间意乱情迷，无法自持。紫英在丹辰子耳边低语道：“如果你不肯，我可要再回去求丁隐了！”

丹辰子心神已乱，竟道：“别去！你一辈子都是我的，我才是最强的。”

紫英嫣然一笑，顺从地和丹辰子纠缠得更紧……

丹辰子走出紫英房间，轻轻地关上门，转头却发现丁隐正等在一旁。丹辰子见到丁隐，脸色再次冷了下来。

丁隐面色有些尴尬，仍上前道：“大师兄，希望你不要多想。”

丹辰子却反问他：“多想？我应该多想什么吗？”

丁隐连忙摇头道：“不……我只是怕你误会。”

“放心吧，我没有误会。再说，跟我抢，你还不够资格。”丹辰子冷冷地抛下这句话就想走，却被丁隐拦住。

丁隐说道：“大师兄，我有些担心紫英师姐。她今天很奇怪，说了很多莫名其妙的话，竟还让我去偷青索剑。”

丹辰子却道：“她只是在开玩笑而已。”

丁隐认真起来，提醒道：“她的样子一点都不像开玩笑。我不知道紫英师姐到底受到了什么人的怂恿，可是偷剑之事万万不可。万一被发现，对武当可是大不敬，对我们也没有任何好处。”

丹辰子有些不耐烦起来：“行了，我知道了，她今天见过佟掌门，大概又提到了借剑的事情，跟佟掌门有些言语不和，才一怒之下说了些气话。放心吧，我们蜀山正派，不会做这些偷鸡摸狗的事。”

丁隐这才点头道：“是，大师兄这么说，我就放心了。”

丹辰子想走，又突然想起什么，谓丁隐道：“今天的事你不要跟别人乱说，免得无事生非。”说完拂袖离开，留下丁隐若有所思。

丁隐走进房间，坐在桌旁又思量了很久，仍是不得要领，突然，他意识到本来放在桌上的两个玉哨都不见了。

丁隐大惊失色，查看桌底、床铺、窗棂以及房中各处角落，均不见玉哨的踪迹。他站起身，茫然地望着天花板，怅然若失。

玉无心和五鬼正在武当后院的一处高台上，趁着夜色，纵览整个后院的情况。而那一对玉哨此时正在玉无心手上。

五鬼惆怅地看了她一眼，叹了口气："九毒有句话算是说对了，女人最是口是心非，我之前还不信，现在不信也得信啊。"

"你什么意思？"玉无心对五鬼的高论很是不满。

五鬼解释道："明明想见人家想得都快要发疯了，却装作毫不在乎。"

玉无心眼神一黯："他都已经要和我一刀两断了，还有什么再见的必要呢？"

五鬼便问："那么又为什么要把玉哨偷回来？"

这下玉无心激动起来："什么叫偷？这本来就是我的东西。现在既然我和他之间的一切已经覆水难收，那我收回我的东西总不为过吧。也算给他留了个信息，叫他别再有什么念想了。"

五鬼长叹一声，摇头道："我看你要传递的不是这个信息吧。你明明就是不死心，指望着丁隐心里对你还有一丝想法，发现玉哨丢了之后，会主动来找你。"

玉无心没想到五鬼会点破自己心事，只能嘴硬强撑："我自己的想法我自己清楚。"

五鬼继续道："你哪有什么想法，你的脑子里现在除了丁隐以外，还有什么？他的每一句话都能轻易攻破你的心理防线。倒是我不管说什么，你永远都爱理不理，不当回事。"

五鬼气鼓鼓地背对着玉无心，玉无心觉得又好气又好笑，说了句："五鬼，谢谢你安慰我。"

"不够，得报答我！"五鬼转过身来，一脸严肃，随后又道，"既然你把哨子都收回来了，你拿着两个多麻烦啊，要不给我一个吧，我勉强不嫌弃被那个丁隐用过。"说着伸出手来。

玉无心却快速将哨子收起来，哂道："少得寸进尺。"

"你也真是小气。"五鬼伸手就要去抢，突然脸色一变，将玉无心扑倒，吓了玉无心一跳。她正想挣扎，却被五鬼捂住嘴，做了个噤声的手势。原来五鬼听到了什么动静，玉无心立刻会意，两个人悄悄探头张望。

只见几个黑影快速穿过武当回廊，看那几人的打扮，和前晚在丁隐房间门口碰见的黑衣人一模一样。

玉无心诧异道："打扮完全一样，他们也是西疆番人！"

五鬼也饶有兴致："看来大鱼要上钩了嘛。"

玉无心和五鬼身形一闪，一路追踪而来，只见那几个黑衣人来到掌门佟元齐的房门外，轻敲暗号。随即门打开，几人迅速入内。

玉无心与五鬼隐身在房梁之上，窥视着屋内众人的一举一动。两人见到佟元齐现身，当即对望一眼，暗中道："果然是武当派搞的鬼。"

只见几个黑衣人已经全部聚集在屋内，簇拥着一个披着斗篷的男子。佟元齐将男子迎到屋中坐下，男子脱下斗篷，赫然是一名西疆番人。

佟元齐说道："大师，时辰快到了，再不续法的话，咒法就要失效了。"

那番人看看手下，道："把我的摄魂幡拿来，你们几人立即摆阵。"

黑衣人随即散开，不一会儿，其中一人拿着一块不大的幡布回来，递给番人，幡上绘着许多朱红色的图案和符号。其他黑衣人也各自从怀中掏出纯黑色小幡，在四周坐定，默念一些听不懂的咒语。

佟元齐和番人坐在法阵正中，番人挥舞着摄魂幡，随其他人一起大声咏唱咒语，同时还摇头晃脑，阵势相当诡异。

躲在暗处目睹一切的玉无心和五鬼，震惊得面面相觑。

番人作完法，将摄魂幡认真收进木匣内，满意地道："法阵已成，武当弟子可再被操控三日。"

佟元齐满意地大笑起来，拍了拍番人肩膀："有法师相助，赤魂石和天下早晚都是我们的。"

番人又道："之前我曾帮掌门制住诸葛紫英，让她去引诱丁隐偷青索剑，不知效果如何？"

佟元齐目光一闪："丁隐似乎并不是那么容易上钩，倒是那个丹辰子还有点意思。"

番人却皱起眉头，嘀咕道："此人武功只是平平，对掌门的计划有什么用？"

佟元齐却意味深长地笑了起来，缓缓道："计划之外的棋子才是最有趣的。而且这个丹辰子更好控制，可以利用他将丁隐引出来。"

番人双手抱拳，赞叹道："掌门妙计，本人自愧不如。"

佟元齐则是抱拳作揖，回敬道：“大师真是过谦了，您本事通天，此事还得靠大师全力相助。”

说罢两人一起哈哈大笑。

躲在角落的玉无心知道了真相，心中很是焦急，当即压低声音对五鬼道：“武当竟然和番人联合想抢赤魂石，我们得去通知丁隐。”

五鬼没想到玉无心会出声，赶紧做了一个手势。但是已经太迟了，番人的耳朵动了动，立刻发现了玉无心。

“有苍蝇飞进来了。”那番人说罢，便朝玉无心和五鬼躲藏的角落发射暗器。两人行迹暴露，慌忙迎战。番人发射的暗器穷追不舍，将两人从房梁逼落，站在了一众黑衣人中间。

番人气势汹汹地道：“来者何人，报上名来。”

五鬼倒是全无惧色，应声道：“我俩的大名，你这妖人可不配知道。”

佟元齐先是一愣，接着打量了两人一番，慢慢笑出声：“当真以为我们猜不出来吗？魔宗的人为什么要来武当凑热闹？”

五鬼随即一笑：“因为看不惯你们在这里神神道道的！我还好奇武当怎么上上下下一派死气沉沉，原来是你们搞的鬼。”

那番人皱起眉头，沉吟道：“我派素来和魔宗井水不犯河水，若二位识相的话，我大可放你们一条生路。”

五鬼大笑起来：“你这个妖人，放我们生路？哈哈哈！”

佟元齐却道：“我是看在绿袍尊者的面子上，才对你们客气。既然你们这么不知好歹，就只能让阴风谷的人来帮你们收尸了！大师，动手吧！”不等玉无心和五鬼反应过来，佟元齐已然上前猛攻。

五鬼猛地一退，搂着玉无心闪身避开。玉无心就要拔剑，却被五鬼按住：“南明离火剑威力太大，会被蜀山那伙人发现的，你先走！这里我顶着！”

五鬼言罢，揽着玉无心的腰，一个转身，一道鬼影护送着玉无心，将她先送出了屋子。

玉无心还没反应过来，人已经在屋外了。透过窗户，只见五鬼使出了恶鬼阵，屋内一片跳动的鬼影。众黑衣人立刻陷入幻觉，全部被五鬼控制。

五鬼志在必得，万万没想到番人竟然拿出摄魂幡晃动了几下。幡中散发出刺眼金光，破了五鬼的恶鬼阵。五鬼大惊失色，番人冷笑：“你我的法术都是夺人心魄，看来你还嫩了点。”

妖人继续晃动红幡，幡上的奇怪符号竟然幻化成一条红线，试图攻击五鬼。五鬼见大事不妙，快速移动脚步，躲避众黑衣人的夹击，从屋内破窗而出。

玉无心慌忙上前扶起他，两人赶紧越过院墙，向后山逃去。番人探询地看向佟元齐，佟元齐眼神一冷，口中道："请大师为我斩草除根，别留隐患。"

番人点点头，领众黑衣人紧追而去。

五鬼和玉无心逃到一处断崖旁，无路可走。两人回过头，那番人和众黑衣人又已追赶而至。番人口中喊道："可惜你们不识相，本来还可以留下一条性命。"

五鬼冷哼一声，兀自逞强道："谁留谁的命还不一定呢。"说着便与玉无心相互倚靠防御，两人和黑衣人打作一团。

谁知这群黑衣人突然使出奇异阵法，在两人身边跳来跃去，且出招诡异，并在其中暗用毒粉。佟元齐已经悄然而至，趁着黑衣人阵法迷惑了两人的时候，猛然冲出偷袭玉无心。

五鬼大惊之下，迅速护在了玉无心前面，却不慎中了番人的毒粉暗算。五鬼只感觉身体瞬间有些不听使唤，佟元齐对着他的胸口狠狠蹬了一脚，他整个人便飞出崖外。

"五鬼！"玉无心大惊失色，随即一跃而起，在空中抓住五鬼，与他一同坠下崖去。

佟元齐向下张望了一阵，不见二人出现，这才冷笑一声，骂了句："不知好歹！"随即与那番人率众而归。

两人跌至山崖之下，五鬼紧紧抱住玉无心，自己则在滚落的过程中背部被锋利的石头划破，受伤不轻。最终两人落在一块平地上，玉无心受到震荡，昏了过去。

五鬼见玉无心昏迷，本想勉力起身，自己却也是伤重，力不从心。此时天上雷声隆隆，已经有豆大的雨点落下。五鬼见平地后方有一个小小的山洞，便咬咬牙，跌跌撞撞地拖着玉无心走进山洞。

玉无心转醒之时，已是次日午间，她发现自己正躺在五鬼怀里，头靠在五鬼胸前。五鬼虽脸色苍白，却正满脸幸福地看着她。玉无心忙要挣脱开去，却因为用力过猛，拉扯到了五鬼的伤口，令他痛得大叫起来。

"怎么不叫醒我？"

"我看你睡得那么香，不忍心吵你嘛。"

"你怎么伤成这样？"

"我一个大男人，这点擦伤算得了什么？你没事才是最重要的。女孩子都细皮嫩肉的，可不能随便受伤。"五鬼本来还想故作坚强，硬挤出笑容，但突然感觉一阵寒气外涌，随后口吐鲜血。

玉无心大惊失色，关心道："这是怎么回事？你还受了内伤？"

五鬼也有些惊讶，随着剧痛在身体内蔓延，他回忆起昨晚和黑衣人打斗的情景，口中道："恐怕是中了那妖人的毒，此时毒性慢慢发作……"

那番人所使之毒果然非同一般，不出半个时辰，五鬼的脖子已变得乌青，并且逐渐蔓延至面部。玉无心吃惊地看着他，很是着急。

五鬼望望自己的手臂，扒开衣服检查自己的胸口，发现乌青已经布满了整个身体，连他自己也吓到了。

他整个人狂躁起来，可他越是激动，毒性似乎蔓延得越快，令他疼痛不已，整个人在地上滚来滚去。玉无心为了控制他，只好把他紧紧抱住，用内力助他暂时抑制毒发。

五鬼渐渐平静下来，但是整个人也越来越虚弱，口中仍在轻浮说笑："玉儿，我从来不知道，受伤还有这种好处。"

玉无心嗔道："命都快没了，还油嘴滑舌。"

五鬼强忍着剧痛，又是惨然一笑："说真的，在你怀里死，做鬼也风流。"

"别说什么死不死的，我替你把毒逼出来。"玉无心不由分说就为五鬼运功输气，可是自己的气息碰到五鬼体内的毒气时，胸口也是一阵剧痛。

五鬼强行将她推开，厉声道："这毒是什么你都不知道，贸然用内功解毒太危险了。算了，别理我了，你先自己想办法逃出去吧。"

玉无心斩钉截铁道："你少废话，我不会把你一个人丢在这里的。"

五鬼有些感动，但无奈身上毒性发作，他也一脸痛苦和沮丧。

这时玉无心突然想起腰间的玉哨，她犹豫了一下，回头望了望五鬼，最后还是吹响了哨子。

约莫一炷香的工夫，一只血眼信鸽从天而降，飞落到山洞之中。五鬼情知玉无心要向丁隐求救，一脸醋意地道："我不稀罕他来救我！"

玉无心却道："你我如今困在这里，只有丁隐才能帮上忙，就算他真的不来，我也得提醒他这武当有诈！"说着又喃喃自语道，"何况他……也许真的会来救我们。”

五鬼倍感无奈，却因为身上剧痛，无法阻止玉无心。玉无心扯下衣服上的一块布条，咬破手指在上面书写，接着绑到信鸽腿上，将信鸽放飞出去。

那血眼信鸽腿上绑着玉无心的求救信，翩然飞至武当后院，正向丁隐房间飞去时，突然一道剑光闪过，血眼信鸽跌落在地。紫英走到鸽子的尸体旁，将鸽子腿上的血书摘下。见血书上写道：“武当有异，我已被困，万万小心。玉无心。”

紫英一用力，布条在她手中化为灰烬，她面带冷笑，眼中泛出黑气。

丹辰子跟随着紫英，两人偷偷潜入掌门佟元齐的房间，此时屋内空无一人。

丹辰子犹疑道：“紫英……这……恐怕还是不妥。”

紫英瞥他一眼，冷冷说道：“畏畏缩缩！这种小事都完不成的话，爹怎么能把掌门重任和我放心交给你？”又作势转身离开，自说道，“我看我还是去找丁隐好了，至少和你比起来，他还算是个真男人。”

丹辰子果然受不了紫英的激将法，醋意上涌，大喊道：“别去找他！大丈夫做事不拘小节，我能变通一次。”

紫英微微一笑，搂住丹辰子道：“这才对嘛，这样才是我的大英雄，大掌门。”说着走到墙边，揭开了一幅字画，将画后面的砖墙轻轻一推，墙面立刻翻转开来，露出一个可容一人通过的入口。

紫英率先入内，丹辰子越发紧张兴奋，紧紧跟上。两人通过一段漆黑的走廊，突然空间开阔起来，在他们面前是一个空荡荡的密室，尽头摆着一张造型简单的木桌，桌上正供奉着一把宝剑。

丹辰子不由自主走上前去，被那宝剑的光华深深吸引，口中连连赞叹。

忽地，丹辰子又停下来，有些警觉地道：“紫英，你不觉得有些奇怪吗？这一切似乎都太过顺利，反而让我心里有些发虚……”

紫英不解道：“宝剑已经到手，想这些做什么？”说着举起青索剑送到丹辰子面前，让他细细端详。

只见剑身雕龙画凤，相当艳丽，丹辰子的眼神更加痴迷，欣喜若狂。

紫英站在丹辰子身后，面上笑容渐渐退去，随后她竟然趁着丹辰子不注意，悄悄退出房间。

丹辰子仍在那里说道：“紫英，多亏你一路帮我，我才能有如今的成就。如

今我可算是为蜀山又立了一件大功，以后有青索剑在手，必定更加所向披靡。”说着紧握剑柄，猛地拔剑出鞘。

谁知宝剑出鞘的那一刻，一阵迷烟从剑鞘内爆出，丹辰子全然没有防备，立刻中招。他一时不明所以，回头想问紫英，却已经找不到紫英的身影。

“紫英？紫英？你在哪里？”

迷烟中，丹辰子觉得昏天黑地，浑身瘫软，支持不住跌倒在地。在他最后的意识中，只看到室内突然来了许多人，一双双脚来回走动，将自己团团围住。佟元齐走到他身边，蹲下来看着他，笑容古怪至极：“哈哈哈，什么蜀山正派，也不过如此嘛。”

丹辰子心知大事不妙，但也无力反抗，只觉得佟元齐的笑声越来越遥远，随后两眼一翻昏了过去。

这一边，五鬼也是两眼一翻，自鼻孔中冒出两股黑血来。

玉无心知是毒入脏腑，在一旁焦急万分，她不停地望向头顶的出口，盼望着能有人来救他们。

五鬼此时已是气若游丝，却仍道：“玉儿，别等了，已经好几个时辰了。我看那信鸽要么是没送到消息，要么就是那个丁隐也陷入了麻烦，自身难保了，哪里有空来救我们？”

玉无心忙扶住他，让他靠着自己：“你感觉怎么样？还能坚持吗？”

五鬼支撑道：“毒气已经侵蚀五脏六腑，我剩下的时间恐怕不多了。没想到我五鬼一世风流潇洒，最后竟然会死成一个丑八怪去见阎王。”

玉无心骂了句：“都到这个关头了，还在乎这些。”虽是在骂五鬼，她眼中却几乎要涌出泪来。

五鬼此刻仍强颜欢笑：“那我说点正经的，其实能在你身边死去挺好的。我就是担心我死了以后，你被困在这里出不去。”

玉无心一时竟不知该如何应他。

五鬼虽气息薄弱，但依旧笑望着玉无心，口中道：“玉儿，我担心你的事情还有好多呢，你虽然总是对我冷冰冰的，还老喜欢骂我，把我的关心当成狗屁，但是，我就是总想着你，怕你受伤。”

五鬼说完，又自口中淌出一摊黑血来。

有一瞬间，泪水在玉无心眼中打转，但是很快，她便坚定了目光，在五鬼耳边说道：“你不许说了，要是还有话，就留着命以后再告诉我吧。”玉无心将五鬼扶起来，自己盘腿坐在他身后，开始运功。

五鬼急道："你干什么……危险！"

玉无心却道："不管怎么样，都要试一下，我不会看着你死的。"她将双手贴在五鬼背部，试图用体内真气将五鬼体内的毒气逼出，可是慢慢地，五鬼却越来越痛苦，忍不住号叫起来。玉无心也渐感体力不支。

突然，一个陌生的声音回荡在洞穴中："强行逼毒，只会使得毒气加速攻心，运功者的真气也会被毒气沾染，不得幸免。"这个声音来得突然，令玉无心大惊失色。

玉无心惊道："谁？还有什么人在这里！如果可以的话，快帮帮我，他快死了！"

那声音又传来："我此刻身不由己，只能在旁告诉你运气之道，助你一臂之力。"

玉无心不及细想，只觉得当下拯救五鬼乃是第一要务，便感激道："多谢前辈！"

那声音继续道："看样子，中毒的这位毒气已入体多时，无法自行运转真气，将毒气排出。如今唯一可行之法，便是以气换气。你与他双手相对，左手进，右手出，将你自身的真气输入对方体内，同时将他身体中的浊气吸出。"

五鬼身中剧毒，命悬一线，却依然忧心玉无心的安危，大喊道："不行！她会中毒的！"

那声音却从容得很："之后我自会教她运气之法，将浊气排出。"

五鬼还很理智："玉儿，此人来历不明，有可能和那些西疆番人是一伙的，不要相信他。"

"生死关头，顾不得那么多了。"玉无心说道，随后便按照指示，让五鬼面向自己，两人双手合十相对，开始运气。五鬼心中虽有顾虑，但是因为太虚弱了，也无力反抗。

玉无心将自身真气输给五鬼，又将五鬼体内的浊气逼入自己体内，她承受着越来越剧烈的痛苦，那一片片乌青渐渐从五鬼的脸上退去，通过两人的手臂，爬至玉无心的身上。

这时那声音再度响起："现在浊气已经在你体内，不用害怕。此浊气只进入体表，还未伤至内腑，只要运气得当，经涌泉，游天阙，达华盖，顺着七十二关穴逆行而上便可排出。"

玉无心一一照做，只感到体内的真气来回流动，浊气被逼入腹部，渐渐自下而上从口而出，当下只觉得一丝凉气出体，立刻觉得浑身通畅，身上的乌青也消失不见。一旁的五鬼也恢复如初，正担心地看着她。

玉无心睁开眼，对着五鬼绽放出微笑。

“没事了？”五鬼问。

“多亏了高人指点。”玉无心知是渡过难关，话音透出欣喜。两人死里逃生，不由得拥抱在一起。

玉无心意识到以后企图挣脱，却被五鬼死死抱住，五鬼口中说道：“你刚刚可是舍命救了我，我一辈子都不会忘。”

玉无心也不知他是在轻浮调笑，还是郑重其事，只回了句：“你也别太当回事，你要是死了，就太麻烦了。”

五鬼知道玉无心是刀子嘴豆腐心，报之以微笑。突然他像是想起什么，对着洞壁跪下，恭敬地道：“刚刚不知前辈高明，言语有所得罪，请见谅。今日救命之恩，定当涌泉相报。”

洞中又回荡出陌生人的笑声：“若非我被奸人封住穴位，身不由己，定会亲自现身救你。”

玉无心循着声音的来源，走到洞内的石壁旁，她贴在石壁上听了听，又敲了几下，问道：“前辈，您是否在石壁后面？”

那人道：“正是，只是这石壁厚重，恐怕你也无法助我脱困。”

“总要一试。”玉无心说完，拔出南明离火剑。剑一出鞘便放出惊天威力，玉无心对着石壁一挥，片刻之后，烟尘滚滚，那胜过铜墙的厚重石壁竟被打穿了。

烟尘中，只见另一边是一处不大的拱室，正巧与这崖下山洞相连。里面正坐着几个年老的长者，正中间的便是真正的掌门佟元齐。

玉无心和五鬼三步并作两步进入洞内，看到佟元齐，脸上皆是一惊。玉无心斗胆问道：“前辈是……”

为首那老者口中道：“老朽武当佟元齐，这几位是我武当的各座长老。”

五鬼吃惊道：“前辈是佟掌门，那上面那个佟掌门是……”

玉无心突然想到了什么，与五鬼对视一眼，皆是脸色大变。

无心舍身闯法阵，小张以血祛虫毒

丁隐顿了顿，握紧了身旁青云的手，回头看向玉无心，再而逐字说道：“玉姑娘，我心里已经有了别人。”

他看了看青云，又道：“她从我失忆时就一直陪伴我，是我愿意携手人生的伴侣。希望玉姑娘好自珍重，勿再纠缠……”

却说丁隐等人来到大殿中，只见大殿仍然是空无一人。小张疑惑道：“这佟掌门请我们来，该不会是要借剑了吧。”

青云也好生诧异：“可为什么一个人也没有？而且方才我找遍了后院也没见师姐和大师兄……”

丁隐回想起之前紫英的种种奇怪态度，突然面色一变。

突然，大殿四周涌入了许多持剑的武当弟子，气势汹汹地围住了丁隐等人。佟元齐一脸怒气走了出来，身后丹辰子被捆着推搡了出来，一脸颓然。

青云惊道：“大师兄！佟掌门……这……”

佟元齐冷笑一声：“你们这位蜀山的大师兄，竟然潜入我房间盗取青索剑，被我抓了个正着。”

丁隐显然不信，出言道：“佟掌门，我大师兄虽然脾气有些孤傲，但向来品行端正，绝不会做这种事情，此事一定有什么误会。”

青云也激动起来：“大师兄，是不是有人栽赃嫁祸于你？”

丹辰子下意识地抬头，与丁隐对望一眼，丁隐示意丹辰子有话但说，丹辰子却向丁隐摇了摇头，惭愧道：“没有人栽赃。”他终是不忍牵连紫英，咬咬牙在佟元齐面前跪下，逐字说出：“此事是我一人所为，是我在武当久等不耐，才会自作主张去偷剑，与任何人都无关。不论佟掌门有任何惩罚，丹辰子愿一人承担。”

佟元齐愣了愣，接着大笑起来，走上去轻轻抚摸丹辰子的肩膀，阴阳怪气道：“想不到蜀山的弟子如今也会干这种鸡鸣狗盗的事情，这种事传到江湖上的话，不知道蜀山以后的声名何在。”

丁隐看到佟元齐略有些妩媚的动作，突然觉得似曾相识。他看了看青云，青云也同时望了他一眼。

这时小张上前说道：“佟元齐，偷东西我们认罚就是，你不要再侮辱蜀山的名声！”

丁隐拉住青云和小张，对两人摇了摇头，上前对着佟元齐深深一拜，口中道：“蜀山弟子绝不会逃避责任，不管掌门如何处置，我们都会承担。只是此次下山我们都有任务在身，想来大师兄也是一时心急。只求掌门看在武林同道的分上，网开一面，放了大师兄。”

佟元齐思忖了一番，道：“放他走也行，不过为了防止你们再偷东西，必须得留下一个人做担保。”

小张不忿道：“你这是明摆着要人质！”

丁隐随之一笑：“请问掌门要留下谁？”

佟元齐指了指丁隐：“你。”他指丁隐时，做出了一个兰花指的动作，令丁隐和青云更加肯定。只有小张还在着急，大喊：“不行！”

小张着急反对，丁隐却在他身后悄声耳语了一句。小张一愣，回头一看，青云也在冲他挤眼。

只见青云走到佟元齐身前，落落大方地一拜，口中道：“当年佟掌门来蜀山的时候，曾和妙一师伯打过一个赌，您当年偷了他的酒，所以之后约定蜀山弟子也能够偷您一样东西，不算是罪过。”

佟元齐“哼”了一声：“这是猴年马月的事情，算不得数。”

“哦，原来佟掌门也是言而无信之人，那就别怪青云不客气了。”青云口中说着话，忽然拔剑向佟元齐攻去，场面顿时大乱。

佟元齐大叫起来：“你个蜀山弟子，还想以下犯上吗？”

不料青云却喊道：“你少装了！真正的佟掌门根本就没偷过妙一师伯的酒！你压根就是个假货！”

丁隐啐了一口：“只怕还是个熟人！”说着跃身上前，与青云两人使出傲雪双剑，围攻佟元齐。

丁隐攻向佟元齐胸前，撕开佟元奇衣襟，竟然露出裹胸。佟元齐忽然间发出了一阵娇媚的笑声，接着一把铁伞挡下了两人的攻势。

佟元齐露出真身，正是屠媚所扮！

丁隐向众人大喊道：“诸位武当的师兄弟，你们看好了，这个所谓的掌门根本就是假的。真的佟掌门恐怕已经落入魔宗手里了！”

青云也喊了起来：“请诸位师兄协助我们，联手把这妖女抓住！”

两人环视整个大殿中的武当弟子，谁知众多武当弟子全部目光呆滞，丝毫不动。

小张早已钻入人群中，一个个揪住武当弟子查看，甚至狠狠甩了他们几个耳光，这才说道：“丁大哥，这些人好像没魂一样，一个个全都不动也不说话了！”

屠媚却嫣然一笑：“放心，他们当然能动，还正常得很。”忽然她又高声大喊，“大师，好戏也该开场了吧！”

话音未落，只见数道红幡射入大殿之中，西疆番人带着一众手下踏着红幡飞入大殿，落在屠媚身旁。那番人此前一直闭目不语，此刻睁开眼睛，摄魂幡已经出现在他的手上。

番人扬起摄魂幡，正殿中猛然响起了震耳欲聋的法咒。大殿中的众多武当弟子仿佛忽然听到了召唤一般，都缓缓动了起来。

番人摄魂幡一扬，指向丁隐等人。武当弟子纷纷拔剑，向丁隐、青云等人围了过来。

丁隐等人不知发生了什么变故，不敢轻易出手，被围得越来越紧。

屠媚又是一声娇笑：“嘻嘻，就算我不是武当掌门，这些人还不是照样为我所用！”

这时又有几个黑衣人忽然从梁上跳下，几点寒光向丁隐几人的后脑射去。丁隐、青云两个人急急避开，小张却来不及躲闪，一枚黑针射中了他的后颈。

同时，另一枚黑针射入了被捆在一旁的丹辰子的后颈，针尖上的毒药很快将他迷昏了过去。

番人冷冷看向小张，摄魂幡挥舞过去，口中如同念咒：“既然已经为我驱使，还不上前力战？”

小张却不为所动，大骂道：“你傻啊，老子凭什么听你的？”他一摸后颈，拔出刚刚射中自己的那枚黑针，只见黑针顿时化成了一条小小的虫子。

小张立时惊觉，大喊道：“虫子！这妖人给武当的人施了法术，这些弟子全都被他用法术操控了！”

番人再一挥手，众多武当弟子又向丁隐等人攻去，丁隐、青云两人将小张护在中间，勉力抵抗。

三人知道武当弟子都是身不由己，出手便十分克制，不愿伤人，但是因此也束手束脚无法突围。

番人则陪在屠媚身旁，得意地旁观这场鏖战。屠媚向他拱手道：“这次还要多谢大师肯帮屠媚这个忙，屠媚感激不尽。”

番人抱拳还礼：“副宗主不必言谢，举手之劳而已。”忽地，他惊讶地看向人群中的小张，诧异道：“只是没想到，中原竟然有人能不受我摄魂术的影响。”

屠媚轻笑一声：“蝼蚁而已，不影响大局。大师，该走下一步棋了。”说完她便大摇大摆地向着大殿外腾空而去。番人与几个手下也带上了昏迷的丹辰子，随之向殿外撤去。

丁隐三人见屠媚与番人走出门外，焦急异常，却始终无法突围。随着番人身影消失，法术撤销，武当弟子们仿佛断了线的木偶，纷纷昏迷倒地。

三人牵挂丹辰子，暂且不顾这些武当弟子，匆匆追出大殿外。此时番人与屠媚正带着被擒的丹辰子站在院中的屋顶上，只见条条红幡包裹住番人的身体，一阵爆炸和烟雾过后，一众人的身影消失无踪，半空回荡着屠媚的阵阵冷笑。

青云气得朝空中大喊：“出来啊！有本事就出来再打！”

丁隐却摇头道：“那妖人轻功过人，恐怕早就跑远了。”

小张意识到问题的关键：“那怎么办？假掌门跑了，真掌门又在哪里？”

丁隐想了想道：“这武当之内一定还有线索，咱们分头去搜。”

青云与小张应了一声，正要分头出发，小宝忽然从屋顶跳落到青云肩膀上。青云欣喜道：“小宝，你回来了！”

小张随即说道：“回来得正好，它不是能感应魔气吗？让它赶紧带路。”

小宝这时莫名其妙地冲着青云身后警觉地嘶吼。青云觉察到了小宝的异状，想要安抚，小宝却愈发紧张。

青云一抬头，却愣住了，只见紫英不知道什么时候出现在院子一角，正站在丁隐身后，嘴角露出了毛骨悚然的微笑，而小宝正是冲着紫英吼叫。

紫英手中的剑缓缓出鞘，青云顺着紫英目光看去，发现她正盯着丁隐的后

心。青云下意识地一把推开丁隐，与此同时紫英拔剑攻来，正好刺入了青云的肩膀。

丁隐一反身就意识到不对，当机立断抱着青云，脚一点地，火速后退，将她从剑下救出。

小张大为震惊，不住道：“神仙姐姐，怎么打自己人啊？”

丁隐却道：“没用的！她断然是被那妖人控制了，现在根本认不出我们！”

此时紫英眼神凌厉，脸上黑气更盛，她抽回宝剑，毫不留情地继续向丁隐攻去。丁隐被迫一手抱住受伤的青云，一手对付紫英，一时间措手不及。

小张不甘心，趁着空隙扑向紫英身边，一把拉住她，口中喊道：“神仙姐姐，你真的不认识我们了吗？我是小张，张馅饼啊！”

紫英一脚踢开小张，一剑直刺过去。小张连滚带爬地避开，无意之间拽下她后颈一片衣服，只见紫英后颈一片漆黑，立即大喊道：“丁大哥，看她的脖子！”

丁隐一剑挑开紫英后颈的衣服，只见她的后颈处被种下虫毒的地方果然一片漆黑，正中赫然有一块红色的奇怪符号，与番人布幡上的一模一样。

这时，那红色符号猛然亮起，紫英痛苦低吼一声，狂性大发，向丁隐攻来。丁隐迫于不能伤害紫英，一路打得束手束脚，紫英越来越占据上风。

却见紫英趁势飞身一剑，眼看剑尖就要刺中丁隐，小张猛然将丁隐推开，竟然空手抓住了紫英的剑刃。小张双手一时间鲜血横流，丁隐也愣住了。

“丁大哥，快，趁现在！”小张怒吼一声，上前牢牢地一把抱住了紫英。紫英疯狂挣扎，小张却死都不肯放手。丁隐趁此机会一掌击中了紫英后颈，将她打昏在小张怀里。霎时间，紫英后颈处的红色符号化作一阵红烟，仿佛被什么召唤一样，向着空中飞去。

丁隐叫起来：“这虫子会找主人的，我跟去看看！”

“我和你同去！”青云挣扎着想要跟上，却牵动伤口，忍不住面露痛楚之色。

丁隐忙说道：“青云，武当不知还有没有番人的同党，你和小张带紫英找个安全的地方，先避一避再说。”

小张也顾不得手上鲜血，提醒道：“丁大哥，你别硬碰，有了线索就立刻回来，我们再想办法。”

丁隐点点头，施展轻功，跟着红烟跃上了墙，紧追而去，一路冲进了掌门的房间，只见房间内竟是空无一人。丁隐一愣，惊觉有诈，正欲撤离，忽见身后门窗猛地关上，光亮消失，整个房间立刻陷入黑暗，与此同时，数十种不同的暗器从四面八方激射而来，丁隐陷于其中，只得努力抵挡。

黑暗中屠媚陪着番人站在阴影处，得意大笑。屠媚道："进了我这个陷阱，就别想再出去！大师，动手吧。"

番人又轻轻拍了拍手，梁上顿时跳落数个黑衣人，每人手中均持着黑色小幡。一阵法咒声起，又有数十条黑色小幡从天而降，将丁隐四肢卷住。丁隐只觉得后颈一阵刺痛，接着眼前一黑，昏了过去……

山洞内，玉无心焦急万分，五鬼也在一旁直皱眉头，口中骂道："屠媚这婆娘，怎么速度比我们还快！"

玉无心瞥了五鬼一眼，哂了句："我看八成是你走漏的风声！"

五鬼作势拜倒："冤枉啊！我的青天大小姐。"

玉无心并无心情与五鬼说笑，神色紧张道："糟了，血眼信鸽现在还没回来，丁隐可能出事了，我们得快想办法出去！"

佟元齐见玉无心焦急万分，开口问道："两位可是认识上面那位假掌门？"

五鬼无奈地笑出声来："不但认识，还是一伙的。"

佟元齐与几位武当长老皆是面面相觑，佟元齐这才说道："老朽方才就觉得奇怪，我认得你手中所持乃是蜀山南明离火剑，可你武功招式又并非蜀山一脉，若我猜得没错，两位可是西疆人士？"

玉无心白了五鬼一眼，上前作揖，恭敬地道："佟掌门眼力过人，晚辈玉无心，乃烈影神宗门下。这位是五鬼天王，是我神宗左使，上面那位易容成假掌门的，是我神宗副宗主屠媚。"

佟元齐突然大笑起来："武林正派素来不与魔宗为伍，但今日你我却在这不见天日的山洞中彼此相救，真是奇妙的缘分啊。"

玉无心正色道："我二人并不想为难武当，与那屠媚也不是一路人，请掌门放心。"

佟元齐又问："那屠媚带西疆番人前来，到底有何图谋？"

五鬼沉吟道："他们恐怕是为了另一件宝贝而来。"

佟元齐为之一愣，又问道："两位所说是什么意思？"

玉无心却说出了一句令众长老震惊的话来："几位应该都知道赤魂石吧？它现在就在武当。"

玉无心将丁隐身怀赤魂石的始末娓娓道来。佟元齐和长老们听完前因后果，都十分感慨。玉无心又道："赤魂石正在这名蜀山弟子丁隐体内，他们现在恐怕已经被屠媚和妖人困住了，当务之急是去救援丁隐。"

佟元齐却意味深长地道："玉姑娘莫怪，容老朽问一句，你身为魔宗中人，却为何想要和同门反目，转而去帮助丁隐？"

玉无心眼神一闪，回答道："小女与丁隐私下有些交情，虽也有些误会……但我不想看着他遭人暗算。"

佟元齐听到这里，又看到玉无心的表情，心中已经明白了几分，便道："原来如此，我相信你所言不假。只可惜我们几人遭了屠媚暗算，浑身大穴都被她用独门手法所封，一点内力都使不出来。"

玉无心眼中却是精光一闪，说道："屠媚点穴的手法，我会解！"

五鬼上前，一把抓住玉无心的手，提醒道："你别忘了，咱们烈影神宗和中原武林势不两立，况且宗主当年被罚，也是因为武当前来问责。今天你救了他们，明天他们很可能就会与阴风谷为敌。"

玉无心甩开五鬼的手，又望了望佟元齐为首的武当众长老，诚挚地道："现在面对的是共同的敌人，所以大家此刻都是朋友。"

五鬼听得一愣，不待仔细分辨，玉无心已径自上前，用内力替佟元齐点开大穴，扶他起来，回头瞪了五鬼一眼，讥讽道："刚刚是谁磕头发誓，说什么'今日救命之恩，定当涌泉相报'的？"

五鬼哑口无言，气得一跺脚，大叫道："好，今天就帮武当这一次，下不为例！"他倒是言出必行，话一说完，便身影一闪，迅速拍开剩下三位长老的大穴。

佟元齐见状大加赞许道："玉姑娘心胸广阔，有情有义，实是不让须眉，老朽欣赏得很。"

他这句话暗含讥讽五鬼之意，五鬼焉能听不出来。但他毕竟是由佟元齐救下性命，莫说对方出言讽他，便是过来捅他两刀，劈他两掌，他也只能生受。

玉无心听了前辈嘉许，当即抱拳一拜，口中道："佟掌门，实不相瞒，上官謦我正是家父，先前与武当的渊源，小女也曾耳闻，当日情势所逼，多有得罪，小女在此替家父给佟掌门赔罪了。”

佟元齐见到魔宗的人如此豪爽，也忍不住略有感慨，便道：“想不到是故人之后。当年左掌门惨遭毒手，我武当上下悲愤不已，才会做出过激举动，后来深思之后，对令尊之指责也的确有失偏颇。想不到后来令尊堕入魔道，真是令人痛心疾首。”

玉无心也听得动容，又向佟元齐施了一礼，感激道：“佟掌门才是胸怀广阔，风光霁月，如今小女所为，也只是不想家父再造诸多杀孽，还请佟掌门摒弃前嫌，出手相助。”

佟元齐说道：“得女如此，真是万幸，也罢，大家就联手合作这一次。以后武当与魔宗秋毫无犯，再无纠葛。”

玉无心爽朗一笑，口中道：“多谢掌门，那依佟掌门看，现在应当如何行事？”

佟元齐又道：“老朽有一私心之事相求，那妖人和屠媚一定还盘踞在武当，武当众多弟子被妖人妖法所控制，神志不清。我们出去后，先抄小路到弟子房，解救我门下众多弟子，之后再一起找屠媚和妖人斗一场，届时武当上下当同心协力，斩妖除魔。”

玉无心点点头，心中道：爱惜弟子乃是掌门之责，这又算什么私心？即说道：“如此也好，但听掌门吩咐，晚辈自当尽力协助。”

佟元齐点头道：“姑娘宅心仁厚，老朽佩服，事不宜迟，我们走！”

佟元齐即带众人来到山洞外，他看了看断崖上的峭壁，念起口诀，祭出自己的七虹剑，剑分七把，“嗖嗖嗖……”顺次向上插入光滑的岩壁之中，顷刻成为一道剑梯，又向众人道：“各位，大敌当前，切莫再耗费功力，可借剑梯而上！”

玉无心几时见过这等精妙的剑梯，忍不住赞叹道：“佟掌门功力深厚，小女受教了！”

众人皆是个中高手，点头一笑之后，便蹬住剑梯，施展轻功，顷刻间已经全部从断崖下攀上，直奔武当正殿而去。待至正殿，推开大门，只见地上横七竖八躺着十数名武当弟子。

佟元齐和玉无心等人皆是脸色一变，心道终究是来晚一步。

众人正上前探查受伤弟子，一道剑光突然从角落闪出，直指玉无心而来。

“玉儿，当心！”五鬼高声喊道。

玉无心早已意识到危险，脚下轻轻一点，避过剑锋，见来者正是青云。

玉无心冷眼相向，口中说道：“周青云，你干什么？”

青云看到佟元齐真身，以为仍是屠媚所扮，便骂道：“玉无心，果然是你和这妖女合谋，阴魂不散地缠着丁大哥，到底有什么企图？”

青云叱骂间又冲了上去，玉无心也挥起南明离火剑准备接招，佟元齐抢先出手，手中幻化出一把宝剑，将青云双剑挡下，宝剑化出七彩剑光，绚烂夺目。

佟元齐慈祥微笑，谓青云道：“青云丫头，你这玲珑剑法还是欠点火候，左弓步再迈大一点，剑锋回撤再果断一点。”

青云愣在当场，口中道：“七虹剑……佟掌门……你是真的？”

佟元齐再是微微一笑，赞叹道：“想不到当年见你还是个小人儿，如今已经亭亭玉立了。”

青云此刻再无怀疑，欣喜道：“您是真的佟掌门！我们可被屠媚骗惨了！”

五鬼这才冷笑出声：“嚯嚯，真是大水冲了龙王庙，自家人打自家人。”

众人正说着，角落里传来一声大喊：“紫英……紫英，你撑着点！”只见小张抱着紫英躲在角落，紫英脸上黑气大盛，口中渐渐溢出黑血。

佟元齐也是脸色大变，上前一把搭住紫英脉搏，随即大叫一声：“不好！她中的是那番人的摄魂之术，体内毒性已经流遍经脉，必须赶紧找到解药。”

玉无心巡视四周，却不见丁隐，心下焦急，逼问青云道：“丁隐呢？”

青云这才慌张起来，急得眼泪都要掉下来，语无伦次地道：“丁大哥追踪屠媚，还没回来，难不成也出事了？他……”

正在这个关头，不知何处又传来那番人的声音：“想不到堂堂武当掌门，要靠着烈影神宗的力量逃脱，你们中原武林还真是不见外啊。”

青云持剑四处观望，却不见人影，只听番人声音仍在空中回荡：“丁隐不自量力，已经落入我手中，若要救他，明日午时闯过后山的八卦阵再说！”

五鬼和玉无心心有不甘，四处寻找。

佟元齐面色严峻，沉吟道：“诸位别找了，他用内力传音，并不在此处。”

玉无心心急如焚：“那丁隐怎么办？”

青云也是如坐针毡：“对啊，丁大哥怎么办？”

玉无心和青云互相看了一眼，又都转过身去。

佟元齐不愧一派掌门，当下冷静地道："既然妖人立下约定，说明丁隐暂时还没有危险，此刻天色已黑，贸然前去恐怕再中暗算。待我先详细告知你们八卦阵的阵法，等到明天天亮，我们便一同破阵救人！"

丁隐和丹辰子已经被屠媚绑在后山八卦阵中的高台上，丹辰子中毒不浅，整个人昏昏沉沉。

丁隐迷迷糊糊醒来，咬牙怒视屠媚，屠媚却一脸轻松地调笑："哟，想不到蜀山两大帅哥今天全落到我屠媚手里。"屠媚说着，还伸出手去摸丁隐的下巴。

丁隐扭过头，冷冷地道："屠媚，你不用白费心机了，赤魂石早已与我融为一体，绿袍也奈何不了我，你又能如何？"

屠媚仍是娇笑道："我现在是拿不出来，等到了明天，可就不一定了。"

丁隐忍不住问道："你到底想干什么？"

屠媚又是嘻嘻一笑："忘了告诉你，你被抓了，玉无心和你那青云小师妹可都着急得很。哦，对了，连那掌门老道都要来救你呢。想不到你还有这么大的魅力，武当、蜀山和我神宗平时水火不容，此刻竟然愿意为了救你而联手。"

丁隐大喊起来："屠媚！我警告你，不要伤害玉儿和青云。"

屠媚轻抚着丁隐脖子，温柔地道："你别着急，我不会伤害她们。武当八卦阵早就被我和大师动了手脚，到时他们只要来破阵救人，等于是帮我的忙，逼出你体内的赤魂石。"

丁隐焦急万分，挣扎未果，一旁的丹辰子又不省人事，他感到十分绝望……

此时烈日当空，众人已经来到后山之中，八卦阵巨石林立，只见阵中一座高台，丁隐和丹辰子都被吊在高台之上，屠媚站在两人中间，表情得意："蜀山、武当，就连我神宗大小姐都来了，今天可真热闹……"

玉无心看到丁隐被困也很焦急，谓佟元齐道："佟掌门，事不宜迟，破阵吧。"

佟元齐说道："八卦阵乃我武当防御之阵，阵分八门，相生相克，我们需按照各自内力不同，选择相克一道法门攻入，齐心协力，方可破阵。"

八人同时使出各自内力，向阵法的八处攻去。

与此同时，那西疆番人正站在八卦阵外一侧，身旁立着一块石碑，他念念有词，猛然扳动石碑上面的机关。随着众人入阵，八卦阵中涌出数个番人手下。

玉无心挥出南明离火剑，剑气直冲番人，将番人击倒。而八卦阵此时却忽然形成一个旋涡，玉无心发出的剑气好似被吸引一般，直冲阵中而去。

另外几处，众人攻打番人手下的内力也好像被吸入一般，涌向八卦阵中。玉无心猛然有了不好的预感，看向八卦阵中心丁隐的方向。

数道内力源源不断，猛然一起打到丁隐身上。丁隐猛地痉挛起来，痛苦异常。

屠媚见状又一阵娇笑："丁隐，这次可是你的同伴亲手送你上路的！"

众人内力不断涌入，丁隐终于彻底失去了意识，眼中完全被赤魂石的红光所覆盖。他心脏处的赤魂石隐隐闪动，眼看就要爆出。

丁隐的惨叫声传来，众人心中都是一惊，青云和玉无心两人更是心如刀绞。佟元齐一咬牙，收住真气，强行脱离了八卦阵的吸引。众人也都纷纷脱离八卦阵掌控。小张和青云等人都已经内力不支，脸色苍白。

五鬼诧异道："佟老头，怎么和你说的不一样？"

佟元齐面色大变，惊觉道："这八卦阵被做了手脚，我们现在各自的内力和阵法不是相克，而是在相生！妖人故意把丁隐囚在阵中，想借我们的内力打出赤魂石。"

青云也是焦急万分，带着哭腔道："那我们现在该怎么办？"

这时玉无心说了一句："如果……我不用内力呢？"

所有人惊诧的目光都集中在玉无心身上，玉无心缓缓道："如果我封闭自身穴道，只用招式，不用内力，是不是就能进去了？"

"玉儿，你疯了吗？没有内力护体，你知道有多危险吗？"五鬼上前一把抓住玉无心的手臂，一脸焦虑。

小张和青云也一脸惊讶地看着玉无心，青云更是神情复杂。玉无心挣脱开五鬼，坚定地看向佟元齐。

佟元齐点点头，看向八卦阵，心中谋算，口中说道："卦象刚刚被我们的内力激化，现在阵眼就在'坎'门内。从此门攻入，或有胜算！"

玉无心叫了声："好！"立刻越过五鬼，单枪匹马冲入八卦阵中。

"我也去！"青云猛地起身，也追着玉无心的身影冲入了阵中。

八卦阵亮光四射，将两人身影吞没。

小张与五鬼大惊失色，分别喊着二女名字。

佟元齐在旁方寸未乱，从容道：“两位少安毋躁，那妖人定是动了法阵机关，我们快些找到他，助二位姑娘一臂之力。”

青云跟随玉无心闯入坎门之内，阵法四周皆是高高石墙，将两人封在了其中。八卦阵内传来阵阵轰鸣，青云紧张地环顾四周。玉无心冷冷看了她一眼，谓她道：“害怕的话，就不应该跟进来。”

青云不服道：“谁说我害怕了！”忽然神情一震，大叫一声，“小心！”一把将玉无心拉开，只见玉无心刚刚所在的地方已经扎上了数根毒针。

玉无心有些感激道：“你……”

青云则道：“都是救丁大哥，凭你一个人闯阵太慢了，哪里来得及？”

这时机关响动，刹那间无数根毒针从各处喷出，如同四散雨滴一般向两人袭来。玉无心也不再计较，和青云两人背靠背，共同抵御，结伴往前。

阵形中央，丁隐眼见玉无心和青云强行攻入，一往无前，眼中充满惊讶与痛苦。随着二女攻入，番人也被机关的震动反弹，大吃一惊，怪叫道：“这两个女子竟以肉身入阵！”

此时，佟元齐和小张、五鬼也已赶到，佟元齐一马当先，怒喝一声：“妖人，还不束手就擒！”

说话间，几人已经交起手来，番人被三人围攻，逐渐有些吃力。

佟元齐趁空隙抽身上前，将八卦阵机关复原。阵内光芒陡然暗淡，丁隐身上赤魂石的红光也暗淡了下去，玉无心和青云趁此机会，突破防守，冲入阵中，来到了高台下。

玉无心大喊道：“丁隐，你撑着点！”

这时屠媚却祭出绣伞，拦在玉无心面前，怒道：“玉无心，难道你真的想背叛你爹吗？”

“我爹是我爹，我是我，况且我们家的事情还轮不到你来管！”玉无心语气冰冷，剑下毫不留情，将屠媚逼得连连后退。

屠媚虽露败相，却是有恃无恐，口中笑道：“你们连人质的命都不顾了吗？再不停手，就杀了丹辰子！”

此时丹辰子正双目无神地站在高台上，已经将龙潭古剑举到了自己颈下。危急之际，青云怀中一道影子闪出，从众人眼前晃过，跳落丹辰子肩头，正是小宝。只见小宝冲着丹辰子后颈狠狠一咬，一股黑气从丹辰子后颈直冲而出。

丹辰子浑身一震，他咬牙转手将剑一挥，硬生生从身体中挑出了番人的毒虫。丹辰子也不顾身上流血，快步上前，砍断丁隐身上绳索。

丁隐欣喜道："大师兄，你没事了？"

丹辰子大喊一声："先退敌再说！"便挥起龙潭古剑与丁隐一并加入战团，屠媚顿时陷入劣势。

另一边，番人试图再祭起摄魂幡。佟元齐七虹剑一挥，红幡顿时被烧为灰烬。番人失了法宝加持，顿时傻了眼，而他的一众手下也皆被小张和五鬼消灭。

此时屠媚与番人已被众人合围至一处死角，屠媚顾盼一番，见势不妙，当下便道："大师，实在是对不住了。"

她竟将番人推向众人，趁机踩在番人身上，凭借轻功逃开。此人的逃命功夫大可位居武林前三。

这时五鬼迅速上前，一把掐住了番人的脖子，将他制住。

小张上来逼迫道："死妖人！快把神仙姐姐的解药交出来！"

那番人却道："我的黑煞火和虫毒混在一起，根本无药可解！就算我死了，也得找人陪葬！"言罢猛然吐出一口黑血，整个身子随之爆炸，化为了一摊黑血。

"不要——"小张颓然跪倒。

丹辰子上前一把揪住他，问道："什么解药？这妖人对紫英干了什么？"

小张面无血色，张口道："紫英中了剧毒，无药可解。"

丹辰子急火攻心，加上伤势过重，闻此噩耗竟然不支倒地。佟元齐赶紧上前查看。

而玉无心急切地来到丁隐面前，另一边，青云见状，也赶紧冲了过来。

丁隐呆呆地看着玉无心，两人对视片刻，丁隐黯然将头扭向青云，关切道："傻丫头，身上本来就带着伤，为何这么拼命？"

青云笑中带泪，谓丁隐道："我一点都不疼！倒是你伤得这么重……我带你回去包扎。"

丁隐点点头，方才他一直努力压制赤魂石，此刻虚弱地靠在青云身上，在青云的搀扶下走过玉无心身旁。他可以感受到玉无心看向他的目光，却始终逼着自己不去回望。两人不发一言，擦肩而过。玉无心心如刀绞，五鬼走上前，却不知如何安慰。

这时丁隐身子一软倒了下去，青云惊叫起来：“丁大哥！丁大哥，你怎么了？”

佟元齐又上前给丁隐把脉，谓青云道：“放心，暂时还没有性命之忧。快带他回去，我帮他治疗。”

众人已经回到武当别院，众多武当弟子受了伤，一些未受伤的弟子在庭院中为他们包扎。

青云正在给丹辰子包扎手上的伤口，不时抬头望向其中一个紧闭房门的房间，露出担忧的眼神，一回头，却发现玉无心也在不远处站着，目光同样望着那个房间。青云心中一酸，低下头继续忙碌。

丹辰子已经恢复了清醒，只是看起来略显虚弱。他同样一脸担忧，坐立不安，但望的却是另一个房间，口中不住道：“不行，我得去看看紫英她到底怎么样了。”

青云紧张地按住他：“大师兄，你别动！”

五鬼冷笑一声，谓丹辰子道：“你自己都是才被人救回来的货色，去了能有什么用？”

丹辰子回头怒视五鬼，五鬼自知理亏，却还是不甘心，依然挖苦道：“别再演什么伉俪情深的戏码了。我看那个紫英勾引丁隐的时候精神得很，应该不会有什么大事。”

这番狠话连玉无心也听得刺耳，忍不住喝止道：“五鬼，你别在这里闹事。”

丹辰子压抑着愤怒，对玉无心说道：“玉姑娘，这次你和五鬼天王与我们联手退敌，丹辰子多谢你们的情分。但如果你们再侮辱紫英，我绝不会再手下留情。”

一旁的青云终于大喊起来：“够了！丁大哥体内赤魂石被激化，佟掌门正在助他压制，师姐身中剧毒，小张也在里面尽力诊治，你们两个大男人却在这里吵吵闹闹，有完没完！”

丹辰子和五鬼被青云一说，都有些尴尬，各自扭过头去不再说话。

玉无心仍然冷冷站在一边，看着那个发出红光的房间。

房内丁隐正盘腿而坐，紧闭双眼。他整个身子都在颤抖，体内红光大盛，炽

热逼人。佟元齐极力助他压制，已经是满头大汗，口中犹在念道：“丁隐，稳住心神！”

丁隐努力压制，体内的红光终于逐渐暗淡，面色也恢复了平静，佟元齐脸上也露出一丝微笑。丁隐站起，舒展了一下筋骨，发现内伤已经好了大半。

佟元齐收起功法，谓丁隐道：“丁少侠，方才反八卦阵激化你体内赤魂石，就连我也觉得十分凶险。但你心性之坚定，居然能够自行压制住赤魂石，实在令老朽佩服，真是后生可畏。先前江湖传言诸葛掌门将守护赤魂石之重任交托于一个刚上蜀山的毛头小子，老朽还有些不解，如今见到你，才认同诸葛掌门高见。”

丁隐作揖道：“佟掌门过奖，此番丁隐能脱险，还要多谢掌门救命之恩。”

佟元齐又道：“你要谢，还是谢谢青云和玉无心两位姑娘吧，若不是她们散去内力，用血肉之躯舍身闯阵救你，恐怕你早已性命无存了。尤其是玉姑娘，她虽然是魔宗之人，却为了救你不惜背叛同门，这份情意，就算老朽我看了都为之感动。”

丁隐听到玉无心的名字，眼神瞬间复杂起来，向佟元齐问道：“玉姑娘……她有没有说过为什么要救我？”

佟元齐一笑：“这你就要问她了，不过多亏了她及时救出我和诸位长老，否则整个武当将万劫不复。”

丁隐应道：“我会的，我会好好谢谢她……”说到此，他猛然想起别的什么，又问道，“掌门，不知我的几位同门……”

佟元齐一愣，笑容顷刻凝住。丁隐眼神随之一暗，焦急道：“怎么？他们……是出事了吗？”

佟元齐顿了顿，徐徐道：“唯独那位紫英姑娘情况不太乐观，张少侠正在隔壁为她诊治。”

丁隐十分紧张：“那有劳佟掌门带我去看看。”

房门推开，众人见丁隐和佟元齐走了出来，青云立马站起身，三步并作两步走到丁隐面前，关切道：“丁大哥，你没事了吧？”

丁隐目光越过青云，看到不远处的玉无心，玉无心脸上也流露出关切之情。青云回头看了看玉无心，连忙一把抱住丁隐，说道：“丁大哥，你知不知道我好担心你？”

丁隐回避了玉无心热切的目光，宠溺地揉了揉青云的头发，温柔地道：“傻瓜，你都拼了命救我，我怎么敢有事？我们先去看看紫英的情况吧。”

青云点点头，丹辰子也赶快走过来。

蜀山众人和佟元齐一起走进隔壁房间，丁隐再也没看过玉无心一眼。

玉无心举步又止，碍于身份没有跟进去，独自垂下头。

五鬼在一旁低声道：“你刚刚救了这家伙的命，他现在就这么翻脸不认人了？还真是个负心汉。”

说着就要去喊丁隐，却被玉无心拉住：“让他将蜀山的事情忙完，我等他。”

佟元齐带众人走入房内，只见小张正守护在紫英的床头。紫英无声地静卧在床，脸色已是黑得可怕。

丹辰子见状心神大乱，不住大喊道：“紫英！紫英，你怎么样了？”

丁隐则是走到小张身旁，扶住他的肩膀。小张回头，苦涩地叫了声：“丁大哥……”

丁隐叹息道：“别说了，我都已经知道了。”

小张却急得撕扯着自己的头发，表情痛苦万状：“我什么药都试过了，可是都不起作用，我真是没用！”

丹辰子又向佟元齐求救：“佟掌门，紫英她到底怎么样了？”

青云也急得流出泪来：“是啊，佟掌门，您再想想办法，就算是再难再麻烦，只要能救师姐……”

佟元齐一探紫英的脉息，沉重地摇头，口中道：“她毒已入体太深，我真的无力回天。”

小张拉住佟元齐的两只袖口，几乎跪倒在地，声嘶力竭道：“求求您，求求您再想一想！”

“师兄……”这时紫英虚弱的声音传来，她不知在何时转醒来了。

丹辰子连忙扑了上去，欣喜道：“紫英，你醒了！”

紫英气若游丝地问丹辰子道：“师兄，你没事吧？”

丹辰子连连点头：“我没事，我没事！你也会没事的。”

丹辰子越喊越大声，紫英的声音越来越微弱：“师兄，我不想死……救我，救我……”

小张一把拉住紫英的手，颤抖着说："神仙姐姐……紫英，我会想到办法的，你不会有事的！"

紫英十分虚弱，又晕了过去。

丹辰子焦急地看了小张一眼，竟说道："你别再碰她了，学艺不精，能有什么办法！"

小张看着紫英虚弱的样子，咬了咬牙："也许师父把我泡在药缸子里那么久，就是让我今天救紫英的。"说着他又苦笑地看看紫英，眼神之中又是温柔，又是决绝。

丁隐觉察出小张的异状，大喊道："小张，你想干什么？"

佟元齐也有所知觉，问小张道："小兄弟，我素听闻蜀山百草仙人有用人试药的习惯，莫非……"

小张点了点头，低声道："掌门猜得没错，我就是师父的药人，那老妖人的毒也奈何不了我。你们记不记得，之前那个妖人曾经对我放过毒针，可对我全无半点用处。"

众人知他所言非虚，却是不明就里。

小张又道："我被师父试了千百种药草，其中也有不少是毒药。所以我体内的血液已经融入了太多毒素，可以百毒不侵，就连虫毒也对我没有作用。"

佟元齐这时已猜中大概："你的意思是……"

小张挺起胸膛，斩钉截铁道："以命换命！用我的血入药喂神仙姐姐服下，说不定可以凭其药性，对抗她体内的毒。"

丁隐阻止道："不行，这太凶险了！万一不成功呢？"

"失败了也没什么，大不了我和紫英死在一起，总比我一个人苟活于世强得多。"小张苦涩一笑，又道，"丁大哥，我不蠢，也不傻，更不想故意放弃生命。我只是没有你这样的勇气，可以怀着失去一个人的痛苦，一个人勇敢地活下去。这是我自己的选择，我不会后悔。"

丁隐和佟元齐见小张如此决绝，只能无奈地对视一眼，点了点头。

正在一旁看护紫英的丹辰子突然站了起来，口中道："我也不同意，如果张馅饼的血里本来就有毒性，紫英她能不能承受？万一失败的话，她岂不是会……会死？"

此时佟元齐却说道："以毒攻毒，也许是唯一可以解毒的办法。"

丹辰子颓然坐倒，痛苦地捂住脸庞。

青云不忍，走到他身旁安慰：“大师兄，我知道你不舍得拿师姐的性命冒险。可是如果毒解不了，失心疯只会让她更痛苦。如果掌门在，也会让小张放手一搏的。”

丹辰子叹息道：“我知道。我了解紫英的性子，她一生骄傲，如果真的让她疯癫度日的话，根本就是对她的折磨。这些道理我都明白，我只是……我只是担心万一有了意外，我怕我会承受不了失去她的痛苦。”

佟元齐又道：“这方法虽然听起来凶险，但是值得冒一次险。老朽会亲自在一旁护法，一旦有什么变化，也便于及时救治。你们都先出去准备些止血伤药，静候佳音吧。”

丁隐不忍道：“我留下来守着小张。”

青云却道：“丁大哥，咱们心中牵挂焦虑，恐怕会影响小张专注施治，有佟掌门看着，师姐会没事的！”

丁隐会意，点了点头。

丹辰子咬了咬牙，也起身朝佟元齐郑重一拜，道：“那就麻烦掌门了。不管要付出什么代价，请千万别让紫英出事，丹辰子感激不尽。”

众人这才转身离去。

小张守在紫英床头，轻轻拂开她的秀发，口中软语道：“这是你第一次在我身边这么久，我想再多看你一会儿。如果你还醒着，肯定会赶我走……”小张自顾自说着，从靴中拔出匕首，在自己手腕上划下。

手腕上鲜血涌出，小张不痛反笑，自语道：“师父啊师父，原谅徒儿把你千辛万苦浸泡出来的一腔宝血给了一个女人。可要是没有这个女人，徒儿也不想活了。”

小张将手腕递到紫英嘴边，强行将自己的血灌入紫英口中，面上却带着微笑，说道：“紫英，现在你身体里流着我的血了，我命令你一定要活下去。”

鲜血每流逝一分，小张的脸色也就惨白一分。

佟元齐上前抵住小张的后心，边用真气替他稳住心脉，边说道：“若支撑不住，少侠便歇一歇。”

小张感激道：“多谢掌门，我还撑得住。”口中说话，双眼仍是目不转睛盯着紫英。又岑静了片刻，他竟与紫英打起赌来：“神仙姐姐，你和我一起赌一把

吧。如果不成功的话，我跟你做伴，黄泉路上也不寂寞……”

说到此处，小张的眼眶一红，眼泪随之掉了下来，随即他又强自笑了起来：“那样结局也不错，终于能让我最后陪你一段，没有人来和我抢你了……”

小张眼前一黑，倒在了紫英床前，不省人事。

“神仙姐姐！”

“神仙姐姐！”

也不知过去多久，小张猛然清醒了过来，口中仍在喊着“神仙姐姐”，他紧张地爬起，四下寻找着紫英的身影，不住道：“神仙姐姐！你去哪里了，神仙姐姐？你……你该不会是……没有熬过来……”

却见丹辰子端着一碗汤药走入房间，神情复杂地看向小张，谓他道：“你的血起作用了，她体内的毒性已经基本化解，眼下她在别院客房中，佟掌门正在给她检查身体。你失血过多，我请佟掌门为你开了方子，补充气血。”

“我没事，我张馅饼壮得像头牛，怎么可能有事！”小张挣扎着想坐起来，却虚弱到要跌倒。

丹辰子赶紧扶住，向他微微一笑：“半条命都没了，还忘不了吹牛。”

小张坐到桌边喝药，丹辰子静静坐在一旁，两人之间是尴尬的沉默。待小张喝完药汤，丹辰子收起药碗，临走之前还是咬了咬牙回头，收敛骄傲对着小张郑重地点了点头，口中道：“以前我的确看不起你，对你的态度不好，我向你道歉。这次多谢你救了紫英，从此之后我欠你一个人情，不管你需要什么报答，丹辰子绝不会推托。”

小张也很骄傲，逐字向丹辰子说道：“用不着你报答，我本来也不是想卖你人情的。”

丹辰子说道：“我知道，你全都是为了紫英。可是恩情和爱是不一样的，你此番恩德，我和紫英会铭记于心。可是我和紫英早已定下了终身，我不希望你以此为借口插入我俩之间。”

“放心吧，我从来就没有想过以这个方法将紫英留在我身边。”小张自嘲地一笑，眼神有一丝凄凉，他又向丹辰子说道，“我只是想救她而已，从来都没想过要求些什么。只要她能够平平安安，我张馅饼就别无所求了。”

望着丹辰子有些疑惑的眼神，小张翻身坐回床上，强撑着一脸笑容，继续道：“现在大家都活下来了，不如各自静养一段时间。就请丹辰子师兄多多照顾神仙姐姐了。”

丹辰子则是不卑不亢：“那我就不打扰了，你安心休养。”

小张的笑容再也撑不住，只能用被子蒙住脑袋。

丹辰子叹了口气，悄然退出房间。

这情字一关，委实苦煞众生。

丹辰子才走出小张房间，紫英已猛然扑到了他怀中，兴奋道：“大师兄，佟掌门说我体内毒性已经去除干净了，再也不用担心了。”

丹辰子见她此时面色已复红润，整个人重焕生机，看来就像冰雪消融后悄然绽放的一株野花。之所以说是野花，那是因为分明可以感受到紫英身上蓬勃盎然的生命之力，丹辰子一把将她搂住，再也不想与她分开。可是忽然之间，丹辰子竟忍不住看向了身后小张的房间。

紫英觉察到丹辰子的心不在焉，疑惑抬头，问他道：“我的毒清了，你难道不开心？”

丹辰子忙说道：“我当然开心！你活过来，这世上只怕没有人比我更开心了。”这时他犹豫了一下，又道，“紫英啊，小张正在休息，等他睡醒之后，你去向他道声谢吧。他一直在担心你，现在你已经平安了，至少让他安心一些。”

“我不去！”紫英听到小张的名字，便冷冷甩开丹辰子的手，说道，“他一直对我图谋不轨，这次给了点小恩小惠，肯定会想趁机占我便宜，动手动脚！”

丹辰子见紫英态度冷漠，有些愠怒，斥责道：“紫英，张馅饼没有那么不堪，他其实是一个好人，否则也不会冒这么大的险救你的命。难道对救命恩人，你连感恩之心都没有吗？”

紫英反倒惊奇：“感恩之心？我看是防人之心不可无。张馅饼以前对我的骚扰你也看到过，你是信我还是信他？”

丹辰子皱起眉来：“这不是信谁的问题……”

“够了！”紫英打断丹辰子道，“你别再为他说话了！大师兄，你知不知道，我中毒之后，脑子里只想着救你。可是我现在刚刚死里逃生，你就只顾着帮外人说话，也不肯多关心一下我的身子。”

丹辰子无奈道：“这是两回事。紫英，做人得知恩图报，师父从小就这么教过你我……”

“用不着你教我怎么做人！”紫英见丹辰子对自己发火，脾气愈发兴起，竟道，“他反正也是贱命一条，救我难道不是应该的吗？我告诉你，我根本不想道谢，身上流着那个张馅饼的血，我只觉得脏！”

紫英骂了一通，这才冷冷回身而去。丹辰子看着她的背影，脸色既无奈又痛苦。

玉无心静静站在庭院之中，五鬼不甘心地在一旁走来走去，却又不敢上前劝阻。

这时大殿门打开，佟元齐在丹辰子的陪伴下匆匆走出，无奈地对着玉无心摇摇头。

玉无心问道：“他还是不肯见我？”

佟元齐无奈地摇了摇头，谓玉无心道：“恕老朽无能，我苦劝良久，可惜他已下定决心，不愿再与你单独相会，还请玉姑娘莫再执着。”

玉无心眼中缓缓涌现出绝望。

五鬼在一旁听得不忿，上前冲院内高喊道：“丁隐，我知道你听得见！你知不知道你伤了玉儿，她用了多久才恢复？你知不知道她忤逆宗主之命，被惩罚得多狠？她为了来见你，是偷偷从阴风谷逃出来的，要不是我一路护着她，她早就被宗主抓回去了！”

丹辰子一怒之下，拔剑挡在了五鬼身前，怒斥道：“正邪不两立，丁隐既然不肯相见，你们何必苦苦纠缠！武当圣地，岂能容魔宗之人随意喧哗！”

五鬼懒得理会丹辰子，自顾自喊话道：“丁隐，我早就知道不能把玉儿托付给你！你们蜀山弟子，名门正派，说到底也不过是没心没肺、猪狗不如的浑蛋！”

丹辰子再也按捺不住，拔剑上前就要对付五鬼。五鬼取出铁扇准备应对。

这时丁隐大喝一声：“都住手！”

玉无心愣愣地看向院子深处，只见丁隐和青云两人缓缓走出，对佟元齐施礼。

玉无心眼神一闪，大声道：“丁隐，你肯见我了？”

“玉姑娘的确救了我一命，我还没有当面谢过，我不喜欢欠人。”丁隐的语气异常冷淡，他走到玉无心身前，正要俯身致谢。

玉无心却轻声说道：“丁隐，之前我们有太多的误会，但你知道我这次来，只是为了你。”

丁隐尽全力压抑住自己的情绪。

青云站在他身后，矛盾万分地听着玉无心的话。

玉无心说道：“当日我的确是听从爹的吩咐上蜀山接近你。从小到大，都是爹教我该爱谁，该恨谁。可是和你在一起的日子里，我第一次发现爹的话……是不对的。”

丁隐嘴唇微微张了一下，却什么也没有说出来。

玉无心继续道：“是你教会了我笑，教会我相信别人，你教给我许多阴风谷里没有的东西。你给了我一颗心，我便想按照自己的心意和你在一起，没有魔宗，没有恩怨，只有你和我。丁隐，我曾经跟你说过，如果我有什么事情要隐瞒你，也是因为迫不得已，我绝对不会伤害你，你可以原谅我吗？”

玉无心的每一句话都好像敲打在丁隐心上，他痛苦地闭上双眼。

青云紧张地看着丁隐的背影，她不知道丁隐此刻会作何选择。

丁隐艰难地开口，说了句：“我可以原谅你。”

玉无心大喜之下就要扑向丁隐怀中，丁隐却后退一步，神情依旧冷淡，话语中没有丝毫温度：“之前的事既然已经过去，我只当忘记了。只是我俩之间……已经再无可能了。”

玉无心愣在当场，眼眶一下红了，口中似在发问，又似自语：“丁隐……为什么……”

丁隐站在玉无心面前一尺之遥处，逐字说道：“玉姑娘，你我这段感情，带给大家的痛苦远多于快乐，也许各自道别才是最好的结局，你走吧。”

丁隐说完，慢慢回过身来，欲迈步离去，青云赶紧跟上了他。

玉无心不甘心地道：“丁隐！你就这么走了，不会后悔吗？”

丁隐顿了顿，握紧了身旁青云的手，回头看向玉无心，再而逐字说道：“玉姑娘，我心里已经有了别人。”

他看了看青云，又道：“她从我失忆时就一直陪伴我，是我愿意携手人生的伴侣。希望玉姑娘好自珍重，勿再纠缠……”

玉无心吃惊地看着丁隐，任由两行热泪缓缓而下。

“玉儿，他太过分了……”五鬼不忿地上前。

只听玉无心慢慢开口：“丁隐，这真的是你想要的吗？”

“是。”丁隐并未回首，却将这个“是”字说得不疾不徐。

“好，我懂了……”玉无心也未回首，孑然离去。

五鬼叹了口气，匆匆跟上玉无心的步伐，相随而去。

这时丁隐猛然回过头来，却见玉无心已经扭头离去，他胸中翻腾，一口鲜血喷了出来。青云和佟元齐都是大惊失色，赶紧扶住了他。

“丁大哥！”青云惊叫一声。

佟元齐一测脉搏，大喊道：“丁隐，你气血翻腾，大凶之象，快随我去内堂，我替你稳住赤魂石。”

丁隐推开两人搀扶，说道：“我没事，我想单独出去走走。”

他匆匆奔出院外，留下一屋子惊讶的人。

人世间最大的苦痛无非两种：一者咫尺天涯，一者人去楼空。

青云妙计收剑灵，素因分身现绿袍

玉无心此时已是泪水决堤：“医仙，直到今天我才发现，我比自己想象的还要爱他，我不能失去他！但太迟了，一切都太迟了……我骗了他，他说永远都不会再相信我了，我们之间再无挽回的余地了！”

丁隐将诛心之语说得敷衍冷清。这武当别院，玉无心哪里还能安身，众目睽睽，她一阵疾奔，孑然而去。

林间冷风阵阵，面上热泪滚滚，沿途密林枝丫层层阻拦，她也不挡不避，自虐般直直撞去，任由锋利的枝丫在身上划下道道伤痕。

“玉儿，快停下！”五鬼天王心痛地紧跟其后，不住大喊着，“不就是个丁隐吗？你何苦为他折磨自己！”

玉无心听到“丁隐”二字，心下又是一痛，丁隐和青云在一起的画面自脑海间快速闪过。玉无心伤心欲绝，前面一根满是尖刺的树枝迎面而来，她也毫不在意。

五鬼慌忙上前，一把揽住她的腰，护住了她，担忧道：“玉儿，你怎么样？你怎么样？你快说话啊！”

玉无心低头不语，一动不动任由五鬼将自己揽在怀中。五鬼疑惑，凝神细看，发现玉无心的双肩微微颤抖。他面色一变，双手捧住玉无心面颊，强迫她抬头。

玉无心却死死咬着嘴唇，目光不愿与五鬼相碰，只是无声抽噎，任由晶莹的泪水顺着白皙的面颊不断滚落。

五鬼痛苦道：“你不要这样，你可是玉无心，是我五鬼好不容易看上的女人！你怎能因为一个男人不要你，就这副自暴自弃的样子？”

玉无心甩开五鬼的手，叫喊起来：“我什么样子，不用你管！”

她话音未落，五鬼已一手按住她的肩膀，一手强硬地转过她的下颚，逼她看向自己，口中道：“我偏要管！那丁隐不过因你身属魔宗，就要抛弃你，之前装得一往情深，转头就去找别的女人。这样一个朝三暮四的贱男人，根本就配不上你！你和他分开是好事，你不应该哭，应该高兴！”

玉无心移开视线，漠然道：“你不要再说了，你不懂……”

五鬼却更加激动起来，近乎咆哮道：“我是不懂……可我是真的喜欢你，不想看你为了别的男人流泪……”他的目光慢慢变得痴迷，突然凑上前，轻轻吻去玉无心眼角的一颗泪珠。

玉无心僵住，一时来不及反应，猝不及防间，五鬼的吻又如急雨般接连落在她脸颊上。五鬼一边吻着，口中还不住呢喃：“玉儿，别哭，别为了他哭……”

玉无心却厌恶地皱起眉头，不断闪躲，五鬼反而因她的抗拒升起怒火，有些粗暴地抱紧了她，将她禁锢在怀中，竟然低头向她唇上吻去。

玉无心奋力挣扎，抬手狠狠向他脸上扇去——

“啪”的一声脆响，五鬼的脸被打得偏向一边，他甫一转头，玉无心却发动内力，长鞭出手，已经缠住他的脖子。五鬼再看周遭，刹那间竟成了空气凄寒、草木霜冻的景象。

玉无心持鞭在手，容颜苍白，眼神如死寂般望着五鬼，口中一字一顿道：“你滚开，不准碰我！”说着手上用力，冰凌在五鬼颈上划出一道血痕，一抹鲜血流下，染红了他胸前的衣襟。

五鬼面上泛起绝望的神情，犹问道：“你就这样厌恶我？无论丁隐怎样伤你，你都爱他。而无论我怎样对你好，你都不能容忍我靠近你一丝一毫？”

玉无心脸上闪过一丝愧疚，收了冰魄寒鞭，低头道：“求你，不要再跟着我了。”

五鬼摇了摇头：“好，我走，我不碍你的眼……”说着失魂落魄地转过身，又扭头痴痴望了眼玉无心，继续道，“我只再劝你一句，放弃丁隐。你爱得越多，最后只会伤得越深！”说完之后，他也不再流连，径自向一片晦暗的树林走去。

五鬼的背影再怎样萧索，玉无心也无暇为之伤感。她收了寒鞭，抹去泪水，走向另一片遮天蔽日的森林。

也不知走了多久，四周的树木变得越来越稠密，柔软的藤蔓繁茂生长，玉无心需不时弯腰，从藤蔓间穿行。而她脚下的泥土也越来越湿润，泥水逐渐打湿她的鞋面，但她沉浸在悲伤中，浑浑噩噩地低头走着，丝毫没注意周围环境的变化。

玉无心一路走来，每一步都牵动回忆，沿途的一花一叶、一沙一尘，此刻都承载着无限悲情。树叶在山风中啼哭，藤蔓在前路纠结，她抬起衣袖擦去眼泪，却突然感到脚下一凉，低头望去，发现双脚已踩入水中。

她疑惑抬头，发现前方一片沼泽挡住去路，自己已不知不觉踩入沼泽边缘。

玉无心后退两步，有些迷茫地向四处望去。这水潭地势低凹，周围藤蔓密布，一大片浓郁的绿色，明明没有风，可藤蔓却如有生命般齐齐摆动，发出“沙沙”声，很是诡异。玉无心转头向身后看去，发现来时的路已不见，环顾四周，自己竟如同陷在藤蔓的牢笼中，毫无出路。

她低下头，怔怔看着水面自己狼狈的倒影。

“无路可走了……”玉无心惨然一笑，“玉无心，你害死亲娘，背叛亲爹。如今丁隐也不再信你，身边已有他人做伴。天下虽大，却已无你的容身之处……”

玉无心悲从中来，忍不住剧烈咳嗽起来，她狼狈地用双手捂住嘴，几缕鲜血从指间溢出。她仍想继续前行，却发现自己已在沼泽中越陷越深，此时再想出来，已是万万不能。

玉无心不禁哑然失笑，自语道：“丁隐，如果我死了，你可会为我伤心？”

这个时候，沼泽开始冒出气泡，玉无心下沉得越来越快，在即将没顶的一刻，她冲着天空无限眷恋地喊出丁隐的名字……

此时在武当别院的客房之内，丁隐猛地抬起头来看向窗外，似乎两人之间真的存在某种感应。可是丁隐转过身来，却看见青云一脸欢欣地推门而入。

丁隐有些迟疑地问：“青云，你刚刚可有听到什么声音？”

青云疑惑地摇了摇头，又兴致勃勃地告诉他：“大师兄已求得佟掌门同意，我们可以上翠屏峰拿青索剑了。”

丁隐本是怅然，却因青云口中的好消息眼前一亮。他心中悄然叹息一声，继而又欢欢喜喜地携了青云的手，与她同向翠屏峰而去。

两人行到翠屏峰脚下，却见佟元齐已偕同十数名武当弟子久候多时，丹辰子、诸葛紫英和小张也分立在佟元齐身边。佟元齐见是丁隐到了，远远便关切道：“丁隐，身体如何？”

丁隐作揖道：“多谢掌门挂心，已无大碍。”

佟元齐又开门见山道：“那就好，你们既然诚心来求取青索剑，我也不便瞒着你们，虽说这青索剑的确藏于翠屏峰中，但我不知道到底在哪里。”

众人听佟元齐这般说，均是面面相觑。丹辰子率先问道：“佟掌门此话怎讲？”

佟元齐向丹辰子点了点头，缓缓说道：“青索剑乃是上古神剑，宝剑通灵，自被藏于翠屏峰以来，无缘人别说借剑，连剑的影子都不曾见过。老朽执掌武当这么多年，也没少在翠屏峰寻找，但至今都没有见过青索剑。不过自古以来执剑者皆与宝剑有奇妙的缘分，自你们到武当以来，我常感觉这翠屏峰中剑鸣阵阵，几位少侠英雄出少年，或许青索剑的主人就在你们当中也说不定。”

丹辰子这才了然：“掌门过奖，那我们便分头去这山中碰碰运气吧。”

佟元齐又道：“翠屏峰山路曲折，岔路极多，你们多加小心。”

于是蜀山五人分头向山中行进，丹辰子与紫英、小张由左侧山路上山，丁隐与青云则沿右边岔道行进。原本小张是跟随丁隐一路，也不知是他寄望跟随神仙姐姐多些，还是要让青云多些与丁隐独处的时间，总之他一脸坏笑地与青云道了别。

却说丁隐、青云这路，二人沿着山路行进，不觉已过半日。山路崎岖，荆棘从生，一路上丁隐对青云十分照顾，不时为她拨开挡在前方的树枝。遇到陡峭山路时，他会牵着青云小心地走过。可青云却留意到，丁隐有时会怔怔望着远处，陷入沉思。

每当这种时候，青云都非常不安。她犹豫着想开口询问，但最终还是选择沉默，只不时留意丁隐的表情。

有时丁隐从沉思中突然回神，发现青云在看他，青云便会反射性地露出灿烂笑容，假装自己什么也没发现。

当两人爬上一座小山坡时，突然风起，空中飘来大片柳絮，看得青云惊叹起来：“哇，好像下雪！真好看！”她兴奋地看向丁隐，却发现他怔怔望着空中，眼里满是怀念。

青云嘴角的笑意淡了下来，轻声喊丁隐，丁隐却自顾遐思，似乎什么也没有听见。青云又大声喊他，丁隐这才猛地回神，看向青云，脸上闪过一丝愧疚，然后又温柔地问她：“怎么啦？”

青云隐约猜测到丁隐的忧念，却假装若无其事地笑了笑：“我是想问你，是不是觉得这些柳絮很像下雪？”

丁隐怔了怔，缓缓点了点头：“像……的确很像。”

他话音刚落，五鬼的声音就响了起来：“不禁让人想起玉儿，每次她用冰魄

寒鞭时，都是一副类似的景象。”

丁隐和青云猛地回头，就见五鬼摇着铁扇，正站在不远处。

“妖人，你又来做什么？”青云怒喝道。

五鬼看也不看青云，只冷冷看向丁隐，忿忿道：“我五鬼生平最恨别人始乱终弃，自然是来教训这个负心汉！”说着铁扇一挥，就向丁隐袭去。

“丁大哥小心！”青云抢先一步冲上去与五鬼交手。丁隐担心青云，也飞身而上，二人一起与五鬼缠斗起来。

打斗中，五鬼忽然狡黠一笑，暗中使出恶鬼阵，周围树林中渐渐浮起一层黑雾，不偏不倚将丁隐笼罩其中。丁隐身形一顿，攻击随之停下。

五鬼一见得手，冷笑着专心向青云攻去。青云大惊，一边应付五鬼凌厉的进攻，一边转头看向丁隐。

这时丁隐站在原地，怔怔看着青云，殊不知幻术之下，他眼中的五鬼已变成玉无心的样子，正与青云对打。丁隐看得痴呆恍惚，口中竟轻声喊出：“玉儿……”

另一边，五鬼故意让出一个空当，青云不明所以，抓住机会一剑猛刺向五鬼心口。丁隐看到“玉无心”被青云攻击，危在旦夕，下意识地冲上去，一招挡开青云手中长剑，一掌拍在青云肩上。

“玉儿，小心！”丁隐的神色十分紧张。

青云难以置信地看着丁隐一掌击在她肩头，她的身体被掌力震开，如断线风筝一般跌在一边。

五鬼见诡计得逞，快速移动到丁隐身旁，猛拍了丁隐一下。丁隐踉跄几步，所中恶鬼阵幻术也顷刻消散，他猛然醒觉，怒视五鬼，大骂道：“五鬼，你卑鄙！”

五鬼“扑哧”一笑，数落道：“我卑鄙？我只是略施小计而已，马上就将你虚伪的面目拆穿了！青云姑娘，你这丁大哥的心里根本没有你。”

五鬼的说辞可谓字字诛心，听得青云口吐鲜血，眼中尽是凄然之色。

丁隐忙上前搀扶，喊道：“青云，你别听他胡说。”

五鬼一脸义愤：“我胡说？若不是玉儿不让我伤你，我早就将你千刀万剐。你以为我想在这里跟你浪费口舌吗？玉儿一路维护你，在陶然居的时候，她连你的青云妹妹都出手相救，如此爱屋及乌，你却有眼无珠……”

丁隐惊讶道：“等等，你说玉儿救了青云？”

五鬼冷笑一声，继续道："真是好心当成驴肝肺。我警告你，以后不要再来找玉儿的麻烦，因为爷爷我不同意！"说完，他便身形一闪，瞬间消失在丁隐眼前。

丁隐突然一愣，接着回头，难以置信地看着青云："青云，你不是说没看见那人长相吗？"

青云心中又急又怒，踉跄站起，激动道："丁大哥，难道你心中一刻也忘不了她吗？比起她来，我的小小过失就如此不可原谅吗？"

丁隐先是一怔，继而苦笑："我只是没想到，天真烂漫的青云也会有自私的时刻。"

青云怒急攻心，委屈不已，加上方才受伤，一口鲜血喷出。丁隐回过神来，发现自己失态，连忙上前想扶青云。

青云一把推开丁隐，失声痛哭道："你别碰我，我讨厌你！"

青云说完，转身哭着跑开。丁隐想追，却迈不开脚步，他独自站在山坡上，不知所措。

青云跌跌撞撞地向前奔跑，突地脚下一滑，重重跌倒在碎石之上，膝盖与手心被划得鲜血淋漓，加之肩上伤口剧痛，令她再也爬不起来。

青云索性蜷缩在一边的大石之下，无助地痛哭起来："娘，我该怎么办？我已经那么努力了，可丁大哥还是忘不了她。我好难过，娘，您教教我，我该怎么办……"

青云越哭越伤心，不禁将头深深埋在膝上。

突然，一个女童的哭声从不远处传来："呜呜呜，我该怎么办，娘……"

青云猛地抬头，发现声音是从不远处一个山洞中传来。山洞洞口窄小，只有一人高，洞内隐隐发出青色的亮光。

青云疑惑地站起身。

"这深山之中怎么会有小孩子？难道是出了什么事？"青云想到此，赶忙擦干眼泪，往山洞内走去。

她从山洞入口往里走，只见里面四通八达，如迷宫般纵横着许多通道，绵延曲折，不知通往何处。青云有些踌躇，犹豫是否应该前行。突然，右边通道内青光一闪，紧接着听见一串细碎的脚步声。

"谁在那里？"青云喊了一声，心中既是诧异，也觉担忧。她快速冲入右边通道内，只见那道青光在前方不远处一闪而过。

青云忙运起轻功追赶，可那青光速度奇快，且变化莫测，引得青云在山洞内四处奔走，很快气喘吁吁。

青云气得直跺脚，继续发狠猛追，只见前方青光欢快地打了个转，又向远处闪去。青云尾随青光来到一间拱室门口，那青光倏地由拱室门缝间一钻而入，门缝内一时青光大盛。接着又传来女童“呜呜呜”的哭声。

青云虽感古怪，但还是用力推开面前拱室大门，只见里面有一名六七岁的女童，穿着一身雪白的衣裙，正背对着自己哭泣。小小女童将自己缩成一团，可怜兮兮地蹲在拱室正中。

青云担心地问道：“小妹妹，你怎么一个人在这里哭？你爹娘呢？”

说着，她走到女童面前蹲下，却发现她眼中根本没有泪，是在装模作样地假哭。而她右手上，一个精巧的手镯正闪烁着青光，正是之前自己所见的那道青光。

那女童也讨厌得紧，居然学着青云的样子，如泣如诉：“呜，为什么丁大哥忘不了她？呜，丁大哥，丁大哥……”

青云脸色一黑，语气不善道：“喂，你干吗学我……”

女童一顿，将揉眼睛的小手放下，只见她五官精致，眉心一点青色印记，虽稚气未脱，但全身散发着出尘脱俗的仙气，俨然并非凡人。

女童调皮地一吐舌头，嬉笑道：“你刚才在玩什么？丁大哥又是什么东西？”

青云尴尬地道：“我不是在玩，丁大哥也不是个东西。”说完这句，她才察觉不对，面露无奈，之前的悲伤也因此消散了些，又向女童道，“总之，你到底是谁？为何故意引我来此？”

女童并不回答，饶有兴致地打量着青云，很快，她注意到青云剑柄上挂着的铃铛，手轻轻一抬，青云的铃铛就凌空飞到她手中。

她好奇地摇一摇，侧耳听着铃铛清脆的声响，开心地露齿一笑：“哈哈哈，你来追我呀！”说着又摇着铃铛一跃而起，欢快地向拱门另一边的通道跑去。

青云甚是无奈，只得发足去追。

错综复杂的通道内，女童好似和青云玩着捉迷藏，故意引她来追自己，却又不肯被她捉住。女童虽小，却是神出鬼没，行动间速度极快。青云往往只能见到前方她的身影一闪，待追过去时，却已没了踪影。

一时间，只能看见青云追着女童，在山洞各处不停出现又消失，却怎么也碰不到女童的衣角。青云站定，凝神四处观察，突然听到身后传来一声极轻的铃铛声。

她望过去，只见一条通道的尽头隐约透出一点青光。青云微微一笑，悄悄靠近，果然见到女童不慎露在外面的绣鞋。

石壁另一侧，女童一副屏气凝神的样子，似乎还不知道自己已被发现。青云猛地向前一冲，就要去抓她。女童却突然得意一笑，轻轻一抬手，青云脚下立刻出现一条藤蔓，紧紧缠住她的脚。

“啊！”青云惊呼一声，失去重心，摔了一个狗啃泥。

那女童见状，竟拍着手跳了出来，一副欢喜模样，好似过年一般，口中不住大笑道：“哈哈哈！你上当了！我是故意让你看见我的！”

青云狼狈地爬起来，揉着摔疼的膝盖，气得咬牙切齿：“好啊！一向都是我周青云对别人恶作剧，没想到今天竟然被一个小孩子给耍了。你不要被我捉到，如果让我捉到你，定要让你好看！”

女童不以为意地冲她做个鬼脸，转身又跑开去。

青云咬唇四处看看，突然眼珠一转，计上心来。只见她自信一笑，操纵手中佩剑，让它往相反的方向疾速飞去。

这一边，女童仍是轻灵地向前奔跑，还不时得意地对身后的青云吐吐舌头、扮个鬼脸。可每当女童遇到岔路口，想往一边转弯时，青云便飞出一颗石子，逼得女童只能往另一边转弯。

如此反复三五次，两人深入到洞穴腹地，周围的岔路口也越来越少，当女童再次想往一边转弯时，却突然顿住脚步——原来青云的佩剑刚好出现，挡住了她的去路。

女童想转身返回，青云已追了上来。女童左右看看，发现自己被青云和佩剑堵在了中间，已是无路可逃。女童见状，恼怒起来，指着青云便骂：“哼，你好卑鄙！”

青云一抹额头上的汗滴，笑了起来：“哼，这不叫卑鄙，这叫足智多谋！”

女童大为不服：“我才不信呢，不过是碰巧罢了！”

青云粲然一笑，说道：“哪有那么多碰巧。早在之前追你的时候，我就将这洞内的地形记得七七八八了，一早就注意到了这个死胡同，所以一路用石子将你引过来，和佩剑从两边堵死你。”继而摆出一副得意姿态，捋了捋额前的刘海，说道，“哼，和姐姐我玩，你还嫩着呢！”

女童突然大笑起来："哈哈，敢在我面前称姐姐？就是太清那臭小子在我面前，还要尊称一声前辈呢！"

青云闻言一惊，眼中尽是疑惑。

女童一把将手上手镯取下，向空中一抛，耀眼的青光中，手镯幻化为一把通体青光的宝剑，再一抬手，那宝剑听话地落到她手中。

青云思忖道，这难道就是青索剑？那这小女孩又是何人？尚来不及多想，女童已举剑向她攻了来，口中还一边在骂："哼，敢欺负我，该打！"

青云无奈，只得抬剑与她相抗。可女童手中宝剑的剑气强盛，青云根本不敌，很快被打得连连后退。

女童得意一笑，手中宝剑往青云上方一挥，只见几道青色剑气飞出，将洞顶的巨石如切豆腐般一一削下，齐齐向青云砸去。青云唯有左闪右避，好不狼狈。女童乐得咯咯大笑，出手更是没有轻重。很快，山洞内本来的平衡被破坏，四处石壁开始摇晃，碎石纷纷落下，一时险象环生。

青云见状，不由担心起女童安危，大喊道："快停下！危险！"

女童正玩得兴起，哪里肯听，仍是不住嬉笑："哈哈！好玩，好玩！你四处乱躲的样子好像老鼠哦！"

话音方落，突然头顶传来一阵巨响，山洞竟然从顶端开始塌陷，黑压压一片巨石眼看要往女童身上砸落。青云大呼一声"小心"，当即飞扑上去，将女童一把抱住，拼命护在身下，侥幸巨石并未砸中二人，倒是激起的碎石在青云背部和手臂上划出道道血痕来。

女童目睹青云挺身相救，倒没有十分感动，反而慢慢地笑弯了眼，竟伸出了小手，轻轻抚着青云的手背。

青云抬头一看，只见女童身上陡然间青光暴涨，如筑起一道安全屏障般笼罩着两人，将周围落下的巨石纷纷弹开。

一片青光之中，女童微笑着抱住青云，轻声说道："谢谢你……你真好。"说着小手在青云手臂和背部的伤痕上抚过，随着浅浅青光闪烁，青云的伤口恢复如初。

"你到底是何人？"青云万般惊讶。

女童浅浅一笑，即刻放开青云，身影慢慢化为一道青色光芒，飞入青索剑中，由剑身中传来女童的声音："我本是青索剑剑灵。你已获得我认可，从此你就是青索剑的主人。"

说着那青索剑竟温顺地缠绕上青云的手臂，化作了一只青色的手镯，同时数道青色的耀眼光芒从手镯中升起，穿破洞顶，直指云霄。

青色剑气逐渐消失之时，青云回神一看，只见佟元齐率着一众武当弟子已奔到山洞入口，目光颇有嘉许之意。紧接着紫英、丹辰子与小张也赶了来。小张跑在最前，大声恭喜道："青云，我们远远见到一股青色剑气冲霄，果然是你找到青索剑了！"

青云将手臂上的青色手镯抬起，向众人展示道："嗯，这便是青索剑。"

众人看着手镯，皆是震惊不已。青云又解说道："青索剑平时的形态是一个手镯，当进攻的时候，就会幻化为宝剑。我误打误撞进入山洞，机缘巧合之下寻到了青索剑剑灵，这才收获了青索剑。"

佟元齐点头道："难怪我们一直寻剑不得，原来青索剑早已幻化形状，果真是奇妙。青云姑娘，有此机缘，真是可喜可贺。"

这时紫英走上来，细细打量着青索剑，只觉它晶莹透彻，泛着青色的美丽华光，不禁想将它占为己有，便向青云问道："这青索剑真是神奇，青云，能给我看看吗？"

"当然。"青云从手上取下青索剑，递给紫英。

紫英一将它拿到手里，尝试着往自己手上戴，却怎么也戴不上去。

丹辰子看在眼里，刚犹豫着想开口劝阻，就见青光一闪，青索剑自行从紫英手中挣脱出来，重新回到青云的手腕上。

紫英的脸色变得很难看，板着脸不说话，青云也是一脸尴尬。

佟元齐出来圆场道："每个人都有自己的缘分，想是因缘际会，这青索剑已经认青云为主人，不认他人也是正常的。"

他说着又从怀中取出一本剑谱，双手递给青云："这本青索剑剑谱多年来一直收藏在武当，我今日将它带来，就是想第一时间交给它的主人。青云，你收好。"

青云恭敬接过，郑重地道："谢过佟掌门，青云定会好好珍藏。"

紫英在一旁看了，更是难掩脸上的妒忌。

就在此时，丁隐从远处匆匆赶来。青云一见是他，表情立刻僵硬起来，直往小张身后站。丁隐焦急地上前拉住青云的手，一脸内疚，问她道："青云，你没事吧？"

青云垂着眼帘并不看他，只是勉强地点了点头。

小张忿忿不平地说道：“我说丁大哥，让你好好照顾青云，你竟然扔下她一个人，还好我们青云有本事，一下子就找到了青索剑。是吧，青云？”

丁隐嘴角一抽，且不理会小张，上前握住青云的手，口中支吾道：“青云，我……”

青云脸色苍白地抽出了手，说了句：“丁大哥，我累了……我想回去休息了。”

丁隐表情有些苦涩，只得应道：“好，那你先休息，我们以后再说。”

青云没点头也没拒绝，只是黯然扭过了头，转身离去。

这般苦涩的场景，全没了方才喜得神剑的欢欣，小张直看得一头雾水，不晓得这对情侣演的是哪一出，只有大摇其头。倒是一旁的紫英露出了一个耐人寻味的表情。

入夜，武当别院中众人皆已睡去，丁隐却来到佟元齐房门前，恭敬地敲了敲门。佟元齐打开房门，微笑道：“丁少侠，你请进来坐。”

丁隐施了礼，才入房坐定，便向佟元齐问道：“佟掌门，这么晚了，找晚辈有何事？”

佟元齐仍是微微一笑，说道：“丹辰子已经向我辞行，你们明天就要离开了吧？”

丁隐情知佟元齐此番找自己来并非单纯话别，便作揖道：“已经叨扰掌门多日，我们还有寻剑的任务在身，也是时候上路了。”

佟元齐又问：“那你呢？可准备好继续上路了？”

丁隐不解道：“佟掌门的意思是……”

佟元齐这才说道：“我看你那小师妹似乎心情不太好。”

丁隐这才明白佟元齐的意思，苦笑道：“让佟掌门见笑了，都是晚辈惹的祸。掌门告诉过我，必须要心志坚定，才能战胜心魔，可心志坚定，便等于是清心寡欲。而我只是一个凡人，情字当头，对于我来讲，选择真的很难。”

佟元齐又道：“传闻赤魂石惑人心智，皆是因为人心中有执念，这执念又多半因情而起。丁隐，诸葛掌门将赤魂石交予你，也是将武林平安的重任交予你，希望你坚守如一。”

丁隐皱眉道：“不瞒佟掌门，先前我们路过江南玉水镇，曾经收服过一个修炼妖术的马贼头子，而他临死前曾对我说过，我也会变成跟他一样的魔头。”

佟元齐笑道：“妖人胡言乱语，大可不必相信。”

丁隐又道：“可一路走来，诸多事情令我心绪纷杂，越多人对我好，我就感觉自己欠下的债越多，就更难平心静气，我真的担心有一天我回不了头。”

佟元齐摇头道：“不会的，丁隐，我与你相识日子虽短，但十分投缘，我相信你是个可造之材，更相信诸葛掌门的眼光。其实心中不必纠结太多，一切发生的事情都是最好的安排。”

丁隐沉思起来：“发生的就是最好的安排，真是这样吗？”

佟元齐一笑，从怀中拿出一本手抄心法，递给丁隐，口中道：“这是我悟出的一套心法，就当作礼物送给你，助你调理内息。”

丁隐这才明白佟元齐夜会他的真意，感动道：“佟掌门，武当功夫向来不传外人，晚辈岂敢随便收下。”

佟元齐却浩然说道：“侠之大者，为国为民。蜀山剑派为保护天下苍生，多年来尽心尽力守护赤魂石，为武林同仁所敬仰。如今武当为此出一份力，又有何不妥？况且，这是老朽自创的心法，只作养生之用，严格说来也不算武当秘传。”

丁隐赶忙跪下，接过了心法，赤诚地道：“丁隐多谢佟掌门相赠，定当不负所望。”

佟元齐拍了拍丁隐的肩膀，放心一笑，一番道别嘱托后，便令丁隐回房歇下……

翌日清晨，佟元齐又偕了一众弟子在武当山门外为蜀山五人送别，丹辰子拜谢佟元齐慷慨赐剑之恩，又说待寻得其他神剑后，定会再来武当山拜会。其余人也分别与佟元齐一一作别，此次武当之行，总算功德圆满。

尔后，丁隐、丹辰子、青云、紫英与小张五人便跃上马背，直奔青崇山而去。只是丁隐想起青云昨夜的萧索落寞，心中仍系着一丝忧愁。

正当青云手持青索剑踌躇满志的时候，玉无心却被困在沼泽里，越陷越深，万念俱灰中，她似乎听见一个女子的声音在呼召：“玉儿，玉儿，坚持住，玉儿！”

这声音为玉无心注入了一线生机，她咬紧牙关，加快速度，向水面游去。接近水面时，透过粼粼波光，她模糊地见到岸上站着一个人影，似是丁隐。

她更加用力划水，终于将藤蔓抛在身后。她奋力挣出水面，向那岸上人影看去，可是睁开眼，却见一位眉目清丽的中年女子正满眼关切地看着自己——不是素因是谁！

此刻，玉无心正躺在一间茅屋之中，素因坐在她床前，而南明离火剑靠床放着。玉无心有些诧异地道："医仙前辈，怎么是你？我是死了吗？"

素因笑着呵斥道："胡说，你还活着，好好地活着。"

玉无心一时反应不过来，怔怔看着素因，两滴泪水慢慢顺着眼角滑落。素因一脸疼惜，伸手为玉无心抹去泪水。

她的手刚碰到玉无心的面颊，玉无心就再也忍不住，一把搂住素因，崩溃地大哭起来。素因心痛地俯身抱住她，轻轻哄道："孩子，没事了，没事了，不要怕……"

可玉无心哭得不能自已，将身体蜷缩起来，如抓到救命稻草般抱住素因的手臂，不住哭泣道："怎么办？我该怎么办？丁隐他再也不会原谅我了，我该怎么办……"

素因唯有在玉无心背上轻轻拍打着，无声地安抚着她。

玉无心此时已是泪水决堤："医仙，直到今天我才发现，我比自己想象的还要爱他，我不能失去他！但太迟了，一切都太迟了……我骗了他，他说永远都不会再相信我了，我们之间再无挽回的余地了！"

素因眼中的泪水也是簌簌滴落，玉无心的哭泣越发绝望："我现在已经无处可去了……我为了他，背叛我爹，成为神宗的叛徒。可在他面前，我却是魔宗的妖女，死不足惜！天下之大，却无人爱我，所有人都希望我死……"

素因悲从中来，哽咽道："怎么会？我就想你活着，开开心心地活着！"

玉无心抬头，怔怔看着素因的泪眼，诧异道："你……怎么也哭了？"

素因抹了抹泪，轻叹道："因为我看着你觉得好心痛。你明明是一个这么好的孩子，却要承受这么多的痛苦……"说到此处，她忍不住痛哭起来。

玉无心见她哭得如此伤心，反而平静了些，安慰起素因来："你别哭了……你怎么哭得比我还伤心……"

素因将头埋在玉无心肩上，泪如雨下："对不起……对不起……"

玉无心倒是诧异起来："你干吗要说对不起？反而是我应该谢谢你，是你救了我。"

素因抬起头，用衣袖擦去眼泪，强行压抑住悲伤，口中说道："那水潭之下是一片深潭沼泽，我恰好路过，才将你救了出来。要是我晚一步，就再也看不到你了。”

玉无心幽叹道：“那又有什么关系？我这种人，死反而是种解脱……”

素因又问她：“可如果你死了，就再也见不到丁隐了，你甘心吗？”

玉无心漠然道：“可就算我活着，他也不会再理我……”

素因想了想说：“东西坏了，要花金钱去修理。而人心伤了，也唯有用你的真心才能去修复。虽然时间可能要长一些，但只要你不断用心去温暖它，总有机会让伤口慢慢复原。”

玉无心苦笑道：“可是，我已经努力去做了，却毫无效果……”

素因又开解道：“自然是不容易的。可是，只要你不放弃，就总有一丝希望。反正情况也不会比现在更差，你又有什么好怕的呢？人生在世，总要放手一搏，才不会徒留遗憾啊。”

玉无心低头思索着，似有所悟，喃喃道：“你说得对，只要努力，总有一丝希望，我……还不想放弃他。”说着玉无心抬头坚定地望向素因。

素因见玉无心似乎振作起来了，转身从身边矮桌上拿过一碗药，对她道：“既然你想清楚了，就快把这药喝了，早日康复，才可去做想做的事。另外……”素因顿了顿，又道，“我有句话想告诉你。”

玉无心一怔，问道：“什么话？”

“正因苦过，爱才更甜。”素因微微一笑，仿佛也在对自己说这句话，她用勺子舀起药，温柔地递到玉无心嘴边。玉无心一边顺从地一口口将药喝下，一边凝神望着素因。

待药喝完，素因拿着空碗准备离开时，玉无心突然将她抱住，用脸依恋地蹭着她的后背，哽咽道：“你真好！从小到大，受过无数次伤，却是第一次有人如此温柔地喂我喝药。如果我娘还在，一定像你一样温柔吧。”

素因闻言，痛苦地闭上双眼，泪水再次滚落。她掩饰地背对着玉无心，竟不敢转过头来，良久才说道：“若你娘知道有你这样一个乖巧的女儿，定然也会非常开心的。”随后偷抹了把眼泪，又说道，“我去拿些水果给你吃，很快回来。”

素因说完，快步走出屋去。玉无心则轻轻将头靠在枕上，怔怔地发呆。待素因拿着一篮水果再次进来时，玉无心已熟睡过去。

素因将水果放下，走到玉无心身前，不舍地看着她的睡颜。良久，她将目光

转向靠在一边的南明离火剑，轻轻将剑持在手中，不知念了句什么咒，只见那南明离火剑骤然缩小，变得比一支毛笔更为细小。素因便收了剑，悄悄走出门外。

她一边走，一边默默流泪，自语道："玉儿，不要怪娘，如果可以，娘也想早些与你相认。可是，娘不能害了你……"

才走了两步，素因突然步伐不稳，剧烈地咳嗽起来。她用手捂住嘴，再摊开手，掌心中赫然是一摊鲜血。素因遂从身上解下药囊，颤抖着服下一些药丸，又跌跌撞撞地上路而去。

待玉无心在木屋中悠悠醒来，已不见了素因踪迹，玉无心四下张望，只有桌上留下一张字条——借南明离火剑一用，来日奉还。有缘再见，望你已经寻回所爱。素手医仙。

玉无心微微一笑，不再纠结，便疾步离开了小屋。

武当位于湖北地界，近邻丹江口岸，不仅是源远流长的武学胜地，也是物产丰饶、人杰地灵的所在。

当地不少市集沿江而建，汇集了大批南北货物，业态十分繁荣。却说这日，人潮如织的市集中，屠霸竟带了邹勤、连登招摇过市。

三人来逛市集，自然不是为了采购什么江鲜干货、水粉胭脂，而是为了南明离火剑。先是邹勤发问："天尊，我们不是去找剑吗，为何要到这里？"

屠霸眯着眼睛，神色笃定道："我感觉到南明离火剑的剑气就在这附近。"

连登立刻凑了上来，忿忿骂道："什么？那绿袍果然可恶，命都没了，还敢骗我们。"

正在此时，不远处传来一阵喧闹，原来是一个路人当街发病，晕倒在地，整条街上的行人霎时上前围观。人群中站着一个戴斗笠、蒙薄纱的女子，正弯下腰去探那晕死之人的脉搏，随即向一旁说道："有劳各位帮个忙，把他的头垫高，我来为他施针。"听她声音，应是个中年女子。

那晕死之人的亲属很是不解，问蒙面女子道："可是……可是他都断气了。"

蒙面女子却摆摆手："只是一时晕厥所致，还有救。"

亲属这才点头，七手八脚地帮忙。蒙面女子又为那路人扎了几针，再撬开他的嘴，送服下一颗药丸。

有些见多识广的人面露喜色，纷纷议论道："有救了，有救了，这是素手医仙到了！”

“是啊，是啊，我认得她，她就是大名鼎鼎的素手医仙，有起死回生之术，这人真是运气好。”

“碰到活菩萨，可真是造化啊！”

……

只见素因将那人扶起，在他背上几个穴位一番推拿，又对着后心口的大穴猛拍一掌，方才明明已经断气的人突然猛喘一口，回过气来，当即苏醒。

家属感激涕零，跪在地上磕头谢恩。素因淡然一笑，谓家属道：“病人年纪大了，心脉虚弱，我这里有一些护心丹，带回去早晚温水送服，应该有所缓解。”

随即素因便起身离开，正在这时，两双手伸了过来按在她肩上，她一回头，见是邹勤、连登。不待素因说话，邹勤便张口说道：“久闻医仙大名，我家主人想请医仙出诊，不知可否赏个面子。”

素因一惊，想要挣扎，两双手却死死扼住她的手臂，令她几乎不能动弹。邹勤、连登一路也不言语，只粗暴地分开人群，押了素因向集市外的郊野走去。

不多时，素因被押入一个破庙之中，甫一抬头，她就见到屠霸一脸狞笑，如金刚魔王般挡在身前。素因识得屠霸，却不知屠霸是否认得她，便从容地对连登道：“你们家主人待客之道竟然如此粗暴，我与你们无冤无仇，你们抓我干什么？”

屠霸先是冷哼一声，继而大吼道：“别装了，告诉我南明离火剑的下落吧。”

素因故作惊惶，说道：“我只是个医生，刀光剑影的，我可不懂。”

屠霸狰狞道：“你身上剑气旺盛，我是不会认错的。我们西疆人没什么耐心，你最好少跟我装蒜！”这时邹勤、连登已然上前，将刀剑架在素因脖子上。

素因假作畏惧，思忖道：“我前日进山采药时，倒是看到一把通体散发蓝光的宝剑，埋藏于山谷之中……”

连登大叫起来：“对！就是南明离火剑！”

屠霸却看了看她，脸上一副玩味的表情。

素因又道：“信不信由你，我可以带你们去，拿到剑，你们再放了我就是。”

邹勤提醒道：“天尊，小心有诈。”

屠霸又是一声冷哼："一个弱女子，谅她也不敢玩什么花样，且信她一次，让她带路。"

连登这才放开钳制素因的手。想不到素因脱出身来，竟向屠霸走去，想要去抓屠霸的手。邹勤、连登大惊失色，立刻警戒起来，拦在屠霸身前，一副誓死捍卫的样子，向素因厉声喊道："你想干什么？"

素因也不理睬两人，看着屠霸说道："你的手臂受伤了，虽然我不觉得你们是好人，但医者眼中，病人不分好坏，我替你包扎一下吧。"

屠霸有些惊讶，冲邹勤、连登挥了挥手，示意两人让开。素因便上前来，从药囊中取出药粉，轻柔地敷在屠霸手臂的伤口上。屠霸看着素因，素因却没有理他，只是专心致志地用纱布将屠霸的伤口包扎起来，伤口处隐隐出现一些浅黄色药剂的痕迹。

随后素因点了点头，谓屠霸道："伤势不轻，但已无碍了。"

屠霸也不称谢，挥了挥手，示意素因尽快带路。

素因便带着屠霸和邹勤、连登走入一片丛林之中，这丛林中布满荆棘，植被也十分繁盛，邹勤、连登一边开路，一边连声骂道："这什么鬼林子，一路都是藤草斜刺，烦死人了。"

素因却走得十分轻巧，一袭白衣在树林中格外显眼。

连登忍不住催促起来："喂！快到了没有？"

"很快，很快，就在前方半里地了。"

素因一边走，一边看了看天色，双手悄悄地探入药囊，摸索起来，口中默念道："苍天保佑，万事俱备，只欠东风。"

这时天上一朵云彩飘过，树林中忽起一阵大风，只听一阵嗡嗡声响，丛林中顷刻飞出各种蜜蜂毒物，好像找准了目标一样，往屠霸和两个手下的方向冲去，很快将三人包围起来。邹勤倒是全无惧意，口中骂道："在西疆什么毒虫没见过，我们才不怕。"

素因就着风势，双手一挥，只见一阵粉末撒入风中，直往屠霸三人脸上刮去。蜂群和毒物更加兴奋，不停地攻击，屠霸护住面部，双手挥舞，方才勉强挡住攻击。邹勤、连登二人更是被咬得连滚带爬，连声大呼。

此时素因已在上风口停下脚步，看着三人狼狈的模样，心中一阵快意，她远远向屠霸喊道："这山阴是毒蜂聚集之地，你伤口上又被我涂了引蜂的药粉，就在药阵之中陪它们玩会儿吧！"

说罢，素因一个转身，便消失在一片树林之中。她约莫行了几里山路，刚想喘息，却听到树林响动，当下心中警觉，只见后方树影微动，显然有人藏在那里。素因慢慢加快脚步，想甩开身后跟踪之人，而那跟踪之人也同时加快脚步，不断向素因靠近。

素因一边躲避，一边从袖中取出数根银针，暗自戒备。拐过一棵大树时，她突然转身发难，银针从手中飞出。寒光数点，向身后那人疾速袭去，但那人轻巧一抬手，就稳稳接住。素因大惊，看着那人缓步走近，却是诸葛驭我！

“师妹……真的是你，你还活着……真是太好了！”一向沉稳的诸葛驭我在面对素因的时候，却忍不住双眼湿润，激动得全身颤抖。

素因收起惊愕，向诸葛驭我缓缓问道：“是你……你怎么找到我的？”

诸葛驭我仍抑制不住激动的情绪，话音有些颤抖：“是百草，他暗中派弟子在你身上放了草药，我才能找到你。素因，你为何慌慌张张，发生什么事了？”

素因叹息一声，继而平静地道：“我……我没什么。”

忽然，诸葛驭我注意到素因手中的南明离火剑，表情一变，急问道：“南明离火……这剑为何在你手中？”

素因面无表情地道：“我想拿，自然有办法可以拿到。”她不等诸葛驭我再开口，就沉默地转身要走。

“师妹请留步！”诸葛驭我叫喊起来，几步上前，挡住素因去路。

素因想越过诸葛驭我离开，却被他用手拉住，素因使劲挣扎，口中大喊道：“诸葛驭我，你到底要做什么？是不是还想再杀我一次？”

诸葛驭我痛苦地道：“师妹，你误会了！这么多年，我一直都很后悔当年伤了你……”

素因一挥衣袖，漠然道：“过去的事休要再提！”

诸葛驭我怔在原地，神色间有种难以言说的沉痛，他缓缓道：“师妹，你可知道，警我为替你报仇，已然成魔。如果他知道你还活着，一定可以放下仇恨，重归正途。为了天下苍生，还请师妹随我去劝劝他吧！”

素因眼圈一红，似在答话，又似自语：“劝？怎么劝？我为何要劝？警我他爱我，为了我才做出这一切。当年，我与他陷入绝境，无人来救我们。现在，我又为何要为了所谓的天下苍生，而去阻止他想做的事？”

“师妹，你一向善良……”诸葛驭我仍不放弃。

“那个善良的素因早死了！”素因不由分说地打断了诸葛驭我，又向他逼近

一步，冷冷道，“被你和蜀山逼死了！不要再来找我，我们就此别过！”

素因转身就要离开，却再次被诸葛驭我抓住手臂。

“师妹，我知道你在山下替警我做了许多弥补之事，可否将我们之间的怨恨暂且放下，随我去找警我？”诸葛驭我整个人都在颤抖，双眼中似有泪光闪动。

素因却突然眼神一变，身体中竟然发出上官警我的声音：“你要找我？我就在这里啊！”

诸葛驭我一惊，难以置信地看着素因，只见素因的面孔变得虚幻起来，同时五官也在扭曲变化，竟逐渐现出上官警我也就是绿袍尊者的模样。不待诸葛驭我反应，绿袍已反手劈出一掌打在诸葛驭我身上，诸葛驭我连连退出三步，目瞪口呆。

绿袍的嘴角却流出鲜血，盯着诸葛驭我，一脸狰狞道：“我警告你，永远不要再纠缠素因，因为她是我的。”

自己眼前分明是活生生的素因，却全无理由地变作了绿袍尊者，这不可思议的变幻将诸葛驭我惊得语无伦次：“警我……怎么会这样？”

绿袍目光阴狠，狰狞道：“你问我？这一切还不是拜你所赐！”

诸葛驭我正要上前，绿袍却警觉地退了一步。诸葛驭我见他衣衫上血迹斑斑，胸口的伤口还在渗血，脸色也十分苍白，询问道：“你怎么受伤了？”

“不用你管。”绿袍冷冷地说，丢下诸葛驭我便要转身离去。

忽地树林里狂风大作，一个金色轮盘从树林间飞出，轮盘两侧带刃，飞速旋转着直直向绿袍后背打去。

“小心！”诸葛驭我惊叫道。

绿袍步履踉跄，已是躲闪不及，竟被这带刃飞轮击得飞起。

“啊！”随着绿袍一声惨叫，素因竟然从他的身体中完整地分离出来。两人一前一后，重重跌落地上，而素因已经昏迷过去。

“素因！素因！”绿袍歇斯底里地大叫起来。

诸葛驭我目睹绿袍一分为二的奇景，更是震惊得说不出话来，但他方寸仍是未乱，见那飞轮袭来，立刻拔剑一挡，立在绿袍与素因身前保护二人。

被诸葛驭我弹开的飞轮继续向林中飞旋而去，随即一道黑影从林中杀出，稳稳接住轮盘，正是屠霸。邹勤和连登满脸伤痕，紧随其后。邹勤见到素因分外眼红，大喊道：“是那女人！原来是和绿袍一伙的！”

屠霸睨了绿袍一眼，狰狞道：“绿袍，想不到你果然跟蜀山勾结！今天就是你的死期！”

诸葛驭我见状大喝一声，身后数道剑气以雷霆之势齐齐向屠霸击去。屠霸侧身躲闪，诸葛驭我趁机就地一滚，来到素因和绿袍身边，急说道：“先走再说！”

绿袍当即一点头，便背负起素因，与诸葛驭我双双御剑而起，转眼消失得无影无踪。

却说屠媚在武当山撇下番人独自逃命，沿途好一番辗转，这时才返回阴风谷。甫到大殿，便是满地狼藉映入眼帘，她不由得心中一紧，急忙蹲下去查探一个倒在一边的弟子，却见他颈部被利刃割断，已经气绝身亡。屠媚查看伤痕，知这弟子是被日月五星轮所伤，顿时脸色大变，站起身来向雪池方向冲去。

屠媚疯了一样冲进雪池，看到雪池中满是打斗过的痕迹，不由牵念起绿袍安危，大喊着他的名字，几乎便要昏死过去。

这时角落里传来一个微弱的声音：“副宗主，你回来了……”

屠媚转头，看到九毒瘫软在角落里，浑身伤痕累累，连爬起来的力气都没有，便赶紧过去扶起他，万般焦急地询问道：“九毒，到底发生什么事了？是不是我哥哥来过了？警我怎么样了？”

九毒支撑着说了句：“属下对不住宗主……”便又眼前一黑，昏迷过去。

屠媚听了这句，更加面无血色，一边死命摇晃着九毒，一边为他输入真气，口中不住大喊：“你快说，到底怎么了？你快说啊！”

又过了片刻，九毒才回过气来，又接连吐出两口黑血，这才缓缓向屠媚道出他与屠霸布局伏击绿袍的经过……

九毒说到诱骗绿袍服下那噬血虫王，又在关键时刻暗中袭击时，屠媚已听得毛骨悚然，当即抬起手要向九毒头顶劈去。

九毒却无惧意，又道：“那时宗主被我一刀刺透胸口，轰然倒在地上，他回过头来难以置信地望着我，我竟不敢看他双眼。而屠霸此时已挣脱了红莲束缚，正要上前取宗主性命。宗主却全无畏惧，只是冷冷问我，为何要背叛他。”

屠媚听九毒描述当日情景，已是心有余悸，待听到绿袍被一刀贯穿胸膛，便只觉脑中“嗡”地一响，站也站不稳了。她忍住泪，咬牙问道：“警我现在在何处？你为何要背叛警我？后来却又如何了？”

九毒眼神哀伤，凄然道：“副宗主，且容我慢慢说来。我本就是天尊的人，

二十多年来只是奉命行事。”

九毒这番话说得一字一顿，屠媚听得清楚分明，却不敢相信自己的耳朵。她呆呆望着九毒，竟不知该说什么才好，联想起往日的林林总总，只觉得眼前这个男人，她从未看清楚过。

九毒又对屠媚说道：“那时我向宗主言明身份，他起先也和你一样难以置信，随后却发出了一阵狂笑，也不知是笑自己可悲，还是笑命运戏弄，总之他既没有颓然，也不见畏惧，只是仰天长笑，听来又是慷慨，又是凄凉。这时天尊举起刀来，就要取他性命……”九毒说到此处，又自喉间吐出一口黑血。

屠媚听得心急如焚，逼问道：“后来呢？警我怎样了？”

九毒惨然一笑，望了屠媚一眼，继续道：“后来是我出手攻向天尊，又从他刀下救了宗主一命。随后我又拼死缠住天尊，宗主便趁机逃了出去……”

屠媚听到这里，心口的大石终于缓缓落下，只要绿袍尚在人世，她眼中便有了生机。

她让自己平静下来，捋清事件的来龙去脉，这才对九毒说道：“你虽拼死助警我脱离险境，却终究是背叛了他，此刻我若杀你，你可有什么怨言？”

九毒眼睛一闭，凛然道：“属下连累宗主，心有愧疚，任由副宗主处置。”

屠媚颓然将九毒推到一边，叹了口气：“现在杀了你又有何用。还能走吗？”

九毒惨笑道：“左臂骨头断了，不过也是活该。”

屠媚上前双手一用力，将九毒骨头接好，九毒虽然疼痛难耐，但咬着牙不说话。

屠媚思忖一番，对九毒说道：“记着，我现在不杀你，是留着你一条命跟我去救宗主。到时候宗主原不原谅你，我可管不着。”

九毒踉跄起身，对屠媚感激抱拳，随即跟着屠媚走出雪池……

却说蜀山众人一路前行，终于见到前方出现一座山门，上面刻着“青崇山”三个大字。

沿途山路险峭，众人早已下了马匹改为步行，此时皆已疲惫不堪。忽然丁隐察觉到身后草丛中传来异响，他微皱眉头，不动声色地叫住大家，又向丹辰子说道：“大师兄，大家也累了，不如就在这里吃些干粮，补充一下体力，再往山上去吧。”

青云等人点头同意，小张张罗着将干粮拿出来。丁隐瞥了一眼树林，便拿起水囊往树林深处走去，与众人说去找水。

丁隐这才步入树林，见到一个身影从树林中闪出。丁隐一怔，来者正是玉无心。丁隐满脸怒气，压低声音质问道："果然是你！这一路你暗中跟着我，又想要利用我做什么？"

玉无心神情沮丧，轻叹道："话我都说清楚了，为何你就是不信我呢？"说着竟冲动地上前，一把抱住丁隐。

丁隐想要挣开，却见她脸上泪水涟涟，不觉心软，下不了狠心去硬推她，只得将头扭向一边，冷冷道："我说了，我已经有青云了，你不要再纠缠下去了。"

玉无心痛苦地摇着头，口中说道："不要！丁隐，你根本不爱她，为何要欺骗自己？"

她话音未落，紫英的声音突然响起："妖女！又是你！"

丁隐与玉无心转头，见丹辰子正带着紫英、青云和小张一起走来，赶忙用力将玉无心推开。

丹辰子冷眼相看，说道："丁隐，我说这一路走来，你都神情古怪，你早就发现她跟着我们了，对不对？"

青云则满脸失望地看着丁隐，心灰意冷地摇了摇头，口中已是无言，两行泪水自眼角滑落下来。

丁隐情急道："青云，不是你想的那样！"

唯有小张相信丁隐，指着玉无心向众人说道："我相信丁大哥，一定是这个女人缠着丁大哥，想要再利用他！"

玉无心冷冷地看了小张一眼，面无表情道："我来找丁隐，纯属私心，并无利用。"

丹辰子怒道："玉姑娘，你对我们有恩不错，但毕竟门派有别，你一直尾随，不知道居心何在？我们此番任务重大，不容有失，请恕我不得不怀疑你的来意。"

紫英素来厌恶玉无心至极，狠狠瞪了她一眼，对丹辰子道："大师兄，少跟她废话！这妖女明明就是想跟着我们，趁机夺取神剑。丁隐，如果你真的与她毫无瓜葛，那么你现在就杀了她，为蜀山除害！"

丁隐面露难色，犹豫不决。玉无心却走到他面前，双眼望定了他，似笑非笑

道：“丁隐，你想清楚了，你舍得杀我吗？”丁隐仍僵立在那里，直勾勾地与玉无心对望着。

紫英催促道：“你还在犹豫什么？动手啊！杀了她，证明你的忠心！”

青云虽面有不忍，但还是有所期待地看向丁隐。

丁隐纠结地握紧双拳，但最终还是松开，对玉无心说道：“你走吧。”

玉无心闻言，嘴角露出一丝欣慰的微笑。

而青云则更加心灰意冷，喊了声：“丁大哥……”竟再也说不下去。

紫英霎时柳眉倒竖，佩剑出鞘，大喊道：“既然你不动手，就由我来！”话音刚落，突然一张巨网从天而降，将所有人兜头罩住。众人眼前一黑，竟然没了知觉……

生死爱侣同一命，情深成毒破鸳盟

丁隐面上已泛黑气，一丝黑血自眼角渗出，他支撑着对玉无心说道：“我再怎么说服自己要远离你，可我的心还是做不到。生死关头，我才明白这一点。能救你便好，若救不活，我陪你一起死。”

一

待众人再次睁开眼睛，发现已各被绑了绳索，背靠背置身在大殿之内。这大殿虽不及陶然居那般富丽堂皇，但布置清雅，别有一番风味。

墙壁上悬挂着形态各异的武器，身边站着的都是清一色的女性，领头的是一个年近四十的中年妇女，正以十分凶狠的目光瞪着他们。

小张低声说道："我们这一路，可真是命运多舛。刚一起内讧，就被连锅端。"

青云不满道："张馅饼，你乱说什么，哪里有什么内讧。"青云边说，边小心翼翼地看了丁隐一眼。

丹辰子却道："我们已经进了青崇山，想必这里便是余明娘的府邸。"

紫英则是忿忿不平："若真是这样，这余明娘不分青红皂白乱抓人，也不是什么好人。"

玉无心却不说话，只是死死地盯着丁隐。丁隐回避，眼神中伤痛多过无奈。

就在这时，不远处传来女人的笑声以及急匆匆的脚步声。不见其人，先闻其声："我这青崇山向来清静，哪来那么多不速之客。莫不是你们几个丫头在山下闯了祸，仇家寻来了吗？"

只见一个浓妆艳抹的少妇在众多侍女的簇拥下翩然而至。此人便是余明娘，虽说是妇人打扮，但她看起来却面色粉嫩，十足少女模样，眉目传情，体态风骚。

余明娘见到众人，先是一脸莫名，随后目光瞟到丹辰子，突然间瞪大双眼，一副不可思议的样子，亲昵地道："相公？相公，你可回来了！"

丹辰子不明所以，紫英却勃然大怒，对余明娘怒目而视，口中喊道："喂！

你是谁啊？什么相公不相公的，离我大师兄远点！”

余明娘看了紫英一眼，上下打量了一番，随即露出讳莫如深的笑容。

丹辰子忙道：“夫人，我想你认错人了。”

余明娘抬起头，仔细端详了一阵丹辰子的脸，又道：“是是是，这样细看来，又不那么像了……”

丹辰子犹疑道：“敢问夫人可就是这青崇山的主人？”

余明娘嫣然一笑：“我就是余明娘，你们又是谁？”

丹辰子被绳索捆住，无法作揖，仍是恭敬道：“在下蜀山剑派门下丹辰子，我等前来，是有事相求于夫人。”

余明娘饶有兴致地点了点头，口中说道：“原来如此，我这几个丫鬟怕生得很，特别是三妹，她照顾我多年，如同亲妹妹一般，生怕外人来这山上伤我。三妹，给几位少侠松绑。”

余明娘口中说的“三妹”，竟是先前那目光凶煞的中年女子，只见她恭敬道：“是，夫人。”便上前来一一为众人解开绳索。

众人见余明娘叫一个看起来比自己大很多的人“妹妹”，更是面面相觑。

余明娘抢先为丹辰子解开绳索，说道：“几位不远万里来到此地，又是为了什么？”

丹辰子作了一揖，恭敬道：“夫人，如今魔宗为祸人间，我们此次前来是想向您求借神木剑。”

余明娘冷笑起来：“没想到这么多年来，妄想得到神木剑的人还是一个接一个。”

紫英本就看余明娘不顺眼，口中便说：“若魔宗颠覆武林，再无正派救世，你的青崇山也躲不了。”

玉无心冷冷开口：“天下没有白吃的筵席，总想着白拿，那肯定也行不通。”

余明娘回过身来，饶有兴趣地看着玉无心，又道：“这位姑娘倒是明事理嘛。”

紫英向玉无心怒喝道：“妖女，这里哪有你说话的份！”

丁隐不希望冲突继续，便上前挡住紫英：“师姐，我们如今在青崇山做客，还是不要咄咄逼人。”

青云见丁隐为玉无心说话，心里也不是滋味。

紫英哪肯相让：“你少护着她！夫人，此女是魔宗宗主的女儿，实乃祸根，万万不可留！”

余明娘“哦”了一声，又看了看丁隐和玉无心，疑惑道：“你们是敌人？怎么看起来不太像啊？”

玉无心不愿丁隐为难，上前一步，对余明娘说道：“夫人，我的确是他们口中所说的魔宗之人，不过我对青崇山庄和夫人并没有恶意，也并非要觊觎神木剑，我只是跟着他，想讨个说法……”玉无心手指丁隐，而丁隐躲避她的目光。青云在一旁看在眼里，急在心中。

余明娘打量了一下几个人，突然莞尔一笑，娓娓道：“好了好了，其实要想借剑也不是不可以，只不过我余明娘平日什么都不缺，就是缺热闹。你们留下来，陪我热闹三天，说说话，赏赏花，可好？”

“陪你三天？”小张有些怀疑自己听错了。

余明娘却道：“正是啊，不管你们是正是邪，就暂且把我这青崇山当作一块中立之地。这三天，抛去世俗烦恼，好好游戏一番，不也是件妙事？三妹，带各位去后院安顿！”余明娘说着，便起身从大殿侧门走出。

这时玉无心却对丁隐说道：“丁隐，多谢你替我解围。”

丁隐哪敢答应，只有冷冷说道：“那也不必……我只是不想大家再因为你打起来……”

青云担忧地看着丁隐，千言万语到了嘴边，又变成了一声：“丁大哥……”

而丁隐此时心绪烦乱，唯有撇下二女，一声不吭地离开这个是非之地。小张见他愁云满面，便追上前，丁隐却无意与他多言，只是不住摆手。这时又有一人追上来喊住了他，原是丹辰子一脸郑重，上前发问道：“玉无心一事，你打算如何解决？”

丁隐面色一紧，也不再回避：“大师兄，恕我直言，在武当山玉无心与屠媚为敌，大家也都有目共睹，我相信她此番跟来应该没有什么别的目的，只是……只是私心而已。”

丹辰子追问：“那这私心，你又打算如何面对？”

小张却在一旁劝道：“大师兄，你别黑着一张脸了，丁大哥他自有分寸，定不会给大家惹什么麻烦的。”

丹辰子素来不愿与小张多言，当下喝止道：“你别插嘴，这是丁隐的事！”

小张无奈噤声，丹辰子还是有些焦虑，又向丁隐说道：“就算我肯相信，可毕竟正邪有别，况且你在这里犹疑不定，让青云如何自处？”

丁隐轻叹一声，缓缓道：“大师兄，你说的一切我都明白，可若换作是你，你又能下得了杀手吗？更何况，冤冤相报何时了，又何必再造杀戮。道理我都明白，还请大师兄给我些时间，我必定会与她有所了断，给青云一个交代。若是她执迷不悟，我必不会心软。”

丹辰子看丁隐目光真诚，叹了口气：“也罢，掌门曾教导过我，对待恶人要以教导为先，规劝为重。倘若那玉无心心存善念，我们便不再为难她。青云和紫英那边，我就先劝她们少安勿躁。但你切记，寻找神剑为重，切勿再被扰乱心神。”

这番话说得入情入理，丁隐当下郑重地点了点头，口中道：“多谢大师兄，我明白。”

余明娘正坐在镜前梳妆打扮，她看着镜中美艳的自己，却露出落寞的神情。她身后站着一位少女，正在为余明娘梳头，看上去不过十五六岁，相貌清秀，身材纤细。

这时三妹敲门进屋，施礼道：“夫人，几位客人已经安排妥当了，还有什么吩咐？”

余明娘悠然一笑：“有朋自远方来，不亦乐乎。当然也要让几位贵客享受一下我们青崇山庄的盛情款待。通知后厨，设晚宴。”

三妹退去后，余明娘转身望着身后少女，谓她道：“小蝶，今晚你也去见见客人吧。新来的这几个人非常有趣。”

那名叫小蝶的少女点了点头，眼中却不经意地闪过一丝担忧。

不多时，三妹已备好晚宴，并邀来丁隐等人入席。青崇山花园内，烛光闪闪，歌舞升平，一盘盘鲜果佳肴端上来，供众人享用。花园中间，小蝶正翩翩起舞。余明娘坐在正席，一副陶醉的神情。

小蝶舞姿动人，且不住地向众人眉目传情，丁隐和小张都有些害羞，丹辰子慌忙避开。坐在一旁的紫英看着舞姿撩人的小蝶，一脸不满。

青云一直无心看舞蹈，不悦地瞅了玉无心一眼，自己低头剥桂圆，等盛满了一小盘，便悄悄递给丁隐，轻声道：“丁大哥，这些桂圆给你吃，你之前受伤了，吃桂圆能补气血。”

丁隐接过桂圆，说了句：“谢谢你啊，青云。”

青云不好意思地笑了笑，随即收起笑容看向玉无心。玉无心也看了青云一眼，不以为然地冷哼一声。

几人的小动作，余明娘都看在眼里。这时一曲终了，小蝶退到余明娘身边，众人纷纷鼓掌致意。余明娘笑容一展，问众人道："如何？小女的这一曲《霓裳羽衣舞》，还算妖娆动人吧？"

不待众人作答，小蝶先向余明娘款款一拜："多谢娘亲夸奖。"

小张露出吃惊的神色，问余明娘道："她是你女儿？"

余明娘笑着点点头，又谓小蝶道："小蝶，还不见过几位贵客。"小蝶这才走上前来，羞答答地向众人一一行礼。

这时丹辰子望了望小蝶，又向余明娘恭维道："没想到余夫人竟已为人母，不过，说句实话，与其说你二人是母女，不如说像姐妹更贴切些。"

余明娘开心地笑了起来："这青崇山啊，虽然偏僻寂寞，不过这山中泉水鲜果甚是养人。"

丹辰子又道："女人若能永葆青春，确实是莫大的福分。"

余明娘轻叹一声，幽幽道："可惜青春美丽又如何，无人欣赏，也不过是一场空。小蝶正是风华正茂之时，本应该多会会英雄才俊，只不过我实在是怕寂寞，硬是把她寸步不离地留在身边，只怕耽误了她的终身大事。几位蜀山大侠，你们觉得小女的姿色如何？"

这一说，小蝶倒是羞涩起来，喊了句："娘……"便低下头去，不敢再望众人。

丹辰子有些尴尬，他顿了顿，似乎在寻找赞美的字眼，说道："小蝶姑娘出落得亭亭玉立，秀外慧中……"

紫英听丹辰子这么说，不满地瞥了小蝶一眼，向丹辰子低声嘟囔起来："她的姿色如何，关我们什么事？"

丹辰子意识到紫英的不悦，有些紧张起来。

小张见状，忙抓准时机搭话："小蝶姑娘确实相貌端庄水灵，不过还称不上惊艳。我第一次上蜀山，看到紫英的时候，那才叫惊艳！当时真以为自己误闯了仙境，见到了仙女呢！"

紫英脸上一红，呵斥道："小张，你乱说什么。"

"真的，见过世间万千容颜，都不如你的一颦一笑。"小张却说得甚是正经，还深情地向紫英望去。

紫英白了他一眼，便不再理会。

另一边，玉无心一直看着丁隐，但丁隐却僵硬地坐在那里，不和任何人说话。玉无心犹豫了一下，起身走到丁隐身边坐下，低声道："丁隐，我想和你谈谈。"

丁隐见玉无心过来，有些紧张，躲避对方的眼神，良久才道："我想我们没什么好谈的，该说的我都已经说过了。"

玉无心说道："你不能一直这样逃避我。"

丁隐却应道："那你就不要一直追着我不放。"丁隐说完，与玉无心保持距离，反而靠近青云坐了下来。青云看在眼里，开心地对丁隐笑出了声，而丁隐的笑容却显得有些苦涩。

小蝶又舞毕一曲，余明娘示意她坐回自己身边，又谓众人道："各位贵宾远道而来，今日定要尽兴方休，我请本府琴师为大家奏一曲《汉宫秋月》可好？"

说话间，只见二十四位身着碧色罗裙的妙龄少女簇拥着一位满头银发的老婆婆漫步而出。那老婆婆操着一张古琴，于众人面前缓缓放落。

她虽已年华不复，但手指一触琴弦，竟发出一声天籁之音，直沁心田，霎时间鸦雀无声。随着老婆婆的手指又一拨琴弦，这才爆发出满堂喝彩。

那二十四名少女便随着琴音翩翩起舞，那曼妙的身姿，绝伦的舞步，如瑶池的仙女一般。

轻歌曼舞依旧在继续，但众人的一举一动，余明娘都看在眼里。她回头看了一眼站在身旁的三妹，低声耳语道："一下子来了六个人，还是蜀山剑派的高手，三妹，你说有趣不有趣？"

三妹点头道："夫人高兴便好，看来又有热闹可看了。"

一旁的小蝶却担忧道："娘，我们还要用老手段破坏这些人的感情吗？"

余明娘浅尝口酒，狡黠一笑："当然了，这以前来的无非都是一对一对的，甚是无趣。但是这六个人可不一样，彼此之间好像都有那么点暧昧，这男男女女啊，只要一凑到一块，感情就乱。"

小蝶又道："可是娘，他们常年在蜀山修行，都是能人异士，怎会那么容易被感情困扰？"

余明娘仍笑道："你可别小看这爱情的力量，它可是把双刃剑，一面让你觉得甜蜜似梦，一面又能让你生不如死。人世间能有多少真感情？一旦有了危机，全都经不住考验。"

小蝶依然摇着头："他们都不像是坏人，为什么一定要让他们体验这爱情的痛苦呢？"

余明娘望了望席间的丹辰子与紫英，又向小蝶道："你年纪还小，很多事情都没经历过。但是娘不一样，娘所经受过的痛苦超乎想象。从那一天起，我就再也不相信爱情会是美好的。一切都是谎言！"说到此处，余明娘收起笑意，妍丽的面孔竟有些扭曲。

三妹见状，对小蝶说道："小姐啊，夫人一片苦心，你还是不要惹她生气了。"

小蝶在一旁战战兢兢，不敢再多说什么。

这一边，绿袍正紧紧抱着素因，在夜色下的树林中飞快奔跑，诸葛驭我紧跟其后。不远处有一座破旧的茅屋，绿袍径直躲入其中。

诸葛驭我快步跟上，进屋前，他查看了一下身后树林，确定没有人跟上来后，才轻轻关上门。茅屋内漆黑一片，只透过破烂的屋顶洒下些许月光。绿袍抱着素因，躲在屋内最深处。

诸葛驭我四处看了看，从地上聚拢一堆干草，随后凝神运功，单指一发，一串火星从指间飞出，干草立刻燃烧起来。

屋内当即被照亮，诸葛驭我回头看向绿袍，只见绿袍轻轻抚摸着素因的脸庞，对着她不停说话，而素因一直双眼紧闭。

绿袍焦急万状，口中不住道："师妹……师妹，你醒醒，你一定要坚持住，我们撑了这么多年，不要离开我，不要离开我……"

诸葛驭我小心翼翼地凑上前："警我，让我看看她。"诸葛驭我说着，伸手想去替素因诊脉。

绿袍猛地打开诸葛驭我的手，恶狠狠地瞪着他："你不要碰他！"

诸葛驭我无奈道："我只是想看看她怎么样了。"

"你们一个个都要害她！你走开！"绿袍情绪激动，两眼通红。

诸葛驭我却感觉此时绿袍凶神恶煞的表面下，分明藏着一丝脆弱和无助。诸葛驭我再次试着伸出手，想要稳定绿袍的情绪，口中说道："我们两个一起运功，或许能帮她。"

绿袍仍是咆哮道："帮她？你以为我还会相信你吗？你走开！走开！"

绿袍狂性大发，挥舞着胳膊想把诸葛驭我推开。可是他体内气血喷涌，之前的伤势随之恶化，当即吐出一口黑血，两眼昏花，站不稳脚。

诸葛驭我见状也大吃一惊，忍不住关切道："师弟，你内伤很重，不要激动。"

绿袍甩开诸葛驭我的手，扭身摇摇晃晃地回到素因身边，口中仍在骂道："不用你来假慈悲，离我们远一点，远一点……"绿袍说完两眼一黑，竟倒在素因身旁不省人事。

绿袍再次睁开眼睛的时候，发现自己躺在干燥的草堆上。他回过头，只见诸葛驭我正盘腿坐在不远处，为素因运功输气。

诸葛驭我耗费了大量真气，幽蓝的光芒将他和素因笼罩在一起，可素因依旧没有反应。

诸葛驭我停下来，拭去额头的汗珠，无奈地摇摇头。他扶着素因躺下，轻轻牵着她的手，自语道："素因，做梦也没想到还能再见到你。其实你是最无辜的那一个，可是伤害都落在了你头上，若是可以帮你分担就好了……"

"你不对我们赶尽杀绝，就谢天谢地了，说什么分担？"绿袍冷笑起来，"我们可承受不起。"

诸葛驭我回头，发现绿袍已经悄然起身，正待上前查看素因的情况。诸葛驭我向绿袍点了点头，缓缓道："她的脉息稳定，并没有受伤，可是无论怎么为她输入真气，她都醒不过来。"

绿袍没有理会诸葛驭我，他拨了拨素因的头发，发现她脸上沾了尘土。绿袍四下望望，看到房间里有个铁桶，提起铁桶径直走出茅屋。

诸葛驭我也追了出去，见绿袍行至屋外溪流旁，正要俯身打水。诸葛驭我走到绿袍身边，低头看着他，面色忧虑地问道："究竟是怎么回事？为什么你和素因会……会……"

绿袍冷笑了一下，抢白道："会共用一个身体？"

诸葛驭我十分震惊，半晌说不出话。

绿袍打水的手停了下来，月色清冷，水面倒映出诸葛驭我和绿袍的身影。最后还是诸葛驭我打破了沉默："那之后究竟发生了什么事？"

绿袍看着水面，一阵风过，引起阵阵涟漪，时间似乎回到了二十四年前——

同样是一片水面，却被上官警我急促的脚步声打破了平静。只见上官警我抱着重伤的素因，躲入一个潮湿的山洞中。素因面色苍白，胸口血流不止，但她紧紧地捂着肚子。上官警我将素因轻轻地放在一块干净的大石头上，神情同样焦急万分，口中喊道："师妹，你坚持住，我帮你疗伤。"

素因紧紧抓住上官警我的手腕，气若游丝地道：“先护孩子。”

上官警我急得大喊：“你现在的身体状况，管不了那么多了。”

“不行，先护孩子！”素因却更加大声地叫喊起来。

“我不同意！”上官警我近乎咆哮。

素因却是泪如泉涌：“师兄，这个孩子已经是我的一部分，我不能失去他，求求你了……”

上官警我看着素因伤心的样子，心痛不已。他咬了咬牙，运送真气，真气开始在素因的腹部来回运转。素因感觉到腹中一股暖流缓缓流动，才放下心来，安静地躺在大石上，面色平静下来。

就这样，凭着上官警我强行灌输的真气支撑，羸弱不堪的素因硬是怀着孩子坚持了下来。二人在山洞中勉强栖居，相依为命，孕期所需的吃食给养全靠上官警我捕猎采摘。

很快素因就到了临盆之期，一日她腹中忽然剧痛，仍要拼尽全身真气，死命护住腹中胎儿。

上官警我狂奔上前，紧紧搂住素因：“师妹，你在干什么？”

素因松开口中布条，虚弱地开口：“孩子……孩子要出来了，我没有力气……师兄……帮我……”

上官警我握着素因的手，察看脉象，继而眉头紧锁道：“师妹，你现在太虚弱了，不要再护着孩子了。”

素因却坚持道：“我可以的，只要师兄你帮我……”

“不行，我不同意，孩子没了我们可以再要。要是你没了，我……我不知道该怎么办……”上官警我痛苦不已。

素因紧紧抓着他的手，直直望着他，气若游丝地道：“师兄，我们犯了许多错，从那一天起，一切都错了。但是只有这个孩子，只有他没有错，我要把他留下来……他是我们爱的延续，他也是最无辜的……求求你，把我们的骨肉留下来……”

素因泪如雨下，身体又承受着剧痛，汗水沾湿衣襟。这时候，腹中又一阵剧痛袭来，素因痛苦地大叫了一声。

上官警我从背后紧紧地抱住素因，两人一同运送真气，一股青红光华照亮整个山洞，慢慢在素因腹中凝聚运转。素因靠在上官警我身上，使尽了全身最后的力气……

一声婴儿的啼哭在山洞中回响，洞中光华渐渐熄灭。上官警我将婴儿裹在自己的外衣中，抱到素因面前。

素因面色煞白，发丝凌乱地贴在脸颊上，看到孩子的时候，虚弱地露出笑容，勉力支撑道："她真是个漂亮的女孩，是不是？她的眼睛像你，笑起来也像你……"随后她深情地望了望上官警我，轻声道，"师兄，我已经很久没有看你笑过了。"

上官警我挣扎着微笑，眼泪却不争气地流下，口中不住道："你看，我这不是笑着吗？只要你愿意，只要能和你在一起，我会一直这样挂着笑容！素因，陪着我一起活下去，我们一起笑着活、活着笑，笑着相伴每一天……"

素因伸出手，摸了摸孩子的脸蛋，已是声若蚊鸣："师兄，答应我好好照顾我们的孩子。"

上官警我死命握住妻子的手，战栗道："我答应你，我会拼了命地保护你们母女。"

素因内心安宁，她抬眼看到洞外纷飞的落叶，神志越来越不清晰，迷糊间恍若又回到栖霞峰的那片桃林："师兄，还记得我们曾经在蜀山的桃林里练剑，花瓣落下来像下雪一样，但是一点都不冷。那时候真幸福啊……"

上官警我不住点头，口中连声道："好啊，素因，以后我会在我们家的后院种满桃树，到时候，你和孩子天天可以在树下玩，还要种上些丁香，你说好不好？"上官警我微笑地看着怀中的素因，可是素因闭上了眼睛，脸上带着笑容，已然油尽灯枯。

上官警我轻轻摇了摇她，声声唤着："师妹？师妹？"

可是素因依旧没有反应，本来放在孩子身上的手猛地垂落下来。

上官警我呆住了，他将孩子放在一旁，不停地摇晃素因："师妹，你醒醒，不要睡啊，师妹！"上官警我越来越激动，但是素因依旧紧紧闭着双眼。上官警我似乎这时才意识到，素因已经死了。他眼中涌出泪水，不愿意相信这个事实。

"不，师妹，你醒醒，没有你我活不下去，你醒醒……"

无论他怎么呼唤摇晃，素因都没有再睁开眼。上官警我泪如泉涌，紧紧地抱住素因，脸埋在她的颈边，呜咽起来："不……你不能离开我……不能……你怎么舍得！"

悲痛不已的上官警我周身泛起一阵血红雾气，他再次抬起头的时候，两眼已经被红光占据，眼神中充满了痛苦和愤怒，他的面孔开始狰狞扭曲，继而仰天长

啸："如果命运要拆散你我，我上官警我宁愿背弃天地！就算万劫不复，也要斗到底！"

上官警我体内的红气如同爆发出来的火焰，将他和素因紧紧缠绕。山洞内，俨然一片血色火海，强大的内力搅动着空气飞速旋转，上官警我抱着素因站在旋涡的中心，眼神狂乱而坚定。红气越来越盛，慢慢将两人彻底笼罩。

洞外的黄叶顷刻被震落在地，山石亦在抖颤，鸟兽为之惊走。爆发之后，一切归于沉寂，只听见婴儿的啼哭声在洞内回荡。

小女孩从睡梦中惊醒，哭得满脸是泪。上官警我上前将女婴抱了起来，表情却十分冷漠。这时一道光束射进洞内，上官警我分明看见石壁上自己的影子倏然间一分为二，一个是他本人，另一个竟是素因……

绿袍说到此处，诸葛驭我已是瞠目结舌。

"这……这……这太……"震惊之下，诸葛驭我连一句话也说不清楚。

绿袍继续道："我强行动用未炼成的血影神功救治素因，却没想到令我二人合成一体，在那之后素因就一直活在我的身体里。那时我在中原已无立足之地，伤势很严重，自觉难以支撑我二人之躯，便只好将玉儿送往一家农户家中寄养。"

此情此境，绿袍这番讲述，诸葛驭我自是深信不疑，只是所述情形委实太过诡谲，令他大为惊骇。他沉默了一阵，这才回过神来问绿袍道："那随后呢？你又如何入了西疆魔地？"

绿袍苦笑道："早前素因曾送我一块可以储存记忆的晶石，却不想在封印西疆之时掉落，随封印一起被送往西疆。于是我便撑着最后一口气，独自去了西疆，希望在临死之前能找回那块遗落的晶石，借以慰藉，聊度余生。"

诸葛驭我闻之唏嘘，想起上官警我与素因昔年惨状，唯有掩面叹息。

绿袍也不看他，自顾自说道："当年我跌跌撞撞地来到西疆边境，见白眉真人设下的结界形如巨网，将很大一片区域笼罩在内。阳光下，那结界五光十色，被笼罩住的地方却是黑雾暗涌，凶险异常。我那时身受重伤，原以为会死在这结界中，想不到当我触到结界，身上竟泛起一片红光，硬生生将那结界溶出一个洞口，我便这样全无阻碍地入了西疆……"

诸葛驭我听完讲述，又岑静了许久，这才道："竟然会有这么不可思议的事。"

绿袍似笑非笑道："不可思议我们能同时活下来吗？"

诸葛驭我也不答应，转而问道："可先前百草的确曾看到过师妹单独出现，这究竟是怎么回事？"

绿袍说道："一直以来她都寄居在我体内，后来我与屠媚重逢，是她求屠霸救了我，屠霸治好了我的内伤，却对我下了噬血术。我不得已才修炼阴毒的内功，重新唤出体内魔气，勉强支撑我二人生存。可是当我每个月毒性发作，功力减弱，或是受伤之时，便会支撑不住，以她的体态出现。"

诸葛驭我若有所思道："原是如此。可是你为什么会突然遭人袭击？当时出现在树林的可是曾经的屠霸？"

绿袍点了点头："本来我此番回到中原，只是想取得赤魂石，并未急于替他夺取南明离火剑。可玉儿却阴错阳差将剑拿走，南明离火剑被拔出封印之眼后，西疆有所感应，屠霸已经亲自出关，想要取回神剑，彻底破坏封印。"

诸葛驭我不解道："可既然当初你只身前往西疆，想必也是得到了屠霸的支持才建立烈影神宗返回中原。如今不论怎样的理由，你和他都处于相同立场，他又为何要出手伤你？"

绿袍苦笑一下："一山不容二虎，屠霸从一开始就没有真心信任过我，连我最信任的九毒都是他放在我身边的棋子。不过这又能怪谁呢？人心都是信不过的……"

诸葛驭我皱了皱眉，谓绿袍道："警我，事到如今，我们便不要再误会彼此了。现在最重要的是先救醒素因，我方才探到她元气逐渐减弱，失去了你的真气保护，她恐怕撑不了多久……"

提起素因，绿袍立刻紧张起来，口中道："不可能，我修炼多年，素因单独出现时，已能独立行动，甚至还恢复了几成内力，她不可能有事，我去看看她……"说着便转身向茅屋跑去。

诸葛驭我望着绿袍背影，也是面色戚戚，心中只盼望他二人此次能渡过一劫。

绿袍奔回茅屋，见素因仍卧倒在地，火光映照下，面容分外凄楚羸弱。绿袍拿了自己的衣服，扯下布条，以水沾湿，为素因擦洗脸上的污尘。

这时诸葛驭我走进屋来，绿袍也不看他，似是自语道："这么多年，虽然一直能感觉到她的存在，却再也看不见，摸不着。如今终于见着了，她却醒不过来，不能和我说话，老天爷为何这般苛待我，非要这样惩罚我？"绿袍轻轻抚摸

素因的脸庞，满眼柔情。

诸葛驭我见状，内疚之心更甚，斟酌着问道："所以……你想要赤魂石，其实并非希望独霸天下，你只是想见素因而已，对不对？"

绿袍仰天大笑一阵，继而看了看诸葛驭我，神色凄然道："独霸天下？师兄，你也太不了解我了。我根本没有什么野心，当年我不顾安危，孤身闯入阴风谷，一心只是想立下功劳，摆脱你们对我血统的偏见，能光明正大地在蜀山立足，迎娶素因。"

诸葛驭我痛心不已，质问绿袍道："可为什么你不告诉我？为什么要选择去西疆？为什么要与屠霸此等妖魔为伍？"

绿袍报以苦笑，反问诸葛驭我道："你们会信我吗？你们一个个都以为我重归魔道，自甘堕落，可谁又知道，我为了保护素因，只得甘愿受屠霸噬血术的煎熬，把自己搞成一副不人不鬼的样子。我抓人采血，修炼金蚕之术，也都是为了摆脱屠霸的控制，能让素因多撑一段时日。"

绿袍望着一脸错愕的诸葛驭我，继续道："是，我是想拿回赤魂石，我是想修炼未完成的血影神功，那样才可以救回素因。什么正邪之分，在我心里早已如浮云，唯有和素因在一起，我才会觉得人生有意义。哪怕世人都觉得我是魔王，这条路我也要走下去！"

绿袍越说越激动，诸葛驭我心中更觉愧疚，他伸手扶住绿袍的肩膀，动容道："师弟，这些年苦了你们了。如今既然误会已解，以后便不要再造杀孽了。"

绿袍又是一声冷笑："我会变成今天这个样子，还不是拜你们所赐！如今你劝我回头，可你觉得，我还有回头路吗？"

诸葛驭我坚定地道："不管怎样，我愿尽全力，助你渡过此劫。"

绿袍并没有很快回答。他回过头，直视着诸葛驭我的双眼，眼神中带着拷问和疑忌。诸葛驭我也坦然地直视绿袍，眼神毫不闪躲。

绿袍问他："师兄，我还能再相信你吗？"

诸葛驭我答他："再信这一次吧。"

曾经的两兄弟相对而视，素因躺在一旁，依旧在沉睡。

诸葛驭我又道："可是警我，在没找到有把握的救治方法之前，我想，是否还是将师妹送回你体内，我怕她撑不下去。"

绿袍本来情绪有所缓和，听到此言，又变得紧张起来，大喊道："不行！我好不容易才见到她，她不是好好的没事吗？你不是也说她并没受伤吗？”

“警我……”诸葛驭我一时支吾。

绿袍根本听不进去，一把抱住素因，叫喊道：“我不管，素因，我们已经见了面，一切就有希望对吗？你相信我，我一定想办法让你醒过来。”他说着说着，突然觉得胸中剧痛，跪倒在地。

诸葛驭我心下一惊，急问道：“警我，你怎么了？”

绿袍面色惨白，咬牙说道：“屠霸设计骗我服下了噬血虫王，那虫王是用他鲜血炼制，他能有所感应，只怕他很快便要找到我们了……”

清晨时分，旭日初升，青崇山上空气清新，鸟鸣啁啾。

丁隐起了个大早，正要去庭园中练习剑法，行到半途，忽见到小蝶正在一口水井边吃力地打水。丁隐上前，一把扶住木架上的把手，很轻松地转动绞绳。小蝶有些害羞，不住向他致谢。丁隐便问小蝶：“这山庄里没有男人帮你们做体力活吗？”

“我娘不太喜欢有男人待在山庄里。小时候，我都不知道男人长什么样子。”小蝶说得自己也笑了起来。

丁隐却有些疑惑，又问道：“那你爹呢？”

一提到爹，小蝶的笑容僵住，神情忧郁起来，漠然道：“我还没出生的时候，我爹就走了，我从来没有见过他。”

丁隐知道自己说错了话，有些不好意思，抱歉地道：“对不起，说到了你的伤心事。”

小蝶却似笑非笑，沉吟道：“其实我一直很想知道有爹是什么感觉。可我娘很恨我爹，她说这世上人心险恶，每个人都很自私。而爱情都是谎言，都是幻影，经不住考验，只会让人痛苦。”

丁隐看了看小蝶，犹豫了一下，温柔地拍拍她的头，有些同病相怜地道：“一个人的命运无从选择，唯一可以控制的，就是别让那些悲惨的记忆去影响你一辈子。至于爱情……”丁隐低头苦笑，“别在还没尝试过之前就对它失望了。”

小蝶被丁隐的话触动，眼神中闪过一丝向往。

这时丁隐已经打完了两桶水，他拿起扁担，轻松挑起，对小蝶说：“你要挑水去哪里？我帮你送去。”

小蝶笑着点了点头：“太好了，你随我来，帮我挑到花园墙外即可，下午我得浇花呢。”

花园之内，余明娘正在赏花。一日之中，清晨的花事最好，片片花瓣沾着露珠，看来分外娇艳静好。这时余明娘身着一袭碧绿霓裳，正数着枝头上满缀着的海棠花蕊，端的是桃红柳绿，美不胜收。

丹辰子和紫英远远望见余明娘，紫英便向丹辰子使眼色，丹辰子虽然心中不愿，但还是点了点头。

昨日，余明娘先是将丹辰子误认作自己丈夫，夜宴时又对丹辰子暗送秋波，颇有暧昧之意。紫英一一看在眼内，离席后，紫英竟劝丹辰子顺势接近余明娘，与她虚与委蛇，假作亲昵，以此取得神木剑。

丹辰子初时不愿，只觉这般造作无异色诱，实非光明正大之举，却又挨不过紫英软硬兼施地撒娇威逼，终是惴惴不安地勉强应承下来。

此时余明娘站在一块大石头上，正要摘取生长在山壁高处的茶花。谁知重心不稳，余明娘整个人忽地向后跌去，眼见就要摔倒。丹辰子一个箭步上前，将余明娘抱住。

余明娘吓了一跳，见丹辰子相救，不禁娇羞一笑：“好在有你，这算不算英雄救美呢？”

丹辰子早有准备，当下笑言道：“英雄不知称不称得上，但美人却是实至名归。”

余明娘对丹辰子的言语微微有些吃惊，眉毛一挑：“没想到你还会甜言蜜语。”

丹辰子努力掩饰脸上的尴尬，笑道：“我也是实话实说。不知夫人刚刚为何做出如此危险的举动？”

余明娘又抬头看看山壁上的那棵茶花树，对丹辰子撒起娇来：“我想采些山茶花，谁让它长在那么高的地方。”

丹辰子很解风情，当下道：“只要夫人喜欢，又有何难。”说罢，他便拔出佩剑，纵身一跃，潇洒地挥舞了几下宝剑，只听到沙沙几声，那高处的山茶花便应声而落。随后他一个漂亮转身，从余明娘手中拿过花篮，将掉落的山茶花全部接入篮中。

余明娘轻轻地拍了拍手，向丹辰子妩媚一笑：“蜀山来的剑侠果然非同小可。”

丹辰子投桃报李：“夫人喜欢，当然要尽力而为。再说了，也只有最美的鲜花才配得上夫人吧。”

余明娘又哀叹起来：“唉，可惜，再美的花也有凋谢的一天，这女人也一样。”

丹辰子也算做足功课，他一副诧异表情，好似听了天方夜谭一般：“怎么会呢？夫人童颜不老，想必时间已经不是您的敌人了。”

余明娘似乎听不明白，又哀怨道：“也是啊，如果我是个糟老婆子，你恐怕才不愿意跟我在这里浪费时间呢。”

丹辰子有些尴尬，不由得紧张起来，口中道：“想要为夫人效劳，是在下的心愿，希望夫人不要误会。”

余明娘看到丹辰子拘谨起来，不禁觉得好笑：“我说笑的，你别紧张啊。其实啊，在你们几个人里面，我最喜欢你了，因为你的嘴最甜。”

面对余明娘越来越明显的调情，丹辰子本能地向后退了一步，但他用余光瞟了一眼正在远处观察的紫英，又努力稳定情绪，应声道：“我称赞夫人，绝非违心，都是发自内心的。”

余明娘颇知雅意，又对丹辰子眼波一送，朱唇轻启：“放心吧，你只要乖乖听我的话，那神木剑肯定是你的。”

丹辰子眼睛一亮，期待地道：“那便多谢夫人！”说话间，他又望了望紫英，只见紫英的眼神中带着怂恿和催促。丹辰子皱了皱眉，上前一手轻轻搭上余明娘的肩膀，或是因为心中不愿，他的动作有些僵硬：“或许是冥冥中的缘分吧，我和夫人一见如故，不知夫人有没有同感？”

余明娘的嘴角露出冰冷的笑意，应了句：“你这么一说，倒好像真有那么点感觉。”

丹辰子打蛇随棍上，又道：“记得夫人第一眼看到我，就把我错认成您的相公，不知前辈是何方神圣？”

此时余明娘正背对着丹辰子抚弄一株杜鹃，听丹辰子提起夫婿，她眼神一变，有些不悦道：“提他做什么？”

丹辰子并没有意识到自己说错话，仍说道：“我只是觉得，能配得上夫人的，必定是一表人才。”

余明娘有些生气，狠狠摘下一朵杜鹃。丹辰子却没有察觉，他在紫英眼神的

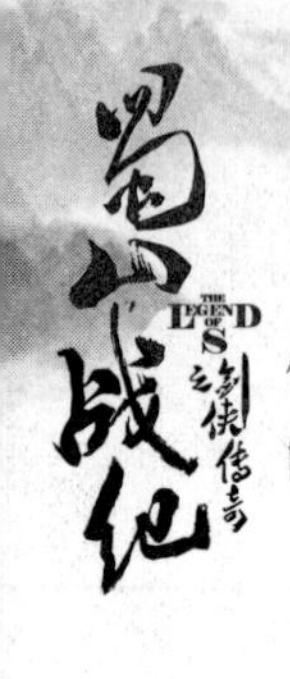

催促下，紧张地用手轻揽余明娘的腰，慢慢凑近余明娘的耳边，轻声道：“只要能让夫人高兴，在下愿意做您思念之人的影子。”

正在这时，小蝶出现在花园中，紫英见状，连忙躲了起来。

“娘——你在干什么！”小蝶看到丹辰子和余明娘举止亲密，不由有些伤感，扭头就跑。

丹辰子和余明娘也看到了小蝶，两人连忙分开。余明娘有些尴尬地对丹辰子说道：“今天你先回去吧。”接着她又唤来三妹，说要去看看小姐。

三妹应声而来，丹辰子只好抱拳离去。

余明娘看着丹辰子的背影，脸上的笑容瞬间消失。

小蝶跑入自己闺房中，三两步跑到床边，又从床下拿出一个普通的木盒，打开盒盖，里面放着一把精致的匕首。

她将匕首拿出来，轻轻抚摸，一边仔细端详，一边自语起来：“爹，你究竟是个什么样的人呢？每次说到你，娘都会发脾气，一会儿哭，一会儿摔东西。你为什么要抛下我们母女俩呢？我真的好想见见你啊……”

这时，余明娘和三妹推门而入，小蝶一慌，忙把匕首藏在身后。这个举动没有逃过余明娘的眼睛，她有些严厉地问道：“你藏什么东西在身后了？”

“没……没什么……”小蝶心虚，余明娘越发起疑，便示意三妹去搜。

三妹说了声：“小姐，得罪了。”便一把拉住小蝶，自她手里将匕首抢了下来。三妹见是把匕首，脸色随之一变，口中责道：“小姐，你也太不懂事了……”

余明娘的面色比三妹还要难看，冷冷问小蝶道：“你从哪里偷偷拿的？又跑去铸剑房了，对不对？”

小蝶却壮着胆子应道：“娘，为什么我们不能让过去的事情就这么过去了？为什么要一直活在怨恨里？不但自己痛苦，还要破坏别人的幸福。”

余明娘近乎咆哮起来：“我跟你说了多少次，那人是个负心汉，我会恨他一辈子！”因为愤怒，余明娘整个人都在颤抖。

小蝶则跌倒在地，害怕地哭了起来。

三妹上前扶着余明娘，劝慰道：“夫人息怒，小姐，快给你娘赔个不是！”

看到女儿哭了，余明娘这才渐渐冷静下来。她走到小蝶身边，抚摸着她的头发，疼惜地道：“傻丫头，你不懂，娘的所作所为，看似是破坏，其实是在帮他们呢，让他们早一点看清彼此的真面目。不然等到日子久了，才发现一切都是逢场作戏，那才更痛苦呢。”

小蝶这才稍稍止住泪水，看了看余明娘，又看了看三妹，问道：“娘、三姑姑，难道这世上就没有真感情吗？”

余明娘叹息道：“小蝶，你要记住，在这个世界上，只有娘亲是真正爱你的人。”

三妹也在一旁说道：“对啊，小姐，除了血缘亲情，没有任何感情是靠得住的。”

小蝶又问：“两个相爱的人不就像亲人一样吗？丁大哥说，两人全心全意相爱，是最美妙的感受。或许他说的没错，他……”

余明娘似乎知道丁隐与小蝶在水井边的对话，当即道：“你不要听他胡说八道！那个丁隐，看起来老实，但是你没看到吗，他让两个女人傻傻地围着他转！”

“可是……”小蝶似乎还有话说。

余明娘却喝止道：“行了，不用再说了。我不相信这世界上真有超越生死的感情，爱情是最一文不值的东西。我会让你看看，那个丁隐到底经不经得住考验。”

余明娘露出恶狠狠的神情，小蝶在一旁不知该如何是好。

在小蝶的闺房之外，是一处莲池水榭，莲池对岸是一片硕大的花田，内里种满了牡丹、芍药、蔷薇、百合，花田尽头是一片山坡，山坡上郁郁葱葱长满了草木。

这两日小张闲来无事，便摸索着上山寻找药材，本想这青崇山上人迹罕至，定然有许多罕见药草，谁知上山之后，却遇见了一片果园。小张倒也欢喜，便想着多采些好吃稀罕的野果送给紫英，若博得神仙姐姐一笑，那也算不虚此行。

此时他正爬上一棵大树，一连采下十多颗通红的野果放入衣兜，自己先尝一口，发现甘甜无比，心想紫英定会十分欢喜。他小心地爬下树，却见玉无心冷冷地看着他。

小张虽然紧张，但强装镇定，表情有些挑衅：“你来做什么？”

玉无心面无表情地道：“我有话要问你。”

小张倒颇有血性，轻蔑一笑，竟率先抢白道：“无论你要问什么，我只有一句话要告诉你——不要再死缠烂打了，丁大哥和青云才是天造地设的一对。”

玉无心被他说中心事，面上仍是冷峻，抬起手来作势要打小张。

小张吓得退后一步，眼睛一闭，见玉无心并未真的出招，便又恢复了硬气：“你越打我，你越杀我，丁大哥和青云越是恩恩爱爱！”

小张一边说，一边摆出一副慷慨激昂、视死如归的样子。

玉无心终是无奈地叹了口气，缓缓问他：“丁隐和那个青云感情有多深？”

小张掂了颗野果，迎风而立，仍是大义凛然道：“不管有多深，跟青云在一起都比跟你在一起好多了，丁大哥每次一碰上你，就准没好事！”

玉无心轻叹一声：“之前的事是我不对，可是现在我只想帮他。”

小张却越发激动起来：“我告诉你，你离他远远的，就是在帮他了！这件事情我可是站在青云这边的。你行行好，不要瞎搅和了，丁大哥已经快被烦死了。”

玉无心突然露出失落的表情：“他……他烦我了吗……”

小张见玉无心气势弱下来，自己也不好意思再叫嚣，便缓和了语气说道：“哎呀，他也不是烦你，就是现在很多事情让他觉得压力很大。又要找到神木剑，又要应付两个姑娘。这男人啊都是一根筋，想一件事情还行，想得多了，可受不了。”

玉无心想了想，说道：“我明白了。”说完，她扭身就走。

小张一头雾水，问她道：“你明白什么了？”

玉无心虽然仍是面无表情，话音却带了一些温度：“应该先找到神木剑再说。”

小张听了这话，又是眼前一黑，深感此番玉无心决计不会轻易言退，丁隐也就更加有得烦了……

午饭过后，百无聊赖。

青云心知丁隐此际的困厄，既不愿丁隐痛苦迷惘，又担忧他始乱终弃。她知道丁隐与自己的情分，也明白丁隐对玉无心的执念难以破除，心中半是甜蜜半是哀伤，时而欢笑，时而落寞。丁隐则每每陪伴在青云身边，言语温存地安慰她，内心却是暗藏担忧。

丁隐和青云并肩立在回廊的小栏杆内，却看见小张捧了一大箩野果回来，兴冲冲地去找紫英献宝。两人相顾苦笑，又再由人及己，想来这情字一关果是愁煞人也。

正感慨间，余明娘差来侍女通报，请丁隐、青云二人去四角亭中一晤，说有要事相商。丁隐示意侍女稍后便至，正想问青云，青云却率先发问："丁大哥，你说这余明娘叫我们去找她，会有什么事呢？"

丁隐边走边思忖道："她行事怪诞，我真的猜不透她到底在想什么。"

青云又道："我也觉得这个余明娘奇奇怪怪的，一会儿把大师兄认作相公，一会儿又冒出个这么大的女儿来，还问你们几个大男人她女儿姿色如何，哪有这种娘？"

丁隐也想不出答案："既然她主动见我们，我们就见机行事，求她将神木剑借给我们。"

说话间，二人已来到花园，只见余明娘背对他们独坐在四角亭中，身子隐隐颤动。丁隐和青云对视一眼，上前作揖问候。

余明娘闻声回头，手里捏着手帕，不停地擦拭脸上的泪水，见青云和丁隐到来，连忙请两人坐下，口中说道："两位请坐，对不起，我一时失态，让两位见笑了。"

丁隐和青云见状，有些不明所以，都一副小心翼翼的样子。青云问道："夫人，您怎么了？"

那余明娘却道："我是想告诉你们，我不能再留你们待在青崇山上了。"

丁隐和青云一脸疑惑，面面相觑。丁隐忙探问道："为什么？您不是答应过，留足三日，就借出神木剑给我们吗？"

余明娘一听这话，忍不住又捂脸哭了起来。

青云又问道："夫人，您是舍不得，不想借给我们了？"

余明娘摇摇头，抽泣道："不是我不想，是根本借不了。"

丁隐不解道："您这是什么意思？"

余明娘抹了把泪，抽噎道："之前是我骗了你们，想把你们留下来和我做伴。可是现在我只能实话实说，其实，神木剑早已被毁了……"

丁隐和青云大惊失色。青云喊道："夫人，这到底是怎么回事？神木剑乃上古神剑，怎么会坏了呢？"

余明娘含泪应道："实不相瞒，当年我相公找到神木剑时，这剑已经坏了，我相公为了修复神木剑，发誓要寻遍天下方法，可找着找着，这人就没了，至今也没有消息，只留下我们母女俩孤苦伶仃。"

丁隐又问："可是既然如此，夫人为何还要留我们在山上？"

余明娘幽幽道："这青崇山实在是太冷清了，你们难得到访，我也是一时私

心，想要留下你们陪陪我，并无恶意。如今你们也知道了事实，要走要留，就随你们吧。”

丁隐和青云对视了一下，觉得十分蹊跷。丁隐又问道：“夫人，您说这神木剑坏了，敢问此剑是否还在青崇山上？”

余明娘愣了一下，点了点头：“倒是还在……”

丁隐眼睛一亮，追问道：“如果夫人觉得方便，可否让在下一看？如果能侥幸修补好此剑，也是皆大欢喜。”

余明娘惊讶道：“你会修剑？”

丁隐忙说道：“在下曾是猎户出身，对兵器也有一些研究，愿意一试。”

余明娘这才欣喜起来：“太好了！从后院的小门出去，有一条小路直通山上，你们顺着小路走，就能看到一个不大的山洞。那是我相公以前铸剑的地方，神木剑就在那里。”

“这……可否请夫人带路？”青云见有希望，便盼着尽快见到神木剑。

余明娘又用手帕抹抹眼泪，摇摇头说道：“那铸剑房，自从丈夫离开以后，我就一步也不敢入内……”说完，她又嘤嘤地哭起来。

青云只得劝慰道：“夫人，您别伤心了，我们会尽力修复神剑的。”

余明娘这才止住眼泪，向二人说道：“那就拜托你们了！那房间尽头挂着一把石斧，只要将斧柄转动，便能看到密室的入口，断刃剑就在密室中。”

丁隐轻轻点了点头，和青云一起离开。

余明娘目送丁隐和青云离去，脸上还挂着泪，却阴笑起来。

另一边，玉无心一个飞身，落在余明娘房外，轻轻将窗推开一道小缝向内张望，发现屋内没人，便翻身进入屋中。玉无心环顾四周，开始四处摸索，寻找暗格。不一会儿，她听到笑声，见有人影经过窗前，眼看就要进屋。玉无心忙跳出窗户，蹲在窗下偷听。

就在同时，门被猛地推开，余明娘满脸笑容，身后跟着三妹和小蝶。

先是小蝶发问：“娘，你真的让他们上山去修复神木剑了？”

余明娘轻声一笑：“是那丁隐自告奋勇要去的，我可没有勉强他。”

玉无心听到丁隐的名字，不由一怔。

小蝶又问道：“神木剑怎么可能轻易被修复？”

余明娘点头说道：“我当然知道啊，只不过看他们待在这山庄里太清闲，帮他们找点刺激。三妹，都布置好了吗？”

“放心吧，夫人，这山上机关重重，恐怕他们还没碰到神剑，就没命了吧。”答话的人乃是那被称为“三妹”的中年女子。余明娘听了三妹禀报，随即大笑起来。

玉无心却是眉头一皱，立刻飞身离开。

玉无心离开后，余明娘向窗外瞟了一眼，冷笑一声：“一切都在按照计划进行。”

身旁的小蝶没有说话，只是低着头，好生担忧。

青云和丁隐依着余明娘所指路径，不久便寻到山洞木屋的所在。那木屋依山而建，与山洞融为一体，年久失修，经历了风吹雨打，显得异常破旧。

二人一同推开房门，只见屋内四处覆盖着蜘蛛网，散落四处的铸剑工具也都锈迹斑斑，地面上更是积了许多尘土，满目都是残破衰败的萧条景象。

不料丁隐竟赞叹起来：“余明娘的相公果然不同凡响，你看看这些兵器，几乎都是巧夺天工的神兵利器。”丁隐指了指四周。青云顺势望去，只见墙上挂着各式各样的武器。

两人一边欣赏，一边惊叹，兵器虽然陈旧，但依然有威慑力，且利刃犹光，全无锈色。两人走到房间尽头，果然看到那石斧。青云上前扳了扳，无奈力气不够。丁隐笑了笑，走上前，抓住斧柄，用力一转动，面前的墙像一扇门般打开了。

两人相视一笑，点点头，走进密室。密室并不深邃，两人才走几步，便发现尽头的岩壁正中悬着断作两截的神木剑。

青云欣喜道：“丁大哥，想必那就是被毁的神木剑吧？”

“看来不假。”丁隐也十分高兴，两人不假思索地快步上前，同时伸手将剑拿下，却只听机关响动，墙壁上露出一排暗孔。

“危险！”两人身后居然传来玉无心的大喊。

青云、丁隐不及反应，暗孔中已飞出数根银针，青云当即被银针穿透肩膀。与此同时，玉无心也飞身进入密室，一把将丁隐推开，但她躲闪不及，手臂也被一根银针打中。

“青云、玉儿！”丁隐大声呼叫，待他回头，只见两个人已经中了暗器，跪倒在地。

“丁大哥，这银针……好像有毒。”青云一面说话，一面吐出一口鲜血。

另一边，玉无心虽勉力支撑，嘴角也渗出血来，口中仍责备丁隐道：“丁隐，你早知那余明娘恶毒，为什么还要大意相信？”

情急之中丁隐顾不上回答，向二女大喊道：“你们不要乱动，我想办法帮你们逼毒……”

玉无心一撩袖子，只见手臂上的毒性迅速蔓延，她苦笑了一声：“这毒蔓延极快，我这半边身子已经麻痹，恐怕撑不了多久。没想到我玉无心杀人无数，今天要栽在这里。”

玉无心说话时气息已然不稳，青云更是虚弱地倒在一旁，脸上迅速蒙上一层黑气。

此时却只见墙壁上一个计时沙漏忽然翻转过来，沙漏顶部朝下，落出一个小瓶子，而沙漏也开始迅速计时。丁隐急忙捡起地上的小瓶子，从里面倒出一粒药丸。

丁隐：“这是……”

玉无心道：“恐怕便是解药。”

丁隐先是欣喜，继而焦急：“可……为什么解药只有一粒？”

玉无心看了看沙漏，冷冷道：“丁隐，估计这沙漏到底，我们便会毒发。既然已经进了陷阱，我和青云便只有一人可以活命。”

听到这话，丁隐和青云都怔住了。丁隐摇摇头，不愿意相信。

“不，一定有办法的，一定有办法的。”丁隐慌乱不已，试图用内力替二女逼毒，可二女却更加痛苦。

这时玉无心转头看向青云，气若游丝地道：“丁隐，你救青云吧。”

青云为之一怔，不解道：“玉姑娘……你……”

玉无心面无表情，只道：“你不是说过，如果我离开，对大家都好吗？”

“不……不行……你有什么事，丁大哥也不会原谅我。”青云话音急切，六神无主。她身上毒性发作，艰难地回头望向丁隐，含泪道：“丁大哥，你来选吧。不管你的选择是什么，我都无怨言。”

一阵紧张的沉默，丁隐看着两女，万分痛心。玉无心看到丁隐痛苦的样子，也是心如刀绞。她看了看沙漏，眼见大限将至，口中道：“丁隐！别再犹豫了，青云说得对，我只不过是个魔宗妖女，死不足惜。过不了多久，你就会忘了我的。你们好好度过余生，忘了我吧。”

这时，丁隐突然抬头，直直盯着玉无心，眼神中似乎要传达什么信息。相比刚才慌乱的状态，此时他镇定了许多，喊了声：“好！”继而扶起青云，将药丸喂入她嘴里。

另一边，玉无心虽早有赴死的准备，可是看到丁隐救青云，依旧万念俱灰。可就在青云服下解药喘息之际，丁隐已经来到玉无心面前，抓住玉无心的手腕。

玉无心惊愣道：“你要干什么？”

却见丁隐手指一点，已经点住玉无心穴位，口中说道：“青云于我有恩，我不能让她死。但是玉儿，你若有半分危险，我愿意以我命换你命。”

青云见状，大喊：“丁大哥！”又不知该如何说下去。

丁隐转头望了青云一眼，手间真气发出，也将青云穴位点住。接着他低下头，用嘴吸出玉无心手臂上的毒。玉无心又惊又喜，满眼是泪地望着丁隐：“你何必这样……”

这时丁隐面上已泛黑气，一丝黑血自眼角渗出，他支撑着对玉无心说道：“我再怎么说服自己要远离你，可我的心还是做不到。生死关头，我才明白这一点。能救你便好，若救不活，我陪你一起死。”

眼看沙漏已尽，丁隐中毒已深，他用尽力气紧紧抱着玉无心。

玉无心含泪而笑，在丁隐耳边轻声说道：“好，你我生死相依。”

小蝶一直躲在暗处偷看，看到这情景，也不禁感动得热泪盈眶。她忍不住冲了出去，来到丁隐和玉无心面前，从腰间拿出解药，喂两人服下，继而又欠身说道：“对不起，各位，小蝶来晚了。”

众人服了解药，症状稍有缓解，皆是一脸疑惑。丁隐忍不住问道：“小蝶，这到底是怎么回事？”

玉无心则是一脸怒容：“必是那余明娘将他人性命玩弄股掌之间！”

小蝶竟未否认，反而是一脸愧疚，含泪道：“对不起，玉姐姐，我爹走了以后，我娘就疯疯癫癫的，只要是来这青崇山上的男女，我娘都觉得他们心不真，总要试图将他们拆散。可是，我看到你们之间的感情，觉得并不像我娘说的那么不堪。”

青云又问道：“所以那神木剑被毁的事情也是骗人的吗？”

小蝶却摇了摇头，神色认真地道：“这个是真的。我求你们别伤害我娘，我娘她其实很可怜的。”说到此间，小蝶已哭得梨花带雨。

丁隐也有些心软，安慰她道：“别哭了，你娘她到底受了什么刺激，为何会变成这样？”

丁隐将小蝶拉起来，小蝶一边抽泣，一边说道：“其实一切也都是因情而起……我爹，就是曾经享誉四方的铸剑师许钺，他所打造的兵器，样样都是精品。常有人拿着重金上这青崇山拜会我爹只为了看他的兵器库一眼……”

青云点了点头，她曾听晓如真人说起过青崇山铸剑师的掌故。

小蝶又接着说道：“我娘和我爹，本就是青梅竹马的恋人，两小无猜，天造地设。两人结庐在青崇山上，过着与世无争的生活。这青崇山上风光秀丽，我爹常常独自在山间漫游。机缘巧合之下，他碰见了一位常年隐居山上的老隐士。此人不但功德不凡，听说还是一位在世华佗。我爹崇拜隐士美名，常常登门拜访。老隐士十分好下棋，在他的小屋前摆出残局，恰巧我爹也是爱好棋艺之人，两人一见如故，经常切磋……”

青云忍不住问道：“那神木剑是这位老隐士得来？”

小蝶说道：“并非如此。我爹某天从山间失足，滑落一个隐秘的山洞。本以为是一场事故，没想到却是上天安排的机缘。在那山洞中，他发现了上古神剑——神木剑。我爹很是兴奋，他对我娘说，想要重新打造神木剑，使之焕发出更大的威力，成为他这辈子创造出的最好武器。而我娘也以我爹的志愿为志愿，她每日细心照料着爹的生活，让他心无旁骛专心铸剑。两人便过着男耕女织的幸福生活，期盼着神木剑出世，可谁知道……”

小蝶拭了把泪，又继续道：“可谁知道，这幸福的生活却没有持续下去。我娘误食毒草，之后便一病不起，生命垂危。偏在这紧急关头，我爹却突然消失了，众人四处寻找都不见他的踪迹。本以为我娘只能躺在床上等死，老隐士突然来到府上，他带来了救命的丹药，还有那把炼好的神木剑。我娘无法相信她深爱的男人会在危急之时抛弃她，随后娘又发现自己有了身孕……孩子即将出世，丈夫却杳无音信，这种打击委实不易承受……我娘便每天守在山庄门口等，希望我爹能够回来。可是我爹真的永远离开了……”

众人听了小蝶叙述，皆是沉默不语，为之唏嘘，也为余明娘的悲惨遭遇感到痛心。

小蝶又道：“听三姑姑说，我娘曾是个温柔可人的女子。可是自从我爹离开以后，她就喜怒无常。有一日，她喝得酩酊大醉，老隐士云游归来，想要劝解她一二，但她一怒之下，将神木剑砸成两段。可见我爹的离开深深地伤了我娘的心，她再也不相信世间还有真爱，面对所有成双成对的有情男女，她的心中只有愤怒，并且命三姑姑从中作梗，激发出恋人间最丑恶的一面，棒打鸳鸯……”

玉无心听得动容，一时也不知说什么好。

青云却说了句："真不敢想象，面对自己最爱之人的背叛会是什么感受。"

丁隐和玉无心同时脸色一变，两人都低下头。

小蝶又说道："谢谢几位能理解我娘，不过我也想清楚了，即便曾经受过伤，也不应该以伤害别人的方式治愈。我一定会劝服我娘，以后不再做这些坏事。只是，神木剑确实已经毁坏，恐怕不能借给你们了。"

丁隐思忖道："可我们既然来了，也不能无功而返。"

小蝶知道丁隐所指，便说道："可是，神木剑乃上古神剑，与普通的剑不同，根本没有那么容易修复。"

丁隐却说道："不试试看怎么知道呢？"

小蝶思量着，随即点了点头，有些欣喜地道："如果能修好神木剑，或许我娘的心结也能解开。"小蝶说完，便招呼众人离开密洞。穿过一条长长的山洞走道，只见前方豁然开朗。小蝶兴奋地冲前一指："到了，我爹真正的铸剑房就在那里！"

丁隐等人随着小蝶手指的方向看去，只见山林中藏着一口巨大的剑炉，剑炉的炉口，一柄宝剑供奉在剑架上。那神剑虽然古旧，剑锋却暗藏光芒，只不过从当中断作两截，虽然被人勉强接上，却仍然见到一条触目惊心的裂痕。

小蝶指着剑身的裂痕说道："这剑相传是上古神木铁树扶桑的一枝，我爹耗费了很大的心血才打造而成，只可惜……"

丁隐上前，小心翼翼地将神木剑取下。宝剑虽断，却仍然锋利无比，寒光闪闪。玉无心望着断刃剑，沉吟道："的确是世间难得的好剑，若是能修好，也算了却了许前辈的心愿。"

丁隐又抬头看看小蝶，问她道："小蝶，这把断刃剑就像你爹娘破碎的感情一样。你娘一直都不肯来这里，也是因为对你爹还有感情。"

青云也说道："小蝶，丁大哥说得对，我相信你娘也是性情中人，若是我们帮她修好了宝剑，她一定会很高兴的。"

小蝶面上掠过一丝愁云："话虽如此，可自我记事起，娘就不让我学习爹的铸剑术，所以我对此一窍不通。而且我爹的铸剑炉庞大无比，一般人根本没力气启动……"

青云嘻嘻一笑："小蝶，你可不知道，丁大哥天生神力，几百斤重的石头随便就搬起来了。"

“小蝶，如不嫌弃，我愿意一试。”丁隐说着便走上前，双手握住剑炉风箱的把手，闭气凝神，手下用力。不一会儿，剑炉上空升腾起一阵青烟。剑炉后方，丁隐正在努力拉动风箱，在他天生神力的驱动下，风箱缓缓动着。

小蝶欣喜地在一旁看着，拍手叫道：“太好了，剑炉启动了。”

丁隐不说话，巨大的风箱令他感到十分吃力，他脸上渐渐渗出汗水。玉无心在一旁看到，不动声色地走到丁隐身边，运掌将自己的内力输入丁隐体内，助他一臂之力。丁隐感到背部缓缓有力量注入，回头一看，是玉无心。

“玉儿……”

“别说话，集中精力。”

二人寥寥数语，会心一笑，丁隐更加努力起来。

青云目睹二人默契配合，心中不是滋味，只默默地站在一旁。

这时丁隐见火候到了，对青云和小蝶喊道：“青云、小蝶，你们将神木剑送入剑炉！”

青云和小蝶点点头，两人各持一半断刃剑，用内力将宝剑暂时合拢，送入剑炉。刹那间，剑炉内精光四射，众人惊喜地发现，两片断刃剑在火中慢慢地相融。

“你们看，断口融合了！”小蝶惊喜地喊道。

“丁大哥，是真的！”青云也为之振奋。

丁隐微微一笑，更加努力地拉动着风箱，只见剑炉上空闪耀着光芒，伴随烟雾氤氲，直升天空……

待得收了火势，又经过一阵冷却，小蝶便将剑炉轻轻打开，炉中光芒乍起，只见那神木剑静静地躺在剑炉中央，完好如初，剑锋中间的裂痕已经完全看不到了。

“太好了！神木剑修复了！”小蝶高兴得手舞足蹈，众人也都不尽欢喜，正倚在墙边休息的丁隐也是颔首一笑，面露喜色。小蝶小心翼翼地将宝剑取出，捧到丁隐面前：“丁大哥，这剑是你修复好的，就请你试剑吧！”

丁隐微笑点头，接过神木剑，舞出剑招，只见神木剑剑光四射，威力惊人。小蝶与青云都赞叹不已，玉无心也随之赞叹起来：“果然是上古神剑！”

丁隐舞得兴起，正想再加大功力试试神木剑的威力，却没想到剑锋的光芒突然暗淡下去，神木剑竟然再次断成两截，断裂的剑锋“哐当”一声落在地上。众人皆是大惊，小蝶三步并作两步冲了上去，拾起断刃剑，迷茫地道：“怎么会这样……爹……这是为什么？”

丁隐却不气馁，拾起残剑道：“小蝶，要不我们再试一次？”

小蝶摇了摇头，颓然道：“恐怕结果还是一样，当中一定还有什么玄机没有参透。”

青云也皱起眉头：“这可怎么办？”

众人一时间沉默不语，神情都十分肃穆。

小蝶突然一拍脑袋，好像想起了什么：“啊！我差点忘记了一个人。”

“什么人？”丁隐似乎也想到关键。

小蝶说道：“就是青崇山深处居住着的那位老隐士，号称乌鹭居士。”

玉无心问道：“乌鹭居士？这位居士可是以下围棋见长？”

小蝶点头赞道：“玉姐姐聪慧过人，正是如此，因为围棋分黑白二子，故老居士以乌鸦和白鹭为号。我幼时曾见过这位老居士数面，当年他与爹爹对弈成友，两人甚为投缘。”

青云不解道：“那与这神木剑有何关系？”

小蝶又道：“当时乌鹭伯伯告诉我，能够修复神木剑的便是有缘人，一定要向他引见，他有重要事情相告。丁大哥，你能暂时将神剑合并，已经很难得，不如我们去求见一下乌鹭伯伯，说不定他知道这宝剑的奥秘。”

玉无心赞同道：“小蝶姑娘说得有理。丁隐，我们不妨一去。”

丁隐点了点头，便请小蝶为众人带路，向那乌鹭居士的居所而去。

此时青崇山花园内，丹辰子正一脸犹豫，在走廊上踟蹰而行。他见有侍女经过，紧张地躲起来，避过对方视线，最后，他来到余明娘的房间门前。

丹辰子立在门前，踌躇着。他想要敲门，却又失了主意，扭身想走。走到一半，耳边仿佛回荡起紫英的话：“这点事都做不好，也太没出息了！”

丹辰子捏紧拳头，又回身来到余明娘的房前，自语道：“这余明娘看似普通寡妇，实际却是暗藏心机，我这样只身贸然进入，她若不应许借剑，反而另有要求，那……”

正在丹辰子痛苦纠结之时，突然房间里传出女人吟诗的声音，声音悠然，诉说着寂寞苦闷的衷肠：“长相思，长相思。若问相思甚了期，除非相见时。长相思，长相思。欲把相思说似谁，浅情人不知……”

丹辰子自语道：“听这余明娘的幽叹，似乎也不过是个寻常的寂寞寡妇而已，只要小心行事，应该没什么问题……”

他总算下定决心，敲了敲门。余明娘似未听到敲门之声，丹辰子思量了一下，轻轻推了推门，发现门是虚掩着的。他随后走进屋子，绕过屏风，却被眼前的景象惊呆了。

只见余明娘正坐在梳妆台前，也有三分惊讶地看着丹辰子，而她竟然把一顶乌黑的假发拿在手上梳理，头顶上却是稀稀疏疏的白发，配着她美艳的面容显得十分古怪。

丹辰子吓了一跳，失声惊呼："你……"

余明娘回过神来，大喝道："你快出去！"

丹辰子吓得赶紧避到屏风后面，连声道歉："夫人恕罪，在下是听夫人吟诗入了迷，情不自禁才推门进来的，特向夫人请罪。"

丹辰子正低着头道歉，却发现余明娘已经闪身来到了他面前，用魅惑的嗓音说道："入了迷？真的吗？"

丹辰子抬起头，见余明娘正满眼笑意看着他，头上仍然是一头乌黑的青丝，仿佛刚刚的一切都是幻觉。丹辰子不禁愣住了。余明娘贴近上来，笑容妩媚："我在问你话呢——"

丹辰子为之一怔，忙道："在下……在下只当没有看到刚刚的景象，夫人仍然是娇艳如花。"

余明娘却逼问道："刚刚的什么景象？"

丹辰子被余明娘逼得不知道如何回答，支吾道："夫人……我……"

余明娘则是哈哈大笑，又说道："我们两人可谓有缘，老天爷知道我对你颇有好感，便安排你见到我的真容用以试探，看看你这里是真心还是假意。"她的手指抚过丹辰子的胸膛，神色变得诡谲起来，"这世间男子啊，九成只看女子容貌，不知道你看了我刚刚那副样子，觉得害怕吗？"

丹辰子不知如何应对，"我"了半天，竟接不上话来。

余明娘看丹辰子一时犹豫，收起笑容，马上满脸愁容地哭泣起来："可怜我命苦，被丈夫抛弃，只留下我孤身一人，恐怕下半辈子都要无依无靠终老，想来我真是命苦……"

丹辰子思绪飞转，暗想道：师妹指示我要牵住余明娘的心，让她对我产生感情，好得到神木剑，我绝不能再搞砸了。他便一咬牙，上前一把搂住余明娘，温情地道："夫人，在下并不介意夫人的容貌，在下倾慕的是夫人的才情，与容貌无关。"

余明娘在丹辰子怀里一软，抬头望着他，眨眼道："可是真的？"丹辰子点了点头。余明娘再度现出笑意，将头缓缓埋在丹辰子怀里。

丹辰子见她相信，正松了口气，余明娘却突然抬起头来，表情扭曲地逼问道："你这么玉树临风，青年才俊，身边又有美人相伴，却来接近我这个老怪物，是为了神木剑吧？"

丹辰子心下一惊，但事情已然如此，只有强行解释："没有的事！在下敢指天发誓，若是对夫人有半点私心，必遭天打……"

余明娘捂住丹辰子的嘴，粲然一笑："瞧你，我又没说什么。其实这神木剑也不是什么重要的东西，只要能换你一刻温柔，送你也罢。"

丹辰子努力挤出笑容，搂紧余明娘道："夫人对在下的情意，在下感激不尽。"

余明娘靠在丹辰子怀里，边把玩着自己的头发，边向丹辰子问道："那你用什么来报答我？"

"只要是夫人让在下做的事，在下一定万死不辞。"丹辰子一副坚定神情，立刻说道。

余明娘旋即凄然一笑，叹息道："唉，青春苦短，想来我也已年近不惑，虽然能够寻得秘方保持面容年轻，却不能阻止这华发渐生。从前都是小蝶自愿断发给我做成这假发，才使我不至于在人前失了礼数。可自从我看到你的师妹紫英……"余明娘说着，眼神中露出期待，"她的一头乌黑长发，只有少女才能拥有，让我好生羡慕。丹辰子，如果你能说服紫英把头发剪下来给我做假发，那我自然把神木剑双手奉上。"

丹辰子一怔，本来抱住余明娘的手当即松开，惊愕道："你要紫英的头发？不行，不行。"

余明娘却是眉心一聚，讶异道："咦？刚刚你还说为了我万死不辞。"

丹辰子无奈道："这件事情不一样嘛。"

余明娘不悦道："又有什么不一样？不就是一点头发吗？剪了还能再长，又不是要了她的命。"

丹辰子解释起来："对于紫英来说，那一头乌发极其珍贵，绝不能轻易断发。既然夫人觉得头发不重要，为什么自己的没有了，却要抢别人的？"

这番话说得义正词严，余明娘当即暴怒起来，喝问道："你这是什么意思？"

丹辰子此时已经不愿再讨好余明娘，正色道：“我没有什么别的意思，但这件事，恕在下无能为力。”丹辰子说完，扭身就要离去。

余明娘冷哼一声，问他道：“你不想要神木剑了？”

丹辰子为之一怔，口中说道：“神木剑固然重要，可紫英更是无价之宝，伤她一根头发都不行。”说完这句，他头也不回，径自走出门去。

余明娘气愤地一拍桌子，咒骂道：“好一个无价之宝，我倒要看看，你们能情比金坚到什么时候！”

这一边，小张捧着一箩红红绿绿的野果跑到紫英的房门前，他轻轻敲门，却不见紫英应答。小张猜测她正在午休，于是捧着竹箩，傻傻倚在门前的一棵梅树上，足足等了一个多时辰。

约莫申时光景，紫英才梳妆完毕推门出来，小张当即满脸堆笑凑了上来。紫英撇了撇嘴，敷衍地挤出一个笑容，问小张道：“看见大师兄了吗？”

小张一愣，摇了摇头，紫英绕过他就想走，小张忙拦住她，堆笑道：“神仙姐姐，我有东西要给你！”

说着，他便将野果递进紫英怀里，赤诚地道：“上次听那余明娘说青崇山的鲜果养人，我特意摘了些给你。还有啊……”

小张说着又从衣兜中取出几副草药，继续道：“这些药材我已经分类给你包好，你只要泡水喝就行，上次你中了毒，要认真调养，将身体里的毒排干净……”

小张一股脑地说了一通，紫英却露出不耐烦的表情，将竹箩重新丢回小张怀里：“我自己的身体自己会照顾，你不用总这么费心了。”

小张仍挤出笑容，谓她道：“我不觉得麻烦啊。”

紫英却不给情面，丢下一句“可我觉得麻烦啊”，便绕开小张而去，留下一个冷冷的背影。

“世间情爱，最伤感的无非是落花有意，流水无情。”小张正失落间，忽听身后传来一个声音，他回头一看，只见余明娘不知何时也倚在那棵梅树边，带着讳莫如深的笑容。

小张不解道：“夫人……您说得太深奥了，小张我大字不识几个，不太明白您的意思。”

余明娘会心一笑，先问小张道：“你可是喜欢那诸葛紫英？”

小张被余明娘点破，瞬间羞红了脸，说话也变得支支吾吾。余明娘见他模样，轻叹了一声，又道："唉，多情总被无情恼，你心里的那点愁绪，我还是懂的。所谓天涯海角有穷时，只有相思无尽处。"

余明娘一副为小张叹息的样子，令小张眼神一亮，像是找到知音一般，不由说道："夫人，您说得太好了！虽然我不是特别明白，但总觉得像是说到心坎里了一样！"

余明娘忍不住轻笑一下，谓小张道："这情情爱爱的痛苦，无非就是我爱你，你却爱他。我余明娘虽然没见过什么世面，却见识了不少爱侣，说不定能给你一点意见。"

小张大点其头："太好了，夫人，您可真得帮帮我，无论我怎么对神仙姐姐好，无论用什么方法，她根本就是油盐不进，心里只有那丹辰子。我一直希望能用真心感动她，在你情我愿之时，再向她好好表达心意……"

小张还没说完，余明娘却仰头哈哈大笑，笑声竟然有些诡异，令小张不寒而栗。

"你笑什么？"小张忙问道。

余明娘却道："荒唐！世间哪有什么你情我愿的感情，不过是你魄力不够，一味逃避罢了。"

小张仍是不解，询问道："夫人，我是真的不太明白……"

余明娘鬼魅一笑，从袖口掏出一个药包，交予小张道："今天天气好，心情好，我就帮你一次。"

小张接过药包，先是端详一番，又将药包凑近鼻前嗅了起来，他师从百草仙人，早已饱识天下药草，一时竟辨不出药包中的药材，遂问道："夫人给的什么药？"

余明娘嫣然一笑，艳若桃花，道："这是我家祖传秘方，如果与你的血混合，让你喜欢的人服下去，她的眼中便会只有你。"

小张眼前一亮，又有些将信将疑："这……真有这种灵药？"

余明娘眼波一转，绘声绘色道："信不信由你，不过这药效发挥的时间只得半日，所以这药名叫'浮生半日散'。"

小张看着手里的药包，神情仍有些犹疑不定。

余明娘知他所虑，只说道："方法是告诉你了，至于你用不用，就看你了。这女人呐，只要生米煮成了熟饭，还怕她不心甘情愿跟着你？"说罢裙角一卷，

大笑而去。

小张看着手里的药，心中纠结万分，脑海里尽是紫英笑语盈盈的样子，那模样仿佛天上仙女一般令人着迷。他不禁自语道："能得到紫英的半日之爱，我张馅饼这辈子也值了！"接着便迈开脚步，跑向树林。

忽地他又停了下来，往自己脸上狠狠抽了一个耳光，口中骂道："张馅饼，你也不撒泡尿照照自己长什么样，癞蛤蟆想吃天鹅肉。这么骗紫英，要是她将来知道了，该恨死我了！"

小张在原地徘徊着，一会儿向前，一会儿又退后，他掂量着手里的药，心里七上八下。片刻，他终是一跺脚，往树林里追去……

这时树林之中，丹辰子心绪不佳，正在几棵苍翠挺拔的松柏间狂乱挥剑，似在发泄。他口中自语道："如今该如何是好，得罪了余明娘，又无法向紫英交差。丹辰子啊丹辰子，你身为堂堂男子汉，却总在女人跟前抬不起头。"

说着丹辰子剑锋一扫，四周树叶纷纷掉落。紫英却突然飞身而至，用双剑接住丹辰子的剑招。丹辰子见是紫英前来，心中有些紧张，当即收了剑，背过身去，想要避开紫英的眼神。

紫英率先质问："师兄，你不是去找余明娘吗？怎么躲在这里练剑？"

丹辰子想起刚才遭遇，神情十分不悦，愤然道："此事不提也罢了，那余明娘存心找麻烦，以后这种刻意讨好人的事还是不要让我去做了。"

紫英听他这般说，不由怒从心起，追问道："又怎么了？之前不是说得好好的吗？"

丹辰子心下一横，硬生生回了句："她提的要求太过分，我做不到。"

紫英脸色一沉，冷笑一声，口中再不客气："是啊，大师兄何等金贵，稍微需要拉下点脸面的事情，你就要撂挑子，甩手走人。"

丹辰子本来心情就差，听到紫英冷嘲热讽，更加不悦，大声道："你根本不知道余明娘提的什么要求，有什么资格这么说？"

紫英未料到丹辰子如此顶撞，当即恼火道："是，我是不知道她要求什么。但是在我看来，你根本还没有试过就放弃。我知道你不愿意，觉得丢脸。可是成大事者，偶尔有一些小的牺牲都是在所难免的。你现在倒好，连这么一点小事都做不好，以后还怎么当掌门？"

丹辰子的怒气在心中翻涌，他直直盯着紫英，紫英也不甘示弱地瞪着他。丹辰子终于爆发道："掌门掌门，你每天就会说这些。我有时候忍不住会想，你究竟是喜欢我，还是喜欢掌门这个位子！”

紫英也不示弱，口无遮拦道：“如果你连掌门都当不上，那还有什么值得我喜欢的！”

丹辰子气得浑身发抖，口中狂吼一声，抽出剑来挥手空劈，凌厉的剑气竟将远处一棵参天松柏拦腰斩断。丹辰子愤怒地将长剑丢落在地，再一步上前，“啪”的一掌狠狠打在紫英脸上。

紫英捂着脸，满眼惊恐。她望着丹辰子，难以置信道：“你，你打我……”

丹辰子看看自己的手，似乎有些后悔，他上前想安慰紫英，紫英却本能地后退，口中喊道：“你不要过来！”

丹辰子步步向前，不住解释道：“紫英，紫英，你听我说，那余明娘是要……”

丹辰子打紫英的一幕恰好被小张撞见，小张直看得怒火中烧，心中大骂：你丹辰子何德何能，竟然打我的神仙姐姐！

正当丹辰子走近紫英时，小张突然从树丛中蹿出，二话不说便对丹辰子兜头撒了一把药粉。丹辰子挥舞双臂驱散面前烟尘，等到烟尘散尽，小张和紫英都已经没了踪影，丹辰子仍觉得头晕目眩，又倒了下去。

这一边，小张拉着紫英跑向一处山洞。紫英奔得累了，一把甩开小张的手，气鼓鼓地坐在山洞口的大石头上。小张小心翼翼地靠近她，试探道：“神仙姐姐，咱们得找个地方躲起来，别让那丹辰子追上了。”

紫英有些莫名其妙：“有什么好躲的，他难道要杀了我不成？”

“我刚刚见他对你动手，也吓了一跳，你的脸疼不疼？让我看看。”小张凑近紫英，却被她推开。

紫英依旧是一副不待见他的样子，口中道：“我没事，不用你管。”紫英口中说得硬气，但心中只觉委屈，揉了揉脸蛋，眼眶含泪，自语道：“从小到大，谁都没有打过我，就连我爹都没有，他凭什么……”她越想越难过，将头埋在膝上，伤心地哭起来。

小张在一旁不知道该怎么安慰，有些不知所措，想轻拍她的肩膀，伸出手，又不太敢。犹豫之下，小张终于壮胆搭了紫英的肩膀。紫英猛地坐起来，直盯着小张，怒斥道：“你干什么！”

小张惊得收回手去，连连退后几步，口中支吾道：“没有，没有……神仙姐

姐……我只是想安慰安慰你……”

紫英轻叹一声，终于没有再骂小张，只是漠然道：“我不需要你的安慰，你能不能让我一个人静一静？”

小张依旧是连连道歉：“对不起，我并不想惹你心烦……”

“我口渴了，你去打点水来吧。”紫英不是口渴，实是想将小张支开，免得烦扰不堪。

小张倒真像得了桩好差事，便兴冲冲一头扎入林子，四处去寻山涧。

浮生半日铸错爱，神木剑成释前嫌

不自主间，他的脸与紫英的脸挨得很近。小张望着紫英熟睡中绝美的面庞，克制不住地慢慢凑近，想要一亲芳泽，却又在接触到紫英的一瞬间猛然醒悟。

小张再次打了自己一个耳光，心中骂道："张馅饼，你真是不知廉耻！你记着，若非神仙姐姐心甘情愿，你绝不可冒犯她一丝一毫。"

小张一边打水，一边若有所思。看着水中波纹，他突然想起余明娘的话：“这是我家的祖传秘方，如果用你的血混合，让你喜欢的人服下去，她的眼中便会只有你。”

小张缓缓从怀里掏出余明娘给他的“浮生半日散”，心道：“如果能让神仙姐姐眼中只有我，哪怕半日……”小张想着，猛然摇摇头，心中响起另一个声音：“不行！不能做这种事情，两个人在一起要两情相悦，借助药物得来的感情都是虚幻，不行不行！”

小张心里激烈斗争着，他打好水，可是那药包一直吸引着他的注意力。

“可是，她现在这么伤心，哪怕让她暂时忘却烦恼，只接受我半日的好，或许她也能觉得开心。对我而言，就像是做了半日美梦……嗯！只要半日就好了，之后就算她要杀了我，我也满足了。”

小张心中反复权衡，终于下定了决心，打开药包，一股脑将药粉撒进了水中，又割开手指，鲜血顺着手指一滴滴流入了水中……随后他战战兢兢地拎着水壶跑进山洞。

此时紫英情绪已经略有缓和，见到小张一副气喘吁吁的模样，也不再生气，便接过水正要饮。

“等等！”这时小张又忍不住喊了一声。

紫英端着水壶，有些诧异：“你又怎么了？”

小张支吾道：“没什么，山泉冷冽，你慢点喝。”

紫英皱了皱眉，没有在意，直接端起水壶，喝了几口水。小张紧张地看着紫英，紫英喝完水，面色却依旧平静，好像并没有什么反应。

“神仙姐姐，你……你没事吧？”小张试探地问了句。

紫英只是叹了口气，眼神幽怨，缓缓道：“真希望这水能化作烈酒，让我醉一场，好忘了刚刚的那些不愉快。”说完，又仰头喝了一口水。

小张很是心疼，小心翼翼地伸手拍了拍紫英的肩膀。紫英这一次没有躲开小张，眼神变得有些迷离，悠悠地说道：“你说，是不是我对他太严厉了，总是要求太多……”

“嚯！”小张故作惊讶，继又说道，“作为男人，就要有能力让自己的爱人满意，神仙姐姐你这么好，能和你在一起就是最幸福的事情，严厉也是应该的嘛。”他说这番话的时候底气十足，一副天经地义的神色。

紫英无力地笑笑：“如果大师兄能像你这么想就好了。”

小张没有说话，面容苦涩。紫英突然感到一阵眩晕，小张连忙扶住她。紫英支着额头，语气绵软：“不知怎的，我突然好困，好困……”

小张心中此时已拽着十五只水桶——七上八下，仍强自镇定对紫英道：“那就睡一会儿吧，睡一觉就什么都忘记了。”

紫英点点头，身子已经不由自主地软了下去，小张将她扶到石台上。紫英一躺下，马上睡着了。小张叹了口气，又脱下自己的披风替紫英盖上。

不自主间，他的脸与紫英的脸挨得很近。小张望着紫英熟睡中绝美的面庞，克制不住地慢慢凑近，想要一亲芳泽，却又在接触到紫英的一瞬间猛然醒悟。

小张再次打了自己一个耳光，心中骂道：“张馅饼，你真是不知廉耻！你记着，若非神仙姐姐心甘情愿，你绝不可冒犯她一丝一毫。”

小张待在紫英身边，情难自禁，只好冲出山洞独自冷静。他在山洞外待了许久，天色渐晚，寒风萧瑟，他便生火取暖，无奈山风凛冽，寒气刺骨，他在风中瑟瑟发抖。

此时恰逢日落，霞光万丈，山间景色原本十分美丽，小张却无心观赏，他一边跺着脚取暖，一边回头看着不远处的山洞，心中天人交战：我说张馅饼，你本来就是个市井流氓，这时候装什么正人君子，难道要自己一个人在这里独自看日落吗？真没出息！

小张想着，往山洞口走去，走了两步，想了想又转回身。就在他转身的一刻，山洞里传来紫英的声音。

“等等！”

小张猛然回头，只见紫英满面春光，款款而出，含笑望着小张，却并不言语。小张一时紧张，脚下竟然挪不动半分：“神仙姐姐，你……”

紫英颔首一笑，又谓小张道：“怎么总是叫我神仙姐姐，也不嫌别扭，还是叫我紫英吧。”

小张已经不敢相信自己的耳朵，他激动地上前两步，握住紫英双手，以颤抖的声音喊着她的名字：“紫……紫英！”

紫英身子一软，已经扑进小张怀里，笑容温暖得如同三月春风。紫英贴近小张胸膛，旖旎道：“这日落好美，你怎么也不叫我出来看看？好东西都让你一人占尽了，不知安了什么心。”

小张看着怀里的诸葛紫英，她的体香令他情难自禁，他竟激动得语无伦次：“我……我……你……”

“我什么？你何时变得这么不会说话了？”紫英早已面颊绯红，目光炽热地望着小张。

小张定了定神，才恍然大悟这是药力的作用，暗想这“浮生半日散”果然效力非凡。想到这里，小张动情地拥住紫英，恨不得将她攥入手心，口中温情道：“紫英，既然你醒了，我们就一同去欣赏落日，好吗？”

紫英乖巧地点点头，两人相视一笑，携手而去。小张怀着狂喜之情，与紫英并肩同看夕阳西下。二人赏过落日，小张又从山崖边摘来野花送给紫英，紫英笑着收入怀中，视若珍宝。这时新月初上，倦鸟归巢，二人互相依偎着，在山洞口相拥取暖。

紫英一脸温柔娴静，二人柔情蜜意，小张欣喜不已，仿若置身梦境，紧紧拥着紫英，生怕紫英从手中溜走。

“怎么抱得这么紧？”紫英羞红了脸，在小张耳边低语着。

小张笑得甜蜜，话语却更甜蜜：“没有，只是觉得在做梦，怕一不留神你就走了。”

紫英嘻嘻一笑，一头扎入小张怀中：“我就在这里，哪里都不去。”

情到浓处，小张紧紧将紫英横抱起来，让她枕在自己臂弯，缓缓抚摸着她乌黑的秀发，深情地道：“紫英，你都不知道，我盼星星盼月亮，等着这一刻已经很久了。”

紫英有些诧异，又笑了起来："哪有，我们不是一直都在一起吗？"

听得小张更加沉醉："嗯，一直在一起。"

两人越拥越紧，如胶似漆。小张突然想起了什么，从脖子上摘下一个锦囊。

紫英好奇地道："这是什么？"

小张说道："这是师父临走前送我的保命灵符，里面还有一颗回魂仙丹，说危急时刻必有妙用，一定能救命。你带着，能保护你！"

紫英又问："那你呢？"

小张粲然一笑："放心，我三头六臂，没那么容易有事，可要是你有什么危险，我也活不了，所以你平安，我就平安！"

小张将锦囊仔细地挂在紫英脖子上，紫英有些感动，深情地望着小张："你真好，我从来没有想过，这世上有一个人会对我这样好。"她依偎在小张怀里，神秘地对小张笑笑，说道，"嗯……平日里尽是练剑清修，偶尔也会觉得厌烦，是不是？"

小张先是一愣，继而点头说道："是啊，是啊，的确如此，蜀山实在是太清静了，远不如山下的世界精彩。"

紫英红着脸，有些扭捏地说道："其实……我先前下山采办时，偷偷跟城里的舞姬学了段舞蹈，一直想跳给你看，却总是羞于启齿。"

小张惊喜地看着紫英："紫英，你今天到底要给我多少惊喜？"

紫英莞尔一笑，秋波一转，旖旎道："平日里大家都在，我不好意思，现在只有你我二人，我便跳给你看，你可不许嘲笑我。"说罢，她便起身一边吟唱起一首歌谣，一边跳起舞来。

小张平日里只见紫英英姿飒爽的模样，现在见到她如平凡女子般翩翩起舞，身姿曼妙，翩若惊鸿，在漫天星光下如女神一般美丽，昨夜余明娘的舞姬与她相比简直不值一提，小张不禁看得痴了……

紫英在月光下舞动，长发纷飞，小张不禁走上前去，紫英旋转着，顺势一软，倒在了小张怀里，媚眼如丝地道："我跳得……好看吗？"

小张心头怦怦直跳，说道："好看！好看啊！"

紫英轻巧一转，发梢擦得小张的脖子一阵微痒，问他道："有多好看？"

"这世间最好看。"小张望着诸葛紫英绝美的面容，情难自禁，低头吻了下去。紫英并没有拒绝，而是迎了上来，小张更为激动，将紫英拦腰一抱，往山洞

深处走去。

篝火摇曳，小张与紫英缠绵在一起，久久不愿分开……

翌日，山洞外晨雾散去，阳光透过树林射下来，万物静谧。

“大师兄——大师兄——”紫英呼喊着从梦中惊醒，却发现自己衣衫不整地躺在石洞中央，不由得大吃一惊。

小张正从外面拿着烤好的野鸡进来，听到紫英呼叫，赶紧疾步走过来，问道：“紫英，你没事吧？”

紫英看看自己裸露的肩膀，又看了看小张，惊声尖叫起来，顺手拔出宝剑指向小张，厉声喝道：“你到底对我做了什么？”

小张仓皇失色，又惊又怕，只得据实说道：“紫英……昨晚是你说我们要一直在一起，我才……”

紫英听得目瞪口呆，情绪近乎崩溃，大喊道：“你胡说！”

小张仍抱一丝侥幸，像是发问，更是恳求：“紫英，你真的一点都不记得了吗？”

紫英一副难以置信的表情，口中喃喃自语：“为什么！为什么我明明梦到的是大师兄，醒过来看到的人却是你？为什么？”

她喊到第二个“为什么”时，几近撕心裂肺，令小张不寒而栗。

小张情知闯出大祸，心中一阵惶恐错乱，又勉力镇定下来，暗想道：原来余明娘所谓的“浮生半日散”是让人产生幻觉，将眼前人当成心里最爱的人一样看待，所以紫英心中所爱的始终是丹辰子。

他想到这里，连连倒退了两步，心情一下跌落谷底，手中的烤鸡也跌落在地。

紫英这时已经杏眼圆睁，泪如泉涌，手中宝剑不住颤抖。她两步冲到了小张面前，剑锋直抵在小张胸口上，眼中透着无限的愤恨与不甘：“你毁我清白，我杀了你！”

小张吓得面无血色，唯有赶紧解释：“紫英，你别激动，你听我解释！是我不好，是我情难自禁，可是紫英，你要相信，我会一辈子对你好的！你不记得丹辰子昨日的所作所为了吗？我才是真心待你的人啊！”

紫英脑海中闪过无数画面，有丹辰子昨日打她的一掌，亦有她与小张缠绵的一夜，混乱的一切令她狂性大发。“啊——”紫英大叫一声，宝剑一顶，直刺小张胸口，剑锋没入又从后心穿出。

小张睁大眼睛看着自己胸口出现的血洞，鲜血顺着宝剑的血槽滴落在地上。“紫英！”小张绵软无力地喊了声她的名字，便再也说不出话来。

紫英这时方才回过神来，吓得松开手连连倒退，她此时也说不出话来，只呆望着小张流泪。

小张支撑不住，双膝一软，跪倒在紫英面前。他看着自己胸前的伤口，凄凉地一笑，气若游丝地道：“紫英，自在蜀山初次见你，我张馅饼便已经知道，这一生就栽在你手里，从此为你而活，不论生死，都无怨无悔。如果你高兴，我就算赔上这条命给你也无所谓，只要你记得，一生中曾有个叫张馅饼的人，用尽全身力气去爱护你。”

小张说着，猛地将胸口的剑拔出，鲜血喷涌而出，小张也吐出一大口鲜血，脸色煞白。继而他踉踉跄跄地将宝剑递到紫英面前，微微一笑，又道：“宝剑还你，别弄脏了。”

紫英见小张丝毫不躲闪，已经吓得不轻，根本不敢接剑，只拿着空的剑鞘，惊慌失措地一边哭一边往山下跑去。

小张支撑着站起身，口中“紫英——紫英——”不住念着，摇摇晃晃追了出来，刚追出洞口，竟脚下一滑，滚落下山坡……

紫英跌跌撞撞跑下山，手上还沾染着小张的血。她神色慌张地来到溪边，用力地洗手。鲜血溶在溪流中，立刻飘散。手虽然洗得干净，可是衣服上的血迹却无法洗去，她跌坐在地上，呼吸急促，努力稳定自己的情绪。

这该如何是好，如今我已经不是清白之身，若是大师兄知道了……紫英想到此处，一股怒气涌上心头，她顺手捡起一把石子，狠狠丢在溪流中，望见自己支离破碎的倒影，寻思道：不行，大师兄绝对不能知道这件事。我要回到他身边，继续完成任务，等回了蜀山，我们就成亲，我还要做掌门夫人……

紫英一边想，一边整理好自己的衣服，收拾好头发妆容。她摸索到小张给她的那个护身符，看了两眼，本想扯下来扔掉，却又迟疑起来。

她心想，小张毁了自身清白，虽是死不足惜，但毕竟曾拼死救过自己性命，如此决绝亦不免有些刻薄了。紫英眼中闪过一丝不忍，终是将那枚护身符收入衣袖中，自语道：“眼下并非想这些的时候，我要想清楚的是该怎样与大师兄交代。”

余明娘听完三妹叙述丹辰子怒斩松树、掌掴紫英的戏码，竟是开怀大笑，一边赏玩几簇海棠，一边说道：“看到了吧，天底下根本就没有相守一世的真爱，所有的承诺都是骗人的，全都经不起考验，经不起考验，哈哈哈——”

笑着笑着她竟由笑转哭，黯然泪下：“许钺啊许钺，你我曾经许诺要在这青崇山上相守一世，可这么多年了，难道你对我的承诺也是骗人的吗？”

三妹有些着急，却又不敢说话，等余明娘稍微平复了，方才上前禀报：“夫人……还有一件事……”

余明娘掏出手绢擦拭眼泪，漠然道：“我现在没心情，去把小姐找来，我有事跟她说。”

三妹紧张道：“正是小姐……小姐她，她追着丁隐上山去了……”

“混账！”余明娘听到这话，竟忽然咆哮起来，“你怎么不拦着她！”

三妹惊恐地跪下来，惶恐道：“三妹……三妹拦不住小姐……”

余明娘怒从心起，当即大喊道：“赶紧带人上山去，把小姐给我追回来，要是坏了我的好事，我要你们的命！”

三妹哪里还敢多言，当即起身慌慌张张地跑了出去。余明娘则是余怒未息，她一挥手，面前的海棠尽数凋残破败。

与此同时，丁隐偕同玉无心与青云，正在小蝶的引导下，上山寻找乌鹭居士，几人跋涉了很久，终于来到一个山头。

青云气喘吁吁地问道：“小蝶姑娘，咱们还要走多久啊？”

小蝶望了望前路，看到同样满脸疲惫的玉无心和丁隐，有些歉意道：“应该不远了，这样，你们在这里休息一会儿，我去前面探探路吧。”

丁隐道：“也好，小蝶你去探探路，青云、玉儿，你们歇一会儿，我去给大家打点水来。”

小蝶一阵风一样钻进树林里，丁隐笑了笑，也转身往另一边的溪流走去。青云和玉无心两人在树林中的一块石头上坐下。

玉无心没有说话，青云偷偷看她，见她正用手绢擦去额头上的汗，眼睛盯着不远处溪水边的丁隐，满眼深情。

青云暗里思量：两情相悦，便是如此吧……她不禁有些羡慕，也有些无奈，亦有些自嘲，竟笑出声来。

玉无心回头看看青云，问她道："怎么了？"

青云面无表情，却据实答道："我真羡慕你们。"

玉无心没说话，只是一笑，又看着远处的丁隐。

"玉姐姐，之前被困机关，谢谢你把逃生的机会给了我。我想我之前是错怪你了。"青云说着，伸手握住了玉无心的手。

玉无心仍有些不自在，想把手抽出来，却被青云紧紧握住，只听她说道："玉姐姐，以前我不明白，丁大哥为什么看不见我的好。可回想起来，你不仅愿意为了丁大哥救我，铸剑房生死一刻，你还能与他坦然面对生死，而我只是期望他每天都陪在我身边而已。你是大爱，我是小爱，想到这些，我真的自愧不如。"

玉无心有些不好意思起来，低头一笑："那都是丁隐的选择。"

青云语气诚挚："可玉姐姐你也丝毫没有惧怕，真的是女中豪杰！"

玉无心仍是对青云笑笑，她似乎也觉得这个姑娘可爱起来，戒备防范之心一去，态度便温和了许多："青云，谢谢你。"

青云突然淘气地抽出手来，轻快一笑，眼睛随之一眨："不过，我还不想放弃。"

玉无心不解道："你……"

青云却是从容地道："大爱小爱，都是爱，不管结果如何，让丁大哥多一份温暖，有何不可？"

玉无心愣了愣，突然也释然一笑："青云妹妹，你是个好姑娘。"

这时候丁隐打水回来，见两人都笑看着他，不禁有些尴尬，遂问道："你们俩……这是干什么？"

青云吐吐舌头，回了丁隐两个字："秘密。"

玉无心也冲丁隐笑笑。

丁隐不明就里，但看两人和睦相处，便也会心一笑。

这时小蝶从不远处的林中跑了回来，满脸兴奋地道："我已经看到绿竹林了，咱们穿过竹林，就到乌鹭伯伯的住处了！"

众人点点头，继续向山林中进发，不久便来到竹林深处的一座草庐前，只见一个白须老人独自坐在棋盘前下棋。小蝶见到白须老人，轻快地跑了上去，口中喊道："乌鹭伯伯！"

乌鹭居士见是小蝶，也是满脸慈爱，口中却假意责备道：“你这小丫头，这么久不来看伯伯，非得有事了才来找我。”

小蝶有些惭愧：“那我不是得陪着娘嘛！”

丁隐上前一步，向乌鹭居士鞠了一躬：“在下蜀山丁隐，拜见老前辈。”玉无心与青云也上前去，抱拳一拜。

乌鹭居士捋着白须，淡然一笑，缓缓道：“想不到我这古稀之人居然还有幸见到六星之子，真是人生一大快事。”

丁隐一愣，没想到老居士居然能够识别他的身份，不由得很是佩服，施礼道：“老前辈，在下的确身怀赤魂石，但您是如何看出来的？”

乌鹭居士淡然道：“此前山下剑炉被启动，我已有所察觉，此举非常人所能为之，小兄弟定是不凡之人。”

小蝶道：“乌鹭伯伯，原来您都知道了，就是丁大哥重新启动了爹爹的剑炉，接好了神木剑，可是那剑明明接好了，刚出炉却又断了。”

乌鹭居士听到这里，不禁叹了口气：“真是造化弄人。”

玉无心上前一步说道：“恕晚辈直言，依小蝶姑娘所述，我觉得许前辈并不像是薄情之人，不知当年到底发生了什么事，可否请老前辈如实告知？”

青云附议道：“对呀，前辈若能如实告知，也好使我等能够找寻修复神木剑之法，不要令宝剑蒙尘，也是给许前辈一个交代。”

小蝶也满怀期待地望着乌鹭居士，口中说道：“对呀，乌鹭伯伯，您一直对爹爹避而不谈，现在我长这么大了，也应该告诉我了吧！当年我爹爹到底去了哪里，为什么要丢下我和娘？”

乌鹭居士思忖了一番，又望了望小蝶，沉吟道：“你爹啊，其实一直在你们娘俩儿身边呢。”

小蝶一惊：“伯伯，您这是什么意思？”

乌鹭居士长叹了一口气，目光深远，忧念道：“这神木剑可算是因爱而生，也因爱而断，爱之深，恨之切，这是世人谁也逃不过的劫数，就如这棋局一般，总是当局者迷……”

只见他满是皱纹的手拂过纹枰上的黑白子，仿佛想起了许久以前的往事：“当年许夫人病重，许钺跪在我门口，求我救他妻子一命。只是那蚀心草毒性猛烈，我实在没什么万全之策可以救命，除非拿出以命续命的非常之法……”

小蝶听到这里，猛地一怔，似乎意识到什么，惊愕道："难道说我爹他不是抛弃了我和娘，而是……"

乌鹭居士点了点头，神色哀伤道："我这以命续命之法，正是要以最亲近之人的心头血入药，化解蚀心草之毒。许钺深爱余明娘，决心舍命相救，我见他如此痴情，便答允了他。"

丁隐、青云与玉无心听了乌鹭居士所述，皆是为之动容，他们猜中开头，却未料到结尾。

乌鹭居士又道："许钺以命换命，保全爱妻，实是感人至深。而他以命入药，魂魄便无处可依，我当年正为此愁煞心神，谁知许钺这旷世奇才竟想出了一个办法……"

玉无心此时已猜到七八分，向乌鹭居士道："许前辈可是烈火焚身，化作神木剑灵？"

乌鹭居士转过头来看着玉无心，惊讶之情溢于言表："姑娘，你是如何得知？"

玉无心肃然道："据说古往今来，铸造刀剑的大匠每逢铸器不成，往往滴血刃内，古时干将、莫邪夫妇甚至舍身跳入炉内，才铸成无上利器。我想许前辈定是将魂魄融入了神木剑内，这样便能日夜不离余明娘了。"

乌鹭居士赞许道："想不到姑娘小小年岁，竟有这般见识。"继又眉头一紧，凄然道，"当年许钺纵身一跃，飞入铸剑炉中，承受烈焰焚身之苦，先是用自己周身鲜血续了爱妻性命，又以自己的三魂七魄炼化剑灵，铸成了神木剑。"

乌鹭居士顿了一顿，见众人相顾唏嘘，又道："可惜许夫人不明就里，竟至因爱生恨，将神木剑砸断，真是令人悲戚啊。"

众人听完这段凄美的往事，皆是感慨万千，悲忧不已，小蝶更是捧着断成两截的神木剑泣不成声，抽噎道："爹——原来娘一直错怪了你！"

青云抹了抹眼角的泪，谓丁隐道："原来许前辈是这么深情的人，丁大哥，咱们可真要尽力修复神木剑，否则大家都会抱憾终身。"

丁隐点了点头，又去请教乌鹭居士："老前辈，可有什么好的办法？"

乌鹭居士眉头一皱，缓缓道："办法倒是有……"

玉无心上前道："还请老前辈明示。"

乌鹭居士沉吟道："当年许钺铸剑天下闻名，一是因为原料，二是得益于他

的铸剑炉。丁隐身怀赤魂石，力量非同寻常，的确可以胜任开炉之重任。既然这样，那就只差原料了。

丁隐又道："敢问前辈，究竟在何处可以找到修复神木剑的原料？"

乌鹭居士指了指眼前棋盘，说道："这原料嘛，远在天边，近在眼前。这副棋子由千年玄铁制成，是打造宝剑的上好原料。当年许老弟与我一见如故，便精心打造了一副玄铁棋子送予我留念，今天用它修复神木剑，正是物归原主啊。"

丁隐见万事俱备，心下大为振奋，欣然道："太好了，既然如此，事不宜迟，咱们赶紧去剑炉吧。"玉无心、青云与小蝶三人也是跃跃欲试，要见证盖世神剑的重生。

乌鹭居士看了看众人，口中却又道："许钺的剑炉炉火以精纯为要，若是进去的人多了，恐怕得不偿失。"

青云与小蝶还不及反应，玉无心便说道："前辈，就由我陪他进去吧。"于是不由分说，走到丁隐身边。

丁隐担忧道："玉儿……"

玉无心却道："不必担心，无论结果如何，你我一起承担。"说完，便与丁隐随乌鹭居士一起走向剑炉。

青云与小蝶二人留在剑炉外静候。青云见玉无心与丁隐并肩走进剑炉，心中不免失落，面上又维持着笑意，她只盼望丁隐能够平平安安铸就神器，又或者铸不成也不要紧，只要丁隐平安就好。

小蝶知道青云心思，上前宽慰道："你放心，丁大哥一定能成功的。"

青云微笑着点了点头，小蝶又道："青云姐姐，我真羡慕你们，心中有所牵挂，充满关爱和信任，不像我娘……"

青云回过头看了看小蝶，会心一笑："你不要太担心了，只要修复了神木剑，相信你娘的心结也会慢慢打开。"

小蝶点头道："嗯，我一直都相信人世间仍有真爱，我也一直都相信我爹不会抛弃我们，现在只盼着丁大哥能成功修好神木剑。我娘若是知道我爹这些年一直都陪伴在我们身边，一定会高兴的。我真的很希望我娘变回如乌鹭伯伯所说的那个纯真美丽、被我爹疼爱呵护的女人。"

青云听得大为感动，心道余明娘为人邪魅乖戾，竟有个这般天真温暖的女儿，不禁感叹道："小蝶，你可真是个好姑娘。"

小蝶有些羞涩地笑了笑，又向青云说道：“青云姐姐，别怪我多问，我看得出来你很在乎丁大哥，可是现在他眼中只有玉姐姐一人，你不难过吗？”

青云先是眼神一暗，继而露出了一个明媚的笑容，缓缓道：“我当然难过，可是我一样有责任在肩，已经顾不得难过了……再说，喜欢一个人，不就是他幸福，我就幸福吗？”

青云虽是这样说，可眼中的泪光若隐若现，她尽力忍住，将笑容展现给小蝶看。

这时，只见不远处的剑炉射出万丈光芒，小蝶和青云都站了起来。只见半空中升起一把宝剑，已经是焕然一新，剑光四射。丁隐从旁一跃而出，手持宝剑向旁边的山石劈去，神木剑与丁隐合二为一，巨大的威力将山石轰然劈开，这一次神木剑终于没有再断开。

小蝶和青云兴奋地互相握住手，异口同声道：“太好了！终于成功了！”

众生皆苦，逃不过情字一关。

再看世间万事，又无非一个“缘”字。

机缘一至，断刃剑可以重生，说不定人也可以。

丹江集市郊野的茅屋之中，素因的脸庞此时被一阵阵青色和红色的光华交替映衬，诸葛驭我与绿袍尊者一左一右，正在为素因输气运功，两人都握着素因的手。绿袍充满希望，而诸葛驭我却还是一脸忧色。

房间里，一口铁锅正架在火上，不断有蒸汽冒出。运功完毕，诸葛驭我起身去取汤药，绿袍依旧坐在素因身边，深情地望着她，抚着她的手背，轻声说道：“只要我还有最后一口气，就不会让你出事。就算你一直醒不过来，我也会一直这样看着你、照顾你。所以你不要害怕，我一直都在你身边。”

素因双眼紧闭，但手指猛然间轻轻抽动了一下。

绿袍不禁大喜：“师兄！我感觉到素因的手指动了一下，或许她可以听到我的声音！”

诸葛驭我将药碗端到素因身边，听绿袍这么说，也很惊喜，当即为她把了把脉，脸色却沉了下来：“这脉象突然由弱转强，我怕……是回光返照之象。”

绿袍却大喝道：“不可能！素因的脉象一直平稳，只要持续为她输送真气，再加上药物调理，很快就能将她救醒。”他倔强地接过诸葛驭我手中的药碗，扶

着素因的肩膀，温柔地将药汤一口一口给她灌下去。

诸葛驭我看着双眼发红、神色憔悴的绿袍，面露担忧，暗想道：警我现在一心想救活素因，全然听不进我的话，可素因身体每况愈下，若再找不到令她醒来的办法，只怕……可若贸然将赤魂石交给他，又不知道会有何后果……事到如今，也只有见机行事了。

他叹了口气，端起一旁的另一碗药，又向绿袍说道：“警我，你也把这碗药喝了，屠霸没准什么时候就追过来了，把自己的身体养好，才能保护素因。”

绿袍接过药碗，看着诸葛驭我忙碌的身影，犹豫了一下，终是说了句：“谢了。”

这句道谢的话像是从绿袍嘴里挤出来的一样，声音很轻。诸葛驭我吃了一惊，回头看了一眼绿袍，但绿袍已经将眼神移开。诸葛驭我动容地道：“这么多年了，我们终于又有机会平心静气地坐在一起聊天。”

绿袍则是尴尬地自嘲起来：“呵呵，只是没想到我这么狼狈。”说着将药汤一饮而尽，又看了看空碗，若有所思道，“想当年封印西疆，我之所以敢冒险潜入阴风谷，皆是因为我知道师兄在外面守着，我冲锋在前，师兄替我坐镇大局，我若是捅了娄子，师兄替我补救，无论有什么事，师兄都会帮我，亦会来救我。我也没有想到，事情最后会变成那样，真是天意弄人。”

诸葛驭我也是尴尬一笑，继而正色道：“警我，当年蜀山三杰亲密如同一人，你我更是将彼此性命交在对方手中。我不知道你我之间是否可以重拾从前的信任，但这次，我一定会竭尽全力帮你。”

绿袍低下头去，岑静了片刻，继而缓缓说道：“若是素因能够醒来，我不会再找蜀山的麻烦。”绿袍说完，亦像胸口卸下一块大石，抬起头来，这么多年来第一次不带敌意地直视着诸葛驭我。

诸葛驭我回望着他，眼中带着一丝感动，又夹杂一份愧疚，纷纷繁繁的往事刹那间涌上心头，他刚开口道：“师弟，其实当时……”却听见南明离火剑突然发出尖锐的剑鸣，两人当即警觉起来。

“该是屠霸到了！”绿袍警觉道。

诸葛驭我当即拔剑起身，对绿袍道：“师弟，我去挡住他们，尽量让妖人远离这里，你来保护素因。”说罢，人已飞身跃出茅屋。

却说屠霸带着邹勤和连登直冲茅屋所在之地，突然间九道剑光穿越树丛向三人袭来，三人飞身一闪，勉强躲了过去，回身正看到诸葛驭我挡住了去路。

屠霸瞪视诸葛驭我，冷笑了一下：“嚯，堂堂蜀山掌门，不好好在你那凌云峰上待着，跑来这里半途劫道，这算什么？”

诸葛驭我回敬道：“这话得我问你吧，当初将你封印在西疆，就是因为这里不欢迎你。如今又来为祸世间，难道不怕蜀山再收了你？”

屠霸睨了诸葛驭我一眼，叫嚣道：“少废话，识相的就将南明离火剑交出来。”

诸葛驭我冷笑道：“口出狂言，我倒要看看你有没有这个能耐。”

屠霸即向邹勤和连登使眼色，三人一同攻击诸葛驭我。诸葛驭我祭出乾坤九剑，九道剑光控制自如，时而聚拢缠绕在诸葛驭我身边，时而散开寻找间隙攻击。双方斗得激烈，树林在剑气影响下簌簌有声，树叶漫天飞舞。

屠霸避开诸葛驭我的剑气，忽地放出日月五星轮，只见两道金轮握于手中，另有三道金轮如同三颗金星，在屠霸真气控制下在周身来回运转。此时金轮、日轮、月轮相互缠绕，向诸葛驭我袭去，星轮则在一旁运转，五轮之间的轨迹变幻莫测，速度也快慢不一，如同设下天罗地网。

诸葛驭我从来没有见过此等法宝，一个不留神，一道金轮穿越乾坤九剑的缝隙，直向他击来。

眼见就要剐伤肩膀，突然绿袍飞身而出，一道蓝色剑气将金轮制住，正是南明离火剑！诸葛驭我迅速退后几步，站在绿袍身边，与他并肩御敌。

屠霸看着两人一剑，眼神越发凶恶，发出阵阵怪笑：“好一个绿袍，不过是一个两面三刀的狗贼，当初被蜀山揍得屁股开花，跑去西疆求救。如今得罪了我，又和蜀山掌门做回了朋友。你那阴风谷上上下下，可知道他们的宗主成了缩头乌龟？”

绿袍面无表情地看着屠霸，口中道：“这些还由不得你来管，你我二人不可同存，不是你死就是我亡。”

“嚯，好有气势啊，不过你好像忘了点什么东西吧？”屠霸说着，手中火焰升腾，再是狠狠一捏。

绿袍顿时觉得浑身疼痛，只得以南明离火剑勉强撑地，连忙运气平息，咬牙道：“屠霸，别以为一条破虫子能制得住我！”说着他竟不顾剧痛，飞身而上，一剑直取屠霸面门。

屠霸也早有准备，展开五星轮与绿袍缠斗在一起。邹勤和连登发现不远处的小茅屋，互相使了个眼色，想要潜去查看，却被诸葛驭我挡住去路。两人不是诸葛驭我的对手，几回合下来，又退避到屠霸身边。

此时屠霸与绿袍硬拼了一轮内力，正退回脚步各自调息，仍是怒目相向。

连登退至屠霸身边，指着稍远的诸葛驭我大骂道："蜀山掌门不过如此，待我一会儿取你首级！"

邹勤却凑到屠霸耳边，低语道："天尊，我猜那个女人就在那茅屋里面……"

屠霸听后露出阴笑，抬头看着绿袍，阴阳怪气地道："绿袍啊绿袍，你就算落得如此田地，也不忘自己的风流事。我妹妹就是性子倔，非认定了你，不过若她发现还有另一个女人，会怎么想呢？"

绿袍没有回答屠霸，但他的表情变得有些紧张。

屠霸捕捉到他细微的表情变化，更加得意，大喊道："让我见识见识你的金屋藏娇！"说着飞身向茅屋冲去。

绿袍慌忙阻拦，诸葛驭我也不敢怠慢，和绿袍一起把守茅屋房门。眼看屠霸就要进入茅草屋，诸葛驭我飞身上前，两股霸道的剑气直向屠霸袭去。

然而邹勤、连登试图由茅屋背面钻入，诸葛驭我一时分身不暇，心中大喊不妙。绿袍则是强忍疼痛，再次加入战局，可嗜血术的发作令他真气运转不顺，手中南明离火剑已是不听使唤，光芒暗淡。绿袍无奈，用血肉之躯挡住入口。

屠霸一边折磨绿袍，一边狞笑着走近。绿袍只得负隅顽抗。诸葛驭我正分身阻拦连登、邹勤，一时无法相救绿袍，心急如焚。

此时屠霸一脚将绿袍踢开，大步走进茅草屋，一眼看到躺在房间里的素因。屠霸怪笑一声："果然藏在这里。"他正想走上前，绿袍又扑了上来，和他扭成一团。

正当情势危急之时，诸葛驭我的声音犹如一道细丝，传入绿袍的耳朵："师弟，形势危急，如今我要在屋外祭出二元仙阵，此阵分生死两门，生门为守，死门为攻，可对抗身有魔气之人。你将屠霸拖在屋外，到阵起之时，一定及时避入生门，不然后果不堪设想。"

却见诸葛驭我祭出乾坤长剑，周遭青红两道真气升起，青色将茅屋包围，红色却在屋外游离。随后诸葛驭我将乾坤九剑中的一道剑光打入茅屋直击屠霸，屠霸惨叫一声，背后中招，踉跄跌在一旁。

诸葛驭我大喊一声："师弟！阵起！"只见青红两道光芒交相呼应，剑气炽盛，闪烁着极为耀目的光华。

屠霸大惊失色，发现自己正处于死门。

"警我，走！"诸葛驭我大叫一声，绿袍闪身想要躲开，屠霸却狡猾地抓住他。绿袍眼看起阵，心一横，咬牙反身扑了上去，死死拖住屠霸，将他困在原地。这二元仙阵威力无匹，电光石火间，屠霸和绿袍已经被死门困住。两人如同被空气中的无形力量撕扯着全身，仿佛骨肉尽碎，且是毫无反抗之力，唯有痛苦大叫。

"警我——"诸葛驭我牵念绿袍安危，大声呼叫着。

绿袍无比艰难地开口回应道："师兄，快救素因！"

诸葛驭我见绿袍也被死门制住，与屠霸一样痛不欲生，心焦不已。他犹豫片刻，只得猛然收起剑，将法阵废去。

青红两道光芒顷刻消失，屠霸与绿袍身受重伤，双双跌落在地。随后连登和邹勤飞身而入，将屠霸救走，诸葛驭我内力耗损，一时也无力阻拦，只得眼睁睁看他们逃走。

绿袍连番受到重创，已是奄奄一息。诸葛驭我将他扶起，只见他嘴唇煞白，情况十分危险。

"师弟，你坚持住，我现在帮你疗伤。"诸葛驭我忙为绿袍运功输气，可是全然不见起色，绿袍体内的真气一片混乱，来回冲撞，痛苦不堪，一口恶血当即喷出。

绿袍支撑道："别理我了，我跟屠霸的恩怨我自己会解决，素因我也会照顾，你不用再为我们耗费力气了。"

诸葛驭我却大喊道："不行，我说过，这次会帮你到底！"

绿袍苦笑一声，凄然说道："若我与素因命数如此，就算死，只要我们在一起，就够了！"说着努力撑起身体，想要背起素因，却又再次踉跄。

诸葛驭我赶紧扶住他，口中喊道："警我！你此生苦心孤诣，经历这千回百转，就为了和素因有这重逢的一天，现在她还没有醒来，你万万不可就此放弃啊！"

绿袍听到素因的名字，泪水禁不住涌出，他抱紧素因，眼神凄凉，似是自语

道："素因，是我没用，这么多年了，我还是救不了你！救不了你！"

眼看绿袍撕心裂肺的模样，诸葛驭我于心不忍，暗想道：当年他二人如此，我难辞其咎，如今再冷眼旁观，又让我如何心安。事到如今，容我冒险一次吧。

诸葛驭我终是下定了决心，谓绿袍道："师弟，我有办法可以一试，但是你必须答应我一件事，从今以后，不再打赤魂石的主意，不再做伤天害理之事。"

绿袍望了他一眼，眼神中闪过一丝期待，继而恳切地道："师兄，事到如今，你能有什么办法？我无所谓，拜托你救救素因，算我求你了。"

诸葛驭我见状，当即上前将绿袍扶起："走吧！"

绿袍不解地道："师兄，你带我去哪里？"

诸葛驭我说了四个字："去找丁隐。"

却说树林之中，屠霸正躲在一片隐蔽之处运功疗伤，日月五星轮在他周身来回运转，助他恢复真气。邹勤和连登也盘腿在旁，为屠霸护阵。突然，屠霸似乎感应到什么，单手一挥，只见屠媚的身影急匆匆地奔过来。

屠媚见到兄长，也不问伤势，竟是质问道："大哥！究竟是怎么回事？我回到阴风谷，发现谷中乱了套，九毒被打伤，他说你要杀警我！"

屠霸没好气地道："绿袍狼子野心，留下来也是祸患。"

屠媚心下一紧，仍是恳求道："大哥，我求求你不要对他出手。"

屠霸冷冷看了屠媚一眼，只说道："他现在已经没有什么利用价值了，那种人不值得你留恋。"

屠媚则是焦急万状，迫切地道："如果你答应不追杀他，我愿意告诉你一件非常重要的事情，关乎我们整个西疆的存亡。"

屠霸眉头一皱："是什么事？"

屠媚又道："你先答应我！"

屠霸顿了一顿，思量道："好，我答应你便是！"

屠媚此时才放下心来，神情不再像先前那般紧张，对屠霸说道："赤魂石已经不在蜀山了！"

屠霸却不相信："不可能！九毒从没有向我汇报此事。"

屠媚又道："九毒已经心向警我，自然也是骗了你。如今赤魂石已经被诸葛驭我打入弟子丁隐体内，之前警我其实一直在帮你寻找赤魂石，你误会他了。"

屠霸眉角一扬，似乎不太相信："真的吗？"

屠媚有些激动起来，忿忿道："你难道还不相信妹妹吗？丁隐一行大概在青崇山附近。那几个人，不足为惧。"

屠霸听到这个消息，忍不住笑出声来："真是天助我也，西疆破禁，指日可待。"

"但是，大哥，你答应我了，不能伤害上官警我。"屠媚真正关心的唯有绿袍一人。

屠霸点了点头，谓屠媚道："我知道了。不过，小妹，有件事我要告诉你，在那绿袍身边，还有个……"屠霸话未说完，屠媚的身影竟然闪烁起来，接着消失不见。

"屠媚！屠媚！"屠霸又呼喊几声，见屠媚没有回应，便又冷笑起来，"嚯，想不到绿袍竟然瞒了我这么大一个秘密。"他的表情越发狰狞扭曲，转而向邹勤、连登下令道："就且饶过绿袍一命，我们去青崇山。"

此时屠媚身在阴风谷外一处树林之中，她手中持着一柄绣伞，身边搀扶她的正是九毒神君。

原来屠媚适才正以传灵之术与屠霸通信，无奈她在武当受了内伤，话至一半，竟是无力维持下去。九毒见屠媚险些跌坐在地，上前搀扶起她，即问道："天尊如何说？"

屠媚面色苍白，好容易调匀内息，这才道："大哥总算是答应了不再追杀宗主。"

九毒仍是一脸担忧："不知天尊会不会信守承诺。"

屠媚也有些担忧，不禁道："是否杀警我，对大哥而言并非首要，那赤魂石才是他的向往。如今我将赤魂石的线索给了大哥，只盼能让警我暂时安全一些。"屠媚说到此处，又不满地瞥了九毒一眼，"不过这世道，谁的话都不能百分之百相信。你也真让人惊讶，竟然自始至终都是我大哥的人，宗主那么信任你，恐怕恨你入骨了。"

"我也是一时迷惘，失了立场，等宗主平安回来，我愿意接受一切责罚。"此刻九毒心中惭愧难安，但依旧没有一丝表情。

屠媚轻叹一口气，咬了咬嘴唇，转眼又再担忧起来："我心里还是担心得很，既然哥哥已经转去青崇山，那我们就一起去青崇山接应吧。我想，只要助他

得了赤魂石，他应该就不会再找警我的麻烦了。”

九毒即作揖道：“属下遵命，只要能救宗主，万死不辞。”

屠媚点了点头，便与九毒向青崇山而去。

修补完整的神木剑，通体散发出淡绿色的光芒，显得强大且神秘。众人看着神剑，都露出赞叹的神情，唯有小蝶忍不住哭了起来。

青云见状，忙拿出手帕一边替小蝶擦泪，一边道：“丁大哥将神剑修好，不是应该高兴吗，怎么哭了？”

小蝶眼中含泪，面上却挂着微笑，激动道：“我是高兴，真的很高兴。只是看着这把剑，就好像看到我爹一样，虽然我从来没见过他，也不知道他长什么样。”

这时乌鹭居士缓缓说道：“许钺的灵魂就在这把剑中，虽然肉身已死，但是他一直用自己的力量保护着你们母女俩。这把剑断了这么多年，封存在这铸剑房里，他大概也很寂寞吧。”

小蝶听了乌鹭居士所言，先是怔了一怔，随后低头望着神木剑，凄然道：“都怨我们错怪了爹。”

丁隐见小蝶悲忧，上前开解道：“小蝶，你母亲只是因爱生恨，况且不知者无罪，你也不要太过自责。”

玉无心也说道：“丁隐说得对，如今之计，还是想想怎么向你母亲说明吧。”

恰在此时，铸剑房的门被撞开，余明娘带着三妹怒气冲天破门而入。她一眼就看到神木剑，便冲上去，推开丁隐，将神木剑紧紧攥在手中。

随后她审视着屋内的人，怒火中烧，声音也因愤怒而不住颤抖：“小蝶！是你把他们带来这里的吗？还有你们，没有经过我的允许，为什么随便动这里的东西？”

小蝶“扑通”一声跪倒在地，眼泪忍不住决堤而下：“娘！爹他并没有离开我们。”

余明娘颤抖着问道：“你……你说什么？”

小蝶顾不上抹泪，挥舞着手臂大喊道：“爹他是为了救娘的命，才跳入铸剑炉铸成这把神剑，一直守护着我们！”

余明娘一时间无法理解小蝶在说什么，竟皱起眉头斥责道："小蝶，你在胡说什么？这些人只是想要这把剑而已，什么谎话都编得出来，你被他们骗了！许钺这个负心汉早就走了。"

这时乌鹭居士从众人身后走出来："许夫人别来无恙。"他先是问候了余明娘，随后道，"小蝶她没有骗人，许钺确实在这剑里。"

余明娘不由一愣，这时她才认出昔日救命恩人，便道："乌鹭，你救了我的命，我很感激你，可你不要再替那个负心汉掩饰了，我不信，我不信！"

乌鹭居士也不与余明娘申辩，只问她："这么多年了，你还是不肯相信真相吗？"

余明娘似乎有些怯懦，支吾道："真相？什么真相……"

乌鹭居士缓缓道："当年你中了蚀心草之毒，许钺走投无路来找我，只可惜我也束手无策，只能用这以命换命的方法。"

余明娘琢磨着乌鹭居士话里的意思，有点不敢相信："以命换命？"

乌鹭居士点了点头："许钺用他自己的生命换回你的平安。"

余明娘向后退了一步，一行清泪滑落脸颊。她瞪大双眼，一副不敢相信的样子："不可能！我不相信，是你亲口告诉我，许钺走了！他是走了……丢下我们走了……"

乌鹭居士仍叹息道："唉，你恨了他这么多年，也是在折磨自己。"

余明娘身旁的三妹甚是疑惑，向乌鹭居士问道："居士所言如若属实，为什么不早些告诉夫人？夫人这些年太苦了。"

丁隐则小心地对余明娘说道："夫人，许前辈走之前，千叮咛万嘱咐不要告诉你真相。我想他是怕你知道了会一蹶不振，无法摆脱自责。"

随后乌鹭居士也说道："的确如此，许老弟跟我说，你一直很依赖他，他怕你承受不了那种悲伤。或许他觉得，憎恨比起自责，更容易让你活下去。"

余明娘难以置信地看着乌鹭居士，仍在摇头。

乌鹭居士见状又说："不过，夫人，其实我曾经有一个机会可以告诉你的。许钺当年并不知道你怀孕，他以为你一个年轻女子，还可以重新再嫁，若他当日知道你怀了小蝶，一定下不了这个决心。我当日知道此事时，内心也是愧疚难当，是我令小蝶失去了父亲……"

余明娘直听得泪眼婆娑，整个人亦在不住颤抖。

乌鹭居士又说道："后来我云游四方，花了数年的时间寻得了重聚灵魂之法，本想亲自告诉你，让你和许钺能够重聚一刻。但当我回到青崇山庄时，才发现你已经变了模样。更没想到的是，你居然连我的解释都不肯听，就将神木剑毁坏。我悔恨万分，自此之后只好隐居在后山，等待能够修复神木剑之人到来。"

时光交错，电闪雷鸣，余明娘听到此处，只觉头顶炸响一声惊雷，多年来她心中的阴霾疑窦，此刻终于消失殆尽。身旁的三妹早已双目含泪，哽咽道："夫人，原来咱们真的都错怪姑爷了，您对他一往情深，他也未曾负您半分！"

余明娘先是无声怔立当场，随后如同被一股无形的力量打垮，瘫倒在地。她再也忍不住了，痛哭了起来，眼泪滴在神木剑上，大声哭喊道："许钺！许钺！是你吗？你知不知道，我好想你？对不起！对不起！"

那把神木剑似乎感应到余明娘的泪水，一下子散作十道剑光。这十道剑光飘浮在空中，形成一个光环，中间竟然显现出许钺的形象。许钺的影子无法说话，他只是看着余明娘，眼中带着浓浓的思念和爱意。

众人被这奇景惊得目瞪口呆。

余明娘睁大了双眼看着许钺，她有些不敢相信，慢慢站起身来向许钺的影子靠近，哭泣道："许钺……你终于回来了。"

小蝶亦是泪流满面，有些怯生生地上前问道："爹……是你吗？"

剑光中的许钺露出微笑，向着余明娘母女二人慢慢张开双臂。

此时此刻，余明娘眼中含泪，多年来的委屈和心酸终于全部爆发，变成了一声撕心裂肺的哭喊："我想你想得好苦——"随后余明娘扑入光环中，投入爱人的怀抱。

青崇山大殿之中，此时余明娘手中捧着神木剑，不停爱惜抚摸。她的脸上已全无先时的阴邪乖戾，而是被柔情和宽慰填满。随后，余明娘微笑着放下神木剑，又携起小蝶的手，向丁隐等人致谢："多谢诸位相助，才令我们一家团圆。"

丁隐笑着恭喜道："夫人能放下心结，更是一件值得庆祝的事。"

余明娘笑了起来，又道："我以前太愚蠢，竟然不相信我相公对我的爱，反而愈加揣测这个世道人心的黑暗。看来并不是人心无救，而是我自己心中无信念，才做了那么多坏事。现在回想起来，真的觉得罪孽深重。"

身旁小蝶宽慰道：“娘，你也别太自责了，这次好在并没有人受伤，也算是有惊无险。”

余明娘仍是自责道：“只是，之前被我破坏的那些年轻人……”

“夫人。”玉无心颔首道，“夫人也不必自责，真正的感情是不会被破坏的，无论遇到什么误会，只要两个人心中有彼此，就一定能拨开云雾。所以，我想您也并不是什么罪人，只能算是给了一些严厉考验，让走在感情路上的人去正视彼此的感情。”

余明娘情知玉无心这般说法是在慰藉她，但玉无心所言倒也确实不错，当下释然地点了点头：“玉姑娘，能听你这么说，我心里真的舒坦不少。”

这时小蝶又问余明娘道：“娘，我之前跟丁大哥他们说过，神木剑修好，或许你愿意借剑。”

余明娘本能地迟疑了一下，随后紧紧握住神木剑。她身后的三妹便站出来说道：“诸位，姑爷的魂魄在此，对夫人极为重要，恐怕……”

余明娘想了想，却是拦住三妹，起身走到丁隐的身边，将神木剑双手奉上，口中说道：“丁少侠，这剑我愿意送给你。”

“夫人……”丁隐还有些诧异。

只见余明娘微笑道：“我相公是一个正直又善良的人，他凭借着自己的好手艺，在江湖上也小有名气。有不少人来向他求取兵器，可是我相公有一个原则，绝不让自己的作品落在恶人手上。他曾经跟我说过，他所打造的兵器是用来保护众生的。我想，神木剑也应该如此，若它能保护蜀山，维护正义，我相公肯定愿意出一份力。”

这番话语令丁隐由衷钦佩，他向余明娘恭敬地施了一礼，口中道：“夫人，您能这么想，真是令人佩服。既然如此，在下恭敬不如从命。”

当余明娘将神木剑交给丁隐的一瞬间，令人惊讶的一幕发生了。

只见余明娘绝美的容颜迅速老去，皱纹布满脸颊，最终变为了中年妇人。余明娘看着自己苍老的手，并没有太惊讶，面上表情安详且宁静。随后她回头看了看小蝶，只见小蝶震惊地捂住了嘴，生怕叫出声来惊了余明娘。

余明娘看着小蝶的反应，反倒是轻轻笑道：“唉，这么多年来，原来都是你爹在帮我，他知道我最爱漂亮了。不过现在，外表已经不重要，我只要知道我的相公一直爱着我就够了。”

丁隐又是拱手一拜："夫人，我倒是觉得，您现在看起来反而更美了。"

余明娘会心一笑，悦色道："丁少侠，盼你能让这把剑发挥力量。"

丁隐郑重答道："放心吧，夫人。"

这句话方才说完，却见丹辰子神色惊惶地冲入大殿来，他也不与众人招呼，语无伦次地大喊道："紫英她……见到紫英和小张了吗？你们见到紫英和小张了吗？"

原来他刚从树林中猛然醒来，想起之前紫英被小张带走，心中焦急万分，一路飞奔寻到青崇山大殿中来。

众人见丹辰子这般模样，皆是错愕，问明情由后更是吃惊不已。丁隐等人原以为紫英、小张与丹辰子在一起，谁知丹辰子却失了二人行踪。唯有余明娘眼神一闪，低头不语。

倒是小蝶十分心焦，担心道："附近山上有猛兽，夜里非常危险的！"

丹辰子脸上尽是颓然之色，推开众人奔出去。丁隐脸色也是一紧，和玉无心、青云对视一眼，只说道："我们赶紧去找！"

小蝶回头，看到余明娘脸色不对，忍不住发问道："娘，是你……"余明娘面带惭愧，尴尬地点了点头。小蝶万般无奈，顾不得与母亲多言，便随了众人向树林飞奔而去。

众人心焦如焚，直在树林中寻了大半个时辰，青云忽然大声叫起来，只见紫英一副失魂落魄的样子从小路走来。丹辰子上前一把搂住紫英，紫英身子一软，一下坐倒在地。

看到她身上大片的血迹，丹辰子发疯般叫喊起来："紫英，怎么回事？哪里受伤了？"大家手忙脚乱一番检查，却发现紫英身上没有任何伤痕。紫英却仍是眼神发直，口中并不说话。

青云嘀咕道："这些血不是师姐的！"

丁隐和玉无心对视一眼，心头顿时都有不祥预感，丁隐便向紫英发问道："紫英，到底出了什么事？小张呢？"

紫英听到问小张，突然露出害怕的神色，她什么也说不出来，只是一味地摇头。青云搂住紫英的肩膀，发现她浑身发抖，忙抚慰道："师姐，你别害怕。我们都在这里，你现在安全了。"

紫英躲避着众人的目光，支支吾吾道："没什么事……没什么事，你们别问我。我和小张什么事都没有！什么都没有发生！”

青云仍关切道：“师姐，你先别激动，好好跟我们说。这血是哪来的？”

紫英低头看了看身上的血迹，突然又害怕起来，口中喊道：“我不是故意的……不是故意的！”

“故意什么？”丁隐冷冷问道。

紫英抬不起头，低声说道：“刺伤他的……”

丁隐神色大震，一把拉住紫英，大喊起来：“你说什么？”

紫英却忽然崩溃般大哭起来，扑到丹辰子怀中，神情惊恐万分，带着哭腔高喊：“都是他的错！是他想轻薄于我，我情急之下才刺他的！”

丹辰子脸色一白，紫英赶紧搂住他，大声喊道：“小张像禽兽一样，我拼命反抗才保住清白，他疯了，他疯了！”

“你胡说！小张不可能这么做！”丁隐一怒之下想揪住紫英。

丹辰子面色一沉，挡在他和紫英中间，谓丁隐道：“女子怎会拿名节开玩笑？紫英都这么说了，你还不相信她吗？”

玉无心冷静地分开两人，谓丁隐道：“现在小张恐怕已经受了不轻的伤，先找到他再说。”

丁隐这才丢下紫英，和玉无心快步顺着小路寻上山去。青云本想跟上前去，紫英却牢牢抓住她的衣襟，企求道：“别走！别留下我！”青云只得无奈握住紫英的手，焦急地看向丁隐和玉无心的身影。

紫英又惶恐地看着丹辰子，瞪大眼睛解释道：“大师兄，我们真的什么也没发生，什么也没有，你相信我！”

“好，好，我信你。”丹辰子见到紫英恐惧的神情，默默搂紧了紫英，神情却格外复杂。紫英一边抽泣，一边偷偷观察丹辰子的反应，怦怦直跳的心悬在了嗓子眼。

却说玉无心和丁隐赶到山间空地，丁隐竟在路边发现血迹，他们四下搜寻，仍不见小张踪影。他仔细查看了一下地面的情况，发现有大片草皮被压坏，草皮上沾染了大片血迹，似乎有过一场恶斗。

玉无心又在不远处拾起一片血衣，旁边的草丛里还有一具狼的尸体。

丁隐震惊道：“这是小张的衣服，他就在这附近！”于是又一阵嘶声高喊，

却仍没有半点回应。二人沮丧不已，忽听见山间响起一声高亢的狼嚎，接着又有无数嚎叫声呼应，丁隐听得心中悚然，更加担心起小张的安危来。

谁知片刻之际，竟有十数头狼从树林中缓缓走出，恶狠狠地拦住了丁隐和玉无心的去路。

玉无心自是不畏，她看着群狼凶光毕露的模样，低声谓丁隐道："是小张身上的血腥味吸引了狼群。丁隐，恐怕就是它们围攻了小张。"

丁隐一直盯着那件血衣，他浑身发抖，赤魂石之力再次在体内蔓延。玉无心正在戒备狼群，转身却发现丁隐已再度失去理智。

"是它们……它们杀了我兄弟！"丁隐痛苦地号叫着，体内赤魂石力量外散，起手间毙了几头恶狼，剩下的狼畏惧起来，纷纷夹着尾巴夺路而逃。

丁隐伏在死狼身上，有些失去理智，一拳一拳重击狼尸，直将那狼尸打得血肉模糊，恐怖异常。玉无心冲上前来，死死抱住丁隐的胳膊，劝道："你就算这样，小张也回不来了！"

丁隐拼命控制着体内激荡的赤魂石之力，含着泪，咬着牙，狠狠说道："玉儿，上了蜀山之后，小张就像我的亲弟弟一样，我没有照顾好他，我最后的亲人也死了……"

玉无心不知如何安慰，只能心疼地搂住丁隐。丁隐将牙齿咬得"咯咯"作响，愤然道："小张绝不会轻薄紫英的。我了解他，他虽然嘴上油滑，但绝对不会越界一丝一毫。"

"那么紫英的话又是怎么回事？"玉无心眉头一皱，颇为疑惑。

这时却传来余明娘的声音："这一切都是我的错。"

丁隐和玉无心诧异回头，只见余明娘与三妹在小蝶陪伴下匆匆赶至，余明娘此时已全无妖娆邪魅的姿态，神色看来悲戚懊丧，她说道："我早就看出小张、紫英和丹辰子三人之间的关系。当时我未受几位开导，心思恶毒，为了挑拨他们，就给了小张'浮生半日散'。"

"那是什么？"丁隐问道。

"此药一经入口，便会将自己面前之人视作平生最爱，乃是天下最为催情的灵药。"三妹如此说道。

余明娘接着道："先前丹辰子和紫英发生了口角，我猜小张从丹辰子手上救走了紫英，随后便将那药给紫英吃了……可是这药之所以名叫'浮生半日散'，是因为药效只在半日之内有效。”

“夫人……你说什么？”丁隐错愕震惊，已是面无血色。

玉无心则推测道：“若是如此，恐怕是半日药效一过，紫英发现自己身边的人是小张，一怒之下才……”

“丁少侠，我罪大恶极，害死你的兄弟，我愿意用这条命去补偿你的痛苦！”余明娘说完，也不顾小蝶拦阻，竟是“扑通”一声跪在了丁隐面前，闭上眼睛等待惩罚。

丁隐低头沉默，身体颤抖，一时间不知道该如何是好。

却见三妹也随之跪了下来，口中央求道：“几位少侠，还请你们看在夫人所受委屈的分上，原谅她一时过错。若要追究，就让我替夫人偿命！”

“三妹！”余明娘不愿三妹代她受过，又向丁隐靠近一步，示意他一掌击毙自己。

丁隐摇了摇头，艰难地开口道：“夫人虽有推波助澜之过，但这一切都是他们自己的选择，怪不得别人。”

随后他抬起头，眼神变得冰冷，狠狠自语道：“但我只想知道，那女人为何可以如此狠毒。”

丁隐说完，转身就向青崇山庄奔去。

“丁隐，你不要做傻事！”玉无心心急如焚，忙向丁隐追了上去。

紫英蜷缩在床边，双眼微红，低声抽泣。

青云担忧地陪在一旁，安慰她道：“师姐啊，以前有什么难过的事情都是我们姐妹俩一起承担。你放心，无论什么事，我都会站在你这边的。”

此时丹辰子端着一碗汤药走入房间，见到眼前情景，神情复杂万分，他看了眼青云道：“青云，你先出去一下。有些事情我想单独和紫英谈一谈。”

青云犹豫地回头看向紫英，紫英点了点头，青云这才起身离去，临出门前，仍不放心地看了看紫英。

丹辰子见青云离开房间，这才将汤药端到紫英跟前：“把药喝了吧，哭得太多伤身。”

紫英乖乖擦去眼泪，走到桌边坐下喝药。

丹辰子长叹一声，坐到她身旁，开口道：“紫英……”

“大师兄，是我错了。我不应该逼迫你去接近余明娘，我为了神木剑一时心

急，才会对你口不择言。”紫英打断了丹辰子，语气中透着从未有过的温柔。

丹辰子又打断了紫英的话：“我想问你的不是这个。”

紫英径直上前，一把搂住丹辰子，将脸埋入他怀中，岔开话题道：“说出那些伤人的话之后，我心里就后悔了，你打我打得对，打醒我，我才知道你对我来说有多重要。”

丹辰子长叹一声：“不管怎么样，对你动手都是我不对。”

紫英轻轻摸了摸脸颊，展露笑容道：“早就不疼了，我知道你是最疼我的，当时只是被我气坏了。大师兄，咱们忘记这些不愉快的事情好吗？咱们从今以后重新开始，做得不好的地方我都会改，也不会再对你颐指气使。不管你今后是蜀山掌门，还是一个默默无闻的普通弟子，对我来说都是一样的。因为我爱的是你这个人，跟那些虚名无关。”

丹辰子心头一软，点了点头，搂紧紫英，心中却还是不宁，又拾起话题问道：“紫英，你和张馅饼……”

紫英浑身一颤，含着泪，抬起头，有些生硬地道：“你不相信我？”

“我……”丹辰子不善辞令，一时又不知该如何说下去。

紫英心一横，索性抢过了丹辰子的剑，横在颈前，倔强地道：“我当然拼命反抗才守住清白。如果连你都要怀疑，我活着还有什么意思？”

丹辰子如何耐得住这个阵仗，当即大惊失色，一把抢过剑来，抱紧了紫英，柔声安抚：“是我说错了话，我相信你。”

这时门外忽然传来一阵喧哗，接着是青云的劝阻声：“丁大哥，你要做什么？”

随即传来丁隐的怒吼：“诸葛紫英，你给我出来！”

“山中人”计上心来，有情人鸳盟无凭

“我爱你，不是因为你力气大，也不是因为你相貌出众，也不是因为你身怀赤魂石，而是你在我心里点亮了一盏明灯，我靠近一看，那里确实是我想去的地方。”

这般话，本该是情人间羞涩的告白之辞，玉无心说来却分外平静笃定，许是蹚过了地狱火海，历经了死生契阔，才有了这份荡气回肠后的安稳。

丹辰子走出门去，只见丁隐正怒气冲冲地闯来，青云和玉无心一起都拉不住他。余明娘和小蝶跟随着追入院子，却站在角落，不知要如何开口阻止。

丹辰子见状喝道：“丁隐，你要干什么？”

却见丁隐怒不可遏，推开丹辰子，直盯着他身后的紫英，眼中像要喷出火来：“你知不知道自己做了什么？你这种人，心里只想着自己，别人对你来说，是生是死都无所谓吗？”

丹辰子疑惑道：“你到底在说些什么？”

丁隐咆哮道：“小张死了！被她害死了！”

青云大为震惊：“小张他……死了？”

众人一瞬间都呆住了。青云不敢相信地看向玉无心，玉无心痛苦地点了点头，沉重地道：“我们在山里发现了他的血衣，尸骨已经被恶狼给……”

紫英越发惊恐，死死抓住丹辰子的衣角，不住摇头道：“不关我的事，是他给我下了药，要轻薄我在先。都是他的错，他自己活该！”

丁隐难以置信地看着紫英，不敢相信这番言语竟是从她口中说出，厉声道：“是，都是他的错，错就错在他喜欢你、在意你！他从来没有奢求过你能够回报他什么，只是希望能够守在你身边，看到你幸福！”

紫英索性耍起赖来：“那你要我怎么样？替他偿命吗？”

丁隐面色一沉，眼神中透出冰冷的恨意，赤魂石的力量再次被愤怒激发，他周身笼罩在一团红气中，只听他低声道：“是，既然他生前一直喜欢你，那你就到地下去陪着他吧。”随即一个飞身直向紫英扑去。

丹辰子挥剑挡在丁隐前面，他感觉到丁隐的杀气，越发不安，急说道：“丁隐，此事大家皆有过错，退一步好好说话，莫让赤魂石扰了心智。”

丁隐冷眼相看，谓丹辰子道：“亏你们自称名门正派，原来只会一味护短！这蜀山弟子，我不做也罢！”

赤魂石在丁隐怒火的驱使下，威力更加强劲，加之神木剑的凌厉剑气，每一剑都让丹辰子吃力万分。

玉无心看得心焦如焚，不住喊道：“丁隐，冷静点！”

丁隐却似乎听不进劝，丹辰子几招强势连攻都被丁隐挡了下来，随后丁隐竟忽然消失不见。丹辰子慌忙回头，只见丁隐已从身后一剑劈来，猝不及防间，丹辰子只得举剑抵挡。

“当——”一声响，丹辰子的佩剑被打落在地，他捂着胸口后退数步，一口恶血随即喷出。

丁隐接着向紫英走去，紫英越发恐惧，却不知该躲去哪里。

“丁大哥，住手吧！”却是青云手持青索剑，挡在丁隐面前，死死护住紫英。

“青云，你让开。”丁隐急火攻心，不愿与青云纠缠。

青云此时也是声泪俱下：“丁大哥，小张已经死了，多一条人命也于事无补……况且若是师姐有个三长两短，小张他也不会开心！”

“为什么……为什么连为自己兄弟报仇的权利也没有……连身边的人都保护不了，我活着有何用！”丁隐悲伤不已，仰天长啸，将神木剑重重丢在地上，转身飞奔出了庭院。

玉无心见状，慌忙追了出去。

青云也想追，却被紫英喝住：“青云，丁隐现在跟那妖女一起离队，就是选择背叛我们，背叛蜀山。难道你也要和魔宗为伍，背叛师门吗？”

饶是丹辰子也有些听不入耳，喝止道：“紫英，少说两句，还不够乱吗？”

紫英眼神一阵闪烁，噤了声，仍是拉着青云的袖口。青云犹豫了一下，难过地看向丁隐的背影，最终还是停住了脚步。

丹辰子见状叹息道：“让他一个人静一静吧，希望他想明白就会回来。”

却说丁隐失魂落魄地走着，心情激荡之下，赤魂石之力极不稳定。丁隐只得靠着树边坐下，闭眼开始调息内力。此时林间突然隐隐有白雾蔓延，环绕在丁隐周围。丁隐察觉不妥，猛地睁眼，惊觉道：“是谁？”却见两道白骨组成的骨链从他背后伸出，缠绕上他的双手和脖子，迅速收紧。

丁隐还没来得及反抗，只挣扎了两下，就缓缓倒下，再无声息……

烟雾散去，竟现出了屠霸如金刚魔王一般的身躯，在他身边照例是邹勤、连登两人。

见丁隐就擒，邹勤喜上眉梢，向屠霸作揖恭祝道："天尊神威，能够在此地捕获赤魂石。"

屠霸怪笑一声："嚯，倒也是运气，没想到这小子竟然完全没有防备，得来全不费工夫。他已经被我释放出的瘴气迷惑了心窍，关闭了感官，自己是醒不过来的，找个安静的地方设阵，准备取赤魂石吧。"

连登却思虑得更加深远，沉吟道："天尊英明，只怕那绿袍还未伏法，会打扰到天尊。"

"怕他做什么？现在赤魂石在我手里，他拿什么跟我斗？"屠霸狰狞一笑，"就算找来，他也是白白送死。"

幽暗的山洞中，丁隐正躺在屠霸设下的法阵当中，日月五星轮在他身边来回运转。只见他双眼紧闭，周身红光弥漫，表情异常痛苦。

屠霸盘腿坐在阵外，紧紧盯着丁隐，同时运转真气控制日月五星轮，口中念念有词。邹勤和连登也分坐在两旁护阵。

丁隐体内的赤魂石受到强大阵法的影响，如同一颗快速跳动的心脏，越加活跃起来。他的表情越来越痛苦，赤魂石的红光逐渐强烈。

忽然，丁隐睁开眼睛，却见他两眼已经完全被血雾侵蚀，青筋暴起，赤魂石似乎随时要从他身体爆出。

屠霸不禁为之皱眉："我这十三门恶阵竟然也不能轻易逼出赤魂石，看来此人非同小可。"

邹勤进言道："天尊，赤魂石以恶念为食，恐怕这个人心中阴影不够。"

屠霸又是一声冷笑："不够？那我就帮他下一次地狱。"屠霸说罢，运转魔功，只见从他双掌中冒出一股黑气，如同一团团纠缠在一起的恶鬼，当即向丁隐冲去。

那恶鬼穿透丁隐的额头，带着一声声呼啸，便要侵入大脑。同时那日月五星轮也越来越快，丁隐在无意识下陷入癫狂状态，号叫起来。体内的赤魂石与他的五脏六腑似乎在作最后的斗争……直至一股强烈的红光透过山壁，直指云霄。

屠霸见大事快成，眼中精光闪闪，不禁狂笑出声。

却在此时，几道凌厉的剑光飞入山洞，刹那间将丁隐身边笼罩的恶鬼黑气尽数击破。屠霸扭头一看，只见诸葛驭我和绿袍尊者两人已各持兵刃杀入洞中，威风凛凛的样子仿佛从天而降。

屠霸有些惊讶道："我不去找你们晦气，你们竟来送死？"邹勤、连登随即扑身上前，与二人激斗起来。

前日诸葛驭我以二元仙阵击退屠霸，暂解了眼前危机，然而绿袍中毒、素因垂危，二人性命只在旦夕。诸葛驭我情知非赤魂石之力无可救解，于是当机立断，决意与绿袍带着垂危的素因来青崇山寻丁隐。

这时行到山下，诸葛驭我感应到赤魂石煞气冲天，料是丁隐必遭异变，便与绿袍寻个安全处所，将昏迷的素因暂作安放，于千钧一发之际赶来救援。

诸葛驭我看到丁隐的样子，万分忧心，谓绿袍道："师弟，丁隐快撑不住了，要尽快破阵。"绿袍眉头一皱，动用了全身真气，只见他身形一闪，便绕过连登和邹勤，来到屠霸身边。屠霸早已做好准备，如排山倒海般一掌向绿袍劈来。

绿袍一边闪开身形，一边放出水晶石柱，直击向丁隐周围的日月五星轮。屠霸的法宝在绿袍一阵阵的攻击下乱了轨迹，丁隐身下的法阵当即暗淡下来。

屠霸见状大为不悦，狰狞道："本想留你条活路，你偏偏不肯，那我就成全你。"说着闪身后退，口中默念咒语，掌中又翻起腾腾火焰。

绿袍心知大事不好，他来不及反应，只觉得身体内一阵绞痛，当即跌倒在地，周身颤抖痉挛。

"想阻止我，这就是下场。"屠霸狠狠瞪了绿袍一眼，闪身又入十三门恶阵，一掌打在丁隐胸前，想用自己体内的力量强行将赤魂石吸出。

诸葛驭我此时利用乾坤九剑将邹勤和连登打伤，两人跌倒在地。他转身看到丁隐情况危急，焦急之下，运功将血影神功的真言凝聚成一股真气，直打向丁隐。

"诸气沉丹田，散之神阕，发自幽门，自成剑气……"

那真言犹如一缕游丝，从丁隐的太阳穴打入，印在脑海。丁隐猛然间睁开双眼，体内的赤魂石力量来回翻腾。

他当即出手，一掌将屠霸打出几丈远，本来运转在他周围的日月五星轮也瞬间炸开。屠霸反应不及，回身望向丁隐，发现丁隐化作一片血雾，瞬间便移到他面前。

此刻丁隐两眼血红，似乎全然失了理智，对着屠霸拳打脚踢。屠霸则被困在血雾中完全无法反抗，任由丁隐来回踢打。

却看丁隐一记重击，将屠霸打到山壁之上，屠霸吐出一口恶血，两眼一翻，顺着山壁滑落在地，昏死过去。

丁隐周身红焰翻腾，气喘吁吁看着昏死的屠霸，面孔仍在扭曲抽搐。如此片刻，他周身的红雾才渐渐散去，眼中的血光也随之失去颜色，随后他两眼一闭，力竭倒下。

诸葛驭我见状，冲到丁隐身边，查看了一下他的身体状况，见无生命危险，这才松了一口气。

绿袍此时仍受到噬血虫王的折磨，蜷缩成一团，浑身颤抖。屠霸也由昏死中醒过来，想要再战，却已无力站起。

另一边，邹勤、连登拖着受伤的身体，正要脚底抹油伺机逃命。

诸葛驭我冷哼一声，挥出乾坤九剑，又将两人击倒在地，再是飞身上前，用剑锋抵着屠霸的脖子，怒喝道："屠霸！快将噬血虫王的解药交出来，不然要了你的命。"

屠霸迎着剑锋，满嘴鲜血，看着诸葛驭我狞笑起来："哪有什么解药，噬血虫王已深入血液，绿袍已经没救了。就算下地狱，我也要拉着他一起。"

诸葛驭我知他丧心病狂，回身望了望痛苦不堪的绿袍，九道剑气直指屠霸，眼中杀机已现："留你在人世间也是一大祸患。当初师父只是将你封印，而未斩草除根，看来果真是个仁慈的错误，今日我就要替天行道——"

却在此时，一把铁伞飞入洞中，玩命般向诸葛驭我袭来。诸葛驭我飞身一避，只见屠媚和九毒神君一前一后飞入洞中。屠媚身形甫一落定，便飞快以右手扣住丁隐咽喉，说道："诸葛掌门，你碰我大哥一下，我便取了丁隐性命。"

诸葛驭我不失从容道："你究竟是站在谁的一边，是你大哥，还是你的阴风谷宗主？"

屠媚见诸葛驭我收了剑势，稍稍松手，恢复了往日的娇媚神色，眼波一转，便轻叹道："虽然我的心是属于阴风谷的，但血浓于水，我自然不会弃兄长于不顾。"

诸葛驭我无谓与她多言，看了看倒地的绿袍，向屠媚冷冷道："如今绿袍被屠霸折磨得奄奄一息，我想你也不会弃他于不顾吧。"

就在此时，绿袍体内的蛊毒剧烈发作起来，只见他面无血色、五官扭曲，全身抽搐不已，口中却还隐忍着不愿叫出声来。

屠媚心疼地看着绿袍，竟“扑通”一声在诸葛驭我面前单膝跪下，颤抖着恳求道：“诸葛掌门，虽说你我二人势不两立，但如今局面，若继续打斗下去只会耽误时间，对你我都没有好处。我希望你放我兄妹一条生路，我定会放了丁隐。至于警我，求求你，一定要救活他。”

诸葛驭我看看她，又看看倒在一旁的绿袍，权衡道：如今警我重伤，丁隐又昏迷不醒，我方才与屠霸过招，内力也有所损伤，再打下去恐怕也占不了上风，眼下权宜之计，只能暂且放过屠霸，保全丁隐和警我了。如此便一咬牙，强忍住胸中血脉翻腾，盯着屠媚，口中问道：“我怎知你不会出尔反尔？”

屠媚直视着诸葛驭我，随后慢慢放开抓着丁隐的手，起身退了两步，说道：“我已表诚意，希望掌门也能以诚相待。”

诸葛驭我点了点头：“好一个以诚相待，没想到最不讲究道德人性的魔宗女子都愿意退一步，那我定不会欺你。不过我有个要求，你此番带着屠霸返回西疆，永远不得再踏足中原，如果再有下一次，我绝不会手下留情。”

“好，我答应你。”屠媚怔在原地，似是经历了一番痛苦的抉择与思量，这才正色应道。

两人又相视了片刻，诸葛驭我便伸手一送，以一股平缓的内劲将屠霸向屠媚推去。屠媚抱着兄长，正要转身离去，走出两步却又停住，不舍地望了望绿袍，再次向诸葛驭我恳求道：“诸葛掌门，拜托你，一定不要让他死。”

诸葛驭我应道：“放心，我的师弟，我定当竭力相救。”

屠媚这才抱起屠霸，与九毒偕同邹勤、连登一行退了出去。

诸葛驭我见众人离去，也是一口恶血吐出，他不顾自己也身受重伤，快步走到绿袍身边，将他扶起来靠在自己身上。

绿袍此时已被蛊毒折磨得面色苍白，口中仍在念着素因：“素因，好想再见素因一面。”

诸葛驭我为之动容，连忙运功为绿袍疗伤，绿袍却又面孔扭曲，痛苦地叫喊起来：“师兄，你杀了我吧……让这种痛苦永远结束。”

诸葛驭我一面向绿袍体内注入真气，一面喊道：“胡闹！你死了，素因该怎么办？你坚持了那么久，难道要现在放弃？”

“素因……素因……我好想你……素因……”绿袍似听不见诸葛驭我的话，只是不住念着素因的名字，好似梦呓一般。

他望着洞口，眼神逐渐迷离起来。就在他失去意识的最后一刻，看到一个女子的身影出现在洞口，向他飞奔而来……

诸葛驭我见是素因倏然而至，二十多年的往事刹那间如电闪雷鸣，他勉力稳住心神，向素因解说起绿袍此刻的伤情：“师弟他深受噬血虫王的折磨，之前又在二元仙阵中受伤，恐怕已经超过了身体可以承受的极限。”

素因木然地点了点头，伏在绿袍身上，轻声唤着：“警我……警我……你醒醒，我是素因，你起来看看我啊。”

可是无论怎么呼唤，绿袍始终紧闭双眼，脸色越发晦暗起来。素因悲从中来，终是伏在他胸口无声地哭泣起来。

诸葛驭我也伤感不已，他想伸手安抚素因，但手伸到一半，又犹豫地缩了回来，沉吟道：“师妹，这么多年真是委屈你了，我当初……”

素因抬头，脸颊上挂着泪珠，打断了诸葛驭我：“当初的事情不必再说了，在我看来，这个世间一切都很公平，失衡往往是源于内心的不定。过去之事就算再痛心疾首、悔不当初，也是于事无补。这么多年，我们何尝不是在偿还自己的罪孽。”

诸葛驭我叹息道：“你并没有什么错，你是最大的受害者。”

素因摇摇头，凄然道：“世间有太多的人，虽然活得清醒，一旦遇到爱情，也只能清醒着犯错。我为了爱也做了错事，当初我偷取血影神功秘籍的时候，心里就很清楚，将自此万劫不复。只是没想到这个错竟让警我堕入无间地狱，活得如同行尸走肉，倒比做鬼还难堪。”

她怜惜地望着绿袍，又抬起头来，好似自问：“可是，背弃一切，为一个承诺而活的人，错了吗？”

诸葛驭我闭目叹息，待素因说完，这才睁开双目，缓缓道：“不管怎么样，今后有你陪在身边，我相信警我师弟心中的执念也可消除，定能找回曾经的那份安宁。”

素因并未回答，只是默默垂泪，紧紧抓着绿袍的手，低语道：“他伤势太重，毒已侵蚀六腑，真气正在慢慢耗尽。而师兄你也知道我的状况，离开他的身体，我独自一人，恐怕也撑不了多久。”

诸葛驭我自知眼下情势危急，却未料到绿袍与素因今番竟已到了生死大关，不免方寸大乱，惊惶道：“师妹，你医术高明，还有没有什么办法？你告诉我，我定会尽力医治警我！”

素因摇头，低语道：“兴许是天意为之，我和警我终究无法逃脱这场轮回梦魇。”

诸葛驭我愕然道：“你这话是什么意思？”

素因平静地道：“当初我危在旦夕之时，师兄以血影神功之力，将我二人的肉身合一，用他的真气保住了我的性命，我才能安然活到今天。现在，恐怕要以同样的方式才能救他。”

诸葛驭我虽早有猜测，此时听素因亲口道出，仍是痛苦不已：“真要走到这一步吗？警我拼尽全力，就是为了能和你面对面说话谈心，不再承受相思之苦，如今好不容易成功了一半，我虽有这个准备，却实难下手。”

素因叹息道：“现在根本不是成功了一半，若是我醒了，就意味着要失去他，那我活在这个世界上也没有任何意义了。大师兄，就算不能相见，但只要知道对方还存在，还能感受到对方的心跳，已足矣！”说到此处，素因已是声泪俱下。

“没有别的办法了吗？”诸葛驭我的声音透着绝望，“可是我该怎么向警我解释？他一定会再次寻求和你分开的方法，一定会想要得到赤魂石作为你们其中一人的心脏。丁隐如今已经和赤魂石融合，赤魂石也渐渐被炼化，此刻他又受了重伤，若是再强行取出，恐怕……”

素因凄然一笑，缓缓道：“放心吧，我不会让丁隐出事的，他是玉儿的爱人，是玉儿幸福的关键。这么多年来，我最亏欠的就是这个女儿，所以还有一件事我要拜托你，我与警我之事，不要告诉玉儿，我不想让她活得有负担，我只想让她开开心心地和爱人生活在一起。也拜托你们，不要再阻拦她与丁隐的感情。”

这番话听得诸葛驭我唏嘘不已，他终是点了点头，谓素因道：“嗯，妙一之前已经告诉过我，玉无心心存善念，是个好孩子，此事我答应你。”

素因向诸葛驭我颔首致意，算是谢过。随后她走到昏迷的丁隐身边，拿出一把匕首，将自己和丁隐的手臂划破，再挥手于空中画出一道法阵，只见两股血液飞出，交缠在一起。

素因说道：“大师兄，这是我在西疆所学的秘术——溶血之阵。从今以后，丁隐的血脉与我相连，也就是与警我相连。丁隐生，他生；丁隐死，他死。如此这般，当能保丁隐平安。但愿警我明白我的苦心，从此不再纠缠。大师兄，别再犹豫了，请助我一臂之力！”

诸葛驭我看着素因坚定的目光，虽然心中依然纠结，但还是一咬牙，坐在丁隐身后，开始运功……

丁隐身体内的赤魂石感应到血液的召唤，红光大炽，只见一片红气瞬间包围了素因、绿袍和诸葛驭我三人，且慢慢旋转，形成巨大的旋涡。

就在红气即将完全笼罩众人之时，素因平静一笑，俯下身子，轻轻吻别绿袍，再转过头，谓诸葛驭我道："大师兄，告诉警我，他与我就像日与月，即使终生不见，也会长相思念。我爱他的心，也会直到永远。"

诸葛驭我双目一闭，亦是老泪纵横。

整个山洞瞬间便笼罩在了一片血红之中……

当绿袍自昏迷中惊醒，猛地坐起身来的时候，他口中还念着"素因"两字。他睁开眼睛，却见一道森严阵法画地为牢，将自己困在中央。

他环顾四周，只见整个山洞空无一人，唯有昏迷的丁隐还躺在山洞一角。

绿袍心生不祥预感，用手拍打法阵，却被弹了回来，同时胸中一阵剧烈激荡。他慌忙搭上自己脉搏，分明感受到一张一弛有两颗心在跳动，那"怦怦"的心跳声此起彼伏，不绝于耳。

他终于验证了心中不祥的预感，跪倒在地，如同野兽一般悲泣起来："不！"

山洞外，诸葛驭我沉默地坐在山崖边，手中攥着素因的一根金簪，看着天上流云，兀自低叹："人生至痛，莫过于生离死别。素因，你和警我当年已经是锥心刻骨，谁想盼了二十四年，却又换来一场分离。你放心，我会带警我回蜀山，就算遍寻天下，我也会找到医治你们二人的办法。"

这时绿袍的怒吼传来，内力震得整个山洞都摇晃起来。诸葛驭我脸色一变，匆匆奔回山洞，只见绿袍怒目圆睁，双眼发红。

绿袍见到诸葛驭我手中的金簪，更是暴怒地咆哮起来："为什么？你不是答应过我，要照顾好素因的吗？为什么这样做？"

诸葛驭我心中一痛，想要劝解绿袍："师弟，你冷静一点，听我解释，这是素因的选择。"

绿袍面露狰狞，仰天狂笑："素因明明昏迷不醒，她如何选择？诸葛驭我，你一路上都劝我不要抱太大希望，其实你根本就没想过要救她，对不对？你从头到尾都只想拆散我和素因，对不对？"

诸葛驭我一脸痛心的表情，不住解释道："当年你为了救素因不惜一切，她对你又何尝不是如此？这只是权宜之计，你随我回蜀山去，我一定会想到办法救你们二人。"

绿袍此时理性已失，岂能听得进诸葛驭我的解释，他嘶吼起来："你住口！诸葛驭我，你前来协助我对抗屠霸的那一刻，我竟然以为你我之间真的可以放下过去，回到当年。是我太天真了，过了这么多年都没有吸取教训，当年你为了素因背叛过我，如今自然可以再背叛第二次！"

诸葛驭我悲恸不已，仍规劝道："警我，你不要执迷不悟，不识好歹！素因这些年四处辛劳奔走，无非是为了替你赎罪。为了救你性命，她甘愿回到你体内，她时时处处都在为你考虑，而你呢？你可曾考虑过她的感受？你扪心自问，到底你是要爱，还是要赢？"

说到此处，绿袍的脸色已是越加难看，他双手握拳，看着诸葛驭我的眼神变得阴鸷凶煞，口中逐字道："诸葛驭我，你根本没有资格教训我！忍辱负重数十寒暑，如今刚刚看到一丝希望，就被你亲手捏碎。我告诉你，从今以后，我偏要癫狂一世，扰乱天下太平！"

随后，绿袍运足体内全部功力，一跃而起，将诸葛驭我设下的法阵砰然击碎，猛然向丁隐扑去。

诸葛驭我见到绿袍举动，抢先一步挡在了丁隐身前，大喊道："师弟，你要做什么？"

"我要赤魂石！你不救素因，我自己救！"

"不行！"

"拦我者死！"绿袍已到强弩之末，却依旧杀气腾腾。

诸葛驭我唯有怔立原地，再与绿袍交手，他心中既是不愿，更是不忍。绿袍找到一个空当，忽然转换方向，刀锋向着丁隐而去。

诸葛驭我大惊起来："不要！素因已经下了溶血之阵，不可强来。"

刀锋一触丁隐胸口，素因设下的溶血之阵便猛然起了反应，一股同等的力道反向绿袍胸口袭来。绿袍牵动内伤，惨叫一声，一口鲜血喷了出来。

诸葛驭我趁机抢过丁隐，冲出了山洞。绿袍追出了树林，却因为重伤，气力不济，终于跌倒在地。

看着诸葛驭我和丁隐的背影消失，绿袍心中悲痛交织，浑身颤抖，咬牙切齿道："诸葛驭我，你等着，总有一天，我会踏平蜀山，此仇不报，誓不为人！"

他将长刀深深插入地下，怒吼如同野兽，随后跌跌撞撞地爬起，不甘心地向前走去，脚下每走一步，口中便呕出一口血来……

这时，忽地有双手自背后紧紧抱住了绿袍，却是屠媚去而复返。绿袍神志混乱，当下狂吼不止，挥刀乱砍。屠媚紧咬牙关死死将他抱住，怎么也不肯放手。二人身前，九毒神君面色戚然地沉默而立。

先时屠媚与诸葛驭我达成“永不再返中原”之约，抱着重伤的屠霸，带同九毒与邹、连二人全身而退。岂料短短时光，她竟与九毒去而复返。

屠媚言而无信，实是令人不齿，然而真正令她觍颜而归的原委却有两桩：一是她割舍不下重伤的绿袍，二是连登告诉她绿袍身边带着一个女人，与他举止亲密，俨然夫妻。

面对这样的事，世上再没有一个女人可以忍气吞声，无论重伤的兄长，还是重伤的绿袍，早被冲天的妒火逼退一旁，屠媚将屠霸交给邹勤、连登，竟如兴师问罪般杀了回来。可是当她撞见形容枯槁、状若疯癫的绿袍，一颗心霎时间竟又软了下来。

“警我，你醒一醒！警我，你醒一醒！是我啊！我救了你！”屠媚紧紧抱着绿袍，声泪俱下地呼唤着他。

绿袍终于恢复了一些神志，他颓然坐倒下来，兀自叹息道：“来不及了，一切都已经来不及了……”

屠媚亦是泪眼婆娑，口中低语道：“警我，没事了，一切都已经结束了，大哥他已经回到了西疆，再也不会找你麻烦了，我们还能够重新开始！”

屠媚的话似乎点醒了绿袍，他缓缓看向屠媚，眼中重新闪过希望，却仍咬着牙，口中道：“赤魂石还在，只要拿到了赤魂石，一切都还不算结束！”

屠媚抚摸着绿袍满是鲜血的面孔，茫然地轻摇着头：“警我，你都伤成这样了，为何还要赤魂石？你究竟在执着什么？”

“你不明白！你永远也不会明白！”绿袍咆哮着，全不理会屠媚的温柔。

屠媚无奈地软下语气，刚才的冲天妒火已被抛到九霄云外，她从身后环抱着绿袍的脖子，贴近他耳边，软软地道：“好好，警我，没关系，神宗还在，阴风谷还有力量。只要赤魂石还在丁隐体内，我一定为你把它抢到手！”

绿袍点了点头，终于恢复了神志。

屠媚缓缓扶他起身，绿袍一个踉跄，九毒再也顾不得，连忙上前搀扶。九毒的手刚刚碰到绿袍，绿袍便如同被蛇咬了一样缩回手，冷冷看向九毒。

九毒说道："宗主……是属下来晚了。"

绿袍睨了九毒一眼，冷声道："你还敢叫我？"

九毒苦笑一声，在绿袍身前跪下，口中道："属下罪该万死，愿由宗主发落。"九毒说话时依然是面无表情，语气淡然。

绿袍又问："我问你，当年你在封印边界被追杀，后来又背着我在雪地里走了九天九夜……"

九毒答道："也是天尊安排的，天尊让我想尽一切办法获得你的信任，否则就去死。"

绿袍苦笑一笑："好啊，天尊下得一手好棋，原来我这么多年一直在他手掌之中，一步都未曾走出！"

说着他拔出长刀，不顾屠媚的拦阻，走到九毒身前，口中道："你真是演得一手好戏，当真识相的话，你就该跟着屠霸一起回西疆。跟了我这么多年，你应该知道我的性子，欺骗背叛我的人一般都是什么下场！"

九毒仍是安之若素："挫骨扬灰，死无全尸。"

绿袍眼中凶光一闪："那你还有胆量再出现在我面前？"

九毒苦笑道："宗主也许不知，属下其实……早就死过一次了。属下本来就只是天尊用白骨吹重塑的一个妖人，无父无母，不知道自己从何而来，只知道自己的命脉掌握在天尊手上。就算天尊将我打得体无完肤，送我去做诱饵，我也没有资格反抗。"

绿袍有些不解，反问九毒道："那么屠霸要我死，你又何苦要救我？我的死活关你什么事？"

想不到九毒竟难得地微笑起来，口中道："属下本是一具行尸走肉，从未想过宗主会以命相救，昔日画面，属下终身难忘。"

绿袍听着九毒的话，抬头闭眼，自嘲地一笑。

九毒又道："属下知道虽然受天尊控制，但从那时起，属下的命早已是宗主的。"

九毒这一番披肝沥胆，便是屠媚也闻之动容，她走到绿袍身边，替九毒求情道："警我，我也是才知道，大哥当年逼九毒服下九种毒虫，方才练就噬血虫王，九毒的血就是解你体内噬血术的药引。多年来他陪伴你左右，不只是为了监视你，同样是为了救你。他不肯回西疆，是放心不下你啊。眼下正是用人之际，九毒既然是真心改过，不如就让他留下吧。"

绿袍听罢，又看了看九毒：“是吗？”

九毒对着绿袍磕了一个头，口中说道：“属下不敢邀功，如今宗主已经解毒，属下所受之痛，又何足挂齿。”

绿袍静静地看着九毒，脸上看不出喜怒，只说道：“先起来吧。”

九毒面露喜色，却不敢站起，仍跪着说道：“多谢宗主饶命之恩，属下……”话到此处忽然停住，九毒随后缓缓低头看去，只见绿袍的左手已经透过了他的胸口。

绿袍凑近九毒，眼神阴冷，缓缓道：“背叛过一次的人总会有第二次。诸葛驭我如此，你也不会例外，我不想冒这个险。”

九毒苦笑一声，眼神平静而悲哀，叹息道：“也罢，既然宗主噬血术已解，属下再无牵挂。这二十二年八个月二十八天，属下追随宗主，无怨无悔！”

九毒用全身残存的最后一丝气力向绿袍跪拜下去，最后一次说道：“拜谢宗主！”

随后绿袍左手在九毒心脏处一扭动，九毒面目微微抽搐，便化为一阵烟雾，随风散去。绿袍眼中满是凄凉哀伤，却说不出一句话来。他若有所思地望了望屠媚，整个身躯缓缓向后倒去……

树林中，诸葛驭我正闭眼为丁隐调理真气。一阵冰凌解冻之声忽然自二人身后响起，诸葛驭我警觉地睁开眼，只觉一道劲风向他后脑袭来。

他猛地跃起翻身，和袭来的人影对了一掌，却惊喜地认出对方身份：“玉姑娘！”

“诸葛掌门？”玉无心也愣住，稍微行了个礼，赶紧上前扶住丁隐，却见丁隐仍是昏迷不醒，情势不明。

诸葛驭我说道：“他刚刚被屠霸强行引出赤魂石，真气混乱才会昏迷的，但是身体并无大碍。我已经为他调理了内息，过几日自然会醒。”

玉无心这才稍稍安心，又问道：“屠霸也在这里？这么说……我爹他也在附近？”

诸葛驭我点头道：“你爹他受了伤，应该已经被阴风谷的人救走了。玉姑娘，丁隐为何会单独一人，又为何是你追随他而来，我的那几个弟子如何？”

玉无心犹豫了一下，还是据实相告：“丁隐和丹辰子他们闹了些矛盾，便独自下山了。我也是和爹吵了一架，才偷偷离开阴风谷，追随丁隐至此。掌门，我并没有加害丁隐的意思，我只是想弥补之前犯下的过错。”

“我明白，我愿意相信你。”诸葛驭我打量玉无心，回想起素因的样子，语气甚是温和，对玉无心的讲述并不存疑。

玉无心这时才瞥见诸葛驭我手中的南明离火剑，不觉惊讶道：“南明离火剑？前辈，这剑怎么会在您手中？明明是医仙前辈从我手中拿去的。”

诸葛驭我想起素因的嘱托，先是顿了顿，继而微笑道：“素手医仙乃是我的故友，她得知蜀山封印不稳，便将此剑交还于我。”

玉无心也便释然：“原来如此。我本也想将此剑还给丁隐，既然掌门已经取回，就物归原主吧。”

南明离火剑于蜀山与魔宗均是攸关之器，玉无心一句“物归原主”说得坦荡爽朗，诸葛驭我感其至诚，心中一阵温暖欣慰，不由嘉许道：“玉姑娘，你与你爹不同，有些执念你爹他始终无法破除，你却能学会宽恕。丁隐能够遇见你这样的姑娘，也算是一种缘分。我就将他托付给你了。”说着他又微微一笑，似要别过玉无心，转身离去。

玉无心忙问道：“掌门要去哪里？”

诸葛驭我说道：“屠霸此次受挫，恐怕其心不死。既然南明离火剑已经寻回，我需要先行赶回蜀山加固封印，以防他卷土重来。寻剑之路困难重重，丁隐独自一人只怕更加危险，还请玉姑娘等他醒来之后好好劝导，陪伴他重新与同伴会合。”

玉无心点头道：“请掌门放心，我会好好劝说他的。只是丁隐是否愿意听，我并没有把握。”

诸葛驭我又向她一笑：“玉姑娘，你在丁隐心中的分量比你想象的要重得多。丁隐就拜托你了。”

诸葛驭我御剑离去，将玉无心与昏迷的丁隐留在原处。玉无心则是紧紧抱着丁隐，唯恐再失去他。

南明离火剑失而复得，令诸葛驭我喜出望外，他当下返回蜀山加固封印，部署机宜。与之相应，阴风谷内，新一轮角力也已悄然开始。

当绿袍尊者缓缓睁开眼睛的时候，他发现自己一直握着屠媚的手腕，屠媚正在身旁用毛巾为他擦拭着脸上的污痕血渍。

屠媚看到绿袍醒来，掩不住开心神色，抢着说道：“警我，你之前伤势过重，蛊毒攻心，现在虽然暂时补充了真气，但还是应该多休养。”

绿袍意味深长地打量屠媚，问她道：“你不计较我之前与屠霸之间的事情？”

屠媚平静道：“我与神宗门徒依旧听从宗主驱使，绝无二意。”

屠媚一番话说得情真意切，似乎此前绿袍与屠霸的殊死搏斗、九毒的身死湮灭，这些事情从来都没有发生过。

绿袍又问：“那你呢？在我和你大哥之间，你总得做出选择。”

屠媚仍旧是平静地道：“大哥这次受伤，我理应陪他去西疆疗伤，可我还是留了下来。”她凝视着绿袍，缓缓地说，“这个选择我早就做好了，自从在西疆又一次见到你，我就下定了决心，你还看不出吗？”

绿袍打量着疲累憔悴的屠媚，竟是有些动容。

屠媚见到绿袍眼神难得地变得温柔了一些，禁不住喜上眉梢，便贴近他耳边，温柔却又坚定地说道：“以后不管发生什么事，我都会站在你这边。”

绿袍沉默了一下，并没有避开屠媚的亲近。

屠媚见他并不反对自己的亲密之举，终于流露出一丝幸福的笑容，鼓起勇气询问道：“之前连登提起过，这次离开阴风谷之后，有一个女人始终跟在你身边，似乎和你关系……很近。”

屠媚说到此处，分明见绿袍神色一黯，她越发犹疑起来，追问道：“她到底是谁？为什么我不知道她的存在？”

绿袍却已恢复了固有的冷漠姿态，淡然道：“她只是当日破了我金蚕术的民间神医而已。我这次噬血术侵蚀身体，才把她抓来替我解毒。”

屠媚却不肯含糊：“当真如此？那她后来又去了哪里？”

“她……死了。”绿袍想要掩饰住心中痛苦，却忍不住仍咬牙切齿道，“诸葛驭我以为她是我的人，就把她给杀了。”

屠媚还想再问什么，又见绿袍面色如铁，闭口缄默，她正思量着如何继续追问，却见一个魔宗门徒进门拜倒：“禀告宗主，有客人来访。”

绿袍便问：“是谁？”

那门徒答道：“来者不肯露出真容，只说自己是‘山中人’，说宗主会明白的。”

屠媚闻言一怔，绿袍先是一愣，接着脸上浮起笑容，向那门徒摆了摆手，又谓屠媚道：“屠媚，走吧，我带你去见一见这位贵客。”

绿袍带着屠媚走入大殿，只见两个戴着斗笠的人正候在大殿正中，魔宗门徒将两人团团围住，严阵以待。年轻些的那人手握剑柄，看来十分戒备；年长的那位却是气定神闲，坐在一旁自顾品茶。见是绿袍前来，年长者随即放下茶盏，摘下斗笠——竟是公孙无我！

“上官师弟让我好等啊。”

绿袍欣然应道：“之前出了些小事，总得收拾妥当，才能出来见公孙师兄你啊。”

公孙无我打量绿袍的脸色，意味深长地笑了笑，口中说道：“受伤了？师弟也太不小心了，和诸葛驭我久别重逢，最后还是不欢而散，你这个人就是太心软，感情用事。”

绿袍心中一动，微微一笑：“真是什么都逃不出师兄的法眼啊。”

屠媚入场之后，始终打量着公孙无我，此刻终于认出，一脸难以置信地道：“你……你是蜀山点苍峰的那个长老？”

不待公孙无我应声，绿袍率先说道：“屠媚，你不是一直想知道‘山中人’是谁吗？现在告诉你也无妨，这么久以来，都是公孙师兄为我提供了蜀山的动向，给阴风谷帮了不少的忙。”

屠媚不解地问道：“可是你说过，当年是他和诸葛驭我一起将你打下蜀山的！”

公孙无我从容一笑：“英雄视时局而动。当年我效忠于蜀山，如今我又为何不可与警我师弟联手？”

屠媚仍旧狐疑地盯着公孙无我，又问道：“你当真愿意背叛诸葛驭我？为什么？”

公孙无我不置可否，反问屠媚道：“副宗主是否觉得我在蜀山日子过得很风光，用不着协助你们？”继而又是一笑，“副宗主是否知道，当年我是白眉真人座下的二弟子？”

屠媚点了点头，公孙无我苦笑一声，继续道：“可二弟子又怎么样？我头上还不是有诸葛驭我压着？白眉真人在世的时候，他是首徒；白眉真人死了，他也是掌门。这二十多年来，蜀山大小事务都是我替他担着，可结果呢，他一出关，我还是要拱手让位于他。我恨透了‘二弟子’这个名号，因为我不管再怎么努力，上头始终都有这位掌门师兄，我这辈子都出不了头！”

公孙无我脸上表情变换，时而阴狠，时而嫉恨，最后缓缓笑开：“不过，最让我看不惯的，还是他对待上官师弟的手段。上官师弟曾经也是叱咤风云，却在

旦夕之间被他打入万劫不复的深渊。就连我也为上官师弟感到委屈不值，才希望能出一臂之力，协助上官师弟东山再起。”

屠媚当即了然，施礼道：“这个道理我还是明白的，敌人的敌人都是朋友，屠媚刚刚失礼了。不过——”

只见她形如鬼魅，上前一把掐住了何清的脖子，冷冷道：“不过……这‘山中人’身份机密，知道的人越少越好。这种风险，还是让我为两位除掉吧。”

何清登时惊恐万状，大叫讨饶：“师父，救命！”

“等等！”公孙无我连忙伸手喝止屠媚。

“等什么？”绿袍饶有兴趣地看向公孙无我，口中道，“师兄，你一向谨慎，怎么这次竟然如此冒失地直闯阴风谷，还带着外人，就不怕隔墙有耳？”

公孙无我从容地道：“承蒙副宗主日前将计就计，让我门下弟子苏阳顶了‘山中人’的罪名，此番我是以送弟子骨灰返家为名下山的，蜀山那边还不至于起疑心。再者，他是我的徒弟，此事他自然知情。更何况现在是用人之际，何苦要减弱自己的力量呢？”

“用人之际？不知师兄有何打算？”绿袍问道。

公孙无我说道：“此次诸葛驭我受伤回到蜀山，虽然元气大损，可好像和上官师弟又生了什么仇恨，竟然下令众弟子加紧练习剑术，准备不日就攻打阴风谷，斩草除根。”

绿袍眉毛一扬：“斩草除根？他真这么说？”

公孙无我眉心一聚，大点其头：“是啊！他还说，一日为魔，终身为魔！”

绿袍听罢，发出一阵狂笑，似在自嘲，又似宣战：“一日为魔，终身为魔！我早该知道结果如此。当年说什么助我向善，不过是忌惮我身上的魔气罢了。所谓正派，果真全是心胸狭窄之徒！”说到此处，绿袍已是暴怒不已 须发皆张。

公孙无我上前拍了拍绿袍的肩膀，劝慰道：“师弟先息怒，现在蜀山不比往日，诸葛驭我的功力大不如前，妙一长老被罚困在伏魔谷，几个稍微出色些的小辈也不在山中。众弟子气势低迷，人心惶惶。诸葛驭我正催促我速速归去，让我掌管大局，现在的蜀山可以说是外强中干啊。”

绿袍直视着公孙无我，揣摩他话里的意思：“师兄是要我先下手为强？”

公孙无我目光一闪，反问绿袍道：“难道师弟还有什么顾虑？如今可是机会难得，若不抓紧时机，等到诸葛驭我主动出击，到时候外强中干的可能就是这阴风谷了！”

绿袍眼中闪过一丝怒意，面露狰狞之色：“诸葛驭我这个老狐狸，两面三刀，意图斩草除根，休想！”

随后他又扭头看着公孙无我，意味深长地道：“到时候要有劳师兄了。”

公孙无我微微颔首，只说道：“我不过就是个内应，一心助师弟完成复仇大业。”

绿袍满意地道：“希望我们合作愉快，让诸葛驭我腹背受敌，永无翻身之日。”

随后二人各自带着笑意，当即击掌为盟。公孙无我也不多言，便向绿袍辞行，说要即刻返回蜀山。绿袍也不留他，当下与屠媚转到雪池边计议起来。

屠媚感到公孙无我心迹可疑，未可全信，直言道：“凭借宗主如今的能力，完全可以独自拿下蜀山，用不着再与人合作。更何况万一那个公孙无我到时候反戈……”

绿袍却打断了她的陈词，漠然道：“放心吧，我从头到尾也没有信任过他。不过他既然送上门来了，我为何不顺势利用一下他呢？大家还没到撕破脸的时候，一个虚伪的朋友总比一个真诚的敌人好对付。”

屠媚正揣摩着绿袍的言中之意，却又有一名门徒抱着信鸽来报，说是五鬼飞鸽传书。

绿袍伸手将信鸽腿上的铜管吸入手中，取出信件阅读，接着缓缓说道：“屠媚，五鬼虽然行事散漫，可他这次带来的却是好消息。他和玉儿分开之后一直在暗中监视，蜀山寻剑的队伍如今分崩离析，诸葛驭我已经将丁隐托付给了别人。你可知道他托付的人是谁？”

屠媚先是一愣，接着猛然猜到，难以置信地道：“该不会是……玉无心？”

“没错，他竟然将赤魂石托付给了我上官警我的女儿。”绿袍疯狂大笑，“我早就说过，放玉儿出谷对我的计划有百利而无一害。只要她活着一天，丁隐就逃不出我的手心。屠媚，时机已到，你立刻出发去找五鬼，将玉儿和丁隐一起带回阴风谷。我要让诸葛驭我看看，我的女儿可以把他最看重的赤魂石亲手送到我的面前。”

屠媚看着绿袍的狂态，欲言又止。

绿袍却大手一挥，示意屠媚行动：“去吧，你愣着干什么？”

屠媚立在原地半晌，良久才领命而去。

这一边，公孙无我带着何清已走出阴风谷地界。何清从屠媚手中死里逃生，

依旧是惊魂未定，有些惶恐地向公孙无我问道：“师父，您真的打算和绿袍继续合作下去？”

公孙无我微笑以对：“绿袍经此一役，已经恨诸葛驭我入骨，他自然就是为师最好的同盟。”

何清又问道：“那师父您刚刚怎么还对他说谎？掌门确已回蜀山，但是他身体已经恢复得差不多了，真气越发强劲，闭关也是为了修复西疆封印之眼，更不曾提及攻打阴风谷之事，师父为什么要把他说得那么虚弱不堪？”

公孙无我眼中精光一闪，谓何清道：“正是因为诸葛驭我的内力在逐渐恢复，我才要尽快促成他和绿袍两虎相争。“

何清思忖道：“可是这样的话，两者必有一伤。”

公孙无我从容一笑：“那不正合我意吗？为师的功力可能敌不过诸葛驭我，也对付不了绿袍，可是在他俩打得你死我活双双重伤之后，不管是蜀山还是魔宗，就都没有能抵抗得了为师的对手了。”

何清这才恍然大悟，大声笑道：“师父果真高见！”忽地他又皱起眉头，发问道，“可是徒儿还有疑虑，我们将魔宗众人放上山，他们可是会赖着不走的……”

公孙无我饶有兴致地看了看何清，缓缓说道：“为师只想借刀杀人，可不想杀完人后还要平分收成。等到丹辰子取得三把神剑之后，还愁对付不了已经元气大伤的魔宗？等绿袍下手杀了诸葛驭我，我们所有人目睹掌门之死，群情愤慨，不顾一切出手反击，在我公孙无我的带领下，反败为胜将魔宗妖人赶出蜀山……”

“那师父岂不就是蜀山的救世之主？当仁不让的新任掌门？”何清讲到此节，越发兴奋，大约已开始憧憬起自己未来掌门首徒的锦绣前程。

公孙无我望定何清，眼神颇为凛然，只听他说道：“诸葛驭我治下，蜀山动荡不堪，连番祸乱，他身为掌门，难辞其咎。而那魔宗嘛，总归是妖魔之类，我蜀山剑派为武林正派之首，自然是要为民除害。”

何清亦深受感染，施礼道：“师父心存大义，弟子佩服。”

公孙无我这才移开视线，悠悠看向远方，自语道：“现在就看丹辰子那小子能不能争气，顺利拿回那三把神剑了。”

青崇山下，三三两两的小城镇不似丹江口那般繁华兴旺，不过找间客栈倒不算难。

这时在林记客栈的“玄”字三号房间门口，玉无心正担忧地看着躺在床上昏睡的丁隐，随后她轻轻关上房门，走入庭院之中。

庭院中有张石桌，石桌边摆着几张石凳，石凳边又置着一个泥炉，那泥炉里燃着炭火，熬制着玉无心今日上山为丁隐采来的草药。

微弱细小却又持久绵密的炭火，一连熬了五六个时辰，才将瓦罐中的药草熬制得滴水成珠，一股淡淡的药香隐约升起。

玉无心对着细细密密、绵绵长长的炭火出神，不禁担心起丁隐的健康，自语道：“丁隐啊丁隐，你就这样不管不顾地睡着，难道要我像熬药般滴水成珠，你才肯醒来吗？再这么下去，我可真不理你了。”

“那我可不同意！”

忽地传来丁隐声音，玉无心惊喜回头，丁隐已站在她身后，玉无心欣喜不已：“你醒了？”

丁隐笑道：“你这么辛苦照顾我，我怎么忍心还躺在床上？”

玉无心低头一笑，丁隐便在她身旁坐了下来。丁隐也不东拉西扯，直奔主题向玉无心问道：“玉儿，这么跟着我走，有没有后悔过？”

“后悔什么？后悔我厚着脸皮倒追了你一路？”玉无心半开玩笑地反问他。

丁隐却很真诚：“你为了我放弃了太多，甚至背弃了门派和父亲，连一条退路都不留，这样值得吗？”

玉无心沉默良久，忽然温柔一笑，一双乌溜溜的眼睛泛起水光，看来分外醉人，问丁隐道：“你知不知道爱一个人到底是一种什么感觉？”

丁隐一愣，接着忍不住面红耳赤：“这……我说不出来。”

“我爱你，不是因为你力气大，也不是因为你相貌出众，也不是因为你身怀赤魂石，而是你在我心里点亮了一盏明灯，我靠近一看，那里确实是我想去的地方。”

这般话，本该是情人间羞涩的告白之辞，玉无心说来却分外平静笃定，许是蹚过了地狱火海，历经了死生契阔，才有了这份荡气回肠后的安稳。

“玉儿……”丁隐何尝不知这番告白背后的千山万水、血泪滂沱，心中千言万语汇成了这声轻呼。

玉无心痴痴地望着丁隐，且喜且怜，逐字说道：“当我爹逼我在你和神宗之间做选择的时候，我忽然之间懂了。留在神宗，也许我以后会有别的退路，可是

那些路上如果没有你的话，也无趣得很。眼下我们俩在一起了，就只有一条路可以走，谁也不能丢下谁。哪怕这条路很短，不能像别的路一样走到底，我也愿意赌一把。”

丁隐凝视玉无心良久，终于一把搂过她：“玉儿，谢谢你。”

“谢我什么？”

“谢谢你一直陪着我，容忍我的蠢笨，谢谢你一直对我不离不弃。我丁隐得一知己如此，人生何求。苍天见证，我丁隐自当宠你爱你一世，携手白头。”

玉无心终于动容笑出声，接着脸上闪过一丝忧虑：“我只怕我爹还是不愿放过我们，说不定哪一天又要逼我俩离散。”

丁隐动容地道：“你都愿意赌，我又何尝不敢？只要两个人能在一起，哪怕与天下为敌，我也不会后悔。”

玉无心又问：“那假如有一日你回到蜀山，见到青云，你要怎么向她解释？”

丁隐脑海中闪过青云对自己的痴痴告白，心头一痛，静默片刻，继而也是一字一句地说道：“如果有机会再见，我亲自同她解释。之前是我做错了，是我对不住她，和你无关。玉儿，两个人的感情是不应该有备选的，不应该有退而求其次的选择，这不是爱情应该有的样子。”

玉无心微微颔首，沉重间又带了三分笑意：“那应该是什么样子的？”

丁隐凝视玉无心的脸庞，俨然痴了，口中道出十六个字：“非你不可，刻骨铭心，从一而终，永不分离。”

玉无心的心田霎时被喜悦填满，她勇敢地吻上丁隐，满心的柔情蜜意。丁隐紧搂住玉无心的雪颈，几乎是凶狠地回应着她的亲吻。

非你不可，刻骨铭心，从一而终，永不分离。两人情到深处，丁隐抱起玉无心，向房间走去……

又过了许久，庭院中的小炭炉已将药汤熬得也是缠缠绵绵，客房内两人相拥躺在床上，也是难舍难分。丁隐抚着玉无心的长发，喃喃说道：“玉儿……”

“嗯？”

“我总觉得你好熟悉，好熟悉，你身上的味道，你的一颦一笑。好像我们在一起的时间并非那么短，好像很早就认识了一样，你说，这是不是我们前世的缘分？”

丁隐见玉无心半晌没有回应，探头一看，只见玉无心已经睡着了。丁隐轻轻绾起她的秀发，小心翼翼地环抱着她，随后幸福地闭上眼睛，安享这份宁静。

玉无心背对着丁隐，却是缓缓地睁开双眼，在她眼中，悄悄浮过一丝愁云。

二人所在的林记客栈位于抚宁巷西首。抚宁巷穿出，乃是五爷庙街，沿街直行，可由北门出城，城外半里，便是一座坟山。坟山不高，却足以看到城镇的夜色。这时坟山上站着两个人，乃是屠媚与五鬼天王。

屠媚哪有什么欣赏夜色的心情，她一脸阴沉地看向身后的五鬼，说话并不客气："我看你是越活越回去了！好好的一个大活人，怎么能说丢就丢了？你就不会上前把她截下来？"

五鬼面色尴尬，仍申辩道："我不想对玉儿出手。"他又苦笑一声，无奈地补充道，"更何况以她现在的武功，只怕我出手也阻挡不了她。"

"废物！"屠媚倒是言简意赅。

五鬼越发窘迫，只得说道："好在现在也不算全无头绪。丁隐身上带伤，又昏迷了很久，他俩应该走不出方圆十里，只怕还在这小镇附近。"

屠媚冷冷看向山下城镇，缓缓撑起铁伞："那就把这方圆十里每家每户全都屠尽了，我就不信找不出玉无心来。"

"等等！"五鬼神色一震，上前按住屠媚的铁伞。屠媚眼神一冷，几下过招，铁伞就对准了五鬼的脖子，屠媚变色道："怎么？不舍得杀玉无心，杀几个人你也不想下手？五鬼，你和蜀山那群人混得太久，心肠也变软了吗？"

五鬼冷笑一声："屠媚，你动静这么大，就不怕引起蜀山的注意吗？万一他们赶来搅了你的如意算盘，宗主面前这烂摊子你可得自己收拾！"五鬼毫无惧色，冷冷挡在屠媚面前。

屠媚皱了皱眉，收起铁伞问道："听起来你有别的打算？"

五鬼沉吟道："我的恶鬼阵如果运用全部内力的话，可以扩展到方圆十里左右。我能用它给玉儿带个消息。"

屠媚讽刺地一笑："她真能这么乖乖听你的话？"

"不知道。"五鬼转头看向山下，神情苦涩，自语般道，"但愿我在她心中还能有点地位。"

寂静山林中，五鬼幻术已施，正颓然而坐，脸色一片惨白，心中忐忑不定。大约一炷香时分，一阵破空声传来，五鬼抬头一看，竟是玉无心披着夜色匆匆赶来。

玉无心适才正在林记客栈中与丁隐相拥而眠，朦胧间她梦见五鬼被丹辰子与紫英围攻，紫英一剑生生刺入五鬼腹部，五鬼大叫一声，鲜血汹涌而出。

玉无心猛然惊醒，知是五鬼身临险境，以恶鬼阵传信入梦。她想起五鬼前番多次舍命相救，心道无论如何也不可置他于不顾，即刻收拾心境，推开丁隐搂住自己的胳膊，飞速穿好衣服，拿起长鞭，疾奔来援。谁知此刻她眼前的五鬼却是完好无损，神情尴尬，一副欲言又止的模样。

玉无心猛然意识到不妙，却听五鬼恻然说了句："也许……你不应该来的。"她再抬起头来，只见屠媚领了数十名魔宗门徒，高举火把刀剑，将她与五鬼团团围住。

屠媚冷笑起来："五鬼，想不到你和玉无心之间还有些真感情。她为了救你的命，竟然真舍得抛下那个丁隐，单枪匹马赶来。"

"你骗我！"玉无心顷刻明白了一切，冷冷望着五鬼，吐出三个字。

屠媚却是笑靥如花："他当然是骗你，他对你垂涎已久，怎么舍得眼睁睁看着你对别的男人投怀送抱，所以他才愿意同我合作。男人嫉妒起来，骗人的功力不比女人弱。"

玉无心一怔，道："你骗我来，就是为了找到丁隐？"

屠媚仍是娇笑一声："既然知道我的目的，就乖乖听话，这样才不会吃苦头。"

玉无心厌恶地看了屠媚一眼，长鞭已然出手。

五鬼却扑上来一把拦住，恳求道："玉儿，宗主绝不会轻易罢手的。和我回阴风谷吧，这样才是唯一能够保护你的办法。为了区区一个男人和宗主对抗，不值得！"

玉无心漠然一笑："我与他已经互许终生，我不会把他交给任何人！"

五鬼愣住了，缓缓后退两步，一脸难以置信。

倒是屠媚来了兴致，眼波一转："好啊，既然如此，只能动手了！反正把你抓了再慢慢拷打问出他的下落，也不是不可以。"

五鬼见状震怒，大喝道："屠媚！你答应过我不会对玉儿动武！"

屠媚仍是娇笑连连："哎哟，我的好左使，现在是她要对我动手啊。好，那我就再卖你一个面子。玉无心，只要你服个软，我现在就可以放你走。"

玉无心啐道："然后让你跟踪我去找丁隐？想得美。"

屠媚戏谑道："呃？那你难不成要和我一起困死在这里？"

“杀光了你们，自然就不会再有人去打扰我俩了！”玉无心说着长鞭一挥，寒光一闪，便向屠媚袭去。

屠媚不闪不避，只是微微一笑，却见一个人影从远处飞来，迎上了玉无心。掌力所至，长鞭瞬间脱手，玉无心被一股大力击倒，一口鲜血喷出。

那人影翩然落地，正是绿袍尊者。

玉无心惊呆了，不知所措地喊了句：“爹……”

绿袍看了看玉无心，好似关切地问道：“玉儿，偷偷离家这么久，就一点都不想爹吗？”

玉无心神情失望：“爹也是为了丁隐身上的赤魂石而来？”

绿袍走到玉无心身旁，抚上她的肩膀，笑容和煦：“告诉我他在哪里，其余的事情我自会处理。回到阴风谷，你还是我的好女儿。”

玉无心低下头来，神情绝望：“女儿……女儿做不到。”

绿袍抚在玉无心肩上的手猛然变掌，狠狠一耳光，打得玉无心口鼻流血。

“宗主手下留情！”五鬼见绿袍下手极狠，上前就要扶住玉无心。

绿袍睨了五鬼一眼，狰狞道：“我教训女儿，轮不到外人开口！”

五鬼唯有噤声退下，哪里还敢再言。

绿袍这才克制住情绪，向玉无心道：“玉儿，真的连爹的话都不听了吗？”

玉无心艰难地支撑起身来，迎着绿袍的目光，逐字说道：“女儿已经和丁隐……有了夫妻之实。从此之后，生死与共，要杀他，就是杀我！”

绿袍倒是毫不惊奇，只说道：“天底下男人多得很，一个女婿没了，大不了再找一个！”

玉无心听得潸然泪下，颤抖着向绿袍喊道：“女儿只爱他一个！爹，你真的没有爱过女儿吗？我知道你为了娘苦了这么多年，你心里的恨太深太重，可是你真的希望我也和你一样，除了满腔仇恨以外就一无所有吗？”

“别提你娘！你没资格！”绿袍心情激荡，又是一掌重重打在玉无心胸口。玉无心被打得瘫软倒地，鲜血沾衣，站也站不起来。

屠媚在一旁看着玉无心受苦，嘴角抑制不住地扬起：“宗主，万一真的把人打死了，可什么都问不出来了。”

绿袍冷哼一声：“我的女儿，没那么容易让她死。”说着他走到玉无心身旁，不顾玉无心的苦苦哀求，将她腰间挂着的玉哨猛然抽走，又转头向五鬼说道：“五鬼，把玉儿带回阴风谷，没有我的命令，不许她出房门一步。”

屠媚不解道："那么丁隐……"

绿袍却道："玉儿不是把另一个召唤血眼信鸽的玉哨留给了丁隐吗？"说着他将手中玉哨吹响，示意众人稍等。

不多时，果见一只血眼信鸽飞到坟山上来，乖乖落在绿袍肩头。

绿袍满意地一笑："有它在，只等丁隐自己来找我们就行了。"

玉无心情知绿袍将以此引诱丁隐，她挣扎着大叫起来："爹，求求你不要——"

绿袍却不理会女儿的挣扎，催促五鬼道："五鬼，还不快去！"

五鬼艰难上前，不顾玉无心的哭喊挣扎，将她横抱在肩头，一边走远，一边在她耳边低声说道："玉儿，咱们不吃眼前亏。只有先回去保住命，以后才能再想办法。"

绿袍看着泪如雨下的玉无心，狠心地扭过头来，对屠媚道："等着吧。不出一日，丁隐他一定会有消息。"

却说丁隐睁开眼时，客房之内早已空无一人，昨夜温柔乡里的无尽缠绵倏然间荡然无存，若非枕边遗留着玉无心的一根长发，他真的会怀疑自己曾经置身绮梦。

他在房间里继续巡视，只见玉无心随身的冰魄寒鞭也已消失不见，追出门去，仍丝毫不见踪迹。丁隐心中猛然涌起不祥的预感，玉无心昨夜在庭院中说过的话又在他耳边回响："我只怕我爹还是不愿放过我们，说不定哪一天又要逼我俩离散……"他连忙取出玉哨，大声吹起，继而奔出林记客栈，在市镇中继续寻找。

与此同时，绿袍肩头的血眼信鸽听到召唤，双翅一展，便向市镇中疾飞而去。绿袍冷笑着看向信鸽飞去的方向，向屠媚挥了挥手……

丁隐疯了一样，从客栈穿入街巷，由大街跑去城门，正当筋疲力尽、气喘吁吁之时，忽见到青云迎面而来。

丁隐匆匆向青云说了玉无心不告而别的事，青云眼中闪过一丝不悦，继而又为她担心起来："丁大哥，这么大片荒地，一个人影都没有，玉姐姐不告而别，不会是遇到什么危险了吧？"

丁隐想了想，摇头说道："那也不会，房间里没有打斗的痕迹，冰魄寒鞭也被她随身带走了，她是主动离开的。"

青云又问："那……玉姐姐走之前有没有说过什么？或者暗示过什么？"

丁隐又回忆了一阵，却是毫无头绪，心乱如麻，最终他颓然坐倒在地，痛苦地自语起来：“没有……她什么都没有说……为什么？为什么总是不辞而别？为什么总要留下我一个人？”

青云看到丁隐伤心的样子，上前扶住他的肩膀，温柔地慰藉道：“丁大哥，也许玉姐姐有什么急事要办，也许……也许她是希望你和我们继续上路呢？大师兄和师姐都很担心你……”

丁隐却道：“青云，道不同不相为谋，我真的没有办法和紫英再相处下去，我要去找玉儿，你别拦着我。”

这时，树林间忽然飞出一只血眼信鸽，扑扇着翅膀向丁隐飞来。丁隐惊喜回头，只见血眼信鸽从楼外飞来，缓缓停在他肩头。丁隐激动地道：“也许是玉儿传来了消息！”

可他将信鸽身上摸索了一遍，却没有发现信。丁隐念头一闪，忽然觉得不对劲——他发现自己和青云已经处于一片无人的荒地之上，四周安静得可怕。

正在此刻，身后传来屠媚刺耳的娇笑：“丁隐，不用再找了，玉无心的口信我们已经亲自帮你带来了！”

丁隐见势，立刻拔出断刃剑，青云的青索剑也跟着出鞘。可是屠媚还未现身，二人眼前忽觉一暗，一个结界已笼罩下来。

继而魔宗门徒纷纷从四处蜂拥而出，将两人围在了正中。随后屠媚与绿袍尊者一前一后翩然落地，停在二人面前。

屠媚饶有兴致地打量着丁隐和青云，口中道：“哟，丁隐，我觉得你还真是虚伪，那边刚刚和玉无心山盟海誓，现在又和蜀山师妹在这里卿卿我我。你当真是艳福不浅嘛，难怪宗主都看不下去，要管教管教女儿了。”

青云向屠媚睨了一眼，口中狠狠骂道：“你少胡说八道！”

丁隐牵挂玉无心的安危，当下不顾屠媚的阴阳怪气，只问道：“是你们把玉儿带走了？你们把她怎么样了？”

绿袍冷冷地看着丁隐，淡淡回了句：“玉儿她再怎么样也是阴风谷的事情，不需要你插手。”

丁隐却咆哮道：“你们不能随便把她从我身边带走！”

绿袍脸色猛地一沉，长刀出手，上前对丁隐大力猛攻。青云就要上前助阵，却被屠媚拦住：“小姑娘，你对付的人是我！”

绿袍和丁隐两人刀剑相交，火花四溅，神情都是愤怒至极。

丁隐破口骂道：“上官警我，你为人父亲，真的为她的幸福考虑过吗？为什么你一个人的仇恨，还要她陪你一起偿还？”

绿袍回了句：“她不配有幸福！”接着就是一刀直劈丁隐左肩，来势之快，令丁隐险些被斩下手臂。丁隐勉强避过，还不待还手，绿袍又是反手一刀向丁隐腹部刺来。丁隐之前伤势未愈，一时险象环生，眼看渐要不敌。

青云见状大急，几次上前想帮丁隐，却被屠媚拖住。屠媚见青云分神，拿起绣伞佯攻青云下盘，另一只手扣着一枚毒刺正要射出。

紧要关头，一道黑影如同闪电一般蹿到屠媚肩头，狠狠咬下，正是小宝。屠媚一痛之下，暗器脱手落地，她狠狠甩开小宝，攻势依旧不停，又向着青云劈去。

又一道剑光将屠媚的攻击挡了下来，接着无数道剑光一起向着屠媚袭来。

“神木剑！是大师兄来了！”青云士气一振，大声呼喊道，一面给丁隐打气。

话音刚落，果见丹辰子飘然而至，神木剑已经化为十把飞剑在他身旁缓缓悬浮，继而十把飞剑凌空击出，如遮天蔽日般向屠媚攻去。

屠媚哪里见过这般凌厉的飞剑，一时间左支右绌，险象迭出。绿袍见势，只得撇开丁隐，回身挡在了屠媚面前。神木剑的威力如此骇人，绿袍猝不及防，当下脸色一白，嘴角渗出一道血渍，显是牵动了先前所受的内伤。

丹辰子厉声喝道：“放他们走！”

绿袍冷笑起来：“想不到神木剑还真的被你们拿到手了。但是，小子，剑厉不厉害，还是要看使剑的人！”说罢他一记飞身，甩开长刀，又与丹辰子酣斗起来。

青云见势，正要去扶远处倒地的丁隐，却见紫英抢了出来，一把将丁隐扶起。小宝见到紫英，便欢叫着跳回到她身上，钻入她袖口之内。

丁隐见是紫英，神情十分鄙夷不忿。紫英尴尬地看了丁隐一眼，随即避开目光，又向青云道：“大师兄撑不了多久的，此地不宜久留。”

“可是玉儿她……”丁隐还在牵念玉无心的安危。

青云却道：“再留在此地，恐怕会波及镇上百姓，还是先离开再说。”

丁隐点了点头，在青云与紫英的搀扶下奔离战场。丹辰子见三人安全离开，终于松了口气，转身就要撤走。

“现在想跑？没那么容易！”绿袍长刀脱手，便向丹辰子身后掷来。却见神木剑数剑化为一柄巨大长剑，横在二人中间，为丹辰子挡下了这一击。绿袍唯有徒呼奈何，看着倒地不起的屠媚和数十门徒，颓然地摇了摇头。

丁隐四人一路奔至城门附近，这才停住了脚步。青云说道："多亏大师兄赶来相助，否则我们只怕凶多吉少。不过，大师兄，你们是怎么找到我的？"

丹辰子说道："青崇山上寻不见你，紫英便猜测你出来找丁隐，我们怕你冒失莽撞便跟了来。好在小宝及时感应到魔气，我们这才赶上，否则今日真是凶险……"

青云不好意思地吐了吐舌头，又尴尬地看了看丁隐，见他仍是一脸失魂落魄的样子，只得移开话题，赞叹道："没想到青索剑和神木剑威力如此之大，竟然连绿袍都有所忌惮。"

丹辰子点头道："是啊，三把神剑如今已得其二，还剩最后一把，就在莽苍山。只要拿到了它，我们就能赶回蜀山复命。"

"我不去了。"丁隐从刚才开始就茫然落寞地看向远处的群山，此刻淡淡回了一句。

众人惊讶对视，丹辰子看了一眼紫英，无奈地叹了口气。青云关切地道："丁大哥，你是担心玉姐姐？"

丁隐应道："玉儿回了阴风谷，不知道还要受什么折磨，我得去把她带回来。"

丹辰子却道："丁隐，方才你们的对话我也听到了一些，绿袍是玉姑娘的父亲，玉姑娘暂时应该没有危险。倒是绿袍如今对蜀山的怨恨看来更深，我这次凭着神木剑奇袭取胜，不过是侥幸而已，他日绿袍如果再攻上蜀山，恐怕神木剑也不是他的对手。"

丹辰子说着，又对丁隐郑重一揖，口中道："丁隐，之前的事是我和紫英对不起张馅饼。只是眼下大局为重，我们还是一起前去莽苍山，取得紫郢剑再做打算。"

丹辰子说罢，对紫英使了个眼色。紫英虽然心有不甘，却还是咬牙向丁隐一拱手："丁隐，小张的事情，我是有错，可如今死者已经不能复生，还望你海涵，大局为重。"

丁隐冷冷一笑，也不去看紫英，只道："你以为，你轻飘飘的一句道歉就能换小张的一条命吗？"

青云见状，上前抓住丁隐的肩膀，恳切地道："丁大哥！本来我们是五个人

一起从蜀山出发的，小张是回不来了，不能再少一个。你不记得当初对掌门的承诺了吗？”

丁隐沉默良久，终是点了点头：“我记得，我答应过掌门，三把神剑关系着蜀山和天下苍生的命脉，我一定会将它们带回蜀山。”

青云又道：“对啊！如果玉姐姐在，也一定会希望你这么做。”

丁隐忧虑地回头，看向阴风谷方向，语气变得坚决：“玉儿，你等着我，总有一天，我会光明正大地带你走！”

真假素因夺幽暝，生死爱侣寻血饮

情字一关，苦煞众生。无论是天真少艾，还是厉鬼魔枭，只要心中刻下一个“情”字，便成终身业障，作茧自缚，求出无期。

却说丹辰子、丁隐等四人离了青崇山一路向北，又行了两日，于这日黄昏来到一处名为“莽苍”的古镇。

众人才过城门，便发现偌大的市集上竟死气沉沉，一片静默，无论货摊、酒肆，还是店铺，一律大门紧闭，街上更无一个行人，满目都是萧索冷清的气象，直令人后脊发凉。

“这个镇子怎么死气沉沉的，连个活人都没有？”青云环顾一周，不解地向紫英问道。

紫英也是一脸疑惑，转头又向丹辰子道：“大师兄，这镇子的确有些古怪，就好像之前被妖僧操控的武当一样，咱们还是小心点吧。”

丹辰子淡淡扫了紫英一眼，顶回一句：“天底下哪有这么多控制人心的法术，你定是想多了。”

丁隐跟在最后，不住察看四周，也是满脸犹疑：“藏经阁的古卷明明记载，紫郢剑就在这莽苍山中，为何这里却空无一人？”

丹辰子接过丁隐的话头，点头说道：“没错，不过古卷上还说，紫郢剑上次现世还是数十年之前，之后就再没有人见过它，所以至今都无人知道它的具体所在。”

丁隐又道：“不如我们今晚先找一家客栈住下，找些老乡问问情况，明日再做打算。”

于是四人推开一家客栈大门，可这客栈空空如也，不见人迹，柜台、桌面、堂前堂后全是一层厚厚的积灰，墙角处还有不少蛛网，看来阴气森森、诡异莫名。

众人惊讶间，丁隐却指着一张餐桌上摆放的碗筷酒坛，说道："这客栈若是正常歇业，桌上碗筷定会有人收拾。想是客人在吃到一半时，突发了什么意外。"

丹辰子也是眉头紧锁："却又是什么原因，让镇子里的所有人在突然间不管不顾全都消失了呢？会不会又是魔宗所为？"

提到魔宗，青云便想起小宝，谓紫英道："师姐，快让小宝出来嗅一嗅，看看附近是否有妖气？"

却听紫英一声惊叫："糟了！小宝它不太对劲！"

众人惊讶地回头，只见小宝虚弱地躺在紫英手中，奄奄一息。紫英心疼万分，却是手足无措。青云上前检查小宝，只见它身上一道伤口泛着黑气，青云这才惊觉："啊！这是小宝和屠媚交手的时候受的伤，先前又一路奔波，没有妥善医治，伤及血脉了。"

紫英急得险些流出泪来，拉着丹辰子的手大喊道："大师兄，快想办法救救小宝！"

丹辰子虽是焦急，却也一脸无奈："我何曾医治过灵兽。青云，你身上有没有什么活血化瘀的丹药，暂时先喂它服下？"

青云脸色一黯，摇头道："蜀山带来的药物都在小张身上，现在已经再也找不到了。"

紫英更是惊慌失措，大喊道："那怎么办？小宝它已经快撑不住了！"

这时丁隐却打断了众人，比个噤声的手势，低声道："别说话，你们有没有听到？"

青云一愣，立刻凝神细听，果然风中隐隐传来一阵熟悉的琴声，她惊喜地看向丁隐，丁隐点了点头。青云立刻兴奋地跳了起来，拉住紫英大喊道："太好了！这是医仙前辈的琴声！小宝有救了！"

那琴音越来越近，不多时，果见一身白衣的素因现身客栈外的庭院中。众人欣喜间也不及多问，紫英便先捧了垂危的小宝请她设法医治。素因不愧"素手医仙"的名号，很快为小宝清理伤口、灌服汤药，告诉众人，小宝只需几日便可重现生机。

紫英从素因手中接过小宝，紧紧搂在怀里，仿佛获救的是自己，一时间激动地说了许多感激的话语。

素因淡然一笑，又向紫英道："姑娘如此看重这只灵貂，看来和它渊源很深。"

紫英看了眼丹辰子，不住点头道：“是啊，是啊，小宝是大师兄送给我的定情信物，它伴随我这么多年，我当然舍不得它出事。”

丹辰子却是眼神一闪，看向了别处。紫英愣了愣，也只得悻悻闭嘴。

这时丁隐才上前对着素因一拜，露出真诚的笑容，问道：“前辈，没想到竟然能在这里相遇。”

丹辰子也双手抱拳，向素因鞠躬道：“几次相遇都劳烦前辈出手相救，不知要如何报答前辈的恩情？”

素因却意味深长地打量几人，犹豫了一下，终是开口道：“你们真想报恩？那就请几位帮我一个忙，尽快离开这个小镇，走得越远越好。”

此话一出，丹辰子和丁隐、青云几人无不错愕，面面相觑。青云上前问道：“前辈，您是不是知道些内情？能不能告诉我们，这个镇子到底发生了什么事？”

素因却道：“一切都因一把剑而起。”

丹辰子闻言问道：“前辈所说的，可是紫郢剑？”

不料素因摇了摇头，竟道：“不，我说的是另一把凶剑——幽暝剑。”

众人对幽暝剑闻所未闻，彼此对望，均是一脸茫然诧异。

却听素因缓缓道：“数十年前，在中原武林和西疆魔地的大战之中，幽暝剑由魔地出世，煞气凶狠，祸害人间。因此有高人将紫青双剑中的紫郢剑取出，凭借其罡煞之气将幽暝剑封印在莽苍山中，以保天下太平。谁知就在几个月前，这把幽暝剑竟然摆脱了紫郢剑对它的禁制，剑灵出世，剑气竟然侵袭了这个山下的小镇。”

“剑气侵袭小镇？这是什么情况？”青云好奇地问道。

素因说道：“幽暝剑凶邪异常、煞气冲天，剑气所过之处，便如同阴风肆虐、厉鬼噬人，生灵触之，非死即伤。因此这莽苍镇里的居民才纷纷离乡逃命，让此地沦为了一座死镇。”

众人这才恍然大悟，了解了镇子荒废的原因。丁隐又问道：“所以前辈此行来到莽苍山，是为了收服这把幽暝剑？”

素因沉吟道：“我早年曾经来过这里行医，被这里的居民招待过，也算是一段缘分。虽然我武功不高，但也不愿看着这里就这么变成一座死镇。不过此事只由我一个人担当，几位只是路过而已，不需要和我一起涉险。”

丹辰子哪里肯置身事外，大声说道：“前辈见外了，我蜀山弟子本就以帮扶苍生为己任，又岂会害怕一把凶剑？如果前辈不弃，我们愿助前辈一臂之力。多一个人，也多一份力量。”

青云也道：“大师兄说得没错，这件事我们不能袖手旁观！就当是报答您刚刚救了小宝的恩情！”

丁隐跟着上前一步，斩钉截铁道：“我们本来也是为了寻找紫郢剑而来，既然两剑都在莽苍山中，我们自然要追随前辈上山。”

素因见几人态度坚决，只有感激一笑，谓众人道：“如此，那便多谢几位相助。天色已晚，不如几位就在这客栈休息一夜养足精神，等明天再启程如何？”

众人大为欣喜，便依了素因之言，在客栈中安身下来。

深夜一片安静，客栈各房间内，众人悉已入睡。丹辰子正在房内和衣而卧，这时房门忽地被缓缓推开，只见一个人影走近丹辰子床边。丹辰子背对来者，其实早已警觉，暗中以手扣住剑柄。

那人影打量丹辰子许久，幽幽叹了口气，便在丹辰子床头坐下。却见丹辰子猛然翻身，长剑出鞘，抵在来者颈上，厉声道：“什么人？”

岂料那人影娇呼一声，竟扑进了他的怀中。丹辰子定睛一看，却是诸葛紫英穿了身单薄衣衫，露出香肩玉臂靠了过来。丹辰子浑身一僵，赶紧将她推开，口中道：“紫英，男女授受不亲，你我还未成亲，不应该这样……”

丹辰子避开视线，不愿意看着这样的紫英，紫英却上前搂住了他，丹辰子努力挣扎，却苦于不能对紫英动粗。

却听紫英腐旎道：“大师兄，在我心里，我早就是你的人了，反正你我总会成亲，早一天晚一天又有什么区别？”

丹辰子强硬抓住紫英的双手让她停下，厉声喝道：“你怎么会变得如此……”

“如此什么？”紫英神情妩媚，似是挑逗。

“如此不知羞耻！”丹辰子骂出这句，连他自己也颇感意外。

谁知紫英并不愠怒，反倒摆出一副楚楚可怜的样子，呢喃道：“大师兄，并非我不知羞耻，只是我对你如此心意，你却视而不见，你可知我有多心痛吗？”

丹辰子尴尬不已，唯有板起脸来正色道：“紫英，很晚了，还是回去休息吧。”

紫英却猛地甩开丹辰子的手，含泪瞪着他，泣诉道：“你以前对我不是这样

的！你说我变了，其实变的人根本就是你！”

丹辰子有些愕然。紫英抹了把泪，又哭道：“张馅饼一事，虽然你嘴上说不介意，可是你连看我的眼神都不一样了！今天在医仙面前，我提起小宝是你我的定情信物，你却应都不应一声，让我好生难堪！”

丹辰子辩白：“没……没有的事，是你想多了。”

紫英又立即道：“那便更好，咱们二人早已有了婚约，拜堂行礼只是形式，不要也罢，可我今天就要做你丹辰子的妻子，这样我们才能真正在一起，不管发生什么事情都再也不分开。”

她说着一咬牙，索性上前主动吻住丹辰子。她浑身都在剧烈颤抖，也不顾丹辰子挣扎，将丹辰子和自己身上的衣衫一件件剥落下来。

“啊——”

忽然紫英一声惨叫，猛地退开，难以置信地望着丹辰子。接着从紫英嘴角涌出一点鲜血来，原是丹辰子挣扎间咬破了她的嘴唇。紫英震惊地抹去唇上血迹，再看向自己身上，仿佛不敢相信自己刚刚到底做了些什么。

丹辰子也是呆呆望向紫英，眼神中充满了震惊、失望和悲哀，良久他才说道：“紫英……你我婚事，当由师父主持，不可如此草率。请你……请你……”丹辰子斟酌措辞，好一阵才讲出“请你自重”四个字来。

紫英的眼泪渐渐流了下来，她似乎此刻才意识到了羞耻，企图用自己身上单薄的衣物遮掩。她的表情看来凄凉哀伤，低声向丹辰子问道：“师兄，你嫌弃我了，对不对？”

丹辰子叹了口气，脱下外套裹住近乎崩溃的紫英，叹息道：“紫英，发生了这么多事，我一时难以接受。也许现在各自分开静一静，对你我才是最好的选择。”说着他握住长剑，转身走向门口。

紫英拉住丹辰子的手，丹辰子犹豫了一下，还是无情地将手抽出，有些沉重地道：“莽苍山并不太平，我出去看看。今晚发生的事情，我不会和任何人说的。好好睡一觉，明天还要赶路呢。”说着他径自走出房间。紫英则蜷缩在床上一角，紧抱着丹辰子的衣衫，已是哭得梨花带雨。

客栈的庭院内夜凉如水，此时丁隐正坐在石凳边，静静看着层云遮蔽的圆月，思忆着有关玉无心的林林总总。丹辰子从屋内走出，与丁隐不期而遇。

丁隐见丹辰子面带愁云，嘴角沾着血渍，便已猜中几分，说道：“方才我见紫英去你房间，现在你这般模样，看来是与心上人的心结还打不开吧？”

丹辰子自失地一笑，又谓丁隐道："呵，你在这里看着月亮发呆，不也是在为心上人的事情担忧吗？"

丁隐神色一黯，一声叹息："看来我是求之不得，你是得而不快啊。"

两人同病相怜，对视一眼，同时苦笑出声，竟然产生了难得的默契。

"其实有时候我很羡慕你和玉姑娘。虽然你们经历各种曲折磨难，被迫分散两地，却能心意相通。而我和紫英虽然同进同出，心却是越来越远了。"丹辰子感慨起来。

丁隐接着苦笑一声，自嘲道："那又如何？只要在一起，矛盾总有冰释的一天。我愿意付出任何代价，只求能够和玉儿相守，却永远不能如愿，只能天各一方。"

丹辰子神色一黯，知道自己触碰到了丁隐的心事，过了良久，他才带着歉意开口："说起来，我还欠你一个道歉。当初张馅饼一事，如果我没有一味袒护紫英，也许你不会负气离开，也不会遭遇绿袍，和玉姑娘分开。"

丁隐却道："有些事情既然已经过去，就没有必要再去纠结。"他又意味深长地望向丹辰子，微笑道，"如果大师兄也能明白这个道理，日子就会好过一些。"

"做人本来就难，做个潇洒的男人……更难。你不知道，我为了和紫英在一起，付出了多少努力。"丹辰子终于难以抑制心头郁闷，索性对丁隐倾诉多日来的纠结，"我从小家中清贫，父母在饥荒中几乎饿死，碰巧师父路过，父母便将我托付给师父带回蜀山。我记得刚上蜀山的时候，我只是个谁都看不起的穷小子，有一天替师父去栖霞峰给晓如师叔送东西……"

丁隐第一次听丹辰子敞开心扉，也有些好奇这位大师兄的前尘往事。

丹辰子又道："那是我第一次见到紫英，她在我心里就像天仙一样美丽，令我过目不忘。自此之后，我就常常找机会偷跑去栖霞峰看望紫英。可紫英说了，她的父亲是个大英雄，以后她要嫁的人也一定要是个大英雄，她要做掌门夫人。为了她的一句话，我苦修十余载，不管修炼多苦，我都默默忍受，只要看到紫英一颦一笑，我就有百倍动力。后来穷小子终于变成了蜀山首座大弟子、掌门继承人，紫英也终于站在我身边……"

这时天上的明月自乌云间探出，仿佛映照着丹辰子的一段心迹。

丹辰子看了看丁隐，继续道："这些年来，师父常说我越来越好胜不服输，但我在意的其实是紫英的目光，我只有变得更强，她才不会看低我，才会永远留

在我身边……”

说到此处，丹辰子的语调变得痛苦起来：“可是自从青崇山的那天晚上之后，我和她之间就好像一切都不同了。我想相信紫英的话，相信那天晚上什么都没有发生，可是我和紫英的眼神却再也无法交汇，也渐渐无话可说，以往的默契已经不再。我每天都很痛苦，紫英越是对我好，我心中就越是怀疑，我已经快要疯了！”

丁隐见到丹辰子苦闷烦躁得几欲失控，当下苦笑一声，问他道：“大师兄，你爱紫英吗？”

丹辰子先是一愣，随即点头道：“那是当然，我就是因为爱她，才这么痛苦。”

丁隐却摇了摇头：“你有没有想过，也许那么多年来，得到紫英早已变成你的执念，所以现在徒生变故，才会令你如此痛苦。你对结果的执着，早已超越对她的感情。”

这番话令丹辰子十分错愕，他张了张嘴，却是哑然失声。

丁隐又道：“大师兄，我与玉儿，彼此相信，又彼此欺骗，虽然其中颇多无奈，但若两人好不容易走在一起了，能好好说话了，却总要细数伤痕，强行去揭开伤疤，只怕伤口永远都不会愈合。花力气挖苦对方，也同时把两人的距离推远了，何苦呢？在乎一个人，只要能在一起，就是莫大的幸福。希望你和紫英师姐能够珍惜彼此，好好走以后的路。这应该也是小张的愿望，他希望能够看到紫英师姐幸福。”

丹辰子听着丁隐的话，心中的烦恼焦躁渐渐平息，他思忖道：“是啊，我从没仔细思考过两人之间的相处，一心只以为，为她努力就是对她好，为她尽力争取表现就能令她感到荣耀。殊不知，自尊心养大了，心眼却养小了。我还不够成熟，你是个宽容的人，比我强。”

丁隐向丹辰子哈哈一笑，伸出一根手指：“这似乎是你第一次夸我。”

丹辰子也跟着笑出声来，接着道：“如果当初在蜀山的时候，我也能有你这样的心胸，而不是处处刁难你，惟恐你体内的赤魂石作乱，也许你我早就可以成为知己。”

“现在也不晚啊。”丁隐又是一笑，冲着丹辰子伸过手去，“大师兄，其实你为人正直，我心中一直十分钦佩。下山以来，咱们也一起面对了那么多的敌人，我心里早就把你当成了好朋友，只是不知道你愿不愿意接受我这份友谊？”

“岂止是朋友？”丁隐微微一愣，却见丹辰子伸出手来，面上带着真诚的微笑，“我希望能够成为你的兄弟，等到三把神剑集齐那天，能够再陪你一起杀进阴风谷，将玉姑娘风风光光地带回蜀山！”

“一言为定。”

两只手紧紧握在一起，两人眼中也闪现着从未有过的默契。

阴风谷内，此时雪池边值守的六七名魔宗门徒个个神情古怪，人人都维持着一脸森严，好似拼命忍住不敢笑出声来。

只见五鬼天王与玉无心正一前一后迈入雪池，在两人颈部，却有一条颈链紧紧相连，五鬼在前领路，玉无心在后跟随，两人中间的铁链摇摇晃晃、叮当作响，确是个滑稽剧一般的画面。

原来五鬼奉绿袍之命将玉无心押回阴风谷之后，玉无心茶饭不进，一言不发，任凭五鬼软磨硬泡，也不为所动。

这日五鬼说要巡视雪池，玉无心却忽然开了口，说要与他同行。五鬼拗不过，为防万一，才想出这“一条绳子拴蚂蚱”的笨办法来，美其名曰“缘分的绳索相连，两颗心在此刻相逢”，还时不时搂过玉无心的肩膀，摆出一副呵护备至的模样。

玉无心挣扎不开，也没心思计较，便任由五鬼搂着。五鬼则是心满意足，接着满脸严肃地摒退值守的门徒，神秘兮兮说要给玉无心展示一件秘宝。

却见他双手浸入雪池，闭目运功，池面竟随之沸腾起来，接着雪池正中一道寒光亮起——一柄通体荧亮、寒气逼人的大刀赫然出现。

更为惊人的是，那雪池中涌沸的鲜血，一经沾染刀刃，便如同被吸收一般消失不见，只剩下那明镜似的雪亮刀身，闪出阵阵寒光，摄魂夺魄。

“血饮刀？”玉无心惊讶道，“它不是早就失传了吗？怎么会在这里？”

“玉儿果然识货。”五鬼点头赞许道，“其实这血饮刀早就被那个天龙寨的马元龙捡到了，但是此人无知得很，不知道此刀是天下至宝，竟然只取下了刀上的宝珠。丁隐曾经攻入马元龙的老巢，离此刀只有咫尺，竟然也没觉察出来。直到后来宗主亲自前往天龙寨，这才取回了此刀，收藏在雪池之内。”

玉无心又问道：“再神奇的宝刀也只是死物，何须雪池供养？”

五鬼却意味深长地解释道：“血饮刀本来就是和赤魂石一脉所出的宝物，两者的力量相互吸引。宗主命令我以血养刀，是为了增强其魔性，届时一举取得赤

魂石。”

玉无心一惊，一把抓住五鬼：“爹养这把刀就是为了对付丁隐的？”

五鬼自知失言，支支吾吾。玉无心看向血饮刀，似在思量着什么。五鬼注意到玉无心神情不对，赶紧上前阻止：“玉儿，你可别干傻事！”

却见玉无心猛地飞身跃起，连同受铁链牵制的五鬼一起向血饮刀扑去。她的手还没有碰到刀柄，雪池中的血莲便倏然暴起席卷而来，瞬间将两人裹入其中，向着雪池底部拖去。

“玉儿！”五鬼试图运功破开血莲，阻住二人下沉之势，却因玉无心牵动铁链，令他错过了出招的时机，五鬼再想施救已来不及。眼见着玉无心被血莲魔气侵蚀，五鬼无奈长叹一声，挥手断开铁链，否则自己也难逃血莲魔爪。

五鬼挥刀斩断铁链的刹那，分明看见玉无心嘴角露出一丝暗笑……

百蛮山巍峨苍莽，山中洞窟盘根错节，尤其阴风谷更是溶洞纵横，暗河交错。玉无心被血莲拖入池底，便沿着池底摸索到一处暗河之中。她顺着河床一路潜泳，小心避开各处值守，不久便由一处洞窟的水潭中探出身来。

玉无心抬头一看，见四周岩壁上描绘着烈影神踪的纹样图形，知是并未逃出，正准备继续潜入暗河另寻出口。忽然她眼前火把一闪，只见五鬼领了三五个门徒冲了进来，玉无心不及躲闪，唯有退到墙边，寒鞭出手，准备强行突破，却无意间碰到了墙边的兽头。

只听“喀”的一声，身后竟有一道暗门忽然打开，玉无心猝不及防，猛地摔倒入内。同时五鬼惊叫一声“玉儿”，上前就要将她拉住，却已是来不及，跟着玉无心一同摔入墙体内。两人还未着地，那道暗门又已砰然合上。

两人摔落在一处，一路滚到密室深处才停下。五鬼已经摔得头晕脑胀，却还勉力护在玉无心身后，防她撞到岩石上。玉无心勉强支起身子，打量着漆黑的环境，向五鬼询问：“这是什么地方？”

五鬼则是大摇其头：“不知道，要不是你刚刚碰巧打开暗门，我都不知道阴风谷还有这个地方。”

这时，两旁的火把忽然缓缓亮起，照亮整个密室，玉无心发现四周全是石壁，中央一座石台上面有一颗晶莹剔透的晶石。玉无心伸手触动晶石，却见石台中央缓缓升起一个人影。

“玉儿，小心！”五鬼为之一震，迅速将玉无心护在身后。

玉无心端详着眼前的人影，诧异地道：“我认识她！”她推开五鬼，缓缓走近石台仰视，只见那人影清丽飘逸，衣袂纷飞，赫然竟是年轻时的素因！

“这人……是素手医仙！可是她怎么看起来要年轻这么多？”玉无心惊叹起来。

五鬼却无意探究，不由分说要将她拉出密室，大声道：“不管这间密室到底是做什么的，都不关我们的事！我只知道，如果你这次再惹祸，宗主不会放过你的。跟我走，就当什么都没有发生过！”

“我不回去！”玉无心奋力甩开五鬼的手，两人扭打之下，又撞到了晶石底座的石台。只见晶石忽然通体发光，幻影猛然间也动了起来，在石壁上映出一片景象，将绿袍的记忆全部放了出来……

五鬼和玉无心霎时为之震惊，两人忘记自己的处境，都傻傻看着眼前场景。石壁上正是二十四年前，素因和上官警我从凌云峰掉落山崖的那一幕——

年轻的上官警我苦苦地在碎石中翻找着，终于找到了奄奄一息的素因，将她紧紧拥入怀中。素因艰难地睁眼，不顾自身的伤势，反而安抚已经满脸泪水的上官警我：“孩子没事……”

玉无心浑身一震，不可思议地看向晶石的投影：“这是爹年轻的时候！这石头里记录的，是爹的过去！”随后她又颤抖着说道，“素手医仙……她年轻的时候，为什么会和爹在一起？爹喊她素因！医仙她……难道就是我娘？可爹不是说过，娘早就死了吗？”

没有人回答玉无心的疑问，唯有晶石在岩壁上一幕幕地投射幻象，将绿袍和素因的过往一一浮现。玉无心见到上官警我本想舍弃腹中孩子，却是素因拼命坚持，一定要留下胎儿。两人住在山洞中，上官警我一边躲避着蜀山的人马，一边照顾着素因的起居……

投影中，素因正抚摸着自己隆起的腹部，含泪与胎儿说话：“孩子，当初你爹被关入伏魔谷的时候，我曾经觉得人生只剩下绝望，可是娘没有想到，会有了你。有你陪着度过的这段时光，娘很开心。娘只希望能够有福气陪在你身边，看着你长大，只可惜身体已经撑不住了……”说到此处，素因嘴角渗出鲜血，脸色也愈发惨白……

玉无心看得无语凝噎，泪水也潸然而下。五鬼同情地长叹一声，欲搂过玉无心，手几乎已触到她的肩头又沉重地放下来，自语道：“难怪宗主从不允许他人进入此地，这里原是他唯一能够怀念妻子的一方净土。”

玉无心浑身都在颤抖，缓缓捂住脸，摇着头，她从未如此脆弱过。

石壁上的影像不住跳动，已到了玉无心出生的那一天。那时素因生下孩子，脸色已灰暗至极，她的全部真气都用来保护腹中胎儿，自己已是油尽灯枯。上官警我将婴儿放在一旁，为素因输入真气，却已于事无补。素因身下鲜血越流越多，脸色白得像纸，却毫无痛苦，只有幸福憧憬的微笑。

投影中的上官警我握着素因的手，痛苦地叫喊着："素因，我们一路熬过这么多才走到现在，你不要在这个时候留下我一个人！"

此时素因已如风中残烛，仍要伸手去抱孩子。上官警我见素因态度坚决，只好将玉无心递到素因手中。素因看着怀中女婴，女婴正咿咿呀呀地挥舞双手……

素因勉力微笑："她的眼睛像你，笑起来也像你……"她又深情地看看上官警我，"师兄啊，我已经很久没有看你笑过了。"

上官警我这才挣扎着微笑，眼泪却不争气地流下："你看，我这不是笑着吗？只要你愿意，只要能和你在一起，我会一直这样挂着笑容！素因，陪着我一起活下去，我们一起笑着活、活着笑，笑着相伴每一天……"

素因伸出手，摸了摸孩子的脸蛋，用尽最后一丝气力对上官警我说道："师兄，答应我，好好照顾我们的女儿……"

然后，她的手便无力地垂落下来。

上官警我紧紧搂住素因，长久不肯放开。他将头埋入素因怀中，只能看见他的肩剧烈颤抖。良久，上官警我才终于啜泣出声："不……你不能离开我……不能……你怎么舍得！"

悲痛不已的上官警我周身泛起一阵血红雾气，他再次抬起头的时候，两眼已经被红光占据，眼神中充满了痛苦和愤怒。他仰起头，发出了撕心裂肺的咆哮："如果命运要拆散你我，我上官警我宁愿背弃天地！就算万劫不复，也要斗到底！"

随后，上官警我体内的红气如同爆发出来的火焰，将他和素因紧紧缠绕。山洞内，俨然一片血色火海，强大的内力搅动着空气飞速旋转，上官警我抱着素因站在旋涡的中心，眼神狂乱而坚定，那红气越来越盛，慢慢将两人彻底笼罩……

幻影终于结束，石壁上的影像停留在素因抱着玉无心的那一刻。玉无心缓缓起身，上前抚向素因裙摆。素因的脸庞格外温柔，栩栩如生，但玉无心触手之处，仍是一片冰冷的岩壁。

五鬼在一旁也是震撼万分，良久才发出一声叹息："没想到宗主他也是个痴情之人。他一直向蜀山寻仇，原来是为情所困。这么多年，他依旧没法从你娘死去的伤痛中走出来。”

玉无心却道：“不对，我娘还没有死。”她转头看向五鬼，眼神狂热，“她一定还活着，我见过她，你也应该在谪仙潭见过她！”

“你是说……素手医仙？“五鬼苦笑着摇头，“玉儿，你刚刚亲眼看到你娘的确已经去世了。至于素手医仙……人世间总是存在相貌相似的人……”

玉无心打断道：“你不明白！她就是我娘！她救过我好几次，我记得她的眼神，就和晶石里的影子一模一样……”

莽苍古镇，客栈之内，正在床边整理药材的素因似乎心有所感，她走向窗边，抬头看向阴风谷的方向，眼中隐隐泛起泪光。

“前辈是不是有心事？”

素因回过头来，只见青云端着茶水送入小屋，向她问道。素因笑着拭了泪，叹息道：“这么多年，我一直都在他身边，我以为只要拼命对他好，就能弥补他心里的缺憾。但好像并不是这样……”

青云诧异地道：“前辈说的那个他，是谁？”

素因这才回过神来，接过青云递上的茶水，品了一口道：“这该是今秋的祁门红茶，口感清新，颇具解忧之效，想是客栈中遗留下来的吧？”她不待青云回答，又道，“我正准备路上要用的药材，你且去照顾丁隐和丹辰子吧，他俩昨天守夜，饮茶正好提神。”

青云点了点头，冲了两杯红茶，端了出来，却见丁隐和丹辰子正在院中的水井边打水。

这时紫英也恰好从房中走出，她面色憔悴，装作若无其事地走到丹辰子身旁，接过他手中的毛巾要为他擦脸，丹辰子却下意识地避开。

青云疑惑地打量两人，她觉得紫英和丹辰子的神态都有些不对。

紫英一愣，仍是强颜欢笑，上前欲帮丹辰子整理衣襟，边说道：“大师兄，你的衣服都皱了。”

丹辰子漠然应了句：“啊……多谢师妹。”

“你喊我什么？”紫英浑身一颤，眼眶渐红，站在原地不知如何是好。

青云端着两杯茶，再也看不下去，一步冲到两人中间，为紫英打抱不平：“大师兄，你怎么可以这样对师姐？师姐是在关心你，你却板着一副臭脸，拒人于千里之外——丁大哥，你踩我的脚做什么？哎，你拖我干什么——”

“青云，他们的事，让他们自己处理。”丁隐无奈地将青云拖到了一旁，让丹辰子和紫英单独相对。

紫英痴痴站在丹辰子面前，低下头来，小声说道：“大师兄，昨晚是我错了，难道你就真的不能原谅我吗？”

丹辰子沉默良久，终是长叹了一声，转头返回客房。

青云和丁隐看着紫英凄凉的身影，均是心生同情。

青云不解道：“他俩到底是怎么了？昨天还好好的，怎么今天就变得这么冷漠？客气得简直让人害怕。”

丁隐也颇无奈，只好说道：“他俩的心结，只有他俩自己才能解开。旁人再心急，也帮不上忙。”却在这时，丁隐忽然面色一变，体内的赤魂石又开始起了反应，他只觉全身经脉中气血翻涌如沸，丹田处似有个火球在灼灼焚烧。

青云大惊失色，忙扶住丁隐，一边大喊起来。素因闻声而来，飞快制住丁隐身上几处大穴，丁隐这才缓过一口气，脸色有所好转，谓素因道：“多谢前辈。青崇山之后，赤魂石已经很久没有再发作过了，我还以为它已经被净化得差不多了。”

素因忧虑道：“此地被幽暝剑魔气围绕，想是赤魂石和魔气产生了共鸣，才会起了反应。”她从怀中掏出药瓶，送到丁隐面前，叮咛道，“我就猜到你恐怕会有不适，所以昨晚为你调配了这副丹药。它可以帮你暂时隔绝幽暝剑的魔气，护住赤魂石稳定。”

丁隐接过丹药服下，作揖道：“让前辈费心了。我们一切都准备好了，还请前辈带路上山吧。”

素因看到众人都已经备好武器，便点了点头，带着他们出发。

莽苍山山路幽深，雾气缭绕，一路行来可谓步步惊险。素因沿途说道：“幽暝剑剑灵本是魔地凶兽，凶狠非凡，数十年来一直渴望逃脱，紫郢剑是它最后的制约。几位如果想要借走紫郢剑，唯一的方法就是彻底打败幽暝剑，让它从此再无作恶的可能。”

众人非但无惧，只听得一阵热血沸腾，青云更是跃跃欲试，恨不能立刻收伏凶兽，取得紫郢剑。

正说话间，一阵低沉的轰鸣忽然从山中响起。丹辰子循声望去，伸手遥指，兴奋地道：“是剑鸣声。前辈，那里是不是封印两把剑的剑窟所在？”

众人注意力全数被吸引过去，无人注意到身后林间有一团白烟正在缓缓汇集，化为实体。忽然白烟汇成一双利爪，向着素因后颈抓去。

“危险！”丁隐猛然惊觉，一个飞身挡在了素因身后，手中断刃剑出鞘，斩向白烟，白烟被剑气斩得爆裂开，飘散到不远处，又再度汇聚在了一起，成了一只半人半兽的可怖野人。

这野人周身覆着白毛，眼神苍凉凶煞，一双利爪寒光闪闪，好似杀人凶器。

众人见它形状可怖，煞气逼人，不由心头一紧，全神戒备。只听那野人虎吼一声，竟再度向素因扑去。

它的来势不仅凶狠，且是快绝，青云与丹辰子同时出手，青索、神木两把神剑竟无法在它身上留下一点伤痕。

两人正诧异间，却听素因说道：“当心，它就是幽暝剑的剑灵！”

那野人仍不理会其他人，直向素因扑袭。若非丁隐、丹辰子等人全力维护，只怕素因已为其所伤。众人虽能阻挡野人攻势，却无法伤它分毫，如此打将下去，只怕会越加狼狈。

这时野人又呼啸着闪过三人，向着素因的咽喉咬来。素因身边只剩下紫英一人，紫英势单力薄，根本不是野人的对手。

素因不忍见到紫英受伤，竟然一把将她推开，挡在野人面前，向众人喊道：“它的目标是我，你们快走！”

紫英摔落一旁，小张赠她的那枚护身符从衣襟内滑出半截。野人注意到护身符，眼神忽然一震，竟长啸一声，向着紫英扑来。众人一瞬间全都变了脸色。

“救命！”紫英的惊呼声中，利爪已及肩头，那野人凶狠一抓，接着避开了众人攻击，闪电一般蹿开。

紫英吓得呆呆地坐在原地，青云赶紧上前扶住紫英，检查她的伤势，焦急地道：“师姐，你怎么样了？”

紫英面无血色，战栗道：“小宝！它抓走了小宝！”

那野人回过头来，双目灼灼望向众人，只见它背后白毛间，藏着一道深可见骨的狰狞伤口，它手中正抓着小宝与那枚护身符。

丹辰子脸色一沉，操纵神木剑化为十把飞剑，向着野人飞去。那野人却三两步蹿入树林，转眼消失不见。

丹辰子空持着神木剑，一阵摇头叹息，随后又转身向素因问道：“这剑灵不是一直要对付前辈，怎么会忽然转而攻击紫英？”

素因也不明就里，只说道：“是啊，这剑灵刚刚见到紫英的时候，好像忽然

受到了什么刺激，但是具体原因我也不清楚。”

她看了眼伤心落魄的紫英，扶起她道：“幽暝剑剑灵虽然已经逃离，紫郢剑想必还在剑窟之中，只要我们找到紫郢剑，说不定来得及救回那只灵貂！”

紫英听到还有救助小宝的希望，眼中又泛起神采，谓素因道：“就请前辈带路吧！”

却说那野人一路疾奔，来到一处偏僻无人的林子，这才倚了棵大树坐下。它一边放下小宝，一边迫不及待地取出那枚护身符摸索查看。小宝瘫在地上一动不动，野人见它没有反应，便将手中的护身符奋力甩了起来，那护身符中竟然掉出一颗药丸。

野人拾起药丸，一口吞下，身上的伤口居然奇迹般地开始愈合。野人高兴得手舞足蹈，口中发出“啊啊”之声，随后它忽然转过身来，大手一挥，将小宝一把抓了起来。

原来小宝起先只是装死，此刻见野人蹦蹦跳跳，便迈开小腿，想要趁机溜走，谁知野人警觉得很，又将它生擒回来。

这小宝也非等闲，立时发出一声凄厉的惨叫，脑袋一歪，眼睛一闭，舌头一吐，几个动作一气呵成，它竟还是想装死蒙混过关。

这一来逗得野人哈哈大笑，此前狰狞凶煞的表情顷刻间不复存在，变成了一副天真和善的面孔。

随后，野人小心翼翼地避开自己的利爪，轻轻将小宝捧入手中，爱惜地抚摸它的茸毛。小宝一声尖叫，顿时醒转过来，在野人手中蹭来蹭去，与它愉快地嬉戏起来。

这一边，素因已带着众人来到剑窟前。剑窟是莽苍山脉内的一处巨大洞穴，曲折幽深，不见天日。

众人行到近前，又听到一阵清朗剑鸣响起。循声步入窟内，只见洞穴中央的石台之上，一把晶莹长剑赫然插在正中，通体散发着紫色光华。

紫英面色一喜，上前就要拔出紫郢剑。

“当心！”素因连忙大喊。

却听见洞穴深处传来一个男声：“哪来的人，胆子不小！竟然敢来偷紫郢剑！”

紫英的手还未触到剑柄，漫天的雾气已忽然飘起，将石台护在中央，雾气中裂开一道缝隙，一个人影悠然从中走出，竟是一个面色冷峻的英俊少年。

少年上下打量着紫英，漠然说道：“紫郢剑身份尊贵，不是你们这种人能够碰的。”

紫英忙自报家门：“我是蜀山掌门之女诸葛紫英，难道这身份还不够尊贵吗？”

“你是蜀山的人？”少年向紫英问道，一边意味深长地打量众人。

紫英肃然道：“绿袍带领魔宗肆虐中原，蜀山因此派我等寻找三把神剑出山，降妖除魔，以保天下太平。”

少年又问：“我凭什么信你？”

丹辰子上前一步，大声道：“三把神剑已有两把归顺蜀山，这就是证据！”说着他与青云便亮出两把神剑，送到少年面前。青索、神木双剑光华涌动，剑气浩然，隐隐发出一阵共鸣，在石洞中回荡不止。

那少年也啧啧赞叹，口中道：“啧啧，没想到神木剑和青索剑当真到了你们手里。”

紫英点了点头，正色道：“紫郢剑已经避世多年，如今正应该是和蜀山共同抗敌的时候。而且我们的灵兽刚刚被幽暝剑掳走，恳求剑灵出手相助。”

少年打量紫英半晌，冷冷一笑：“好，我答应你。”说着便在紫英面前双膝跪下，口中道，“剑灵参见主人，愿意归顺蜀山，从此不离不弃，守护主人一生。”

见此情形，青云与丹辰子在一旁终于松了口气，倒是丁隐，始终面有担忧。

青云说道：“没想到这次取剑这么容易，这剑灵倒也算是通情达理。”

丁隐却摇头道：“我总觉得这件事没有这么简单，只怕还有古怪。”

这时剑灵已化为一道紫光，落入紫英手中，变成一把长剑。紫英抚摸长剑喜不自胜，向着素因拱手道谢：“多谢前辈，那咱们这就去寻找幽暝剑……”

却听丹辰子一声惊呼：“前辈当心！”

只见两道黑影从剑窟外向着素因冲来，阵阵寒意中，一条长鞭夹杂着冰雪向着素因劈去，素因匆匆闪开，身上已经被冰晶吞噬了部分。丹辰子和紫英对视一眼，早已迎上前交手，其中一个人影的披风落下，正是玉无心。

丁隐见势不对，一把拦住了玉无心，大喊道：“玉儿，你疯了吗？那是医仙前辈！”

玉无心却说了句令人难以置信的话：“你们别相信她，她是来害你们的！”

就连青云也听不下去，怒目一瞪，斥责道：“没有证据不能乱说话！前辈是

来帮我们找紫郢剑的！”

这时却见玉无心身旁那人蓦地脱下斗篷，露出面容，向丁隐、青云说道：“丁隐、青云，两位好久不见。”

众人定睛望去，说话的人竟然也是素因！

两个素因，一前一后，一般模样，互相对视。蜀山四人一时间目瞪口呆，不知如何是好。

玉无心指着身边的素因说道：“这位才是真的素手医仙，你们身边那个，是屠媚假扮来骗你们的。”

丹辰子身边的素因却说道：“说不定是这位玉姑娘被屠媚骗了。我从山下就一直陪着大家，是真是假难道你们自己还分辨不出来吗？”

丁隐眉头一皱，有些举棋不定：“玉儿，是不是哪里搞错了？前辈一路都没有害我们的意思。”

玉无心却一字一句地说道：“我绝不会认错我娘的！”

所有人全都愣住了，就连假素因也神情一震。

青云惊愕道：“玉姐姐，医仙前辈怎么会是你娘？”

紫英从来都看不惯玉无心，此刻更是厌恶，竟出言不逊：“别听她瞎说！这女人说不定又是妖言惑众……”

话未说完，紫英忽觉身后魔气大涨，还没反应过来，假素因早已拍出两掌，将她与丹辰子震开，再是冲到了玉无心面前，一掌突袭过来。

假素因遽然出招，谁都没有反应过来，只有丁隐及时拦在玉无心面前，迎着假素英来势，将断刃剑脱手甩出，只见断刃剑猛然扎入假素英的肩部，将她牢牢钉在了石壁之上。假素因一口鲜血喷出，脸上面容变换，缓缓变回屠媚的样子。

她似乎压根感觉不到疼痛，只是死死盯着素因的脸孔，又向玉无心狠狠道：“你再说一遍！”

玉无心冷冷一笑，谓屠媚道：“你看好了，我娘她还活着，她就是我娘！”

屠媚近乎咆哮起来：“不可能，你爹跟我说过，素因死了！”

玉无心轻蔑地看了屠媚一眼，缓缓道：“骗你的人不是我，是爹！屠媚，是爹命令你变成这副样子的，对不对？你也不想想，他若不是与素手医仙一早熟识，怎会如此熟悉她的性情习惯，让你扮得这般神似？我爹这么多年一直都在骗你、利用你！他的心从来就不在你身上！”

屠媚满脸惊愕，一时不能接受这个真相，口中唯有喃喃自语：“警我他是爱我的，这么多年他从没离开过我。在他心里，你只是一个死人，他压根就不知道你还活着……”

“他一直都知道。”一旁的素因平静地说道。

屠媚恶狠狠地抬头看向素因。素因缓缓向屠媚走去，却被玉无心拦住：“娘，您不用和这种人解释。”

素因摇摇头，又向屠媚缓缓说道：“师兄只是需要你背后的势力，才会一直隐瞒不说。他心里从来都没有你，你不要再替他作恶了。”

屠媚捂住耳朵，痛苦地吼叫起来：“你骗人，不要再说了！他只让我变成素手医仙，他说这样丁隐才会上钩！他和你没有关系！”

素因轻叹一声，说道：“师兄二十四年前负了你，你却救了他。你对他、对我都有恩情。只是如今他已经在歧路上越走越远，我只求你别再让他错上加错，害了他也害了你自己。”

“你闭嘴！”屠媚愤怒之下竟然一把将断刃剑拔出，忽然暴起，一把掐住了素因的脖子。

“娘！”

“前辈！”

玉无心和丁隐同时抢上前去，丁隐却忽然胸口一痛，一口鲜血喷出。玉无心大惊失色，赶紧上前扶住丁隐，搭他脉搏，面色顿时惨白：“丁隐，你怎么了？你体内赤魂石明明已经稳定，为什么现在会不受控制？”

屠媚却狂笑起来：“是我给他吃了药。素因，你还真是有一手收买人心的好本事，这群人从头到尾都没有怀疑过我，可惜你现在才来，已经晚了！”

丁隐愈发虚弱，玉无心虽然担心素因，却不得不帮丁隐运气调息。

屠媚看向素因的眼神渐渐泛起杀气，手也越掐越紧。素因任凭屠媚发泄，丝毫没有反抗。屠媚五官扭曲，声音狰狞：“这二十四年你都不在，是我陪在他的身边！你既然已经死了，为什么还要再回来？”

“放开前辈！”却是青云的金铃脱手而出，飞快地擦过屠媚耳畔，划出一道血痕。同时青云也已飞身而起，将素因从屠媚手中抢下。丹辰子和紫英相机而动，两把长剑同时攻向屠媚。屠媚边打边退，血洒一地。

这一边，青云也已安置好素因，又以青索剑挡住了屠媚的退路。

眼见屠媚无处可逃，丹辰子一声怒喝：“屠媚！你作的孽够多了，如今也算是报应。投降吧，绿袍一直都只把你当成工具利用，你还要为他卖命吗？”

此刻屠媚已是披头散发，状若疯魔，她呆呆看向丹辰子几人，忽然缓缓笑出声，随后又变成疯狂的大笑，眼中却是泪如雨下："报应！我凭什么有报应？我从头到尾根本就不想要什么天下中原，我只想要上官警我一个人，我想要自己爱的男人也能爱自己，这有什么错吗？大家都是女人，我有哪一点不如你！我为他付出的不比你少，我抛弃了大哥，背叛了西疆，结果换到了什么？凭什么你可以霸占上官警我那么多年，而我只奢求他心里一点小小的地方，他都不能给我？"

一旁的素因静静望着屠媚，终于说道："他从来就不爱你，你付出再多，对他来说也是枉然。"

屠媚看着素因的脸，再抚摸着自己的脸，手指在脸上划下血痕，继而她的面部开始抽搐，嘴角不住颤抖，只听她说道："你知道他最深情看我的一次是什么时候吗？是这次他让我易容成你的时候。我从没看过警我那样的眼神，那个瞬间我还真的以为，警我心里是有我的。现在我才知道，那一刻他看的根本不是我，是你！只有杀了你，他才会真真正正看我一眼！只要你死了，警我就还是我一个人的！"

情字一关，苦煞众生。无论是天真少艾，还是厉鬼魔枭，只要心中刻下一个"情"字，便成终身业障，作茧自缚，求出无期。

众人虽对屠媚厌恶至极，恨不得杀之后快，但见她字字泣血，亦觉此情可悯，不由一阵唏嘘。终是青云打破岑静，一声棒喝："屠媚你醒醒吧，三把神剑对付你一个，你没有胜算的！"

屠媚这才回过神来，一声冷笑道："神剑？看看清楚再说话吧！"

青云和丹辰子不明所以，却听紫英忽然惊叫起来："不对！这紫郢剑有问题！"

只见紫郢剑的剑身忽然由紫转黑，煞气从剑身中大量涌出，化为漫天黑雾将众人包围。随后长剑便从紫英手中脱出，化作剑灵站在屠媚身旁，同时一股凶煞无匹的剑气喷涌而出，将众人全都逼退几步。

屠媚纵声狂笑："哈哈哈，警我他早就做好安排了！真正的紫郢剑已经被取走了，你手里的那把是幽暝剑！"

原来早在丁隐等人上武当山之前，绿袍便潜入莽苍山，伏击了真正的紫郢剑灵，释放了受制的幽暝剑剑灵。幽暝剑剑灵本欲归顺绿袍，绿袍却不解封取剑，而是令它在此等待丁隐前来，如若擒住丁隐，绿袍才为幽暝剑剑灵解开封印，予它无限自由。

此时屠媚一经点破，幽暝剑剑灵也不再掩饰，眼中凶光毕现，狰狞道：“我被封印在剑窟中太久了，只要能放我出去，我愿意做任何事！”

话音未落，只见剑灵双手一起，洞窟内便暴涨起一股黑雾，裹着冲天的魔气，向众人汹涌袭来。

“魔气太盛，我们先离开再说。”玉无心一声大喊，扶住丁隐，长鞭随之挥舞，召唤出漫天冰雪。众人抢了一个空隙，一齐冲出了剑窟，便往山下奔去。

那黑雾却紧随而来，拦住了几人的去路。青云与丹辰子双剑想要劈开生路，却见剑灵和屠媚不紧不慢地走出剑窟，剑灵双手交叉，口中念咒，青索、神木双剑竟倏然飞离青云、丹辰子之手，落到剑灵手中。

那股黑雾随即狂卷而来，甫一沾身，众人只觉一阵钻心疼痛，仿佛被腐蚀了一般。

剑灵见状，面露狰狞：“我早就在剑窟周围下了禁制，你们谁都走不了！只要在禁制之内，神木剑和青索剑的力量都被禁锢，和废铁没有什么两样！”

屠媚却道：“这些人随便你杀，但是那个女人得留给我！”她眼中只有素因，话音刚落，便张开绣伞，势如疯虎般向素因扑去。

黑雾如同天罗地网般笼罩着众人，腐蚀之力极为霸道，众人情知凶险无比，却又无可抵御。

眼见就要命丧于此，忽地一声长啸传来，只见一道白影从林中冲出，边啸边跳，挥舞双臂，转眼竟将困住众人的那团恶鬼般的黑雾驱散殆尽。

众人定睛一看，却是此前那白毛野人赶到驰援，此刻它已向那幽暝剑剑灵疾扑而去。幽暝剑剑灵似是畏惧，但仍与野人缠斗在了一起。

小宝跟随着野人冲到了众人身旁，一跃跳上紫英肩头。紫英重新见到小宝，惊喜万分，激动地道：“小宝，你怎么回来的？”

小宝“叽叽”叫了两声，示意众人看向野人和剑灵。众人抬眼望去，只见双方竟然化为了两道剑光，真身显露，竟然是两把神剑！

两把神剑斗在一起，剑光四射，众人立刻明白了一切。

青云嘀咕道：“原来那只半人半兽的家伙也是剑灵！”

丁隐幡然醒悟：“它才是真正的紫郢剑！我明白了，只有它认出了屠媚，所以在山下才会一直攻击她！”

这一边，屠媚和素因也相斗不下，屠媚发疯般猛打快攻，素因并不愿意下狠手，只是寻找空隙将屠媚的铁伞打脱手。

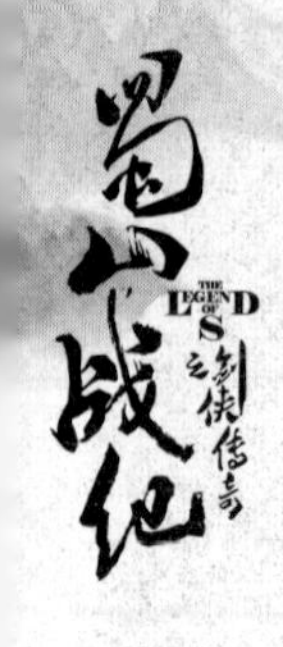

“够了，到此为止吧。”素因似在克制，不愿置屠媚于死地。屠媚却恨恨地看向素因，竟一把将幽暝剑抓入手中，向着素因砍去。幽暝剑一入屠媚之手，一时间威力大增，剑气所及，地面碎裂，草木尽折，屠媚携剑之威，一时让素因陷入了险境。

紫郢剑也在此时落下，带着生风的剑气直插在紫英面前，紫英不知所措。

玉无心大喝道：“你愣着干什么？还不接剑，紫郢剑这是要认你为主！”

青云也焦急地道：“师姐，前辈快要支撑不住了！”

紫英看到素因愈发危险，一咬牙，挥起紫郢剑，向着屠媚当头击落。只见剑身紫色光芒暴起，剑气落处，激起轰然巨响，也是一副地面碎裂、草木为折的肃杀景象。那剑气层层叠叠，直冲天际，将屠媚、素因与紫英三人全部淹没入沙尘之中。

直到烟尘散去，众人才见紫英面前现出一道巨大深沟，屠媚早已被剑气击飞出去，半晌方艰难站起，她手中的幽暝剑上隐隐可见一道裂缝。

紫英愣然看着紫郢剑，难以置信地道：“这……这紫郢剑的威力……竟然如此巨大。”

这时素因在旁说道：“幽暝剑已败，它设下的禁制也已经无效了！”只见神木、青索双剑上的黑气尽褪，立刻飞回丹辰子与青云手中。两人也不多言，立刻联合紫英一起进攻。顷刻间三把神剑的剑光将屠媚笼罩在内，屠媚哪里还有还手之力，未几便是处处见血，狼狈不堪，拼命将幽暝剑挡在身前。

丹辰子三人再不迟疑，同时将手中神剑斩向幽暝剑，四柄神剑相击，绽出一道极为炫目的光华。伴随惊天动地的铿锵之声，只见幽暝剑身上裂开一条口子，激起巨大的剑气，将众人都冲散开。屠媚便在此时趁机逃脱，待众人回过神来，她的身影早已消失不见。

一场激战之后，众人都瘫倒在地，在烟尘中咳嗽着。玉无心扶起一旁的丁隐，抬头想寻找素因，却发现素因不知何时也已消失了。

玉无心赶紧起身，一路追出林子，来到了山崖边眺望，眼前这苍茫大山中，再也觅不到素因踪影。

“娘！”玉无心嘶声高喊，只听见回声在山谷间回荡不绝。她颓然停住脚步，眼眶一红，却见丁隐支撑着匆匆追了上来，上前揽住她的肩膀。

玉无心伏在丁隐怀中，终于忍不住痛哭出声：“丁隐，我娘她又走了。明明好不容易才能见上面，她为什么又要离开？她怎么忍得下心？”

丁隐将玉无心搂紧，静静安抚。等到玉无心的情绪稍微稳定，丁隐这才说出心中疑问：“玉儿，你是怎么逃出阴风谷的？还有素手医仙她……真的是你娘？”

玉无心这才将林记客栈五鬼传信、屠媚诱捕、被押阴风谷，以及密室晶石的许多遭遇一一说与丁隐，直听得丁隐震撼不已，连连唏嘘。

丁隐又问道：“那你在密室之中，又是如何得知我在莽苍山遇险？”

玉无心说道：“那五鬼天王可算良心未泯，一是为爹娘昔年的情义所动，二来他对我也有些愚痴的情分，我能顺利离开阴风谷，还是他助了一臂之力。”说到此处，玉无心尴尬一笑。

丁隐解意地点了点头，又问道：“那你又是如何遇见素因前辈？”

玉无心又道：“我离开阴风谷后，一路疾驰来到莽苍山麓，很容易就发现了我爹设下的营地，我正思量对策，忽然我娘从身后现出身来。那时她还不肯与我相认，只说她会设法救你，要我尽快离开此地。我哪里肯依，便问她为何要替我冒险，为什么要一而再、再而三地相救于我。”

丁隐关切道：“她是如何回答的？”

玉无心摇头道：“她起初百般掩饰，我喊出‘娘’来，问她为何不肯与我相认，她还要隐瞒回避。直到我说了密室晶石的隐秘，她才张开怀抱，与我相拥而泣。我说我从小就一直幻想，若有一天能见到娘，不知道会是怎样的情景，怎么也没想到，我就站在她面前了，她竟不肯相认。”

这般母女相认、骨肉重逢的情景，丁隐听得出玉无心此刻分明在极力克制着汹涌的情绪，他叹息道：“前辈必是怕你责怪她当初弃你而去，所以一直不敢开口，只能远远地看着你。”

玉无心点了点头：“我娘也是这般说的，我又问她当初究竟发生了什么事，让她弃我而去。她却要我立刻离开莽苍山才肯说与。我自是不依，死也不肯走。我娘只得陪我一起来救你，她又说等救出你后，再将当年一切都告诉我……”

玉无心讲到此处，已是泪流成河，她看着丁隐，像个小女孩般哭泣道：“她明明答应过，不会再丢下我的，为什么又像以前那样，什么也不说就离开了我？”

丁隐唏嘘道：“玉儿，你想她，她又何尝不是对你心心念念。天下没有不疼儿女的爹娘，前辈现在心中的痛苦恐怕并不比你少，她应该是有不得已的苦衷。”

玉无心则是不住摇头："每个人都有苦衷，爹有，娘也有，那么他们有没有考虑过我的感受？他们当我是什么？"

她越说越愤怒，多年压抑的感情终于爆发了出来："爹为了复仇，当我是一个复仇的工具，他逼着我吃下断情丹，不允许我有自己的想法和感情。这么多年，我一直都靠着仇恨在支撑着自己活下去，可是如今竟然一切都是个骗局，这让我以后怎么走下去！还有娘，她不是说爱我，会陪在我身边的吗？既然这样，为什么又要离开？为什么先让我终于体会到亲情的滋味，然后又要夺走它！这样比从没拥有过更加痛苦！我本来以为，自己再也不会孤单单一个人了……"

丁隐轻轻抚摸着玉无心的头发，沉默良久，缓缓说道："你不孤单，前辈一定还会在某个地方守护着你。"

玉无心仍抽噎着说道："我不要她再躲在暗处了，我希望能够堂堂正正地陪在她身边，能够一家团聚。"

"一定会有这一天的。只要有机会，她一定会回到你身边的。"丁隐心疼地将玉无心紧紧搂在怀里，安慰道。

这时山下飞鸟惊起，打断了两人的对话。

玉无心看向山下绿袍营地的方向，立时清醒起来："屠媚这一走，我爹应该很快就会收到消息攻上山来。丁隐，你们该走了。"

丁隐愕然："什么你们？是我们。来，我们一起走！"他拉着玉无心的手就要离去。

玉无心却站在原地，将手轻轻抽出。丁隐惊讶地回头看向她，只见她苦笑着摇了摇头，低声却又坚定地说道："我还有话，需要当面和我爹说。"

丁隐大为不解，继而大喊起来："他上次伤了你，强行把你带回了阴风谷，这次天知道他还会对你做什么！玉儿，我带你走，我绝不会再让他碰你一根汗毛！"

玉无心却苦笑起来，反问道："然后呢？躲着我爹一辈子？一有风吹草动就再次逃离？这就是你想要的生活吗？"

丁隐愣住了，一时无言以对。

玉无心擦干眼泪，表情变得坚强起来，向丁隐缓缓道："我逃腻了，也躲烦了。有些事情，是逃不过的；而有些人，躲也躲不掉。问题就在那里，我必须学会去亲自面对，不止是为了你，也是为了我娘。"

"好，我陪你去。我答应过你，一起生，一起死。"丁隐也生出一股豪情，决定和玉无心生死与共。

玉无心却是微微一笑："别再轻易说'死'这个字，谁也不会死的。你还有你的任务未完成，等我们都各自了却心愿，终会比肩同行。"说着她上前搂住丁隐，轻轻吻了他的嘴唇。

丁隐被玉无心的笃定感染，重重地点了点头。

这一边，野人站在一片狼藉的战场之上，沉默地打量着青云、紫英和丹辰子。三人面面相觑，不晓得这亦敌亦友的怪物演的是哪一出，又顾忌它相貌可怖，谁也不欲上前搭话。

良久，青云大着胆子上前一步，有些怯生生地问道："你真的就是紫郢剑剑灵？可是为什么你看起来……这么丑……"

那野人冷笑一声，忽然之间口吐人言："只因为我长得不如幽暝剑剑灵好看，你们就觉得我不是好人？真是目光短浅。当年人类就是被幽暝剑外表迷惑，才会被它的剑气所害，没想到百年之后，竟然一点长进都没有。"

三人都是面色一红，紫英上前点头致歉："是我以貌取人，才会被幽暝剑所骗，多谢前辈教导。"她又犹豫了一下，大胆问道，"只是不知道前辈为何要指定我使用紫郢剑？"

野人打量了紫英许久，递给她那枚护身符，口中说道："因为你是它的主人。"

紫英愣住了。青云忙抢过护身符一看，只见护身符反面画着一道阵法，青云惊讶道："啊！这是小张的笔迹！师姐，这护身符是小张送给你的？"

紫英也是震惊不已，脑海中迅速浮现出青崇山的山洞中，小张将护身符挂在她脖子上的画面，两人肌肤相触，虽然是药物的作用，却也浓情蜜意……

想到此节，紫英面色陡变，勉强点了点头，又偷眼望向丹辰子，果见丹辰子正神情复杂地望着她。

那野人继续道："这护身符内的阵法是一道禁制，只会保护佩戴者一人。里面缝制的，是一颗灵药。绿袍将我砍伤赶出剑窟之后，我几乎灰飞烟灭，全靠了这枚护身符，伤口才得以痊愈。"

青云恍然道："所以小张送它给师姐，是希望它能够在危难时保护师姐！"

野人点了点头，又道："几位既然已经毁掉了幽暝剑，我也没有再死守在这里的必要了。我不喜欢欠人，既然护身符的主人救了我，我愿意代替此符，守护

它的主人一世。”说着便化为一道紫气，环绕在紫英掌心，最后化为一根紫色的发簪。

青云等人见紫郢剑终于归顺，都长长地松了口气。青云感慨地将护身符递还给紫英，且喜且怜道：“想不到最终促使紫郢剑归顺的，竟然是小张对师姐的一番心意。”

紫英心急之下不知所措，拿着护身符如同火烫一般，紧张地看向丹辰子。丹辰子面无表情地避开她的目光。

紫英愈发气恼，一咬牙就要将护身符丢出，撒泼道：“这么破烂的东西，谁还要……”

却见一只手握住了紫英的手臂，正是丹辰子将她的动作挡了下来，说道：“这也是张馅饼为了保护你的一片心意，做人切莫忘恩负义，你还是留着吧。”丹辰子说完这句，即刻转头走开。

紫英看向他的背影，犹豫了一下，又将护身符收入怀中。

青云看着尴尬的两人，知道自己说错了话，再不敢开口。

这时丁隐送别了玉无心，返回到众人面前。青云赶紧迎了上去，焦急地问道：“丁大哥，玉姐姐和医仙前辈去哪里了？”

丁隐平静地道：“她们有事需要先走一步。”接着他又看向紫英手上的发簪，询问道：“这是……紫郢剑？”

紫英点了点头，却不发声。

青云又道：“刚刚玉姐姐为什么说医仙前辈是她娘？丁大哥，到底发生了什么？难道医仙前辈就是素因师叔？”

丁隐点了点头，又道：“绿袍的人马就在附近，屠媚败走，他恐怕马上也会上山来。此处不宜久留，还是先撤离的好。当中的缘故，我下山之后慢慢再同你们解释。”

青云又问：“那这幽暝剑怎么办？”

丹辰子思忖道：“此剑虽然已经断裂，可惜邪气太重，还是带回蜀山镇压比较妥当。”说着他走到一旁，运起内功，将地上已经有了一道裂痕的幽暝剑封印，接着装入剑鞘。

青云拍手道：“大师兄，既然三把神剑已经集齐，我们这就启程回蜀山吧！”

却说绿袍步入营帐之内，几个魔宗门徒跪在原地，战战兢兢地等待，见到宗主，立刻匆忙磕头。

绿袍问道："屠媚回来了没有？她还没有消息？"

门徒答道："启禀宗主……副宗主她……她失踪了。"

绿袍面色一沉，又问道："那丁隐呢？"

门徒惊惶地道："丁隐……他……他也失踪了。几个监视的兄弟都把山头翻遍了，仍找不到他们的踪迹。"

绿袍一怒，上前踢翻了几个门徒，咆哮道："那还等在这里干什么？让所有人都立刻去找，决不能让丁隐走出这莽苍山！"

"爹，停手吧！"忽然，绿袍耳旁竟传来玉无心的声音，只见玉无心从营帐后方走出，一张面孔仍是苍白凄艳，眉心笼罩的愁云却似不见。

绿袍打量玉无心许久，露出冷笑，挥了挥手，几个门徒便知趣退出。

"五鬼这家伙果然信不过，他到底还是放你出来了。"

"不关他的事，是我自己打伤他逃出来的！爹，放过丁隐吧，就当是成全女儿。"

绿袍想不到玉无心如此开门见山，当即怒喝道："我上官警我的女儿，不应该是一个为了男人寻死觅活的人。看来是我没把你教好，没让你学会冷和绝！"

玉无心却冷冷顶回："您就是为了教我这个，才一直隐瞒着娘还活着的消息吗？"

绿袍愣住了，眼神中竟然充满痛苦之色，良久之后才厉声开口："终于还是瞒不住你……"

玉无心又道："我从晶石里看到一切了！爹，这么多年，娘一直流落在外，但是她心里一直记挂着您，为什么您却始终不愿去见她，还要和屠媚在一起？"

绿袍冷笑一声："别拿屠媚和你娘相提并论，她不配！"

不料玉无心非但不领情，反倒追问起来："那我呢？我在您心里又算什么？您为什么一直告诉我，说娘已经死了，让我在一个骗局里长大？二十四年来，您在我耳边说得最多的，就是'复仇'这两个字，您到底是想骗我，还是想欺骗自己？"

绿袍："别说了！你娘她……对我而言，的确已经算死了。我要复仇！我要蜀山为当初对你娘做的事付出代价！"

玉无心看着逐渐失控的绿袍，缓缓摇头："杀上蜀山又如何？爹找蜀山复仇，只是咽不下当初的那口气。爹根本不爱娘，爹爱的只是自己……"

"放肆！"玉无心话还没说完，绿袍身形闪动来到她面前，一把掐住了她的脖子，表情狰狞道，"你以为我不想见你娘吗？两个人虽然活在世上，可是连见一面、听一听她的声音都是妄想！这样活着，和死了有什么区别？"

鲜血从玉无心嘴角流下，她却毫不畏惧地直视绿袍，逐字说道："玉儿的命是爹给的，爹要对我做什么，我绝没有一丝怨言！我只是不想看到爹越陷越深，和娘的心越离越远……"

绿袍愣住了。在他眼中，玉无心的脸庞和当年素因临终前的面容重叠在了一起，耳边似乎响起素因临终的嘱托，他终于长叹一声，松开了手。玉无心跌落在地，连连咳嗽。绿袍又招了招手，几个魔宗门徒上前将玉无心按住。绿袍打量着她，脸上浮起前所未有的沧桑，口中缓缓说道："有很多事情，爹不告诉你，也是为了你好。当你知道以后，只会比现在更痛苦。玉儿，听爹的话，爹答应你，总有一天能够让你和你娘重逢。"

随后绿袍挥了挥手，也不再看玉无心，只示意门徒将她带走。

"我不走！"玉无心一声大喊，挣脱出来，又从最近的门徒身边抢过一把长刀，架在了自己颈上。

"玉儿，你要做什么？"绿袍上前一步，玉无心的刀逼得更紧，脖子上现出血痕。

玉无心站在那里，一袭白裙，凄楚孑然，苍白的面容上带着似笑非笑的表情："爹，您硬要带我走的话，就只能带回一具尸体。这就是您想要的结果吗？"

"你想死？你就不怕你娘伤心吗？"

玉无心慢慢地摇了摇头，苦笑道："爹这么多年的谎言和分离，难道就对得起娘吗？爹，您真的爱过她，也真的爱过我吗？"

绿袍闻言一怔，想要动手，却又停住。

父女俩就这样无声地僵持着。

此时丁隐一行人正匆匆往山下赶去。丁隐方才中了屠媚的毒，面色有些苍白，青云正用力搀扶着他。丹辰子与紫英则是一前一后，一路无语。

青云有些看不过眼，便提醒道："只要离开这莽苍山脉，咱们就能暂时安全了。大师兄，你照顾一下紫英师姐可好？”

丹辰子“嗯”了一声，竟是头也不抬。丁隐虽然觉得丹辰子态度有异，也来不及再细细考究。倒是紫英颇为心灰意冷，失魂落魄地跟在最后。

并没有人注意到丹辰子脸色惨白，冷汗直流。在他背后的包裹中，幽暝剑上突然又透出黑色的剑气，并且悄悄蔓延，钻入了他的体内。

只见丹辰子突然停下了脚步，丁隐以为他体力透支，转身向他伸过手去，关切道：“大师兄，你没事吧……”

丹辰子面容忽然间变得扭曲起来，手上猛然一动，反手扣住了丁隐的手腕。丁隐惊觉不对，接着腹部一阵剧痛，他低头一看，只见丹辰子手中的幽暝剑已整个刺入进来。

丁隐惨叫一声，口吐鲜血。再看丹辰子的面容，已经变成了幽暝剑剑灵的脸，正咬牙狰狞道：“坏了我计划的人，一个都走不出这莽苍山！”

“大师兄……”紫英惊愕大喊。

青云却惊觉道：“这是幽暝剑剑灵！它附在了大师兄身上！”

两女正要上前，那剑灵已操控着丹辰子的身躯，全力向丁隐攻来。丁隐一只手被钳制住，腹部又受伤，被丹辰子当胸又是两掌，脚下一空，跌落山崖。

青云惊慌地扑到了山崖边，可下面是万丈深渊，哪里还见得到丁隐的影子。

青云凄声大喊：“丁大哥！丁大哥！”却是不见回应。

这一边，绿袍与玉无心正在无声对峙，忽然一口鲜血自绿袍口中喷出，接着他感到腹部一阵剧痛，险些跌坐在地。

“爹！”玉无心见绿袍受伤，大惊失色，什么都顾不上，赶紧上前扶他坐下，关切地问道，“您怎么会忽然受伤？”

谁知绿袍捂着剧痛的腹部，竟冷笑着说：“受伤的不是我，恐怕是丁隐才对。”

玉无心错愕：“这是怎么回事？女儿不明白……”

却听绿袍说道：“当日趁我受伤，你娘在我和丁隐身上设下了溶血之阵，把我和他的血脉连在了一起，只要丁隐受伤，就会同等对应在我的身上，丁隐若是死了，我也会死。你娘为了保住丁隐的命，还真是用心良苦。”

玉无心神色大变，焦急万分。她上前扶住绿袍，可绿袍脸色苍白，踉踉跄跄，支撑着说道：“这伤深入肺腑，恐怕丁隐已经离死不远了。”

玉无心又惊又怒：“是不是您派人下的手？”

绿袍仍是冷笑："是又如何？不是又如何？你难道要杀了爹，给他报仇吗？"

玉无心怒视绿袍，接着渐渐平静下来，她运掌为绿袍输入真气，却被绿袍一把甩开。绿袍冷冷看着玉无心的举动，嘲讽道："恐怕你真正想救的，是那个丁隐吧。"

玉无心愣了一下，接着露出苦笑："爹，永远背负着仇恨去面对一切，难道不累吗？"

玉无心不顾绿袍的反对，强行拉过他，从背部向他缓缓输入真气："玉儿的确放不下丁隐，可是玉儿也同样割舍不下爹。玉儿从小就没有母亲，是爹一手抚养我长大，教授我武功，这条冰魄寒鞭还是爹亲手送给玉儿的。您生我养我是天大的恩情，无论待我如何，爹永远都是女儿最重要的人，绝不会变。"

绿袍犹豫了一下，戒备的神情一点点放松，他没有再阻止玉无心，只是静静由着她帮自己疗伤。

营帐内一时间沉默了下来，绿袍见玉无心对自己关怀备至，第一次些微体会到了父女之间的温情。

良久之后，绿袍长叹口气，沉吟道："我曾经答应过你娘，会好好待你。可玉儿，爹派你去做的那些事，当真是迫不得已……这么多年，是爹对不住你。"

玉无心心中一暖，回应道："这么多年，爹一直对玉儿冷心冷面，可是玉儿心里知道，爹看似无情，其实至情。玉儿也明白，身为儿女，为父母尽孝尽忠无可厚非。您让玉儿做的一切，都是出于对娘的爱和怀念。所以爹才最应该明白玉儿的心思，玉儿所求的不过和您一样，只是和心爱之人相守。"

绿袍似有触动，心下一阵感怀，倏然之间却发现玉无心"啪啪啪"几下，已将他身上几处大穴制住。绿袍先是一愣，继而哑然失笑："说了半天，你还是要去找那个丁隐！"

玉无心却道："他要是死了，女儿绝不能独活。不过女儿只是想知道，娘既然没死，爹为什么还一定要取出丁隐体内的赤魂石？"

"你……你不能知道！"绿袍咬紧牙关，面色痛苦，却不知如何回答。

玉无心既是苦痛，更为焦急："爹，您到底是什么意思，求您讲清楚。"

绿袍似是叹息，又似责问："你不能懂！你也不会懂的！这件事就算你娘在，她也绝不会告诉你的。你就这么不相信爹的话吗？"

玉无心仍是痛苦摇头："因为您从没有告诉过我实话。女儿已经在谎言中活得太久、太累了。从小到大我都没向爹要求过什么，现在只向爹求一个明白！女儿做这些，只是想求一个两全的法子，相信爹也是一样。”

绿袍面无表情：“根本就没有两全的办法！”

玉无心直视绿袍双眼，绿袍咬紧牙关，几次欲开口，却最终还是狠狠回过头去。

玉无心最终失望地苦笑一声，双膝跪下，恭恭敬敬地给绿袍磕头：“如果爹不说，玉儿也没有办法。不过娘既然还活着，您就不再需要丁隐体内的赤魂石了吧。等我救回丁隐，就去找到娘，劝她回来。我从小就希望能够尝一尝一家团聚的滋味，盼爹好自为之，别毁了女儿这最后一点念想。若不然，今天这三叩首，就是我对爹最后的情分了。”

绿袍被点了穴，又受了伤，无法动弹，只能眼睁睁地看着玉无心离去。

玉无心走到营帐口，拔出长鞭，扫视营帐内剩下的门徒。没有人敢阻拦她的去路，只能看着她扬长而去。

眼看着玉无心的背影远去，绿袍终于再也按捺不住，冲破穴道，冲出了营帐，想要将玉无心追回来，口中喊道：“玉儿，爹只能这么做，赤魂石是你娘唯一的希望啊——”

绿袍停住了，眼前玉无心的身影已经消失。他看向天边，长长地叹了口气，又对众门徒命令道：“丁隐既然受了重伤，想必走不远。传令下去，全力搜山，不管是死是活，必须把他给我找出来！”

门徒得令，便全数冲出了营帐，四周霎时变得空空荡荡。

绿袍看向天边，喃喃自语：“素因，我所做的一切，为何谁都不明白？你不理解我，诸葛驭我背叛我，如今连玉儿也弃我而去……我何尝不希望能够一家团聚，可是你让我如何告诉玉儿，她所渴望的两全，根本都是幻想。你让我怎么能逼着她在你和丁隐，在母亲和爱人之间做一个两难选择。既然如此，哪怕她恨我，我也只好让她的心变冷变硬，不再受这些痛苦煎熬……”

说着他惨然闭上双眼，任凭泪水潸然而下。

“一个死了，还差两个！”幽暝剑剑灵见丁隐坠崖，眼中凶光毕露，又操纵着丹辰子举剑向着青云攻去。紫英赶紧护在青云面前，两剑相对，火花四溅。

剑气已经逼近到紫英面前一寸之处，紫英面露绝望，尖叫着哭喊道：“大师兄！我是紫英！难道你连我都要杀吗？”

在紫英尖叫的一刻，丹辰子前进的脚步突然停住。他的面容上现出痛苦挣

扎，幽冥剑剑气忽然弱了下来。只见他左手挣扎着抬起，剑灵的模样在他脸上忽隐忽现，仿佛两个人格正在体内斗争。

忽然，丹辰子狠狠一掌打向自己胸口，霎时间一口鲜血狂喷而出。他重伤了自己的躯体，幽冥剑剑气也瞬间低落。

“青云，先救大师兄！”紫英撕心裂肺地大声喊道。

青云这才恍然醒悟，两人同时发力，两道剑气同时将丹辰子环绕，直将他打飞出去，重重跌落地面。幽冥剑也随之落下，在重击下散成一堆碎片，却仍不死心地向着丹辰子聚拢而去。

青云和紫英踩住碎片，狠狠一击，幽冥剑这才彻底灰飞烟灭。

丹辰子身上的黑气随之烟消云散，他挣扎着起身，不顾紫英的关切，首先问道：“丁隐呢？他怎么样？”

“丁大哥他……”青云眼眶一红，已说不出话来。

丹辰子内疚地看向崖底，痛心地道：“都是我的错，是我害了他……”

“他一定还没死！我要下去找他！”青云突然转身往崖下奔去，却被紫英一把拉住。

小宝这时也忽然叫起来，看向山脉深处。紫英面色一变：“小宝已经感应到了魔气，魔宗的人很快就会找到这里来了！”

丹辰子一直看向崖底，听到小宝的叫声，他犹豫了一下，神情变得痛苦，却还是下定决心：“青云，我们得走了！”

青云浑身颤抖，泪流不止：“那丁大哥怎么办？万一他还在等我们去救他……”

丹辰子沉重地道：“如果丁隐还活着，他也绝不会希望见到三把神剑落入魔宗手中。”他心有不忍，又道，“丁隐吉人自有天相，一定不会出事的！现在咱们必须立刻将神剑送回蜀山，交到师父手中，才是重中之重。必要的时候，个人的感情与性命，都要舍弃。”

青云沉默了良久，缓缓点了点头，转头看向悬崖边，如祈祷般低声说道：“丁大哥，青云相信你，你一定要平安回来。”

却说丁隐实是命不该绝，他中剑坠崖，竟又一次被峭壁上的树枝挂住，阻住了千钧坠势。不过他身负重伤，加上中毒未解，此刻倒吊崖边，已是奄奄一息。在最后关头，他拼尽力气掏出了藏在胸前的那个玉哨，随后将它放到嘴边，尽力吹响。

他听见哨声，眼中都是怀念的笑意，随后便剧烈地咳嗽吐血，再也无力吹哨，眼前随之一黑，便是无限的死寂。

却不知过了多久，他似乎听到耳边有响动，再次睁开眼来，只见月光之中，一个纤细的身影恍若仙子般从天而降，正是玉无心！

“丁隐，我终于找到你了！”玉无心目中含泪，担心地抱住丁隐。

丁隐愣愣地看着玉无心，一把将她紧紧搂在怀中，只觉得恍如隔世，口中如梦呓般问道：“玉儿，真的是你吗？还是我快死了，所以生出幻觉？”

玉无心先是一愣，接着温柔笑开：“有我在，没那么容易让你死。”她抱起丁隐，长鞭一甩缠住了悬崖高处的岩石，“走！我带你上去！”

玉无心脚下一用力，两人轻轻纵上了山崖上的平地。

夜色中忽然寒光一闪，丁隐脸色一变。

“当心！”

玉无心还没反应过来，丁隐已经一个转身将她护在了身后，一枚暗器钉入他背后，血花四溅。两人一起滚落在地，玉无心一把扶住丁隐，发现他身上已经全是鲜血。

“你没事就好，玉儿，快走……”丁隐双眼一闭，已倒在了玉无心身上。

玉无心看向身后，只见有几个人影追了过来，正是奉命搜山的魔宗门徒。玉无心一咬牙，长鞭一甩拉住树冠，带着丁隐借力飞出，迅速逃离。等到那群门徒赶到的时候，只遥遥见到了二人远去的背影。

玉无心搀扶着虚弱的丁隐在山林中穿行，一路逃避着追捕。丁隐突然一口鲜血呕出，直接从玉无心身上滚落下来，摔倒在一旁。玉无心惊慌失措，只得赶紧扶起他来，为他运功输气。真气刚运行到一半，丁隐体内的赤魂石突又闪烁起来，竟然夺走真气，自行吸收进去。丁隐则表情痛苦，身躯剧震，继而双目圆睁，瞳孔中分明闪烁着殷红血光。

玉无心大惊，赶忙强行收功，却已经被赤魂石之力弹开。丁隐随之剧烈地咳血，一副痛苦之状，支撑道：“玉儿……不要……不要再耗费真气了。”

玉无心一时间手足无措，眼泪簌簌滑落：“不，不可以，丁隐，我不会让你死！”

丁隐无力地摇摇头：“我先前被屠霸强行抽取赤魂石，身体已然受损，现在又被丹辰子所伤，赤魂石已经开始反噬我的身体，我抵挡不住了，也许……这就是我逃不过的宿命吧……”

玉无心眼眶一红，大声喊道：“你答应过，你的命是我的！你敢这么死了的话，我玉无心绝不会放过你！你再好好想想，诸葛掌门有没有告诉过你什么缓解反噬的办法。”

丁隐思索了一下，脑海中回想起当日下山之前，诸葛驭我曾经叮嘱过的话，惊觉喊道：“也许……血饮刀可以！”

玉无心闻言一愣：“血饮刀？”

丁隐又道：“掌门和妙一师伯都说过，我体内赤魂石之力，通则不痛，不通则痛，需寻得血饮刀才能疏导瘀结……只是现在……恐怕来不及找到它了。”

玉无心迟疑了，她皱眉静静思索着，丁隐误以为她在为自己担心，苦笑着摇了摇头。

玉无心却喊道：“我知道血饮刀在什么地方！”她终于下定了决心，正视丁隐，口中说道，“我爹从天龙寨寨主马元龙那里找到了血饮刀，一直藏在雪池之中。”

丁隐一愣，脑海中闪过当时自己在后山马元龙的老巢中感受到的那股异动，立时了然道：“难怪在天龙寨我感到体内赤魂石似有异动，原来是感应到了血饮刀！”

“事不宜迟，我这就带你回阴风谷取刀，你撑着点！”

玉无心上前就要搀扶丁隐起身，却被一把握住手腕，只听丁隐说道：“玉儿，你和你爹已经闹翻了，你好不容易才从那里逃出来，怎么能回去……”

玉无心却脸无惧色，笃定道：“这些事我自会处理。你现在唯一需要做的，就是治好伤，好好陪我活下去！”

二人对望良久，丁隐终于缓缓笑了，伸手轻抚着玉无心面庞，坚定道：“好，我答应你，我不死！”

第二三四回

阴风谷空祭香魂，降魔塔难敌血饮

“警我……”屠媚低声喊着绿袍的名字，“警我，你还是担心我的，对吧？有一个问题，你可不可以实话告诉我？”

绿袍有一丝不忍，点了点头。

屠媚又挣扎着抬起头，灼灼的目光望着绿袍：“你我之间，真的只有利用吗？这么多年来，你对我到底有没有一点真心……”

魔宗门徒将玉无心救出丁隐的消息报知绿袍尊者，绿袍又惊又怒，正待发作，却见屠媚不知何时已站在了营帐之外，她身上带着伤，面容凄怨。

绿袍无力地抬眼望望，冷冷问道："你现在才回来？既然计划失败，让丁隐看出了破绽，为什么不及时回来禀报？"

屠媚似未听见，缓缓地步入营帐，冰冷的眼神看得绿袍有些寒意。绿袍犹豫了一下，脱下身上披肩覆在屠媚肩头，轻声道："你先下去养伤吧，接下来的事情我自会处理。"

绿袍就要离开，屠媚忽然从身后一把抱住了他："你回答我一个问题。"

屠媚的声音听来凄楚悲哀，绿袍却不由分说地挣开她，气急败坏地喊道："现在不是时候！"

屠媚惨然一笑："别逃避我！必须是现在！我只需要一个答案，之后我绝不会再来烦你。"

绿袍不耐烦地转身推开屠媚，却在一瞬间愣住了，他看见眼前的屠媚变成了素因。绿袍神色一震，又很快掩饰了过去，斥责道："胡闹！任务都已经失败了，还顶着这张脸做什么？"

屠媚顶着素因的画皮，似笑非笑："警我，你这次为什么让我特意假装成这个女人？你很喜欢她的样子吗？你和她到底有什么关系？"

绿袍微微一怔，又道："我说过，她对丁隐有恩，这是为了诱使丁隐入局……"

屠媚叫喊着打断道："那么玉无心为什么会喊她娘？"霎时，她换回了原来的面容，目光凌厉，步步逼近绿袍，“为什么她还知道你的那么多过去？为什么她的名字不是素手医仙，而是素因——就是你的师妹和心上人，二十四年前应该已经死了的那个素因？”

绿袍愣了愣，缓缓露出了苦笑：“我无话可说……”

“无话可说？上官警我，你不觉得欠我一个解释吗？当年你流落西疆被我救起的时候，不是跟我说素因已经死了吗？为什么她还会活在这个世上？”

绿袍面对屠媚的愤怒，沉默良久，并没有回答。

屠媚忽然升起希望，上前抓住绿袍，激动地叫喊着：“你不知道她还活着，对不对？你是在骗我，其实你是一直真心陪在我身边的，对不对？只要你点个头，我就信你，我们忘记发生过的一切，回到西疆重新开始！”

“好不容易走到今天这一步，我不可能再回去……”绿袍依旧是冷冰冰地推开屠媚，犹豫良久，这才缓缓开口，“你说得没错，素因她没死，她确实一直还活着。”

此言一出，绿袍分明看见屠媚的眼神由期待转为黯然，她颓然地站在那里，双目凝视，不住摇头，似乎不肯相信自己的耳朵。

这一刹，屠媚已经无法思考、无法交谈，唯有下意识地重复着心中的凄怨：“为什么要骗我……你为什么要骗我……”

绿袍回答道：“不这么说的话，在西疆的时候你会救我吗？我早就死在屠霸的魔宫外了吧。”

屠媚摇了摇头，又点了点头，接着又摇了摇头，她隐忍着，泪水却终于潺潺而下：“原来是真的……她说的一切都是真的。上官警我，你心里是不是其实一直还有她？”

绿袍艰难地点了点头。屠媚猛地上前揪住他的衣襟，咆哮起来：“那我救了你之后，你就应该立刻滚！你不应该再来招惹我，不应该留在我身边，让我以为自己还有再得到你的机会！”

“我需要你。”绿袍站在原地，说了四个字。

屠媚逼近一步，颤抖着问他：“你需要的到底是我，还是西疆的势力？还是说，你利用我，全都是为了那个素因？”

“屠媚……”绿袍站在原地。

“说实话！”屠媚一声抽噎，撕心裂肺地叫喊着。

绿袍叹了口气，索性和盘托出：“为了素因，我必须拿到赤魂石。可是我一个人势单力薄，必须有人扶持才能重回中原。”

屠媚闻言如遭雷击，她勉强站住脚，透过眼前如滂沱骤雨般的泪水，试图看清这个男人，抑或厘清这段始乱终弃的孽缘，她嘶哑地咆哮着：“一切都是为了素因，那我算什么？我在你身边二十四年尽心尽力，又算是什么？”

绿袍仍是面无表情，似在叙述别人的故事：“我从未许诺过你什么，都是你自己一厢情愿。”

这般绝情话语，如同摧心毒、断肠药，将屠媚残存的半点希冀、一丝尊严彻底捣碎毁尽，屠媚眼前一黑，脚下一软，竟要瘫倒下去。

绿袍心有不忍，却还是没有上前。

屠媚跌跌撞撞扶住了桌面，稳住身体，看着无动于衷的绿袍，面上渐渐现出扭曲的惨笑：“没错，是我自己一厢情愿。二十四年前明明已经被你骗过一次，可是当我在西疆又见到你的时候，我却愿意赌上一切再重新相信你一次。我以为只要素因不在了，你身边就只有我一个女人。我为你扶植势力建立神宗，陪你闯过封印回到中原，我以为只要再多一点时间，再为你做多一点，总有一天能够融化你的心。可是我没有想到，你的心压根就是千年寒冰……”

绿袍许是不忍，抑或反感，他索性转过身去，抛下一句：“事到如今你已经知道了一切，如果你想回西疆寻找屠霸，我绝不会拦你。”

屠媚恨得咬牙切齿：“为了你，我已经背叛了大哥，我现在还有脸回去找他吗？”她将手一扬，铁伞已经滑落手中，她死死盯着绿袍，五官气得扭曲，“当初大哥劝过我，让我不要相信你，他说你们中原人最会玩弄人心，而你，更是一头养不熟的白眼狼。”

屠媚眼中杀气一闪，便向绿袍冲杀而来：“早知如此，当初我就应该听大哥的话，一早就杀了你！”

绿袍转过身来，长刀一出，迎上了屠媚的攻势。

整个营帐瞬间变成两人的战场。二十多年来，绿袍对屠媚的武功路数早已了然，原本只当她气急下的宣泄之举，可是几招过后，他却发现屠媚此刻的攻势招招都是夺人命般的穷追猛打。

绿袍避过两招搏命的扫刺，又奋力架住运足全力的铁伞，急喊道："屠媚，你疯了吗？你赢不了我的！"

屠媚冷笑一声："没有我的协助，你怎么会有现在的修为？上官警我，我不会再像以前那样让着你了！"话未说完，屠媚铁伞一转，十数枚淬毒暗器从极近的距离向绿袍飞来，绿袍勉强避过。那暗器打在木桌上，硬是将木桌打得断成数截。

绿袍终于明白这是怎样的怨恨，他却不明白一个女人的心，仍要试图维持这段畸形的相处："屠媚！你这样做有什么意义？二十四年来，留在我身边的是你，咱们就这样好好相处下去，难道不够吗？"

屠媚冷笑一声，只是攻得更狠，她全不防守，招招夺命，如同索命的冤鬼般阴森凄怨、暴戾歹毒，口中所言更如怨咒，声声都在泣血："上官警我！我屠媚守了你一辈子，爱了你一辈子，等了你一辈子，你却骗了我一辈子。我不喜欢和别人分享同一个男人。如果不能独占你，我宁可不要！"

绿袍怒吼一声，两人同出杀招，向着对方要害砍去。绿袍挡住了屠媚的铁伞，屠媚一推伞柄，伞尖裂开，又化为一把铁刺，刺向绿袍脖子。

绿袍猝不及防，虽然他的刀也向着屠媚心口砍去，却还是慢了一步。

眼见铁刺就要刺入绿袍的喉咙，屠媚却顿了顿，忽觉得此刻两人身体相贴、肌肤触碰的情境，竟像极了二十四年前昆仑山底初遇的那场过招……

她仿佛看见多年之前上官警我似笑非笑揭穿她易容时那张意气风发的面孔。随后这张面孔又瞬间与绿袍此刻眼泛凶光、煞气冲天的脸重合……

时光交错，电闪雷鸣。

前尘凄迷，未来穷途，此刻便如隔世仰望，跌堕轮回业障。二十四年如一梦，此身虽在堪惊，唯余两行热泪，为这场冤孽徒添一点苍白戏码。

屠媚看着绿袍砍向自己的刀，停住了手中铁刺，心灰意冷地闭上双眼，闪身将整个胸口暴露在绿袍的刀尖之下。

绿袍见到屠媚的神情，不待稍停，刀尖便无声地穿透了她的胸口。

屠媚身子一软，缓缓地倒了下来。绿袍几乎是下意识地扶住了她，看到屠媚正对着他轻轻地微笑。

二十四年前，屠媚就很爱笑。

绿袍惶惑错愕，痛苦地叫道："屠媚，你是故意受我这刀的，为什么？"

屠媚像多年前一样眨了眨眼，往日里明媚的娇笑却是凄然："我从来没有像这样躺在你怀里说过话，这样的感觉真好，就算现在死了，也值了……"

"屠媚，你别说话了，我替你止血。"绿袍内心苦痛，情知不妙。

此时大片大片的鲜血从屠媚伤口涌出，顷刻染湿衣襟，浸满地面，她的面孔变得惨白如纸，眼神亦迷蒙涣散。

"警我……"屠媚低声喊着绿袍的名字，"警我，你还是担心我的，对吧？有一个问题，你可不可以实话告诉我？"

绿袍有一丝不忍，点了点头。

屠媚又挣扎着抬起头，灼灼的目光望着绿袍："你我之间，真的只有利用吗？这么多年来，你对我到底有没有一点真心……"

绿袍愣住良久，眼中闪过一丝动容："对不起，你来迟了一步，人心只有这么大，素因她早就占满了。"

屠媚失望地笑了笑，牵出嘴角一抹鲜血，她眼前的一切开始模糊，顷刻间绿袍的脸似乎又幻化为二十四年前年轻的上官警我，屠媚伸手触到这张脸，用指腹摩挲着，泪水在她脸上恣意而下，却含着笑意。

她努力地抬起头，贴近绿袍，目光自下而上打量着他的脖子、下巴、鼻子、眉目，看得那么仔细，似乎想要最后一次看清这个令她心甘情愿又无能为力的男人。待她看得够了，她才笑着说："告诉你一个秘密，其实我们也有过一个孩子……"

绿袍一惊，扶起屠媚的肩膀大声问道："你说什么？"

屠媚笑容已逝，眼神涣散，她气若游丝地对绿袍说了此生最后的一句话："好可惜，孩子已经不在了，可如果你我的那个孩子能够顺利出生……你我之间的结局会不会不同……"

随后她头一歪，靠在了绿袍怀中，手已软软垂下。

绿袍抱着屠媚的尸体一动不动，合上了屠媚双眼，感怀神伤。几个门徒听到动静进入营帐，见了眼前景象也全都目瞪口呆，没有人敢开口说一句话，只有跪倒在地，头也不敢抬起。

良久，绿袍收拾心情，缓缓讲道："派人将副宗主的遗体护送回西疆，落叶归根，那里毕竟是她的故乡。”

门徒又硬着头皮问：“宗主，那丁隐还找不找了？”

绿袍想了想，抱起屠媚缓缓走向营帐，谓众门徒道：“集合众人，回阴风谷。”

却说玉无心负着重伤的丁隐潜入阴风谷，恳求五鬼天王召唤出血饮刀来为丁隐续命。

五鬼吓得不轻：“要我背叛神宗，背叛宗主，去救自己的情敌？玉儿你没病吧？”

不想玉无心竟双膝跪地，向五鬼恳求道：“我玉无心一生从未求人，现在我求你救救他，我什么事情都可以答应你！”

五鬼见状甚是犹豫，紧锁愁眉思量许久，终于将玉无心扶起，说要玉无心答应他一个条件。“玉儿，我要你嫁给我，从此和丁隐一刀两断，永不相见。”

玉无心先是一怔，不解道：“为什么？我不会爱你的。只有躯壳没有心的女人你也想要？”

五鬼却格外包容：“没事，反正时间长了，你总能发觉我的好。”说着又大步上前，抓住了玉无心的肩膀，肃然道，“玉儿，你和他正邪相悖，是没有好结果的。如果你忘不了他，那就在心里留点位置给他，我不会介意的。我只求你给我一个照顾你的机会，让你忘记伤痛，这样你和他都能好好地活下去……”

此时丁隐已是心脉不稳，生命垂危，玉无心看得心焦如焚，无奈之下，只有含泪点头，算是允了五鬼所求。

五鬼言出必行，将垂死的丁隐带到雪池边，立刻召唤出血饮刀来。那血饮刀一出池面，立刻和赤魂石相感应，飘浮在丁隐上方，与他体内赤魂石同时生出两片邪性红光。

光照之中，只见丁隐全身经脉红光大炽，刹那现出形来，经脉中闪出点点殷红光芒，源源不断向血饮刀流去，不消片刻，丁隐面色已恢复如常。

丁隐睁眼一刹，血饮刀竟如认主一般，倏地飞入他手中。丁隐持刀在手，神志已复，当下抱着玉无心，喜不自胜，口中不住道：“玉儿！玉儿！我没有死！我答应你的事，我做到啦！”玉无心在他怀中亦是欢喜不尽，她偷眼看看身旁站着的五鬼，眼睛又变得酸楚。

那一晚，玉无心央求五鬼容她最后一次陪在丁隐身边，随后她又一次欺骗了丁隐。她让丁隐尽快带着血饮刀赶回蜀山，而她谎称要留下来寻回母亲，希望母女二人一起说服绿袍打开心结、抛却仇恨，这样她才能没有牵挂地与丁隐投入新生活。

丁隐起先不允，但终究拗不过玉无心的执着，只有答应在蜀山等她前来会合。

玉无心又道夜长梦多、事不宜迟，竟连夜将丁隐送出阴风谷去。二人在阴风谷口依依惜别、恋恋不舍，又说了许多体己话，丁隐这才匆匆奔向夜色中。

丁隐一走，玉无心便泪流满面。五鬼却不忍她惋叹诀别，当即现出身来，拉起她的手就要逃。玉无心一时不解，五鬼却道："你我放走了丁隐，还偷走了血饮刀，宗主是不会善罢甘休的，倒不如我们现在双宿双飞，找个地方逍遥自在。"

玉无心竟是摇头苦笑："我欠爹一个交代。"又谓五鬼道，"你走吧，这次的责任我帮你担着，从此你就和阴风谷再无干系。"

却在此时，黑暗中传来绿袍恐怖的声音："你担得了吗？"话音未落，只见绿袍的身影飘然落下，冷冷看向两人。

"玉儿，还不快走！"五鬼大喊一声，铁扇已然出手，他不顾一切地强行攻向绿袍，想留给玉无心逃跑的时间。

绿袍则是冷哼一声，一掌拍向五鬼胸口，鲜血飞溅中，五鬼应声倒下。一排魔宗门徒现出身来，将玉无心团团围住……

五鬼被打入地牢自不必说，倒是绿袍接下来的一番话语，令玉无心不寒而栗："你当真以为，让丁隐带着血饮刀回蜀山，对他来说是一件好事？玉儿，你还是太年轻了。人心叵测，贪欲丛生，就连蜀山这种名门正派也不例外。他们见到丁隐带去的这把至宝血饮刀，只怕如饥虎逢羊，苍蝇见血，丁隐身处这场内讧争夺，钩心斗角的风暴最中心，你觉得他还能安然无恙吗？"

说到此处，绿袍仍意犹未尽，他走上前来，缓缓抬起玉无心的脸，狰狞笑道："当年蜀山将我和你娘赶出来的时候，恐怕想不到，今天我只用区区一把血饮刀，就能让他们尝到腥风血雨、四分五裂的滋味！"

丁隐连夜奔走，不一日便到天门峰山门之外。丁隐望着高耸入云的崔嵬山势，心中波澜起伏。

此番下山经时月余，先是天龙寨除害，又有陶然居奇遇，再到武当山、青崇山、莽苍山觅得三柄神剑，折了兄弟小张，最终从阴风谷取出血饮刀来，这一程真可谓九死一生，悲喜交加。

正感慨间，他忽见眼前白影一闪，竟是丹辰子下山来迎。丁隐心头一热，立刻迎了上去。丹辰子却是熊抱上来，眼中泪光隐现，激动地说道："丁师弟！你果然无恙！我无能，竟被幽暝邪灵附身，那一剑若伤了你，我一生也不会安心。"

丁隐也是一把搂住丹辰子，爽朗道："自是不怪你！你看，我这不是好好地回来了！"

二人浴血而歌，并肩而战，早已是生死至交，此番能够平平安安在蜀山重逢，便是天下间最为欣喜畅快的事，哪里还去纠结邪灵附体一事。

丁隐正要向丹辰子说起玉无心以血饮刀相救之事，丹辰子却率先说道："丁师弟，你回来得正好，近日蜀山上好生诡异……"

原来丹辰子、紫英、青云三人先于丁隐两日返回蜀山，三人急于向诸葛驭我复命，谁知公孙无我却拦下三人，说诸葛驭我正在剑林峰密室闭关加固西疆封印，任何人不得打扰，蜀山一切事务均由他处置。

丹辰子三人只得将寻获神木、青索、紫郢三柄神剑的经由，以及张馅饼的噩耗，连同丁隐生死未卜的消息一并说与，直说得丹辰子跪地磕头，青云、紫英泪流满面。

公孙无我听完这番叙述，长叹一声，既无意禀报诸葛驭我，也不差人去寻丁隐，对于紫英刺杀张馅饼一事，更是提也不提。说到丹辰子刺杀丁隐一节，他又说丹辰子功大于过，何忍责罚。

那时青云心系丁隐安危，几近哀求道："师叔，丁大哥福大命大，一定尚在人世，求师叔速速派人去莽苍山相救。师叔若不答应救人，我便跪地不起！"

公孙无我竟厉声喝道："现在紧要关头，容不得你任性！"

他不由分说又让青云、紫英速回栖霞峰向晓如真人复命，留下丹辰子一人详

细询问丁隐遇刺坠崖之地。其间丹辰子又多次问起诸葛驭我闭关情形，希望及早相见，公孙无我却如铁锁横江，百般不愿让丹辰子见到师父。

尔后，丹辰子又独自去过剑林峰几次，皆被密室前守卫的弟子拦在门外，说是掌门有命，闭关期间任何人等不得烦扰。

此等情形，实是前所未见，令丹辰子心生疑虑。他四下打探，希望查找线索，却惊讶地发现蜀山弟子中流言纷飞、传闻四起——这个说丁隐已死，那个说赤魂石落入绿袍之手，更有甚者，言之凿凿地说魔宗马上就要攻打蜀山……

丹辰子听得又惊又怒，当即反驳道："我等蜀山弟子，当心志坚定，怎可传此谣言？"

谁知人群中竟有人回道："既说是谣言，那为什么掌门迟迟不肯露面告诉我们真相？"

又有人说道："我们不怕死，只是不想稀里糊涂地白白送死。"

丹辰子闻言一怔，当即步入人群，振臂而呼："掌门绝不会让大家白白送死！师父如今正在闭关修补封印，也正是为了断绝魔宗的支援，为天下苍生的平安着想。如今三把神剑已经尽数回归蜀山，如虎添翼，诸位师弟此刻最应该做的事情，是安心修炼，等到师父出关之后，必定会带领大家诛邪除恶，还蜀山和天下一个太平。强者强于心，不被恐惧动摇，不被假象迷惑，蜀山需要我们每一个人成为蜀山的剑锋！众弟子当全心修炼，静待掌门出关！心念所归，无惧无退！"

众人这才为之一振，高喊着"心念所归，无惧无退"，不再理会那无谓谣传。

丁隐听到此处，全无了重回蜀山的喜悦，眉头紧锁道："大师兄，这蜀山的氛围，近日里果真有些异状……"他思忖道，"我今安然归来，谣言当可攻破。不过掌门此番闭关，确有古怪啊……"

丹辰子也是隐隐不安，思虑再三，只得对丁隐道："不论如何，你回来便是喜事，待我们一并见过师叔再讲。"

丁隐随丹辰子步入凌云峰大殿时，见到晓如真人与百草仙人也列席在上，公孙无我居中坐在掌门之位，诸葛驭我闭关期间，便由他主理掌门事务。

晓如见丁隐平安归来，心中大是欣慰，向他点头含笑。百草则是想起小张身殁的噩耗，面露悲戚。唯有公孙无我正襟危坐，向他发问道：“听说你被丹辰子误伤跌落山崖，到底是怎么逃生的？”

丁隐犹豫一下，便说道：“弟子为山中猎户所救，这才逃得性命。赤魂石也安然无恙。”

公孙无我又问：“那怎么不早些给我们消息？我们也好去接你回来。”

丁隐答道：“弟子一是因为伤势而无法自由行动，二是因为要去完成一项特别的任务。”他环视大殿一周，自说道，“这项任务是掌门单独交代给弟子的，弟子希望能够亲自向掌门汇报。”

公孙无我点了点头，从容地道：“师兄正在闭关修复西疆封印，暂时不能出关，有事对我说也无妨。”

丁隐早知有此一说，当即看向晓如，晓如点了点头，丁隐这才将血饮刀呈上。血饮刀出匣之时，先是一阵低鸣，再是一片殷红光芒乍现，令整个凌云峰大殿变色。三位长老连同丹辰子霎时为之一惊。

公孙无我站起身来，惊愕不已：“这是……这是失传已久的血饮刀！怎么会在你的手上？”

丁隐说道：“此刀与赤魂石相呼应，当初掌门命我们几人下山寻剑时，曾经秘密叮嘱过我寻找此刀。如今我也算完成了掌门交代的任务。”

公孙无我一怔道：“此……此事为什么师兄没有告诉过我？”

百草望了公孙无我一眼，在旁说道：“掌门恐怕是担心知道的人太多，再生什么意外吧。”

晓如也点头道：“的确如此，毕竟血饮刀实在太过珍贵，恐怕掌门是怕消息传到魔宗那边，才会如此低调行事，连我们几人都瞒着。”

公孙无我的脸色这才缓和过来。

百草白眉一皱，又问道：“丁隐，此刀既然这么珍贵，你到底是怎么得到的？”

丁隐犹豫了一下，面露难色，口中答道：“百草师叔……此事说来话长，而且掌门曾经叮嘱过弟子，此事只能向他一人汇报，等到弟子征得掌门同意之后，一定会将这把刀的来历细细告知诸位师叔伯……”

晓如在一旁打量着丁隐的脸色，料是另有隐情，便上前主动为丁隐解围道：

“既然掌门这么吩咐，一定有他的道理。无我师弟，不如让丁隐去一趟剑林峰吧。掌门师兄一直在等他归来，见到他一定会开心的。”

公孙无我思索了一下，这才无奈笑道：“掌门师兄正在闭关的紧要时刻，万一贸然打扰，导致他走火入魔怎么办？还是等他出关再见不迟。只是在此期间，不知应该将血饮刀保存在何处？”

晓如又道：“此刀和赤魂石渊源极深，还是保存在丁隐身边比较妥当。”

公孙无我目光一闪，道：“那就依晓如师姐所说的办吧。”

丁隐当下作揖谢过，便收了血饮刀，跟随着晓如走向殿外，百草与丹辰子也跟着出来，只留公孙无我一人坐在掌门位上，不知正作什么思量。

却说大殿门口，青云早已心焦如焚，等候在外。见到丁隐好端端走了过来，青云竟是喜极而泣，三步并作两步飞奔着扑了上来，那副模样就像小宝奔回紫英手中一般急切。

她口中不住喊着：“丁大哥！丁大哥！你平安回来，真是太好了！”她死死搂住丁隐，指甲都快要掐进他的后背。

丁隐见了青云，也是欢喜不尽，一边拍打着她的后背，一边笑着说：“你看，我回来了，我早说我死不了的。”

晓如、百草和丹辰子望着这温情洋溢的重逢一幕，亦是欢喜不尽。吴冬虫、张琪为首的十多名各峰弟子更是兴高采烈，将丁隐围在中间。唯独紫英冷着一张脸，孑立在人群之外。

夜凉如水，月华当空。

栖霞峰大殿内，两盏苦丁茶，师徒面对面。

丁隐已向晓如真人坦陈了取得血饮刀的来龙去脉，晓如听过之后便说了两句话：一是绿袍处心积虑、用心之险令人胆寒；二是素因师妹悲天悯人，性情慈悲，玉无心到底还是没有辜负她娘的期待。

丁隐听得既是感动，又是惊讶，便问晓如道：“师父，这世上人人都说正邪不两立，我与魔宗之人交好，您不责怪我吗？”

晓如意味深长地一笑，缓缓说道：“你处处为蜀山着想，我又如何怪你？你既然叫我一声师父，若连我都不信你，这世间就没有信任可言了。况且，你与玉姑娘能够摒弃门派之见走到一起，为师又如何忍心拆散？”

丁隐闻言肃然，当即跪倒，向晓如磕了三个响头，感激道：“师父对丁隐的恩情，丁隐永世难忘。”

晓如扶他起来，继又叮咛道：“你如今身怀赤魂石，又取得血饮刀，整个武林都对你虎视眈眈，今后要更加谨慎行事才是，知道吗？”丁隐点头称是。

晓如又提到妙一，说妙一整日念叨着他，要丁隐得空记得探望。丁隐又连连点头，说待明日就与青云同去。

同一片月色之下，这一边是师慈徒孝，那一边却是骨肉相煎。

阴风谷内，除了阴风，还有一阵阵毛骨悚然的惨叫之声此起彼伏，那是五鬼在地牢遭受酷刑。大抵是此前屠媚折磨玉无心次数太多，绿袍暂且放过了玉无心，不再对她动用极刑。

玉无心虽对五鬼满怀歉疚，一时却也想不出好主意，惶惑忐忑间，她吹响玉哨，招来信鸽，写下寥寥数字：“丁隐，不知你是否顺利回到蜀山。血饮刀是我爹借刀杀人的伎俩，恐怕会有人窥测，你千万要多加防备，小心行事。记得你我约定，永不食言。玉儿。”

她环顾四周无人，便将信笺塞入信鸽脚上铜管中，放它飞入夜风中。

想不到不出一炷香的工夫，绿袍便提了只死鸽子如阴魂般不期而至。绿袍掏出铜管中的信笺，站在玉无心面前也不说话，只扭曲着五官，狞笑地看着她。

玉无心不寒而栗，不知绿袍又要做出什么举动，索性硬着头皮说道：“女儿不放心丁隐，要杀要剐，便随爹吧。”

月色下，绿袍惨白的脸色分外恐怖，只见他目光一闪，似笑非笑：“果然父女连心，不止你会写信，爹也写了一封信给蜀山。”

玉无心疑惑地抬头，只见绿袍已经将手中信笺捻为灰烬，边说道：“哦，我写的不是信，应该是战书。这次血饮刀被偷，我可不会善罢甘休，我已经通知蜀山将刀和丁隐都还回来，否则，阴风谷将会踏平蜀山，绝不留情！”

玉无心看着绿袍，先是震惊，接着神情缓缓冷了下来，苦笑了一声：“我曾经以为，自己真的能够改变您。现在看来，是我太天真了。”

绿袍怪笑道：“不开心吗，玉儿？等到丁隐被押送来阴风谷，爹自然会让你和他重聚的。”

玉无心摇头叹息道：“爹，背负着仇恨和别人斗了一辈子，您自己开心吗？这样能够将娘唤回您身边吗？我曾经以为，自己也许在您心中还有一些分量，看来是我的错觉。爹说过，感情只会阻碍您的大业，看来父女情分，对您来说也不过如此。爹，您真的爱过女儿吗？”她一字一句，语气越来越冷，看向绿袍的眼神也越来越失望。

绿袍眼中凶光一闪，叫喊着招来两个门徒，让他们将玉无心一并拖入地牢。

玉无心却冷冷推开门徒，口中道：“不用了，我自己走。”

眼看着玉无心孑然而去，绿袍眼中刹那闪过一抹失落，他忍不住出声喊道：“玉儿，我这也是为了你娘！你不是说过吗，你想要一家团圆？”

玉无心回头望望绿袍，心中万念俱灰，只剩冷漠哀叹：“您爱了娘这么多年，可最终却还是没明白她的心。”

绿袍苦笑一声，不再理会。良久，他又喊来门徒：“去把五鬼带来。我想见见他。”

于是遍体鳞伤的五鬼又被拖到绿袍面前。绿袍还未说话，五鬼倒是硬气得很，上来便挑衅道：“这众叛亲离的滋味，宗主觉得如何？”

绿袍也不愤怒，冷冷应道：“我宁可一个人，也不需要身边有虚情假意的叛徒。”

五鬼不知死活地一笑，又来刺他痛处：“宗主是在欺骗自己吧，屠媚对你的心意难道是假的？九毒对你的效忠，难道也是假的？是你自己一心执念，一个个将他们推开了，难怪就连唯一的女儿，现在都恨你入骨。”

“闭嘴！”绿袍青筋暴起，一掌就要劈下。

五鬼仍是一副视死如归的嘴脸：“不就是报个仇吗？用不用搞得这样众叛亲离？就算大仇得报，宗主身边连个一起开心，分享喜悦的人都没有，有意思吗？”

两旁的门徒见到绿袍脸色，一把将五鬼按在了地上。剧痛之下，五鬼再也说不出话来，而绿袍将要劈出的手，却凝在了半空。

他沉默许久，脸色阴晴不定，最后竟上前一把抬起五鬼的脸，缓缓道：“众叛亲离又如何？孤家寡人又如何？当初我既然选择了逆天而行，就有了这样的心理准备，只要能达到目的，我什么都不怕，什么都不后悔！但是在此之前，我需要你帮我做一件事。”

五鬼几乎不相信自己的耳朵：“你还能相信我？”

绿袍邪笑一声：“你不会后悔的。阴风谷即将迎来和蜀山的决战，只要你能出手，事成之后，玉儿就是你明媒正娶的妻子。”

五鬼愣住，狐疑地打量绿袍，却听他说道：“你说得对，我杀了屠媚，杀了九毒，身边只剩下你这个唯一的力量了。你总是说要给玉儿幸福，好，我就给你一个选择的机会。帮我，或者死，你选哪一个？”

五鬼思索良久，点了点头：“这有什么难选的，我当然想要和玉儿一起活着。成交！”

绿袍点了点头，又道：“好啊，记得你说过的话。下去吧，玉儿我就先替你看管几天，省得她自己再出门投奔别人。但是你要记好了，我不会容许你有第二次犯错的机会……”

次日清晨，阳光和煦，此时丁隐正和青云走在通往伏魔谷的山间小径，二人正要去探望妙一。一路上，青云欢声笑语，丁隐虽然偶尔呼应，却始终挂着一丝愁容。

青云思量了一番，主动打开话题：“丁大哥……你一直心事重重的样子，心里是不是还在担心玉姐姐？”

丁隐也不回避，只说道：“玉儿想要劝服绿袍罢手，不再与蜀山为敌，所以留在了阴风谷。但我已经很久没有她的音信了，心中实在担心，不知道她到底能不能成功。”

青云粲然一笑：“放心吧，玉姐姐一定不会有事的。”接着她的语气又低沉下来，“不过她愿意这么豁出性命来帮你，说明她真的很爱你，能够为你超越门派和身份的限制……我真的好羡慕你们。”

丁隐犹豫了一下，停下脚步，一脸愧疚地看向青云，支吾地说道：“青云，其实我一直想跟你说对不起……”

青云意识到丁隐终于要说出心中所想，默默低下了头。

丁隐鼓起勇气，终于说道：“当初在陶然居的时候，是我做决定太草率了，是我辜负了你的心意。你要是生气的话，就骂我打我好了，出出气也好……”

“你没有辜负我什么。”青云打断了丁隐的话，又努力挤出一个勉强的笑容，“丁大哥，我在陶然居对你说的那些话，你不用放在心上，也不要有什么压力，全部忘记好了。我争不过玉姐姐的……我也从来没有想过要和她争。”

丁隐停住脚步，怔立当场，良久沉吟道：“我只是怕你受伤，你为我付出太多了。”

青云迎着丁隐惶恐的眼神，逐字说道：“这些日子，我也想明白了许多事。我心里的确很喜欢丁大哥，可是后来我们尝试在一起，你待我处处体贴入微，我反倒觉得不如做朋友时那般自在了。可你和玉姐姐在一起，却是处处默契，形同一人。我忽然明白，也许我的这种喜欢，更像是一种依赖。而玉姐姐对你的感情，才是铭心刻骨的爱。那天在青崇山的山洞，当你选择和玉姐姐一起死的时候，我就明白了一切，只有心中深爱，才会选择和爱人生死相随。我心里也做好了准备，与其三个人都痛苦，倒不如我先退出……”

说到此处，青云已无法再说下去，她低着头，一阵小跑冲向前去。

“青云！”丁隐心绪纷乱，感慨万千，唯有呼喊着她的名字大步追了上来。

这时青云已经回过头，刹那间又恢复了往日里的灿烂笑脸，似乎刚才的一番对话从未发生，只见她带着俏皮的神情大喊道：“咱们快走吧，别让师伯等急了，他已经几个月没喝酒了，恐怕快馋死了。”

二人即刻来到降魔塔下，妙一早已温好烈酒。三人暌违多时，俱是喜不自胜，一连干了数杯。

对饮间，妙一忽然伸手为丁隐搭脉，接着面色复杂地向丁隐道：“你这一路上，想必有不少高人指点？”

丁隐点头道：“的确，青云的母亲和武当佟掌门都曾传授过我一些心法。”

妙一又道：“你现在吸取了各门内功精要，功力已经大为长进。而且一路上你的身体已经开始净化赤魂石，逐渐将它融入你的血脉，赤魂石理应被你修炼得更加精纯才对。可依我看，你身上的魔性气息却也越来越旺盛。”

丁隐佩服道：“师伯猜得没错，我内伤虽然痊愈，可是赤魂石被血饮刀激发之后愈发活跃，每次都要花很大的力气才能压制它。”

青云忧心起来：“怎么会这样？那丁大哥岂不是很辛苦？”

妙一沉吟道：“赤魂石终究魔性太深，烈马难驯，你越是要将它炼化，它的反噬也会越强，若你能抵得住它的反噬，自己的功力也会有突飞猛进的增长，可是若抵不住，就会前功尽弃，走火入魔。”

不料丁隐此时起身一跪，令青云和妙一大吃一惊，却听他说道：“其实我这次回来，是想将血饮刀归还掌门，再求他想办法替我取出赤魂石的。等一切结束之后，我就会离开。”

青云大为错愕：“你要走？为什么？”

丁隐又道：“这大半年来我经历了太多事，江湖纷争太多波谲云诡，我真的应付不来。我真的不想再成为众矢之的，只想过自由自在的生活，珍惜我想要珍惜的人。”

青云脸上僵了一下，仍是勉强笑道：“可你不是六星之子吗，赤魂石哪有这么容易从你体内取出来？绿袍试了那么多次都没有成功，掌门又怎么会有办法？”

丁隐却眼睛一亮，道：“眼下有血饮刀在，也许真的有成功的希望。只要有一丝可能，我就不想放弃，这是我和玉儿唯一的机会。”

妙一思忖道：“可万一不成功，你想过后果吗？”

倒是青云上前捂住妙一的嘴，责怪道：“师伯，您别乌鸦嘴了！如果换了您和师父两个，因为一颗赤魂石而被屡屡拆散，您也会不开心的呀。”

听得丁隐感动不已，竟不知如何以对。

这时青云又谓他道：“丁大哥，我真的希望你能够和玉姐姐白头到老。至于要不要离开蜀山，就由着丁大哥的心去选择吧，反正只要有缘，咱们就一定还能相见。”

丁隐且喜且怜道：“好，缘分注定，真朋友一定能够重逢。”

妙一见丁隐如此坚决，点了点头，伸手扶起了丁隐：“你起来吧，看来这一路有许多事情也非你所愿，想必你也受了不少委屈，才会做出这样的决定。人各有志，既然你已经下定决心，那我也不拦你，待掌门出关，我自会为你求情，一同设法替你取出赤魂石。”

丁隐感激道：“多谢师伯，弟子想去和玉儿住过的地方看看，不知是否可以？”

妙一闻言一愣，他回头看向青云，青云眼神中虽满是感伤，但仍旧点了点

头。妙一不禁苦笑，手指道："那小屋确还留着，你去吧。"

丁隐向妙一施了一礼，也没勇气再望青云，当下一阵小跑，向那木屋奔去。青云则远远站在木屋外，痴痴看着丁隐背影，神情满是落寞萧索。

"丫头，还不死心呢？"妙一走到青云身边，低声问。

青云的眼泪一下子流了下来，她再也压抑不住自己的情绪。

妙一长叹一声，让她趴在自己肩头，一反平日里的豪放，温柔地抚着青云的头："如果真的忍心放他离开，又怎么会有眼泪？"

青云哭泣道："来的路上，我一直强装笑脸对丁大哥说，我没事，我可以应付得很好，可是我一直在骗他！我不想要他离开。师伯，爱上一个人，真的好痛苦。明明知道他不属于自己，可是我的心……却还是很疼。"

妙一叹息道："世间情爱，不可强求，有些事情不是努力就会有结果的，别太难过了。"

青云已是泣不成声："我本来以为我已经足够努力了，可是和玉姐姐比起来，却不值一提。玉姐姐可以为了丁大哥付出一切，甚至忤逆自己的父亲，我却做不到。当日丁大哥被大师兄打下山崖，我都不敢违抗大师兄的命令去救他，我觉得我身上有太多负担，师父的期望、蜀山的安危、天下苍生的平安，这些东西，都让我不敢放开手脚去爱。"

"丫头，这不怪你。人的一生，总要有所取舍，你以大局为重，心怀天下，是个有担当的姑娘。"妙一轻轻擦去青云的眼泪。

青云抽噎着问："是不是我和丁大哥，本来就不是同路人？"

妙一看着青云，缓缓道："世间五浊作恶，每个人都得经历，痛苦和磨难原是正道，便是体会了也不等于解脱，看得破却未必能忍得过，忍得过时却又放不下，放不下就是不自在。其实，青云，苦难虽并非乐事，但能者等闲视之。人生百年，无非苦中作乐，切莫长吁短叹，虚度年华。这两个人的缘分是上天注定的，而你也有自己的使命，就把丁隐当作你生命中一个美好的回忆吧。想开一点，你往后的路也不会走得太辛苦。"

青云止住哭泣，咬紧牙关点了点头："师伯，谢谢您开解我，我知道自己该怎么做了。"

妙一欣慰地笑道："我知道，整个蜀山的女弟子中，就数你最聪明懂事，晓如没有白疼你，她一定会为你骄傲的。”

青云远远看向丁隐的背影，郑重地点了点头。

一阵低沉的剑鸣声响彻天门峰，张琪匆匆冲出山门，只见几个蜀山弟子面色惊惶奔来。张琪方寸不乱，镇定地问道：“怎么回事？是不是有人触动了剑阵？”

那弟子远远就喊道：“张琪师兄，有魔宗人马攻山！”

张琪神情一震：“来了多少人？”

弟子答道：“只有两个！”

张琪再不多问，长剑出鞘，便向剑阵冲去。

只见剑阵之中几个天门峰弟子包围着两个魔宗门徒，呈僵持之势。那两个魔宗门徒却也不急于动手，见张琪远远赶来，当即抓起背上长弓，一支羽箭便向着他射来。

张琪冷哼一声，猿臂轻舒，信手接过羽箭。与此同时，两名魔宗门徒已腾空而起，脱离了包围，向着山外逃去。

“喽啰而已，不必追了！”张琪示意弟子停下，端详箭尖，上面插着一封书信。张琪打开书信阅读，脸色却越来越难看，半晌才谓众弟子道：“大事不好，立刻通知凌云峰！绿袍向蜀山宣战了！”

绿袍的突然宣战，出乎蜀山意料之外。尤其诸葛驭我尚在闭关，各峰长老只得依公孙无我所言行事。而公孙无我的选择，更加出乎众人意料。

“绿袍在信上说，血饮刀本是他魔宗之物，却被丁隐偷走，限我们立刻将丁隐和刀一起送还阴风谷，否则……魔宗就将全力进攻蜀山，至死方休。”公孙无我念完绿袍战书，自顾说道，“为了安全起见，我提议在掌门出关之前，将丁隐和血饮刀都严密保护起来。血饮刀不如就存放于凌云峰大殿，由弟子日夜守护，确保无人接近。丁隐则在伏魔谷内委屈几日，那里结界森严，魔宗无法入内。”

此言一出，晓如、百草俱是大惊，公孙无我却说大局为重，命令施行。倒是丁隐不动声色，当即呈上血饮刀，又与丹辰子使个眼色，便任由几名点苍峰弟子押入伏魔谷。

丁隐前脚在伏魔谷牢房盘腿坐下，公孙无我后脚便已赶至，他对着牢房结界

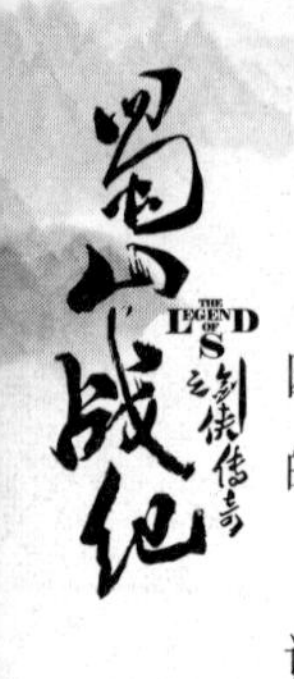

四下打量，又面露歉意对丁隐道："这里只能从外面用秘法打开，谁都闯不进来的。我会派人日夜守在门外，以保证你的安全，你就在这里委屈几天吧。"

丁隐似笑非笑："外人无法进入，我自然也没有办法出去。师叔这个法子，说是要防绿袍，我怎么觉得更像在防我？"

公孙无我却一脸正容："你想太多了，形势危急，这只是权宜之法。"

丁隐又叹道："没想到我带着血饮刀回到蜀山，反倒是给师门平添了麻烦。"

公孙无我则拍拍他肩头，宽慰道："千万别这么说，绿袍这次宣战，明摆着就是冲着你来的，我希望你能少安勿躁，切勿鲁莽行事，否则正是合了绿袍的心意。事出突然，为大局考虑，你就在此委屈一下吧。"他说完这些，便推说要布置防务，也不再与丁隐搭话，临行又呼召来十余名弟子，嘱咐他们里三层外三层守卫严实。

丁隐情知有异，也不急于动作，只靠着牢房石壁，闭目静坐。约莫两三个时辰后，丁隐听见耳边有一些响动，果见是丹辰子三两下料理了内围看守的点苍峰弟子，跃入牢房之内。

丁隐还未开口，丹辰子先说道："丁师弟，我有些事情，实在想不通，只有来找你了。"

丁隐点头苦笑："正好，我心中也有疑问。此时将我软禁，看来是要准备跟绿袍打一场了，这么大的事情，掌门仍然闭关不出，实在是太奇怪了！除非……"

丹辰子望他一眼，低沉地道："看来我们是怀疑到一处了，有人想要瞒天过海，将蜀山玩弄于股掌之中。"

"难道大师兄所指的是……"丁隐揣测道。

"嘘，现在没有证据，不要妄下推断。不过我很担心蜀山内部安危，一旦里面出了事，绿袍再从外面攻过来，无论如何也抵挡不住。"丹辰子沉着地道。

丁隐又问："那大师兄怎么打算？"

丹辰子低声道："我已经把外面守着的师弟们打晕，一时片刻他们醒不来，我们趁着这个机会，去见掌门。只要师父他老人家出山，相信一切都会回到掌控之中。"

丹辰子伸手想要打开牢门，手却被牢房外若隐若现的禁制弹回，不禁哑然失笑：“这公孙师叔还真是煞费苦心。”

丁隐冷笑一声：“若是真要出去，哪能困得住我！”

“我帮你！”丹辰子一挥手，神木剑分成十把悬空而出。丁隐也运起内力，两人一里一外，合力一击，牢房外的禁制顷刻被击穿一个大洞。丁隐一跃，跳出了监牢，二人也不多言，手起手落又击昏了几名看守，夜色中一路疾行，向凝碧崖飞速奔去。

丁隐和丹辰子刚刚踏入凝碧崖，就被扑面而来的剑气逼退几步，两人正待拔剑护法，却被眼前景象惊呆了。

只见南明离火剑高悬半空，蓝色剑气与封印金芒彼此交织，光焰炽盛。诸葛驭我正立在封印之前，浑身剑气勃发，一圈圈刚烈真气以他为圆心，向着封印卷荡而去……

“师父——”

“掌门——”

诸葛驭我看到丁隐和丹辰子，眼中诧异，但前面剑阵由不得他分心，唯有口中喊道：“先别说话！西疆封印已经到了最关键的时候，我正在集结全力，将它彻底封闭！你俩快替我护阵。”

“是！”丁隐与丹辰子异口同声，随即飞身而上，催动真气，在诸葛驭我身后结成一道气障，替他守护心脉。

随着诸葛驭我的内力攀升顶峰，他的双眼猛然睁开，上前抓住南明离火剑剑柄，剑身射出无数道青色剑气，围绕全身萦绕盘旋，宛若万把长剑护身，最后汇入封印之中。

先是南明离火剑光芒大涨，一寸寸被推入封印中心，继而封印金芒大作，在石壁上来回流转，许久才平息下来。

这时诸葛驭我才松了口气，缓缓放松下来。丁隐和丹辰子对视一眼，当即叩拜。

诸葛驭我顾不上擦额头的汗，眼中满是惊诧：“丁隐、辰儿，你们两个怎么会在这里？是什么时候回来的？”

丁隐和丹辰子听到这话，皆是一惊，两人对上眼神，眼中已经泛起一丝不安。

丹辰子道：“师父，外面的事，您当真一点都不知道？”

诸葛驭我脸色一沉，心中升起不祥的预感……

此时蜀山脚下，一场空前危机正在悄然逼近。五鬼天王整顿好几路兵马，正借着夜色伏藏在幽暗的树海之中。

“所有人马都已经到位，只等宗主一声令下就可以强攻。”五鬼一改此前的乖戾模样，向绿袍尊者恭敬揖道。

“有没有惊动蜀山？”绿袍扫了他一眼，淡淡发问。

五鬼邪魅一笑，不无得意道：“宗主放心，蜀山上下一片平静，相信没有丝毫察觉。”

绿袍点点头，他仰头望着夜色中的天门峰山门，冷冷笑道：“想不到公孙无我的本事还不小，能够切断诸葛驭我的消息来源。现在诸葛驭我一心闭关，丁隐也被软禁，这先机可是蜀山拱手送给我的！”

五鬼又问：“不知宗主打算何时攻山？”

绿袍反问他：“你说，这人一天中最无防备是在什么时候？”

五鬼寻思道：“日月更迭，破晓之时。”

绿袍“嗯”了一声，便向五鬼示意：“在这之前，你就替我去打个头阵吧，等公孙无我把最后一步路铺完，咱们再杀蜀山一个措手不及！”

“是，宗主。”五鬼一抱拳，鬼魅般向树林中蹿去，顷刻不见了身影。

这一边，丹辰子、丁隐两人已向诸葛驭我述完前事，诸葛驭我沉默良久，终于叹息道：“没想到我如此苦口婆心地劝说，绿袍还是记恨在心。这些恩怨，如千年寒冰，终归是难以消解。”

丁隐忧心道：“掌门，绿袍狂妄，总有一天老天会收拾了他！可是这山里有人瞒着您做小动作，实在是不该。”

丹辰子接着说道：“徒儿也担心，那‘山中人’……”

诸葛驭我凝声问道：“你们怀疑他，可有证据？”

丁隐和丹辰子对视一眼，两人神情都是极其复杂，终是丹辰子叹了一声，摇头道：“暂时没有，只不过诸多事情联系在一起，实在是让徒儿不得不怀疑公孙师叔。”

诸葛驭我思忖一番，又正容道：“我之前的确是在加固封印不假，西疆和魔宗，无论放任哪个都会惹来大祸。你们公孙师叔处事向来顾全大局，虽然处理方式有些极端，但道理上并无不妥之处。若没有证据，万不要妄加推断，扰乱人心。”

丹辰子只得低头道：“是，师父教训得是。”

诸葛驭我看向丁隐，缓缓发问：“血饮刀在哪里？”

丁隐据实道：“被公孙师叔放在凌云峰大殿中封存。”

诸葛驭我皱眉思索片刻，起身道：“走，去凌云峰大殿看一看。谨慎归谨慎，若是有人胆敢觊觎血饮刀，我诸葛驭我绝容不得他留在蜀山！”丁隐和丹辰子对视一眼，快步跟了上去。

此时天已蒙蒙亮，凌云峰大殿外值守的弟子仍精神抖擞，见是掌门前来，纷纷行礼。三人旋即进入大殿，只见其内并无异状，血饮刀好端端地架在刀座之上。

三人见状，心中均感讶异，丹辰子不禁自语：“难道是我想错了？公孙师叔真的是在为大局考虑。”

诸葛驭我也皱着眉头，岑寂片刻才道：“既然血饮刀无事，那便随我去天门峰巡视一番吧。”

殊不知此刻公孙无我正伏藏在殿内石柱后的阴暗处，他远远望着诸葛驭我三人离去的背影，口中发出一声狰狞怪笑。

无人听见这声狞笑，诸葛驭我带着丹辰子和丁隐走出大殿，只见到伏魔谷上空已经猛然冒起一道冲天黑气。

诸葛驭我面色一震，大喊道：“糟了，降魔塔的咒印被打开了！伏魔谷镇守着蜀山千年以来抓获的妖魔元神，被降魔塔内的咒印所压制着。有人破坏了咒印，那道黑气就是释放出的魔气！”

丁隐闻言，脸色忽然大变，惊叫道：“妙一师伯一直在降魔塔坐镇，岂不是很危险！”

话音未落，又一声巨响传来，紧接着一阵气浪扑面而至，凌云峰大殿旁种植的杉树亦被震得落叶纷纷，只见伏魔谷上方那道黑气愈发浓郁，好似群魔冲霄而去。

诸葛驭我当机立断，凛然命令道：“事情比咱们想象的要严重，眼下当务之

急，是赶紧压下伏魔谷的魔气。丁隐、辰儿，你们速速去伏魔谷协助妙一长老，绝不能让妖魔出逃。万一妖魔蔓延到蜀山四峰，甚至重回世间的话，后果不堪设想！”

丁隐、丹辰子转头就要走，诸葛驭我伸手一挥，以内力将血饮刀送入丁隐手中，他又说道：“群魔乱舞，情势紧急，辰儿有神木剑在手，丁隐须带上血饮刀。”

丹辰子又问：“师父，您呢？”

诸葛驭我沉吟道：“我去天门峰！”

丹辰子不解其意，诸葛驭我又道：“如果我没有猜错的话，破坏降魔塔咒印，是绿袍攻山的第一步。魔宗人马应该马上就会到了！”他又传令值守弟子：“赶紧去把情况通传给晓如真人和百草仙人，让他们召集弟子支援伏魔谷和天门峰！”

众人纷纷得令，诸葛驭我又交代丹辰子与丁隐，助妙一安定伏魔谷之后，也来天门峰支援。

看来此战的生死对决，并非在降魔塔，而在天门峰。这一劫，诸葛驭我知道。想必公孙无我也很清楚。

整座剑林峰已经被魔气环绕，妖魔的嘶吼声直冲天际。丁隐与丹辰子疾奔而至，一路将破禁而出的各种妖魔击杀粉碎，所过之处，势如破竹。

然而千百年来，降魔塔镇压的群魔数以万计，两人砍倒一批，身旁的魔气中又不断有新的妖魔幻化成形。这些妖魔前赴后继、咆哮扑袭，丁隐二人虽是勇猛，一时间也难以除尽。

丹辰子当机立断，命丁隐速去降魔塔支援妙一，自己挥舞着神木剑，当即一声虎吼扑向群魔，要为丁隐清理外围。丁隐犹豫片刻，情知事态危急，不可延误，便狂舞着血饮刀自群魔间劈开一条血路，向着降魔塔狂奔而去。

丁隐一路冲杀闯入降魔塔内，只见大殿中已经遍布魔气，几个弟子昏倒一边，妙一独自坐在咒印中，正在苦苦支撑。塔上咒印光芒时亮时暗，一股黑色的妖气在咒印下方翻腾，如沸如涌。再看妙一周遭亦是躺满了妖魔的尸骸，场景极为惨烈。妙一更是看来精疲力尽、奄奄一息。

不久之前，五鬼天王悄然潜入降魔塔下，他先以恶鬼阵暗算妙一中毒，又以铁扇破坏了降魔塔的千年咒印，将塔内封印的千万恶灵尽数解咒。

霎时间，数以万计的邪魔凶煞便如决堤山洪般喷涌咆哮，破印而出。先乘着黑气破出的，乃是较为低阶的魔怪，随着咒印完全毁去，更为恐怖的邪魔煞星亦将重现人间。

五鬼见事已成，当下铁扇一收，身形一闪，便回山下营帐向绿袍尊者复命。绿袍不待五鬼回返，当见到这股冲天黑气升起时，便大手一挥，命众门徒开始攻山。

此刻天门峰外，数不清的魔宗门徒正如潮水般向蜀山山门涌来，火箭、毒箭、巨石漫天飞舞，凄厉惨叫不绝于耳。

张琪率了百余名蜀山弟子坚守在山门外拼死抵抗，一时间倒也杀得难解难分。张琪虽废了一目，骁勇却是不减，只见他持了一把长剑，跳入火海中大开杀戒，顷刻便卸下几人首级。

张琪一边奋力砍杀，一边振臂鼓舞："蜀山千年圣地，岂容邪魔来犯！各位师兄弟，快随我上！"

忽然一阵号角声起，只见树林中一棵苍天巨木从中裂开，一顶大轿凌空飞来，直向张琪击去。那大轿来势奇快，张琪眼前一花，已是不及逃避，心中暗叫一声"我命休矣"。千钧一发之际，一道剑光袭来，硬生生将大轿逼停。

张琪睁眼一看，只见绿袍一脸狞笑缓缓从轿中走出。另一边，则是诸葛驭我自他身后的山门翩然飞至。

张琪惊喜道："掌门，您终于出关了！"

话音刚落，战场西首又闪出一片剑光，只见公孙无我率何清等人也已赶至。公孙无我手起手落间连毙了数名门徒，向着诸葛驭我行礼道："恭喜掌门出关！"

诸葛驭我点了点头，公孙无我又喊道："禀告掌门，晓如真人现已率栖霞峰弟子赶往伏魔谷增援！"

片刻间，蜀山方面连增强援，众弟子霎时士气大振，正要一鼓作气与魔宗死战，公孙无我却示意稍停，他先扫视绿袍，又行到诸葛驭我面前，低声问道："掌门，封印可好？"

诸葛驭我点头道："放心，尽在掌控之中。"

公孙无我又道："我听到警钟，就急急赶来了，未曾通知掌门，请掌门见谅。"

诸葛驭我只道："不必多说，大局为重。"

这时对峙的绿袍大笑起来："哈哈，好个大局为重！你诸葛驭我躲起来扮缩头乌龟，我还真不知找谁算账去。"

诸葛驭我闻言叹息："绿袍师弟，你我当日误会已解，为何还要如此步步相逼？"

绿袍冷笑起来："误会已解？恐怕是我又被你多利用了一次吧！"

诸葛驭我无奈道："所有事情我都向你解释过缘由，你为何听不进去，我真的是在帮你。"

绿袍竟狂怒喊道："好！若你真的肯帮我，就交出丁隐！"

诸葛驭我不住摇头，痛心疾首道："恕难从命！"

绿袍一声狞笑，叫嚣道："反正早晚得打一场，谁先动手谁就赢了！"

一旁的公孙无我这时抢出一步，手指绿袍道："输赢还未有定数！"说着他又向张琪喊道："张琪，你速带领弟子结剑阵抗敌。"

不料诸葛驭我竟伸手一挥，谓绿袍道："慢着！今日你既然来了，你我恩怨就一并了结，生死有命，切莫伤及无辜，就由你我二人单打独斗一场吧！"

绿袍眉头一皱，转又笑道："也好也好，你来找死，我便送你一程。"

绿袍正待出招，却见诸葛驭我眼神一聚，袍袖一抖，怒吼道："祖师爷千百年来创下的基业，我今天绝不能让妖魔踏入一步！"

霎时间，诸葛驭我身上竟腾起一股青色剑气，犹如一片气海般将他罩住。那剑气犀利无匹，又浑厚绵长，内里仿佛蕴藏着勃勃生机，剑芒及处，气势非凡。

"你竟参悟了乾坤万剑？有意思！那就让我领教一下你所谓的正道！"绿袍识得此时诸葛驭我身边的剑芒乃是蜀山极为高深的武学，他眼中寒光一闪，提着长刀便向诸葛驭我冲去。

两道寒光相迎撞击，石破天惊，只见空气中飞沙走石，剑气乱窜，魔宗和蜀山弟子都不敢贸然上前，只得眼睁睁看着两人殊死相斗。张琪有些担忧地看着掌门，凑到公孙无我身边道："公孙师叔，咱们不能由着掌门这么拼下去。"

公孙无我却从容一笑，谓张琪道：“别着急，掌门这是在给我们寻找战机，令弟子们随时准备。”

这一边，妙一终于缓缓睁开眼，见是丁隐，不由惨笑一声：“幸好你到了，要是迟来一步，我恐怕就撑不下去了。”

周遭仍有妖魔不断化身现形，它们将丁隐、妙一围在正中，张牙舞爪、蠢蠢欲动，又碍于血饮刀的威慑不敢上前。

妙一此时已是口吐鲜血、毒逼脏腑，他看也不看周遭妖物，支撑着向丁隐说了五鬼暗算、绿袍攻山的诡计，又指了指不远处地面上一明一灭、光芒渐逝的咒印。只见咒印之下妖气已经聚成一团巨大的黑色实体，疯狂冲击着地面，发出令人毛骨悚然的尖叫，仿佛随时要破土而出。

丁隐不解地道：“师伯，那是什么？”

妙一道：“那是伏魔谷千百年来镇压的最凶恶的妖魔汇聚而成的元神，它是由妖魔相互争斗吞噬而生的，体内蕴含万千妖邪之力。现在它感到咒印被毁，企图挣脱出来。假使它逃脱……”妙一又吐一口鲜血，肃然道，“那就不止蜀山被毁，整个人间都将为之屠戮……”

丁隐听得面色铁青，心知此番浩劫绝非一己之力可以阻挡，天门峰外，绿袍又已率众攻山，诸葛驭我势必陷入苦战。

两端险境，丁隐全是无能为力，他握着血饮刀，望着眼前蠢蠢欲动的魑魅魍魉，陷入不知所措的窘境之中。

这时妙一大喊：“丁隐，我需要你帮我！我会汇集毕生之力将这股元神封住，你快来为师伯护法，莫让那些妖物伤我！”

丁隐连连点头，将血饮刀牢牢持在手中警戒，却见妙一闭上双眼，双手盘印，直对苍穹。这时一个个古朴咒印在他指下成形，妙一随之将体内真气全数注入封印，与那股黑色元神相抗衡。

周围的妖魔霎时大乱，嘶吼着向两人扑来。丁隐不敢怠慢，挥舞着血饮刀在妙一身边筑起一道屏障……

降魔塔外围，丹辰子仍在疯狂地砍杀群魔，神木剑芒所及，便是群魔神形俱灭之处，整个剑林峰已是哀嚎连连，形同炼狱。然而群魔仍是杀之不尽，前赴后继。

丹辰子浴血奋战，气喘吁吁，体力也在一点一滴消耗殆尽。

千钧一发之际，却是晓如真人带着紫英、青云增援，四人背对而立，互为守卫，妖魔一时间竟不敢上前。

丹辰子原本对紫英有所介怀，此番生死一线的危机中，两人竟是久违地相视一笑，还来不及彼此慰问，却听晓如一声令下，命紫英、青云双剑合一，扫荡群魔。

刹那间，紫英、青云二人便与紫郢、青索双剑化为两道剑气，长虹贯日般冲霄而起，剑光所到之处，群魔无不尽碎。两把长剑爆发出清脆剑鸣，剑光汇聚在一起形成一道巨大的旋涡，将两女护在其中。妖魔被剑光绞碎跌落，剑光扫开了一条通向降魔塔的血路。

晓如大喊一声："快走！"便跟在两女身后，向着降魔塔赶去。

然而丹辰子看向空中，先是一愣，继而大喊道："怎么回事，紫郢剑的剑光变淡了！"

晓如神情大变，看向天空，只见紫郢剑剑光忽地变得若隐若现，剑流的旋涡之中，紫英正面色苍白地捂住腹部，表情十分痛苦，她周围的剑芒已逐渐衰弱暗淡。

紫英终是闭上了眼睛，紫郢剑芒随之彻底消失，剑流的旋涡立时被周围的妖魔冲散击溃。她苦笑一声，一把将青云推向晓如的方向，自己从空中跌落，掉向周围虎视眈眈的妖魔群中。

丹辰子失声吼出，疯了一样地扑向前去想拉住紫英，却无奈与紫英在空中失之交臂。紫英惨淡一笑，身影已被妖魔黑气吞没。丹辰子落回地面，唯有颓然跪倒，晓如也接应青云回到地面，两人亦被眼前这一幕惊呆了。

这时紫英被黑气缠绕，悬浮半空若隐若现，先是小宝感应危机，从她袖中钻出，正咧着嘴"叽叽"大叫。与此同时，从紫英腹部缓缓亮起一点红光，看来诡异莫名。众人惊愕间，却见那点红光"嗖"一声射入小宝体内。

接下来，漫天乱舞的群魔中间，忽然红光炽盛，随后响起一声震天响的嘶吼，一头生有双翼的巨大凶兽凭空杀出，所过之处，群魔尽毙，随着一阵金光四射，滔天的魔气已尽数驱散，只见紫英已安然躺落地上，看来并无大碍。

晓如、青云被这异象惊得目瞪口呆，丹辰子却是惊喜交加，赶紧上前抱起紫英。而那凶兽在空中盘旋一圈，巨翼一扇，又发出了一声狮吼般的长啸。

青云仰头望着凶兽许久，忽然惊叫起来："是小宝！它是小宝啊！"

可那凶兽仿佛已经不认得众人，在空中扑腾了一下翅膀，径直飞走了。

丹辰子一时顾不上探究小宝的奥秘，不断摇晃着紫英肩膀，希望将她唤醒，而紫英仍是双眼紧闭，神志不清。

却在此时凌云峰急迫的钟声再次传来，一声接着一声。丹辰子凝神一听，神情大变："这是第二阵警钟了，三声长鸣，要求其他弟子全数前往支援！"

晓如面色严峻，迟疑了一瞬，立刻下定了决心，当机立断道："现在剑林峰妖魔已除，辰儿，你先送紫英回去，然后立刻去天门峰支援掌门！我去降魔塔助妙一一臂之力。青云，你没事吧？"

青云点头道："师父，弟子仍有余力一战，愿意追随师父左右！"

丹辰子抱起紫英，转身就向天门峰御剑飞去。晓如与青云则向降魔塔疾奔而来。

此时降魔塔下地面的咒印已彻底失去光芒，被妖魔元神侵袭，黑气逐渐蔓延到丁隐与妙一身侧。

周围的妖魔都对黑气恐惧万分，纷纷退开，凡是沾染到黑气的无不痛苦嘶叫，化灰湮灭。血饮刀的结界护着丁隐、妙一两人，在黑气中留下最后一小块净土。适才紫青双剑功亏一篑，令妙一集毕生之力的真气灌注前功尽弃，丁隐看得心焦如焚，却是无计可施。

妙一早已元气大损，加上此前毒气攻心，他硬是凭借一口真气支撑，如金刚神佛般傲立在丁隐面前，慨然说道："掌门将降魔塔交给我，我万不能让他失望，给蜀山添乱。"

他抹了抹嘴角黑血，豪迈一笑，只见心口已经被按下了一个金色咒印。他抬头望望不远处的法阵，谓丁隐道："我要你动用赤魂石之力，帮我将这个咒印送入降魔塔。"

丁隐当即点了点头，周身红光缠绕，他运转赤魂石之力，一掌推在妙一背上。妙一猛然皱了皱眉，又定了定神，便运掌将那金色咒印竭尽全力送入降魔塔中央的法阵之内。

晓如与青云这时赶至，只见滔天的黑气之中一阵金光忽而炽盛，紧接着一股

摇撼天地、排山倒海的巨力扑面而来，将所有人震倒在地，再看那金光扫过之处，黑色元神顿时湮灭，妖魔也随之灰飞，降魔塔下又恢复了一片宁静。

晓如与青云分别喊着妙一和丁隐的名字扑上前来。只见那初升的阳光和金色光芒交叠之中，丁隐和妙一互相搀扶着，缓缓走出，两人沐浴在一片金光之中，似乎是从天而降的英雄一般。

青云和晓如脸上都是一喜，各自上前扶住两人。妙一顾不得多言，便命丁隐立即驰援天门峰。丁隐正待告辞，妙一却又叫住他，缓缓交代道："丁隐，本来师伯答应了你替你求掌门取出赤魂石，但现在危难之际，师伯还是觉得你应该站出来。绿袍堕入魔道甚久，此时早已无法回头。你是蜀山百年难遇的人才，一定要坚守正道，保护蜀山，战胜绿袍。若不然，天下无太平。"

丁隐见妙一身负重伤、元气大耗，却仍不忘关心他人，不禁十分感动，当下躬身拜道："是，师伯，弟子必当竭尽全力！"

妙一见丁隐说得如此郑重，又是哈哈一笑，口中道："你我二人，亦师亦友，有幸让你叫我一声师伯，又能成为你的朋友，也算是值了。"

丁隐反而被妙一弄得有些不解："师伯，您这是……"

妙一竟有些不耐烦地摆摆手，催促道："没事，一时感叹而已，你快去吧！"

丁隐便点了点头，转身向天门峰飞奔而去。一路上，丁隐还在寻思，待此番击退魔宗，定要来伏魔谷多尝一尝妙一的烈酒。想不到这一去，竟成了他与妙一的生死诀别。

原来刚才丁隐以赤魂石之力替妙一推出咒印时，妙一的心脉已然大损，却硬是凭着多年修为吊住最后一口元气，支撑等到晓如真人来见最后一面。

此刻妙一向丁隐交代遗言，便安然倒在晓如怀中，油尽灯枯。

妙一的骤然圆寂，晓如与青云均是难以接受。丁隐此时已奔出数里，仍听到伏魔谷中传来撕心裂肺的哭喊声，在他脑中，浮现出与妙一相处的点点滴滴，最后化为妙一的遗嘱……他攥紧血饮刀，双瞳已泛红光，迎着扑面而来的血雨腥风，直向天门峰奔去。

此时天门峰上，绿袍明晃晃的长刀正从诸葛驭我肩头穿过！

观战的蜀山弟子与魔宗门徒，俱是目瞪口呆，大惊失色。因为这一刀，竟是诸葛驭我不躲不避，不防不退，硬生生受下的。

就连绿袍也大为错愕，他情知即便击败诸葛驭我的乾坤万剑，也需在三百招开外，何况此前诸葛驭我丝毫不落下风，他一时不知诸葛驭我甘心受戮的原因，唯有冷冷相向，维持着对峙。

公孙无我、张琪等人正要上前护住掌门，诸葛驭我却一挥手，示意谁都不要上前。他挥手时牵动肩头刀口，顷刻间大片大片的鲜血汩汩而下，染红了大半身衣袍。

只见诸葛驭我向绿袍惨然一笑，缓缓道：“师弟，我从始至终都希望与你化解积怨，冰释前嫌，我定设法让你与素因重聚，你却总说我在欺骗。如今，我愿以血示诚。”

绿袍冷眼问道：“你为什么要这样做？”

诸葛驭我艰难一笑：“这是我欠你和素因的，二十四年前就该还给你们。”

绿袍冷哼一声：“你以为凭着这一刀，我就能原谅你吗？”

诸葛驭我又从容说道：“当然不能。我知道你们这些年来受的苦，远比这一刀来得更深，更痛。”他嘴角缓缓有血丝流下，却依旧言辞恳切，“我也不奢求你和素因的原谅，如果这一场祸事必须有人流血的话，就让我成为那个人好了。师弟，我知道事情已无挽回余地，我只希望你能够再给我一个机会，让我帮帮你和素因，让一切回到原来的样子……”

绿袍微有动容，他看到诸葛驭我的脸色有些惨白，但目光恳切。绿袍恍惚间仿佛看到了屠媚，就在不久之前，屠媚也是这样生生接了他一刀……

诸葛驭我看到绿袍动容，咬咬牙，又劝了一句：“师弟，不要再错了！”

却在此时，绿袍忽然暴起，目露凶光，竟恶狠狠对着诸葛驭我心口拍出一掌，口中更如疯虎般咆哮着：“为什么！为什么你们一个个都要装好人，装软弱，到头来好像全都是我的错！明明是你们对不起我在先！伪君子！你们都是伪君子！”

诸葛驭我猝不及防，一口鲜血狂喷，远远摔了出去。张琪惊叫一声，连忙上前扶住重伤的诸葛驭我。

与此同时，绿袍已彻底丧心病狂，只见他面孔扭曲，眼神疯痴，狂笑不止：“你不是说过，很对不起我和素因吗？我要你死，我要你用命来补偿我们！”绿袍长刀一扬，就要给诸葛驭我最后一击。张琪护住诸葛驭我，准备拼死接下这一刀。

却在此时，绿袍忽然一顿，嘴角有一丝鲜血流下，身子缓缓软倒。在绿袍身后，公孙无我手中软剑刺中他后心，白刃穿膛，鲜血滴落。

绿袍狞笑着回过头来："我何德何能，这天下所有人都要在背后捅我的刀子！"随后他怒视着公孙无我，咬牙道："公孙无我，你这个小人！你早就算计好，让我和诸葛驭我两败俱伤，然后渔翁得利！"

公孙无我面不改色，大义凛然："我这分明是为天下除害！警我师弟，你执迷不悟，今日我便替掌门清理门户！"

他随之手腕发力，想要旋转刺入绿袍胸膛的软剑，割绞绿袍的心脉脏腑，谁知绿袍发怒之下，周身瞬间爆发出巨大的真气，软剑竟被他一寸寸由体内逼出。

绿袍发力一掌，当胸击中公孙无我。公孙无我惨叫一声，跌落在地，一口鲜血喷涌而出。

正当此刻，丁隐一声暴喝杀入战团。他回头看看倒在地上的诸葛驭我，赤魂石的红气更强烈地爆发出来。

"绿袍！拿命来！"丁隐怒吼一声，挥刀冲向绿袍，血饮刀煞气盘旋，宛若数条红龙，护在丁隐身旁，逼得绿袍连退几步。

绿袍眼神一闪，猛然改变战术，他扭身一转，往山外冲去，再以内力传音道："你想要报仇，就来阴风谷一战。"

丁隐先是一愣，随即虎吼一声，挥舞着血饮刀立刻追了上去。

诸葛驭我阻止已来不及，他想要支撑着站起，却又喉头一甜，吐出一口鲜血。从诸葛驭我身后闪过一个人影，一把扶住他，原是丹辰子及时赶到。

诸葛驭我不顾询问降魔塔战况，当下指着丁隐去向，一把握住了丹辰子的手吩咐道："辰儿，丁隐戾气太盛，绿袍这是想利用他……快……快去把他追回来……"

丹辰子见诸葛驭我受伤极重，已成血人，不由担心道："师父，可是您的伤……"

诸葛驭我却挥了挥手，大喊道："先别管我，必须把丁隐带回来，别让他被仇恨乱了心智，被赤魂石吞噬。这是命令！"

丹辰子只得一咬牙，将诸葛驭我送到张琪手中，便化为一道剑光，奋力向丁隐追去。

一路上，丹辰子想到师父受伤不轻，需由百草仙人全力治疗；想到山门外的魔宗门徒仍待肃清；想到“山中人”或恐趁乱作祟；想到紫英昏迷情势不明……他却万万想不到，这一路他直追到了阴风谷，才算见到丁隐行迹。

却说丁隐势如疯虎般追击绿袍，眼看便要追上时，却在蜀山脚下太原湖边撞见一座高高筑起的祭台。

祭台之下，十数名魔宗门徒正堆起干柴，手举火炬，即将点火献祭，再看那祭台上捆绑着的，赫然是他朝思暮想的玉无心！

绿袍几次三番戕害自己、为祸蜀山本已不共戴天，而今竟连亲生女儿也不放过，丁隐心中早已怒不可遏。

他狂吼着将门徒尽斩刀下，又飞身上台，割断了捆绑玉无心的绳索，将她揽入怀中。却不料怀中的玉无心竟炸裂开来，溅起一大摊浓浓的黑水，尽数打在丁隐身上、脸上。

丁隐暗叫不妙，却哪里还来得及，当即便昏迷过去，再重重摔落高台。显然，这是恶鬼阵的幻术设局。

血饮刀发出微弱的光芒，正飘浮在雪池上方。一滴滴鲜血落入雪池，激起一阵涟漪。丁隐再次睁开眼时，已被绑在雪池上方，浑身是伤，鲜血直流。

雪池旁只有绿袍一个人，他望着丁隐，就像望着一件渴望已久的战利品，口中缓缓说道：“没想到你的进步会这么快，让阴风谷损失惨重，连带我也受伤不轻。”

丁隐也不惧怕，反而破口大骂：“你这个魔头，别妄想只手遮天。你作恶多端，总有一天，会有正道之人将你打入地府，永世不得超生！”

绿袍轻蔑一笑：“正道？丁隐，我告诉你，许多事，全仗‘山中人’鼎力相助，我只用动动嘴皮子，都不用亲自动手，是你们蜀山的人自己心志不坚，自取灭亡！这一切都是天意，正道已亡！”

丁隐知他所言非虚，但仍硬气道：“我今天就算死在这里，也不会让你得逞的。”

绿袍突然大笑起来，那笑声令人毛骨悚然，笑完之后，才缓缓说道："事到如今，我突然想起来，还欠你一个真相，帮你认清自己。丁隐，你真的以为自己是正道？你现在还会做噩梦吗？"

丁隐心中一震，没想到绿袍会这么问。

绿袍饶有兴致地欣赏着丁隐的表情，接着说道："你以为屠杀卧云村是我做的吗？我只不过在替你遮掩你自己犯下的罪恶，卧云村的血案可是你丁隐一手造成的！"

丁隐错愕地道："你……你在说什么？"

绿袍冷冷一笑，贴近丁隐面前，又轻声道："你以为，你是六星之子这件事，是诸葛驭我那老东西偶然发现的吗？"

"你……你这是什么意思？"

"其实早在二十多年前，我就找到了你，并将你从小带在身边养大，你可是在烈影神宗的庇佑之下长大的。"

"我听不懂你在说什么！"

绿袍见丁隐眉头紧锁，似在痛苦地搜索记忆，神色不禁更加得意："嚯，你只是嘴硬，但你心里知道我说的都是真的。你记不起来了吗？没关系，让我帮帮你。这血饮刀上的赤星百炼珠，能够聚集你体内的力量，帮你记起一切。你好好看看，这里的一切，是不是很熟悉？"

绿袍说着一挥手，血饮刀上的赤星百炼珠突然散发出耀眼的光芒，那光芒笼罩着丁隐，令他感到头痛欲裂……

剧痛之中，丁隐脑海中猛然闪过几个画面，是年少的自己被绑在雪池里，不知过了多少个日夜。一个样貌模糊的少女向他跑来，替他抚平身体的创伤，他却怎么也看不清那少女的模样……

丁隐猛然摇了摇头，想要将这些画面甩开。他对着绿袍怒吼道："这不是真的！拜你所赐，我失去了记忆，你现在当然可以想说什么就说什么。你想操控我，没那么容易！"

绿袍的眼中闪过一丝寒意，沉吟道："你是叫丁隐，只不过并不是含明隐迹的隐，而是万恶之引的引。"

这句话如同一把利剑般刺中丁隐的心，他浑身一震，之前的坚持一击即碎，两眼大睁。

绿袍看到丁隐的反应，似乎很满意："也好，让我慢慢讲给你听……当年一战，其中一个元神被打散，失落人间。既然暂时得不到赤魂石，我当然第一时间去寻找这个元神所在，却没想到，发现了六星之子……那时你还是一个婴儿，什么也不知道，但我却知道，你是赤魂石的天然容器，不用你来吸收活人元神炼就一块新的魔石，那才是暴殄天物。"

绿袍不顾丁隐的痛苦神情，继续说道："我拿你来炼赤魂石，炼了整整十七年。你以为你的一身神力真是天生的吗？还不是因为你身体里藏着成千上万孤魂野鬼的鲜血！只可惜啊，我还是低估了赤魂石的神秘力量。因我常年拿你来练功，导致你体内魔性大发，最后竟然走火入魔，从雪池逃了出去……"

绿袍顿了一顿，玩味地望望丁隐，询问道："现在是不是想起了什么。七年前的那天晚上，你做了些什么？"

绿袍猛然对血饮刀施力，笼罩在丁隐身上的光芒更盛，他痛苦地闭上眼睛，发出一声嘶吼，他体内的赤魂石已经翻滚了起来，雪池中的红莲亦随之沸腾。

丁隐猛然睁开双眼，脸上满是惊愕表情，在他充血的双瞳之中，分明映出了当年屠杀卧云村的场景——原本一个静谧安宁的小村，竟在一夜之间被丁隐弑成尸横遍野、血流成河的人间地狱。

"我杀了他们，真的是我杀了他们……"丁隐神情痛苦，五官扭曲，口中却在念念有词。面对这突如其来的打击，他完全不敢相信，唯有拼命摇着头，直至嘶吼起来："不会的！不会的！我没有做过这种事！一定都是你编造的！"

绿袍仍是不停地冷笑："发生过的已然是事实，想起来了也好，记忆是骗不了人的。我素来自诩心狠手辣，可是比起你那一夜所做的，还是自愧不如。"

绿袍看向丁隐，只见丁隐此刻已是面如死灰。绿袍嘴角翘起，故意凑到丁隐耳边，轻轻说道："怎么？想不透？也不妨告诉你，早在当年你走火入魔之后，我遍查神宗古籍才渐渐参透，你虽是赤魂石的容器，可真正的赤魂石不可代替，血炼只会致人走火入魔，对我没有一点好处。但只要我掌握了六星之子，等二十四年活跃期一到，不愁得不到赤魂石。为此，我设了一个局，而你，就是我那枚最重要的棋子。"

"我是棋子……"丁隐机械地重复着绿袍说的话，情绪越加激动，眼中的

红光也渐渐闪现。他猛地摇头，面带绝望地看向绿袍，声音沙哑地问道：“所以……卧云村那些村民呢……”

绿袍一挥手，几个魔宗门徒随之鱼贯而入，他们纷纷摘下面具，竟是卧云村的胖子、秦阿守、木头和双喜。

丁隐看得瞠目结舌，后脊发凉，换作任何人也无法接受这戏剧性的一幕，他不住摇着头，哑然失笑，充血的双眼变得痴呆无神，若非面部肌肉轻微抽搐，他整个人便如同没有生命的石雕。

良久，丁隐猛然想起最为重要的关键，他死死盯着绿袍，嘶声吼道：“小玉，那小玉呢？”

绿袍异常开心地笑了起来，似乎对丁隐的推断力颇为赞许：“问得好啊。小玉嘛，她一直陪在你身边啊。”

绿袍含笑看着丁隐，开始得意地讲述他多年前设下的那个大阴谋：“你走火入魔之后，便失去了所有记忆，我索性将计就计，让魔宗门徒扮作村民，玉儿扮作你的妻子守在身边监视你……而你很快相信了这一切，并在卧云村安心生活了下来。但发生过的事情，并不能完全抹去，每个月总有几天，你都会魔性发作……”

丁隐双眼大睁，浑身剧颤，卧云村内的许多情景此时在他面前一一浮现，他与小玉相爱相守、每月里失控发病、上山打猎、修造篱笆、放天灯、许心愿……这些画面与此前他屠村的景象彼此交织、相互重叠，此后又是蜀山、谪仙潭、陶然居、青崇山的许多片段先后涌来……

刹那间，丁隐所有的记忆串联成线，这些记忆如雪片般纷至沓来，虽是迷乱，片片又在心间铭刻得如此清晰，而最令他挥之不去的，仍是玉无心的苍白面相、凄丽容颜……

绿袍不忘在旁添油加醋：“现在明白了吧！每次失忆都换来一个新的名字，但换不掉你喝血长大、屠杀村民的事实。不管是卧云村的丁大力也好，或在蜀山的丁隐也罢，你都只是被人操弄于股掌之间的一枚棋子。醒醒吧！所谓的正道与正义，都是和你的命运背道而驰的东西。与你相辅相生的，正是那些不堪回首的过往曾经！”

此时丁隐体内的赤魂石已然活跃至极，巨大的力量正顺着他周身经脉游走。

“愤怒吧！你是应该愤怒的，这样赤魂石才可离开容器，重归魔道！”绿袍见势，在一旁挥舞着双臂，如颂咒般蛊惑着他。

丁隐凄厉的嘶吼声在整个阴风谷内回荡着，即便最为凶残的守卫听到，亦为之毛骨悚然。不过他们的恐惧不会持续太久，因为很快他们就被神木剑结果了性命。

神木剑握在丹辰子手中，他站在阴风谷大殿之外，与雪池一墙之隔。丹辰子会出现在这里，是因为身边的玉无心，而玉无心能够脱身，则是因为五鬼天王。

痴情一念也罢，良心发现也好，总之绿袍擒获丁隐之后，五鬼将玉无心放出地牢，并告诉她若想救出丁隐，唯有趁赤魂石离体一刹……

玉无心逃出地牢，顺手毙了几名魔宗门徒，正寻思如何搭救丁隐，丹辰子此时恰好追寻丁隐而来，正凭记忆摸索着通往雪池的道路。

两人立场相异，目的却是一致，当即合兵一处，决定硬闯雪池。

此时雪池上方，丁隐无力地垂着头，汗如雨下，体内的红光忽明忽暗，口中犹在念念有词：“不可能……我不相信你……玉儿不会这样对我……”

绿袍则是袖手而立，静待其变，准备伺机取出赤魂石。

忽然“砰”的一声，雪池大门被撞开，乃是玉无心和丹辰子闯了进来。玉无心甫一入内，便大喊道：“爹！不要伤害丁隐！”

绿袍冷笑一声：“你还有脸叫我爹，闯来这里做什么！”

“当然是叫你放人！”丹辰子不由分说，直冲向雪池上方的丁隐。

绿袍大袖一挥，洞顶的水晶柱如同被控制一般，纷纷掉落在丹辰子四周，水晶柱错综交叉，如同牢房般将丹辰子困在其中。

玉无心见状，想上前帮忙，却被绿袍回身一指，隔空点住穴位，动弹不得。

玉无心奋力挣扎，口中大声哀求：“爹，丁隐他身为六星之子，赤魂石本就该在他体内，我求求您，不要再逆天而行了。”

绿袍冷哼一声：“我逆天而行？明明是天在逆我！你不要太得寸进尺，别以为是我女儿，我就不敢杀你！”

“玉儿……”这时丁隐虚弱的声音传来。玉无心望向他，发现丁隐正抬头看着自己，眼神中满是痛苦和绝望。却听丁隐问道：“你曾经答应过我，彼此之间不再有欺骗，不知还算不算数？”

玉无心噙着泪，不住点头道：“当然算数，我不会再对你有任何隐瞒。”

丁隐痴痴望着玉无心，又发问道：“那你告诉我，你真的是小玉吗？那么多年，你一直都在假扮我的妻子吗？”

玉无心心中一惊，有些不知所措，回头看向绿袍，厉声问道：“为什么要这么做？为什么要告诉他？”

绿袍怪笑一声道：“我不过是和他叙叙旧，讲讲往事。玉儿，爹让你服下断情丹，你没有听，爹今天让你离开，你也不听。如果你肯听爹的话，事情也不会是这样。”

玉无心痛苦地摇了摇头，已是泪如雨下：“不，爹，您以为所有人都像您一般狠心绝情吗？从一开始您对我隐瞒娘还活着的真相时，您就错了！”

她泣诉着，又急切地望向丁隐：“丁隐，你听我说，许多事情都是情非得已。我之前没有告诉你，是担心真相太残酷，你接受不了。”

丁隐哑然失笑，万念俱灰道：“所以，你是承认了……原来都是真的，原来我的一生都是一场骗局……”

“不！”玉无心撕心裂肺地叫喊，震得周遭的水晶亦作共鸣，她噙着泪，逐字说道，“我的确曾经犯下错误，被仇恨蒙蔽了双眼，失去判断和选择的能力，可是你改变了我，让我决定拿回生命主导权。让我不顾一切，勇敢去爱的，是你！”

可是丁隐却绝望地大笑起来，在他体内蛰伏多时的赤魂石终于爆出持续不断的耀眼红光。

“丁隐！不要！”玉无心绝望地嘶吼着。

丹辰子也在高喊呼叫：“丁隐你要坚持住，别被心魔吞噬！”

却听绿袍怪叫一声：“时候到了。”随即他飞身至丁隐旁边，卷起一团绿雾将丁隐包围在内。

丁隐依旧仰头狂笑着，只见他胸口的红光渐强，在绿袍功力的推动下，他的身体一阵狂颤，赤魂石在胸口忽隐忽现。

绿袍望着期待已久的赤魂石，眼中露出狂喜之色。当他伸出手，想夺取赤魂石之时，一阵强大的内力从丁隐体内爆出，本来紧紧绑住他的铁索瞬间断裂。

同一时间，血饮刀也因赤魂石力量的吸引，从雪池中腾腾升起，随即猛地脱离水面，飞入丁隐手中。

绿袍大惊，虎吼一声，将内力发挥到极致，化作一道刺眼绿光猛地向丁隐袭去。丁隐也在同一时间挥动血饮刀，将赤魂石的巨大威力幻化为一道血红光芒，向绿袍的绿光迎击而去。

只见红绿两道光芒在空中相撞，引发极大震动，整个雪池轰然炸开，而丁隐和绿袍也各自受到巨大的反弹之力，双双急急后退数步，堪堪停下，各自吐了一口鲜血。

玉无心无奈穴道被制，只得看看丁隐，看看父亲，同时为两边担心着，既是左右为难，却又无可奈何。

丁隐与绿袍斗得毫不停歇，两人同时飞身，在空中缠打在一起，如两道旋风，于交缠间冲破山洞而出。二人所过之处，皆是石崩山裂，整个阴风谷霎时间一片腥风血雨，化为了修罗道场。

丁隐全是一副不要命的打法，连连出掌，招招夺命，硬逼着绿袍正面相击，每每四掌相碰之时，两人唯有生受对方掌力，顷刻间这场对决变成了两败俱伤、步步喋血的死战。

这边雪池旁，神木剑的十道剑光轮番击向困住丹辰子的水晶柱。一片晶莹的碎屑中，丹辰子终于找到缺口，得以从中脱身，他正要飞身相助丁隐，却听玉无心喊道："丹辰子，帮我解开穴道。"

丹辰子扭身看着玉无心，一时有所顾虑。

玉无心见状，心里也明白了大概，便向丹辰子说道："我明白自己曾经的所作所为很难让人理解，现在再怎么解释也没有用。但我请你相信我，我现在真心想要救丁隐，绝无其他恶念。"

丹辰子思量一番，走到玉无心身前，开口道："两人间最伤感情的就是谎言，若救下了他，一定要好好解释清楚，不得有任何隐瞒。"

"我明白，我会用我的后半生向他赎罪。"玉无心轻咬朱唇，眼角滑下一滴泪水。

丹辰子见玉无心态度诚挚，也打消了疑虑，便以剑柄替她解开穴道。

丁隐和绿袍在无数次正面交锋之后，又一次发动全身内力，双掌相击。一时

间，红绿两道光芒在空中呈胶着之状，两人又都在死命对抗，此时若谁退一步，便是前功尽弃。

地上众魔宗门徒团团围在两人周边，却无人可以近身。绿袍本就在天门峰一战中受了伤，此时面色惨白，越来越呈虚弱之势。

丁隐则是红光正盛，他催动内力，赤魂石竟然真的从他胸膛中闪耀而出。只见一枚赤红色的晶体高悬在空中，发出耀眼的红光。

丁隐眼泛凶光，面露狰狞，向绿袍喊道：“赤魂石在此，你有本事就过来拿啊！”

绿袍看见赤魂石，顿时双眼发亮，狂笑起来：“赤魂石！我终于等到这一天了，终于等到这一天了！”他像是疯了一样，腾空而起，奋不顾身地去争夺赤魂石。

丁隐见状，挥起血饮刀，灌注了全部内力，排山倒海般劈向绿袍。但此时绿袍眼中只有赤魂石，全然不顾身后危险。

丁隐刀锋扫过，只见一道红龙咆哮着扑向绿袍。绿袍刚伸手触碰到赤魂石，红龙便已破空而来，重重将他击落在地。

就在绿袍跌落在地的一刹，他与素因终于分离开来。与此同时，丁隐也为赤魂石的力量反噬，一声痛苦的嘶喊后，也重重跌落，赤魂石又因为宿主吸引，再次飞至丁隐身边，倏地融入他体内。

绿袍和素因双双倒在地上，两人浑身筋脉尽断，再难动弹。但他们却视线交缠，眼中都是无尽的欣喜和激动。

他们不顾一切，支撑着身体，苦苦向对方爬去，仿佛此刻天地静止，山川融化，彼此眼中唯独映着对方。就像二十四年前蜀山的桃林中，那两个双剑合璧、衣袂翩翩的少年。

绿袍和素因的两双手一寸寸接近，却是越显艰难。就在这时，另一双手伸了过来，将两人双手紧紧合在一起。

“爹……娘……”玉无心伏在绿袍和素因身前，已是泪流成河。

绿袍挣扎一笑，努力坐了起来，又将素因扶起，揽入怀里。他抬手轻抚着素因的脸颊，用指腹触着素因的眼泪。

良久，绿袍竟幸福地笑了起来，之前的阴冷暴戾、悲苦疏离，顷刻间全都消散冰释——令天下人闻风丧胆的阴狠魔枭，此刻竟笑得单纯干净，热泪盈眶道：“素因，这不是梦，我终于又见到你了……”

素因颤抖着伸出手，擦去绿袍嘴角的血迹，向他努力一笑，又似扮起娇嗔：“傻瓜，我一直都在你身边啊。流了这么多血，疼吗？”

绿袍大摇其头，面上满是幸福笑容：“见到你，就不疼了！都不疼了！”

素因也不好意思地笑了笑：“是啊，你看女儿都这么大了，别让她笑话。”

这段言谈，就像寻常夫妻茶余饭后的亲昵逗趣。而谁又知道，这场重逢背后经历了多少死生契阔、血雨腥风。

或许人世间最美好的情缘，并非战胜立场、超越善恶的绝世之恋，而是一场稀松平淡，甚或乏善可陈的安稳相伴。

玉无心早在一边看得泪流满面，泣不成声：“爹、娘，为什么，为什么会是这样？为什么不早点告诉我？为什么不让女儿替你们做点什么？”

素因望了望玉无心，想要抚摸拥抱她，却终究没有气力。她叹了口气，用最温柔的声音说道：“傻丫头，你爹是心疼你，不想让你在爹娘和丁隐之间选择。娘也是一样，这么多年，苦了你了。”

绿袍压抑着眼中的泪水，抱紧素因，素因又咳了一声，吐出一大口鲜血，绿袍也随之力竭，再次跪倒在地。

素因摇头一笑：“警我，别伤心，我们到死也在一起，不是很开心的一件事吗？”

绿袍却大喊道：“不！素因，你别怕，我一定会想办法，让我们两人都活下去，我们要在一起，在一起！”

素因此时已如风中残烛，她支撑着说道：“师兄，有件事，我想求你……你恨了一辈子，到这一刻，可不可以都放下？素因任性，我要你心里不再恨，全心全意都是我，好吗？”

“好！好！上官警我来世上走一遭，管他什么红尘悲苦，什么恩怨牵缠，心中永远都只有素因一人。”绿袍不住点头，声音已然沙哑。

素因又道：“师兄，那素因这一辈子，便不后悔了。”随后她闭上眼睛，露出微笑，轻轻凑到绿袍耳边，气若游丝道，“咱们说好了，天上再见……”

绿袍低头一看，发现素因已经合上双眼，原本放在他胸口的手也轻轻滑落下

来，他再也忍不住，呕出大口的鲜血，又用尽最后力气，将素因牢牢拥在怀中，轻轻对她诉说："素因，你等我，从此上穷碧落，下彻黄泉，我都绝不与你再分离。"说完此句，绿袍也平静地闭上了双眼。

绿袍的头轻轻垂下，一颗幸福之泪从他的脸颊滑落——一代江湖枭雄，就此离开了人世。

玉无心早在一边失了神，她见到爹娘这般，万不忍心打扰，只是痴痴地看着两人。随后赶到的五鬼天王拨开人群，一把搂住玉无心。玉无心似未看见五鬼，仍是呆呆地望着相拥死去的父母，脸上竟也挂着一丝笑意。

五鬼惊愕道："玉儿，你别吓我。"

玉无心却不应他，一阵失神自语道："爹和娘在一起多幸福啊，幸福得连我都有些嫉妒了呢！可是我没有爹，也没有娘了，天地之间再也没有人对我宠爱呵护，我变成孤儿了。"

五鬼心中一痛，狠狠将玉无心拥在怀里，却什么话也说不出来。

"丁隐！丁隐！你醒醒！"不远处传来丹辰子的喊声。

玉无心听到，微微回过神来，抬起头望向倒在一旁的丁隐。只见丁隐此时口中吐血，全身血脉竟慢慢崩裂。

与此同时，丁隐、绿袍以及素因的身上发出淡淡的红光，几道血线从他们身体上延伸出去，在空中旋转交融。下一刻，那些血线竟逐渐变成黑色，再慢慢凝固冻结，直至消散化开。

众人惊骇变色，却听五鬼一声大喝："是溶血之阵！定是早前夫人为保全丁隐性命，在他与宗主身上设下了同命相连的溶血之阵。如今宗主身殁，丁隐也在劫难逃！"

"不！丁隐，你不可以也离开我！"

玉无心双眼大睁，情绪已然崩溃，眼泪猛然间倾泻而出，她不由自主地站起来，想向丁隐奔去，可没走两步，脚下已经发软，她只觉天旋地转，向后倒去。五鬼天王一个箭步上前扶住了玉无心。

就在黑线消散之时，丁隐吐了一大口鲜血，浑身瘫软，倒了下去。

丹辰子大惊，用手探丁隐的鼻息，发现全无动静，不禁僵在原地，大摇其头，口中仍对丁隐说道："掌门派我来救你，我绝不会让你死在这里。放心吧，丁隐，我带你回蜀山。”

丹辰子说完，便将丁隐扛在肩上，飞身离开。一众魔宗门徒本想要追，却被五鬼厉声喝住。想来这场人伦惨变，亦令五鬼心中戚戚。

丹辰子背着丁隐，行至太元湖旁，突然感觉到丁隐身体发热，隐隐有红光闪现。他忙将丁隐放在湖边，靠石而坐，探查他的心脉。丁隐的心跳确已停止，而身体竟还带着温度。

丹辰子随后运功，试图将自身真气打入丁隐体内。只见丁隐身体里有几个隐约红点，在周身来回游走。

丹辰子注入的青色真气，竟全数为红点吸纳。他猜是赤魂石的神奇功效，不由面露喜色，当即竭尽全力，试图重新打通丁隐脉络，刺激他的心脏。

不一会儿，果见丁隐猛然回过了一口气，呻吟了一声。

丹辰子大喜过望，不住喊道：“丁隐！丁隐！你能听到我说话吗？这简直是奇迹，你死而复生了！”

丁隐神志不清，口中喃喃自语：“回……卧云村……家……卧云村……”

丹辰子思量一番，猜是丁隐尘埃落定，想要落叶归根，当下便扶起他来，微笑道：“放心吧，师兄带你回家。”

丹辰子便带丁隐来到不远处的卧云村中，寻到小玉墓碑，又将昏迷的丁隐放落在旁。这时丁隐双眼紧闭，身体中的赤魂石元神依旧在来回游走，未趋稳定。

小玉墓旁的大树枝叶茂密，郁郁葱葱，丹辰子一阵伤怀，又望向远处昔时村落的所在，只见曾经的一排排土屋，如今只剩下断壁残垣，蔓生的野草爬上墙头，似要将整个废墟掩盖。

丹辰子深吸一口气，不禁感叹道：“时间的力量，果真比人强大，或许真的可以掩埋一切。”

就在这时，身后突然传来一阵木头碎裂的响声。丹辰子慌忙回头，看到丁隐已经苏醒，正发疯一般毁坏小玉的墓碑，将其断为两截。丹辰子冲上前，从身后紧紧拉住丁隐，大喊道：“丁隐，你冷静一下！”

丁隐却声嘶力竭地咆哮着：“骗子！骗子！一切都是谎言！”

丹辰子从身后奋力抱住丁隐，感同身受道：“我明白你难以接受过去的骗局，但你刚刚从鬼门关前走了一趟，现在千万不要激动，以防又触动赤魂石元神。”

丁隐仍在嘶吼咆哮：“为什么！为什么所有人都要骗我！都要利用我！”

丹辰子知道他经历了什么样的痛楚，唯有出言安慰：“恶有恶报，绿袍已经死了，一切都已经结束了！从此以后，在蜀山之上，你是自由的！”

丁隐愣了一下，随后浑身一软，坐在地上，头埋在两膝之间。

丹辰子又道：“过去的事已成定局，你现在起死回生，也算是上天又给了你一次生的机会。我们一起回到蜀山，重新开始，好吗？”

丁隐一直低着头，丹辰子看不到他的表情。但很快，丁隐轻轻地点了点头。

丹辰子微笑了一下，说道：“我去村口等你，给你一点时间平静。”说完，又拍拍丁隐，转身离开。

丁隐这时才抬起头，眼中却闪着一抹诡异的黑气，他的眼神也不再是曾经的敦厚善良，而是变得阴邪冷漠、乖戾莫名。只见他面露狰狞，兀自低语道：“是啊，师兄，我生不如死，死而不能，既然老天又给我一次机会，这一次我一定会好好地活。”

山中故人起祸端，百草神医知是谁

这一来，反而是玉无心错愕当场，内心困惑。她原本想解散神宗，给门徒自由，想不到自己眼中的生路，却变成对方的死路。她一时思量不清，为什么善人堕落，竟是向死而生？为什么分明是弃恶从善，反又难觅生机？

冷雨霏霏，夜阑人静。

凝碧崖上，一灯如豆。

先是利刃穿膛，再而掌力摧心，与绿袍尊者的一场苦斗，本已令诸葛驭我负伤极重、元气大损，此时他正在凝碧崖闭关疗伤，偏又收到丹辰子的飞鸽传信，信中说绿袍和素因俱已身殁，丁隐万幸死里逃生。

诸葛驭我手捧信笺，回忆起与上官警我和素因的平生纠葛、往来冤孽，不禁太息掩面、老泪纵横，心绪更是纷乱，运功疗伤再也难以为继。他推开密室的门，索性独自吹一吹断崖的寒风，沐一沐蜀山的冷雨。却想不到，公孙无我已站在密室外等候他多时。

诸葛驭我先是一怔："这么晚找我，不知师弟有何事？"

公孙无我似笑非笑，随后打量着挂在石台旁的白眉真人画像，竟然讲起一段陈年往事来："师兄，你还记不记得，当年师父是怎么评价你和警我师弟的？"

诸葛驭我微微皱眉，似乎不明所以。

公孙无我又道："师兄记性差，不如让我来提醒你一下。师父当年为三位入室弟子赐名，大徒弟心宽仁厚，剑术高深，堪当重任，但须戒太过重情，免影响视听，故赐名驭我。小徒弟绝顶聪明，悟性极高，是剑术鬼才，唯须严于律己，免误入歧途，故赐名警我。可是大师兄，你知道吗？就算师父褒贬平衡，可这些在我听来，都是求之不得的赞美。"

诸葛驭我道："师弟，师父也曾赞你为人低调淡泊，稳重和善，事事为大局着想，以他人为先，所才赐名无我。这也一样都是溢美之词。”

公孙无我听了这话，突然大笑起来：“溢美之词？难道你听不出来，这些话都是在说一个人普通，普通到只能成为背景和配角吗？”

诸葛驭我见公孙无我如此，有些意外：“师弟，你究竟想说什么？”

“我想说的是，其实师父他错了，你根本是个笨蛋，他竟然还让你当了掌门！”公孙无我猛然变了嘴脸。

“你！”诸葛驭我大为吃惊。

公孙无我并不理会掌门师兄的反应，自说道：“真正的强者，通晓人心，懂得蛰伏，能将一切控制在手中。在这方面，没有人比我更适合这掌门之位！”

诸葛驭我一怔道：“什么中庸淡泊，没想到，你才是最有野心的人。”

公孙无我却道：“野心也罢，德才也好。我便问你，这二十四年来，你终日闭关，蜀山一直由我代为掌管，可不是武林太平，西疆安宁？”他冷笑了一声，接着道，“可你一出关，和绿袍这么一闹，搞得蜀山上下不宁，生灵涂炭，你说这个掌门到底该给谁做？”

此时面对公孙无我的一反常态，诸葛驭我心中已经明白大概，便冷冷道：“师弟为登掌门之位，竟不惜扮起‘山中人’来，真可谓机关算尽，煞费苦心。”

岂料公孙无我竟不回避，反倒张狂起来：“这‘山中人’嘛，倒是近期的事。师兄可有想过，二十四年前，武当派佟元齐找上门来声讨上官警我，是谁告的密？”

诸葛驭我闻言色变，皱眉道：“我早觉此事蹊跷，原来是你……”

公孙无我阴鸷一笑，又道：“对了，当年师父将素因许配给你，也是我向他老人家提议的。”

此言一出，诸葛驭我虽是维持着镇静，内心却如遭雷击。公孙无我告密武当，以及唆使白眉真人拆散警我、素因的两桩阴毒事，实为导致当年手足相残，警我、素因双双坠崖的主因，亦是造就绿袍、素因毕生惨剧的恶源。

若没有当日的卑鄙弄计，这世间便不会有魔宗，也不会有丁隐，妙一长老和许多蜀山弟子更不会平白牺牲，更可怜山下的许多无辜百姓也卷入这场血雨腥风……

断崖上的凌厉风势卷着冰冷冷的雨水，一滴滴滑过诸葛驭我的脸，好似刀匕迎面而来。诸葛驭我面色如铁，低沉问道："所以，你觊觎掌门之位已经很久了？"

公孙无我又是一阵怪笑："谁稀罕那个虚名呢？如今蜀山大大小小的事务全由我管理，四峰满是我的心腹，谁真的有权力，谁是个空架子，恐怕你心知肚明。我今日来寻你，只是念及同门多年的香火情，免让你死得不明不白。"

诸葛驭我冷笑一声："若不是我与绿袍一战身负重伤，只怕你还要多念几天香火情。"

公孙无我拍手赞道："师兄说得对极，为让你们鹬蚌相争，我可没少费心。"

"一直以来，我以为误入歧途的只有警我一人，没想到，你比他更可怕。你如今处心积虑，篡取掌门之位，下一步，是不是就该觊觎赤魂石了！"两人眼见就要动手，诸葛驭我仍是方寸不乱，从容叹道。

公孙无我随之也大笑起来："哈哈，师兄果然是我的亲师兄。蜀山千百年来守着赤魂石却不加以利用，实在愚蠢之极。说什么以和为贵，可这天底下的人只要活着，心中就总有欲望，千百年来，你争我夺，祸事不息。依我看来，还不如将那石头给我，待我称霸武林，无人有胆反对，大家相安无事，皆听我差遣，那样才是真正的和平。师兄，你说对不对？"

诸葛驭我厉声喝道："公孙无我，你不要鬼迷心窍，我劝你赶紧放下心中恶念，人的欲望总是无穷尽，你若被欲望控制，只会引火自焚。"

公孙无我却狞笑一声："不愧是蜀山掌门，如此深明大义。可惜你这些大道理，只能带进坟墓了——"话音未落，公孙无我猛地击出双掌，卷起一股强大的青色真气向诸葛驭我扑去。

此时诸葛驭我重伤在身、心绪纷乱，断然不是公孙无我的对手，然而他竟不避不闪，面上表情尽是沉痛唏嘘，好似在为公孙无我的沉沦痛惜不已。

公孙无我正感疑惑，忽见诸葛驭我身后如闪电般飞出两道人影，冷雨中也看不清面目，只祭出一青一红两道剑光，三两下便以压倒之势将他击倒在地。

他再抬头，只见是丹辰子和丁隐一左一右各持兵刃，威风凛凛地矗立在诸葛驭我两侧。

大惊之下，公孙无我正想逃脱，却看丁隐以一个前所未见的身法，卷起红色光芒，如鬼魅般近前，轻松卸了他双手关节，断了他周身经脉——顷刻间，名震天下的蜀山二弟子公孙无我已成废人。

适才诸葛驭我与公孙无我对峙交谈时，已感应到赤魂石正在接近，料是丁隐与丹辰子归返蜀山无疑，是以他才能从容不迫，应对危局。这时见到公孙无我的惨象，诸葛驭我凛然道："蜀山内奸一日不除，终是我心中隐患。如今蜀山遭到重创，内奸若想生事，现在最好不过。师弟，难道你想得到，我就想不到吗？你以为我就那么老糊涂，当真从来没有怀疑过你吗？"

情势急转，公孙无我此刻已万念俱灰，心中暗叫"我命休矣"。出乎他意料的是，丁隐的一番说辞，竟令他似有生机。

这时丁隐谓诸葛驭我道："掌门，我觉得公孙无我是内奸一事，千万不能传扬出去。蜀山遭逢大难，本已人心惶惶，若让众弟子得知公孙长老竟是内奸，恐怕会让众人丧失重整旗鼓的信心。再说了，若是蜀山长老和魔宗早有勾结这事传了出去，蜀山剑派在江湖上颜面不保。"

诸葛驭我思量一番，点了点头，决定道："丁隐所说不无道理，公孙无我如今也无法造次，不如就以闭关修炼为名，且将他关押在伏魔谷吧。"

丹辰子与丁隐随即将公孙无我秘密押至伏魔谷一处暗牢之中。诸葛驭我目睹了两位师弟心魔滋生，各自堕落，心中沉痛唏嘘自不待言。

倒是临别时，诸葛驭我问起丁隐死而复生的原委，对赤魂石的再生之力啧啧称奇，联想起丁隐方才制服公孙无我的谲诡招式，不禁担心起他身体的异变。

丁隐却微笑着摇了摇头，眼中红光一闪，释然道："一直以来，赤魂石都是我身体的负担，但是现在不同了，它似与我融为一体，运转自如。我相信，我已经掌握了控制它的法门。"

丹辰子与丁隐联手铲除"山中人"，可谓是拯救蜀山于危难。这本是令人意气风发的事，而此刻他却愁眉紧锁、烦恼苦痛，说撕心裂肺、五内俱焚也不为过。

料理完公孙无我的第二日清晨，丹辰子原本满心欢喜、手捧鲜花跑去栖霞峰探望降魔塔一战中昏迷的紫英，却先遇见了紫英的师父晓如真人。

晓如真人告诉了他一桩喜讯：“降魔塔一战中，紫英之所以驾驭不了紫郢剑，是因她已有身孕，乱了少女的元阴真气……”

晓如真人又以长辈的口吻叮咛道：“你二人虽情投意合，终究未行媒妁婚配，这是有些轻率了。如今紫郢剑反噬之下，孩儿已不在了，紫英更是元气大损，你往后须得好生照顾……”

晓如真人此后说了什么，丹辰子全未听见，他目瞪口呆，错愕当场，良久才点了点头，迈开沉重的脚步去到了紫英屋前……

紫英见再也包藏不住，唯有泪如雨下，不住央求，说自己对丹辰子的爱如同星月皎洁，是那余明娘怎样怎样，张馅饼怎样怎样，说自己眼下生不如死，唯求丹辰子宽恕怜惜……

丹辰子只问一句：“那夜你匆匆来找我圆房，可是为了掩饰这桩丑事？”

紫英哭得鬼哭狼嚎一般，却始终无言以对。

丹辰子也是痛苦地捶胸顿足，良久甩下一句：“我不知道再如何相信你，现在好像一切都变了，就连以前美好的一切，我都不知道是真是假。”

紫英猛地哀号，放下了一切尊严和骄傲，死命抱着丹辰子的腿，要将他留在身边。

丹辰子却冷冷地挣脱出来，郑重地道：“你不必担心，两位师叔责怪我轻率，我替你担下了，事关你的名节，你我早有婚约，是我的……总比是小张的情有可原。”他转身临别之前，又向紫英一叹：“我能做的，也只有这么多了。”

紫英连滚带爬地追出门去，只见到院墙边一束已被踏得残破不堪的鲜花……

情字一关，众生皆苦。

失贞非人，珠胎暗结，鸠占鹊巢，夺妻之恨，更是悲苦之甚，如堕无间。

这一天，紫英独自去了一趟凝碧崖。她知道，这个世上唯一能让丹辰子留在她身边的人，是她的父亲诸葛驭我。

这一夜，丹辰子找丁隐借酒浇愁，直抒胸臆。略有些奇怪的是，丁隐的反应似乎很平静，他也不提张馅饼之失，只说紫英骄横跋扈、谎话连篇，这样的女子怎堪作为妻室，又说人心虚伪、了无生趣，难得有个性情中的兄弟可以饮酒悲歌。

丹辰子也是伤心至极，当下与丁隐连干了十数盏烈酒，终是醉倒当场。

这一夜，酣醉如泥的丹辰子并未注意到，丁隐从他身上取走了一样小物件。

丹辰子更没有想到的是，第二天，自己成为了蜀山新任的掌门。

第二日正午，蜀山四处响起紧急召集的钟声，除了尚在“闭关”的公孙无我，蜀山各峰长老、丹辰子、丁隐、青云、紫英，以及张琪、吴冬虫等次第较高的三十六名弟子皆闻讯集结到凌云峰大殿中来。

众人甫一入殿，见了阶上诸葛驭我的形貌俱是震惊。一夜之间，这位盛年之中、英伟健朗的蜀山掌门竟似苍老了十岁一般，不仅白发遽生、皱纹遍布，整个人看来竟已是变得神形枯槁，状如风烛。

几日之内，先有苦战负伤，再是噩耗袭来，诸葛驭我便如点灯熬油，身心俱损，此刻他竟连走路都有些吃力了。他先将紫英招来搀扶自己，又庄严地道：“诸位，蜀山此番历经大劫，千疮百孔，令人痛心。但苦非苦，乐非乐，执于一念，将受困于一念。凤凰涅槃，浴火重生，这必是我等一个新的开始。”

诸葛驭我的声音并不洪亮，但言辞依旧震撼人心，他缓缓道：“我执掌蜀山二十四年，教导诸位潜心修习，为人正道。蜀山自古是人杰地灵之境，诸位弟子也俱是高洁之士。如今我已功成圆满，是时候退位让贤了。”

此言一出，人群中有了小小骚动。丁隐本来只是漫不经心地靠在墙边，此时也认真起来。

“丹辰子，你上前来。”

待丹辰子恭敬地登上高台，诸葛驭我从怀中拿出掌门令牌，肃然宣道：“辰儿，你是我最骄傲的徒弟，多年来一直刻苦修行，为了蜀山大业，不辞辛劳，是掌门之位的不二人选。”

丹辰子当即跪下，庄严地道：“弟子不才，如今师父委以重任，定当不负众望。”

诸葛驭我满意地点点头，嘱咐道：“此为蜀山剑派掌门令牌，寓意蜀山五脉九峰，永保赤魂石不失，天下安宁。你接任之后，定要事事以天下苍生为先，以教导蜀山弟子为重，将蜀山剑派发扬光大！这是身为一个掌门的责任。”

“弟子谨记。”丹辰子恭敬地接下诸葛驭我递出的掌门令牌，紧紧攥在手中，心中亦是百感交集，当下道，“师父，如今公孙师叔因病退任，点苍峰又是蜀山五峰中弟子最多的一峰，没有首座长老，实为不妥。”

诸葛驭我一笑："你有何建议？"

丹辰子轩昂道："此次大战，有一个人功不可没。他独闯阴风谷，不畏艰险，杀死罪魁祸首绿袍，说到底，他才是蜀山的大英雄。我希望，他能出任点苍峰的新长老。"

站在后排的丁隐有些意外。众人都知道丹辰子说的是他，也纷纷投来目光。

诸葛驭我思量一下，便点头道："丁隐确实功不可没，那我就一并委任丁隐为点苍峰首座长老，兼管天门峰，教习弟子蜀山剑法，天门峰弟子张琪从旁协助，百草峰和栖霞峰仍由百草与晓如两位执掌。你们一起管理蜀山，我更加放心。"

丹辰子很是欣喜，回头搜索丁隐的身影，对他点头一笑。

丁隐有些意外，随即还以一笑，大方步出，躬身道："丁隐多谢掌门授以重任，定当不负所望。"

张琪和百草、晓如也纷纷出列，拱手接任。

这时诸葛驭我又回头望了望身边的紫英，随即谓丹辰子道："丹辰子，为师也有一事相托。"

丹辰子恭敬地道："师父请说。"

诸葛驭我道："说来也是件私事，你与紫英青梅竹马，感情甚笃，为师希望促成你二人姻缘。从今往后，你二人互相扶持，彼此连心，也是好事。"

丹辰子没想到诸葛驭我此时要为他和紫英赐婚，猛然间着急起来，推说道："师父，此事不必操之过急，况且感情私事，不宜高调，徒儿会妥善安排。"

搀扶着父亲的紫英见丹辰子想要婉拒，当即面如死灰。

众人诧异中，却见诸葛驭我眉心一蹙，凝声向丹辰子问道："这是师命，难道你不愿意遵从？"

丹辰子慌忙跪倒，急说道："师父，我敬重您就像敬重父亲，岂敢违命。只是儿女之情，实属个人之愿，恐怕……"

丹辰子的话还没有说完，诸葛驭我只觉气血上涌，当即喉头一甜，吐出一口鲜血。众人大惊失色，百草仙人正要上前查探，却见诸葛驭我猛地抓住丹辰子的手，谓他道："辰儿，你一个人扶我去内堂，我还有话跟你说。"

丹辰子见师父如此，很是焦心，唯有点点头，扶着诸葛驭我颤颤巍巍地走入内堂。才入内堂，诸葛驭我便紧紧攥着丹辰子的手臂。丹辰子忙跪在石台旁，心中既是悲忧，也感忐忑。

却听诸葛驭我说道："辰儿，你师母去世早，这些年来我忙于压制赤魂石，对紫英也疏于管教。我知道，紫英有很多不好的地方，也做了许多错事。可是你们青梅竹马，两小无猜，她即使再骄纵无礼，对你的感情却是真的。我实在放心不下，唯有把她交托于你，才可瞑目。"

"师父……"

诸葛驭我不待丹辰子讲完，又道："辰儿……我求你，不是以一个掌门，而是以一个父亲求你，好好照顾紫英，娶她为妻，让她安心幸福，好吗？"

看着诸葛驭我苍老无助的样子，丹辰子忍不住流泪："师父，您放心吧，我会好好照顾紫英。"

听到丹辰子答允，诸葛驭我终于露出笑容。他仰面朝天，似乎终于放松不再有牵挂，双眼无神地看着上方，口中道："太好了……太好了……"

一瞬间，从石台下方涌起一道青光，穿过诸葛驭我的身体，直通天际。诸葛驭我的双眸当即失了神采，本来紧抓着丹辰子的手，也霎时垂落……

一代宗师，蜀山掌门诸葛驭我离世飞升。

当丹辰子失神地走出内堂，将诸葛驭我飞升的噩耗告诸众人的时候，紫英竟是两眼一翻，当场昏厥。

众弟子跟着一片哀痛，青云更是泣不成声。唯有晓如与百草早有所料，他们默默地凝立在内堂门口，持颂着真言法咒，为大行的诸葛驭我护持法体，其慷慨巍然，竟如两座万仞高峰。

这时站在人群中的丁隐，嘴角露出了一丝不易察觉的笑意。

短短几日，妙一长老与诸葛驭我先后辞世，整个蜀山哀钟四起，白幡飘扬，沉浸在深沉肃穆的哀悼之中。

栖霞峰后崖一角，晓如真人偕青云祭扫完妙一的新坟，便谓青云道："为师决定闭关修复紫郢剑，也算是给离世掌门的一个交代。只是这紫郢剑性属元阴、好纯净，现它元神已散，恐怕更加乖戾难驯，为师修炼期间，若稍有外人气息介入将会直接伤及炼剑者，宝剑与人俱毁。所幸，现在尘埃落定，相信辰儿他能担

大任，会是个好掌门，他来料理蜀山上下，我也就放心了。”

晓如虽刻意说得轻松，但青云听出不妙，立即出声反对：“不，师父，这么说来修复紫郢剑太危险了，您为何要冒这么大的险？难道没有别的法子了吗？”

晓如正容道：“当初掌门让你们下山寻剑，就是因为这三把神剑与蜀山守护天下苍生的使命息息相关。紫郢剑既已认紫英为主，为师打算利用它适主的灵性，以真气炼化这个灵性，一方面修复神剑，另一方面也正好扭转它的属性。”

青云一时语塞，答不上话，急得眼眶里满是泪水在打转。

晓如又道：“傻丫头，至多也就一个月，为师就出关了。”

青云仍是面露忧色：“修复神剑如此凶险，青云却连饭都不能给您送去，真是没用……”她心知炼化剑灵极为凶险，不由担心起师父的安危，话未说完竟像个孩子般哭了出来。

晓如一把搂过青云，宽慰道：“好孩子，你已经长大了，该是时候承担责任了，我将栖霞峰暂交于你，等师父成功出关，再给你奖赏。”

青云只得就势伏在晓如肩上，含泪点了点头。

晓如这一闭关，蜀山上下能干预丁隐行事的人，便少了一个。晓如闭关后不出一个时辰，丁隐就以点苍峰新任长老的身份，向何清为首的近百名弟子下达了一个令人震惊的命令——人人修炼血影神功！

众弟子着实吓得不轻，即便何清也惊呼道：“丁长老，血影神功乃本门天大禁忌，修行者恐会堕入魔道，任何人也碰不得。”

丁隐嫌弃众人少见多怪，边指指自己，边朗声说道：“那不过是吓唬胆小者的说辞罢了。所谓入魔，不过心生。假如血影神功真有这般凶煞，先掌门为何会将它传了给我？”

何清又应道：“那是丁长老天赋异禀，兼有赤魂石护体加持，我等愚钝，哪能相提并论。”

丁隐哈哈一笑，眼中红光一闪，大声宣布道：“你们听着，人决不可妄自菲薄，更何况你们还是蜀山精心培养的出色弟子。历代掌门保守，唯恐血影神功流传引起武林风波，才将其视为秘密。但现在风波已起，我等蜀山弟子再不奋起，岂不成了案上俎肉，任人宰割？”

众弟子听到丁隐这么说，都互相窃窃私语，表示赞同。

丁隐扫视大家一眼，继续道：“自古以来，弱肉强食，强者存，弱者亡。蜀山受到重创，已经是一个警醒，大家应该一起变强才是。我作为点苍峰长老，愿意跟诸位一起分享这份力量。大家众志成城，一齐将蜀山剑派发扬光大。”

众人听丁隐这么说，都渐渐有些兴奋。何清思量了一下，眼珠一转，带头向丁隐叩首拜道：“丁长老，弟子愿以身试法，苦练神功，定不辜负您的栽培之心！”

众弟子见状，也都一一跪下，一齐向丁隐叩拜，同声喊道：“望长老赐教。”

丁隐见状，甚是满意，缓缓掏出了《血影神功》秘籍，狞笑着与众人解说开来。那些点苍峰弟子虽听得一知半解，却因为受到蛊惑，一时间也练得兴奋异常。

这时何清凑上前来，对丁隐说了几句“长老传功，功德无量”之类的奉承话，转口又向他套起近乎：“啊……丁长老……这血影神功实是本门奥妙，修行起来势必艰辛晦涩，何清资质平庸得紧，还乞长老能多多指点，助我打通关隘。”

谁知丁隐狷狂一笑，竟道：“这血影神功有什么难练？昨夜公孙无我不出一个时辰就通融大成了。”

这番话听得何清瞠目结舌，两股战战，他在那里“你你你……你……你究竟……”支支吾吾了好一阵，终究也不能说将下去……

不一日，丁隐蛊惑点苍峰弟子血炼的消息传入新掌门丹辰子的耳中，丹辰子勃然大怒，立刻传来丁隐责问。丁隐却满不在乎，只说眼下蜀山元气大损，势如累卵，若不尽快壮大实力，哪天魔宗再来进犯，便是任人宰割的命。

他身后的点苍峰弟子，本还有些战战兢兢，见丁隐将这番话说得坦然，竟纷纷认同点头。尤其那何清，更是一副忧国忧民、感激涕零的样子，好像丁隐此番不传血影神功，蜀山弟子便活不到明天。

丹辰子听得后背生寒、面色发白，难以置信地道：“若不是亲耳所闻，我真是难以相信这句话会出自你的口中。青云来向我禀报之时，我还不相信，没想到竟是真的！”

青云更是谈之色变：“丁大哥，我只是担心你……刚刚你那大殿内，就快要

变成阴风谷了！”

丁隐心知晓如不在，丹辰子与青云无力左右此事，便索性颠倒黑白，向丹辰子抱拳施礼道：“掌门放心，点苍峰一脉向来是蜀山中坚力量，丁隐自当竭尽全力，替掌门教导弟子，为掌门分忧。”说着也不给丹、青二人说话的机会，便领着何清等一众弟子自顾扬长而去。

留下丹辰子与青云在凌云峰大殿面面相觑，心有余悸。这一天，他们第一次察觉到丁隐的异状。

青云怀疑是赤魂石作祟，令丁隐失去常性。丹辰子更为细致，推测道：“绿袍好像跟他说了什么话，令他受了很大的刺激，导致走火入魔。我从阴风谷救他出来的时候，他呼吸脉搏已经没有了，后来是赤魂石的力量让他又奇迹般地起死回生……”

青云不知丁隐死而复生一事，猜测道：“是否是丁大哥那时候伤势严重，意志薄弱，赤魂石元神乘机而入，侵染了他的心智？”她回忆道，“此前每次赤魂石发作，丁大哥都十分痛苦，我们也能感受到他身体里的魔性，唯独这次……很不同……”

丹辰子接过话头，额角渗出一滴冷汗：“那样的话……魔性与他融为一体，他的心也不再抵抗，彻底被改变了……”

丹辰子说出这话，两人都沉默了片刻，似乎谁也不想面对这最坏的假设。

良久青云才说道：“掌门师兄，我已经传信给我母亲，让她查阅古籍，搞清楚丁大哥究竟出了什么问题。这一边，我再去求百草师叔想想办法。”

丹辰子思忖一番，缓缓叹息道：“现在正是多事之秋，师父仙逝，晓如真人闭关，眼下能救丁隐的，也只有我们了。”

丹辰子说这句话的时候，原是做了最坏的打算。但他没有想到的是，丁隐的魔性远比自己估计的还要阴狠乖戾。

丹辰子送走青云之后，恰到了申时末，正是各峰弟子练剑的时刻，他走出大殿，依例去凌云峰广场督练剑阵。

谁知剑阵演到一半，紫英忽然冲出人群，全然不顾掌门威严，竟在大庭广众下拽住丹辰子衣袖，气势汹汹向他逼问开来：“我不去别的地方，今天就在这儿说清楚。当初我爹要你娶我，大家都听见了的，现在我爹死了，你接任掌门，就把这事忘了吗？”

丹辰子又羞又恼，厉声喝道：“能不能不要这么无理取闹！”

紫英却面孔扭曲，狠狠应道：“我无理取闹？明明是你出尔反尔！”

古往今来，只怕没有一任蜀山掌门在这庄严肃杀的凌云峰广场上，当着满场弟子的面，被这般赤裸裸地逼婚。

霎时间丹辰子只感到羞愤交加、无地自容，一边是自己难以启齿的屈辱感，一边是紫英肆无忌惮的跋扈行径，他终于忍无可忍，咆哮着爆发出来：“你到底想怎样？你这个人，一直以来都是这么自私，从来不反省自己的过失，觉得全天下都要围着你转。我告诉你，我受够了！”

丹辰子几乎是声嘶力竭地吼了出来，眼中充满愤怒。

紫英吓呆了，眼泪瞬间流了下来，终于不再说话。

与此同时，人群中响起了七嘴八舌的议论声。先是点苍峰的林阿盛放下剑来，啧啧鄙夷道：“以前我都没看出来，新掌门骂起女人居然这么有气魄！”

他身边的薛志团也附和道：“是啊，是啊，以前诸葛掌门在嘛，他当然要收敛一点啦。”

与栖霞峰几位女弟子相邻而站的郑阿强竟道：“我听说啊，之前新掌门贪恋紫英师姐美色，两人还未成婚就偷尝禁果，后来紫英师姐怀了孩子，才会在伏魔谷受伤，令紫郢剑受损。现在他成功上任后，竟然要抛弃紫英师姐，真是始乱终弃啊……”

郑阿强的一番说辞，听得栖霞峰几位女弟子一阵窃窃私语，大摇其头，直斥丹辰子忘恩负义，用心狠毒。

这些声音先是三五嘈杂，随后渐渐汇成震天响的申讨谩骂，再往后在点苍峰数人的带领下，数十名各峰弟子竟聚拢上来，将丹辰子与紫英围在了中央。

一眼看去，这场景像极了街市上吵架看热闹的人群，所不同的是，众人皆表现得同仇敌忾、义愤填膺，似乎要为苦大仇深的紫英伸张正义，将十恶不赦的丹辰子打倒批臭才肯干休。

丹辰子哪里见过这个阵势，当场慌了手脚，多亏青云及时赶到，向围观人群一通怒喝：“堂堂蜀山弟子，不去勤修武艺，斩妖除魔，竟个个在这里学起市井婶娘！诸葛掌门仙逝几日，牺牲的同门尸骨未寒，你们不识守丧之礼，竟还有兴

致在这里嚼舌根！”

众人被她骂得理亏，一时不敢接话，青云又对栖霞峰几位女弟子厉声问道：“师父闭关，栖霞峰由我暂主，你们可有不满？”

那几个女弟子与青云颇为熟稔，素知青云武艺虽高，平日里嘻嘻哈哈，与各人打成一片，几时见过她如此声色俱厉，当场不敢多言，只低头道：“我们……我们听凭师姐处置。”

青云便一挥手，冷冷道：“既是如此，快向掌门请罪，随后速速回栖霞峰思过，往后谁再说这无谓之语，行这僭越之举，我便不客气了！”

青云这番话，说得威仪凝练，气势凛凛，吓得那几个女弟子连连请罪，仓皇避走。围观的人眼见这个阵势，便也悻悻然散了去。

一时间，广场上只剩丹辰子、紫英和青云三人。青云正要上前安慰泪流满面的紫英，忽又见到丁隐领着何清等十几名去而复返的点苍峰弟子，气势汹汹地踏入广场。

青云和丹辰子不由自主地对望一眼，对刚才的闹剧均已猜中几分，两人心中一阵寒意，既是哀怜这位昔日同生共死、义薄云天的硬汉，如今竟变得如此阴鸷歹毒，更加猜不透丁隐接下来又准备了什么卑鄙的戏码。此时青云望向丁隐的眼神，竟充满恐惧的意味。

丹辰子正欲向丁隐说话，丁隐却先不看他，而是径自走向紫英。

青云还道丁隐要向紫英发难，正要上前拦阻。却看丁隐在紫英身前停下脚步，此时他双目布满血丝，面上肌肉微微颤抖，随后猛地从身上掏出了一件小物什，满怀悲愤递到紫英面前……

诸葛驭我的死，对蜀山犹如一场灾难；绿袍的死，对于阴风谷而言，也是这样。

这几天百蛮山的雪和往常一样，下了又停，停了又下。

五鬼天王生平第一次觉得下雪的时候很冷，融雪的时候就更冷。尤其当挺拔的鼻梁下，开始挂上两行青绿色鼻涕的时候，这种感觉会格外深切。

按说以五鬼的武学修持和江湖地位，他决计不该是轻易就会感染风寒流涕的那一类人。但是没有办法，无论一个人的内功再怎么精深，幻术再怎么奇诡，心肠再怎么狠毒，人的肚子饿了，总是要吃饭的。

此时五鬼已经三天三夜没有吃过一点东西。

因为他在等玉无心。

三天前，丹辰子背着生死不明的丁隐离开阴风谷之后，玉无心便抱着绿袍尊者与素因的尸体，默然地走进那间存放晶石的密室，此后她再也没有出来。

自那时起，五鬼便痴痴地守在门口，有时隔墙能听见玉无心幽幽的哭泣，有时密室内又传来几声痴笑。

五鬼在密室门口守了三天三夜，看着墙上的火把明明灭灭，天井中的雪片时下时歇，好几次，他会想起绿袍，想起屠媚，甚至想起那个面瘫的九毒。

他觉得自己来了烈影神宗很久，却从来没有看清楚过这个地方。他想不明白，为什么人的心，有时竟比他织的幻术阵法还要波诡云谲，成圣成狂。明明是金铁磐石一般执着，为何到破灭的一刻，竟比幻阵还来得快些……

当他第一百二十七次大力吸吮鼻涕的时候，他看见面色惨白却又神情坚定的玉无心推开密室的门。玉无心向五鬼一笑，随即令他召集门徒，道是有话要说。

紧接着，五鬼将百多名门徒一个跟着一个招了来，每个人皆是一副形容枯槁、惶恐不安的样子。

玉无心向前走了两步，深吸一口气，缓缓道："神宗是我爹一手创立，今日爹已不在，无论如何，做女儿的要给他、也给大家一个交代。"

满场门徒战战兢兢地抬起头来，目光之中或是有些惊奇，却看不出什么期待。

玉无心又道："烈影神宗入中原以来，为江湖所不齿，被视为邪教。你们本都是平民百姓，有家庭有子女，但自从被抓来这阴风谷，从此便失去了自由，为神宗卖命，也被迫做了不少违背良心的坏事。其实，这一切都只是因为我爹被仇恨蒙蔽了双眼，为了复仇不择手段。虽说他也是可怜之人，可扭曲的心智，终将自己引入无尽的深渊。"

玉无心说到这里，有些哽咽，五鬼也担心地看着她，不知她将作何打算。玉无心整理一下情绪，继续道："如今既然要我做主，我决定还给你们自由。"

五鬼哪里料知玉无心竟要解散神宗，当场惊得目瞪口呆。那为首的三五个门徒先是大感意外，继又担忧道："多……多谢大小姐，可是我们入宗时，都被宗

主下了血咒，元神被禁锢，就算走了，也难以维持性命。”

玉无心解意一笑：“我正要告诉你们，我父亲为了让我以后能继承阴风谷，早已将血咒传授给我，我现在就替你们解开。”

她说完便两手一挥，暗送神功。只见大殿内即刻风起，本来被禁锢在石壁上的元神解脱出来，争先恐后地回到主人的身体里。

玉无心解除了血咒，众门徒惊讶地感觉到自己身体重新恢复正常，脸上也有了血色，难以置信地看看自己的手，又看看彼此。

玉无心又对人群高声道：“血咒已破，从此以后，阴风谷再也禁锢不了你们。你们可以走了。”

可门徒们却你看看我，我看看你，面面相觑，谁也没有动。

玉无心有些疑惑，随即说道：“你们不要怕，我是真的要给你们自由，并没有其他要求。”

这时候，门徒之中走出一个高大的中年男人，面上一道蜈蚣状的刀疤看来狰狞可怖，但他的神情却又十分悲愁凄楚。这人皱着眉，向玉无心施了一礼，便开口道：“小姐，你叫我们走，可是我们该走去哪里呢？”

玉无心也被问住，她有些惊讶：“回到你们的家乡，寻找你们的家人啊。”

那刀疤脸苦笑一下，叹息道：“当初被宗主抓来这阴风谷，我们早就家破人亡，哪里还有回去的地方。在这里生活了这么多年，虽说一开始不情愿，可时间久了，这里竟然变成了家。”

玉无心先是一愣，转而震惊：“你们……不愿意离开？”

那刀疤脸又痛苦地摇了摇头，沉吟道：“并非我们想要继续作恶，只是这外面的世道又能好到哪里去。我们早就了无牵挂，这阴风谷好歹是个栖身之所，小姐，就让我们留下来吧。”

他这一说，竟有几十个门徒大声赞同。一时间，许多门徒纷纷高喊起来：“小姐，让我们留下来吧！”

“小姐，回不去啦，我们早都回不去啦！”

“小姐，我们离开阴风谷，那是死路一条啊……”

这一来，反而是玉无心错愕当场，内心困惑。她原本想解散神宗，给门徒自由，想不到自己眼中的生路，却变成对方的死路。她一时思量不清，为什么善人堕落，竟是向死而生？为什么分明是弃恶从善，反又难觅生机？

终是五鬼上前劝道："善恶一念，事在人为。既然他们想留下，你又何必拘泥？"

玉无心似有所感，又担心道："我不可能让烈影神宗再继续危害武林了。"

五鬼却爽朗一笑，谓她道："谁说要继续下去，不能有个新的开始吗？"

玉无心不解道："新的开始？"

五鬼进而说道："如今大家已经不需要采血，也不用吸收新的元神，我想就算留着他们也不会再做什么出格的事情了。我在想，你不是常劝宗主回归正途吗？现在宗主不在了，若是你能带领神宗走向正途，将来在武林正派中立足，岂不也算是洗心革面，好事一桩。"

"走向正途……真的可以吗？"玉无心一时间拿不定主意。

五鬼又笑道："怎么不可以，虽然我做惯了恶人，可是只要小姐一挥手，我一定会鞍前马后，尽心辅佐。"

玉无心本想将阴风谷解散，如今却成为了被追随的目标，一时间又惊讶又紧张。

魔宗门徒彼此示意，突然都跪倒在地，对玉无心叩拜，同声道："我等也愿意追随大小姐！鞍前马后，尽心辅佐！"

见这情景，五鬼咧嘴笑道："呐，现在可是众望所归，玉儿你也不要再推托了。"

玉无心见情势所至，也觉得此法可行，于是点点头，走到众人面前发号施令："若大家都愿意留在这阴风谷，那么从此以后，这里不再是阴森恐怖的死亡之城，而是你们众人第二个家。大家要彼此扶持，相互照顾，放下曾经的邪念，丢掉杀人嗜血的恶习，回归正途，一心向善，以求偿还曾经的罪孽。我想，总有一天，这寸草不生的阴风谷，也会欣欣向荣。"

听完玉无心的话，众门徒满心欢喜，纷纷叩谢道："感谢大小姐恩德，我等定当谨遵教诲，弃恶从善。"

阴风谷内，从来没有如此热闹和有朝气过。玉无心望着众人的笑脸，也不由自主地露出微笑，心中道：爹，您一生仇恨，有多久没有体会过家的滋味，如今女儿将阴风谷引回正途，希望您和娘在天上看着，能够安心……

绿袍的死，对于阴风谷而言，也可以是一场重生。只可惜这浴火涅槃一般的生机，并没有持续太久……

紫英见丁隐满脸悲愤，手中递上的竟是一个香囊。她起先不解，刹那便认出了这个香囊——这分明是数月前，丹辰子取获龙潭古剑时自己赠给他的信物。香囊本是一对，另一个紫英随身佩戴，香囊背面各绣着图纹，两个相拼，可以拼出一个“永结同心”的“结”字。

紫英正想询问丁隐，这香囊的由来，却见丁隐痛苦地道：“掌门离世后，我检查过他的遗体，他手里紧紧攥着这个香囊。”

丁隐不顾众人震惊，自顾说道：“我猜测，若是有人下毒手，怕是掌门从那人身上扯下来的……”

紫英呆呆地望着手中香囊，浑身发抖。

丹辰子已是爆喝起来：“丁隐！你邪魔附身！竟要栽赃于我！”

青云则是面色惨白，震惊得说不出话来。她自然相信丹辰子绝非是杀害诸葛驭我的凶手，令她觉得阴风阵阵的，是丁隐的用心之险，手段之毒……

但在此刻，刚经历失贞、胎死、丧父等人伦惨剧，且姻缘岌岌可危的紫英却不可能维持这份冷静。

她手握着香囊，先是惨笑一声，随后竟如失心疯一般咆哮着扑向了丹辰子，口中叫喊着：“畜生！你竟杀我父亲！你骗得我好苦！”

此时紫郢剑已为晓如真人带入闭关修复，紫英拿着一柄普通长剑，用尽了全身气力向丹辰子狠狠劈去，幸而青云反应快绝，抢上前来将紫英手中长剑一把夺走，死死将她抱住。

谁知紫英此时已似癫狂，她尖叫着，挥舞着手脚猛地挣脱出来，如凶兽般向手足无措的丹辰子扑了上去。

丹辰子仓皇抵挡，不住解释，然而毫无作用，转眼间，他脸上已被披头散发、状如疯虎的紫英抓出几道血痕。

青云一次次试图抱住失去理智的紫英，紫英便连她一起抓、咬，一次次挣脱出来，不顾一切地扑向丹辰子。

这时丁隐大手一挥，向他身后的一众点苍峰弟子喊道：“丹辰子谋杀诸葛掌门，证据确凿，为蜀山剑派所不容，咱们今日便清理门户，扫除败类，人人得而诛之！”

青云极度震惊地望着丁隐，她不住摇着头，颤抖地问道：“丁大哥，你到底是谁？你还是丁隐吗？”

丁隐眼中红光一闪，继而狞笑道：“青云啊，你记不记得我刚上蜀山之时，丹辰子处处找我麻烦，说我和魔宗伙同，是内奸。我现在也要让他尝尝被诬陷的滋味。”

说话间，那十数名血炼弟子已纷纷出剑，攻向丹辰子，剑锋所过，泛着道道诡异的红光，攻出的剑招也是丹辰子前所未见。

丹辰子见情势凶险，便暂且避开紫英，挥出神木剑与那群血炼弟子缠斗起来。

青云想要上前帮忙，却被丁隐制住穴道。丁隐顺势搂住青云脖子，露出了一个极为扭曲，却又好似满足的表情对她道：“青云你记住，每一个在我心上捅过刀子的人，我日后都会叫他们一点一点还回来！”

“丁隐，你疯了。”青云无法相信眼前所见，话音中透出深深的绝望。

“对，我是疯了，让整个蜀山和我一起下地狱吧！”丁隐仍是抿着嘴，张狂地狞笑着。

丹辰子倚占神木剑威神，以一敌众竟也丝毫不落下风，他只感觉十多名对战血炼弟子怪异莫名，凶悍异常，几人为神木剑所伤，竟丝毫不觉疼痛。特别是那林阿盛居然迎着神木剑的剑锋，不惜自断手臂，也要上来刺一剑。

丹辰子心中大骇，却是方寸不乱，他一边将神木剑舞得密不透风，一边小心提防着已入魔的丁隐突施暗算。他始终没有想到，丁隐会向紫英下手。

丁隐情知丹辰子挟神木剑之威与一帮血炼弟子对阵，实是有胜无败的境地，他便悄然提起血饮刀，向一旁疯痴号哭的紫英铆足全力刺了上去——

在青云和紫英的惊叫声中，丹辰子拼尽全力飞身赶来，硬是将自己的胸膛作为肉盾，为紫英挡下了这一刀。

刹那间，先是丹辰子一道白影如天神降下，再是血饮刀赤焰一闪穿膛贯入，同时随着青云一声撕心裂肺的惊叫，只见丹辰子背后，血饮刀刃已穿出身体透出尺半。霎时，血饮刀的殷红与鲜血的殷红融作了一体，丁隐眼中又是红光一闪。

大片鲜血从丹辰子的前胸、后背以及口中喷涌而出，他依然勉力支撑着，如同擎天柱般屹立在紫英与丁隐之间，右手的神木剑，光芒开始变得暗淡。

他咬紧牙，奋力横起剑身，想要阻挡丁隐上前。

“你究竟是谁？你还是丁隐吗？”丹辰子惨然一笑，神情复杂地看着丁隐，汩汩鲜血顺着张开的口唇流淌下来，洗过血饮刀身，如降雨般落在青石上。

丁隐却不与他搭话，当即从丹辰子身上猛地拔出血饮刀来。刀刃穿膛本是摧裂脏腑之痛，此番退膛更是惨绝，随着红光一闪，丹辰子一声惨叫应声倒下，喷涌而出的鲜血比此前又多出一倍不止……

“不！”青云看得心肝尽碎，泪如雨下，而她穴道被制，唯有目睹这惨剧一幕幕演下去，直至万劫不复。

丁隐不仅想要丹辰子的命，他还要杀死紫英。只是他没有想到，已在血泊中倒地濒死的丹辰子，不知从哪里获得力量，竟一次次死死抱住他的小腿，不让他接近紫英。无论丁隐拳打、脚踹、刀柄砸、刀刃劈，甚至运起赤魂石之力，也无法甩开丹辰子的双手。

丁隐索性又挥舞着血饮刀在丹辰子身上补了一刀，刀落时，鲜血飞溅到紫英的脸上、身上。过度惊骇之下，紫英依然怔在那里，眼神空洞，心神尽失。

直至抵死缠住丁隐的丹辰子终于没了动静，紫英才恍然觉悟，想要逃生，然而丁隐哪里容她走脱，手中高高举起血饮刀，眼看就要劈落下来。

生死之际，青云冲破了穴道，不顾一切地拦在紫英身前，泪流满面央求道：“丁大哥，就当青云求求你，不要再伤害师姐了！你要是一定要杀人，就杀了我吧。”

接着，青云竟将青索剑抛在了一旁，“扑通”一声跪在丁隐面前，抽噎道：“反正我这条命本来就是丁大哥救的，现在你拿走，也算是两不相欠。”

丁隐迟疑了，他看向准备赴死的青云，血饮刀轻微地颤抖了一下，终是放了下来。他看了看血泊中奄奄一息的丹辰子和失魂落魄的紫英，发出一声狞笑：“老掌门一死，新掌门也跟着死。接下来，我该请你登场了。”他不再理会丹辰子、紫英、青云三人，一个转身，向伏魔谷狂笑而去。

青云失神地跌坐在地，泪如雨下。垂死的丹辰子用尽全力伸出手去，已经失去神采的神木剑飞回了他的手中，在他发出的真气中缓缓消散化为光晕，围绕在紫英身旁。光晕带着丹辰子最后的真气，汇入了紫英的体内。

此时丹辰子的声音已细如蚊鸣，他望定紫英，苦苦支撑着说道：“神木剑……本就是为爱所造，我……我走了之后，它会替我守护在你身旁的……”

紫英终于恢复了清醒的神志，紧握住丹辰子的手腕，将他满是鲜血的手贴在自己面庞上，悲恸地哭喊着：“我不要这些，我只要你！只要你活下来！”

然而丹辰子的目光已渐渐涣散，弥留之际，他在紫英怀中微微笑道：“紫英，从小时候在蜀山遇见你的那一刻起，我就知道，这辈子心里再容不下其他人了。只是看不到你穿着嫁衣，成为我的妻子……我好遗憾……”他的声音越来越低，最后闭上了眼睛，停止了呼吸。

一代英侠，蜀山掌门丹辰子至此撒手人寰。

紫英和青云长跪在地，泪已倾盆，她们周遭的空气为之死寂，彻骨的阴冷与绝望弥漫在蜀山的每个角落。

“阴谋弑师”的丹辰子为“群情激奋”的点苍峰弟子诛杀之后，“功成出关”的公孙无我顺理成章成为了蜀山的新任掌门，将“振兴蜀山、帮扶苍生”的大任荷担在肩。

所谓“欲将取之，必先与之”，此前丁隐毁去公孙无我周身经脉、毕生功行，随后又传他血影神功，助他经络再造、起死回生。

如今的公孙无我与当年断臂重生的上官警我一样，在血影神功的加持下，功力只增不减，心性亦更趋魔化。

这几日间，紫英终日在父亲与丹辰子墓前以泪洗面，对蜀山的剧变置若罔闻。青云、张琪以及部分中正清明的蜀山弟子虽奋力抗议，却无奈晓如闭关炼剑，终究无法撼动丁隐、公孙无我的倒行逆施。

加上何清为首的血炼弟子又在各峰极尽颠倒黑白、蒙昧人心之能事，不仅坐实了丹辰子忤逆弑师的罪行，绝大部分的蜀山弟子对公孙无我这位新掌门，更是心悦诚服。

公孙无我却很清明，谓丁隐道：“丁师侄此番鼎力相助，非但于我恩同再造，更是救蜀山于水火，济苍生于危难的义举。他日丁师侄有意掌门之位，我是一定要退位让贤的。”

丁隐却一笑道：“我早说过，我本来就是个山野村夫，不喜权力，至于谁爱

坐这位子，就让谁去坐好了，我向来是不在意的，况且这位子已经接连死了两任掌门，你还让我做第三个？”

公孙无我脸上闪过一丝尴尬，又道：“那是他俩自己没有本事，自取灭亡。”

丁隐走到公孙无我耳边低语：“你心里清楚得很，我可以把你推上去，也可以把你拉下来。所以我要你保证，从今之后不管我发出什么命令，做出什么举动，你都得无条件地配合我。”

公孙无我毫不犹豫，慷慨笑道：“那是自当全力以赴，听凭师侄安排调遣！”

丁隐满意地道：“好得很。请掌门再出百名弟子修行血影神功，七日之后，我要带他们扫平阴风谷！”

这七日间，公孙无我为丁隐找足百名蜀山弟子，开始修炼血影神功，整个蜀山遂变得阴风阵阵，魔气冲天。

其间，蜀山还收到阴风谷信帖，说是绿袍身殁，前仇尽释，阴风谷昭告天下武林，即日改邪归正，奉行侠义云云。

公孙无我阅毕信帖，都懒得转呈丁隐，因为他知道，丁隐攻打阴风谷的战书先两日便已送出了。

何清还在一旁担心，说阴风谷如果改邪归正，岂非师出无名？公孙无我却告诉他，丁隐此去攻伐，只关他的血海深仇，什么是非、正邪、立场，全都是空谈虚设。

何清又问：“那徒儿该何去何从？是该随丁隐去攻伐扫荡，还是将功劳送给别人？”

公孙无我冷冷一笑，谓何清道：“你若随他去了，就是死期不远。”

何清大为震惊，不解其意。

公孙无我又沉吟道：“我们只需将计就计，静待丁隐自寻死路……他丁隐如今堕入魔道不假，阴狠凶煞也是不假，但他心中复仇执念太强。这些仇恨化为焚天焰火，盖过了冷静的思考与判断，这样的人不死，什么人去死？”他顿了顿，嘴角一扬，“再说了，他用心虽险恶歹毒，却终究嫩了一些。”

丁隐终究是嫩了一些，他若不下战书，而是向阴风谷发动突袭的话，玉无心和五鬼天王多半不会有准备的时间。

当他带着张琪、青云与百多名血炼弟子如期到达阴风谷的时候，竟发现眼前只有一处冰冷冷、空荡荡的洞窟。往日群魔聚啸的大殿之内，此刻不仅没有半个人影，连墙上的火把都已燃尽多时，化作死灰。

丁隐愤怒地咆哮着，一边乱砸乱劈，一边破口大骂，从绿袍开始，连同屠媚、九毒、五鬼、玉无心，个个被他骂得不堪入耳。

已死的，他恨不得挫骨扬灰、掘墓鞭尸；未亡的，他更是咬牙切齿、双目殷红，恨不能食之肉、饮之血、寝之皮。看得青云、张琪一阵战栗，深感丁隐心中怨念之重。

却见眼前大殿无端化为一团黑雾，五鬼天王手持铁扇现身在不远处一块岩石之上，口中先是邪笑，继而对丁隐挑衅道："丁隐，你骂我便也罢了，玉儿为你披肝沥胆、受尽煎熬，你有什么资格来说她！"

众人这才惊觉，原来此前冷寂萧条的阴风谷大殿乃是五鬼的幻术阵法，眼下竟置身在阴风谷外一片荒芜的空地之上。

丁隐血气上冲，狂刀一扬，便叫喊着向五鬼扑去。他身披一袭红袍，眉心殷红，双瞳之中血丝遍布，似与赤魂石、血饮刀的冲天戾气融为一体，他整个人如同血魔一般，看来张狂暴戾，阴鸷狰狞。

然而五鬼并不惧怕，将手中铁扇一展，丁隐脚下随即现出一个空缺。丁隐疾奔之中避闪不及，竟直直跌了下去。随即那空缺又倏然闭合，恢复了此前的地貌。也不知五鬼使的是幻术，还是在此地设置了什么精巧机括。

青云却是不忧反喜。

五鬼见丁隐坠入陷阱，当即啐了一口，转头又谓蜀山众人道："我阴风谷已昭告天下弃恶从善，不愿再与任何门派为敌。你们的头儿丁隐现已被我擒下，我劝各位还是就此罢休，早些回去的好。"

岂料那百名血炼弟子非但对丁隐被擒视若无睹，对五鬼的劝告也是置若罔闻，他们亮出各自兵刃，个个眼带血光，面露杀气，竟如没有思想的人偶般步步向五鬼逼近。

五鬼见状大惊，大声警告道："此地我已设下烈炎之阵，西、南、北各出

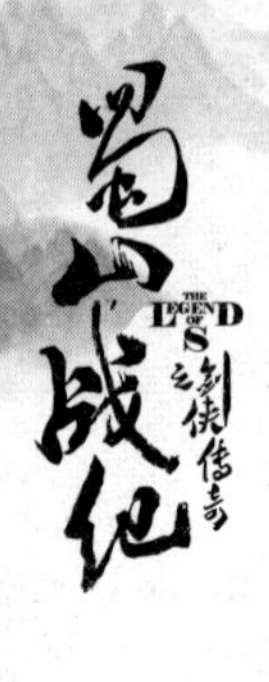

三十步外，有一道冥火结界，触之即焚，遇水则淹。你们要么原地停步，要么掉头回蜀山，否则必受其戮！”

可那些血炼弟子好似听不见五鬼的叫喊，竟如一群过境的蚂蚁般，兀自埋头向前。

顷刻间，为首的三名点苍峰弟子已然触动结界，这些人身前凭空冒出一簇青色火焰，他们手臂、衣服、须发瞬间灼烧起来，刺鼻焦味随之弥漫。

诡异的是，这些被焚之人，非但不吭一声，面上竟没有一丝痛苦表情。他们不退不避，继续冒着焚身冥火向前而行。

然而结界十分稳固严实，血肉之躯注定无法穿越，他们便如被丝线束缚一般，边在原地继续维持着步行姿势，边被钉死在结界上身受烈焰灼烧，直至先前的三人被烧成重伤，却仍是无人吭声，无人退避。那些后续者，又陆续扑身上来，无论青云和张琪如何拉拽，也都无济于事……

五鬼见状大骇，他本是摄人心神的高手，心知眼前这群蜀山弟子必是中了邪术或是身受蛊惑。

此时青云也向他喊道：“你快撤了结界！这些蜀山弟子已被丁隐炼成血偶，他们心无灵性、身无痛觉，只知杀人作战！火烧蚂蚁，蚂蚁还知道跑的，可他们就只有送死的份儿！”

五鬼却无奈地摇摇头，惨然道：“小姐不愿与蜀山厮杀，这冥火结界虽是骇人，但你不碰它，便可相安无事。小姐本想止息干戈，因此网开一面，盼你们掉头回去……谁知丁隐这般歹毒，竟让此地变成了修罗道场……”

他叹了口气，向青云说道：“冥火结界乃是阴风谷的救命防御，一旦催动，便无法停止了。”

青云一听，又问道：“这些血偶，本是好端端的蜀山弟子，是被丁隐迷障心智，这才堕落至此，变作行尸走肉。他们若神志正常，又怎会有这等自杀举动？”

青云又向五鬼简述了丁隐入魔后的作为，继而肯求道：“敢问先生，眼下这些蜀山弟子，还有什么办法可救？”

五鬼听得一阵毛骨悚然，沉吟道：“那唯有让丁隐解除咒术，又或者杀了丁隐。除此之外，再无善法。”

青云又问道："先生此前擒获丁隐，敢问如今丁隐可是在玉姐姐处？"

五鬼点了点头，似乎不愿多言。

青云却凛然说道："恳请先生也将我送入刚才那地洞，让我与玉姐姐一起想办法，看看能否唤回丁隐良知。"

五鬼眉头紧锁，思忖道："倘若唤不回呢？"

"那我们……只有杀死他。"青云抬头望望远处血偶身上熊熊灼烧的冥火，向五鬼肃然地道。

却说丁隐落入地洞数丈之深，终于双脚及地。他抬起头，发现身处一间灯火昏暗的密室，密室深处，是面色苍白、形容憔悴的玉无心孑然而立。

丁隐冷笑一声，先发制人道："你这妖女害我不浅，别来跟我讲什么旧情冤孽、相爱相杀。我对你，只有切齿之恨。"

玉无心却平静地道："先前青云飞鸽传书给我，略说你入魔的境况。我很愧疚，很心痛，也很意外。不过……"玉无心说着笑了起来，"不过看到你现在的样子，我也不再觉得意外了。"

丁隐如今的眼神、衣着、发饰、扮相俨然化身血魔，与玉无心记忆中那位爽朗少年大不相同。

玉无心叹息道："青云说你虽然丧心病狂，却几次念及旧情没有对她下杀手。我便猜测，你心中还存着一丝良知……"

丁隐极不耐烦地打断道："我此刻恨不得砍下你的头来。"他手中血饮刀已然拔出，虎吼一声便向玉无心飞扑上来。玉无心不敢怠慢，当即舞起长鞭，与丁隐缠斗起来。

玉无心情知丁隐入魔，心中唯有怜惜悲恸，实无伤害丁隐之意，因此打得格外拘谨小心。丁隐却将血饮刀舞得杀气冲天、招招夺命，加上赤魂石加持之力，不出百招便大占上风。

眼见玉无心将要支撑不住，忽然身后青光一闪，竟是青云及时赶到。

二女心有灵犀，当下也不多言，迅速对丁隐展开围攻。丁隐却恨得怒火攻心，对青云大骂道："我几次饶你性命，你竟恩将仇报，与这妖女联手来杀我？"

青云惨然应道："丁隐你快醒醒，是你执念仇恨，心魔入侵，我们不是杀

你，是要救你！我求求你，快醒来吧！”她一面陈情，一面以青索剑连连硬接血饮刀的杀招，虎口已被震裂开来。

另一边，玉无心挥动长鞭对准丁隐后背急攻，让丁隐不得不分神回防。

青云这边压迫一减，便又道：“丁大哥，我求你了！外面的蜀山弟子正被冥火灼烧，我来时已死了好多人，你不撤了血咒，外面就要出现大屠杀了！”

玉无心同时喊道：“丁隐！丹辰子尸骨未寒，你不要再造杀孽！”

丁隐尤其痛恨玉无心，当即照她头顶狠狠劈去，口中咆哮道：“你们心疼他们，谁又心疼过我！从小到大，你骗了我一次又一次，反反复复，无休无止！你若有些良知，又怎能做出这令人发指的事！”说到此处，丁隐周身已被红光笼罩，狂态毕露。

玉无心勉强挡住血饮刀一击，丁隐又踢出一脚重重踹在她小腹上，将她蹬飞出去，狠狠撞在石壁上。玉无心狼狈坠地，一阵剧痛之下，喉头一甜，呕出一口鲜血。

丁隐杀得眼红，当即扑身上来，只听他一声怪叫，一刀插入玉无心的肩头，刀尖竟直没石壁。

玉无心的血溅落丁隐脸庞，丁隐眼中隐隐闪过一丝惊讶，他下意识地想拔刀，玉无心却双手紧紧抓住了刀身，不让丁隐拔出刀来。

刀锋划破玉无心的手指，她却丝毫无惧，反而痴痴望着丁隐，用微弱而坚定的声音说道：“丁隐……你可以杀我，但你必须停手了。”

丁隐忽然浑身一震，缓缓转身，他的全部心思都集中在玉无心身上，并没有觉察青云已经到了他身后。当他反应过来，青索剑已从背后贯穿了他的胸膛。这一剑，令他想起刺杀丹辰子的穿膛一刀，所不同的是，青云是从背后出手。

丁隐转过身去，只见青云泪流满面，青索剑在她手中轻轻颤抖。他死死盯着青云的脸庞，眼神既是怨恨，又见惶惑：“你……你想杀我？”

“丁大哥，对不起……”青云痛苦地闭上双眼，将剑刺得更深。

青色华光在丁隐胸口亮起，赤魂石在青索剑威力之下陡然炸裂，红色光芒从丁隐的身体里散射出来。

丁隐似浑身过电一般，大吼一声，一掌拍在青云胸口，青云往后跌落，青索剑也从丁隐胸口震出。随着青索剑离体，丁隐胸口红光一泄，散落而出的赤魂石元神失控地飞向天际。同时笼罩丁隐周身的妖异红光瞬间消弭不见，他面上的戾气也随之散去。

青云支撑着爬了起来，还要刺向丁隐。玉无心却已长鞭挥出，牢牢捆住了丁隐，她挡在青云面前，口中喊道："青云，够了！"

青云咬着牙，硬是摇了摇头："赤魂石只毁去一半，并没有完全失效！只要他还活着，他就不会放过阴风谷和蜀山！"

"青云，就算我求求你，给我和他一次机会！"玉无心神情坚定，没有一丝让开的意思。

青云看向玉无心和丁隐，犹豫了一下，还是放下了青索剑，面色沉重道："此刻外围结界中，还有百名蜀山弟子正在前赴后继、焚身以火。除非丁隐自行解咒，或是将他杀死，否则时间每过一刻，便多一人惨死。我虽深爱丁隐，但此刻若不杀他，不知还要搭进多少无辜人命……"

玉无心凄凉一笑："我求你，再给我一点时间唤醒他，若真的无药可救，我绝不手软。"

青云哀伤地点了点头，便飞奔着赶回密室外的战场。

玉无心看着仍在挣扎，表情狰狞的丁隐，由袖中取出晶石，痴痴地道："丁隐，这是你我之间最后的机会了。虽然你已经认不出我了，但你一定能想起一些往事来……"

晶石投影于石壁上缓缓展开，就像此前记录了绿袍与素因的点点滴滴，此刻石壁上冰湖中两人嬉戏的情景跃然而出，紧接着是谪仙潭的牵牵绊绊，再是伏魔谷里的刹那昙花，还有那些山林间跳跃的猕猴、山涧中悠游的溪鱼、小木屋外袅袅的炊烟……

石壁上的丁隐正在青崇山下林记客栈对着玉无心许下誓言："谢谢你一直对我不离不弃。我丁隐得一知己如此，人生何求。苍天见证，我丁隐自当宠你爱你一世，携手白头……"

丁隐在一瞬间仿佛想起了什么，神情微微挣扎着，眼神中似乎有一丝动容。他胸口赤魂石再一次震动传来，红光迅速遍布全身，一阵剧痛袭来，丁隐撕心裂肺地惨叫起来。

玉无心不忍再看丁隐受苦，冲到他身旁搂住他。丁隐死死抓住玉无心肩头，

她身上的伤口撕裂，流血更甚，可是她仍咬紧牙关，紧紧搂着丁隐不愿松手。

丁隐眼中人性和魔性在交战，他拼尽全力，憋出一句话："放……开……"

玉无心哭喊道："我不放！丁隐，在遇到你之前，我也一样怨恨这个世界，是你教会了我微笑，教会了我相信别人。多亏了你，我才找到了朋友和同伴，学会了为人流泪，学会了真正的坚强和温柔，用心去感受这个世界。我的心，是你打开的。"

玉无心抬头看向丁隐，带着泪水微微笑道："你说过，你已经没有心了，那么我愿意把心还给你……"她闭上双眼，轻轻吻上了丁隐的唇。

丁隐浑身一震，眼中红光再次缓缓消退，顺着他的经脉倒流入胸口，丁隐体内红光大作的半颗赤魂石深处，一点蓝光隐隐亮起，时亮时灭。

玉无心在他耳边念着："我爹说过，不管你入魔多深，你体内最深处的那个元神受你影响，已经魔性尽除，化为至善。只要一丝善念尚存，你就一定还有摆脱魔性的希望……"

丁隐的身体猛烈地抽搐着，面孔上的血魔姿态时隐时现。那颗善念元神的蓝光与红光努力相抗，越来越稳定，光芒越来越大，逐渐向着其他元神弥漫而去。

随着赤魂石的魔性一点点消散，丁隐身体的抽搐也一点点停止下来。

玉无心含着泪，似在鼓舞，又似祈祷："丁隐，我知道你一定可以做到的，你一定能够找回过去那个自己。"

终于，那半颗赤魂石通体化为蓝色，猛然大亮，接着缓缓暗淡下来。

玉无心抬起头，充满希望地看向丁隐，却发现随着赤魂石光芒的消失，丁隐面如死灰，昏死过去。

与此同时，青云和张琪一声高喊，只见那冥火结界刹那间消散无形，幸存的六十余名蜀山弟子眼中的红光也同时退去，众人皆是一脸惊诧，相互张望，全然不知为何身在此处，待发现遍地的焦炭尸骸，这才猛然紧张起来，将目光转向张琪、青云和五鬼三人。

五鬼见状也是长舒了一口气，庆幸道："死伤惨重，惨绝人寰，万幸被玉儿救回一半。"

张琪见势，有些迷茫地问道："青云，现在应该怎么办？"

青云看向死伤过半、群龙无首的蜀山弟子，深吸了一口气，大步向前道：

“蜀山的师兄弟们，一切都已经结束了！”

青云御起剑来，飞至人群高处，肃然道：“这场没有意义的战斗，应该到一个尽头了。大家只是被血魔丁隐迷惑了心智，才会举起了手中的剑，现在是时候放下剑了。蜀山已经流了太多的血，我们已经失去了太多的同门，不应该再有无谓的牺牲了。”

众弟子为青云的话语折服，手中的长剑纷纷落地。张琪远远看着青云，只觉得昔日那个天真烂漫的小女孩儿，此刻竟由内而外散发出一股成熟坚毅的干练气质，比之晓如真人似也不遑多让。就连五鬼也为之侧目。

不久，玉无心抱着昏迷的丁隐走了出来。众人分说前情，收拾残局，各自心有余悸，唏嘘不已。

此役蜀山弟子折损四十三人，重伤一十九人。青云与张琪收整好死者遗骨，便向玉无心辞行道：“丁大哥有玉姐姐照顾，想来不必担心。如今蜀山落入奸人之手，那里才更需要我们。”她便与张琪携着幸存的蜀山弟子原路返回。

等待他们的，是新一场的残酷战役。

玉无心嘱咐五鬼两件事：一是善待神宗门徒，不可再造恶业；二是派人探查飞散的半颗赤魂石元神下落，如有所获，飞鸽传书。

五鬼肃然领命，玉无心便牵来马匹，抱着昏迷不醒的丁隐匆匆上路，奔向天涯。

这一行，玉无心先是去了苗疆山寨，寻访苗寨蛊仙芭珠，请她以毒虫灵蛊为丁隐吸除血液中的毒质；继而渡过乌苏里江，求萨满教的巫师以咒术唤醒丁隐；随后又去到江南，辗转闽地，拜访了十多位神医；直至最后去到阿尔祁连山麓，拜会白马尊祖仁波切，祈以无上神通为丁隐重塑心脉……

然而一切努力均告失败，丁隐仍旧是半死不活，不省人事，但玉无心依旧不肯放弃。

这日她来到西疆边地，在驿站中听闻几位骆驼商贩提起“百草神医”的名号，说是有“医活死人”之能。

她当下探问这位百草神医行迹，获悉在数十里外的大漠中时常得遇，她便如获至宝般抱起丁隐向大漠疾奔而去。

大漠之地，苍茫荒芜，风吹日晒，盗贼横行。玉无心牵了一匹白驼，戴着斗笠面纱，将昏迷的丁隐放在驼背上，一路向西行了一个昼夜。

次日晌午，玉无心行到一处绿洲，正停下来补充水囊，忽觉得身后有些异响，她猜是寻常马匪盗贼，便也不甚紧张，将丁隐放置在湿软的沙地上，缓缓转过头来——只见来的却不是什么马匪，而是两个眼泛红光、狰狞可怖的怪人。

那两人一个秃头赤膊、满脸横肉，另一个则是披头散发、袒胸露乳，他们不仅相貌相似，又同样是一副双瞳充血、表情扭曲的狰狞模样，看来只有三分像人，倒有七分像是凶兽。玉无心发现，两人周身竟裹着一层淡淡红光。

正诧异间，那秃子怪叫一声便张牙舞爪向玉无心扑来。玉无心不敢怠慢，当即挥鞭迎击。几招下来，玉无心发现秃子全无半点武功路数，只凭一股霸道蛮力扑杀，玉无心巧妙避开，长鞭一甩，便将秃子手脚捆住。

岂料秃子怪叫一声，挥动双臂，竟将鞭子连同玉无心一并甩了出去。玉无心重重摔倒在地，同时发现那名长发赤膊的怪人正张开血口向昏迷的丁隐扑了上去。玉无心暗叫“不妙”，却已来不及分身保护丁隐。

正在此时，一只背上长着翅膀的雪白怪兽从天而降，直扑向那长发怪人，生生将他掀开，紧接着又对秃子长哮一声。两个怪人顿时畏怕，没等怪兽再攻击，便迅速向大漠深处逃离而去。

玉无心被眼前所见惊呆，看那怪兽，却觉得莫名眼熟，猜疑道：“你……你是紫英的小宝吗？”

那怪兽还想去追两个怪人，并未理会玉无心。这时远处又传来一声口哨，它踌躇了一下，停下了脚步，循声望去。

顷刻之后，玉无心耳边响起一阵马蹄声，一队马贼气势汹汹地来到，扬尘中隐约见到带头的那个一脸络腮胡子，一身塞外边境打扮。他翻身下马，望着两名怪人的背影狠狠跺脚，忿忿道：“可恶！又让他们跑了，多派些人马，继续搜索！”

众马贼应道：“是！大当家的。”

玉无心有些犹疑地起身，看着马贼头领的背影，一种似曾相识的感觉涌上心头。那位马贼头领倒也和善，他回过头来，对着玉无心一笑：“姑娘，你没事吧？”

玉无心正想开口，一阵风吹过，她的斗笠面纱全部被吹开，面容清晰地显露出来。

那马贼头领为之一愣，竟然眼眶一热："玉……玉姑娘！怎么竟然是你——"

玉无心一时没有认出，却见马贼头领一把扯下脸上的胡子，恢复了本来面貌。玉无心脸上露出一个不可思议的表情，惊叫道："张馅饼！"

原来青崇山上，张馅饼先被紫英一剑刺伤，再又失足跌入山崖，那时他心中负罪极深，无颜再见蜀山众人，便想索性一死了之。

谁知后来又与狼群狭路相逢，恶狼的连番扑咬，反而激起他本能的求生意志，一番搏斗下来，狼群被驱，他的伤势虽是加剧，想死的念头却也暂放下来。

他支撑着走到青崇山下，终于在一条小溪旁昏死过去。也恰好他命不该绝，那一日，林天逸正率领一群马贼经过此地……

于是乎，蜀山百草峰弟子张馅饼从此绝迹人间，取而代之的，是这群马贼众望所归的新任大当家。

这群马贼虽是草莽中人，却也有情有义，便跟着小张四处干些劫富济贫的营生，小张有时技痒，便会以"百草神医"之名为沿途的人家治疗疑难杂症，想不到竟让玉无心慕名而来。

玉无心也向小张述说了旬月间阴风谷与蜀山的巨大变故，直听得小张心有余悸、唏嘘不已。

他当下再不多言，埋头钻入药房之中，穷尽毕生所学，誓要找出净化魔性、唤醒丁隐的善法，并嘱咐众人谁也不得进来打扰。

小张这一闭关，就是七日。七日之后，小张终于出关，却带来一好一坏两个消息。好消息是，丁隐体内的严重内伤与凶顽毒质悉数除去，人也已经苏醒过来；坏消息就是，丁隐虽已苏醒，却是心病难医，此刻便如同魂魄尽失、空余躯壳之人，非但不言不语，对外物也全无反应。

玉无心不愿相信，紧紧抓着丁隐的手，一遍遍呼喊他。而丁隐仍是充耳不闻、状若游魂，好像一尊没有元神的雕像。

小张断定丁隐的骨肉、气血、经络、魂魄皆已康复，只因他短短半生历尽人伦惨变、生死无常，心如死灰，此刻不愿重返人间，面对世界，是以迟迟不愿苏醒。

所谓哀莫大于心死，丁隐眼下的情形概莫如是。

小张说这番话时，只觉得自己与紫英，紫英与丹辰子之间的宿世冤孽又何尝不是如此。此前他已由玉无心口中听说紫英与丹辰子的惨剧，此刻他竟有些羡慕起丁隐来，心想若换成自己某天变作如此模样，想必也不愿苏醒。

话虽如此，小张、林天逸等人仍是想出许多方法以期唤醒丁隐，马贼们甚至搭起戏台，让性格活泼的扑天雕、钻云鼠、赵德天等人分别扮作丁隐、玉无心、青云、丹辰子等人模样，小张更是兴致勃勃，点名让一个叫叶良晨的年轻马贼饰演自己。

众人便将丁隐由卧云村一路走出，到阴风谷、谪仙潭、伏魔谷、再到陶然居、武当山的经历一一演绎出来。其中扑天雕等人演得颇为真切，力求还原旧景，好让台下神情痴呆的丁隐唤回记忆，产生反应。

而叶良晨在小张授意之下，果是表现得器宇轩昂、言语霸气，在台上竭尽所能，塑造出小张英明神武、气场劲爆的光辉形象，逗得台下看戏的玉无心与卉儿忍俊不禁。

玉无心一边看戏，一边观察丁隐。演至秀水镇擒杀马元龙一场时，扑天雕等人因是本色出演，发挥得淋漓尽致，当赵德天扮演的马元龙扛起一柄木料漆成的血饮刀跳上舞台时，玉无心分明看见台下的丁隐眸子一亮，眉心一聚。

玉无心正欣喜间，忽见戏台布景后方杀出两道赤影，嘶吼着飞速蹿过戏台，向台下看戏的众人狠狠扑来。

林天逸一声疾呼："是罗九！大家保护大当家！"

原来此时杀出的正是先前袭击玉无心的怪人。

玉无心情知此人一身蛮力，不易对付，她立刻长鞭出手，站在武功平平的小张身边，将他保护严实。

林天逸则领了扑天雕、赵德天迅速与怪人缠斗起来，无奈怪人力量太猛，煞气又盛，林天逸等人眼见难以抵挡。

危机之中，却是叶良晨挺身而出，轩昂道："罗九！你好大的胆子，我们没去找你，你却找上门来……"叶良晨最后一个"了"字还未说出，就被长发的罗九一脚蹬飞开去，重重摔在地上，白眼一翻，竟当场吐血暴毙。

这罗九原是马贼帮派中的伙夫，与叶良晨本也熟识。

不久前，阴风谷一役中丁隐体内赤魂石半数飞散，其中有一颗竟鬼使神差附在他身上，是以才突变成凶神恶煞、半人半兽的疯魔状态，且不时袭击生人，成为大漠一害。

小张命林天逸等人屡次捉捕，无奈罗九蛮力凶猛，多次逃脱。大抵是大漠上食物稀少，所以此前他攻击玉无心，今又来小张营寨作祟。

却说罗九嗅到鲜血气味，顿时更加凶顽，竟向那叶良晨的尸身飞扑上去，正要开始撕咬，却见一条人影蓦地腾空而起，跃出人群，拍出一掌击在罗九背上，罗九惨叫一声，一粒血珠便由口中急吐出来，飘悬半空。

众人一声惊呼，原来掌击罗九，逼出赤魂石元神的，竟是刚才还痴呆失神的丁隐！

玉无心和小张飞快地扑了上去，抱住丁隐，一个含泪道："丁隐！你醒来啦！"另一个大喊道："丁大哥！你回来啦！"

丁隐却从容道："小张，快先将元神收起来。"

小张见丁隐认得自己，霎时激动不已，当即取下腰间的药葫芦，将那枚赤魂石元神收入其内，又兴奋地道："丁大哥，你真的醒来了吗？"

"嗯，承蒙老天垂怜。"

小张眼泛泪光，却道："丁大哥，垂怜你的不是老天爷，是她。"他见丁隐始终不与玉无心答话，忙将玉无心推上前来。

此时玉无心分明是双目含泪，却又笑得温暖明媚。在她内心，有千言万语对丁隐说与，一时之间，竟不知从何说起。她颤抖着伸出双手，轻轻地、缓缓地捧起丁隐的脸颊想要抚摸。

却见丁隐先是迟疑，继而犹豫，最后竟不由自主地后退半步，避开了玉无心伸出的双手。他面上的表情，已全无入魔时的状态，双眸之中也并无赤魂石作祟的腥红，他看来是那么清醒透彻，从头到尾的所有记忆，都已被他串联起来。

生死去来，蓬头傀儡。一时线断，落落磊磊。

这一刻，丁隐已然降服了心魔，战胜了宿命，看化了仇恨，超越了生死。如果说他的人生，是一场连着一场为人操控的傀儡戏目，那么他此刻已然挣断了一切命运的伏线，可以笑忘前愆，将业火化作红莲。

然而他无法原宥的，却是玉无心一场又一场的欺骗与伤害。

他可以忘记蜀山，忘记阴风谷，忘记卧云村，忘记赤魂石，但他终究无法忘记那张千万次午夜梦回时出现的俏丽面庞，无法忘记那双千万般生离死别处伸出的纤纤玉手……

玉无心眼睛里燃起的光芒陡然灰暗，她再也不敢向丁隐靠近。眼看着马贼们将丁隐围住，人人脸上写满欢欣快意，她眼中泪水落下，一转头，大步跨出山寨。

小张追上来尴尬地道："丁大哥刚刚苏醒，有些反常也在所难免，假以时日，他一定能完全恢复的。"

玉无心苦笑摇头，叹息道："我娘说过，心生魔，源于念。曾经我是他心中的美好念想，可是这念想不再美好了，由爱转恨了，而我是一步不差地全都参与了。"

小张不甘道："玉姑娘，你们俩千辛万苦才走到今天，你难道就要这样放弃吗？"

玉无心仍是痛苦地摇摇头："小张，如果他打我恨我，至少可以证明他心里仍有情在，可是……他……他怕我。"她心中压抑已久的情绪终于宣泄了出来，"丁隐心里，我永远只会和那些悲惨的过去联系在一起，见到我一次，他就会痛一次。我再强行陪在他身边，还有意义吗？"

说到此处，玉无心悲凉一笑，又缓缓道："丁隐这一生，犹如一只困兽，恩怨、责任、荣耀，对他来说皆如牢笼，从没有人问过他愿不愿意。如今我若以爱为名，执意把他困在我身边，那么又与其他人何异？缘深缘浅，路长路短，都不重要，我们曾经一起携手走过一段，对我来说已经足够。如今我看到他伤势痊愈，还有结义兄弟相伴，心中已无牵挂。我早该还他自由的……"

小张却是不由分说，张开双臂拦在玉无心面前，郑重道："三界无安，犹如火宅。情字一关，众生皆苦。丁大哥死去活来，如经炼狱轮回，重生涅槃。你再想想你我，难道我们又不是再来人吗？"小张顿了顿，又道，"我列下药阵为丁大哥涤洗解毒那七日中，他虽全无意识，却还时时握住那根玉簪。小玉嫂子，我们死都不怕，怎地要放弃生机？"

玉无心怔立在那里，早已泪眼婆娑。

大漠的夜晚清冷孤寂，朔风时有时无。这时天上一轮明月由低涌的乌云中悄悄露出了一角光晕。

小张和玉无心又花了七天时间，让丁隐一点一滴重新接受了玉无心。

此时丁隐的记忆完整，心智清明，原先他对玉无心的畏怕皆源自从小到大无数次的欺骗弄计，在玉无心和小张的反复解说下，他开始接受玉无心从身不由己到刻骨热恋的过程。

丁隐将这些讲述，一一与自己的记忆比对验证，终于觉知玉无心为他付出的乃是怎样一种融化天地、吞没星辰的情感。

当丁隐再一次张开拥抱，将玉无心紧紧搂在怀中的时候，他们都觉得这个拥抱等了太久太久。

丁隐甚至想再和玉无心去放一盏天灯，许一个愿望，然后找一处地方，盖一间平房，平淡却安稳地度过余生。

结发为夫妻，相爱两不疑。春风日日好，嬿婉及良时。从此以后，无论魔宗，还是蜀山，无论是非，还是功罪，无论赤魂石，还是六星子，都不复与他们相关……

丁隐忽而想起，早在卧云村时，他和玉无心便是夫妻身份，两人却始终未行过一场正式的婚礼。他便向小张提出想在此处营寨就地举办一场婚礼，要正式迎娶玉无心。

小张一听也煞是欢喜，便嘱咐林天逸、扑天雕等人一阵张罗打点。不出半日，这大漠中的马贼营寨便被装点得张灯结彩，喜气洋洋。

小张自告奋勇做了丁隐伴郎，再由林天逸的妻子卉儿担任伴娘，只可惜一时寻不出合适的证婚人来。不过大家江湖中人，倒也并不十分讲究，小张一人分饰两角，在伴郎与证婚人间不时切换，倒也十足有趣，逗得众人不时哄堂大笑，满场喝彩。

却说丁隐与玉无心正要拜过天地，满场都在屏息注目时，忽然营寨外面，竟又传来刀剑之声。林天逸不厌其烦冲了出去料理，却见是青云、紫英两人正与几个值守的马贼过招！宾客中有人已认出她们，正在大喊停手。

这时小张与一身新郎装扮的丁隐也跑了出来。青云一见两人，先是大惊，随

后掩不住激动地高喊起来。而她身边的紫英竟是眼前一黑，晕倒过去……

两女此番从天而降，不仅毁去了丁隐和玉无心的一场婚礼，更带来令人震惊的消息：蜀山已为公孙无我掌控，百草、晓如、张琪等人皆被软禁，其余蜀山弟子通通被公孙无我炼成血偶。

此番是晓如等人殊死一搏，才让青云、紫英带着青索、紫郢两柄神剑逃离蜀山，并设法向丁隐、玉无心、范夫人、佟元齐求救。

二人逃出之时，紫英为公孙无我击伤，青云无从知晓丁隐、玉无心行迹，本想带紫英先去陶然居治伤，半途却发现西疆魔地的封印忽然变得极不稳定。

紫英猜测西疆必有大战，猜测有机会遇见丁隐与玉无心，于是说服青云掉转方向，向西而来。

眼下众人所在的大漠之地，距离西疆封印不出五十里地，今番两女闯入马贼营寨，搅乱丁隐婚礼，倒纯属误打误撞。

丁隐与玉无心对视一眼，皆不发言。倒是小张关心紫英伤势，当场使出浑身解数为她治疗起来。

青云顾不上问丁隐是如何涤洗魔性，恢复心智，她一看见丁隐和玉无心的大红吉服，便已黯然神伤，垂下头去。倒是玉无心并不愠怒，反而拉起青云的手，向她述说了分别至今的遭际。

丁隐立在一旁，却已陷入了无尽的纠结：蜀山之祸全因自己而起，眼下如之奈何？魔地封印是否已破？南明离火剑又出了什么变数？即便千秋大义可堪燮理，那自己与玉无心、青云三人的错综情感，又当如何处置？

丁隐想到这些，真有些后悔自己为何要觉醒还阳。

第二五回

爱恨一念转头空，正邪之战泯恩仇

丁隐不为所动，反而告诉小张：“以后记得要胸怀天下，为了苍生福祉着想，惩恶扬善，做一个顶天立地的英雄。”

小张却怅然若失：“英雄？世上哪来的英雄？不过是为沾了血的手立个牌坊罢了。自古英雄注定饮一世孤独，个中冷暖自知，流芳百世到头来不如家长里短，相伴一世。大哥，你现在是做了英雄，可是你心中快乐吗？”

小张一阵施救，先用药剂，又推穴道，不多时紫英便缓缓睁开了眼睛。她一睁眼，恢复成灵貂模样的小宝便由小张衣襟内蹿了出来，三两下钻入紫英怀中，“叽叽”叫着。

小张迎着紫英的目光却是大为紧张，有些语无伦次地说道：“紫英……你……你醒了……好些了吗？我……我……”小张说了半天，也说不出所以然来，不禁急得抓耳挠腮。

紫英面容如水，好像心中早已不再有什么仇恨，经历父亲与丹辰子的死亡，那个曾经骄横跋扈的紫英，早已消失不见。她只是静静地看着小张，没有悲喜，也没有怨怼。

倒是小张整个人不住颤抖，说出了压抑已久的夙愿：“紫英，我一时冲动，把你害成那样，我不知道骂了自己几千遍几万遍。只要你心里能好受点，让我做牛做马我都愿意。我知道你心里还想着大师兄，但是你一个女孩子，再怎么样也需要有人呵护疼惜，况且我们……我们还有过一个孩子……我不介意你在心里留个位子给他，只希望你给我个机会，让我来照顾你，让我承诺你一个好的未来，好吗？”

紫英却是微微一笑，目光虚无地望着远方大漠的凄迷夜色，似乎想起了很多美好的事情，幽幽说道：“我与他相识十多年，直到他不在了我才发现，他早已是我生命的一部分。我在心里为他点了一盏灯，从此以后，青灯常伴，直至终老。小张，对不起，就当我欠你的。”紫英一字一句说着，好像充满了幸福，又似十分哀伤。

小张十分动容，长叹一声，随后释然一笑："我已经痴情惯了，只是厚颜无耻地把我心中的愿想一股脑全说出来，你千万不要觉得亏欠我什么，我不会勉强你的。如果做不了爱人，那就做家人吧。对我来说，你平安幸福，就足够了。"

紫英深深点头，两人相视一笑。

丁隐、玉无心、青云三人听着这番感人的对话，无不为之动容。

先是丁隐上前对着紫英一拱手，沉重地道："紫英，丹辰子之死我难辞其咎，我知道我再说什么也是无益，你若有心报仇，我也可心安理得。"

紫英脸色苍白，眼中闪起泪花，她微微点了点头："那时你为血魔附体，一切都是命数使然。师兄命丧你手，也是为蜀山鞠躬尽瘁。若他的死，能助你心中清明，脱离魔道，那他也不算白白牺牲了。"

丁隐双目一热，丹辰子生前的许多画面于脑海中跃然而出，又想起自己入魔之时屠戮他的惨绝之举，不禁痛不欲生，悲戚自责。

紫英又道："丁师弟，你若存心为丹辰子报仇，我只求你一件事……"

紫英还未说完，青云又含泪向丁隐道："丁大哥，你入魔时那般怨恨蜀山，恨不得将蜀山的每一个人都刀刀凌迟，推入地狱。我起初只觉你魔性发作，才这般阴鸷歹毒，做出那些忘恩负义、令人发指的事。后来我才想明白，你最终沦为血魔，究其根源，视其过程，蜀山实是有着不可推卸之责。别说你忘恩负义，便说蜀山负了你，我想也不为过……"青云不住抽噎着，随后她竟"扑通"一声跪在丁隐面前，大声道，"而今蜀山面临灭顶之灾，青云求你看在诸葛掌门、大师兄的面上，看在师父、百草师叔的面上，与我们一并杀回蜀山，与公孙无我决一死战！"

身边的紫英也含泪点了点头，青云说出的话，正是她心中所想。

丁隐一把扶起青云，心中仍在纠结。玉无心却一步上前携了他手，平静地道："丁隐，我知你心中所想，你恨不得从此隐匿江湖，挥别往日恩怨，远离正邪之争。但你须知树欲静而风不止。这公孙无我不除，天下就难以太平。若天下都不太平，又何来你我的安宁？"

丁隐静静听完玉无心的话，终于下定决心，昂首说道："好！始于蜀山，终于蜀山！蜀山之祸，始于我手，也该由我来平！就让我这一生不平静的命运有个了结吧！"

他望了望青云、紫英，又对小张道："我们即刻向蜀山去，问那公孙无我拿

命来！你也一起吧？”

小张也是豪迈一笑：“那是自然，否则谁来保护紫英！”

这时玉无心却摇头说道：“现在要去的地方不是蜀山，而是西疆魔地。”

众人大为诧异，却听玉无心说道：“我适才收到五鬼的飞鸽传书，他说公孙无我已携南明离火剑离开蜀山，如今他已穿越封印，去寻那屠霸商讨屠杀武林、平分天下之事。”

众人顿时大惊失色，青云惊觉道：“难怪前几日封印不稳，原是公孙无我已将南明离火剑取了出来！”

丁隐思虑道：“公孙无我与屠霸，说来都是恶鬼妖魔，我却不认为他们真的会臭味相投、惺惺相惜，所谓平分天下这种鬼话，我看他们谁也不信。”

他顿了顿，又道：“定是另有什么原因，让他们会师一处。”

玉无心点了点头，又道：“五鬼此时已等在封印边境，事不宜迟，不如我们先入魔地，再见机行事。”

丁隐心想，此去西疆只消击毙公孙无我，哪怕蜀山弟子全数被炼作血偶，也可随之化解。公孙无我一死，晓如、百草等人自可重振蜀山，加上青云、紫英现已今非昔比，蜀山的未来倒也不必忧心。

不过他总觉心中不知何处遗漏，一时又厘不清头绪。

此时日已西斜，事态紧迫，丁隐便再不迟疑，立即与玉无心、青云、紫英、小张及众多马贼出发向封印所在的边境行进。

众人来到结界所在，已是次日清晨。只见那结界甚是巨大，望不到边界，四周分布着几十根石柱，石柱上绘有咒印，石柱下的法阵在日照之下，隐隐反射出亮光。

五鬼天王已在石柱边等候多时，他见众人到来，率先解说道：“公孙无我带了南明离火剑昨日已入魔地，远在蜀山的封印失去阵眼，近日来极不稳定，几日间不少魔兵邪怪伺机越过边境，我已在此值守两日，打退了几批越境的喽啰。”

玉无心点头赞许，便与小张合计，让林天逸率领众马贼继续守在结界之外，自己则会同五鬼及丁、青、紫、张总计六人携手由人间进入魔地。

穿越结界之前，六人也各自改了装扮，丁隐贴上花白的胡子，扮作五十上下的西疆商贾。玉无心也换了身男装打扮，像是经营珠宝生意的富家公子。紫英、青云、小张、五鬼则扮作了普通货郎模样，作为随行。

六人在一片混沌中穿行，不一会儿，四周的浓雾渐渐散去。西疆魔地终年被封印笼罩，见不到阳光，是一片阴沉沉的不毛之地。

荒凉的旷野中四散着巨石，不远处有一座城池。城中建筑形态怪异，远远看去，甚是狰狞。青云正惊叹眼前景象，突然丁隐示意前方有异，要众人避入一块巨石后。

只见几个衣衫褴褛的人，用刀架在一个少女脖子上，急匆匆奔走。那少女看起来纤细柔弱，浑身的皮肤雪白发亮。

但她神色淡定，似乎并不慌张，反倒是挟持她的人，一个个面色焦虑，紧张不安。

五鬼低声说道：“那些持刀客，乃是西疆流民，他们在西疆受尽奴役，怕是想要逃跑。”

青云问道：“他们要穿越封印吗？”

五鬼哂道：“这些人的能耐，只怕比阴风谷最低级的血奴还要不如。他们就算穿越结界，无非就近屯田垦荒，断不会作恶。不过问题是，他们走不走得出去……”

“混账东西！快放了小姐！”

五鬼话音刚落，果听一声爆喝，只见三五个侍卫打扮的魔兵追上前来，将流民团团围住。那些流民抖作一团，将少女推在前面，困兽犹斗般喊道：“别……别过来，否则我杀了她！”

那少女见状，竟反而护住持刀威胁她的流民，向侍卫恳求道：“他们也是逼不得已，你们让他们走吧。”

那侍卫却道：“放走一人，其他奴隶定会效仿，天城再无秩序。”说着他便飞身上前，和流民们打作一团。几个流民不堪一击，很快哀叫倒地。

众人躲在巨石后，眉头紧锁，不知应该帮哪方才好。最后丁隐喊了句：“刀剑无眼，先救下那姑娘再说。”

只见他飞身而出，一招料理了两个侍卫。玉无心一把将少女抱住，将她带出危险区域。青云也飞快砍倒两名侍卫，正准备料理最后一人，突然感到周身一阵钻心疼痛，当即僵在原地，多亏紫英动作够快，替青云补了一剑。

这时追击的侍卫全数被毙，流民纷纷跪倒在地，乞求丁隐等人饶命。

丁隐等人有些犹豫，倒是那少女上前解围道：“几位，他们只不过想要离开西疆魔地，才抓我做人质的。我也没有受伤，就别为难他们了。你们还不快走！过了封印就逃得远远的，别再回来了。”

流民们感激涕零，纷纷向少女磕头后，转身向封印边界奔去。那少女转过身来，正要向丁隐等人致谢，却忽然身子一软，昏迷过去。

小张见不远有处沙丘，便让玉无心抱起少女，连带状态不佳的青云一并诊治休息。

青云很快康复过来，只说是连日来休息不佳伤及内息，略加调理就好。她让小张尽快为那少女号脉。这不探则矣，小张一触那少女脉象，顿时大惊：“好奇怪，这姑娘身体异常羸弱，脉象跟常人有异。你看她的皮肤，白得透明，骨质非常脆弱，就像……就像是琉璃做的一样。想必是刚刚一场动荡，令她受到惊吓，一时支撑不住。”

这少女体质特异，小张竟不知如何下手，众人一时颇为焦急。倒是玉无心说她见过素因的医书笔记中有记载“琉璃脆骨”的施针之法，于是指点小张依法辨穴，自己则为少女按压人中。

就在这时，少女缓缓睁开眼前，正见到女扮男装的玉无心低头看着自己，表情温柔，面如冠玉，不禁有些痴醉起来：“公子，是你救了我？”

玉无心连忙托起她后颈道：“你身子骨太弱，先别说话。”

这少女很是感激地看了看玉无心，又望望众人道：“诸位，你们身上的气息并不属于魔地，若贸然乱闯，恐有危险。”

众人对视一眼，均感不妙，丁隐当机立断道：“此地不宜久留，我们立刻走。”又谓那少女道：“多谢姑娘指点，还望姑娘好自为之。”

他这句话虽说得客气，却大有提醒少女不可多嘴泄露众人行踪之意。

玉无心当即会意，放下那少女道：“实不相瞒，我们是被仇家追杀，这才冒险闯入西疆魔地。”

少女却了然一笑，谓众人道：“不如跟我走吧，我有地方给你们暂避。”

她原是天城一名医女，在城中有处医馆可以安置众人。行路间，她解说道：“天城与别处不同，此地的居民都生长于西疆，长期受封印压制，与中原人的气息有所差异。你们就这么堂而皇之地进来，就算乔装打扮过也是没用的，稍微有些功力的人，都能立刻察觉出来。我先给你们服下药丸，可以暂时抑制你们体内的生人气息，这样才能进入天城。”

众人来到医馆，发现医馆的气氛与整个魔地大相径庭，空气中弥漫着药香和雾气，犹如仙境。

小张惊叹不已：“看你一介弱女子，没想到还真有些本事，这医馆样样俱全啊。”

少女道：“在这魔地之内，常常有想逃走的边境流民。医馆向来低调，守卫很少来巡查，就成了他们的避难所。”

玉无心由衷赞叹道：“所谓出淤泥而不染，今日总算见识到了。”

此时除玉无心外，众人均已卸下化妆，恢复了本来面目。大抵是玉无心的男装打扮英姿飒爽，那少女竟看得有些脸红，半天才旖旎道：“是你们救我在先，有恩于人，定当回报，这是我们之间的缘分。”

这时丁隐才上前揖道：“对了，我们还不知道该怎么称呼姑娘？”

那少女笑了笑，从容地道：“我叫屠梦。”

众人听到“屠梦”二字，均是心中一骇，彼此对视了一下，只觉得恐与屠霸有所关联。

就在此时，众人忽然听到门口传来喧闹，丁隐面色一变，起身从门缝看出去。只见医馆外，两队守卫冲了出来，将医馆团团围住。接着传来连登熟悉的声音：“天尊到！”

众人下意识一惊，青云更是将手放到腰间剑上。丁隐怕露出破绽，侧身一挡。

屠梦犹疑地望了望众人，又望了望玉无心，示意众人镇定，说她出去看看，稍后便返。丁隐等人躲在了门后，透过门缝向外察看，随时准备决战。

果然这位屠梦，不仅与屠霸大有关联，根本便是他的女儿。此时屠霸说嗅到生人气味，怕不放心前来查探，屠梦硬说是采药时遇见受伤小鹿救了回来，勉强敷衍过去。屠霸起先似乎不信，尔后又思忖片刻，终于没有追究，又嘱咐屠梦万事小心，勿要乱跑，这才放心地转身离去。

医馆内六人见屠霸离去，这才松了一口气。

谁知屠梦返回后却是面色一沉，厉声向众人问道：“你们来西疆，又故意在边界搭救我，到底有什么目的？”

众人未料她如此精明谨慎，只有极力掩饰。

屠梦却不留情面地道：“不用解释了，方才我爹来时，你们的表情我都看到

了，你们不是冲着我，那就是冲着我爹来的吧。”

众人对视一眼，皆是不言。

屠梦不满地眯起眼睛，随后看向玉无心说道：“玉公子，我并不觉得你们是坏人，我也愿意相信你，你肯说实话吗？”

玉无心有些犹豫，她看了眼丁隐，见丁隐轻轻摇了摇头，她只好又为难道：“我们……确是躲避仇家。”

屠梦露出失望的表情，轻叹了一口气：“如果你们不信任我，那我也无法信任你们，这里不再欢迎你们，你们走吧。”

屠梦说到此处，似乎又想到什么，便站住了脚，开口道：“你们救了我的命，我不会泄露你们的踪迹。但我也告诫你们，我爹的神魔宫守卫森严，并非常人能随意入内，你们最好还是别打主意了。”

屠梦说完，头也不回地离开厅堂。

众人尴尬地对望一眼，最终还是玉无心追了上去……

玉无心紧追屠梦而出，屠梦却将玉无心带到医馆中一处隐秘药房。玉无心甫一入内，就觉屋内的布置与素因的林中医馆极为相似，药柜的样式，以及桌台上笔墨摆放的方向，都一模一样。玉无心愣了一下，她只觉这房间给她熟悉感，却一时间不明所以。

她慢慢走进屋子，四处看了一下，走到桌台旁时，心中猛然一震——素因留下的药方成叠摆在桌上。玉无心伸出有些颤抖的手，拿起一张仔细看了看，只见落款处确实写着一个“素”字

玉无心难以置信地盯着屠梦，惊愕道：“这里……是什么地方，为什么会有素手医仙的东西？”

屠梦莞尔一笑：“我果然猜得没错，你认识她。你之前医治我的手法，和她一模一样。”

玉无心不可思议道：“难道你也认识素手医仙？”

屠梦点头道：“她是我的师父。”说着拿起桌上素因留下来的银针，将往事娓娓道来。

原来屠梦是不足六个月的早产儿，自小被浸泡于莲花池中，如一株植物般汲取池中的养分维生。直到某日为素手医仙偶遇，素手医仙以大慈悲力，凭高超医术为屠梦疏通血脉，燮理阴阳，终令天生琉璃脆骨的她得以离开莲池，重见天日。

屠梦说道："素手医仙来去无踪，十余年间，每月又都会现身一两次。对我来讲，她就像我的娘亲一样，给了我新的生命。离开神池后，她不只让我跟随她学习医术，还不时地说故事给我听，让我从中明白了许多人生的道理。她教导我要乐善好施，宽容待人。这个医馆，也是在她的影响下，才慢慢成形的。"

屠梦说到这里，又向玉无心问道："玉公子，你和素因师父是怎么认识的？"

玉无心思量了一下，有些犹豫道："我和你一样，在中原被她多次相救，后来便和她一起治病救人。"

屠梦却十分激动，上前抓住玉无心的手，欣喜道："难怪我对你一直有种亲近的感觉，好像冥冥之中就注定要遇见。"

玉无心哀叹一声："有时缘分就是这么奇妙，该相逢的人一定不会错过。只可惜，医仙她……已经不在人世了。"

此句一出，竟犹如晴天霹雳一般，将屠梦震退了一步，跌坐在一旁的靠椅上。她失声悲泣道："为什么会这样……她那么善良的一个人，我甚至没有机会再见她一面……"

玉无心强忍悲伤，轻轻抚摸着屠梦的头发："对啊，如此善良的人，却没有活下去的机会，太不公平了。"

她看见屠梦伤心欲绝的样子，终于做了决定，认真地道："没想到你和医仙有如此渊源。既然如此，我愿意坦诚相告。你可听说过赤魂石？"

"赤魂石，只是略有耳闻……"屠梦不解道。

玉无心又道："赤魂石是至邪之物，不久前因为抢夺赤魂石，中原爆发了一场正邪大战，医仙前辈被波及，不幸身亡……"

屠梦眼中闪过一丝愤怒："太可恶了，这种东西就不该留在这个世上！"

玉无心点头道："赤魂石在大战中被击碎，散落的元神受到魔性吸引，大部分流落西疆。我们猜想，那些元神现在都在你爹手中，之前不敢向你据实以告，是怕你为难。"

屠梦一时间面露难色，轻轻长叹："我很清楚我爹并非善人。但他自上次从中原回来后，身体每况愈下，亦不再执着于冲破封印，若他决定做什么，一定有他的理由，可让我背叛他，我做不到……"

玉无心道："你还想见到医仙吗？你想让她回来吗？"

屠梦听到这话，眼神一变，惊愕道："可……可以吗？"

玉无心轻轻点了点头："我告诉你一个秘密，赤魂石……能让人起死回生。"

此时众人已背着包袱，等在医馆门口，待玉无心出来，便一并向屠梦辞行。谁知却见到屠梦与玉无心一脸笑意地携手推开门来，众人诧异间，只听屠梦说道："玉公子已经将真相告诉我了。"

丁隐眉头一皱，即刻望向玉无心，玉无心却是很有把握地对丁隐点了点头。

却见屠梦一脸笃定道："我愿意帮大家劝劝我爹，一家人不再貌合神离，又何尝不是一件好事。"

听得小张也为之喝彩："我就说嘛！屠梦姑娘这么善良，肯定明事理，晓大义！"

屠梦不好意思地笑了笑："想要进神魔宫并不是容易的事情，需好好计划一番才是，诸位就且先留下。"屠梦回头，羞涩地看了一眼玉无心。

玉无心也对她点头微笑，两人之间的微妙气氛，令丁隐微有一丝不安。

天城之外，遥遥的戈壁之中矗立着神魔宫，宫殿通体黑色，没有窗户，远远望去，如同一座形状怪异的小山。神魔宫殿前，只有一条通道。屠霸此时正走在通道内，连登紧紧跟在他身后。

巷道内突然飞沙走石，一个身影落在通道尽头。

屠霸停下脚步，见那人背影魁梧，一头红发，缓缓转身，竟然是公孙无我。此时公孙无我脸上已是经脉暴涨，不似人形。两人对望一眼，先是公孙无我开口道："天尊好兴致，元神还未集齐，就去看女儿了。"

屠霸狞笑一声，却说起了适才医馆的见闻："我敢肯定，他们已经来了，虽然梦儿替他们掩护，但丁隐身上赤魂石的气息，藏都藏不住。"

公孙无我走到屠霸身边，抬眼道："有意思，听起来好像丁隐和你的宝贝女儿里应外合，准备对付你了。"

屠霸又是一声怪笑："嚯嚯，放心，先由着他们玩，到时我自有办法收拾。"

公孙无我这才切入主题："敢问天尊，收集到的那些元神，你到底藏在哪里了？"

屠霸不遑多让："敢问掌门，那南明离火剑，你又带来了没有？"

两人对视半刻，似乎都在暗中盘算什么，又忽然哈哈大笑。

先是屠霸笑道："道高一尺，魔高一丈。既然他们拉拢了屠梦，我便将计就计，引蛇出洞。你不用太担心，那一部分赤魂石元神，我藏在一个非常安全的地方，谁也想不到……"

再是公孙无我赔笑道："好，待集齐元神，我便如约送上南明离火剑。到时候封印一破，横扫中原，天下武林，咱们一同做主。"

两人握手为盟，一个眼中闪过野心勃勃的笑意，另一个脸上却是一丝莫名的阴寒。

这时屠梦入城去为众人打点吃食，五鬼则同丁隐、玉无心等人登到医馆顶层，指点着远处神魔宫所在位置，商议明日决战之计。

商议还未开始，丁隐已先走到玉无心身边，沉声问道："玉儿，屠梦是不是还不知道你是女儿身？"

玉无心有些警惕起来："你想说什么？"

丁隐眼神一冷，凝眉道："能让一个人在那么短的时间里就决定背叛亲情，绝不是一件易事。玉儿，我看出屠梦对你有误会之情，你不该利用她。"

玉无心一听，应声道："公孙无我与屠霸两大邪魔聚首，必有重大危情。一时之际，我也顾不了那么多……"她顿了顿，又道，"等合适的时候，我一定将真相告诉屠梦。"

岂料丁隐冷冷一笑："什么真相？赤魂石的真相吗？"

丁隐此话一出，玉无心与五鬼俱是一惊，身边的青云、小张、紫英三人也是不明所以，却听丁隐缓缓说道："身怀赤魂石者，皆有感应。我入魔地以来，始终可以感应到这里有大量的赤魂石元神，我没猜错的话，阴风谷中飞散的元神，除了罗九体内那个，剩余之数，早已尽落屠霸之手。"

说到此处，丁隐猛地逼视着玉无心，目光里充满愤怒和失望，厉声喝道："玉儿！你分明已侦知赤魂石元神落入屠霸之手，即便此番公孙无我不在魔地，你也要将我们骗来西疆夺石。公孙无我不过是赶了巧，成了个好由头吧？"丁隐不住摇头，冷冷说道，"那么，玉儿，你要赤魂石做什么呢？我猜，你该不会是想复活你爹吧？"

丁隐这一连串的推理逼问，令玉无心神色紧张，表情尴尬，半晌她才铁青着脸应道："是。赤魂石有起死回生之能，我确是想用它复活父母。但我没有骗你，也没有骗大家，我爹一生悲剧，公孙无我便是始作俑者。如今蜀山有难，苍生危难，我想……无论我以素因女儿的身份，还是丁隐妻子的身份，也有一份责任与你们并肩而战，铲除公孙无我而后快！"

丁隐先是噤若寒蝉，继而哑然失笑，一连说出三个"好"字，随后怔怔道："说你骗我，倒也重了。但你苦心隐瞒复活绿袍的妄念，掩盖自己的真实目的，这一连串的表演，真是令我好心寒。"

他一边说，一边后退摇头，望着玉无心的眼神满是凄楚疑惑，他颤抖着说道："结发为夫妻，相爱两不疑。玉儿，原想我们历经生死，总算感动天地结为夫妻，想不到你终究还是……还是……"

丁隐内心苦痛，情绪激动，一时竟说不下去。

玉无心也激动起来："天命能让丁隐再活一次，为什么我爹娘不行？"

丁隐似乎被她的话刺痛："是啊，也许我也该死！"

"丁隐，我不是这个意思，我爹娘痛苦一生，我想给他们一个机会。"

"机会？那妙一师伯、掌门、大师兄呢？谁去给他们机会？"

玉无心被丁隐这么一说，泪水在眼眶中打转，她伤心丁隐无法理解她，却更担心丁隐再次心脉崩坏，丧失本性。

丁隐抬起头，一阵苦笑，凄然说道："我不生气，也不会再为赤魂石夺走心智，我只觉得造化弄人。你要复活父母，原也是为人儿女心所冀盼，我又有什么理由来拦阻。我只说一句，你若执意要绿袍复生，我们便立刻分道扬镳。你我一路赴汤蹈火、九死一生行到今日的情分，从此也就一笔勾销，两不相欠了吧。"

玉无心流下两行清泪，不住摇头，一时竟说不下去。

身旁的五鬼却替她激动起来，向丁隐大喊道："丁隐！你别不识好歹！玉儿知你反感宗主，这才不敢将我们的计划如实相告。倘若我们真的要行不轨……"五鬼指了指张馅饼腰间的葫芦，嘴角一咧，"以我五鬼的手段，你不会以为我取不来他这药葫芦中那个元神吧？"

五鬼顿了顿，又正色道："丁少侠，各位蜀山少侠，我们想取赤魂石不假，却要光明正大地取！无论是从屠霸那里，还是公孙无我那里，我都不介意，因为他们不仅是蜀山的仇人，也是我阴风谷的仇人，更是整个武林乃至天下众生的万恶公敌！"

五鬼这一番陈词，说得慷慨激昂，昔日里狷狂邪魅的嘴脸已是荡然无存，反而有一股浩然之气激发而出，令人心生敬佩。

丁隐也为之一愣，继而冷静应道："玉儿、五鬼，你们的情义，丁隐承认。但复活绿袍之举，丁隐实难接受。玉儿你若执意而行，我们便无法再续前缘。"

他此时看着玉无心，心中不再欢喜，也再无怨恨，只平静道："我能感知，赤魂石的半数元神现落在屠霸手中。你们要如何去找他，请便。至于公孙无我，蜀山自会处置，也请你们不必插手了。"

玉无心听这决绝之言，心如刀绞，痛苦地咬着嘴唇正待说话，却见丁隐身后的青云忽然惨叫一声，直挺挺倒了下去。

小张忙上前查探青云脉象，随即面色铁青、额角渗汗，当下问五鬼要了间房，便抱着青云疾奔进去，忙用随身的药材和金针紧急施救。

丁隐与紫英也是大为紧张，连忙跟入房内，只留玉无心和五鬼两人尴尬地立在医馆顶层，一时不知所措。

五鬼沉默许久，长叹一声，谓玉无心道："这丁隐好生厉害，竟被他识破我们复活宗主和夫人的用心。若他愚钝些，我们双方联手，一并铲除屠霸、公孙两大魔头，岂非快事一桩。"

玉无心似未听见五鬼所言，仍在惋惜丁隐的决绝态度，她失望地笑了笑，谓五鬼道："范夫人说过，复生之人会带着死前一刻的执念。丁隐此前入魔，便是垂死一念的怨气所致。而我爹娘临死得以相见，心愿已了，心中必定已无恨意。只要我爹娘能一起复生，我爹定不会再有所怨恨，更不会乱造杀孽……连你都能理解，他又为什么不能？"

五鬼惨然一笑，却是心生恻隐："大抵他半生所受煎熬，也非我五鬼所能承受。"

五鬼此言，是指丁隐自婴孩出世以来，二十多年受尽绿袍父女折磨迫害，即便他以大智大爱放下对玉无心的仇恨，对绿袍的畏惧和怨戾却早已刻骨铭心，要他接受甚至帮助绿袍复活，实在有违人性，太过残酷。

玉无心却不肯放弃，她对五鬼感激一笑："你是说，让我再劝劝他？"

五鬼苦笑点头，做出了一个好似自暴自弃的表情："是啊，你们感情那么好，也许他真能听进去，想明白，那就最好不过。"

玉无心见五鬼为情敌设想，心中大为感动，当下点头道："好！我再劝劝他

看。”说罢，她快步上前，推开了房门。

她一进门，便见到丁隐一副决绝神情，对小张和紫英喊道：“什么都不要说了，我今晚就娶青云为妻！”

众人这时才看见玉无心推门而入，丁隐神色有些尴尬，立刻转头看向床上昏迷不醒的青云。

玉无心失声问道：“你说什么？”

丁隐垂下头，避过玉无心的眼神，口中道：“青云身上被下了诅咒禁术，性命堪忧。有些事我不得不做，我要娶她。”他顿了顿，又抬头看向玉无心，逐字道，“何况……你执意复活你爹绿袍，你我二人，已难再续前缘……”

玉无心直直地看着丁隐，颤抖道：“丁隐，这是你的决定，无论我有何感受，你都要做，对吗？”

丁隐隐忍良久，双眼含泪，却仍带着斩钉截铁的表情：“我不能让青云死。”

眼泪无声地滑过玉无心的脸颊，她苦涩地点点头，缓缓吐出一句话来：“好。我明白了，既然各自皆有决定，今日就此分道扬镳吧。”

玉无心说完，转身就走。五鬼拉她不住，只有追了出去。

玉无心飞奔出去，迎面与张罗吃食返回的屠梦撞了个满怀。屠梦不明所以，竟还想跑去恭喜丁隐和青云，却被玉无心当面告知女扮男装的真相，当场也是失魂落魄，泪如雨下。

房屋内，小张、紫英被这接二连三的变故惊得不知所措，心有戚戚焉。丁隐望望玉无心孑然离去的方向，又望望床上不省人事的青云，亦是心绪万千，悲从中来。

原来丁隐入门之后，小张便对他说了青云身上的诅咒禁术。丁隐先时曾听青云提起，本当是玩笑之语，此刻竟被小张诊脉核实。他此前正因复活绿袍之事与玉无心决裂，却从未想过当真要立刻迎娶青云。

一时之间，丁隐头大如斗，烦恼不已。小张和紫英两人左右为难，不知如何劝说。丁隐询问小张能否暂缓迎娶青云，待自己与玉无心处理完绿袍之事。

他心中还存着说服玉无心放弃复活绿袍的希冀，小张却道青云脉象已危，怕是捱不过今夜。丁隐这才说出：“什么都不要说了，我今晚就娶青云为妻”一句。而恰在那时，玉无心推门而入……

如此一来，丁隐和玉无心便又一次被命运之手拆分离析。

那一夜，屠梦、玉无心和五鬼都没有回来。

小张和紫英在古宅中找出红布红烛，草草为丁隐和青云举办婚礼。小张仍是伴郎兼任证婚人，新娘身边的伴娘，却换成了紫英。

拜堂的时候，昏迷不醒的青云红绸遮面。丁隐刹那间有些恍惚，他总觉得揭开红绸，就会看见玉无心甜甜的笑。

洞房之内，丁隐透过烛光，似乎看见卧云村里乘愿随风飞走的天灯，那盏天灯是与今夜一样的烛光摇红，那灯身上还写着“愿我如星君如月，夜夜流光相皎洁”的清丽小楷。

然后，他又想起青云曾在栖霞峰的树林间拾起这盏灯来，提在他面前咏叹，还一边念出后半阙诗来。

对着窗外魔地凄凄迷迷的一弯狼牙月，丁隐先是痛苦地掩面而泣，继而痴痴呆呆，又过了许久，他终于向那张布置一新的红床走去……

次日青云醒来的时候，竟在床边看到一套新娘红衣，正诧异间，又见到丁隐已穿戴整齐，正站在窗边出神。青云瞬间明白了一切，她羞愧地披上外衣，走到丁隐身边。丁隐回头看着青云，勉强挤出笑容。

“丁大哥……是你救了我，我们……”

青云说得忐忑娇羞，丁隐却平静地点点头：“你身处危难，我不可能袖手旁观。”

青云紧张起来，又问起玉无心。丁隐一声苦笑，只说：“她走了。”

“走了？”青云惶恐不已，懊丧道，“丁大哥，我一点都不想破坏你们！我去找她解释清楚……”话未说完，青云扭头就要寻玉无心，却被丁隐一把拉住，抱在怀里。

丁隐缓缓沉吟：“不用再去了，这或许就是我们的命数。你也不必介怀，这就是我的选择。青云，你对我一心一意，我全都记在心里，如今你我已结为夫妻，余生的日子，我会好好待你。”

丁隐说得很平静，但他两眼无神，似乎对这些痛苦已经感到麻木了。青云只好抱紧丁隐，不知从何安慰。

这时小张和紫英也先后上前恭喜。虽然这场喜事源起诡谲，事出突然，难以

称之圆满，可毕竟丁隐是青云所爱之人，从此蜀山又多出一对侠侣伉俪，倒也十分值得小张、紫英高兴。

不过眼下大战当前，加上丁隐心中几许苦涩，当下喜庆的氛围为之稍减。四人匆匆用过吃食，便低头向神魔宫赶去。

神魔宫乃是西疆魔地的要枢，规模之巨远超阴风谷，各处陈设自也穷其奢靡，阴森狰狞之感也远胜阴风谷。

此刻屠霸正威坐在一尊黑玉琢成的巨大妖莲台上，邹勤、连登二人随扈。远远望去，只见那莲台通体黑色中透出诡异绿光，台基两侧，是无数黄金雕刻成的骷髅头颅、巨兽骨骸，此外还堆积着各种法咒鬼符、邪魔凶器，另有十余根蟒蛇般粗细的血色藤蔓从中穿梭，藤蔓上方，则是数不清的鬼火怨灵飘浮游移，看来凄楚恐怖，令人不寒而栗。

丁隐四人正远远栖身在莲台对面一尊巨大的恶鬼雕像上，那雕像足有二十人高，四人藏在恶鬼张开的巨口中，各隐在一颗等身高的尖牙之后，一时倒也不易暴露行迹。

却见屠霸身边一人，一头赤发，一袭红袍，煞气比他不遑多让，偏又摆出一副微笑恭敬姿态，此人不是公孙无我却是谁。

再看公孙无我身后，整齐划一站着十二名蜀山血偶，人人俱是面无表情，眼泛红光。

屠霸与公孙无我对望一眼，似是准备动作，忽见屠梦不知从何处跑了出来，高喊着：“爹！住手吧！”

她一路直奔妖莲台而去，口中不住大喊道：“爹，梦儿本该跟爹一条心，共进退。可是我深知爹被蒙蔽了双眼，若继续下去，不过是天下浩劫的开始。梦儿求您罢手吧。”

屠霸却是饶有深意地一笑，手一挥，只见一株血色藤蔓迅速伸了过来，缠住屠梦双脚，再将她托举起来，悬在半空。

屠霸这时才说道：“梦儿，你别怕，暂时委屈你一下，爹不会伤你。”

这时公孙无我有些不明所以，便问道：“天尊，你我相约以赤魂石换取南明离火剑，眼下你这又是做什么？”

屠霸有些不耐烦道：“公孙掌门，我还有点小小的私心未了，还望你耐心等候片刻。”说着他扬了扬手，只见周身涌起一股真气，随后，妖莲台下的地板竟微微震动。不多时，只见黑色莲瓣之前的一处地板忽然翻转，一口石棺随之徐徐上升，里面竟躺着屠媚的尸身！

丁隐等人远远看得一惊。

悬空的屠梦见到屠媚时，更是难以置信："姑姑？"

屠霸却对屠梦道："梦儿，她不是你的姑姑，是你的亲娘。"

屠梦惊愕大喊："什么！这……姑姑是我娘？怎么可能……如果是这样，那我爹是谁？"

屠霸脸上闪过一丝怒意："你爹，就是那个混账绿袍，杀你娘的凶手！"

这话如同晴天霹雳，令屠梦跌坐在地。公孙无我与远处藏身的丁隐四人听到此话，也皆是一惊。公孙无我双手握拳想要上前，却又暗自思量，冷眼旁观。

而屠梦依旧很难接受事实，恐惧地摇了摇头："如果我有娘，她为什么不认我？"

却见屠霸叹了口气，切齿道："当年我一鼓作气入主中原，本来成功在望，你娘却被绿袍迷惑，一夜春宵，便有了你，更导致魔地惨败，被封印在这不毛之地。我发现你娘怀孕，盛怒之下，便将没有足月的你从你娘的肚子里硬取了出来。可我见你竟还活着，不忍丢弃，便将你养在荷花神池中。"

屠梦一脸震惊，痴痴望着屠媚，只见她尸身保存完好，全然无腐坏痕迹，就像睡着了一样。

屠霸又道："梦儿，能不能让你娘活过来，就靠你了。"

屠梦不解道："靠我？"

屠霸轻轻一笑，指了指公孙无我："因为中原人找了那么久的赤魂石元神，就藏在你的身体里啊。"

屠梦又是一惊，下意识地摸了摸胸口："为什么……我都不知道……"

屠霸却道："六星之子是赤魂石天然的容器，能驾驭赤魂石的力量，并将其发挥到最盛。而梦儿你，身体情况特殊，而且心智超然，所以赤魂石在你体内，如同石沉大海般，根本找不到活跃的机会。"

屠霸说着，突然抬起手，试图将赤魂石的力量引入屠媚的尸身内。

"爹……不要啊……"屠梦惊得大喊起来。

屠霸却大笑起来："梦儿，你忍一忍，很快，我们一家人就能团圆了。"

就在这时，丁隐、青云、小张、紫英四人忽然由雕像后现出身来，四人各出

兵刃，飞身向屠霸扑来。青云飞快砍断藤蔓，救下屠梦，紫英与小张则攻向公孙无我，丁隐挥起血饮刀就向屠霸砍来。

然而公孙无我和屠霸似乎早有准备，在两人身后，十数名血偶、魔兵霎时一拥而上。除了青云暂时救下屠梦，其余三人皆陷入苦战。

不多时，那满场的骷髅、兽骸、怨灵、血藤竟又呼啸着从四面八方向他们扑来……

这一战，丁隐、小张拼死挡住群魔，尤其小张，千钧一发之际，为让二女带屠梦逃脱，竟将药葫芦中那个元神打入自己体内，化作与罗九相似的妖人。可惜最终仍是寡不敌众，与丁隐一起双双被擒。青云和紫英却因此觅得突围之机，带了屠梦逃脱，为蜀山保留了一线生机。

青云三人才逃离神魔宫，就见到前来援救的玉无心和五鬼，急忙向他们说了此前遭际。玉无心当机立断，决定唯有让绿袍尊者复活，方有可能制约两大魔头。

此时复活绿袍的关键是赤魂石，赤魂石藏于屠梦体内，屠梦因为刚刚了解自己真实身世，心中悲忧苦痛，百感交集，一时竟呆呆望着沙丘，双目失神。

玉无心轻轻地搂住屠梦肩膀，谓她道："我一直都没告诉你，其实素手医仙并不是我的师父，而是我亲娘。若我推算的时间没错，你应该是我的姐姐。我们之间除了相逢之缘，更有血缘之亲，有了你，从此以后，我在这世上又多了一份牵挂。"

屠梦的嘴唇轻轻动了动："牵挂？"

玉无心："是啊，血脉相连，是这人世间最不可打破的羁绊，虽然遇到了这么多困难，可是能找到你，我真的很高兴。"

屠梦道："你还记不记得我说过，第一次见你的时候我就有种奇怪的感觉，好像冥冥之中我们两人注定要相见。原来我会这么想亲近你，并不是因为爱情，而是亲情。"屠梦对着玉无心微微一笑，"医仙把我从冰冷的荷花池里救出来，我也想要救她。还有，我也想见见真正的父亲。我们一起去把他们找回来吧。"

玉无心见状，欣喜得热泪盈眶，紧紧和屠梦拥抱在一起……

却说绿袍与素因的遗体此时被安置在百蛮山阴风谷的冰窖之中，百蛮山距魔地路程遥远，绝非昼夜可及。

若错过今日之机，后果不堪设想。紫英、青云二人取出紫青双剑，各带着玉无心和屠梦，御起神剑向百蛮山急速飞去。

御剑途中，玉无心在身后紧紧抱着青云，青云分明抢走了她一生挚爱的人，但于心中，玉无心竟没有一丝怨恨。

数月之前，谁能想象青云和紫英御剑千里，只为令绿袍复活？谁又能想象，用于复活的赤魂石元神，竟出自屠媚之女？原来真的就像素因所说的那样，人世间那么多纷乱的立场，对立的正邪，刻骨的仇怨，通通可以用爱化解……

公孙无我重新站在屠霸面前的时候，手中握着南明离火剑，面上仍带着恭敬谦卑，堆满笑意。

直到一天之前，他打算用南明离火剑与屠霸交换赤魂石的交易还是认真的，不过此时此刻，他已经没了这份心意。

一日之前，他没有战胜屠霸的把握，以物易物，那是天经地义。但现在不同，因为丁隐体内的半数赤魂石元神，除了二十四年来与他融为一体的最后一个，其余已尽数被公孙无我吸纳入体。如此一来，公孙无我与屠霸之间就成了弱肉强食的关系。

这时，屠霸看着公孙无我手中的南明离火剑，长叹一声，决定放弃："罢了，罢了。我争了二十多年，早已累了，我这几日常常在想，定是我造的孽太多，才令阿媚不得翻身。如今中原的事，我不想再管，倒不如固守西疆一方乐土、家人团聚来得快活。公孙掌门，你走吧。"

公孙无我完全没有料到屠霸会这样说，不过他还是依言送上了南明离火剑。不过这把剑不是送到屠霸手上，而是刺穿了屠霸的胸膛。

这时，邹勤、连登两人飞身上前护卫屠霸，不过公孙无我一甩手，就要了两人性命，尤其是连登，整个人被打飞十余丈。

没办法，公孙无我血影神功在身，再加半数赤魂石元神加持之力，轻轻出手，威力这般骇人，连他自己都很惊讶。

正当公孙无我纵声狂笑，以血饮神功尽数吸纳屠霸毕生内力修为之际，他忽然感到耳后有股风势，想要回防已来不及，硬生生被人一掌打在后背。大骇之下，他转头一看，伤他之人竟是那死去多时的绿袍尊者！

"你……怎么是你……你不是死了吗？"饶是公孙无我也被眼前的绿袍惊得面无血色。

绿袍微微一笑："呵，师兄，我要死，也不能落下你呀。"

绿袍话音刚落，只见玉无心、五鬼、青云、紫英四人各持兵刃，分别在他身后落下。

话说不久之前，玉无心四人御剑来到阴风谷，屠梦以自身之血为引，将体内的赤魂石元神尽数注入绿袍体内，绿袍果真乘愿还阳，且是仇恨尽消，戾气散去，对自己此前罪愆追悔不已，深为两个女儿欣慰，誓要拯救蜀山于危难。

当绿袍悉知屠梦竟是自己与屠媚的女儿时，先是错愕惊讶，继而痛苦不已，回想起屠媚生前的林林总总，只觉这二十多年来，自己辜负最多的竟是这个付出一切的女人。

绿袍心如刀绞，上前紧握屠梦的手，痛苦道："对不起，是我亲手杀死了你娘……"

屠梦怯生生地喊了声："爹！"又深深叹息道，"爹和娘其实都是苦命之人，为爱深受折磨，或许自始至终都没有谁对谁错，只有心甘情愿。爹，我不怪您。"

绿袍点了点头，握住屠梦的手更紧了。

此后玉无心以自身之血为引，绿袍将赤魂石元神打入素因体内，眼见即将还阳一刻，素因冰封的身体忽然支离破碎，化作飘雪。那一个赤魂石元神径自飞回绿袍体内。

素因化成冰雪徐徐飞舞，片片消融，玉无心哭得悲天恸地，不能自已。绿袍却拍了拍她的肩膀，安慰道："这一次，是你娘自己不愿回来啊。"

绿袍将一片飘落的雪接在手心，露出了释然的微笑："过去这二十四年，你娘一直在劝我，要放下执念，不要逆天而行。但我那时候不明白，总觉得她是放弃了，怕了，所以才不愿意再和我一起努力。现在我才明白，其实她是不忍见到那个试图扭转乾坤却迷失了是非善恶的我。不该走的人走了，不该留的人却留下了……你娘用一辈子的时间挽救我，也许她也很累了，我们这一回就听她的，尊重她的决定吧。"

果真如同玉无心所料，绿袍此番还阳之后，心性也转为至善，他先是集合起阴风谷留守的百多名门徒，说自己此前修建雪池，导致冤魂无数，自知愧对天下，愧对门徒。说着，他竟真的向那些门徒跪倒下去拜了三拜。

绿袍如此举动，且不说那些错愕的门徒，青云、紫英亦看得心生感动，想起晓如真人曾说及的前事，觉得绿袍终此一生，死去活来，此刻可谓大彻大悟，脱胎换骨，也不禁为这位蜀山前辈高兴起来。

绿袍乘愿还阳，誓要弥补前罪。当下问知了公孙无我与屠霸的情形，便与玉无心四人飞速向魔地赶回。

不过他们终究晚了一步，此时公孙无我不仅尽得丁隐体内绝大部分赤魂石元神，还将屠霸的毕生内力吸纳为己用，绿袍虽偷袭得手，却深知眼下绝非公孙无我之敌。

公孙无我可谓老奸巨猾，他见屠霸已死，好处占尽，新入体的元神与功力尚需时日调燮，眼下自身负伤无谓一时缠斗，于是祭出血偶之阵缠住绿袍五人，便带着南明离火剑溜之大吉。

公孙无我知道，他只需先回蜀山，不出半月，便有足够的力量剿灭一切敌人。

绿袍领着五人破了血偶之阵，又从地牢救出丁隐。

丁隐对绿袍芥蒂极深，大为抗拒，不愿与他搭话，对玉无心也颇为冷淡，只向青云、紫英问起小张的情况。紫英却急得泪流满面，说找遍神魔宫每处，也不见小张踪迹。

丁隐猜测是被公孙无我掳去蜀山，当下向绿袍作揖道："前辈相救之恩，丁隐铭记于心。眼下师门有难，丁隐须同两位师姐赶回驰援，还望前辈不要插手。"

此话一出，表明丁隐与绿袍、玉无心的决绝之意。青云、紫英二人面露尴尬，玉无心则是痛苦地摇头，五鬼也啐了句："不识好歹！"

却见绿袍淡然一笑，对丁隐道："恰好蜀山也是我的师门，恰好我和那公孙无我也有些老账要算。我看不如这样，你报你的仇，我行我的事，我们互不干涉就好。"

绿袍这番话出乎丁隐意料，丁隐知他对蜀山的拳拳之心并非作伪，然而前事困扰毕竟其一，与玉无心始乱终弃的一场孽缘又是其二，丁隐实在找不到合适的姿态面对这对父女，便只好与青云、紫英走在前面，一路不与绿袍三人言谈。

众人行到边界，却见结界已破，边界一片荒凉之色。守卫结界的林天逸等人活不见人，死不见尸。

青云正大骇间，却见屠梦正候在结界一侧，向众人辞行道："爹、无心、诸位，如今封印已毁，武林恐有动荡。西疆毕竟是我的故乡，我更应该留下来，还

此地一片安宁，亦是协助你们维护天下武林的安宁，这是我的责任。”

这番话屠梦虽说得伤感，但是说到最后，眼神却是坚定的。

玉无心有些不舍，绿袍看着屠梦，眼神中却满是赞赏：“难得梦儿有如此气魄，还是尊重她的选择吧。”

屠梦微微一笑：“即使彼此天各一方，我们的羁绊也绝不会断。”

玉无心捏了捏拳头，随后努力调整情绪，也对屠梦微笑道：“你一定要照顾好自己，我们很快会再见的！”

丁隐也上前对屠梦鞠了一躬，说道：“屠姑娘，你所做一切，丁隐铭记于心，一切珍重！”

众人也都依依不舍，终是挥手告别。

六人不日来到蜀山脚下的阳城中，远眺蜀山，竟已全无往日钟灵毓秀的袅袅仙气，天门峰一片妖雾弥漫，乌云压境。

丁隐这时发现城内街市中竟有不少各门各派的武林人士穿梭走动，正要打探，却见绿袍上前低声道：“站在街上太引人注目，还是先落脚，再打听情况吧。”

丁隐看了一眼绿袍，只见他面容平淡，确是善意提醒，便带着紫英、青云两人踏入客栈。

玉无心眼中的伤痛一闪而过，也随父亲和五鬼跟了进去。

众人先在客栈各自安顿，再来打探情报，却惊悉原是公孙无我算准丁隐、绿袍等人必上蜀山，遂以蜀山掌门之名召集天下武林人士共同剿杀魔头。

丁隐不寒而栗，深感公孙无我用心之险。如此一来，即便这帮是非不分的武林人士不帮公孙无我对付丁隐一行，他们也可成为公孙无我的耳目眼线，让他及早发现他们的行踪。而最坏的打算，则是公孙无我趁机吞并各派，独步江湖。

想到此处，丁隐当下决定，客栈不可久留，应先设法救出百草、晓如等人再作商议。他与青云、紫英立即行动，循后山小径由天门峰上山。

绿袍令五鬼从阴风谷调来全数门徒，为即将开始的决战做准备，又命五鬼留意丁隐动向，设法暗中保护。

五鬼不禁发问：“那丁隐如此忘恩负义，为何还要帮他？”

绿袍叹了口气，目光却望着远处妖雾萦绕的天门峰，开口道：“这么多年，我嘴里说要毁了蜀山，其实心底深处竟然对它充满怀念之情。你说，人的矛盾从何而来？”

不待五鬼回答，绿袍自嘲一笑：“一个十恶不赦的人，纵使已大彻大悟，要重新取信于人，的确需要经历一番考验。”

五鬼似有所悟：“宗主以前断情绝欲、冷血无情，现在愿意正视自己内心真实的情感，属下觉得这倒不是坏事。”

绿袍苦笑起来：“做个真性情的明白人，这种滋味我已经很久没尝过了。奈何此番与公孙无我搏斗是条险恶异常的路，希望丁隐能比我当年清明，不执着过往，全力一战。”

他又望向五鬼，动容道：“你追随我也有些时日，上官警我在此多谢了。”

五鬼为之一怔，跪拜在地，说道：“属下愿意追随宗主，万死不辞！”

绿袍扶起五鬼，缓缓说道：“老天有眼，不会让正邪颠倒太久的。”

却说丁隐三人潜入天门峰，三两下便擒住何清逼供。那何清立即供出晓如、百草、张琪等人被囚在伏魔谷地牢之中。

丁隐三人不费吹灰之力破牢而入，见到了久违的晓如、百草、张琪，双方互通近况，均感公孙无我的阴鸷野心与歹毒手段令人发指，正要商量决战对策，丁隐忽向百草问起小张被押何处。百草还道小张早已死了，一时不明所以。

正说话间，公孙无我忽然从天而降，他竟将小张练作血偶，与丁隐等人死斗。丁隐三人哪里下得去手，有守无攻，眼见小张连番扑杀，所向无敌，三人伤痕累累，情势越来越危急。

晓如、百草与张琪则早被制住穴道，内力尽失，几乎束手就擒。公孙无我却不急于出手，袖手旁观这出兄弟相残的惨剧。

恶斗之中，紫英闪避不及，竟被小张一剑穿心。紫英周身之血原是小张注入，彼时在武当山，紫英中了番僧之毒，血脉尽坏，乃是小张将自身之血注入紫英体内。想不到如今紫英的血飞溅到小张脸上，竟破解了血偶之术。

小张突然醒来，抱着血泊中的紫英仰天痛哭。丁隐虎吼一声，便向公孙无我扑去，谁知公孙无我爆发出惊人的力量，周身血雾环绕，不得近身。

丁隐本已受伤，有些力不从心，被公孙无我当胸击中，连连后退。青云赶上前去相救，却也被公孙无我三招打败。

眼前众人全军覆没，危急之间，又是绿袍、玉无心和五鬼带了十数名魔宗高

手赶来，将所有人救回客栈安置。

为了争取众人的逃脱时间，那十数名魔宗高手死死缠住公孙无我，最终全部牺牲。公孙无我杀得不过瘾，还将何清打入万丈山崖，以泄心头之恨。

众人回到客栈之后，百草与小张两人倾尽毕生所学，终究无法救回紫英性命。

紫英弥留之时，对小张留下遗言："自从爹和大师兄死后，我早就做好了这个打算，会追随他们而去，可是我放心不下你，我亏欠了你太多，今天能为你这样做，我很开心……还有……"

紫英支撑着对小张说道："还有……如果有来世的话，你我还是不要再相见了。找个喜欢你的，你也喜欢的女孩子，娶她为妻，对她好一辈子……不要再吃这么多苦……"说着便双手垂下，香消玉殒。

小张伤心过度，竟抱起紫英的尸身，带上小宝，向蜀山众人辞别而去。

小张临别时还对丁隐说道："紫英一死，我已生无可恋。什么江湖缠斗，正邪纷争，从此与我再无关系。也盼丁大哥早日看破，逍遥自在。"

丁隐不为所动，反而告诉小张："以后记得要胸怀天下，为了苍生福祉着想，惩恶扬善，做一个顶天立地的英雄。"

小张却怅然若失："英雄？世上哪来的英雄？不过是为沾了血的手立个牌坊罢了。自古英雄注定饮一世孤独，个中冷暖自知，流芳百世到头来不如家长里短，相伴一世。大哥，你现在是做了英雄，可是你心中快乐吗？"

丁隐看着小张颓唐的模样，十分痛心，紧紧按住他的肩头，开口道："不会的，痛苦都是暂时的，就算世事再不公平，人间多少磨难，心中正道不可灭。小张，你一定要记得，知道吗？"

小张凄然一笑，挥手与丁隐作别，只说有缘再见。丁隐望着小张远去的身影，许多前尘往事倏然涌上心头，不禁悲从中来。

却在此时，身后传来绿袍的声音："丁隐，逝者已矣，生者如斯，切勿太过执着。"

丁隐回头一看，见是绿袍和玉无心来到他身边，他咬着牙，嘴里冷哼一声："有劳前辈相救，但一切始终因你而起，岂是说两句轻飘飘的话就能化解？"

玉无心眉心一蹙，诚挚道："丁隐……爹是真心想帮你，如今你势单力孤，咱们若不联合，很难对抗公孙无我。"

“不必……”丁隐转头想走，却被绿袍拦住。

绿袍伸手道：“你逃避我，其实早已不是恨，而是不想面对自己的过错吧。”

“我怎么想，不劳前辈费心。”丁隐仍是语气冷淡，不欲多言。

绿袍又道：“世事轮回，你只是走了我的老路。我对不起你，你对不起玉儿，这恩怨兜兜转转，其实早已报了。”

丁隐看了一眼玉无心，心中一阵苦涩，开口道：“是我对不起玉儿，但我和你不同……”

绿袍为之苦笑：“有何不同？我们两个人，一个天生带着魔地血统，魔性难除；一个身为六星之子，至邪之物的容器，都是这正道之中的异类。一生百转千回，对错也罢，爱恨也罢，不过是求一个立足之地。我一辈子都在找一个机会证明自己，你又何尝不是？现在机会摆在眼前，又何必执着过去？当放下成见，心无旁骛，合力抗敌才是。”

丁隐略有动容，但还是皱着眉头，只是微微抱了抱拳：“前辈放心，大是大非面前，我自不会站错阵营，其余的，切莫勉强。”

丁隐转身离去，后面只传来绿袍的叹息：“放下执念，终究自在。”

丁隐仍旧没有回头，身影很快隐在树林中。玉无心看得颇为忧心，望向绿袍。绿袍便对女儿温柔一笑：“别担心，连爹都能明白的事，他怎么会不明白呢？”

此时，客栈门口，一群武林人士已经聚集到一起，包围了客栈，正吵吵嚷嚷。

先是一名青城派的道人高声喊道：“里面的人听着，我们都知道你们藏着丁隐和绿袍，最好赶紧将他们交出来，免得与武林同道为敌，伤了和气。”

紧接着，就见五鬼身形一闪，跑出了客栈，径直迎上前，怒喝道：“什么牛鬼蛇神，吵什么吵？”

另一个头戴草帽的汉子拔出戒刀，指着五鬼道：“蛇鼠一窝，狼狈为奸，我看不如先把这妖人拿了！”

身后的十多名武林人士立刻一拥而上，要围攻五鬼。五鬼轻蔑一笑，铁扇已然出手，却被后面赶来的青云拦住。

那群武林人士中有人识得青云，当下喊道：“对！对！你快杀了这魔宗妖

人，随后交出丁隐！”

那人在前面叫嚣着，附和的人越来越多，声势浩大，咄咄逼人。

五鬼气不过，还想上前，青云拉着他，却见人群越聚越多，眼见场面就要失控。这时，一个丐帮长老闪到青云身后，正要施手偷袭，却见丁隐挺身而出，轻巧地挑开丐帮长老的暗器，朗声向众人说道：“诸位是要找我吗？”

众人看到丁隐手中握着血饮刀，气势顿时一弱，缓步退后。却见丁隐一脸正气，浩然说道：“诸位，烈影神宗已经引领众门徒重回正道，这世间再无魔宗，又何来我丁隐勾结魔宗之说？各位前辈，丁隐与大家素不相识，但一直秉着良心做事，蜀山对我的教诲一刻不敢遗忘。现如今蜀山内斗波及各位，丁隐代表蜀山，对大家说一声抱歉。只是诸位都是武林望族，当以天下大义为重，希望各位明辨是非，切勿受人挑唆。”

众人正面面相觑，又见绿袍和玉无心大步走来。绿袍朝众人扫视一圈，说道：“你们当真以为交出了丁隐和我，公孙无我就会放过你们？”

玉无心接着说道：“公孙无我修炼血影神功，野心昭然于世，你们只要动动脑筋就能想明白。交出我们，他转头就会对付你们！”

那率先发难的青城派道人却反问道：“可你们在这里当缩头乌龟，难不成要我们给你们陪葬吗？”

丁隐知他所虑，当下说道：“若各位还是不信，我便给诸位一个保证。”

说完，他便抄起血饮刀，往自己手腕一割，顿时鲜血喷涌，在场武林人士皆是一震。他继续说道：“各位，丁隐如今歃血为誓，聊表决心，绝不会令大家无辜受到牵连。”

丁隐此举一时间震慑住了起哄的人，聒噪的声音也渐渐低下去。绿袍先是一惊，继而豪气一笑，将自己的手腕滑过血饮刀刃，又将满是鲜血的胳膊搭在丁隐的手腕上，口中朗朗道：“既然如此，算我一份。烈影神宗与蜀山剑派同心同德，愿保武林同道平安。”

丁隐为之一愣，却见绿袍脸上充满豪情的笑意，顿觉雄心万丈。

“我江南范府也愿与蜀山剑派同心同德。”

“武当佟元齐也是此意。”

众人诧异间，只见范夫人与佟元齐双双走来。大家见到两位德高望重的武林前辈，也纷纷抱拳。青云见到生母喜不自胜，立刻跑上前来，携了范夫人之手。

范夫人拉过青云的手，微笑道：“青云，娘就算倾尽范府之力，也会保你和丁隐平安。”

佟元齐也对众人笑道：“魔宗既然已经改邪归正，又何必苦苦相逼，天下事以和为贵，蜀山之事，蜀山自会解决，我武当佟元齐愿意做这个担保。”

在场武林人士面面相觑，不再出声。那青城派的道人带头说道：“既然是佟掌门和范夫人两位前辈做保，就且相信他吧。”

那头戴草帽的汉子也说道：“走吧走吧！散了吧！”便拉起丐帮长老扭头走出人群。其余人等见状，也纷纷散去，一场风波闹剧总算化解。

丁隐这才松了口气，低头又见绿袍正为他点穴止血，不禁感动道：“丁隐多谢前辈。”

这时佟元齐走上前来，向绿袍抱拳作揖：“警我，见你焕然新生，实乃天下大幸。”

绿袍微微一笑，缓缓说道：“多谢佟掌门。公孙无我已经动手，咱们不能再坐以待毙，是时候反击了。”

二十四年前，上官警我刺杀武当掌门左景，佟元齐曾率武当弟子披麻戴孝逼上蜀山，始有上官警我断臂之恨；二十四年之后，两人再度相见，竟是尽弃前嫌，守望相助。

丁隐、青云、玉无心等人想到此，皆是心头一暖，大为动容。

丁隐心中一阵感怀，这才抱拳说道：“多谢各位前辈前来助阵，请入客栈与我师父他们一叙，商议对敌之策。”

深夜时分，一灯如豆，绿袍一人静静坐在大堂之中，手中一盏清酒，正在自斟自饮。这时晓如和百草走入堂中，先是晓如问道：“警我师弟，攻山之计白日已布置完毕，深夜找我们前来……”

绿袍却不应她，而是自语起来：“我争了一辈子，本以为对女儿造成了不小的伤害，可是如今玉儿已经可以独当一面了。”

他又望了望晓如，微笑道：“师姐教出来的两个徒弟也甚是不错，对得起蜀山的名声。”

晓如点了点头：“他们几个小辈都有过人天赋，有他们在，蜀山和阴风谷想必也能发扬光大。”

绿袍这才切入主题：“所以我才约你们来，我们这一辈的恩怨当由我们去解决，他们是武林新的希望，不管发生什么，咱们也应该为武林留下一些火种，是不是？”

百草为之一凛：“警我，你的意思是……”

绿袍从容应道：“用最后那个办法。”

晓如和百草对视了一眼，犹豫了一下，还是开口：“不行……这太过凶险，可谓是九死一生。”

“那又如何？”绿袍微微一笑，举手饮尽盏中清酒，“反正我都死过一次了，此事就由我一人承担好了。”

这一边，玉无心和五鬼也在商议明日的进攻计划，玉无心却始终有些心不在焉。

“大战就是明天了，到时候你我各带一队人马，从两侧夹攻——玉儿？玉儿！”五鬼在玉无心面前晃了晃手，玉无心这才回过神来。

五鬼抱怨道：“玉儿，专心一点嘛，都这时候了，你还有心思想别的？”

玉无心皱了皱眉头，思忖道：“真正的战场应该在凌云峰之上，佯攻只需要你一个人便能胜任……”

“你是想……”五鬼揣测着玉无心所想，不禁苦笑着摇头。

玉无心说道：“五鬼，明日一战，拜托你帮我守住战场，让我尽快前去帮忙好吗？我不放心他们俩涉险，如果能陪在他们身边，至少也能尽一份力。”

五鬼大摇其头，愤然说道：“可是玉儿，你想清楚了，公孙无我现在的武功只怕比宗主还强，上了凌云峰可就是凶险万分。丁隐现在可是周青云的丈夫，你还有必要为了他出生入死吗？”

玉无心愣住了，瞬间沉默下来，心中一阵酸楚。却在这时，门外传来丁隐的敲门之声。

五鬼一脸醋意，故意干咳一声，佯怒道：“丁隐，已经这么晚了，你一个有妇之夫还在四处串门？”

“我……没什么……”丁隐听到玉无心房内传出五鬼的声音，尴尬不已，当即掉头跑开。玉无心下意识站起身，又不知去不去追。

五鬼叹了口气，对玉无心使了个眼色，凑到她耳边，低声道：“去吧，明日一战，生死未卜，你们今日把话说清楚也好，免得将来遗憾。”

玉无心点了点头，追了出去，三分焦急，七分期待地问道："丁隐……你刚才到底想说什么？"

丁隐咬了咬牙，紧紧抱住了玉无心。玉无心愣了愣，脸上却泛起微笑。

只听丁隐说道："明日大战在即，我也没有必胜的打算。平日里需守的规矩太多，今日只想任性一些。"

"真希望什么都没有发生过，我们就在卧云村，做一对平凡夫妻……"玉无心的脸上，泪水已潸然流下。

"对不起，玉儿，对不起……之前说过的那些令你伤心的话都是我在撒谎。"丁隐抱紧玉无心，轻声说道。

"我都明白，你我从来都是身不由己。我本以为我们唯一能够掌控的是自己的感情，却没想到还是这个结局。"玉无心伸手抚摸丁隐的脸，两人相对凝视。

丁隐再也忍不住吻上玉无心。两人过去的一切都在丁隐的脑海里闪现——玉无心的一颦一笑、两人之间的百转千回……

丁隐的泪水也终于流了下来："玉儿，下辈子我还你千倍万倍，这辈子怕是只有辜负你了……"

两人恢复了理智，仍是深情凝视着彼此。

玉无心望着远处若隐若现的天门峰，幽幽地道："蜀山是承载着你我所有回忆的地方，别让它毁在公孙无我的手上。"

丁隐点头道："我不会的，哪怕豁出性命，我发誓。"

玉无心上前拉住丁隐的手，轻声却又无比坚定地说道："丁隐，不管你我之间最终何去何从，我都会守在你身边，并肩作战到最后一刻。至少这是我对你最后的承诺……而你，一定要平安，答应我！"

却在这时，两人身后传来绿袍的声音："愿我如星君如月，夜夜流光相皎洁。"

玉无心和丁隐猛地回头，只见绿袍站在不远处，向丁隐问道："不记得了吗？玉儿做你妻子时，送给你的诗。"

丁隐一笑："怎么会？这些事一旦想起来了，就一辈子都忘不了。"

绿袍又念道："月暂晦，星常明。留明待月复，三五共盈盈……这后半句，玉儿，你可知道？"

玉无心会心一笑："女儿明白，若月亮暂时缺了，那星星就长明，留着光

亮，待十五月满时，再一同辉映。”

绿袍点了点头：“嗯，这让我想起你娘，她一辈子再苦再难，心中都没有怨恨，永远充满爱，所以她那个人浑身都散发着光芒，如星星一般，让我念念不忘。你娘说过，这世上唯一能披荆斩棘的力量只有爱。而这爱有小也有大，愿你们能将心中苦楚化为大爱，换一个天下太平。”

丁隐抱拳道：“前辈，我们都明白，丁隐也必定不负所望。”

绿袍又道：“那便好，丁隐，我有事想要单独和你谈谈。”

玉无心微微一笑，说道：“爹，那我接着去和五鬼商量明日计划了。”

她正要转身离去，忽然被绿袍喊住：“玉儿，明日一战，照顾好自己。”

玉无心从未见过绿袍如此外露地表达情绪，一时间愣住了：“爹……”

绿袍向玉无心笑了笑，这笑容中分明透着前所未有的温暖：“爹以你为傲。”

玉无心先是诧异，接着释然，最后微笑道：“好，我答应爹。”

绿袍留恋地看着玉无心的背影良久，长叹了一口气，转向丁隐道：“她果真是我的女儿，世事轮回，她也要同我一样受世间情爱之苦。”

“前辈，是我对不起她……”丁隐想起前事，心有愧疚。

绿袍却道：“若不是我当年一意孤行，你们之间也不会如此。我一生只想逆天而行，再无束缚，却没想到最终伤害最深的是身边至亲的人，是我对不起玉儿。”

绿袍此刻一脸沧桑，不再是武林枭雄，而是一个普通的父亲。

丁隐看着绿袍，之前的冷淡缓缓消融，他也叹了口气：“世间最难之事不是争雄天下，而是守护好身边人。可惜等我终于明白这个道理时，却已经和玉儿擦身错过……”

绿袍抬头望望星月，又对丁隐道：“丁隐，明日攻山，我让玉儿留在天门峰，是希望我的女儿能够好好地活下去。这是我身为父亲能为她做的最后一点事。”

丁隐点了点头，沉重道：“我明白前辈的意思，对玉儿、对青云，都是一样。坦白说，她们平安，这是我现在唯一的希望。只是如今公孙无我血炼入化境，我也没有击败他的把握。”

绿袍上前拍了拍丁隐，轻松一笑：“不必担忧，恶人自有天收，你我好歹是蜀山两代最杰出的弟子，何惧之有！”

丁隐也跟着笑了起来：“前辈说得是，只要还剩下一丝希望，我都不想放弃。刚上蜀山的时候，掌门曾经告诉过我，总有一天我会意识到责任的重大，直到今天我才真正明白了他的意思。心存大义，以天下苍生为重，这便是我们蜀山剑派弟子的责任。”

两人彼此对视，眼神中都有热血在燃烧。

见此情形，绿袍不禁自嘲起来：“争了一辈子赤魂石，最后却是它将你我联系在一起，老天爷真会开玩笑。”

丁隐却很兴奋：“不！我应该多谢它，给我带来一位同伴。”

绿袍为之一笑，只见丁隐一脸正色地看向他，神情之中早已没了先前的敌意，分明带着一丝豪迈相惜，说道：“前辈，十分荣幸能够与您一同为蜀山并肩而战。”

绿袍很是满意，随即沉吟道：“公孙无我血炼之后，赤魂石的魔性已经被彻底激发，已经不再是血肉之躯可以收服净化的了。就算我们战胜了公孙无我，赤魂石也一定会寻找下一个利欲熏心的入魔之人。救得了一时，救不了一世，唯一之法便是斩草除根，将赤魂石封存于凌云峰下的冰窟之中。”

丁隐思忖道：“公孙无我体内虽有半数的元神，却另有半数在前辈您的体内……”

说到此处，丁隐猛然醒悟过来，双眼盯着绿袍，大声问道：“难道……前辈您打算牺牲自己与公孙无我同归于尽？”

绿袍赞许一笑，纠正道：“不是和公孙无我，而是和赤魂石同归于尽，公孙无我不过是个容器罢了。这一切是非恩怨，本就是因我偷盗赤魂石而起，我总得有一个交代。等到了明天，我会亲自将公孙无我连带赤魂石送进冰窟。”

丁隐露出了一丝苦笑：“前辈忘记了吗，我体内也有最后一个赤魂石元神……万一那个元神再度失控，我就会成为毁灭一切的罪魁祸首。我曾经伤害过身边珍惜的人，我不想再拿蜀山和他们冒险。更何况只要还有一个元神留在世间，就总会有野心之人企图抢夺。只有彻底让赤魂石和六星之子从这世间消失，才能留下一个清明的世界。”

绿袍喝止道：“不行！你想过玉儿的感受吗？”

丁隐哑然失笑：“前辈，难道您觉得我留下来会是好的决定吗？到时候玉儿痛

心，青云痛苦，两个我都对不起。这一世荒唐太多，还不如索性拼上性命一搏。”

绿袍神情一黯，无声叹息。

丁隐又道：“我和玉儿曾经约定，等到一切都结束的时候，就找一个山清水秀的地方建我们的家，扎我们的根，如果这一辈子无缘的话，那么就等到下一世……”

绿袍不禁动容。丁隐垂下头，眼中也充满温柔，继续道：“守护这个约定，给玉儿她想要的世界，这是我能为她做的唯一的事了。”

绿袍痛苦地闭上双眼许久，点了点头，对丁隐道：“丁隐啊，你的心远比我宽容。若我当年有这般体悟，也不会是这样的结果。”

丁隐粲然一笑：“现在也不晚。”

五鬼大吼一声，魔宗门徒已从林中蜂拥而出，随着五鬼和玉无心踏入了天门峰山门内。天门峰内早已有不少蜀山弟子列阵等候，摆出剑阵。玉无心和五鬼对视了一眼，五鬼高吼一声，带领众人冲上前……

凌云峰脚下，青云和张琪也带领一众弟子向着凌云峰冲去。与此同时，血偶已从四面八方出现，将这群弟子围在当中，每个血偶都如同当初的小张，两眼通红，毫无人性。

青云和张琪握住长剑，守护在众弟子身前，和血偶对峙。青云长剑指天，大吼一声：“蜀山前途，在此一役！大家全力一拼！”随着震天怒吼，众人向着血偶冲去……

绿袍与丁隐望着云雾缭绕的蜀山之巅，看到天门峰方向剑气冲天，相视一笑。两人一点头，各自施展轻功，向凌云峰赶去。

此时天色阴沉，风起云涌，血偶大多被青云和张琪拖住，只有寥寥几个血偶拦住了两人去路，被两人随手震开。两人如入无人之境，直冲大殿而去。

突然间，一道红光呼啸着从大殿破门而出，正是公孙无我。他怪笑地看着丁隐和绿袍两人，口中道：“丁隐、上官师弟，我等你们很久了，多谢两位，赤魂石今日重新合一，我将一统武林，成为天下霸主。”

丁隐怒喝道：“公孙无我，你别高兴得太早！”

公孙无我毫不在意，仰头大笑：“丁隐，我记得你以前是生活在蜀山脚下的村子里吧，那时候每天总是抬头仰望蜀山，感觉如何？上官师弟，你也一直在点苍峰修行，是不是从来没有机会踏上蜀山之巅那只有掌门才能踏足的地方？”

绿袍啐了一口：“你就是一心沉迷这些身外之物，才会堕落成这样。”继而他眉头一皱，和丁隐联袂攻上，剑气刀势融为一体，化为两道状若龙蛇的旋风朝公孙无我席卷而去。

公孙无我祭起血影神功，周身一片红光，丁隐和绿袍的攻势完全无法攻破他的防御，两人已是拼尽全力，剑气升腾至极，却仍无法将公孙无我逼退半步。

即使如此，公孙无我依旧有余力开口说话：“千百年来，人们厮杀、流血，皆是因为这个世间没有真正的主宰。我并不是为权力，但只有站在这权力的顶峰之上，才能建立一个新的秩序，所有的人听我之令，依我而行。这难道不是另一种天下太平吗？我的苦心，你们终究都无法理解啊！”

“我看你是丧心病狂，心魔难除！”丁隐支撑着骂道。

公孙无我讲出了多年心病，眼神越发狠毒：“心魔？我怕什么心魔？正又如何，魔又如何？只要我能够俯视众生，操控生死，什么是正，什么是魔，都由我说了算！”

丁隐一边防守，一边艰难地开口：“你当真以为所有人都会崇拜你、以你为尊吗？他们只是怕你而已。”

绿袍在一旁轻蔑道：“在他们心里，你永远只是那个中庸胆怯、只会躲在诸葛驭我身后的老二！你这辈子都翻不了身！”

“闭嘴！全都给我闭嘴！”只见公孙无我两眼血丝迸发，仰天长啸，无数股丝线般的血丝浸透衣衫，破体而出，最终凝聚成了数条猩红的血蛇盘踞身旁，游走不止。

绿袍扶着丁隐起身，看着眼前场景，苦笑一声：“糟糕，血影神功最后一层，我们都没有达到过的境界，倒是被他突破了。”

公孙无我恶狠狠地盯着两人，刚刚绿袍和丁隐的每句话都戳中了他的痛处，让他越发愤怒疯狂。

血蛇疯狂地鞭打着一切，每一次攻击都蛮力十足，势可断金碎石，丁隐、绿袍两人被逼着一路后退，根本没有任何喘息的机会。

公孙无我双眼缓缓流出血来，如同魔神降临，一边疯狂攻击一边嘶吼：“因为你们的存在，我才会一路不顺！你们俩的尸体我会挂在蜀山之巅，暴晒成干，让所有人知道你们的下场！”

丁隐和绿袍苦苦支撑，两人并肩站在一起，剑气和公孙无我的血雾此消彼长，两人的刀剑都在剧烈地颤抖着。他们越来越被动，谁都无法攻破公孙无我的防御，甚至都无法近身。

凌云峰广场之上，晓如和百草此时浴血而来，看着空中斗得天昏地暗的三人，百草与晓如神色凝重地对视一眼，沉重道："师姐，起阵吧。"

晓如犹豫了一下，面色凝重："一旦起阵，就没办法回头了……"

百草肃然道："唯有此法才能压制赤魂石的魔性。如今蜀山大战，已非诛杀公孙无我一个人这么简单。公孙无我本人不足为惧，只是赤魂石被他激发了至邪的力量，若是从他体内逃出，依旧会寻找下一个寄生者，到时候，新的魔王现世，天下永无宁日。正邪对抗，定要有所牺牲。"

晓如仍恻隐道："此事连青云和玉儿都瞒着，她们若是知道了……"

百草却坚定道："我知你心有不忍，可这就是身怀赤魂石之人的命数。"

晓如咬咬牙，随后和百草一同祭起阵法，晓如位于西南方的生门，而百草则坐镇东北的死门，二人口中念念有词——

"以无极之颠融万物一体，以五行为媒纳天地元气。"

"化虚为幻，无始无尽……"

凌云峰广场上的蜀山徽记随之亮起，五座山峰的印记周围也逐渐有光阵闪现，分别代表生、死、晦、明、灭五门。随后，蜀山上方风起云涌，一道极粗的闪电带着毁灭的气息，从云层中直劈下来。

凌云峰山脚，青云和张琪已经带领弟子们控制住了局势，血偶一点点被他们打退，玉无心也与青云会合到一处。

玉无心一看青云手中长剑，发现竟然是一把普通蜀山弟子佩剑，不由得一惊，问道："青云，你的青索剑呢？"

青云回道："师父说要在凌云峰设阵，紫青双剑能破魔斩妖，她便都带走了。"

这时，凌云峰高处猛然一阵亮光闪过，直射空中。玉无心想起昨夜绿袍和丁隐的话语，再是绿袍温暖流连的眼神和异乎寻常的话别。

玉无心心头一怔，涌起不祥的预感，她竟失声大喊起来："丁隐、爹……等等我！不要丢下我！"说完，她不顾一切，向凌云峰峰顶奔去。

青云也似乎感应到什么，便将战场托付给张琪，化为一道剑光，也朝凌云峰峰顶追去……

这一边，正与公孙无我苦苦相持的丁隐忽然脸色一白，不断催发的功力终于抵达极限，无以为继。

公孙无我霎时狂笑起来：“哈哈！丁隐，什么六星之子，诸葛驭我还说什么你是蜀山的希望，你还记得你教我血影神功，逼着我对你感恩戴德的时候吗？从那个时候起我就在幻想，有一天亲手杀了你到底是什么滋味！”

他说着打出一道血蛇，朝丁隐的心脏袭来。

眼看丁隐就要被血蛇击中，却是绿袍飞身替他挡下一击。一时间，绿袍只觉周身气脉翻涌，五脏逆位，先是道道血丝侵入长刀，随后手臂上也开始沁出血丝来。

绿袍脚下一软，单膝跪倒在丁隐身边，支撑道：“公孙无我破了忌，血炼之法无限激发出赤魂石的魔性，如今他的心性已经完全被侵蚀，力量不可小觑。”

丁隐亦是强弩之末，勉强扶起绿袍，又看了一眼广场中央，低声道：“前辈，法阵已开。”

绿袍随即凝声道：“到了该动手的时候了。丁隐，你准备好了吗？”

二人对视一眼，点了点头。

此时，公孙无我嘶声怒吼，血蛇瞬间涨粗一倍，先是将丁隐的血饮刀牢牢缠住，随后奋力一甩，竟将血饮刀从丁隐手中甩脱开去。

同时公孙无我飞身前来，一把掐住了丁隐的脖子，狞笑道：“哈哈，世间已经再无人可以抗衡我公孙无我！”

谁知丁隐并无惊惧之色，反是微微笑道：“你错了！”只见丁隐身上的伤口流出的鲜血渐渐汇入他的手腕处，他的周身竟散发出青色的剑气。

“青索剑剑气！不可能，青索剑认主，怎会为他人所用？”公孙无我大骇道。

“我与丁隐都是死而复生之人，周身经脉为赤魂石灵气所铸，紫青双剑当然可以为我们驱使。”绿袍也丢开了长刀，身旁紫气环绕。

原来昨夜，晓如真人已将青索剑手镯和紫郢剑发簪分别交给丁隐、绿袍。按照范夫人所言，紫青双剑合璧，乃是克制血影神功的唯一法宝。

晓如曾担心双剑认主，怕丁隐和绿袍一时难驭。绿袍却以当年素因以血开天

门为例，说高手决胜，只需片刻之机，只消弹指间的空隙，他们便有可能击破公孙无我的血雾。

绿袍又对丁隐说，血影神功并非没有破解之道，他当年修炼时，就曾参悟出破绽——公孙无我的后脑天冲穴乃是命门。

此时公孙无我面露惊惶，丁隐却是冷笑一声：“公孙师叔，这条路归根到底是你自己选的，掌门说得对，世间万物，皆有报应，到了该了结的时候了——”

话音未落，丁隐便与绿袍冲天而起，身体已经化为紫青两道剑光，双剑合璧，人剑一身，一齐向着公孙无我攻去。

公孙无我爆喝一声，将血影神功使到了极致，先是数条血蛇一齐护在他的身前，再有千百条血红游丝笼罩住他的全身。而紫青两道剑光却如离弦之箭，从中径直穿过。

一瞬间，时间仿佛静止了一般，公孙无我的动作猛地停住，两道剑光霎时又化为丁隐、绿袍两人，怜悯地看向公孙无我——只见一股血丝从他后脑的天冲穴缓缓流下，公孙无我痛苦号叫，体内爆发出一阵剧烈的颤动，周身的血雾爆开消散，血影神功尽数散去。

这时青云和玉无心也已赶至，青云见状，兴奋地大喊：“成功了，丁大哥他们成功了！”

玉无心却注意到丁隐和绿袍的眼神依旧戒备，自语道：“不对，他们还打算做什么？”

却见丁隐和绿袍飞身上前，一把抓住了公孙无我，随着三人接近的一刹那，各人体内的赤魂石元神之力瞬间全数爆发而出，强大的气场将青云和玉无心推开。

与此同时，丁隐、绿袍和公孙无我三人的身体开始不受自己的控制，缓缓升到空中，红色的血滴从三人胸口往外散发，在空中渐渐汇集。

“不，不可以，我好不容易才集齐的赤魂石元神！”公孙无我努力挣扎着，想要捂住胸口，却无法阻止元神的离去。只见三人的身体越升越高，赤魂石元神之力在他们三人体内连接运转，让他们痛苦不堪。

三人的中间，血滴重新汇聚成形，组成了赤魂石的形状，却依旧通过血线与三颗心脏紧密相连。丁隐和绿袍打量着赤魂石，两人的眼神均是感慨万千。

稍远处，玉无心和青云亦是目瞪口呆地看着这一景象，玉无心喊道：“青云快看！赤魂石重新成形了。”

青云却叫了起来：“不对，赤魂石现在是靠他们三人身上的元神连接而成的，他们三人已经被赤魂石连在了一起，谁都走不开了！”

她突然想到什么，撕心裂肺地大喊道：“丁大哥——”

此时此刻，公孙无我的眼中仍闪现着贪婪的光芒，他一把攥住了赤魂石，死都不肯放开：“这是我的，是我的宝贝！你们谁都别想拿走！”

公孙无我还没反应过来，就被冲上前的丁隐和绿袍牢牢夹在当中。

晓如和百草看向空中，知道时刻已到，同时发力。大地随之震颤，风云为之色变，只见广场上的蜀山徽记忽然化为一道旋涡，随后从中分开，裂为两半。一股惊人的寒气从地底喷涌而出，凌云峰下方埋藏的万年冰窟已被两仪微尘阵法开启。

公孙无我见冰窟缓缓打开，似乎察觉到自己的命运，疯狂地挣扎嘶叫起来：“放开我！你们疯了吗？陪着我，你们也只能一起死！”

绿袍却肆意一笑：“我绿袍此生不枉来世上走一遭。”

丁隐也面带豪情：“丁隐亦然！”

“丁隐，不要！爹，不要啊！”此时玉无心已完全猜到了丁隐和绿袍的想法，与青云疯狂地飞扑上来，然而丁隐和绿袍已经带着公孙无我向裂开的冰窟深处俯冲下去。

与此同时，晓如、百草发力收官，地下冰窟开始缓缓闭合。最后关头，两只手忽然从上方死死拉住了丁隐的手。丁隐抬起头，见是泪流满面的玉无心和青云。

“不要！丁隐、爹，你们回来！”

“丁大哥，不要！”

绿袍一边下坠，一边对玉无心传音道：“玉儿，这是爹和丁隐自己选择的路，不要去责怪任何人。”

玉无心不住地摇头，无法接受这个事实，口中自语道：“不会的，一定还有别的办法封印赤魂石的！”

丁隐则是牙关一咬，反手一掌，推出一股气浪将两女掀开。

青云已经被气浪掀倒在一旁，玉无心却是咬紧了牙，死也不肯放手，无奈气浪逼人，加上丁隐下坠之势，她的手终于一点一点松开，绝望的泪水夺眶而出。

丁隐抬起头，留恋地看向玉无心的脸庞，仿佛怎么都看不够。他在最后一刻缓缓笑道："再看你一眼就足够了。"

随后他主动松开了手，身子向着冰窟下方坠落。

"轰"的一声，法阵缓缓闭合，整个蜀山徽记光芒陡然熄灭，天地间风云好像顿时停息了下来，玉无心亦被阵门关闭时的巨大力量掀翻，她的眼神带着一丝悲切，晕了过去。

二十四年一度的腥风血雨终于落下帷幕，蜀山的魔气也终于散去，恢复了往日的清幽安详……

天门峰上，张琪正带领着苏醒的众师弟忙碌地修复山门。

凌云峰广场上，栖霞峰的女弟子们正在练剑，她们的动作变得熟练许多，每个人脸上都带着希望和生机。

百草庐内，百草仙人将"不求人"狠狠摔在地上，指着吴冬虫就是一顿臭骂。吴冬虫则是低着头，大气也不敢出一下。

凌云峰广场也已经焕然一新，中央的蜀山徽记仍然古朴威严，就像什么事都没发生过一样。

丁隐恢复一身猎户的打扮，与小玉两人高高兴兴地扛着猎物回到村子里。王胖子和秦阿守围上来，见到丁隐又一次拿了第一，纷纷投来羡慕和嫉妒的目光。

人群中，一男一女两个孩童跑过来，叫着丁隐和小玉"爹娘"，孩童身后还站着上官警我和素因。一家人亲昵地将孩子抱在怀里，一副幸福的模样。可是这幸福的景象，却慢慢模糊，越来越远……

"爹……娘……丁隐……"

玉无心呼唤着丁隐的名字醒了过来，睁开眼睛，才发现是一场美梦。她一时间有些恍惚，不明白发生了什么事。

但是很快，她回忆起之前的悲剧。残酷的现实让她无法忍受，她闭上眼睛，落下一滴泪，她多么希望永远留在刚才的梦境中。

青云一直守在玉无心的窗边，听到玉无心的声音，忙跑到床边，看到玉无心醒了，很是开心，激动地拉住她的手，大喊道："玉姐姐，你可醒了！你自大战之后，整整昏迷了一个月，我还以为你再也醒不来了呢。"

玉无心醒来便问："丁隐呢？丁隐有没有救出来？还有我爹……"

青云眼神一暗，逐字说道："丁大哥和上官前辈，他们牺牲了自己，和公孙无我一起被封印于降魔塔冰窟中……"

玉无心颓然坐下，怅然道："事到如今，醒来又有什么好？只觉得痛苦。上天好残忍，他们好不容易回到我身边，如今却又要我再失去。"

她再次想到梦中的温存，如今又身处冰冷的现实，忍不住泪水直流。

青云担忧地看着她，开解道："玉姐姐，你一定要振作起来。如今蜀山已经恢复如初，天下也太平了，丁大哥和上官前辈并没有白白牺牲自己。"

玉无心怔怔地坐在那里，良久才问青云："他们两个早就下定决心，做好送死的准备了，只是一直瞒着我，对不对？他们让我留在天门峰，其实是怕我去阻止他们，对不对？"

青云含泪点头："我也是后来看到丁大哥留给我的一封信，才知道个中缘由。"说着取出丁隐给她的信笺，向玉无心念道——

"青云，这件事除了师父和百草师叔之外，我没有告诉任何人。和你们最后相处的日子里，我不希望你们在悲伤中度过。能够以我的性命换来你们的平安，这对我也是一种解脱。唯一遗憾的是，与你相识一场，我却亏欠你太多。抱歉不能继续守护你，当日成亲，你就当只是权宜之计，你不欠我任何承诺，也不用为我孤独守候，只愿我离开之后，你能够找到真正属于自己的幸福。

还有，请帮我告诉玉儿，我对她的感情超越生死，请她替我好好地活下去……

丁隐，绝笔"

青云痴痴地念完，玉无心早已泪流满面。

青云又强颜欢笑，宽慰玉无心道："玉姐姐，我羡慕你都还来不及。你可别怪丁大哥狠心，若当时有其他法子，他是万不愿意离开你的。"

玉无心含泪点了点头："我当然明白，他这个人永远将别人摆在第一位，若要勉强他苟活于世，而看众人生存在乱世中，对他来说会是更大的痛苦。只是……若他真的了解我，就应该知道我早将生死置之度外，当初他要是带我一起进了那冰窟，才是我真正的幸福。"

玉无心说到这里，竟抢过青云的佩剑，想要自刎殉情。青云来不及阻拦，玉

无心的剑已经向脖子上抹去。

危急时刻，一个药葫芦飞了进来，将玉无心手中的剑打落在地。却是百草仙人走了进来，看到眼前情景，无奈地摇摇头：“我最烦你们女人两点，第一是哭哭啼啼，第二是寻死觅活！”

青云不忍道：“百草师叔，玉姐姐已经够难过了，您就别添乱了。”

百草却重重地“呸”了一声，仍是带着骂腔：“我是来告诉她好消息的，听了这个消息，她就不想死了。”

百草带着玉无心和青云来到凌云峰广场。三人站在蜀山徽记前时，玉无心本能地有些恐惧，青云更是不明所以，百草却笑道：“玉姑娘，这里和地下冰窟紧紧相连，今天早晨我听到了声音。”

玉无心不解地问道：“什么声音？”

百草懒得多言，示意她自己来听。玉无心将信将疑，随即趴下身子，将耳朵贴在地上，正对着蜀山徽记的中心。她沉了沉气，随后闭上眼睛，用心聆听。在一片静寂中，竟然传来一阵“咚咚”声。

玉无心感到不可思议，她抬起头，望着百草：“这是……这难道是……”

百草白眉一扬，微笑着点头：“是啊，是从冰窟传来的心跳之声。”

青云听到这话，喜极而泣：“心跳？难道丁大哥和上官前辈还活着？”

百草皱眉道：“我猜想，虽然冰窟封存了他们的身体，但已经将他们两人体内所炼化的赤魂石元神转化为一种新的能量，延续了他们的生命。”

玉无心简直不敢相信自己的耳朵，这个消息让她激动不已：“所以丁隐没有死，他还是可以回到我身边！”

百草又道：“可是冰窟毕竟已经封死，公孙无我所激发的魔性一天没有清理干净，这冰窟就一天不能打开。丁隐和上官师兄被困在其中，五年、十年，甚至二十四年也是未知。但是我相信，赤魂石的运转有它的周期，总有一天，一切将回归平静，那一日便是你爹和丁隐的出关之日。”

虽是如此渺茫的一个期限，青云仍为玉无心感到高兴，说道：“太好了，玉姐姐！”

玉无心重新趴回地面，一边流着泪，一边听着从冰窟传来的心跳声。虽然地上冰冷，但她觉得异常温暖。她慢慢地将手掌伸向地面，小声地对着地面说道：“丁隐、爹，不管多久，我都等你们。我会等着我们重逢的那一天。”

青云闻言欣喜起来：“那样也好，玉姐姐，你便留在蜀山陪我好不好？”玉无心却摇了摇头，青云便胡乱猜道：“不会吧？你要和那个五鬼在一起？”

玉无心白了青云一眼，笑道：“那当然不是了。我想回到西疆，去找屠梦。西疆和中原之间的封印还残存，万一再有邪魔歪道复苏，企图入侵中原，屠梦一个人是挡不住的。丁隐和爹拼命才保住的这片土地，我也想好好守护它，等他们出来的时候，我希望会是一个更好的世界。”

青云感动地点了点头，又说道：“玉姐姐，有一样东西我想送给你。”她从身上拿出一封书信，递给玉无心。

玉无心打开一看，竟是一封休书。

青云说道：“玉姐姐，你和丁大哥之间的感情，我从始至终都只有羡慕和佩服，从未想过插足。我想来想去，这大概是我能给你最好的离别礼物了。等你们重逢之日，我真心地祝愿你和丁大哥白头偕老，永结同心。”

“可是你……”

青云笑了笑，苦中有甜：“玉姐姐，说出来你莫要笑我，其实青云心里除了丁大哥，已经再容不下他人。但我也明白，爱一个人不一定要拥有他，只要他幸福快乐，我也就满足了。而今青云又担负蜀山重任，以后会青灯常伴，儿女之情就随它去吧。”

玉无心看着休书，又看看青云的笑脸，很是动容，上前抱住青云：“青云，我和丁隐能认识你，是我们的福分。”

“玉姐姐，多保重。”

“你也是。”

两女相拥而泣。

蜀山上吹来一阵温暖的微风，风中卷着桃花花瓣，树林沙沙作响，所有的恩怨都瞬间化解于无形。

不久之后，蜀山举行了盛大的掌门传位仪式。

众弟子整齐地站在凌云峰广场上，仰视着凌云峰大殿。只见青云身着掌门服装，正一步一步走上大殿台阶。在大殿上方，晓如、百草和已经接任长老之位的张琪站在那里，微笑地等着她。

青云走上大殿前方，紧张地跪在晓如面前，庄重地道：“弟子蜀山栖霞峰第七十一代传人周青云，在此听命。”

晓如说道：“青云，你乃我栖霞峰得意弟子，又为上古神剑青索剑之主，蜀山遭逢大难之时，你力扛重任，带领整个蜀山脱险，功不可没。在此，将蜀山掌门之位传与你，愿你能将蜀山正义发扬光大。”

青云叩拜道：“弟子领命！”

晓如又走上前，将掌门令牌交给青云。青云接过令牌，转身面向众蜀山弟子。她昂首挺胸，气度不凡，随后举起令牌说道：“众蜀山弟子听命，从今往后，我将带领众人重振蜀山，匡扶正义，泽被苍生！”

众弟子纷纷跪拜，巍然应道：“弟子愿服掌门之命，为天下苍生尽责！”

看到青云接任，晓如和百草很是感动。蜀山上下，彻底恢复了往日的生机。

青云抬起头来，望着蜀山极顶的晴苍冥冥，她仿佛看见天空中一盏天灯飞了起来，那天灯上是丁隐与小玉一起写下的诗句：“愿我如星君如月，夜夜流光相皎洁……”

天灯乘着风势，缓缓飞入一片桃林，丹辰子、紫英、小张和丁隐正在一片桃花丛中击剑而歌，欢声笑语此起彼伏……

星芒坠落在蜀北塞外的一片荒地之中。

丛林中，一个人影正跪在地上，此人正是小张，他面前躺着紫英。紫英的身躯被他用药草封存，历经时日，虽面色苍白如雪，仍是栩栩如生。

小张看着紫英，痴痴地笑了笑：“紫英，丁大哥说，时间能抚平一切伤口，根本就是骗人的。我守着你越久，心中伤痛越深，你躺在那里，我什么也不能为你做，回忆像刀子一样，每一天都让我心里流血。紫英，我好想你！”

随后，小张拿起一个药葫芦，那里仅存的一个元神正在闪烁着红光，他看着忽明忽暗的光火，自语道：“你没有想到吧，公孙无我为了把我炼成最厉害的血偶，根本没有把那个元神从我的身体里取出来。你说，老天偏偏留了这一个元神给我，是不是对我的启示呢？”

在他眼中，闪过一丝不知是仇恨还是魔性的光，口中分明在说：“丁大哥，对不起。这世间正与邪，皆因爱而生，这宿命，无人逃得过。”

密林中，点点红光闪烁，一股魔气冲向天空……

（全书完）

蜀山战纪·番外篇

崇山峻岭之中，一条长河蜿蜒而过，因其发源于漓山，故而被人们唤作漓水。漓水挨近蜀山，是以方圆数百里内也被称为蜀地。

此时春寒料峭，新月如钩，漓水河面一艘满载的客船朔流而上，船家在船头点起一盏渔火，正与艄公极目远眺。

艄公身后，是处半敞的厢棚，厢棚之内摆着一张木桌，木桌边正围了十来号人，不时高声吆喝。原是行舟的客人闷得慌，就地摆起了牌九赌局。

却说赌桌的西首坐着一位慈眉善目的锦衣中年，像是个和气生财的商贾模样。

在他对面是位白袍公子，手拿着一柄折扇，扇面绘着几簇梅花，在他身边又倚了个娇小娘子，看来要比梅花俏丽。

公子左手，是个面色煞白的行脚头陀，披了一身粪扫衣，破鞋中露出两根脚趾，看似四处化缘、乞人布施的模样，可他手中又分明攥着两枚沉甸甸的金元宝。

那头陀对面，又坐个了黑瘦少年。这少年蓬头垢面，一双眸子偏又精光四射，他一手捏着骨牌，另一手握了半块馅饼。此时少年正偷眼揣摩着众人表情准备下注，时不时还将馅饼凑到嘴边咬上两口。

船驶过弯曲河段，河面渐渐开阔，但水势越是湍急。此时行船的左岸，乃是当年正道中诸门各派与魔人的战场，那一役死伤甚多，致使此处阴气颇重。

船家夜晚行舟，每经此段，均会按例做些祭祀，散些冥纸，一来纾解战场的煞气，二来刚过弯曲河段，河面渐宽，水势汹涌，常有凶相。船家在河面讨生活，自要献祭河神，求祈平安。

船家正要焚香烧纸，赌桌上也到了开牌的关键时刻，桌上各人、连同围观人等均在屏息凝视，等待揭盅，却见那头陀猛地一声暴喝，竟是跃出了厢棚，飞身跳入河中。

少年嚼了口馅饼压惊，便啐道：“臭和尚输不起吗！摸了个六点，他就跳河？”

却在此时，只听船家一声大叫：“走蛟！走蛟！今夜我与诸位客官想必要命丧于此！”

厢棚内众人方才警觉，顺着艄公所指方向望去。只见月色之下，船头前方二里开外，竟有道高高的水墙汹涌逼来，伴随着越发壮大的隆隆水声，犹如千军万马奔袭迫近。

那少年曾在别处见过潮头，只觉有些相似，但蜀地远离海疆，怎会有此巨浪逆流？他强自镇定，向身边一位观牌的老者问道：“这是洪水吗？”

老者早吓得面无血色，颤栗道：“三四月，哪里来的洪水？这……这分明是蛇妖在走蛟啊！”

少年大骇，又问道：“什么是走蛟？”

老者哪里还有心思与他多言，当下缩起身子钻入赌桌下面，拼死抱住了一根桌腿。

这时一道闪电蓦地直劈下来，接着一声惊雷在头顶轰然作响，紧接着河面卷起一阵狂风，带动巨浪颠簸，客船随之开始剧烈地左摇右晃。

厢棚中的铁器、碗碟、柴禾、木桌，以及三十二枚骨牌顷刻间七零八落，众人也被颠得东倒西歪，方才那抱着桌角的老厮，随了木桌重重地撞在船壁上，当场额角裂开，晕死过去。

少年惊得面无血色，暗想今日命丧于此，却听见水面上忽地传来一声暴喝：“大泥鳅妄想成龙，看爷爷收拾了你！”

只见那堵水墙般的巨浪已迫近到距船头一箭之遥的水域，水墙边居然有个人立在巨浪潮头，一边比画一边叫嚷。

他再细看，此人竟是方才跳河的行脚头陀。那头陀踏浪而行，威风凛凛，先是指着水墙一阵臭骂，随后猛地拍出一掌，以千钧之力重重击在水墙上。

水墙猛地从中裂开，伴随一阵巨大的水花散开落下，果真从中现出一条水缸粗细的黑色大蛇！那大蛇头大如斗，气喘如牛，眼似两盏灯笼，露出的尖牙足有捕快的大刀粗细。它头一低，便向头陀扑了上去。

那头陀显是有备而来，见大蛇袭来，手中的两枚金元宝霎时弹射而出，直向大蛇双眼飞去。大蛇低吼一声，翻滚避过，又以蛇尾向头陀扫来，头陀避闪不及，弹飞开去。

众人惊呼声中，只见那头陀已站好步伐，稳住下盘，又从袖中摸出两枚元宝，再次向大蛇“噗噗”弹将过去，引得船上众人高声喝彩，连那观战的少年也不禁赞叹：“啧啧，这大和尚，出手倒也阔绰。”

少年见这头陀踏水而行，出手不凡，估算多半是什么身负绝学的世外高人，收伏这条走蛟大蛇应是不在话下，因此心情也随之转为轻松。

谁知头陀仅出了三五招，便一口遭大蛇拦腰咬住，众人大骇间，他竟向大蛇求饶起来：“蛇兄，蛇兄，不不不……龙王……龙护法……我给你念经传法助你飞升……啊！啊！不要啊！龙护法……我……我有很多钱的，我给你修庙……啊！不要啊——”话未说完，大蛇便一口将他吞了下去。

众人已惊得腿脚发软，魂飞天外，想来此番必死无疑。

却见那白袍公子与身边的小娘子深情对望一眼，谓众人道：“事到如今，大家同舟共济，我们也不想再隐瞒，我们便是……”

小娘子轻轻将手搭上公子肩膀，接过话头道：“我们便是名满华夏、威震三洲、惊动寰宇、睥睨众生，长年行走于南方诸地的江湖飞盗盗中道。”

此时船上众人命悬一线，哪里有闲情去看二人扭弄。那少年听了这一长串繁复名讳，更觉不知所谓，便哂道：“二位若能相救，那才算真本领。”

白袍公子折扇一摇，似是不屑与少年搭话。倒是那位慈眉善目的中年商贾向公子一揖，口中道：“原是林公子携宝眷前来，萧某眼拙得紧，竟是不识泰山。”

白袍公子还了一礼，他身边的小娘子也微一欠身，向中年商贾道：“萧帮主才是武林北斗，莫要折煞了我们晚辈。”

原来这中年商贾，乃是牧州锦衣帮帮主萧其道，先前那姓林的白袍公子与小娘子也确是名震一方的雌雄大盗。却听林公子向萧其道问道：“据说萧帮主门中，颇有些降服灵兽、炼化内丹的秘法绝技，不知眼下这条伤人恶蛟，帮主准备如何处置？”

萧其遒望了望近在眼前的大蛇，又看了看白袍公子，沉吟道：“这个嘛……有呢，是有那么一些的，不过……萧某倒想先见识一下贤伉俪的手段，也好开开眼界。”

白袍公子连连点头，又与娘子眼波一送，继而好似突然想起什么，露出万般遗憾神情：“唉，只可惜我不太识水性……”

他又问娘子道：“卿卿，你可会那泅水之术？”

林娘子也是柳眉紧锁，哀叹道：“相公，卿卿不会。”

白袍公子这才默默摇头，一脸痛惜谓萧其遒道：“只怕还是要请前辈出手匡扶正义啊。”

眼看大蛇距离船头仅有数丈之遥，萧其遒也是面露难色，思忖再三，终于从袖中掏出一副双掌大小的铁算盘，继而又取出几道朱砂绘就的符印，口中道：“那个……那个……船上众人同气连枝、命悬一线，萧某自当拼死一战，死而后已。”

说着他便大义凛然地走向船头，迎着大蛇正要殊死一战。众人见他一袭锦衣，吞风吻雨的样子，心中既是感激，又是忐忑。

熟料萧其遒这才走出几步，竟又回过头来，换成一副悲天悯人神色，怅然道：“唉，畜生福报浅薄，修行不易，这大蛇今日渡劫，原也是天意使然。我们不该伤它性命，应与它好生说谈，劝它莫要弄翻了船，须得爱惜众生性命，如此才顺乎天地之道。”

他一边说，还不住频频回头望向大蛇，目光中竟颇有嘉许勉励之意。

众人见此情景，连声啐了起来，就连林氏双盗也对萧其遒面露鄙夷。此时大蛇已卷着巨浪临到船头，它仰起的半身露出水面，足有六七人首足相迭之高。

众人惊惧万分，只觉命在顷刻，但仍出于本能向船尾逃避，有些人蹲下身体蜷缩起来，有些人索性跳入河中免得葬身蛇腹。林氏双盗紧紧相拥，林公子展开折扇挡住娘子视线，不让她看到大蛇的可怖模样。那名少年更是早已吓得失魂落魄，当场晕死过去。

诡异的是，那大蛇居然在船头上方停了下来，僵持了片刻，随后匐下蛇身，

将蛇头钻入厢棚之内。刹那间它竟如同遭到电击般闪避退缩，整个没入水中，转向而去。

这变故来得太过突然，船上的众人全不明白自己的性命是如何保住的，个个摇头不解，一脸惶惑，既是庆幸不已，又觉委实诡妙。

倒是林氏双盗颇有担当，先是林公子自语道："我这玄冥扇威力太过惊人，定是那恶蛟畏退了。"

林娘子也含笑说道："如此也救了众人，总算是一桩功德。"

萧其遒想得更深，他沉吟道："老子曰：夫代大匠斫者，稀有不伤其手者矣。想来是灵蛇道兄体会到萧某的放生之德，是以福至心灵，慈悲为愿。"

林娘子闻言讥讽道："萧帮主菩萨心肠，救度众生，晚辈自愧不如。"

谁知那萧其遒顿了一顿，竟应了句："因为懂得，所以慈悲。"

这时少年方才睁开眼来，只见船家与艄公缓缓走向厢棚，先将他小心扶起，又递上烈酒压惊，再是躬身作揖问道："这位小后生，你是何方人士？敢问怎样称呼？"

那少年喝下烈酒这才镇静下来，眼珠一转，便答道："我叫张馅饼，家在江南秀水镇，你们叫我小张就好。"

船家又恭敬道："江南过来，少说也有两千里路，张公子怎么想到蜀地来？"

小张嘿嘿一笑，应声道："我就是个没爹没娘的孤儿，哪里有饭吃，我就去哪里。我这一路浪呀荡呀的，也不知怎么就上了你的船。"

他心中想：我为何来蜀地，岂是能在这里说的。

原来小张是秀水镇市井间一名游手好闲的少年，半年前他为一群马贼所绑，马贼不知他境况，原是想向他家人讨些赎金，因此先将他囚在牢内。

在牢房内，小张有幸和姑苏富商朱炳仁同囚一室，那朱炳仁倒与他谈得投洽，被赎之前竟向他说了一桩秘密——话说朱炳仁年轻时曾是商队的挑夫，二十四年前，一支由月氏携带秘宝返回的姑苏商队，为避战祸改道蜀山，在深山中被一个生有黑色怪臂、双眼泛红的人屠杀。那怪人非图财宝，只为灭口，因此秘宝迄今还在蜀山天门峰下的深山密林之中……

朱炳仁说，当年怪人大肆屠杀，他因被埋在十多具尸身之下，侥幸留得性命逃了出来。他仅从尸堆中带出一只盛放夜明珠的匣子，返回姑苏之后便卖了三千金，凭此发家，富甲一方。

朱炳仁当场给小张绘就了一张寻宝地图，于是乎，小张此时才会沿着漓水朔流而上，直向蜀山而去。

那船家与艄公听小张这般说了，便也不再多问，两人对望一眼，当场在他面前跪下，口中道："魏三、魏先愧谢过张公子救命之恩！"

众人惊愕间，小张也霎时愣住，他连忙扶起两人，一脸惶惑不解。

却听船家缓缓说道："这漓水走蛟，乃是百年一遇的凶煞。蛇类在上游深山千年修行成蛟，一日逆流而上，传说行至江口便可化龙。然而恶蛟所过之处，舟楫必覆，生人必死也是一则铁律。今日恶蛟退去的情形委实诡异，别人不知是张公子相救，我们却知道。"

小张更是惶惑不已，不解道："我……我分明给那大蛇吓晕过去，又怎么救大家？"

那艄公又说道："这恶蛟刀枪不入、十八般武功也伤它不得，灵符、道术、禁咒通通对它无效，它唯惧怕两样。"

围观的众人一阵好奇追问，小张也忍不住探问起来，艄公这才又说道："一是六星之子，二是不死之躯。"

小张"哇"了一声，一个激灵道："什么鬼嘛？什么是六星之子？什么又是不死之躯？"

艄公又重复了一遍，随后正色道："六星之子孔武非凡、煞气冲天，我看公子并非此类，想来……定是那不死之躯了。"

小张听得哈哈一笑，调侃道："阿伯不要说笑。不死之躯这种事，别人信不信倒也无所谓，关键是你自己千万不能信。"

小张这番话，说得颇有智慧。一个人若要验证自己是否不死之躯，唯一的办法就是跑去送死。一个正常的人，是不会去送死的。但是别人怎么想，那就真的很难说。比如萧其遒和林氏双盗。

次日破晓，客船靠岸之后，那萧其遒和林氏双盗便对小张寸步不离。萧其遒说要收他做入室弟子，传他毕生所学；林氏双盗更是一片热忱，大呼相见恨晚，誓要与他肝胆相照，共闯天涯。小张稍有诿逆，三人虽是嘴上堆笑，却以武力相

挟，令他脱身不得。

小张心想蜀山寻宝一途难保还有险阻，身边有几个武人也有些用场可派，反正临到紧要关头，他自有一百种办法脱身，于是决定暂时与三人结伴而行，见机行事。

想到此节，小张便谎称家中先人遗骨落在蜀山天门峰下，此番正要去将遗骸收葬故土，好让先人落叶归根。萧其遒与林氏双盗自然大赞其孝，更要一路同行，好将这大孝子维护周全，又与小张约定寻到骸骨后的许多事宜。

却说小张与萧、林三人不日来到蜀山脚下，又按图索骥寻到当年那片密林，此时正按朱炳仁在图中的标注，摸索着前往商队遇袭的地点。

蜀山诸峰崔嵬挺拔、如凌仙境，脚下一片广袤的森林更是幽僻深邃、人迹罕至。四人在古木参天、奇岩怪石的秘境中穿梭，周遭时不时蹿出些猛禽凶兽，多得萧、林三人身手不凡，才令小张不至果了兽腹。

次日清晨，四人便依地图来到所指地点。四人放眼一望，只见幽深的谷地中一片一望无垠的桃树横亘眼前。桃林之大，足有数里见方，万千株桃树错落排开，深不可测，横无际涯，这般恢弘的气象，好似沙场中军马，银河里星阵。

桃林以下，是一片离离芳草，伴随植株的点阵延伸开去。纵向望去，在这桃林尽处，是一座岩石构成的山体，山体拦腰处，隐约可见一个山洞。

各人惊叹间，小张又掏出地图详细比对，说道："三位英雄，看这地图所指，我爹当年大概就死在这里。不过……地图上可没说这里有这么大一片桃林啊！"

萧其遒接道："沧海桑田，造化奇瑰，竟至于斯。"

林娘子白了他一眼："说人话。"

那萧其遒这才说道："想来张伯伯罹难之时，此处还是荒野，尔后春风过境，草木萌生，这才生出了这片野桃林。"他顿了顿，又说道，"这桃林广袤繁盛，难免遮蔽视线，需得我们踏进去好生替恩公寻找。"于是众人点了点头，取次步入桃林。

此时桃花虽未盛开，竟有股浓郁的异香伴随雾气氤氲林中，四人甫一踏入桃林，竟已看不清身边之人。

林公子忙携了娘子之手，挥舞起玄冥扇，勉力驱散雾气。那萧其遒则陪在小张身边，不住与他搭话，似要探问关于不死之躯的奥秘。

小张有一句、没一句地答应着，心中却在寻思：依朱炳仁所言，当年商队的尸骸曾被堆积起来，那夜明珠便在其中一人的长袍内，只需找到这堆累砌的白骨，大约就能寻到那夜明珠了。小张心思十分缜密，他怕夜明珠光芒太炽，夜色下易暴露，便故意拖延到天亮才带了三人前来。

萧其遒与林氏双盗，均是武林中的成名人物，三人皆曾在古籍中见过不死之躯记载，是以各怀鬼胎。

萧其遒想拉拢小张，助自己实现制霸一方的野心，先日下船之后，他甚至飞鸽传书，向苗疆巫王求请与不死之躯的同合之法；那林氏双盗则是觊觎骊山秦陵的宝藏，想借小张之力进入机括密布的陵寝。

三人只当小张是寻常的市井少年，双方互相忌惮，彼此制约，暂也不急反目，权宜之下，只得先助小张收整骨骸，待完成迁葬后，再行下手争夺。

只可惜小张也非善茬，这趟侍奉孝子的闲差事，远较萧、林三人想得凶险恐怖。

却说四人正在桃林中摸索行进，忽听得林娘子大叫一声：“有异状！”

紧接着又见林公子猛地一个飞身蹿起，在半空中一阵急停急转，接连出招。再看林娘子已将袖中软剑出鞘，一声清喝，便向一株桃树劈了下去。

萧其遒与小张这边也遭险情，两人先觉脚下有异，再低头时已来不及，只见数条黑色藤蔓凭空延伸过来，如绳索般将两人脚踝捆住。

小张身手平庸，当即被黑藤拖出数丈之远，再抬头，只见几株桃树竟以根为足、枝作手臂，如恶鬼一般向他扑来。

萧其遒也是大骇，当下运气一提，挣脱了踝上束缚，又急忙取出铁算盘，“啪啪啪”接连打出数颗算盘珠子，击退了四面袭来的几条黑藤。

自从十三年前，萧其遒以这张铁算盘击毙了西域少林优昙神僧后，他的算盘珠从不轻易出手，一旦出手，必关性命。然而这一次，关的却不是别人的命。

此时萧其遒身前，三株桃树不仅化作人形，树干顶端竟现出三张人面来。这人面不男不女，双目血红，正张开大口向他扑来。

萧其遒虽然惊骇，仍不失大家风范，又立刻弹出三颗算珠，分别攻向三只桃

妖。算珠去势凌厉无比，打在桃妖身上竟是入木三分，从那桃妖伤口各涌出一股鲜血来。

萧其遒立刻抢上前去，分别在三只桃妖的人面上，各贴了一张符咒，三只桃妖俄而收起人面，化作普通桃树形状。

他方才松了一口气，却见三株桃树顷刻间开满桃花，而这桃花不同寻常花色，朵朵都是如血殷红，看来妖异谲诡。他正感不妙，桃树上近百朵血红桃花倏地解体成千万花瓣，猛一下离开枝头，尽数向他面上袭来。

萧其遒哪里来得及闪避，刹那间被这万千飞蝗般的花瓣罩住脸面口鼻，正待挣扎间，在他身后又来一只桃妖，倏一下树枝化剑劈将过来，便让萧其遒殒命当场！

那一边，林娘子软剑一砍，那桃枝断处竟是一股鲜血直喷在她脸上，令她无法睁眼视物。林公子原在半空与数条黑藤缠斗，陡见娘子窘境，正要将玄冥扇脱手甩出为之解围，谁知那黑藤瞅准时机，竟化作刃状，当场断了他伸出的手臂。

林公子剧痛之下，只见娘子正被几根桃枝刺透胸腹，已断无活命之理。他惨叫一声“卿卿”，便要使出与桃妖同归于尽的绝招，桃妖却不给他机会，顷刻间，一条黑藤蹿出，竟是取了他的性命。

名动江湖的一代雌雄大盗林氏夫妇，从此绝迹人寰，再无音信。

惨叫连声传来，空气中尽是浓重刺鼻的血腥气味，小张早已惊得毛骨悚然、浑身战栗。此时他为黑藤吊挂，挣脱不能，心中霎时将朱炳仁祖孙三代问候了二十几遍，骂完才又想起漓水上船家的话来……

正忐忑间，甫见到几株桃树化作人形，正穿过雾霭扭动着躯干向他走来，他几时见过如此恐怖妖异的景象，当下眼前一黑，便已昏死过去。

也不知过去多久，小张耳边隐约听见一些响动，听来似是僧人在念诵经文。

小张睁开眼时，发现自己正躺在桃林边一片青草地上，先前的黑藤、桃妖皆已退散，桃林也已恢复初时情形，看来并无殊异。他身边端坐着一名僧人，披着一袭黄色僧袍，正以口唇持金刚音念诵经文。

小张细看那僧人，见他身形敦实矮胖，面相圆润丰腴，一双眼睛三分睁开、七分闭合，似眯成两道缝儿，在颈上还挂了一串菩提念珠。

小张端详着僧人模样，只觉颇为亲善慈和，正欲与他搭话，忽然之间，发现这僧人背后居然多了一截黄黑相间的短尾巴！小张心知又遇妖物，不禁一阵寒意升起，当场吓得惊叫起来。

那僧人见小张转醒，立刻停下诵经，起身谓他道："施主何事惊慌，贫僧不会伤你。先前施主误入桃妖阵中，便是贫僧将你背了出来。"

小张尚未起身，见那和尚向他走来，连忙手脚并用，快步爬开，口中警觉道："你哪是什么和尚，世间哪有长尾巴的和尚？"

那僧人听罢嘿嘿一笑，双眼弯弯，彻底眯成两道缝儿，口中道："哎呀，施主真是慧眼独具啊。实不相瞒，贫僧本是蜀山脚下一只狸猫，饱食终日，无所用心。直到数年之前，受到天门峰妙一大师点化，这才潜心向佛，苦修金刚乘果位。施主唤贫僧狸猫禅师也就好了。"

小张见这狸猫禅师憨态可掬，委实不像凶类，心中稍稍平静下来，便问道："好好的一只狸猫，你又不去掏鸟蛋，你又不去捕老鼠，你跑来这里念什么经？"

狸猫禅师也不生气，依着小张话语匐下身去，做了几个掏鸟蛋、捕老鼠的动作，又以狸猫的姿势伸手挠挠胡须耳根，侧目看着小张，笑言道："像是这样吗？"

他身形圆实矮胖，匐起身来更如一个球状，加上一袭僧袍裹身，几个动作比画起来十分笨拙呆萌，竟将小张逗得笑出声来。

狸猫禅师见小张不再戒备，这才道："以前大家当狸猫、做老鼠、变斑鸠，互相啖食，咬来咬去，仇恨就无休无止。须知那是目不明、悟不彻所致。如今我来修佛求解，那就很不同啦。大家要化解怨戾，放下仇恨，这样才能心中明净。"

小张对狸猫说的话没有半分兴趣，当下抓住重点问道："什么什么？这里除了你，难道还有什么老鼠精？斑鸠怪？麋鹿三姨太的？"

"施主不可胡言。"狸猫禅师抿嘴一笑，"此间老鼠、斑鸠倒是有几个，不过皆未开悟修行，前几天还给附近卧云村几个猎户烤了下酒。真是阿弥陀佛，罪过罪过。"

他望了望小张，继而正色道："此间的妖物，唯有眼前这片桃林。数百年

来，山洞之外原有几株野桃树吸取日月精华悄然隐修，二十多年前，这些桃树感应到蜀山逆徒上官警我冲天而起的怨戾之气，竟然沦落成妖，在此大肆繁生，成为一方凶煞。”

小张为之一惊，忙问道：“那上官警我是谁？这桃树又是什么妖怪？和我一起那三个人呢？他们还活着吗？”

狸猫禅师合十道：“阿弥陀佛，这桃妖凶煞异常，几个时辰以前，施主的三位朋友已尽数往生了去，贫僧已为他们做过法事超度。至于那上官警我，贫僧也无缘一见，只知他为蜀山逐出门户，曾在桃林后的山洞中蛰伏过一段时日，这才种下桃妖的恶缘。”

小张又问起二十四年前商队在此被杀之事，狸猫禅师愣了一愣，沉吟道：“如此推测，那时的杀人凶手多半便是上官警我，不过那时贫僧仍是只胖乎乎的狸猫，未曾亲历这桩血案，也不可十足断定。”

“禅师啊，我问你啊……”小张见狸猫禅师温厚慈和，索性大着胆子向他探问起秘宝一事，“据说当年商队遇袭，有颗大如鸡蛋的夜明珠留了下来，你见到过没有？”

狸猫禅师闻言一惊，眯成缝儿的双眼倏地睁大，身后的短尾随之竖起，他倒吸一口凉气，一脸惊愕地望着小张，好似内心在做什么决断。

良久他才叹息道：“罢了罢了，此珠终究是要再度为世人所用，我又何必不舍。不过，施主你需等我七日……”

小张听得不明所以，狸猫禅师便细细向他述说起来：原来当年商队遇袭之后，桃妖尚未成形之前，某夜，尚为狸猫的他逐鼠路过此地，于乱尸之中见到夜明珠的光华，便将它吞入口中，炼作内丹。彼时上官警我已同素因合体一身，涉险前往西域魔地，因此狸猫确未与之照面。

狸猫凭借这枚秘宝内丹，修行大幅精进，十八年后竟能化现人形。彼时他未取正法，仗着自己有些道行，四处去找些猎户、铁匠寻仇报复，因为猎户捕杀同类，铁匠打制兽夹，是他平生最恨之人。

直至后来，他在作案时偶遇了妙一，这才受了点化，放下仇怨，虔诚皈依三宝。

望着一脸惊愕的小张，狸猫禅师缓缓说道：“狸猫与狐狸相类，天生具有灵性，有些堪破命数之能。狸猫虽久习佛法，毕竟身属非人，所谓修道灵物必有大限，我自知七日后便要渡劫，若能侥幸逃脱性命，三十六载之后便可修成正果。不过……菩萨既然派你前来，想是我命数已尽，就要提前入趣涅槃。”

他一面说，一面转动念珠，谓小张道：“施主不妨等我七日，待我将那桃妖感化，我便将内丹吐出给你，也好让你拿了回去富甲一方。”

小张听见“桃妖”二字，这才猛然惊起，询问道：“禅师啊，说来也怪，为什么那个桃妖杀了那三个浑蛋，却又偏不杀我？莫不是我太过英俊，妖怪不忍下手？”

狸猫禅师意味深长地望了小张一眼，面露难色道：“施主的相貌……倒也一般。”

“放屁！”小张满脸怒容，便指着狸猫禅师骂道，“你这出家人怎么昧着良心乱讲话！”说着竟作势要去扯他尾巴。

狸猫禅师慌忙跳了几跳，笨拙地避开身去，眼望着小张，口中缓缓道：“施主相貌虽是平平，却是六百年一出的不死之躯。那桃妖以人尸骸为食，它来伤你，无非浪费时间之举。”

小张听到“不死之躯”便又一愣，忙追问道：“禅师，禅师，我真的是不死之躯？这不死之躯又有哪些好处？”

狸猫禅师并不答他，只沉吟道：“佛曰不可说，这不死之躯的奥秘，施主还是不要知道太多，免生苦恼悲戚。”

“呸！”小张不服道，“既然不肯说，那你告诉我做什么？”

狸猫禅师看着小张，忽然意味深长地一笑：“因为我要借你躯壳一用。”

他也不待说完，更不顾小张同意与否，便霎时翻了一个筋斗，已将出窍元神附到小张身上。只见地上现出一只肥胖的狸猫一动不动躺在那里，而狸猫的魂识已然钻入小张体内。

上身之术，是术者将魂识暂时侵占宿主身体躯壳，是以被附体的小张霎时间意识全无，身躯已被狸猫禅师操控。

只听顶着小张身躯的狸猫禅师长叹一声，戚戚然自语道：“不死之躯实无半点好处，你这一生不仅颠沛流离，还要受尽筋骨断碎、周身失血、长剑穿心、失魂落魄、阴阳两隔之苦……因为你不会死，整个漫长余生势必难逃种种劫难，更

要在无数痛苦的回忆中反复煎熬，于是新仇旧恨辗转相续，以此连绵，求出无期……”

这番话，实是道尽了小张的未来命数。

此后不久，小张先是在伏魔谷中被发狂失控的丁隐打断全身筋骨；在武当山下，他又以周身之血注入诸葛紫英体内，为其续命；在青崇山下，再为紫英一剑穿膛……

这桩桩件件，关乎兄弟之义，困乎儿女之情，愈是悲壮，愈是凄凉。换作常人经历这些连番而至的惨事，早也一命呜呼、一了百了。偏偏他又是个不死之躯，是以连一了百了的权利都没有。

生亦何欢，死亦何惧。数月之后，当小张明白这个道理的时候，他忽然想起狸猫禅师。可惜那个时候，狸猫禅师已经不在了。曾经在他身边留下过鲜活记忆的很多人，也都不在了……

却说狸猫禅师借了小张的不死之躯踏入妖桃阵中，折下了桃林中央一根新发的桃枝——五年以来，狸猫禅师每日在桃林前咏诵《金刚经》，无奈桃妖戾气滔天，不为所动，每每残杀入阵的途人猎户。

桃妖每杀一人，狸猫禅师便做一次超度、放十次焰口、诵百遍经文，终于桃妖不堪其烦，与狸猫作赌说除非有人能令岩石开花，否则绝不停止杀戮。

狸猫禅师觉得这个赌局颇有禅机，于是穷尽心力想出化解之法。奈何他并非人身，无法施行，此前他也附过猎户躯体，又不能入阵折枝。今次终于等到小张这副具足人阳的不死之躯，可谓皇天不负。

狸猫禅师将折下的桃枝带出阵形，又将桃枝扦插入一块花岗岩的缝隙之中，便将躯壳归还小张，请求他未来七日按时浇水、施肥、除虫、保温，须得悉心照料。

小张初时很不情愿，狸猫禅师便郑重许诺：“桃妖若能感化，贫僧便将内丹吐了出来赠给施主卖钱去。”

小张见狸猫禅师温和亲厚，倒是心有不忍。狸猫却道小张犹豫，随即现出原形，在他面前一阵蹦蹦跳跳、扭弄擦蹭，时不时还舔舔他手心，衔衔他裤腿，极尽滑稽耍宝的本领，最终还“嗖”一下蹿上小张肩头，以一对灵活的前爪为他挠起痒来，将小张服侍得好不舒服。数月之后，小张服侍百草仙人的挠痒手段想是由此熏习。

小张果然依了狸猫禅师之言，每日悉心照料石缝里扦插的桃枝，狸猫禅师亦是寸步不离，面向桃枝盘膝而坐，结具手印，日夜为之诵持经文。

小张虽不耐烦，却见那桃枝茁壮生长，心中也大为欣慰。

到第三日，石缝中的桃枝已及半身高，是夜寒潮袭来，小张竟脱下外套裹住桃枝，并将身躯贴在岩石之上传递体温，以免桃枝受冻。

到第五日清晨，一束阳光穿透云雾直射在岩石上，那新生的桃树竟倏地蹿升起来，转眼已一人之高。

狸猫禅师见状大为欢喜，当即念了个咒法，招来许多松鼠、野兔，还有几个狸猫子孙，围绕着桃树一阵欢快蹦跳，好似办了个欢庆仪式。随后又有些黄鹂、画眉、伯劳从林间飞来，停在枝头啁啾鸣叫，雀跃不已。

小张望着一派祥和景致，只觉很久都未曾似这般欢欣了。

第七日临近午时，岩缝中的桃树已出落得隽秀挺拔、生意盎然，枝头间也隐隐现出十数点花骨朵儿。小张虽感疲累，又十分期待桃花绽放。狸猫禅师更是紧张，不时将一张胖脸贴了过来，瞪大眼睛端详着一个个花骨朵儿。

狸猫禅师本想爬上树去，又恐伤到枝干，于是踮起足尖、撅起肥臀、屏住呼吸、抿了嘴唇一阵探头探脑。这副滑稽模样逗得小张哈哈大笑，真想乘机扯一把他的小尾巴来玩。

狸猫禅师慌忙将尾巴捂住，又白了小张一眼，乃说道："我看现在嘛，只差一阵春风，一场春雨，桃树就会开花啦。"

小张点了点头，仰天道："就怕老天爷不肯下雨，我们这七天，岂不功亏一篑？"

狸猫禅师笑而不语。他心知今日渡劫，必有风雨大作。只是想到自己命悬一线、内丹将授，不免心有戚戚。

果然如他所愿，未时不到，天上便层云低涌，风自南来，地气也隐隐随之升腾。

此时此际，凌云峰上凝碧崖密室内的诸葛驭我也感到体内的赤魂石蠢蠢欲动，他勉力定了定神，为自己烹了一盏素心莲。他舀水、烹茶、自斟、自饮，每一口茶经过唇齿、舌间、口腔、咽喉缓缓地下咽，每尝一口，就像耗去二十四年

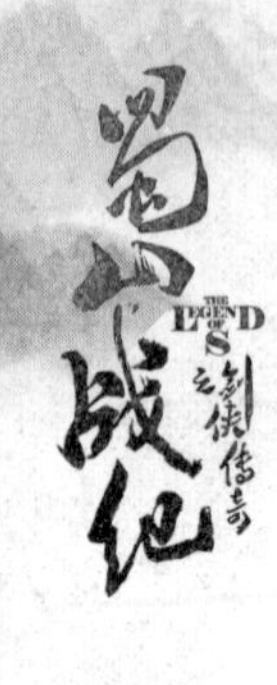

的光阴。

春雨乘着春风说来就来，下得洋洋洒洒、淅淅沥沥，狸猫禅师与小张看见岩石中的桃花一瓣一瓣轻轻地、缓缓地、悄悄地逐次开启，且那桃花并非虚相，也非是如血的腥红色泽，而是一树的粉雕玉琢、生机勃勃。

两人高兴地在雨中携起手来，一阵欢呼雀跃。再看远处那片一望无垠的凶煞桃林，在雨水中先是升起一股浊浊黑气，继而那股黑气渐渐淡去，随后消散在春风之中，再看那千百株桃树，竟霎时间开满了清朗明媚的灼灼桃花。

狸猫禅师旋即双掌合十，盘膝坐定，口中朗声诵经。

小张虽不识经义，却明白那桃妖怨戾已解，化形散去，当下里欢欣不尽，只觉比起萧其逍、林公子等人的龌龊嘴脸，狸猫禅师虽是妖类，却又万分的可亲可爱，令人如沐春风。

桃妖化形，宏愿成就，狸猫禅师本应如约将内丹献予小张，但他却有些犹疑起来，遂向小张直言道："我本算定自己今日渡劫，但刚才一场雨势，竟是未见雷电。难道是我算错，又或者老天知我还有一桩心事未了？"

小张与狸猫相处七日，早已心生亲近，此番见他纠结，爽朗道："什么内丹不内丹的，你你投缘，索性跟了你当个小和尚好了。"

狸猫禅师为之一笑，便说道："我若今日身死，那内丹留着也无用处，不如给了你成全富贵。不过你须记得布施众生，广结善缘……"

说到此处，他又摇起头来，寻思道："今日还有五个时辰，只怕断我生死的，另有其局。不如这样……你再将身躯借了给我，我再去趟向阳村。"

小张又问他用场，狸猫禅师说道："早年我初成道法时，曾对附近数个村子的铁匠、猎户行过报复，尤其向阳村一位复姓慕容的老铁匠，我曾以五毒病气注其体内，令他患上骨痛之症……"

小张打断道："啧啧啧，原来姓慕容的也不全是世家子弟，他一个老铁匠也这般有气场。"

狸猫禅师大点其头："这个慕容铁匠许是真有一些家学渊源，他打制兽夹确是一把好手，我有不少兄弟姊妹、侄儿外甥、娘舅姑婆、红颜知己都折在他的手上，是以当年才会下此狠手。"

小张听得面色凝重，许久才皱眉道："敢问大师……狸猫的红颜知己是个什么模样？"

狸猫禅师眼神一冷，掠过一丝尴尬表情，狠狠瞪了小张一眼，这才沉吟道："老衲现已看破红尘，有些过往里莺莺燕燕的事，那就不要再提。"

小张郑重地点了点头："是是是，自古多情空余恨。我们还是说那慕容铁匠的事吧。"

狸猫禅师望着小张不住摇头，他身怀识命观气之术，深知这"自古多情空余恨"的戏码不久将在小张身上演得淋漓尽致，便如那春蚕吐丝、杜鹃啼血般凄苦悲绝，此时小张情窦未开，犹来出言奚落，想不到竟是一语成谶，道尽了自己一生。

狸猫禅师半晌才又说道："贫僧因习佛法，心性自有不同，将那些仇恨业障放了下来，随之便为各路债主纷纷解了病咒。只是那慕容铁匠本已年迈体衰，留下了严重的后遗症，令他不时周身剧痛，如遭万只虫蚁啃噬其骨。这个症状，依照《地藏经》言，乃是他铸下杀业所致，但终究因我而起。所以，今日大限之前，我便想助他减轻一些病苦。"

"大师想去给铁匠作法治病？"小张好奇道。

"非也，非也。"狸猫摇头道，"慕容铁匠的骨毒之症，并非寻常妖物法咒可解，唯有一样东西可堪医治，那便是百岁桃浆。所谓十年树木、百年树人，桃树之属少有百岁遐龄，但此间桃花阵中却有几株老树，如此看来今日桃妖化形，倒也是天意为之了。"

小张仍觉惊异："你自己取桃浆给铁匠送去不就行了，干吗又来上我的身？"

狸猫警觉道："阿弥陀佛，善哉善哉。你看现在光天化日，我若拖着一条尾巴跑进人家村里，我看不是给乱棍打死，就是给人家剥皮煲汤。"

小张听得哈哈大笑起来，这便不再多言，任凭狸猫上了他身，割取桃浆，又向数里外的向阳村赶去。

临到申时二刻，顶着小张躯壳的狸猫便来到向阳村口。向阳村乃是方圆五十里内的大村镇，时值早春，村里的集市十分热闹，不单物产丰饶、乡人络绎，就连本邑的商贩、南北的货郎、采药的郎中、临江的渔家也都纷纷出来摆摊设点，

是一副好生兴旺的景象。

狸猫禅师对这些不甚关注，只觉得人群中似乎隐隐有股魔气升腾，换作平日他一定多加查探，但今日渡劫之期，唯有抓紧时间了却夙愿。

于是他一阵疾奔，来到了慕容铁匠的铺子门前，甫推开门，即为门内景象一惊。

只见那铁匠铺内，身形佝偻、须发斑白的慕容铁匠正在火炉边捶打着一副硕大的铁镣铐，在不远处的地上铺着一张麻席，那麻席上躺着一个猎户打扮的男子，那名男子身形魁伟、筋骨壮实，却是双目紧闭、前额渗汗，看来已经昏迷过去。在他身边，站着一胖一瘦两个乡民打扮的人。

狸猫禅师心觉有异，一时也不得要领，倒是两个乡民先与他搭起话来，先是高瘦那人道："这位小兄弟，恐怕你要等下了，老师傅正帮我打副脚镣。"

狸猫禅师此时顶着小张身躯，便从容应对道："不要紧，不要紧，我并非是来打铁器。是我家主人命我给老铁匠送些桃浆来，说是能治骨痛之疾。"

"嗯？"慕容铁匠停下手中大锤，转过头来打量小张，疑惑道，"小后生，敢问你家主人是谁？怎知我的病症？"

狸猫上前递上桃浆，向铁匠笑言道："他说您只管将这桃浆服用下去，待过几日，他便亲来探望您。"

他看着慕容铁匠的疑惑神情，霎时间眼前又涌上许多往事，数十张大大小小、胖胖瘦瘦的狸猫面孔一一浮现出来，这些狸猫有的被拿去炖汤，有的被制成领帽，有的活活给顽童戏谑而死，他心中一痛，再也说不出话，却仍是望着慕容铁匠面露笑容，点头致意。

"这位小兄弟，该怎么称呼你？我是附近卧云村的王阿生，你叫我王胖子便是。我身边这位，大家喊他木头。"这时那两个村民又来与狸猫搭话。

狸猫向王胖子和木头点头致意："啊，我……我叫狸……呃……黎庶，黎民百姓的黎。"

他一边说，一边注视地上昏迷那人，指问道："此人是和二位一起的？二位因何要以镣铐锁他？"

王胖子开口道："黎兄弟有所不知，这丁大力是本村的猎户，平常倒还温润忠厚，打起猎来也是一把好手，可偏偏患了失心疯，一旦发起疯来，啧啧啧，你都不知道他有多恐怖。昨天晚上，他就犯了疯病，我们村十几条壮汉拉他不住，还被他伤了几人，最终好容易才制服了他，赶紧送来这里请老铁匠想办法。”

木头又强调道：“这副镣铐一定要够粗才行，上次那副，早就给他挣断了。”他一面说，还一面比画，“哇，你都不知道咧，那么粗的生铁啊，活活就给他掰断了哩……”

狸猫点了点头，心想也管不了这么许多，正待出言告辞，忽然只听地上昏迷那名猎户一声暴喝，猛地弹跳而起，嘶吼着就向慕容铁匠扑去。

慕容铁匠避闪不及，顷刻已被猎户掐住脖子，拎起离地。只见猎户五官扭曲，面孔狰狞，一双眼中分明泛着恐怖的如血红光。

木头和王胖子随之惊起，迅速向发疯的猎户围了上去，从身后死死将他抱住。

狸猫禅师大惊失色，他并不识赤魂石，却察觉猎户六星之子的身份。他正思量是否以小张的不死之躯上前硬拼，或可救下慕容铁匠一命。可那猎户一声怪叫，便已将铁匠狠狠甩出，那铁匠落地时头撞上铁炉，竟是送了性命。

丁大力也不顾铁匠死活，又将身后的木头和王胖子重重甩到墙上，随后欺身而出，仍要上前扑咬木头和王胖子。

危急之间，一条绿影破门而入，身法快绝，到猎户身后，照着后颈一拍，便将猎户再次击晕过去。

狸猫禅师这才看清，来者一袭长袍色如墨玉，配以金线刺绣云纹，绿袍以外又披一层软甲，露出前襟与两袖。

他的身形并不魁伟，但矗立在那里，分明透出一股压迫的气势。再看他面孔，一对剑眉，胡须齐整，约莫三四十岁，面上却是一股邪气，尤其那双眼冷郁苍凉，像寒潭水面之下藏伏戾咒。而他的左臂更为可怖，那是一条经络虬生、鳞甲遍布的黑色怪臂……

这绿袍人示意木头与王胖子为昏迷的猎户上了脚铐，冷冷吩咐道：“你们快些将他带回卧云村去，神宗即刻要在这里屠村了。”

说着他又瞟了瞟狸猫禅师，有些轻蔑道：“你是哪里来的妖物，顶了具人身，来这里凑什么热闹？”

狸猫禅师此时已感到绿袍身上的冲天魔气，心中暗想：先是不死之躯，再是

六星之子，眼下又来了个魔王枭首，今日渡劫看来真是阵势不小。

他本已抱定必死之志，今日先是度了桃妖，又了却与慕容铁匠的一桩孽债，心中再无挂碍，故以无丝毫惧意，对着绿袍轻松一笑，缓缓走上前来，从容说道：“施主你一身凶煞、怨戾冲天，想是此前身受非人之苦。贫僧手中有本经文相赠，盼望施主放下执念，究竟自在。”

说着便由小张衣襟内掏出先前存下的一本《金刚经》，微笑着递予绿袍。

绿袍被他逗得狂笑不止：“你个小小妖物自身难保，口气倒是不小。我念你修行不易，今日不来取你内丹，且放你滚回家去。你若渡过此劫，再来阴风谷找我念佛！”

绿袍说着以手化焰，将那《金刚经》付之一炬，又将袖一挥，卷起一股风势，将狸猫禅师扫出铁匠铺子门外。

数月之后，赤魂石分裂为三。除了绿袍体内的大部分元神，丁隐与小张身上，各有一枚遗珠。然而三位赤魂石传人都不知道，很久以前，在向阳村的铁匠铺中，三人就曾狭路相逢。

可惜这场不期而遇，绿袍跋扈张狂，目空一切；丁隐失心疯魔，记忆模糊；而小张又身为附体，意识全无。

不过冥冥之中，一切皆是命数。

又说三个月后，某夜寒潮汹涌、层云遮月，绿袍在阴风谷中要对玉无心下杀手时，他忽然想起过这簿《金刚经》来……

命理之数，实所难言。

铁匠铺中，狸猫禅师遭遇绿袍之时，原道必死无疑。谁知绿袍虽是恶极魔枭，却感其义，不愿取他内丹、夺他性命。狸猫禅师揣摩着绿袍的不杀之意，心想渡劫大限是否由此别开生面，因而有所感悟。

当他返到蜀山脚下那片桃林，已是黄昏日落，晚风乍起。只见一轮红日映着漫天晚霞，正倚着高耸入云的天门峰将万丈余晖徐徐洒向一片姹紫嫣红的桃林，那朵朵盛开的桃花，在金色的光芒中分外清新明媚。

狸猫禅师仿佛又看见一群大大小小、胖胖瘦瘦的狸猫，在满目的桃树间奔跑嬉闹、尽情游戏，还有几只松鼠、野兔、喜鹊、翠鸟正绕着狸猫身边跑跑跳跳，叽叽喳喳……

这时，狸猫禅师望见桃林尽处两名蜀山弟子正披着晚霞走来，他本由妙一大师点化，对蜀山一门由衷向往，便迎了上前向两人作揖求请，告诉他们数里外向阳村正逢劫难，盼蜀山弟子赶紧驰援。

谁知那两名蜀山弟子对向阳村不甚关心，反而向他问起此地的桃妖为何化形散去。

狸猫禅师便向两人道出度化桃妖之事，两人听后大为诧异，其中一个向另一人道：“何师兄，你说这桃妖化形了，我们又拿什么去献给师父？”

另一个也颇为怨忿，喋喋不休骂了几句娘，忽又计由心生，指了顶着小张躯壳的狸猫禅师道：“我看不如杀了这只狸猫，取了内丹献给师父，我看少说可令师父添增一纪内力修为。”

这两个磨刀霍霍的人，乃是蜀山点苍峰的弟子何清、苏阳，他们历来尊师重道，匡扶正义，当下拔出佩剑就要诛杀狸猫，恪尽斩妖除魔之责。

狸猫禅师为之一笑，合十言道：“二位蜀山大侠要杀，贫僧并无怨悔，只是这具躯壳乃是个凡人的，我要还了他去。”

说罢只见金光一闪，站在苏、何身前的小张便双眼一闭，“扑通”倒在地上。紧接着不知何处跑来一只胖乎乎、黑黄相间的狸猫，后腿直立在苏、何身前，口吐人言道：“我原知道今日在劫难逃，死在蜀山剑下，实是平生可慰。”

说罢，狸猫前爪合十，从容入灭。

小张醒来之时，夕阳仍未坠下，满眼的桃花也还在那里灼灼其华，只是那狸猫禅师已现出原形倒在了一片血泊之中，在他胸前分明留着长剑穿膛的窟窿。

弥留的狸猫没有告诉小张自己是被蜀山弟子所杀，只痛惜未能如约将内丹相赠。

小张泪如雨下，不住向狸猫追问凶手。狸猫勉强抬起头来，强自笑道：“妖魔之属，中有善类；正派之中，不乏奸邪。世间所谓的善恶不过系乎一念，你需不为立场所限，以大爱化解仇怨。”

小张听得一知半解，唯有不住点头。狸猫此时已在弥留之际，勉强又念出几句口诀来：“子嗣得而复失，婚姻有实无名；纵有华佗之术，终无回天之力；虽

历九死而生，奈何生不如死……”

小张不明所以，含泪问道：“大师是在咐嘱我什么吗？”

狸猫侧过头来，挤出一个好似微笑的表情，支撑说道：“你曾向我问起不死之躯，我那时没有对答，今日我便将你命数说与你知……”

狸猫咳出一口鲜血，继续道：“不过……这命理之数，实所难言，贫僧许是看错了也不一定……”

“请大师指点迷津！”小张捧起狸猫，十分急切地问道。

此时狸猫已再无力气多言，他颤抖着伸出前爪，指了指东边方向，小声说道：“先去……先去……卧云村……”

说着狸猫禅师眼中光彩一黯，圆寂于一片桃花林前。

小张含泪将狸猫禅师葬于桃花林中。他虽对佛理、命数一头雾水，但他与狸猫禅师七日之交，深感其道风德行，早已心生亲近。

此时禅师倏然仙逝，小张心中哀戚、怅然若失，竟是不知何去何从。他在禅师灵塔前和衣睡了一夜，次日便依了禅师遗言，索性向那卧云村走去。

卧云村距桃花林二十余里脚程，小张硬是忍饥挨饿行了大半日路，待至村口，又至酉时黄昏。

小张遥遥望见一座祭台高耸，一轮新月之下，数十盏天灯正冉冉乘风、徐徐升起，点点灯火映着漫天星辰，实有种说不出的静美安详，小张仿佛看见狸猫禅师在夜空中向他眯起眼睛，挥挥胖手。

村口的广场云集着熙熙攘攘的村民，似乎个个都一副现世安稳、岁月静好的模样，小张先是看见一群庄稼汉子围着祭台唱唱跳跳，又见到一个清丽女子拿了支毛笔在天灯上写写画画，口中还说什么“夜夜流光相皎洁”，他只觉这卧云村里的人个个都有毛病。

小张当即也不和谁搭话，埋头便是一阵小跑，不动声色地摸到了祭台下的一张贡桌旁。

他整日没有进食，正饿得眼泛绿光，望见贡桌上摆着的烧鸡贡果，哪里还忍得住，一双手便向桌上的烧鸡伸了过去……